GEFAHRENZONE

Die Autorin

Andrea Kane ist in den USA eine sehr erfolgreiche Autorin. Sie lebt in New Jersey mit ihrem Mann und ihrer Tochter. Im Internet ist sie unter www.andreakane.com zu finden.

ANDREA
KANE

GEFAHREN ZONE

Thriller

Aus dem Amerikanischen von Barbara Först

Weltbild

Die amerikanische Originalausgabe erschien 2003 unter dem Titel
Scent of Danger
bei Rainbow Connection Enterprises, Inc.

Besuchen Sie uns im Internet:
www.weltbild.de

Genehmigte Lizenzausgabe für Verlagsgruppe Weltbild GmbH,
Steinerne Furt, 86167 Augsburg

Published by Arrangement with Rainbow Connection Enterprises Inc.
on behalf of Jane Rotrosen Agency, LLC
Dieses Werk wurde vermittelt durch die
Literarische Agentur Thomas Schlück GmbH, 30827 Garbsen

Übersetzung: Barbara Först
Umschlaggestaltung: zeichenpool, München
Umschlagmotiv: www.shutterstock.com (© hacohob; © cherezoff;
© Ultrashock; © Mikhail Bakunovich; © Liv friis-larsen; © Vilmos Varga)
Gesamtherstellung: GGP Media GmbH, Pößneck
Printed in the EU
ISBN 978-3-86365-283-8

2016 2015 2014 2013
Die letzte Jahreszahl gibt die aktuelle Lizenzausgabe an.

*Diesen Roman widme ich Organspendern in aller Welt,
deren Edelmut ihren Mitmenschen eine Zukunft ermöglicht,
sowie den Ärzten,
deren Kunst diese Zukunft Wirklichkeit werden lässt.*

1

Montag, 5. September, Labor Day
17.45 Uhr, New York City

Man hatte auf ihn geschossen.

Er hatte den Schützen nicht gesehen, nicht einmal gehört. Als der Schuss fiel, spürte er auch schon den brennenden Schmerz im Rücken. Er wurde gegen das Panoramafenster geschleudert, durch das er hinausgeschaut hatte, streckte eine Hand aus und stützte sich an der Scheibe ab. Er schaffte es, sich halb umzudrehen und zur Tür seines Büros zu schauen.

Doch wer immer geschossen hatte, war verschwunden.

Schmerz durchfuhr ihn wie eine Messerklinge; dann überkam ihn Schwäche, und seine Beine gaben nach. Er versuchte noch, sich am Schreibtisch festzuhalten, griff aber ins Leere und stürzte auf den Teppich. Seine Hände konnten den Aufprall kaum bremsen. Instinktiv drehte er den Kopf zur Seite, um sein Gesicht zu schützen. Er bekam nicht mehr richtig Luft. Als er dann doch einen Atemzug nahm, stieg ihm zugleich ein süßlicher, Übelkeit erregender Geruch in die Nase.

Er veränderte seine Lage ein wenig und versuchte, durch den Mund zu atmen. Erst jetzt fiel ihm auf, dass der Teppich feucht war und immer feuchter wurde, da irgendetwas Klebriges ihn durchtränkte. *Mein Blut*, dachte er verwirrt und spürte die nahende Ohnmacht, konnte sich aber nicht bewegen, nicht zur Tür kriechen. Die Schnur des Telefonhörers hing vom Schreibtisch, aber er kam nicht heran. Er versuchte zu rufen, brachte aber keinen Laut hervor. Außerdem – was sollte das nutzen? Heute war Labor Day, ein Feiertag. In der Firma war keine Menschenseele, außer ihm selbst und Dylan Newport. Und Dylans Büro lag auf der anderen Seite des Gebäudes. Es brachte nichts, Lärm zu machen. Carson konnte nur hoffen, dass Dylan erschien, bevor es zu spät war.

Er hörte Schritte näher kommen.

»Okay, Carson, ich hab die Akten, die du wolltest. Wir können sie später durchgehen. Jetzt sollten wir erst mal über diese persönliche Sache sprechen, die ich … *mein Gott!*« Dylan warf die Papiere hin und war wie der Blitz neben Carson Brooks. »Kannst du mich hören?«, rief er und fühlte den Puls.

»Ja …« Carsons Stimme klang rau und schwach. »Angeschossen«, brachte er hervor und leckte sich die trockenen Lippen.

Dylan sprang auf. »Nicht sprechen! Ich rufe einen Rettungswagen.« Er schnappte sich das Telefon, wählte den Notruf. »Hier Dylan Newport«, sprudelte er hervor. »Ich rufe von Ruisseau an, 57. Straße West. Ein Mann wurde angeschossen.« Pause. »Keine Namen, keine Presse. Schicken Sie nur einen Rettungswagen, und zwar schnell. Ja, er ist noch bei Bewusstsein, aber sehr schwach. Er hat viel Blut verloren. Sieht aus, als hätte es ihn im Rücken erwischt.« Wieder eine kurze Pause. »Ja. Gut. Schicken Sie den Rettungswagen. *Jetzt.* Elfter Stock, südöstliche Ecke des Gebäudes.«

Er knallte den Hörer auf die Gabel und kniete sich wieder neben den Verletzten. »Lieg still. Beweg dich nicht. Der Rettungswagen ist unterwegs.«

»Unverschämter Kerl …«, spottete Carson mit schwacher

Stimme. »Ich bin noch nicht mal tot, und er gibt schon Befehle …«

Dylan erwiderte etwas, doch Carson konnte es nicht verstehen. Er hatte das Gefühl, außerhalb seines Körpers zu schweben. Fühlte sich so das Sterben an? Dann war es gar nicht so schlimm. Ärgerlich war nur, dass er so viele Dinge noch nicht erledigt hatte. Vor allem blieb die eine große, ungelöste Frage, die er nun als Geheimnis mit ins Grab nehmen würde.

Achtundzwanzig Jahre. Schon seltsam, dass es erst vor kurzem so wichtig geworden war. Und jetzt, als er endlich etwas unternehmen wollte, wurde ihm die Möglichkeit dazu genommen.

»Verdammt, Carson, bleib wach!«

Er hätte Dylan gern geantwortet, doch seine Gedanken schweiften in eine andere Zeit, eine Zeit vor achtundzwanzig Jahren, in ein anderes Leben. Zu dem zentralen Ereignis, das über sein Schicksal entschieden hatte. Damals war das Samenkorn gepflanzt worden, aus dem ein Imperium gewachsen war.

Ein Samenkorn. Was für eine ironische Metapher.

Ein Same … zwanzigtausend Dollar. Kein Risiko, keine Verpflichtungen, nichts zu verlieren. Was für ein Handel.

Stan hatte Recht gehabt. Es war ein Handel gewesen – ein Handel, der sein Leben verändert hatte.

Und vielleicht ein anderes Leben hatte entstehen lassen.

Carson, du hast es. Die Intelligenz. Das Aussehen. Die Jugend. Den Charme. Setz es ein. Wenn sie anbeißt, kannst du 'ne hübsche Stange Geld verdienen.

Sie hatte angebissen. Und er hatte kassiert.

Von diesem Tag an hatte er das Feld beackert. Hatte nie zurückgeschaut. Nicht bis vor wenigen Wochen. Schon seltsam, wie der fünfzigste Geburtstag einen Mann dazu bringen konnte, Bilanz zu ziehen …

»Wo ist er?«

Stimmen. Rasche Schritte. Der Geruch nach Desinfektionsmitteln und Krankenhaus.

Sanitäter.

»Hier.« Dylans drängende Stimme, als er die Männer hereinführte. »Es ist Carson Brooks.«

Seine Lider flatterten. Durch einen Nebel nahm er zwei Beinpaare in Rettungsuniformen wahr.

Die Sanitäter knieten neben ihm nieder und machten sich an die Arbeit.

»Puls hundertfünfzig.«

»Blutdruck hundert zu sechzig.«

»Das ist für Carson sehr niedrig.« Dylans Anwaltsstimme. Schneidend. Respekt einflößend. Eine Stimme, die selbst seine gefährlichsten Gegner beeindruckte. »Normalerweise hat er hundertfünfzig zu hundert. Er leidet an Bluthochdruck und nimmt Dyaxide.«

»Wissen Sie, ob er sonst regelmäßig Medikamente einnimmt?«

»Nein.«

»Okay.« Carson spürte einen Druck im Rücken. Seine Lider wurden gehoben, seine Augen von einem nadelstichartigen Licht geblendet. »Die Pupillen sind geweitet. Können Sie mich hören, Mr Brooks?«

»Ja …«

»Gut. Bleiben Sie ganz ruhig. Wir versuchen, die Blutung zu stoppen.«

»Atmung flach.«

»Sauerstoff. Er muss auf die Trage. Los!«

»Sofort.« Zwei weitere Sanitäter waren ins Zimmer gekommen und machten sich an ihren Geräten zu schaffen.

Träge schweifte Carsons Blick zu dem komplizierten Muster des Orientteppichs. Die Blumen wiesen mehr Rot auf als vorher. Und das Rot breitete sich immer weiter aus.

Eine Sauerstoffmaske wurde ihm über Nase und Mund geschoben und mit einem Elastikband befestigt. »Atmen Sie ganz normal, Mr Brooks. Das wird Ihnen gut tun.«

Das stimmte nur bedingt. Rasselnd sog er den Sauerstoff ein. Der penetrante Geruch nach Lufterfrischer verflog.

»Sein Puls wird schwächer. Das Herz schlägt schneller. Wir müssen ihn wegbringen.« Wieder ein Wirbel an Aktivität um ihn herum: Eine Krankentrage wurde neben ihn gestellt. »Auf Drei. Eins, zwei … drei.«

Carson hörte sich stöhnen, als sie ihn auf die Trage hoben und festschnallten. Das Stöhnen erinnerte ihn daran, dass er noch lebte. Er musste am Leben bleiben. Er musste herausfinden, wer ihn hatte erschießen wollen. Er musste sein Vermächtnis schützen.

Und er musste herausfinden, ob die Ruisseau Corporation sein einziges Vermächtnis war oder ob es noch ein anderes gab: einen Menschen.

Doch seine Entschlossenheit wurde von dem Nebel, der sein Bewusstsein einhüllte, nahezu erstickt.

»Bleiben Sie wach, Mr Brooks!« Die Stimmen der Sanitäter. Sie hatten ihn auf die Bahre gelegt und waren bereits auf dem Weg durch die Eingangshalle. Seltsam. Er konnte sich nicht entsinnen, mit dem Fahrstuhl hinuntergefahren zu sein.

»Ist er noch bei Bewusstsein?«, wollte Dylan von den Sanitätern wissen.

»Nur sehr schwach.« Die Glastür flog auf. Um ihn herum die stickige Luft des Sommers von Manhattan. Ein Hauch davon drang ihm durch die Sauerstoffmaske in die Nase. Blaulichter zuckten. Neben der Ambulanz hielten mehrere Streifenwagen. Ein Cop lief auf die Sanitäter zu. Andere verschwanden im Gebäude.

Man trug ihn zum Rettungswagen. »Mount Sinai Hospital?«, fragte Dylan den Sanitäter, der sich neben ihn gesetzt hatte.

»Yep. Wir fahren rüber zur Madison und dann geradeaus nach Uptown. Mit Sirene schaffen wir's in drei Minuten.«

»Ich fahre mit«, sagte Dylan und schickte sich an, in den Wagen zu klettern.

»Äh, Mr Newport …« Der Fahrer drehte sich um und räusperte sich verlegen. »Die Polizei möchte mit Ihnen über den …«

»Ach ja?«, schnitt Dylan ihm das Wort ab. »Dann sollen sie zum Mount Sinai kommen. Ich fahre mit, keine Diskussion. Und wie ich schon sagte – Sie nennen keine Namen und verständigen auch nicht die Presse. Los jetzt!«

Niemand wagte zu widersprechen. Die Türen wurden zugeschlagen. Die Sirene heulte auf, und der Rettungswagen jagte davon.

»Herzschlag hundertsiebzig. Blutdruck fünfzig zu neunzig.« Der Sanitäter beugte sich über ihn. »Mr Brooks, können Sie mir sagen, wie alt Sie sind?«

»Fünfzig …«

Seine Stimme verschmolz mit dem Heulen der Sirene. Der Verkehr auf der Madison Avenue schien sich zu teilen wie die Wasser des Roten Meeres.

»Carson«, hörte er Dylans Stimme undeutlich, aber nahe an seinem Ohr.

»Immer noch … am Leben«, brachte er mühsam heraus.

»Hab ich auch nicht bezweifelt. Du bist unverwüstlich.«

»Jaaa … sag das dem … der das getan hat.«

»Ich könnte mir was Besseres vorstellen, als es diesem Scheißkerl nur zu sagen.« Er überlegte kurz. »Hast du ihn sehen können?«

»Nichts gesehen … war zu schnell … und von hinten.« Carson holte langsam und rasselnd Luft. »Dylan …«

»Wir kriegen ihn, Carson. Mach dir keine Sorgen.«

»Darum geht es nicht.« Schwach schüttelte er den Kopf. Allmählich verlor er das Bewusstsein. War es nur vorübergehend? Oder bedeutete es das Ende? »Diese Sache, die mir so zu schaffen gemacht hat … diese vertrauliche Sache …«

»Ja, ich weiß.«

Er schluckte, kämpfte gegen die Wogen der Dunkelheit. »Falls ich ein Kind habe … will ich es wissen. Du musst es rausfinden …«

2

Dienstag, 6. September, 10.30 Uhr,
Institut für kreatives unternehmerisches Denken (CCTL), Auburn, New Hampshire

Guten Morgen. Willkommen bei CCTL.«

Sabrina betrat den Konferenzraum und nahm ihren Platz am Kopfende des eleganten Teakholztisches ein. Gleichzeitig musterte sie das neue Managementteam von Office Perks, einer in Boston ansässigen Firma für Büroartikel.

Die Gruppe hatte den üblichen Zuschnitt. Acht leitende Angestellte – fünf Männer, drei Frauen. Die meisten Mitte dreißig, wenige zwischen Anfang und Mitte vierzig. Allen voran der 44-jährige Robert Stowbe, der nach der Aufsehen erregenden Fusion zum neuen Direktor des Unternehmens ernannt worden war. Seine Abteilungsleiter hatte er sorgfältig ausgewählt und dabei Sabrinas Recherchen zufolge einen hervorragenden Job geleistet. Edward Roward, der Chef der Finanzabteilung, hatte in seiner vorherigen Stellung eine satte Erhöhung der Gewinne zu Stande gebracht; Harold Case, der Vertriebsleiter, war ein smarter Typ, der seine Klientel gut kannte; Lauren Hollis, die IT-Expertin, war ein

Arbeitstier; Paul Jacobs von der Strategischen Planung besaß Initiative und kreative Energie; Lois Ames vom Marketing hatte gute Verbindungen und sprühte vor neuen Ideen; Jerry Baines von der Abteilung Forschung und Entwicklung konnte hervorragende Referenzen vorweisen, neigte aber ein wenig zu Selbstherrlichkeit; und schließlich war da Meg Lakes, eine viel versprechende junge Frau für die Führung der Personalabteilung.

Doch nun begann der schwierige Teil. Wie brachte man eine Gruppe ebenso talentierter wie ehrgeiziger Individuen dazu, sich zu einem funktionierenden Managementteam zusammenzufinden?

Das war Sabrinas Aufgabe.

Ob sie Erfolg hatte oder nicht, würde sich erst mit der Zeit zeigen.

Nachdem sie vier Jahre in der Managementberatung gearbeitet hatte – drei bei den Topadressen der Branche und ein Jahr hier bei CCTL –, wusste Sabrina, dass kein Team mit dem anderen zu vergleichen war. Es gab kaum Veränderungen, die ohne Widerstand durchgesetzt werden konnten, und man durfte nichts für gegeben hinnehmen.

Und doch hatte Sabrina eine beeindruckende Erfolgsbilanz. Deshalb nahmen viele Firmen, die expandieren wollten oder eine Verjüngungsspritze brauchten, gern ihre Hilfe in Anspruch.

»Ich bin Sabrina Radcliffe«, begann sie und blieb absichtlich stehen, obwohl alle anderen saßen – ein Routineschachzug, um die Kontrolle über das Meeting zu behalten. »Wie Sie wissen, bin ich die Geschäftsführerin von CCTL. Ich will Sie nicht mit einer Aufzählung meiner Laufbahn und meiner Zeugnisse langweilen, denn sicherlich haben Sie Ihre Hausaufgaben gemacht und wissen, wie es um meinen Ruf und den von CCTL bestellt ist. Ich möchte Sie für den Anfang nur einladen, Gebrauch von unserer Einrichtung zu machen – sowohl für Ihre Erholung, geistig wie physisch, als auch für Ihre berufliche Weiterbildung.

Richten Sie sich für die nächsten vier Tage auf eine intensive Arbeitsphase ein. Wir werden regelmäßig Meetings abhalten. Die Zeiten Ihrer Workshops sind auf den Stundenplänen vermerkt, die Sie bei der Anmeldung erhalten haben. Sie werden feststellen, dass wir zwischen den einzelnen Blöcken Zeit zu Ihrer freien Verfügung gelassen haben. Diese sollten Sie zur Entspannung nutzen. Wir wollen damit beide Enden der Skala bedienen: sich ausruhen und wieder anspannen. Unser Personal bietet Stressmanagement- und Yogakurse an. Überdies haben wir ein Fitnesscenter mit den neuesten Geräten, die Sie benutzen können, wann immer Sie Lust dazu haben. Und schließlich haben wir den Lake Massabesic direkt vor der Tür. Sie können segeln, Kanu fahren oder wandern. Tun Sie, was Ihnen Spaß macht.«

Sabrina schätzte die Aufmerksamkeitsspanne ihrer Zuhörer ab. Es wurde Zeit, über das Essen zu reden.

»Nun zu den Mahlzeiten.«

Alle setzten sich auf. Kein Wunder. So war es immer, wenn das Essen zur Sprache kam.

»Unsere Köche sind hervorragend«, fuhr sie fort. »Wir haben sie aus den besten Restaurants der ganzen Welt abgeworben. Erwarten Sie also keinesfalls, dass Sie abnehmen. Das werden Sie nicht schaffen, es sei denn, es wäre Ihr Ziel. Wenn Sie also besondere Wünsche haben oder Diätvorschriften befolgen müssen, sagen Sie es bitte dem Küchenpersonal. Sie werden alles tun, Ihren Wünschen entgegenzukommen.«

Sabrina strich mit den Fingerspitzen leicht über ihren dunkelroten Seidenblazer und ihre Slacks. »Zu den Team Meetings kommen Sie bitte nicht overdressed. Das Letzte, was wir gebrauchen können, sind enge Krawatten und Hosenbünde. Meiner Überzeugung nach behindert alles, was die Atmung einengt, auch die Kreativität.«

Ein paar Zuhörer lächelten.

Nun musste sie ihnen Zeit geben, die Informationen zu verdauen.

»Die Einzelheiten unserer Meetings teile ich Ihnen zu einem späteren Zeitpunkt mit. Leben Sie sich erst mal ein. Unser Personal ist erstklassig. Geben Sie sich ruhig in unsere Hände, und vertrauen Sie sich unserer Führung an. Dann werden Sie das Gefühl haben, die Welt erobern zu können, wenn wir Sie nach Hause schicken.«

11.15 Uhr
Mt. Sinai Hospital

Dylan stürzte den letzten Schluck Kaffee hinunter, zerknüllte den Styroporbecher und warf ihn in den Abfalleimer.

Die vergangenen sechzehn Stunden waren ein unwirklicher verwaschener Fleck.

Die Notaufnahme. Dann der OP. Stunden hatte Carson dort zugebracht und ausgedehnte Eingriffe über sich ergehen lassen müssen, damit Organe gerettet und Blutgefäße genäht werden konnten. Jetzt lag er auf der Intensivstation an Schläuchen und Tropf, war an eine Unzahl Monitore angeschlossen und zeigte keine Anzeichen von Besserung.

Was für ein Albtraum! Dylan kniff die Augen zusammen und rieb die pochenden Höhlen, um einen Kopfschmerz zu lindern, der sich nicht lindern ließ. Nicht, bevor er endlich etwas aß, ein wenig Schlaf bekam und beruhigende Nachrichten von den Ärzten hörte. Er hatte die notwendigen Anrufe getätigt und in Bewegung gesetzt, was er konnte. Aber er hatte so viele lose Enden zu verbinden …

»Ich halte diese Unsicherheit nicht mehr aus. Wenn man nichts hört, nichts weiß … ich verliere noch den Verstand.«

Susan Lane sprang vom Stuhl im Wartezimmer auf, ihr ganzer Körper vor Sorge verspannt. Sie fuhr mit den Fingern durch ihr glattes, blond gesträhntes Haar und zerzauste es noch mehr. Dylan fiel auf, dass er Susan noch nie so ungepflegt gesehen hatte. Mit ihren vierzig Jahren sah Carsons Freundin wie eine Dreißigjährige aus, stets perfekt geschminkt und elegant gekleidet. Nicht aber heute Morgen. Nach der ruhelosen Nacht sah sie fürchterlich aus. Aber Dylan selbst nicht minder.

»Warum sagen die uns nichts?«, wollte Susan wissen.

»Vielleicht, weil es nichts Neues zu sagen gibt«, erwiderte Dylan. »Carson hat die OP überstanden. Er ist ein Kämpfer. Er wird es schon schaffen.«

»Er *muss* es schaffen.« Es klang, als wollte Susan eher sich selber überzeugen als Dylan. Wieder nahm sie ihre ruhelose Wanderung auf, sprach mit erstickter Stimme. »Ich hatte schon so eine Ahnung, dass irgendwas passiert war. Selbst für seine Verhältnisse war das eine arge Verspätung. Schließlich war es nicht irgendeine langweilige Dinnerparty, sondern die US Open. Ich hätte auf meine innere Stimme hören sollen. Ich hätte anrufen sollen.«

»Das hätte auch nichts geändert. Das Spiel fing erst nach sieben an, Carson wurde aber schon vor sechs angeschossen.«

»Stimmt. Und du hast mich erst gegen zehn angerufen«, warf Susan ihm mit anklagender Stimme vor. »Als ich längst in unserer Loge auf dem Platz saß und mein Handy ausgeschaltet hatte.«

»Ich habe dich angerufen, als ich wieder klar denken konnte.« Dylan hatte das Gefühl, als spräche er über etwas, das sich vor einem Jahr und nicht letzte Nacht ereignet hatte. »Tut mir Leid, dass du es über die Mailbox erfahren musstest. Ich weiß, dass meine Nachricht dir einen Schock versetzt haben muss.« Mit einem Seufzer stieß er den angehaltenen Atem aus. »Ehrlich gesagt weiß ich von den ersten Stunden nicht mehr allzu viel.«

»Ist mir schon klar, dass du völlig fertig warst«, gab Susan zu, und ihre Miene wurde weicher. »Ich wollte dich auch nicht so überfallen. Ich muss nur ständig daran denken … wenn ich früher hingekommen wäre, wäre alles anders gelaufen. Hätte er meine Stimme gehört oder gewusst, dass ich da war …« Sie schluckte schwer. »Aber was geschehen ist, ist geschehen. Jetzt geht es nur darum, dass Carson durchkommt.«

Sie ging zum Eingang der Intensivstation und versuchte hineinzuspähen. Doch sämtliche Vorhänge waren zugezogen, seit Carsons behandelnder Chirurg auf der Station verschwunden war. »Dr. Radison ist schon sehr lange drin.«

Dylan folgte ihr und stellte sich neben sie. »Radison ist tüchtig. Du weißt doch, welchen Ruf er hat – er ist der Beste. Und er weiß genau, dass wir hier draußen warten. Er wird uns informieren, sobald er etwas weiß.«

»Mr Newport?«

Die Stimme kam aus dem Korridor hinter ihnen. Dylan drehte sich um. Er war kaum überrascht, die Detectives Barton und Whitman wieder zu sehen. Sie hatten ihn schon gestern Nacht vor Susans Eintreffen befragt: über seine Beziehung zu Carson, über Carsons Lebensstil, seine Freunde und Feinde – die üblichen Routinefragen zu Beginn einer Ermittlung. Dylan hatte geantwortet wie ein Automat und bezweifelte, dass seine Angaben besonders stimmig gewesen waren. Aber das war im Grunde egal. Was er auch sagte – er war einer der Hauptverdächtigen. Als die Schüsse gefallen waren, war niemand außer Carson und ihm in der Firma gewesen. Seine Vertrauensstellung bei Carson und sein Einfluss im Unternehmen waren kein Geheimnis. Und bestimmt hatten die Ermittler in der Zwischenzeit ihre Hausaufgaben gemacht. Sie wussten von seiner Herkunft, und sie wussten, was er zu gewinnen hatte, falls Carson nicht überlebte. Folglich wollten sie noch ein wenig tiefer bohren. Oder sie hatten tatsächlich etwas herausgefunden …

»Ja, bitte?« Dylan schob die Hände in die Hosentaschen und versuchte, in den Mienen der beiden etwas zu lesen. Sie machten keineswegs den Eindruck zweier zufriedener Gesetzeshüter, die soeben eine Verhaftung vorgenommen haben. »Können Sie uns etwas Neues sagen?«

»Nichts, das Sie nicht schon wüssten.« Frank Bartons Tonfall schien irgendetwas anzudeuten. »Wir haben mit den beiden Nachtwächtern von letzter Nacht gesprochen – dem am Haupteingang und dem Zuständigen für die Videoüberwachung. Die haben nichts und niemanden gesehen, außer Ihnen und Mr Brooks. Wir haben uns die Bänder angeschaut und konnten es nur bestätigen. Falls also noch jemand das Gebäude betreten hat, muss er den Lieferanteneingang genommen haben.« Barton schaute nicht Dylan an, sondern warf einen fragenden Blick auf Susan.

»Das ist Susan Lane«, stellte Dylan sie vor. »Ihr Name steht auf der Liste von Carsons Freunden, die ich Ihnen gegeben habe. – Susan, das sind die Detectives Barton und Whitman.«

»Miss Lane«, sagte Eugenia Whitman. »Gut, dass wir Sie antreffen. Wir wollten uns heute ohnehin bei Ihnen melden und ein paar Fragen stellen. Können wir das gleich erledigen?«

Susan nickte. »Natürlich. Was immer ich für Sie tun kann …«

»Schön. Im Übrigen kann ich Ihnen versichern, dass wir rund um die Uhr vor Mr Brooks' Krankenzimmer eine Wache aufstellen lassen, nur für den Fall, dass der Täter es noch einmal versucht. Officer Laupen müsste jeden Augenblick hier eintreffen. Er übernimmt die erste Schicht.« Sie wandte ihre Aufmerksamkeit wieder Dylan zu. »Es scheint

Ihnen besser zu gehen als gestern Nacht. Heißt das, dass es auch Mr Brooks besser geht?«

Als ob ihr nicht längst im Krankenhaus angerufen und das überprüft hättet, dachte Dylan.

»Gestern Nacht ging es mir so schlecht, weil ich unter Schock stand«, sagte er. »Der Schock lässt allmählich nach, deshalb wirke ich jetzt ein wenig gefasster. Carson geht es den Umständen entsprechend. Er hat einen Lungendurchschuss, innere Verletzungen und eine zerfetzte Arterie. Außerdem hat er eine Menge Blut verloren. Eine Prognose lässt sich daher noch nicht stellen. Im Augenblick steht er unter Medikamenten und liegt auf der Intensivstation. Sein Arzt ist gerade bei ihm. Wenn Sie noch ein wenig bleiben, werden Sie sicherlich die neuesten Informationen hören.«

»Das hatten wir vor«, erklärte Barton. »Dem Bericht des Chirurgen habe ich entnommen, dass die Kugel nicht entfernt wurde.«

»Das stimmt. Die Kugel steckt in Carsons Brust, in der Nähe der Lunge. Sie zu entfernen wäre gefährlicher, als sie an Ort und Stelle zu belassen.«

Barton verschränkte die Arme vor dem Bauch. »Wir haben also weder Kugel noch Waffe – und ein Opfer, das keine Aussage machen kann.«

Dylan fiel auf, dass er weder Motiv noch Verdächtige erwähnte.

»Es würde auch nichts nützen, mit Carson zu reden. Er hat den Angreifer nicht gesehen.« Dylan fand, es habe keinen Sinn, die Detectives zu verärgern, daher wiederholte er seine Aussage der vergangenen Nacht. »Er wurde von hinten niedergeschossen. Er sagte, das Ganze sei so schnell gegangen, dass er gar keine Zeit hatte, sich umzudrehen.«

»Ihrer Aussage zufolge hat er das im Krankenwagen gesagt. Leider hat es außer Ihnen niemand gehört.« Detective

Whitman wickelte sich die Enden ihrer kurzen platinblonden Locken um die Finger – eine täuschend lässige Geste, denn gleichzeitig musterte sie Dylan argwöhnisch.

»Die Sanitäter hatten ja auch alle Hände voll zu tun, Detective.« Allmählich wurde Dylan sauer. »Sie hatten alle Mühe, Carsons Leben zu retten. Er hat nur ein paar Worte sagen können. Und er hat nur mit mir gesprochen.« Er hielt Whitmans kühlem Blick stand. Mit ihren einsdreiundachtzig war sie fast so groß wie er – blass, zaundürr und mit einer Frisur wie eine Wattekugel.

»Ja.« Sie überflog ihre Notizen. »Das haben Sie uns bereits gesagt.«

»Genau so ist es auch passiert. Hören Sie, mit dieser Debatte verlieren wir nur Zeit. Sie können sich die Bestätigung von Carson holen, sobald der Arzt sein Einverständnis gibt.«

»Deshalb sind wir hier, Mr Newport. Um zu hören, ob die Aussage des Opfers mit der Ihren übereinstimmt.«

Nun reichte es Dylan.

»Hören Sie, Detective«, sagte er eisig. »Ihre Nachricht ist angekommen, laut und deutlich. Aber Sie bellen den falschen Baum an. Allerdings müssen Sie das selber herausfinden. Verschwenden Sie keine Zeit. Ich will, dass Sie den Schuldigen finden, und wenn Sie noch so sehr graben müssen. Der Anschlag auf Carson war geplant.«

»In diesem Punkt stimmen wir überein. Es lag eine Absicht vor. Aber ein Raubüberfall war es nicht. Als Mr Brooks hier eingeliefert wurde, hatte er fünfhundert Dollar in der Jackentasche, an einem schweren goldenen Clip. Und da der Täter ja angeblich spurlos verschwunden war, als Sie in Carsons Büro kamen, hätte er mehr als genug Zeit gehabt, Geld und Wertgegenstände an sich zu nehmen.«

»Raub? Ist mir nie in den Sinn gekommen. Es stimmt schon, Carson ist reich und berühmt. Aber wenn man ihn überfallen wollte, hätte man das doch an einer Straßenecke tun können. Wozu elf Stockwerke rauffahren, um ihn in seinem Büro niederzuschießen?«

»Da ist was dran.« Nachdenklich schaute Barton Dylan an. »Sagen Sie mal, Mr Newport, fällt Ihnen vielleicht ein Motiv ein?«

Mein Motiv, meint ihr wohl, überlegte Dylan. Laut sagte er: »Mehrere. Zum Beispiel Rache. Oder Gier. Ein abgeschlagener Konkurrent. Wie ich Ihnen gestern Abend schon sagte, ist Carson nicht der typische Topmanager, nicht mal ein typischer Selfmademan. Er ist auf der Straße aufgewachsen. Er hat mit nichts angefangen und sich den Arsch aufgerissen, um sein Vermögen zu machen. Dabei hat er sich bloß auf seinen Kopf und seinen Instinkt verlassen. Er ist ein brillanter Chemiker, ein brillanter Geschäftsmann – ein wahres Genie, wenn Sie mich fragen. Solche Menschen bringen bei ihren Feinden meist das Schlechteste zum Vorschein.«

»Und warum sollte es diesen Feinden einfallen, ausgerechnet jetzt zuzuschlagen?«, bohrte Whitman.

»C'est Moi.« Susan hatte begriffen, worauf Dylan hinauswollte. »Es ist im Juni auf den Markt gekommen. Der Anschlag auf Carson muss damit zusammenhängen.« Sie warf Whitman einen fragenden Blick zu. »Haben Sie schon davon gehört?«

»Von dem Parfüm, das die gesamte Nation auf den Kopf gestellt hat?« Whitmans Stimme triefte vor Ironie. »Da hätte man schon tot sein müssen, um nicht davon zu hören. Die Sensationsmache der Werbekampagne hat ja in jedem Parfümgeschäft im Land zu Aufständen geführt.«

»Es lag nicht an der Kampagne«, sagte Dylan steif. »Sondern am Produkt. Die Werbung hat lediglich die Aufmerksamkeit aller Welt erregt. Aber es geht um den Duft – der hat die Branche in Aufruhr versetzt.«

»Weil dieses Parfüm jede Frau in eine Göttin verwandelt«, bemerkte Whitman.

»Es ist ein Parfüm, Detective, kein Liebestrank. Es kann nicht Attraktivität aus dem Nichts heraus schaffen, sondern verstärkt nur, was bereits vorhanden ist. Eigentlich das, was man von jedem Parfüm erwarten sollte. Da können Sie fragen, wen Sie wollen. Oder besser noch, probieren Sie es selber aus.«

»Das werde ich. Sobald wir den Fall gelöst haben.« Whitman ließ sich nicht von ihrer Fährte abbringen. »Sagen wir also, dieses Parfüm hält, was es verspricht. Wie kann sein Erfolg dann etwas mit dem Anschlag auf Brooks zu tun haben? Das Produkt ist doch längst auf dem Markt. Wie sollte Brooks' Tod etwas daran ändern? Ruisseau ist ein solides Unternehmen. Ich glaube nicht, dass es ohne seinen Direktor Konkurs macht.«

»Das nicht. Aber im Fall von *C'est Moi* gibt es eine Achillesferse«, erklärte Dylan. »Die Formel für das Parfüm ist einzigartig. Die Entwicklung hat fast zwei Jahre gedauert und lief unter absoluter Geheimhaltung.«

»In Brooks' Forschungsabteilung?«

»Nein. Er selbst hat die Formel entwickelt.«

Argwöhnisch hob Whitman die Brauen. »Brooks selbst?«

»Ja. Und er ist der Einzige, der die genaue Zusammenstellung kennt.«

Zum ersten Mal wirkte die Kriminalbeamtin perplex. »Der Einzige? Niemand sonst ist eingeweiht?«

»Keine Menschenseele. Ich übrigens auch nicht. Aber eine Menge Leute wären es gern. Dieses Parfüm fährt Millionengewinne ein.«

»Also glauben Sie, dass jemand Brooks töten wollte, um an die Formel zu kommen?«

»Oder um die Produktion abrupt zu stoppen. *C'est Moi* hat in wenigen Monaten Millionen gebracht und sämtliche anderen Parfümhersteller wirtschaftlich hart getroffen. Deren Lager quellen über. Ein Umstand, der Carson bei der Konkurrenz nicht gerade beliebt macht.«

»Das alles haben Sie vorher nicht erwähnt.«

»Weil ich dachte, Sie hätten Ihre Hausaufgaben gemacht. Oder waren Sie zu sehr damit beschäftigt, mich zu durchleuchten?«

Bevor Whitman darauf antworten konnte, schwang die Tür zur Intensivstation auf und der Oberarzt, der Carson operiert hatte, kam heraus, wobei er mit gerunzelter Stirn ein Krankenblatt betrachtete.

»Dr. Radison.« Dylan eilte zu dem Chirurgen und vertrat ihm den Weg. »Wie geht es ihm?«

Der Arzt blieb stehen und blickte vom Klemmbrett auf. Seine Miene war verhalten. »Er hält sich tapfer.«

»Ist er bei Bewusstsein?«, wollte Barton wissen.

Dr. Radison warf den Detectives einen abschätzenden Blick zu. »Er wird immer wieder kurz wach und schläft dann wieder ein. Das liegt zum großen Teil an den Schmerzmitteln.«

»War er eben noch wach?«, drängte Whitman.

»Ja.« Der Chirurg hielt eine Hand hoch und erstickte damit alle weiteren Fragen im Keim. »Wir haben einen Endotrachealtubus gelegt und Mr Brooks an ein Beatmungsgerät angeschlossen. Er kann Fragen schriftlich beantworten, aber nicht sprechen. Außerdem ist er für eine lange Vernehmung noch zu schwach. Sie können ihm ein paar Fragen stellen, mehr aber nicht.« Sein Blick wanderte zu Dylan. »Er hat geschrieben, dass ich Sie nach Hause schicken soll. Sie sollten ausgeruht sein, weil Sie rund um die Uhr arbeiten müssen, bis er wieder auf dem Posten ist.«

Dylan spürte, wie seine Mundwinkel zuckten. »Das klingt ganz nach Carson.«

»Weiß er, dass ich da bin?«, schaltete Susan sich ein.

Dr. Radison nickte. »Ich habe es ihm gesagt. Es hat ihn gefreut, bis er hörte, dass Sie die ganze Nacht hier verbracht haben. Er sagte, dass auch Sie nach Hause gehen und sich ausruhen sollen.«

»Sollten wir noch etwas über Mr Brooks' Zustand wissen, bevor wir zu ihm hineingehen?« Whitman war schon auf dem Weg zum Zimmer.

»Allerdings.« Dr. Radisons Tonfall ließ sie innehalten. »Es gibt eine Komplikation. Wie ich Ihnen bereits sagte, hat die Kugel Mr Brooks' Bauchschlagader verletzt.«

»Sie haben aber auch gesagt, dass Sie die Ader genäht haben«, entgegnete Dylan.

»Das haben wir, ja.«

»Und?«

Dr. Radison rieb sich das Kinn. »So einfach ist das nicht, Mr Newport. Diese Aorta ist die Hauptarterie des Körpers. Sie versorgt die Organe mit Blut. Bei Mr Brooks wurde die Bauchschlagader an einer Stelle verletzt, von der die Nieren betroffen sind. Deren Blutversorgung ist nicht mehr ausreichend. Nimmt man den Blutverlust und den septischen Schock der Infektion hinzu, die durch die inneren Verletzungen entstanden ist, liegt Grund zur Besorgnis vor. Ich habe soeben ein CT machen lassen, und das Ergebnis gefällt mir nicht. Die Nierenfunktion ist um achtzig Prozent herabgesetzt. Sofern sie sich nicht bessert, werde ich mit der Dialyse beginnen.«

»Dialyse«, wiederholte Dylan langsam. »Wollen Sie damit sagen, Sie befürchten ein Nierenversagen?«

»Das wäre der schlimmste Fall. Möglicherweise brauchen die Nieren nur ein wenig Unterstützung, bis sie wieder von selbst zu arbeiten beginnen.«

»Also ist es vorübergehend.«

Kurzes Zögern. »Das hoffe ich.«

Dylan fuhr auf. »Aber es könnte auch irreparabel sein.«

»Möglicherweise, ja. Und da Mr Brooks ein aktiver Mann ist, der eine Abneigung gegen Einschränkungen jeglicher Art hegt, möchte ich vorbereitet sein.«

»O Gott.« Susan presste die Hände gegen die Wangen. »Sie reden von einer Transplantation.«

»Ich rede nur darüber, dass eine Grundlage geschaffen werden muss«, stellte Dr. Radison klar. »Nur für alle Fälle.« Er vertiefte sich wieder in die Krankenakte und runzelte die Stirn. »Unglücklicherweise hat Mr Brooks keine Familie. Außerdem hat er Blutgruppe Null positiv, wodurch der Kreis möglicher Spender stark eingeschränkt wird. Wir sollten schon mal anfangen, sämtliche Menschen anzusprechen, die ihm nahe stehen und bereit wären, sich auf Gewebeverträglichkeit untersuchen zu lassen – wie gesagt, nur für alle Fälle.« Er neigte den Kopf. »Ich nehme an, wir können mit Ihnen beiden anfangen?«

»Aber natürlich«, lautete Susans prompte Antwort.

»Hm?« Dylans Gedanken rasten. Zum Glück hatte er die notwendigen Anrufe bereits gemacht. Er hatte die Dinge in Bewegung gesetzt, sich aber nicht träumen lassen, welche Bedeutung sie in so kurzer Zeit erlangen würden. Es war schon seltsam, dass Carson ausgerechnet jetzt auf die Idee gekommen war, nach seinem Kind zu suchen. Was zuvor sentimentale Neugier war, wurde nun zu einer Lebensnotwendigkeit.

»Mr Newport?«, sagte Radison. »Ich habe gefragt, ob Sie Ihre Blutgruppe kennen.«

»Sorry. Ich musste das alles erst einmal verdauen. Ich habe Null positiv.«

»Also die gleiche Blutgruppe wie Mr Brooks. Gut. Miss Lane sagte mir gerade, dass sie A negativ hat. Das würde nicht klappen.«

»Heißt das, ich käme als Spender infrage?«, wollte Dylan wissen.

»Ich fürchte, so einfach ist das nicht. Es ist nur der erste Schritt. Wir müssen Ihnen Blut abnehmen für die Gewebetypisierung, und außerdem …«

»Ich gehe gleich runter zum Labor und lass es machen.« Dylan spürte, wie die Detectives ihn beobachteten und seine Reaktion abschätzten. Er konnte nicht fragen, ob er mit Dr. Radison allein sprechen könne, ohne ihren Verdacht zu verstärken. Außerdem war jetzt nicht der richtige Zeitpunkt, um dem Chirurgen anzuvertrauen, dass Carson ein leibliches Kind hatte. Nicht, bevor Dylan sich überzeugt hatte, dass dieses Kind tatsächlich existierte.

»Stimmt was nicht, Mr Newport?«, erkundigte sich Whitman.

»Ich mache nur gerade eine Kehrtwendung im Geiste – von Carsons Feinden zu Carsons Freunden.« Dylan riss sich zusammen, damit sie nicht merkten, wie aufgeregt er war. »Ich rufe jeden an, der mir einfällt. Je mehr Personen sich untersuchen lassen, desto größer die Chance, dass wir einen Spender finden.« Entschlossen schaute er sie an. »Ich nehme an, wir können unsere Unterhaltung vertagen, bis ich diese Anrufe erledigt habe und mir Blut abgenommen wurde?«

»Ich kümmere mich schon um die Anrufe, Dylan«, erbot sich Susan mit zitternder Stimme. »Dann komme ich mir wenigstens nützlich vor. Du kannst immerhin dein Blut spenden. Ich kann ihm nicht einmal das geben.« Sie schluckte schwer. »Wenn ich jemanden vergesse … Geschäftsfreunde, Freundinnen, wer immer ihm helfen könnte … kannst du den Betreffenden dann anrufen?«

Dylan nickte. »Sind Sie einverstanden?«, wandte er sich an die Detectives.

»Natürlich«, versicherte Whitman, die wieder ihr Pokerface aufgesetzt hatte. »Wir wollen jetzt sowieso mit Mr Brooks sprechen – und mit Dr. Radison, wenn er eine Minute erübrigen kann. Danach unterhalten wir uns mit Miss Lane. Wir gehen nirgendwohin. Sie auch nicht, nehme ich an. Also treffen wir uns später wieder hier. Es sei denn, Sie wollen nach Hause und sich ausruhen, wie Mr Brooks vorgeschlagen hat?«

»Nein. Ausruhen kommt jetzt nicht infrage.« Dylans Entschlossenheit wuchs. »Ich bleibe hier im Krankenhaus – es sei denn, ich sitze in einem Taxi oder stehe zu Hause unter der Dusche oder ziehe mich um. Auf jeden Fall bin ich erreichbar.«

»Schön.« Barton wandte sich an Susan. »Sie warten hier?«

»Natürlich. Ich stelle mich vors Krankenhaus und rufe vom Handy aus die Leute an. Holen Sie mich, wenn Sie mich brauchen.« Ihre Augen schimmerten vor ungeweinten Tränen. »Ich will, dass der Täter gefasst und bestraft wird.«

»Wir auch«, versicherte Barton. »Und machen Sie sich keine Sorgen. Wir kriegen ihn. Bald.«

Mit einem letzten prüfenden Blick auf Dylan folgte er seiner Kollegin auf die Intensivstation.

3

2.30 Uhr
76. Straße West, Nr. 341

Das Telefon klingelte. Dylan stieg tropfnass aus der Dusche, wickelte sich leise fluchend ein Handtuch um die Hüften und eilte ins Schlafzimmer.

Wahrscheinlich war es einer dieser nervigen Detectives, der ihn schon wieder ausquetschen wollte, und darauf hatte er absolut keine Lust. In den letzten drei Stunden hatte er keine ruhige Minute gehabt.

Zuerst hatte er sich Blut abnehmen lassen. Dann hatte er noch einmal bei Carson vorbeigeschaut, der nach einer offenbar kurzen Unterredung mit den beiden Beamten wieder eingeschlafen war. Anschließend waren Whitman und Barton mit Susan beschäftigt gewesen; Dylan hatte sie kurz aus der Befragung herausgeholt, um zu erfahren, welche Leute sie bereits erreicht hatte.

Susan war eben dabei, den Detectives zu schildern, wie sie Carson durch ihr gemeinsames Engagement für die Wohltätigkeitsorganisation »YouthOp«, der Susan vorstand, kennen gelernt hatte. Carson war einer der Mäzene. Dylan hatte den Rest der Geschichte nicht abgewartet. Zweifellos würden die Cops Susan noch einige Fragen über ihn stellen, aber da würden sie in einer Sackgasse enden. Mit Susan verstand er sich prächtig. Sie hingegen wusste von Dylan nur, dass er eine enge Verbindung zu Carson hatte. Und da Carson ein sehr verschwiegener Mann war, der seine geschäftlichen oder persönlichen Dinge nicht einmal mit Susan besprach und niemals Informationen über Ruisseau preisgab, konnte Susan den Detectives auch keinen Zündstoff liefern.

Als Dylan nach Hause gekommen war, hatte er eine geschlagene Stunde am Telefon gehangen und schließlich vier oder fünf Leute zu einem Bluttest überredet. Es fiel ihm nicht ein, den Neinsagern ihre Haltung anzukreiden. Respekt oder sogar Zuneigung zu einem Menschen zu empfinden, war eine Sache; etwas ganz anderes war es, diesem Menschen einen Teil seines Körpers zu geben.

Blutsverwandte waren dafür am besten geeignet.

Und mit ein wenig Glück würde er es ermöglichen können.

Zu Hause war er sofort unter die Dusche gegangen und hatte das heiße Wasser aufgedreht in der Hoffnung, es würde seine Anspannung mildern. Keine Chance. Er war so verspannt, dass er zitterte. Und jetzt noch das verdammte Telefon!

Dylan nahm den Hörer kurz vor Einschalten des Anrufbeantworters ab. »Hallo?«

»Dylan?«, fragte eine Stimme am anderen Ende. »Ich hätte beinahe schon aufgelegt und es übers Handy versucht.«

»Stan!« Sofort stellte sich Erleichterung, aber auch Angst ein. Dylan ließ sich in einen Sessel sinken. »Sag mir, dass du was für mich hast.«

»Hab ich. Hat eine Weile gedauert, weil der Arzt in den Ruhestand gegangen ist. Mein Strohmann musste rauskriegen, wo die Akten abgeblieben waren. Und dann gab's noch die Schwierigkeit, sie in die Finger zu bekommen. Aber er hat's geschafft.«

»Bist du sicher, dass sie rechtskräftig sind?«

»Aber ja. Ich hab doch da gearbeitet und kenne den Arzt. Ich weiß, wo er jetzt wohnt. Ich kenne auch seine Unterschrift und seinen Briefkopf. Und das Fax, das ich erhalten habe, ist authentisch. Darauf steht der Name der Frau, ihre persönlichen Daten und alles andere. Von da an war es einfach. Unser Privatschnüffler hat die Spur der Frau und die ihrer Familie verfolgt. Gloria Radcliffe. Modeschöpferin, lebt in Rockport, Massachusetts. Stammt aus 'ner superreichen Familie aus Beacon Hill in Boston. Hab alles hier. Und da du jetzt zu Hause bist, faxe ich's dir zu.«

»Sofort.«

»Ja, klar.« Stan schwieg betroffen. »Wie geht es Carson?«, fragte er dann.

»Seine Nieren arbeiten nicht richtig. Möglicherweise braucht er eine Transplantation.«

Stan fluchte unterdrückt. »Ist er schon an die Dialyse angeschlossen?«

»Als ich ging, noch nicht. Aber jetzt könnte es so weit sein. Kommen wir zur Sache: Hat Carson ein leibliches Kind oder nicht?«

»Ja, hat er. Eine Tochter. Sie heißt Sabrina. Wurde am dritten Juni 1975 im Newton Wellesley Hospital geboren – fast genau zehn Monate nach dem Tag, als Carson seine Samenspende abgab. Dem Hebammenbericht zufolge war Sabrina ein kerngesundes Kind.«

»Hast du die Unterlagen?«

»Liegen vor mir auf dem Tisch. Ich lese gerade daraus vor.«

»Kannst du mir auch ihre Blutgruppe sagen?«

»Äh …« Eine Pause entstand, während Stan blätterte. »Null, Rhesus positiv.«

Dylan stieß die angehaltene Luft aus – es war die pure Erleichterung. »Ich nehme an, du hast auch neue Informationen über diese Sabrina. Wo steckt sie jetzt?«

»Sie leitet so ein Manager-Trainingszentrum in der Nähe von Manchester, New Hampshire. Ist gleichzeitig Schulungszentrum und Erholungsstätte. Sie wohnt auch da.«

Dylan fasste einen Entschluss.

»In einer Stunde kann ich die Maschine nach Manchester nehmen. Erst mal spreche ich mit Carsons Arzt. Dann fahre ich zum Flughafen. Du hältst Carsons Namen aus der Presse raus, wie besprochen. Löse ein paar Gefallen ein und tue, was nötig ist. Du musst es nur einen Tag lang geheim halten, bis ich bei Sabrina Radcliffe gewesen bin. Und Stan – danke. Das könnte Carsons größte Chance sein, vielleicht die einzige.«

»Einen Augenblick, Dylan«, sagte Stan, bevor er auflegen konnte. »Du kannst doch nicht einfach in diesem Trainingszentrum aufkreuzen, ohne vorher angerufen oder dich angemeldet zu haben, und dem Mädchen so zusetzen.«

»Doch, kann ich. Darauf kannst du Gift nehmen.«

»Aber …«

»Hör mal, Stan, hier geht es nicht um eine sentimentale Erinnerung, sondern um Carsons Leben. Du weißt doch, was für ein Mensch er ist. Er kann es nicht leiden, von anderen abhängig zu sein. Lebenslang Dialyse? Abhängig von Krankenhäusern, Schläuchen und Maschinen? Das würde ihn umbringen.«

»Ich will mich nicht mit dir streiten. Aber irgendjemand muss die Dinge von der vernünftigen Seite betrachten. Was du vorhast, wird Sabrina Radcliffes Leben völlig umkrempeln. Zunächst mal weißt du ja gar nicht, ob sie als Spenderin überhaupt infrage kommt. Und wichtiger noch, ob sie überhaupt einwilligen würde. Sicher, Carson ist ihr biologischer Vater. Aber sie hat ihn nie kennen gelernt. Wahrscheinlich weiß sie nicht mal, dass er existiert. Woher willst du wissen, was ihre Mutter ihr erzählt hat? Deren Verhalten war selbst für die Siebziger radikal. Ich glaube kaum, dass sie ihre Tochter in eine solche Sache eingeweiht hat.«

»Diese Tochter ist jetzt siebenundzwanzig Jahre alt. Sie wird es schon verkraften.«

»Vielleicht. Vielleicht auch nicht. Du kannst nicht voraussehen, wie sie reagiert, und schon gar nicht, ob sie mitmacht.«

»Diese Brücke werde ich überschreiten, wenn es so weit ist.«

»Sie könnte dich achtkantig rauswerfen lassen.«

»Und ihre Mutter könnte mich verklagen«, setzte Dylan trocken hinzu. »Und sie würde gewinnen. Sie hat genug in der Hand, um mir meine Zulassung zu nehmen und einige meiner Kollegen hinter Gitter zu bringen. Vertrauliche Krankenhausdokumente an sich zu bringen und deren Inhalt ohne Erlaubnis preiszugeben *ist* kriminell und obendrein unmoralisch. Es verstößt gegen das Berufsethos. Aber das Risiko muss ich eingehen.«

»Dylan …«

»Mach dir keine Sorgen. Dein Name wird nicht mal erwähnt. Ich nehme alles auf meine Kappe. Aber was auch geschieht, ich fliege nach Manchester. Es muss sein.«

»Ja, ich weiß.« Während Stan sprach, begann Dylans Fax zu piepen. »Da hast du alles, was du brauchst. Sieben kostbare Seiten. Viel Glück.«

3.15 Uhr
Mt. Sinai Hospital

Dylan rauschte in die Wartezone der Intensivstation und steuerte direkt auf den Empfang zu. »Ich muss Dr. Radison sprechen«, sagte er zur Schwester. »Es ist dringend.«

Die Frau sah von einem Krankenblatt auf. »Mr Brooks geht es den Umständen entsprechend gut, Sir. Sie brauchen sich keine Sorgen zu machen.«

»Ich mache mir keine Sorgen. Ich habe bloß keine Zeit. Ich muss mit Dr. Radison sprechen, und zwar sofort.« Dylan warf einen Blick über die Schulter und sah den Cop, der vor Carsons Zimmertür Wache hielt. »Das ist ein Dialysegerät, an dem Carson da hängt, stimmt's?«

»Ja. Dr. Radison hat vor einer Stunde mit der Behandlung begonnen. Aber es hat keine Komplikationen gegeben. Mr Brooks spricht gut auf die Behandlung an. Sein Blutdruck ist stabil, und er zeigt keine gravierenden Nebenwirkungen oder Beeinträchtigungen.«

»Das liegt daran, dass er zu betäubt ist, um zu merken, was diese Maschine für sein Leben bedeutet.« Dylan beugte sich über die Theke. Er würde sich nicht besänftigen oder abwimmeln lassen. »Ist Dr. Radison im OP?«

»Nein, aber …«

»Dann piepsen Sie ihn an.«

Die Krankenschwester beäugte ihn misstrauisch. Dann gelangte sie anscheinend zu der Überzeugung, dass er es ernst meinte, nahm den Hörer ab und kam seiner Bitte nach.

Auf der anderen Seite der Wartezone rutschte Detective Barton ungeduldig auf seinem Stuhl nach vorn und wollte aufstehen.

»Warte.« Seine Partnerin legte die Tüte Kartoffelchips beiseite und hielt ihn am Ärmel zurück.

»Warum? Newport ist völlig durch den Wind. Jetzt passt er nicht mehr so gut auf. Es wird Zeit, ihm die Daumenschrauben anzulegen.«

»Da hast du Recht. Aber wir müssen erst das Gesamtbild haben und herausfinden, warum Dylan Newport so durcheinander ist. Muss ganz schön ernst sein, wenn er darauf besteht, mit dem Chirurgen zu sprechen. Lass ihn nur machen. Später greifen wir ein.«

Dylan spürte die forschenden Blicke der beiden Ermittler. Es war ihm egal. Wenn Radison seinem Plan zustimmte, musste er den Cops ohnehin alles erzählen.

»Mr Newport?« Mit gerunzelten Brauen kam Radison über den Flur auf ihn zu. »Sie wollten mich sprechen? Die Schwester sagte, es sei dringend.«

Dylan nickte. »Gibt es einen Raum, in dem wir uns ungestört unterhalten können?«

»Natürlich.« Der Chirurg führte ihn über den Flur in ein leeres Zimmer. »Worum geht's?«, fragte er, während er die Tür schloss.

»Carson hängt an der Dialyse. Heißt das, dass seine Nierenfunktion sich verschlechtert hat?«

»Es bedeutet, dass die Nieren in ihrer Arbeit unterstützt werden müssen, ja. Ob sie sich wieder erholen und ohne Hilfe arbeiten, kann man noch nicht sagen.« Der Arzt runzelte die Stirn. »Die Krise kam nicht unerwartet. Wir hatten doch schon darüber gesprochen, dass wir möglicherweise die Dialyse einsetzen müssen.«

»Ja. Aber da wusste ich noch nicht … Es geht um eine Sache, die ich eben erst herausgefunden habe. Es könnte eine ungeahnte Hilfe sein, falls Carsons Nieren sich nicht so erholen, wie wir hoffen.« Dylan blickte Radison fest in die Augen. »Carson hat ein leibliches Kind, von dem er nichts weiß. Eine Tochter. Sie ist siebenundzwanzig und lebt in Neuengland. Ich weiß nicht, wie ihr Gesundheitszustand ist, aber ich kenne ihre Blutgruppe: Null, Rhesus positiv.«

Radison starrte ihn an. »Wie sind Sie an diese Information gekommen?«

»Das ist unwichtig. Wichtig ist, dass sie stimmt. Nun aber muss ich von Ihnen ein paar Dinge wissen. Zunächst … wie hoch ist die Wahrscheinlichkeit, dass Carsons Tochter eine passende Spenderin ist?«

Eine Pause entstand, während der Arzt über die Antwort nachdachte. »Garantien gibt es nicht. Aber außer einem Zwilling oder einem Geschwisterkind sind die leiblichen Eltern oder Kinder die bestmöglichen Spender. Sie haben bereits die erste Hürde übersprungen, indem Sie mir mitteilten, dass Vater und Tochter die gleiche Blutgruppe haben. Das ist der erste Schritt. Natürlich müssen wir eine Gewebetypisierung machen, um auf gemeinsames Genmaterial zu testen, und zudem eine Kreuzprobe durchführen. Bevor diese beiden Untersuchungen nicht abgeschlossen sind, kann ich Ihnen keinen Erfolg versprechen. Danach müsste die Frau noch zu einem Nephrologen, der einen Gesamttest macht, einschließlich einer ganzen Reihe von Laboruntersuchungen. Zum Schluss muss sie sich einem Nierenangiogramm unterziehen. Positiv zu bewerten wäre bei einer Kompatibilität von Mr Brooks und seiner Tochter, dass ihre gemeinsamen Gene das Risiko einer Organabstoßung vermindern. Und die Übertragung verspricht größeren Erfolg, wenn der Spender jung ist, wie im vorliegenden Fall. Wenn Sie also wissen wollen, ob dies eine ermutigende Entdeckung ist, kann ich Ihnen sagen: Ja.«

»Das wollte ich hören«, sagte Dylan und warf einen raschen Blick auf seine Uhr. »Wie schnell soll ich sie herbringen?«

Wieder runzelte der Arzt die Stirn. »Sie wollen einen Zeitplan entwerfen? Nun, ehrlich gesagt, bevor ich das Thema überhaupt anschneide, muss ich Sie wohl daran erinnern, dass Mr Brooks der Vater dieser jungen Frau ist. Er wurde angeschossen, und sein Zustand ist kritisch. Allein schon deshalb sollte sie benachrichtigt werden. Sie hat jedes Recht und allen Grund, ihren Vater zu sehen.«

»Da haben Sie natürlich Recht.« Dylan wollte Antworten, keine Belehrungen. »Aber was die medizinische Dringlichkeit betrifft …«

»Sie stehen nicht unter Zeitdruck. Selbst wenn Mr Brooks' Nieren völlig versagen und sich nicht wieder erholen, würden wir erst dann eine Transplantation vornehmen, wenn seine Wunden abgeheilt sind und wenn er sechs bis acht Wochen infektionsfrei ist. Andererseits ist dieser Zeitrahmen natürlich irreführend, denn man braucht ebenso sechs bis acht Wochen, um einen Spender auf Tauglichkeit zu untersuchen. Was ich damit sagen will … falls Carson Brooks' Tochter einverstanden ist, könnten die Untersuchungen sofort beginnen.« Er sah Dylan fragend an. »Soll ich den Anruf machen?«

»Nein.« Dylan schüttelte den Kopf. »Ich bin in einer heiklen Lage. Sehr wenige Menschen wissen die Wahrheit, und die junge Dame vermutlich auch nicht. Wenn sie von ihrem Vater erfährt, könnte sie einen Schock davontragen. Deshalb wollte ich wissen, ob wir unter Zeitdruck stehen. Ich wollte Zeit haben, um sie persönlich aufzusuchen. Und diese Zeit haben Sie mir ja gegeben. Ich fliege heute Abend zu ihr und bringe ihr die Neuigkeit so schonend wie möglich bei. Ich hoffe, ich kann sie überzeugen, dass sie mitkommt.« Dylan presste die Lippen zusammen. »Doch zuerst einmal muss ich das den beiden Detectives sagen, die da draußen auf der Lauer liegen.«

»Da ist unser Mann.« Whitman zerknüllte die leere Chipstüte und warf sie in den Abfalleimer, als sie Dylan auf sich zukommen sah.

»Ja«, bemerkte Barton trocken. »Wir müssen ihn gar nicht suchen. Er kommt zu uns. Und gestresst sieht er aus!«

»Wir werden den Grund dafür schon rauskriegen.«

Dylan baute sich vor den beiden auf. »Haben Sie noch Fragen an mich? Dann stellen Sie sie jetzt. In zehn Minuten muss ich zum Flughafen, dann geht meine Maschine.«

»Ach?« Detective Whitman sah ihn neugierig an. »Und wohin wollen Sie?«

»Nach Manchester, New Hampshire. Mein Flug geht um zehn nach sechs von LaGuardia. Ich reise nach Auburn, das liegt elf Meilen vom Flughafen Manchester entfernt. Ich sage Ihnen noch Adresse und Telefonnummer. Auf diese Weise können Sie mich im Auge behalten und aufpassen, dass ich nicht das Land verlasse.«

»Kommt ein bisschen plötzlich, diese Reiselust, oder?« Barton ging auf Dylans Ironie nicht ein. »Gar nicht davon zu reden, dass diese Reise ganz schön wichtig sein muss. Immerhin lassen Sie Mr Brooks in seinem Zustand allein.«

»Ich fliege *seinetwillen*.«

Whitman deutete mit dem Kinn auf die leere Lounge auf der anderen Seite des Flures. »Lassen Sie uns dort reden.«

Mit einem kurzen Nicken bekundete Dylan sein Einverständnis, und die drei begaben sich in den Raum.

»Was gibt es denn so Wichtiges in Auburn?«, fragte Whitman, sobald die Tür hinter ihnen zugefallen war.

»Nicht was, sondern *wen*«, berichtigte Dylan. »Und die Antwort lautet: Carsons leibliche Tochter.«

Whitmans bleistiftdünne Augenbrauen schnellten in die Höhe. »Ich dachte, er hätte keine lebenden Verwandten.«

»Das haben wir alle geglaubt. Aber es war ein Irrtum. Ich habe eben erst von der Existenz dieser Frau erfahren und es Dr. Radison gesagt. Er möchte, dass sie unverzüglich untersucht wird.«

»Gut. Dann rufen Sie sie an. Am Telefon geht das doch viel schneller.«

Verärgert rieb Dylan sich den Nacken. »Ich habe Ihnen schon viel mehr gesagt, als ich sollte, denn nichts davon darf an die Öffentlichkeit dringen«, fügte er mit Betonung hinzu. »Ich habe es Ihnen nur mitgeteilt, weil Sie nach einem glaubwürdigen Grund für meine Reise gefragt haben … und damit Sie verstehen, warum die Presse nichts davon erfahren darf, zumindest bis morgen. Denn es ist eine persönliche Angelegenheit, nicht Sache der Polizei. Ich kann keine weiteren Einzelheiten preisgeben, ohne Carsons Vertrauen zu hintergehen.«

»Wir haben kein Interesse daran, einen Skandal heraufzubeschwören«, sagte Barton steif. »Wir wollen nur ein Verbrechen aufklären. Wir haben versprochen, die Presse rauszuhalten, und daran werden wir uns halten. Aber Sie müssen schon uns überlassen, was wir im Sinne der Ermittlungen für wichtig halten. Geben Sie uns noch ein wenig mehr an Informationen. Warum diese Reise?«

»Ich will es mal so ausdrücken: Es könnte sein, dass meine Nachricht Carsons Tochter kalt erwischt.«

»Die Nachricht, dass er angeschossen wurde?«

»Die Nachricht, dass er ihr Vater ist.«

»Ach so.« Whitman schürzte die Lippen. »Sie weiß es

noch gar nicht. Und Sie sind derjenige, der es ihr beibringen muss.«

»Ich bin der Einzige, dem Carson es anvertraut hat, damit ich sie finde. Es liegt in meiner Verantwortung.«

»Anvertraut?« Whitman stürzte sich darauf wie der Jäger auf seine Beute. »Carson Brooks wusste, dass er ein leibliches Kind hat? Aber Sie sagten doch eben …«

»Er vermutet es. Er ist nicht sicher«, fiel Dylan ihr ins Wort. »Lassen wir doch das Katz-und-Maus-Spiel. Später können Sie ja Carson dazu befragen. In den nächsten sieben Minuten können Sie mich noch zu allem ausquetschen, was Ihnen einfällt. Dann muss ich los. Falls Sie nicht ohnehin vorhaben, mich festzuhalten.«

»Warum sollten wir das tun?«

»Weil Sie glauben, dass ich Carson angeschossen habe.«

»Haben Sie?«

Dylan schaute Whitman so lange an, bis sie den Blick senkte. »Nein.«

Barton riss ein Päckchen Kaugummi auf und schob sich einen Streifen in den Mund. »Besitzen Sie eine Waffe, Mr Newport?«

»Ah, endlich kommen Sie zur Sache. Ich bin sicher, Sie wissen längst, dass ich keine Waffe habe. Ich habe auch keine geliehen oder gestohlen. Außerdem, wenn ich der Schütze wäre, was hätte ich dann mit der Waffe getan? Sie aus dem Fenster geworfen oder in den Aufzugschacht?«

»Das ist eine der offenen Fragen. Keine Waffe. Keine Kugel.«

»Aber Motiv und Gelegenheit«, schaltete Whitman sich ein. »Zum Zeitpunkt des Anschlags waren Sie die einzige andere Person in den Büroräumen.«

»Die einzige andere Person, von der Sie *wissen*«, korrigierte Dylan.

»Stimmt. Sie hatten die nötige Zeit, und Sie hatten Zugang zum Opfer. Und was das Motiv angeht … wenn man bedenkt, was Sie nach Carson Brooks' Tod an Geld, Firmenanteilen und Macht erhalten würden.«

Dylans Augen blitzten. »Stimmt. Ich kriege eine Menge. Aber ich würde den Mann verlieren, der mir wie ein Vater ist. Ein mieses Geschäft.«

»Sie kennen Mr Brooks seit neunzehn Jahren.« Whitman blätterte in einem Bericht, den sie offensichtlich von der Jugendfürsorge erhalten hatte. »Als Sie zu ihm kamen, hatten Sie bereits eine bewegte Vergangenheit hinter sich. Fünf Pflegefamilien …« Sie legte eine beredte Pause ein. »Drei Verhaftungen wegen Jugendkriminalität.«

»Ich habe mit den Fäusten gekämpft, nicht mit Schusswaffen.«

»Ja, sehr oft. Straßenschlägereien, Aufsässigkeit in der Schule …«

»Stimmt. Ich hatte eine Scheißkindheit.« Dylan biss die Zähne zusammen. »Dann blättern Sie mal ein bisschen weiter. Lesen Sie den Teil, *nachdem* ich Carson Brooks kennen gelernt hatte. Nur noch Bestnoten, Praktikum in seiner Firma, Juraexamen mit Auszeichnung an der Columbia University. Ist das bei Ihnen angekommen? Wenn ja, müssten Sie begreifen, was Carson mir bedeutet.«

»Er ist zweifellos ein Wohltäter. Haben Sie eine Ahnung, warum er Ihnen so viel Gutes getan hat?«

Dylan spürte, wie ein Muskel an seiner Wange zuckte. »Auch diese Frage müssen Sie Carson selber stellen. Lassen Sie mich jetzt nach Auburn fliegen, ja?«

Whitman sah ihn längere Zeit nachdenklich an. Dann nickte sie und riss einen Zettel von ihrem Notizblock. »Schreiben Sie Namen und Adresse von Mr Brooks' Tochter auf«, sagte sie. »Und lassen Sie Ihr Handy eingeschaltet. Wenn wir Sie brauchen, möchten wir Sie auch erreichen können.«

4

20.15 Uhr
Institut für kreatives unternehmerisches Denken

Sabrina beendete soeben den abendlichen Workshop, als ihre Assistentin Melissa Andrews den Kopf durch die Tür steckte.

»Verzeihung, Sabrina«, murmelte sie mit unbehaglicher Miene und ungewöhnlich zögernd – eine Seltenheit für dieses fünfunddreißigjährige Energiebündel, das mit nahezu allem fertig wurde. »Kann ich dich einen Moment sprechen?«

»Sicher.« Sabrina fing den Wink auf, sammelte ihre Unterlagen ein und bedeutete der Gruppe, dass die Sitzung beendet war. »Wir wollten ohnehin Schluss machen. Die Leute brauchen ein wenig Erholung.« Sie lächelte höflich in die Runde. »Den Abend haben Sie frei. Machen Sie das Beste daraus.«

Sie ging auf den Korridor und zwängte sich in eine ruhige Nische, wo Melissa bereits auf sie wartete, um in Ruhe mit ihr zu reden. »Worum geht's?«

»Vorne ist ein Mann, der dich sprechen will«, berichtete Melissa, verschränkte die Arme vor der Brust und tippte nervös mit einem gepflegten Fingernagel auf den Ärmel. »Sein Name ist Dylan Newport. Offenbar der Firmenanwalt von Ruisseau.«

»Die Ruisseau Corporation?« Sabrina zog interessiert eine Augenbraue hoch und blickte Melissa an. »Der Firmenanwalt? Das ist aber seltsam.«

»Vor allem, dass er abends um acht am Empfang auftaucht und darauf besteht, unverzüglich mit dir zu sprechen, und *nur* mit dir. Er hat mich praktisch gezwungen, in deinen Workshop reinzuplatzen. Ich wette, der Kerl hätte dir die Tür eingerannt, wenn ich ihn gebeten hätte zu warten.«

»Seltsam«, sagte Sabrina. »Mit Ruisseau haben wir nie zu tun gehabt. Um eine Klage kann es sich also nicht handeln.«

»Darum geht es auch nicht. Ich habe ihn ausdrücklich gefragt, ob er etwas Schriftliches dabeihätte. Ich habe ihn richtig in die Mangel genommen. Schließlich hat er zugegeben, dass es nicht um etwas Juristisches geht. Mehr konnte ich nicht aus ihm rauskriegen. Er hat nur noch einmal betont, dass er dich sprechen will. Heute Abend noch.« Melissa warf ihrer Chefin einen fragenden Blick zu. »Du hast doch nichts mit ihm?«

»Na, hör mal«, gab Sabrina zurück, während sie sich das Hirn auf der Suche nach einer Erklärung zermarterte. »Ich habe doch kaum Zeit zum Schlafen, wie sollte ich da eine Affäre unterbringen?«

»Habe ich auch nicht geglaubt. Obwohl ... schade eigentlich. Ist 'n heißer Typ. *Wirklich* heiß. Aber ist nicht deine Kragenweite. Viel zu rau und kantig.«

»Danke für die Einschätzung.« Melissas Unverblümtheit störte Sabrina nicht. Die Assistentin nahm weder bei der Beurteilung von Beziehungen noch bei der Arbeit ein Blatt vor den Mund. »Aber was immer dieser Dylan Newport von mir will, mit Sex hat es bestimmt nichts zu tun.«

»Schade eigentlich. Auf jeden Fall ist er ein Mann mit einer Mission. Ein Nein kann er nicht akzeptieren. Und statt ihn zu reizen, habe ich lieber in Kauf genommen, dich beim Workshop zu stören.«

»Eine kluge Entscheidung. Wo ist er jetzt?«

»Im Zimmer hinter dem Empfang. Hab ihn dort reingelotst, um kein Aufsehen zu erregen. Jetzt wartet er dort auf dich und rennt herum wie ein Tiger im Käfig.«

»Dann wollen wir keine Zeit mehr verlieren, weder seine noch unsere. Finden wir raus, was er will.«

»Viel Spaß!« Melissa klopfte Sabrina auf die Schulter. »Ich bin an meinem Platz. Wenn du mich brauchst, drück auf die Sprechanlage und schrei um Hilfe.«

»Ich werde schon allein damit fertig.« Sabrina war bereits unterwegs, doch ihre Gedanken waren noch schneller als ihre Füße. Warum kam der Anwalt von Ruisseau her und bestand darauf, mit ihr zu sprechen?

Es gab nur eine Möglichkeit, das herauszufinden.

Sabrina durchquerte den Eingangsbereich aus Marmor und Glas und begab sich zum Büroraum dahinter.

Als sie eintrat, wäre sie fast mit einem großen dunkelhaarigen Mann zusammengestoßen, der unruhig im Zimmer auf und ab ging.

»Mr Newport?«

Als der Mann sich zu ihr umdrehte, erkannte Sabrina sofort, warum Melissa ihn als »heißen Typen« bezeichnet hatte. Er war ein dunkler, hart aussehender Bursche, der nicht den üblichen Klischees eines gut aussehenden Mannes entsprach. Sein Blick war stechend, und die leicht gekrümmte Nase war mindestens einmal gebrochen gewesen. Haltung und Körperbau zeigten, dass er hart im Nehmen war. Sabrina konnte ihn sich besser in Jeans und schwarzem T-Shirt vorstellen als in dem Fischgrätjackett und der konservativen Anzughose aus Wollstoff.

»Ich bin Sabrina Radcliffe«, sagte sie und streckte ihm die Hand hin. »Sie wollen mich sprechen?«

Der Mann schüttelte ihr die Hand. In seinen Augen lag ein Ausdruck, als würde er sie wiedererkennen und wäre erschrocken darüber. Er trat einen Schritt zurück und musterte Sabrina mit beunruhigender Entschlossenheit von Kopf bis Fuß – nicht auf die übliche, anzügliche Art, die sie nur zu gut kannte, sondern eher klinisch nüchtern wie ein Wissenschaftler, der eine Probe unter dem Mikroskop untersucht.

»Krieg ich den Job?«, fragte sie spitz.

Der Mann verstand, brach die Musterung ab und blickte ihr in die Augen. Er sah ein bisschen verstört aus, wofür Sabrina kein Grund einfallen wollte. »Ja, Sie kriegen den Job. Ich hoffe, Sie wollen ihn auch.«

Okay, er war also tatsächlich gekommen, um sich ihrer Dienste zu versichern. Aber warum um diese Zeit? Und warum schickte Ruisseau den Firmenanwalt?

Die Sache wurde von Minute zu Minute spannender.

»Sie machen mich neugierig.« Sabrina schob sich eine Haarsträhne hinters Ohr. »Ruisseau hat im letzten Vierteljahr einen Riesenerfolg gehabt. Ihr Unternehmen ist auf der Überholspur. Was wollen Sie dann hier, bei CCTL? Verstehen Sie mich nicht falsch – wir finden immer Möglichkeiten, die Effektivität eines Unternehmens noch zu steigern. Aber den Firmenchef möchte ich sehen, der bei einem solchen Aufschwung einen Gedanken an Managementtraining verschwendet. Und der mir dann den Firmenanwalt schickt und nicht den Chef der Personalabteilung. Also, wo ist der Haken?«

Zu ihrer Überraschung brach Dylan Newport in heiseres Lachen aus. Ungläubig schüttelte er den Kopf und rieb sich den Nacken, als müsse er eine überraschende Erkenntnis verdauen.

»Würde es Ihnen etwas ausmachen, mich in den Witz einzuweihen?«

»Sorry. Es war ein ziemlich harter Tag. Und ein Witz ist es nicht. Nur eine unerwartete Erkenntnis.«

»Jetzt verstehe ich gar nichts mehr.«

Die Belustigung Newports verflog. Er beugte sich vor, um die Tür zu schließen. Dann wies er auf einen Stuhl. »Setzen Sie sich, Miss Radcliffe. Unser Gespräch wird nicht einfach.«

Normalerweise wäre Sabrina stehen geblieben. Doch irgendetwas in seiner Stimme ließ sie gehorchen.

Newport zog einen anderen Stuhl heran, sodass er ihr gegenübersaß. »Ich bin nicht gekommen, um Sie anzuheuern.«

»Warum dann?«

Er verschränkte die Finger ineinander und blickte einen Moment darauf, bevor er antwortete. »Sie wissen gut Bescheid über Ruisseaus Erfolg. Woher?«

Sabrina blinzelte verwirrt. »Ich bin Managementberaterin. Meine Mandanten sind große und kleine Firmen, in öffentlicher Hand oder privat. Es gehört zu meinem Job, mich über die Geschäftswelt auf dem Laufenden zu halten. Außerdem würde ich nicht sagen, dass ich viel über Ruisseau weiß – nur das, was man aus jedem Wirtschaftsblatt und aus dem Fernsehen erfahren kann.«

»Dann schauen Sie doch morgen früh mal die Wirtschaftsnachrichten.«

Sabrina sprang auf. »Warum? Wird etwas über Ruisseau gesendet? Sind Sie deshalb hier? Ist etwas geschehen?«

Ein grimmiges Grinsen war die Antwort. »Das ist die Untertreibung des Jahrhunderts. Nur weil ich ein paar Gefallen einfordern konnte und weil wir eine Privatfirma sind, konnte ich die Sache unter Verschluss halten, bis sich die Gelegenheit ergab, mit Ihnen zu reden.«

Die Sache wurde immer obskurer. »Warum müssen Sie mit mir sprechen, wenn Sie die Dienste von CCTL gar nicht in Anspruch nehmen wollen? Wie passt mein Unternehmen in das alles hinein?«

»Ihr Unternehmen nicht. Sie hingegen schon.«

Sabrina kniff die Augen zusammen. »Aber wie? Und ich will eine Antwort. Nicht, dass Sie mir schon wieder mit einer Frage kommen.«

»Schön. Der Grund, weshalb ich hier bin, ist Ihr Vater.«

»Mein …« Sabrina brach ab. Nach dieser ganzen Vorrede war Dylan Newports Besuch offensichtlich ein Missverständnis. Wen immer er suchte, sie war es ganz bestimmt nicht. »Da hat man Sie falsch informiert. Mein Vater lebt nicht mehr, noch gehört er zu Ruisseau.«

»Da irren Sie sich, Miss Radcliffe.« Er seufzte. »Ich hatte gehofft, dass diese Information Sie nicht ganz unvorbereitet trifft. Aber da lag ich wohl falsch. Hat man Ihnen gesagt, dass Ihr Vater tot ist? Oder existiert er für Sie gar nicht?«

Ein Gefühl der Beunruhigung breitete sich in Sabrinas Magengrube aus. Diese Frage hatte sie schon einige Male in ihrem Leben gehört, aber nie von einem Anwalt und nie mit so viel Kenntnis der Hintergründe. Warum sollte Ruisseaus Firmenanwalt als Vertreter der Interessen eines Schmalspur-Hochstaplers auftreten, wenn so viel auf dem Spiel stand?

Sie starb fast vor Neugier. Doch ihr Instinkt drängte zu sofortiger Flucht.

Sabrina machte Anstalten, sich zu erheben. Argwöhnisch beäugte sie die Akte, die Dylan Newport aus seinem ledernen Aktenkoffer zog. »Ich wiederhole es noch einmal, Sie sprechen mit der Falschen. Wenn Sie mich jetzt entschuldigen würden …«

»Ihre Mutter heißt Gloria Radcliffe«, sagte er. Sabrina erstarrte. »Sie ist Modeschöpferin und stammt aus einer angesehenen Familie in Beacon Hill. Sie sind ihr einziges Kind. Sie wurden am dritten Juni 1975 im Newton Wellesley Hospital geboren, haben im Rekordtempo die Schule durchlaufen und im zarten Alter von Anfang zwanzig Ihren Abschluss in Hotelmanagement gemacht. Anschließend haben Sie ein Jahr in der Managementausbildung im Ritz Carlton gearbeitet, gingen daraufhin an die Uni zurück und erwarben in Harvard Ihren Master of Business Administration. Drei Jahre lang waren Sie bei Haig, Lowell und Fontaine, einem der angesehensten Unternehmensberater in Boston, und bereits auf dem besten Weg, als jüngster Juniorpartner dort einzusteigen, als Sie es sich vor einem Jahr plötzlich anders überlegt und gekündigt haben, um Ihr Institut für kreatives unternehmerisches Denken zu gründen. Sie haben Topleute aus dem ganzen Land abgeworben und daraus Ihr Personal gebildet. Sie sind überaus erfolgreich. Meinen Sie immer noch, dass ich die Falsche erwischt habe?«

Langsam ließ Sabrina sich auf den Stuhl sinken. »Okay, was soll das Ganze? Warum haben Sie meine gesamte Laufbahn ausgegraben? Oder sollte ich fragen, für wen? Vielleicht sollte ich mir lieber einen Ausweis zeigen lassen. Sie behaupten, Anwalt zu sein, aber ich hab so langsam das Gefühl, Sie sind Privatdetektiv.«

»Bin ich nicht. Wenn ich einer wäre, würde dieses Gespräch wesentlich effektiver verlaufen.« Dylan holte seine Lizenz und seinen Firmenausweis hervor und reichte beides Sabrina. »Ist das Beweis genug?«

Sie überflog die Ausweise, gab sie ihm zurück. »Schön. Sie sind also der, für den Sie sich ausgeben. Das erklärt aber immer noch nicht …«

»Was wissen Sie über Ihren Vater?«, fiel er ihr ins Wort. »Besser gesagt, was wissen Sie über die Umstände, durch die er Ihr Vater wurde?«

Sabrina fragte sich, ob Newport Fakten besaß, die seine Behauptungen stützten. Falls dem so war, mussten auch seine Auftraggeber unterrichtet sein. *Die* wussten doch ganz genau, dass sie künstlich gezeugt worden war. Das erklärte auch, weshalb der Anwalt sie so anstarrte: als suchte er nach einer Ähnlichkeit, nach etwas Konkretem, das der Behauptung seines Mandanten Glaubwürdigkeit verlieh.

Doch sie konnte sich irren. Vielleicht war es wieder einmal der Versuch eines Hochstaplers, der annahm, Sabrina sei das Produkt eines One-Night-Stands, und der nun versuchte, aus angeblichen Informationen Kapital zu schlagen. Aber es musste ein sehr gewiefter Betrüger sein, wenn er Dylan Newport gewonnen hatte, seinen Fall zu vertreten.

»Wen vertreten Sie?«, fragte Sabrina, um die Untiefen auszuloten. »Hat Ihr Mandant es auf meine Mutter abgesehen? Wenn ja, wird er kein Glück haben. Meine Mutter weiß noch erstaunlich genau, mit wie vielen Männern sie in ihrem Leben zusammen war. Dieser Schwindel wurde schon einige Male versucht: Mein verloren geglaubter Vater tauchte auf und versuchte, aus meiner Familie Geld herauszupressen – aber da haben er und sein Anwalt einen Prozess angehängt bekommen, dass ihnen Hören und Sehen verging. Es wundert mich, dass ein Anwalt Ihres Kalibers sich so leicht täuschen lässt … dass Sie sich zu so etwas hergeben und so viel riskieren.«

»Moment mal.« Dylan Newport schüttelte den Kopf. »Es gibt keinen angeblichen Anspruch. Und ich habe es auch nicht auf Ihre Mutter oder auf sonst jemanden aus Ihrer Familie abgesehen. Ich versuche nur herauszufinden, wie viel von der Wahrheit man Ihnen schon gesagt hat.«

»Sagen *Sie* es mir doch.«

»Na schön. Ihr Vater war ein anonymer Samenspender. Sie haben ihn nie kennen gelernt. Stimmt das mit Ihren Informationen überein?«

Sie hatte also Recht gehabt. Er kannte die Fakten.

Sabrinas Augen blitzten. »So ist es. Aber das geht nur mich etwas an. Nicht, dass ich mich dessen schämen würde, aber es zählt nicht zu meinen Gewohnheiten, mit Fremden darüber zu sprechen. Ich finde, Sie haben sich ganz schön weit vorgewagt, Mr Newport. Vertrauliche medizinische Unterlagen einzusehen und diese Informationen preiszugeben, könnte Sie die Zulassung als Anwalt kosten. Aber reden Sie nur weiter – dann kommen zur Verletzung meiner Privatsphäre noch Klagen wegen Erpressung und Betrug dazu. Und wenn Sie versuchen, Informationen über diesen angeblichen Anspruch an die Presse weiterzugeben, werden Sie im Gefängnis landen!«

»Danke für die Warnung.« Dylan Newport blinzelte nicht einmal. Sabrina begriff, dass er auf alle ihre Drohungen vorbereitet war. Doch er ließ nicht locker.

Warum?

Offensichtlich deshalb, weil alles, was er ihr noch mitteilen würde, der Wahrheit entsprach. Und weil es für ein paar hohe Tiere bei Ruisseau verdammt wichtig war.

Das flaue Gefühl in Sabrinas Magen verdichtete sich zu einem Knoten.

»Ihre Einschätzung ist zutreffend«, fuhr Newport fort. »Zumindest teilweise. Sie können mich wegen Verletzung Ihrer Privatsphäre belangen. Meinetwegen auch noch wegen seelischer Grausamkeit. Aber mit Erpressung und Betrug werden Sie nicht durchkommen. Denn ich bin nicht an Geld interessiert, und der Anspruch, den ich geltend mache, beruht auf Tatsachen. Dass ich bereit bin, trotz des Risikos so weit zu gehen, sollte Sie von der Gültigkeit meiner Argumente überzeugen.«

»Na schön.« Sabrina nickte steif. »Sie wissen also, wessen Samen dazu beigetragen hat, dass ich jetzt vor Ihnen stehe. Meinen Glückwunsch! Aber jetzt kommt die schlechte Neuigkeit: Sie haben diese zwielichtige Ermittlung umsonst durchgeführt. Ich habe kein Interesse, den Namen des Spenders oder sonst etwas über ihn zu erfahren. Nicht jetzt und nicht später.«

»So viel habe ich auch schon mitbekommen.«

»Warum geben Sie dann nicht auf?«

»Weil ich keine andere Wahl habe.«

»Man hat immer die Wahl.«

»Nicht in diesem Fall. Das Leben eines Menschen hängt davon ab. Er könnte sterben. Und dieser Mensch bedeutet mir so viel wie mein eigener Vater. Doch er ist *Ihr* Vater.«

»Sterben?« Wieder ein unerwarteter Schlag. Sabrinas Gedanken hatten sich auf die Geschäftswelt konzentriert; sie hatte angenommen, Dylan Newport vertrete einen Manager, der mit diesem saftigen Skandal erpresst wurde. Aber eine Frage von Leben und Tod? Das war etwas völlig anderes.

»Wollen Sie damit andeuten, dass dieser Mann todkrank ist und glaubt, es würde ihm helfen, mich zu sehen?«

»Nein. Er weiß nicht einmal, dass es Sie gibt. Im Augenblick ist er auch nicht in der Lage, das herauszufinden. Er liegt nämlich auf der Intensivstation und kämpft um sein Leben. Übrigens hat *er* einen Namen: Carson Brooks. Der nebenbei bemerkt nicht an Ihrem Geld interessiert ist. Er besitzt selber Millionen.«

Was immer Sabrina hätte erwidern wollen – nach dieser überraschenden Eröffnung hatte es ihr die Sprache verschlagen. Fassungslos starrte sie den Anwalt an.

Dylan wandte den Blick ab und fluchte insgeheim über die schwere Aufgabe, die er übernommen hatte. »Hören Sie, Miss Radcliffe … Sabrina … ich will Ihr Leben nicht in Stücke reißen. Aber ich habe leider nicht viel Zeit …«

»Carson Brooks …«, fiel sie ihm ins Wort. »Der Direktor von Ruisseau … ist mein Vater?«

»Ja.«

»Sie haben gesagt, er könnte sterben. Was ist passiert? Hatte er einen Schlaganfall? Eine Herzattacke?«

»Weder noch. Er wurde angeschossen.«

Die ganze Sache wurde allmählich zu einem schlechten Krimi. »Wer war der Täter?«

»Das wissen wir noch nicht. Es geschah letzte Nacht in seinem Büro. Die Polizei ermittelt bereits. Wenn es morgen in den Nachrichten kommt, kriegen wir vielleicht Hinweise, die uns auf eine Spur führen.«

»Das also ist der Medienrummel, den Sie bis morgen verhindern wollten. Dann werden Fernsehen und Presse von dem Anschlag erfahren.«

»Genau. Und mehr auch nicht. Von Ihrer Existenz – und

in welcher Beziehung Sie zu Carson stehen – haben nur die Polizei und Carsons Arzt erfahren. Üble Nachrede können Sie also auch von Ihrer Liste streichen. Allerdings halte ich es für eine Ehre, Carson Brooks zum Vater zu haben. Dessen braucht sich niemand zu schämen. Dennoch, Ihre Beziehung wird bestimmt nicht an die große Glocke gehängt. Wir versuchen, die Geschichte so lange wie möglich unter Verschluss zu halten.«

»Ich danke Ihnen.« Sabrina schwirrte der Kopf. »Ich weiß nicht, was ich sagen soll …« Argwöhnisch schaute sie ihn an. »Wird er sich erholen?«

»Es hat ihn ziemlich schlimm erwischt.«

»Tut mir Leid. Aber … wie passe ich in das alles hinein? Sie haben rund um die Uhr gearbeitet, um mich zu finden, gar nicht zu reden davon, dass Sie sich ziemlich weit vorgewagt haben. Sie hätten Ihre Zulassung als Anwalt verlieren können. Warum das alles? Ich bezweifle, dass Sie das auf sich genommen haben, nur um mich auf die Fernsehnachrichten vorzubereiten. Was wollen Sie *wirklich*?«

Aus Newports Miene schloss Sabrina, dass nun der Augenblick der Wahrheit bevorstand.

»Neben den inneren Verletzungen sind Carsons Nieren in Mitleidenschaft gezogen worden«, sagte der Anwalt. »Er ist an die Dialyse angeschlossen. Seine beste Chance ist eine Transplantation. Deshalb ist es äußerst wichtig, dass wir einen passenden Spender finden. Und der beste Spender ist jemand, der mit dem Empfänger blutsverwandt ist – so wie Sie. Tatsächlich sind Sie Carsons einzige Blutsverwandte. Sie sehen also, Sabrina, dass ich nicht nur gekommen bin, um Ihr Mitleid zu wecken. Ich bitte Sie auch um Ihre Kooperation. Ihr Gewebe müsste mit dem Carsons verglichen werden. Nach meinen Unterlagen haben Sie und Carson die gleiche Blutgruppe, Null positiv, aber Sie müssen trotzdem noch einen Bluttest machen. Der nächste Schritt wäre dann …«

»Hören Sie auf!« Sabrina war aufgesprungen. »Sie kommen zu mir, damit ich freiwillig eines meiner Organe meinem … meinem …«

»Ihrem leiblichen Vater spenden, genau.« Auch Dylan stand auf. »Mir ist klar, dass Sie das erst mal verdauen müssen, von dem großen Opfer gar nicht zu reden.«

»Opfer?«, wiederholte Sabrina. »Ich kenne diesen Mann nicht, habe ihn nie getroffen. Er war ein gesichtsloser, namenloser …« Sie brach ab. Die Vernunft gebot ihr, nach Beweisen zu fragen. »Offenbar haben Sie Nachweise dabei. Zeigen Sie mal her.«

Dylan hielt die Akte hoch, legte sie dann behutsam auf den gläsernen Couchtisch. »Da steht alles drin. Lesen Sie. Ich sehe zu, dass ich irgendwo ein Abendessen bekomme und lasse Sie ein paar Stunden in Ruhe. Wir können ja später darüber reden. Sagen wir, um elf?«

In Sabrinas Kopf drehte sich alles. »Sie bleiben in der Gegend?«

»Bis morgen. Dann fliege ich zurück. Ich hoffe, dass Sie kommen – nicht nur wegen der Gewebetypisierung, sondern auch, um Ihren Vater kennen zu lernen. Denken Sie darüber nach, Sabrina. Ich weiß, dass es ein Schock für Sie ist. Aber Sie kommen darüber hinweg. Carson Brooks ist ein genialer und sehr vitaler Mann. Sie könnten ihn vor einem Leben bewahren, das in seinen Augen kein Leben mehr ist.«

Mit einem letzten durchdringenden Blick wandte Dylan sich zur Tür.

»Warten Sie.« Sabrina hielt ihn auf. »Elf Uhr ist zu früh. Ich brauche mehr Zeit.«

Dylan drehte sich um. »Sie wollen mit Ihrer Mutter sprechen.« Es war eine Feststellung, keine Frage.

»Ja. Aber nicht am Telefon. Bei ihr.«

»Bei ihr?« Newport runzelte die Stirn und schaute Sabrina wieder durchdringend und abschätzend an. »Sie wollen nach Rockport fahren?«

»Da wohnt sie«, gab Sabrina kurz angebunden zurück. Sie machte sich nicht erst die Mühe zu fragen, woher er den Wohnort ihrer Mutter kannte. Seine Recherche war gründlich gewesen, das hatte er zur Genüge bewiesen. Er hatte gewusst, woher Gloria stammte. Er hatte gewusst, dass sie erfolgreiche Modeschöpferin war. Warum sollte er nicht auch noch alles andere wissen? »Ich muss sie sofort sehen. Der Grund dafür liegt doch wohl auf der Hand.«

»Ja. Aber bis Rockport sind es anderthalb Stunden Fahrt. Schaffen Sie das? Es ist spät, und Sie sind aufgewühlt.«

»Mir geht's gut.«

Er bedrängte sie nicht weiter. »Sie übernachten dort?«

»Wahrscheinlich. Vielleicht. Ich weiß es noch nicht.« Sabrina wünschte, er würde sie allein lassen, damit sie nachdenken konnte. »Meine Mutter war die ganze Woche beruflich in Manhattan. Ihre Maschine ist gegen sieben auf dem Logan Airport gelandet. Ich glaube kaum, dass sie vor acht zu Hause sein konnte, und das auch nur, wenn das Flugzeug pünktlich war Sie wird ziemlich erschöpft sein. Und diese Neuigkeit«, Sabrina holte tief Luft, »wird meine Mutter wahrscheinlich umhauen. Ich kann Ihnen also nicht sagen, wann ich zurück bin. Sie müssen schon ein wenig Geduld haben.«

»Einverstanden. Ich nehme mir ein Zimmer. Dann rufe ich Ihre Assistentin an, sobald ich die Nummer habe.«

»Sie können hier bleiben«, bot Sabrina an. »Wir haben mehr als genug Platz.« Sie ging zum Couchtisch, riss eine Haftnotiz von einem Block ab und kritzelte etwas darauf. »Geben Sie das hier der Empfangsdame. Sie kümmert sich darum, dass Sie gut untergebracht werden.« Sie reichte ihm den Zettel. »Wie immer ich mich entscheide, ich rufe Sie morgen an.«

»Schön.« Dylan räusperte sich. »Falls es Ihre Entscheidung beeinflussen könnte … Seit Wochen schlägt Carson sich mit der Entscheidung herum, Nachforschungen einzuleiten, um festzustellen, ob er ein Kind hat oder nicht. Es war nicht seine Absicht, in Ihr Leben einzugreifen. Er wollte es einfach nur wissen. In der Nacht, als er angeschossen wurde, hat er daran gedacht. Ich war mit ihm im Rettungswagen. Er war sich bewusst, dass er es vielleicht nicht überleben würde und bat mich, Sie zu finden, falls Sie existierten. Ich hätte es ohnehin getan, auch wenn ihm kein Nierenversagen gedroht hätte. Der Unterschied ist nur, dass Sie es vielleicht nie erfahren hätten. Es tut mir Leid, dass ich das alles auf Sie abgeladen habe. Aber mehr Sorgen mache ich mir um Carson.« Er riss die Tür auf. »Ich warte auf Ihren Anruf.«

Lange Zeit saß Sabrina in ihrem Büro und studierte die Akte. Dachte nach.

Dann streckte sie die Hand nach dem Telefon aus.

5

20.25 Uhr
Rockport, Massachusetts

Gloria Radcliffe liebte ihr Heim. Das zweihundert Jahre alte Haus auf dem Kap war klein und bezaubernd und trotz Meerblick eine ziemlich bescheidene Bleibe – mit ihrem derzeitigen Einkommen hätte Gloria sich etwas ganz anderes leisten können. Doch es war der erste Besitz, den sie vor fast dreißig Jahren mit eigenem Geld erworben hatte. Außerdem hatte sie hier ihre Tochter großgezogen.

Ihre Eltern hatten sich schrecklich aufgeregt, was wegen Glorias Entscheidungen allerdings öfter vorkam. Damals war Rockport kein Ort gewesen, an dem »man« sich niederließ; es war eine völlig andere Welt als Beacon Hill. In Rockport gab es nur schäbige Restaurants, Bed-and-Breakfasts und eine Menge Möchtegernkünstler, doch Gloria hätte nirgendwo anders leben mögen.

So war es noch immer. Einige ihrer besten Entwürfe waren hier entstanden, und der Ort inspirierte sie bis auf den heutigen Tag. Selbst eine Woche im Big Apple mit all dem Glamour der Großstadt konnte ihr nicht die Freude an ihrem stillen Zuhause nehmen.

Dieses Mal traf dies ganz besonders zu. Die Woche in New York war anstrengender gewesen, als Gloria erwartet hatte.

Sie machte die Haustür hinter sich zu und schaute sich zufrieden um, genoss die sanften Beige- und Brauntöne ihrer Möbel und der glänzenden Hartholzdielen. Sie schleppte ihre beiden Louis-Vuitton-Koffer ins Schlafzimmer und begab sich dann in die Küche, wo sie einen kleinen Imbiss einnehmen wollte. Vor dem Auspacken würde sie noch ein Bad nehmen.

Vierzig Minuten später kam sie aus dem Badezimmer und band im Gehen ihren seidenen Morgenmantel zu. Dann setzte sie sich an den Toilettentisch und widmete sich ihrem allabendlichen Schönheitsritual.

Im Spiegel sah sie ihr ungeschminktes Gesicht. Gloria hatte Glück mit ihrem Aussehen, und das wusste sie auch. Mutter Natur hatte es gut mir ihr gemeint: Nach Meinung ihrer Freunde und Bekannten sah sie eher wie fünfundvierzig denn wie einundsechzig aus. Das verdankte sie einer naturgegebenen Schlankheit, einer Haut, die kaum Falten bekommen hatte, und ihrem Haar, das – dank ein wenig Hilfe von Jean-Paul, ihrem begnadeten Coiffeur – immer noch einen sanften Honigton aufwies. Gloria hatte ihr gutes Aussehen einst als selbstverständlich genommen; nun erst wusste sie es wirklich zu würdigen. Nicht aus Eitelkeit, sondern aus nüchternen Erwägungen: In der Modebranche durfte man nicht altern, denn das bedeutete, den Anschluss an die Zeit *und* die Trends zu verlieren. Und dann war man als Modeschöpfer passé.

Gloria hatte gerade ihre Feuchtigkeitscreme aufgetragen, als das Telefon läutete.

Stirnrunzelnd blickte sie auf die Uhr. Es war fünf vor halb zehn. Wer konnte so spät noch anrufen?

Sie nahm den Hörer ab. »Hallo?«

»Hi, Mutter, ich bin's.«

»Sabrina.« Bildete sie es sich nur ein, oder klang ihre Tochter verstört? »Alles in Ordnung?«

»Ich weiß, dass es spät ist«, wich Sabrina der Frage aus. »Du bist wahrscheinlich gerade erst vom Flughafen gekommen. Aber ich muss mit dir reden.«

Nein, es war gewiss *keine* Einbildung.

Gloria umklammerte den Hörer. »Aber sicher. Worum geht es denn?«

Ein langer Seufzer. »Wäre es dir recht, wenn ich zu dir rüberkomme?«

»Heute noch?«

»Ja. Ich weiß, dass du wahrscheinlich gleich ins Bett willst, aber es ist ungeheuer wichtig.«

Sabrinas Stimme klang seltsam hoch und schrill. »Stimmt was nicht, Sabrina?«

»Ich habe etwas erfahren, das mich ziemlich … umgehauen hat. Es geht uns beide an. Es ist wichtig, dass wir sofort darüber reden. Denn auch die Zeit ist ein wichtiger Faktor.«

Es hatte keinen Sinn, sich im Rätselraten zu versuchen. Je schneller Sabrina herkam, desto besser. »Na schön. Fährst du sofort los?«

»Ja. Ich bin vor elf da.«

22.48 Uhr

Sabrina bog in die kopfsteingepflasterte Einfahrt ein. Die Scheinwerfer ihres Lexus erleuchteten den Rasen des Vorgartens. Sie legte den Automatikhebel auf Parkstellung, stellte den Motor ab und ließ den Kopf für einen Moment müde aufs Steuer sinken.

Die lange Fahrt hatte auch nicht geholfen. Sie war noch genauso aufgewühlt wie zu dem Zeitpunkt, als Dylan Newport sie verlassen hatte, vielleicht sogar noch mehr, denn nun hatte sie Zeit gehabt, die vielen schmerzlichen Konsequenzen ihrer Lage zu überdenken – Konsequenzen, die großen Einfluss auf das Leben ihrer Mutter haben würden und jeden Aspekt ihres eigenen beruflichen und persönlichen Lebens erschüttern konnten.

Sabrina konnte förmlich die Schlagzeilen sehen: *Carson Brooks leiblicher Vater von Sabrina Radcliffe, dem jüngsten Spross des wohlhabenden Radcliffe-Clans*.

Und wenn erst die Klatschgazetten Wind von der Geschichte bekamen, würde sie gnadenlos ausgeschlachtet. Das Ergebnis wäre ein heilloser Medienrummel, in dessen Mittelpunkt die Radcliffes stehen würden. Dann wäre es aus mit Glorias Privatleben, mit ihrer sorgfältig zurechtgezimmerten Existenz. Und was Sabrinas Großeltern Abigail und Charles betraf – für sie wäre es ein Albtraum. Dass Sabrina künstlich gezeugt worden war, würden sie als absolutes Tabuthema behandeln; sie würden es nicht einmal erwähnen. Beide hatten damals versucht, Gloria von der künstlichen Empfängnis abzubringen; als das nichts fruchtete, hatten sie es vorgezogen, kein Wort darüber zu reden.

Gloria hatte damals den Weg der Vernunft eingeschlagen und Sabrina unter vier Augen anvertraut, dass ein Vater in ihrem Leben keine Rolle spiele. Als sie alt genug war, hatte Gloria ihrer Tochter die Sache mit der Samenspende erklärt und ihr von der ablehnenden Haltung der Großeltern erzählt. Sabrina hatte begriffen, was ihre Mutter ihr sagen wollte, und Stillschweigen bewahrt.

Bis jetzt.

Sabrina hing an ihren Großeltern. Doch sie wusste auch um deren Härte. Schon in Sabrinas Jugend waren sie elitär und unbeugsam gewesen. Inzwischen – mit weit über achtzig – waren sie in ihren Ansichten vollkommen erstarrt. Ihre Reaktion würde dementsprechend heftig ausfallen – gar nicht zu reden von dem Hagel, der auf Gloria niedergehen würde: Sabrina war der Augapfel ihrer Großeltern *und* ihrer Mutter.

Und alles nur, weil *ein* Mann Sabrina gesagt hatte, dass dieses verbotene Geheimnis nun ausgegraben sei und dass sie die Identität ihres Vaters jetzt kannte. Wenn die Dinge sich weiterentwickelten und Sabrina tatsächlich den Gewebetest machte, würde die Hölle losbrechen. Dann gäbe es keine Möglichkeit mehr, die Verbindung zu Carson Brooks geheim zu halten. Die Boulevardblätter würden sich auf die Story stürzen, und die Großeltern würden mit Wut und Fassungslosigkeit reagieren. Und wenn dann noch herauskäme, dass Sabrina ein passender Spender war und bereit, Brooks eines ihrer Organe zu geben ... es könnte den beiden alten Leuten den letzten Schlag versetzen.

Mit einem tiefen Seufzer stieg Sabrina aus dem Wagen. Gern hätte sie einen Weg gewusst, diesen Landminen auszuweichen und eine Entscheidung zu treffen, die allen gerecht wurde. Doch von welcher Seite sie es auch betrachtete – es sah so aus, als würde jeder dabei verlieren.

Jeder, bis auf Carson Brooks vielleicht, falls es hart auf hart kam. Doch wenn man physisches Überleben gegen emotionales Wohlergehen abwog, senkten die Waagschalen sich doch eindeutig in Richtung Überleben.

Sabrina hatte die Hälfte des Gehwegs zum Haus zurückgelegt, als Gloria die Tür aufriss und hinauskam. Sie rieb sich die Arme, als wäre ihr trotz des milden Altweibersommers erbärmlich kalt.

»Ich habe dreimal versucht, dich auf dem Handy anzurufen«, sagte sie zur Begrüßung und beobachtete Sabrina argwöhnisch, als diese das Haus betrat. »Ich wollte mich vergewissern, dass du nicht zu aufgeregt zum Fahren bist. Aber du bist nicht drangegangen. Und so, wie du dich am Telefon angehört hast, habe ich mir Sorgen gemacht.«

»Tut mir Leid. Ich hab wohl vergessen, das Handy anzustellen«, erwiderte Sabrina, streifte ihre leichte Jacke ab und hängte sie an die Garderobe.

»Das wäre das erste Mal. Du bist doch sonst immer erreichbar, besonders, seit du CCTL gegründet hast.« Gloria schaute ihre Tochter sorgenvoll an. »Du bist ja wirklich aufgeregt. Was hat denn das alles zu bedeuten?«

Sabrina musterte ihre Mutter und fand, dass sie müde aussah. Kein Wunder nach der einwöchigen Geschäftsreise. Außerdem war Gloria wegen Sabrinas rätselhaftem Anruf und dem geheimnisvollen Besuch sichtlich besorgt. Nun – alles würde noch viel schlimmer kommen. Wenn Sabrina die ganze Geschichte erzählte, würde sie die Büchse der Pandora öffnen.

»Was immer dir Sorgen macht, es muss eine ernste Sache sein.« Gloria beobachtete den Widerstreit der Gefühle, der sich auf dem Gesicht ihrer Tochter spiegelte. »So habe ich dich noch nie gesehen. Du bist weiß wie ein Laken.« Sie zog Sabrina zum Wohnzimmersofa. »Setz dich. Ich hol dir einen Merlot.«

»Bring dir auch einen mit«, riet ihr Sabrina.

Ein argwöhnischer Blick. »Na schön.«

Als der Wein eingeschenkt war, setzte Gloria sich auf das benachbarte Sofa und reichte Sabrina eines der Kelchgläser. »Und nun erzähl.«

Nachdem sie sich mit einem Schluck Merlot gestärkt hatte, wandte Sabrina sich ihrer Mutter zu. Aus dem Augenwinkel sah sie die beiden Louis-Vuitton-Koffer im Schlafzimmer, eine neuerliche Ermahnung an die späte Stunde. Wie lästig musste ihr ungebetener Besuch zu dieser Zeit sein! »Es tut mir Leid, Mutter. Du hattest nicht mal Zeit zum Auspacken.«

»Das kann ich später noch.« Gloria wehrte mit einer Handbewegung ab. »Du drückst dich. Das sieht dir gar nicht ähnlich.«

»Du hast Recht. Aber die Sache, über die ich mit dir sprechen muss, betrifft ein abgeschlossenes Kapitel in unserem Leben. Und nun hat es leider jemand mit Gewalt aufgeschlagen.«

»Was meinst du?«

»Die Umstände meiner Empfängnis.«

Offenbar hatte Gloria damit am wenigsten gerechnet. »Deine Empfängnis? Warum sollte die alte Geschichte wieder aufgewärmt werden? Und warum ist das ein Problem für dich?« Ein zorniger Funke glomm in ihren Augen. »Sag nicht, wir haben es schon wieder mit einem Hochstapler zu tun!«

Sabrina schüttelte den Kopf. »Ich wünschte, es wäre so. Dann wär's ein alter Hut und würde mich bestimmt nicht aus der Fassung bringen. Nein, Mutter, diesmal geht es nicht um einen Schwindler. Diesmal geht es um ein Problem, dem wir uns stellen müssen.«

Gloria saß wie erstarrt da. »Das musst du mir näher erklären.«

»Deshalb bin ich gekommen.« Sabrina wappnete sich. »Mutter, ich habe erfahren, wer der Samenspender war. Ich habe mehr als genug Beweise. Aber dazu komme ich später. Er ist ein Mann, der im Licht der Öffentlichkeit steht. Er ist so bekannt, dass meine Verbindung mit ihm nicht lange geheim gehalten werden kann. Der Mann ist Carson Brooks, Chef der Ruisseau Corporation.«

Langsam ließ Gloria den angehaltenen Atem entweichen. Sie schwieg eine ganze Weile. Als sie schließlich sprach, klang ihre Stimme ruhig und resigniert. »Ich wusste es schon lange. Beweise brauche ich keine.« Sie räusperte sich. »Aber woher weißt *du* es, und was ist das Problem, auf das du anspielst?«

Sabrina blickte ihre Mutter fassungslos an. »Du weißt es?«

Wieder entstand eine kurze Pause. Gloria zwang sich, über ein Thema zu sprechen, das sie am liebsten vermieden hätte. »Nicht aufgrund irgendwelcher konkreten Beweise. Aber es stimmt. Ich hatte es mir schon vor längerer Zeit ausgerechnet.«

»Vor wie langer Zeit?«

»Vor ungefähr zehn Jahren.«

Nun verstand Sabrina gar nichts mehr. Dieser Tag verwandelte sich immer mehr in einen Albtraum. »Wie konntest du dir das ausrechnen? Worauf hast du deine Annahme gestützt? Ich dachte, die Spender bleiben anonym.«

»So ist es ja auch, zumindest technisch gesehen.«

»Was soll das nun wieder heißen?«

Gloria schwenkte den Rest ihres Merlot im Glas. »Es bedeutet, dass ich seinen Namen niemals erfahren habe. Aber mir standen eine Menge anderer Informationen zur Verfügung. Zum Beispiel sein persönliches Profil, und vor allem sein Foto – das sehr gute Foto eines Mannes, der schon mit zweiundzwanzig Jahren ein so einprägsames Gesicht besaß, dass man es nicht vergessen konnte. Natürlich war er damals ein Nobody in der Geschäftswelt. Niemand konnte ahnen, wie berühmt er einmal werden würde. Deshalb konnte er auch nicht wissen, welche Möglichkeiten zur Identifizierung mir zur Verfügung stehen würden. Seine äußere Erscheinung hat sich mit den Jahren nicht allzu sehr verändert … die gleichen markanten Züge, durchdringende blaue Augen und eine auffallende Narbe auf der rechten Wange. Die hatte ihn dann auch verraten. Die Narbe zieht sich über seinen Wangenknochen, gezackt und leicht gekrümmt, als hätte er sich mal an einem Kronkorken geschnitten. Diese Narbe ist sein deutlichstes Merkmal. Als ich eines Tages in den Wirtschaftsnachrichten diese Narbe im Gesicht eines Mannes sah, das lediglich die ältere Version eines Fotos war, das ich mir seinerzeit eingeprägt hatte, erkannte ich ihn. Daher weiß ich Bescheid.«

»Ich glaub's einfach nicht.« Sabrina schwirrte der Kopf. »Das alles weißt du seit zehn Jahren und hast mir nicht ein Sterbenswörtchen gesagt?«

Ihre Mutter hob das Kinn. »Was hätte ich denn sagen sollen? ›Stell dir vor, Sabrina, ich habe herausgefunden, wer bei deiner Entstehung geholfen hat?‹ Er war ein *Samenspender*, kein Vater. Er hatte mir gegenüber keinerlei Verpflichtungen, und ich hatte ebenso wenig das Recht, in sein Privatleben einzudringen, wie er in das meine. Vor allem wollte ich dein Leben nicht durcheinander bringen. Ich kenne dich. Wenn ich es dir erzählt hätte, hättest du dich in die Sache vertieft und hättest ihn vielleicht sogar sehen wollen. Du hättest jeden Artikel über Carson Brooks verschlungen und alles über Ruisseau gelesen, was du nur hättest finden können. Es hätte dir mehr geschadet als genützt. Ich bin deine Mutter und habe die Aufgabe, dich zu beschützen. Deshalb habe ich nichts gesagt.« Gloria beendete ihre lange Rede mit einer abschließenden Handbewegung. »Über meine Entscheidung können wir uns später noch streiten. Im Augenblick möchte ich gern ein paar Antworten hören. Wie hast du das mit Carson Brooks herausgefunden? Was ist das für ein Problem, durch das er in dein Leben gekommen ist? Und warum spielt die Zeit dabei so eine große Rolle?«

Sabrina hatte es aufgegeben, verstehen zu wollen. Und

die Erklärung, die ihre Mutter forderte, konnte nicht mit Samthandschuhen gegeben werden. So versuchte sie es erst gar nicht, sondern legte los.

Als Sabrina endete, war Gloria blass geworden. »Willst du damit sagen, dass sie *dich* als Spenderin einer Niere haben wollen?«

»Wenn ich als Spenderin infrage komme, ja. So sieht es ungefähr aus.« Sabrina verzog den Mund. »Entbehrt nicht der Ironie, was? Er hat mich gespendet, und nun kann ich *ihm* etwas spenden.«

»Sabrina.« Gloria kämpfte sichtlich um Beherrschung. »Soll das etwa heißen, du ziehst es ernsthaft in Erwägung?«

Müde rieb Sabrina sich die Schläfen. »Das Leben eines Menschen steht auf dem Spiel. Eines Mannes, mit dem mich gemeinsame Gene verbinden und dessen Genesung von mir abhängen könnte. Wie könnte ich es da *nicht* ernsthaft in Erwägung ziehen?«

»Weil so etwas Risiken birgt … Weil du diesen Mann nicht einmal kennst … Und nach allem, was ich getan habe, um sicherzugehen, dass …« Gloria hielt inne. »Wie schlimm sind seine Verletzungen?«

»Hört sich an, als stünde es auf der Kippe.«

»Vielleicht schafft er es ja gar nicht. Warum konzentrieren die Ärzte sich dann so auf die Niere? Sie sollten lieber alles daransetzen, sein Leben zu retten.«

»Tun sie ja auch. Aber man braucht Zeit, um eine passende Spenderniere zu finden, selbst in den Fällen, in denen der Kranke lebende Verwandte hat. In seinem Fall komme nur ich infrage. Und wenn ich keine passende Spenderin bin …« Sabrina schwieg einen Moment, stellte ihr Glas auf den Couchtisch und wandte sich ihrer Mutter zu. »Aber weißt du was? Du hattest Recht. Jetzt, wo ich die Wahrheit weiß, kann ich sie nicht länger ignorieren. Er ist mir vielleicht kein Vater gewesen, aber er hat mich gezeugt.

Und nun könnte er sterben. Ich muss ihn wenigstens einmal sehen. Es könnte die letzte Chance sein. Alles andere können wir improvisieren. Ich weiß noch nicht, ob ich einer Gewebetypisierung zustimmen werde. Vielleicht muss ich diese Entscheidung gar nicht erst treffen. Vielleicht haben die Ärzte bis dahin schon einen anderen Spender gefunden. Oder ich bin nicht kompatibel.«

»Vielleicht.« Glorias Stimme klang zweifelnd. Ihre Lippen bildeten eine dünne Linie. »Habe ich das richtig verstanden? Von der Schießerei wurde noch nicht in den Medien berichtet?«

»Das wird erst morgen der Fall sein. Dylan Newport hat alles unter der Decke gehalten, bis er mich erreichen konnte. Die Wirtschaftssender werden morgen früh Wind davon bekommen. Was meine Existenz und meine Verwandtschaft zu Carson Brooks angeht, will er es so lange wie möglich unter Verschluss halten.«

»Gut. Das wird er ungefähr zwölf Minuten lang schaffen, wie ich die Medien kenne.« Gloria kippte den Rest Wein hinunter, erhob sich und nestelte nervös am Gürtel ihres Morgenmantels. »Anschließend wird es sich nach dem Schneeballsystem ausbreiten.«

»Es sei denn, ich tue nichts weiter, als den Mann zu besuchen.«

»Stimmt. Aber wie ich dich kenne, wird es nicht dabei bleiben. Wenn du ihm helfen kannst, wirst du es tun.«

Das konnte Sabrina nicht leugnen. Sie wusste nicht, ob sie fähig sein würde, Hilfe zu versagen. Vermutlich hatte Gloria Recht.

Sie berührte ihre Mutter am Arm. »Mir ist klar, was ich dir damit antue. Es ist weder dir noch meinen Großeltern gegenüber besonders fair. Ich weiß nicht, was ich sagen soll, außer, dass es mir sehr Leid tut. Glaubst du, sie sind dem Medienrummel gewachsen?«

Ein leises, freudloses Lachen war Glorias Antwort. »Deine Großeltern? Die sind doppelt so hart und stark wie wir. Denen macht das nicht viel aus.« Ihr trockener Humor verflog. Sie schluckte, und ihre Stimme zitterte leicht, als sie fortfuhr: »Es sei denn, dir würde etwas zustoßen. Das würde sie umbringen, und mich dazu.«

»Mutter ...«

Gloria winkte ab. »Noch nicht. Die Brücke werden wir überschreiten, wenn wir davor stehen.« Sie schwieg, um sich wieder zu sammeln. »Was immer auch geschieht, deine Großeltern werden sich durchsetzen. Was diese Sache *uns* antut, ist eine andere Geschichte.« Sie schüttelte den Kopf. »Das alles ist unglaublich. Carson Brooks – angeschossen. Weiß die Polizei schon, wer es war?«

»Nein. Die Ermittlungen laufen.«

»Ich nehme an, dieser Anwalt, Dylan Newport, hat der Polizei von dir erzählt?«

»Das musste er. Die Polizei weiß Bescheid. Carson Brooks' Ärzte auch. Aber sonst niemand.«

»Im Augenblick noch nicht.« Gloria legte den Kopf schief und riss die Augen auf, als ihr ein neuer Gedanke kam. »Wieso hat dieser Dylan Newport überhaupt etwas über dich herausgefunden? Etwa im Auftrag von Carson Brooks? Weiß Brooks, dass er dein ...«

»Noch nicht.« Sabrina rettete ihre Mutter davor, Carson Brooks als »Vater« bezeichnen zu müssen. »Offenbar hatte Brooks herausfinden wollen, ob er Vater ist, hatte aber nicht genug Zeit, die Spur zu verfolgen. Also bat er Dylan Newport, die Sache zu übernehmen. Ich habe die Ergebnisse seiner Nachforschungen gesehen. Sie sind echt.«

»Aber sie zu beschaffen war illegal – egal, wie Newport darangekommen ist.«

»Ich weiß. Aber spielt das jetzt noch eine Rolle?«

Gloria seufzte. »Nein. Wenn wir sie verklagen, würden

wir den Skandal, der uns jetzt schon zu verschlingen droht, nur weiter verschlimmern.« Sie starrte einen Moment ins Leere; dann richtete sie den Blick wieder auf ihre Tochter, in deren Augen Tränen schimmerten. »Wartet Newport auf deine Antwort?«

Sabrina nickte. »Ich habe ihm gesagt, vor morgen könne er nicht damit rechnen. Er übernachtet im Institut.«

»Und du übernachtest hier.« Gloria betrat den Korridor, riss die Tür zum Wäscheschrank auf und zerrte eine Decke und ein Kissen heraus. »Ich richte dein altes Schlafzimmer her. Es ist schon nach Mitternacht, und du bist seelisch und körperlich erschöpft. Ich habe mir schon genug Sorgen gemacht, als ich dich vor einer Stunde hier ankommen sah. Jetzt geht es dir noch schlechter. Du musst dich ausruhen. Nach dem Frühstück kannst du zum Institut fahren. Dann hast du immer noch genug Zeit, Dylan Newport deinen Entschluss mitzuteilen und die Nachmittagsmaschine nach LaGuardia zu erwischen. Ich nehme an, das hast du vor.«

»Ich glaub schon.«

»Schön. Und ich komme mit dir.«

Sabrina war gerührt, aber keineswegs überrascht von der Großzügigkeit ihrer Mutter. Und ihre Antwort hatte sie auch schon parat.

»Nein«, widersprach sie sanft. »Du bist doch gerade erst zurückgekommen. Du bist erschöpft und mit deinen Entwürfen vermutlich eine Woche im Rückstand. Du musst es erst mal vergessen und dich um deine Arbeit kümmern.«

»Das wird nicht gehen.«

»Du machst das schon. Du liebst deine Arbeit. Außerdem wirst du ohnehin genug zu tun haben. Meinen Großeltern diese Nachricht beizubringen, ist schwer genug. Wie ich dich kenne, möchtest du am liebsten geradewegs nach Boston fahren und es ihnen sagen, damit sie von der Neuigkeit nicht kalt erwischt werden.«

Das konnte Gloria nicht leugnen. Sie stieß einen Seufzer aus, fühlte sich hin und her gerissen zwischen familiären Obliegenheiten und mütterlichem Beschützerinstinkt.

Sabrina half ihr aus der Sackgasse. »Lass uns praktisch vorgehen, Mutter. Meinen Besuch im Krankenhaus können wir besser verheimlichen, wenn ich alleine fahre. Du bist in der Modeszene Manhattans viel zu bekannt.« Sabrina wehrte Glorias Einwände mit einer Geste ab. »Ich weiß dein Angebot zu schätzen. Aber es ist besser, wenn wir es so machen, wie ich es sage. Ich fahre das erste Mal allein hin. Du kümmerst dich inzwischen um die Großeltern. Dann können wir darüber reden, wie du mich am besten unterstützen kannst, falls ich mich für die weiteren Schritte entscheide.«

Widerwillig nickte Gloria. »In Ordnung. Wir wollen es so vernünftig wie möglich angehen. Wer kann schon sagen, wohin das alles führt?«

»Genau«, pflichtete Sabrina ihr bei. Sie war inzwischen viel zu müde, um über Vergangenheit oder Zukunft nachzudenken. »Wer kann das schon sagen?«

6

Mittwoch, 7. September, 8.15 Uhr
Mt. Sinai Hospital

Die Detectives Eugenia Whitman und Frank Barton waren seit zehn Jahren Partner. Im Polizeirevier City Nord waren sie unter den Spitznamen »Stock« und »Stein« bekannt, Eugenia wegen ihrer Bohnenstangenfigur und des scharfen Verhörstils, Frank wegen seines massigen Körperbaus und seiner Unverblümtheit. Eugenia war geduldig, näherte sich ihrem Opfer langsam und kreiste es ein – dann aber hieß es Aufpassen. Frank hingegen war gradlinig, steuerte stets direkt auf sein Ziel zu und hatte Probleme mit der Zurückhaltung. Er gab zu, dass ihm Eugenias Geduld und Finesse abgingen, betonte jedoch stets, dass er dieses Manko durch Instinkt mehr als wettmache.

Ihr Privatleben war so unterschiedlich wie ihr Charakter. Frank war ein seit fünfzehn Jahren glücklich verheirateter Familienvater. Er liebte es, in seiner Werkstatt zu hämmern und zu feilen, jubelte seinen Kindern beim Fußball zu und versuchte, die Zukunft seiner Familie mit einem dicken Aktienpaket zu sichern. Er bekämpfte den Verlust seiner Jugend und den damit einhergehenden Rettungsring um seine Taille mit Diät und regelmäßigem Workout, hasste beides aber wie die Pest.

Eugenia – oder Jeannie, wie sie sich lieber nennen ließ – war geschieden und froh darüber, dass der fünfjährige Eheversuch vorüber war. Während dieser Zeit hatte sie festgestellt, dass das Zusammenleben mit einem anderen Menschen definitiv nicht zu ihr passte. Seitdem konnte sie tun und lassen, was ihr gefiel, und so besuchte sie beispielsweise allein das Naturkundemuseum oder ging mit Freunden aus. Sie war ein Junkfood-Junkie, wie sie selber zugab, nahm aber kein Gramm zu. Dank eines beschleunigten Stoffwechsels hielt sie ein Gewicht von hundertdreißig Pfund bei einer Größe von einem Meter achtundsiebzig, die sie bereits in der achten Klasse der Highschool erreicht hatte.

Frank und Jeannie hatten privat nichts miteinander zu tun, doch im Dienst – das fanden alle auf dem Revier – bildeten sie ein erstklassiges Team, das dem Sprichwort »Stöcke und Steine brechen deine Beine« völlig gerecht wurde: Ihre Art, Verdächtige zu »knacken«, war natürlich nicht derart brutal, aber nicht weniger wirkungsvoll.

An diesem Morgen hatten sie sich vorgenommen, den Fall Brooks zu knacken.

Beide kamen früh aufs Revier und tranken den ersten Kaffee, während sie in den Nachrichten die Story über Carson Brooks verfolgten. Dann ließen sie sich mit Dr. Radison verbinden und erkundigten sich nach dem Zustand des Patienten. Er hatte das Bewusstsein wiedererlangt und wurde verschiedenen Untersuchungen unterzogen. Stock und Stein verließen die Wache, kauften unterwegs etwas zum Frühstück und fuhren zum Mount Sinai Hospital.

Auf dem Platz vor dem Krankenhaus war der Teufel los. TV-Übertragungswagen waren an den Eingang herangefahren, so nahe es ging, und Reporter verschiedener Wirtschaftssender mit ihren Kamerateams versuchten, die neuesten Meldungen über Carson Brooks' Befinden zu ergattern.

Frank bog auf den Parkplatz ein. »Die kreisen wie Geier um die Beute«, kommentierte er den Aufruhr. Er parkte ein Stück abseits, von wo sie einen guten Überblick hatten, und öffnete die braune Papiertüte mit seinem Frühstück.

»Aber für seine Sicherheit ist gesorgt«, erklärte Jeannie, während sie bereits den dritten kleinen Donut, ein Dunkin Munchkin, in den Mund schob. »So schnell kommt die Presse da nicht rein. Und an Informationen kriegen die nichts außer den vorbereiteten Statements von Dr. Radison.«

»Da hast du wohl Recht.« Finster musterte Frank seinen trockenen Bagel, biss missmutig hinein und spülte den Happen mit schwarzem Kaffee hinunter.

»Ist es wieder so schlimm?«, erkundigte sich Jeannie, leckte die Schokoladenglasur von den Fingern und angelte sich noch einen Munchkin aus der Packung, diesmal einen mit Puderzucker.

»Schlimmer.« Frank warf ihr einen verärgerten Blick zu.

»Musst du dir auch noch die Finger ablecken? Es fällt mir schon schwer genug, wenn ich dieses Pappzeug fressen und die verdammten Kalorienpunkte zählen muss. Da ist es doch nicht nötig, dass ich dir auch noch dabei zugucke, wie du jeden Tropfen Schokoglasur und jeden Zuckerkrümel aufleckst. Nimm doch mal 'n bisschen Rücksicht, Jeannie!«

Whitman zog die hellen Brauen hoch und wischte sich die Finger zur Abwechslung mit einer Serviette ab. »Du meine Güte, sind wir heute mies drauf! Ach, stimmt ja, gestern Abend war wöchentliches Gemeinschaftswiegen. Was war los? Hast du ein Pfund zugelegt?«

»Ich hab mein Gewicht gehalten«, brummte ihr Kollege unwillig. Er gab es auf, den harten Bagel zu verspeisen, und warf ihn wieder in die Tüte. »Aber das ist schlimmer als Zunehmen … für mich jedenfalls, denn Zunehmen hat mir immer Spaß gemacht. Wenn ich nix esse, kann ich mein Gewicht halten, aber mein Körper macht trotzdem nicht mit. Also steig ich auf die verdammte Waage, und meine Weight-Watchers-Kursleiterin guckt mich mit ihren Kuhaugen an, als wäre ich ein Kind, das man in den Arm nehmen und trösten muss. Dann hält sie mir eine von diesen aufmunternden Reden, dass ich nur kotzen könnte. Und ich bin wieder da, wo ich angefangen habe.«

Jeannies Lippen zuckten verräterisch. »Hört sich nach 'nem Heidenspaß an.«

»Ist es aber nicht.« Frank trank einen Schluck Kaffee. »Genauso wenig wie dieser Fall. Und bis heute Morgen die Klappe halten zu müssen, war besonders nervig.«

Jeannie wurde schlagartig ernst. »Ja, weil wir Brooks' Konkurrenten noch nicht verhören durften.« Nachdenklich rieb sie sich die Schläfen. »Andererseits haben wir schon so viele Leute befragt, dass wir mit Sicherheit wissen, Brooks ist stinkreich und so bekannt, dass er bestimmt jede Menge Feinde hat. Na ja, Feinde ist vielleicht ein zu starkes Wort.

Sagen wir mal … Leute, die ein Motiv haben, ihn aus dem Weg zu räumen.«

»Wohl wahr. Aber wie viele davon hatten Zugang zu seinem Privatbüro? Oder überhaupt zu dem Gebäude?«

»Der Täter brauchte bloß einen Schlüssel und freien Zugang zum Lieferanteneingang«, erklärte Jeannie. »Schließlich war Feiertag. Der Wachschutz arbeitete in minimaler Besetzung. Nur zwei Mann und eine Kamera, beides nicht mobil. Es ist ja kein Hochsicherheitsgebäude. Im Haus Nummer 11 auf der 57. Straße West gibt's jede Menge Firmen. Und die geheimen Sachen von Ruisseau laufen ohnehin in den Forschungslabors in New Jersey.«

»Aber der Erfinder von *C'est Moi* war eben nicht in New Jersey, sondern in seinem Büro mitten in Manhattan. Und sein Anwalt ebenfalls. Ja, sicher, es gibt einen Lieferanteneingang. Tatsache aber ist, dass man an diesem Tag außer Brooks und Newport niemanden gesehen hat, der das Gebäude betreten hat.«

Jeannie stützte den Ellbogen bequem auf und wandte sich ihrem Kollegen zu. »Du bist also wirklich der Ansicht, dass es Dylan Newport war?«

Frank zuckte die Achseln. »Seine Geschichte klingt ziemlich bunt. Wenn Brooks den Löffel abgibt, kriegt er das große Geld und den Löwenanteil am Unternehmen.«

»Ja, und er war der Einzige, der wusste, dass Brooks eine Tochter hat. Eine potenzielle Erbin – falls Brooks sie ausfindig machen und sein Testament ändern würde. Das reicht für ein Motiv. Aber damit hast du meine Frage noch nicht beantwortet. Glaubst du, dass es Newport war?«

Frank stürzte den letzten Schluck Kaffee hinunter und zerknüllte den Styroporbecher. »Ich weiß es nicht. Einerseits glaub ich's, andererseits halte ich ihn für zu clever, um sich so dämlich zu verhalten. Wir wissen, dass er die Wahrheit gesagt hat, als er angab, Brooks habe den Schützen nicht gesehen. Erstens hat Brooks die Story bestätigt, und zweitens zeigt der Einschusswinkel, dass der Schuss von einer Stelle hinter und ein wenig unterhalb des Opfers abgefeuert wurde. Der Schütze muss sich also entweder geduckt haben oder in die Hocke gegangen sein. So lief er am wenigsten Gefahr, gesehen zu werden. Außerdem nehme ich Newport die ehrliche Sorge um Brooks ab. Es sei denn, er wäre ein astreiner Schauspieler.« Jeannie ließ die Schultern gegen den Uhrzeigersinn kreisen, um ihren Nacken zu lockern. »Was nun die Schlüssel betrifft – jeder Angestellte besitzt einen. Außerdem hat Brooks in den wenigen Minuten, die wir mit ihm sprechen konnten, bestätigt, dass sämtliche Türen offen waren, ob am Haupteingang oder an seinem Büro. Somit fallen alle anderen Angestellten in diesem Gebäude unter die möglichen Verdächtigen, einschließlich Wachdienst und Haustechniker. Außerdem ihre Familien und Freunde, jeder, der Zugang zu diesen Schlüsseln hat. Nehmen wir dazu, dass der Schütze der Überwachungskamera ein Schnippchen geschlagen hat, indem er nicht durch die Halle ging, sondern die Treppe nahm, stehen wir da und sind so schlau wie zuvor.

Ich meine, Brooks war ja schon halb hinüber, als wir mit ihm sprachen. Außerdem war er stocksauer, weil wir Newport zu den Verdächtigen zählten. Sein Blick war wie eine Rasierklinge, und er hat ungefähr ein Dutzend Mal betont, dass wir auf dem Holzweg wären. Er hat wirklich einen Narren an dem jungen Kerl gefressen.«

»Das wird uns nur die Arbeit erschweren«, maulte Jeannie. »Außerdem ist es nicht nur bei Newport so. Brooks nimmt *alle* seine Angestellten in Schutz, ob er sie mag oder nicht. Er ist wie der Vater einer großen Familie, und ich wette, seine Leute wissen das zu schätzen. Da werden wir bohren müssen, obwohl ich bezweifle, dass wir viel rauskriegen. Immerhin können wir jetzt, da der Anschlag auf

Brooks in den Nachrichten gekommen ist, endlich voll in die Ermittlungen einsteigen. Wenn wir mit Brooks gesprochen haben, fahren wir rüber zu Ruisseau.«

»Falls Radison uns zu Brooks lässt.«

»Das klappt schon. Brooks ist doch wieder bei Bewusstsein, das wissen wir. Auch dass Radison ihm Atemschlauch und Endotrachealtubus abnehmen lässt, um zu sehen, ob er's aus eigener Kraft schafft. Wir brauchen ihn ja nur ein paar Minuten zu sprechen, herausfinden, wie er zu seinen Angestellten steht und wer von denen ihm nach dem Leben trachten könnte. Von sich aus wird Brooks aber niemanden schlecht machen. Wir müssen also zwischen den Zeilen lesen und auf seine Körpersprache achten.«

»Sollen wir ihm sagen, dass er eine Tochter hat?«

Jeannie erwog die Frage, schüttelte dann aber den Kopf. »Noch nicht. Warten wir erst mal ab, ob Dylan Newport sie mitbringt. Lass ihm noch einen Tag Zeit. Dann können wir unsere Nasen reinstecken.«

»Brooks oder Radcliffe zuliebe?«, wollte Frank wissen. Die beiden Ermittler hatten ihre Hausaufgaben gemacht und die Hintergründe der Person ermittelt, deren Namen auf Dylan Newports Zettel gestanden hatte. Sie waren sich bewusst, in welches Wespennest sie stechen würden.

»Allen Beteiligten zuliebe«, betonte Jeannie. »Auch um unsertwillen. Das ist eine sehr persönliche Geschichte. Wenn man bedenkt, wer alles damit zu tun hat, könnte es heikel werden.«

»Tja.« Frank schnalzte missbilligend mit der Zunge. »Da sagst du was. Jede Menge Komplikationen, die wir nicht gebrauchen können. Es wäre einfacher, wenn Brooks' Tochter 'ne stinknormale Frau wäre. Stattdessen gehört sie einer hoch angesehenen Familie an. Diese Geschichte kommt mir vor wie eine Seifenoper – eine, bei der 'ne Menge Gerichtsverfahren drohen.«

»Da hast du verdammt Recht. Falls Gloria Radcliffe Brooks nichts von der Schwangerschaft oder dem Kind erzählt hat, werden die Radcliffes nicht scharf darauf sein, in diese Geschichte hineingezogen zu werden.«

»Ich kann mir einfach nicht vorstellen, dass Gloria damals mit Carson Brooks verbandelt war, weder in einer längeren Beziehung noch für 'nen One-Night-Stand. Zu der Zeit, als seine Tochter gezeugt wurde, war er auf dem College – ein totaler Niemand. Gloria Radcliffe hingegen war zu der Zeit Mitte dreißig und bereits eine bekannte Modeschöpferin. Wie hätten die beiden denn zusammengepasst?«

Jeannie zuckte die Achseln. »Brooks hat Charisma. Vielleicht war er schon als Zweiundzwanzigjähriger so sexy. Viele ältere Frauen stehen auf junge Kerle. Hast du noch nie von diesen sechzigjährigen Geldsäcken gehört, die es mit jungen Mädchen treiben, die ihre Enkelinnen sein könnten?«

»Ja, und mir wird immer schlecht, wenn ich so was höre. Aber das ist ja nur eine Bestätigung für meine Argumentation, dass es normalerweise Gründe für solche Beziehungen gibt. Doch wie sieht es in unserem Fall aus? Gloria Radcliffe ist ein Klasseweib, und damals muss sie einfach umwerfend gewesen sein. Du hast ja die Fotos gesehen. Bei ihrem Geld und ihrem Aussehen müssen die Kerle ihr die Tür eingerannt haben!«

»Na schön, dann nehmen wir an, dass Carson Brooks ihr gefallen hat. Er ist ja wirklich kein Durchschnittstyp. Vielleicht wusste er damals schon gut über Frauen Bescheid. Immerhin hat er *C'est Moi* erfunden.«

»Ach ja, stimmt. Wie konnte ich das vergessen.«

Jeannie trank den letzten Schluck Kaffee. »Wo wir gerade von *C'est Moi* sprechen: Was hältst du von der Theorie, dass Brooks zum Schweigen gebracht werden sollte, weil er der Einzige ist, der die Formel kennt?«

Frank verzog das Gesicht. »Ich glaube, diese Theorie gehört auf den Müll. Aber dieses Parfüm bringt ein Vermögen ein, das stimmt schon. Und wenn Brooks so verbohrt ist und die Formel unbedingt für sich behalten will, könnte es tatsächlich ein Motiv sein.«

Jeannie zog belustigt einen Mundwinkel hoch. »Sei nicht so skeptisch! Pheromone sind zurzeit der Hit. Und Brooks hat sie in ein Produkt gesteckt, das für katastrophale Umsatzeinbrüche bei der Konkurrenz sorgt. Er hat sich auf einen Trend spezialisiert und einen Riesenanteil am Parfümmarkt erobert. Der Mann ist ein Genie!«

»Das steht außer Frage. Ich bin mit der Hysterie für *C'est Moi* bestens vertraut. Meine Frau war eine der Ersten, die es unbedingt haben wollten. Denn es sollte einen ja unwiderstehlich machen.«

Jeannie grinste breit. »Und hat's geklappt? War sie unwiderstehlich?«

»Kann ich dir nicht sagen. Sie hat es gar nicht gekauft. Sie dachte, es gäbe *C'est Moi* auch für Männer. Zu dem Zeitpunkt war aber nur der Frauenduft auf dem Markt.«

Jeannies Grinsen wurde noch breiter. »Linda wollte es für *dich* kaufen?«

»Yep. Als ob ich nicht auch so unwiderstehlich wäre.«

Mitleidig tätschelte sie seinen Arm. »Gräm dich nicht. Die Werbung verspricht uns den Herrenduft für die Weihnachtszeit. Ich sag Linda rechtzeitig Bescheid, damit du einen Flakon in deinem Strumpf findest.«

»Oh, danke sehr!«

»Betrachte es von der positiven Seite. Linda könnte so angetörnt sein, dass ihr eine Woche nicht mehr aus dem Schlafzimmer rauskommt. Überleg mal, wie viel du dann abnehmen könntest!«

»Nett. Wirklich nett.« Frank warf ihr einen bitterbösen Blick zu. »Mir ist gerade nicht nach Witzen zu Mute. Ehrlich gesagt bin ich heute ziemlich mies drauf.«

»Ehrlich?«

»Das kommt dabei herum, wenn man sich zu Tode hungern muss und bei einem Fall wie diesem zu wenig Schlaf kriegt.«

Jeannie war wieder ernst geworden und nickte versonnen. »Ganz deiner Meinung. Diese Ermittlung wird von Minute zu Minute komplizierter. Statt Möglichkeiten auszuschließen, haben wir eine wachsende Zahl von Verdächtigen und eine Tonne Alibis, die wir alle nachprüfen müssen, aber kaum Spuren, die wir verfolgen können.«

»Ich wünschte bloß, wir hätten die Waffe, aber selbst das würde uns wahrscheinlich nicht viel nützen«, meinte Frank. »Die Bestimmung der Patronenhülsen hat ergeben, dass es eine 22er war. Nicht gerade ein seltenes Modell. Ein Namensschild wird auch nicht dranhängen. Und wenn wir die Waffe finden, werden wir zu allem Überfluss feststellen, dass sie gestohlen wurde. Und das wäre dann die nächste Sackgasse, aus der wir herausfinden müssen.«

»Wollen wir hoffen, dass wir heute bei Ruisseau Glück haben.« Jeannie warf einen Blick auf die Uhr. »Zwanzig vor neun. Brooks müsste jetzt eigentlich mit dem Röntgen fertig sein. Schauen wir mal, ob wir ihn sprechen können.«

8.45 Uhr
Institut für kreatives unternehmerisches Denken

Dylan beendete sein aus Muffins und Kaffee bestehendes Frühstück, verließ die Lounge in seiner Etage und näherte sich zum dritten Mal an diesem Morgen der Rezeption.

»Irgendwas von Miss Radcliffe gehört?«, erkundigte er sich.

Die junge Frau hinter dem Schreibtisch schaute von ihren Papieren auf. »Nein, Mr Newport. Sie ist noch nicht zurück.« Sie räusperte sich, wahrscheinlich vor Verlegenheit, weil sie ihm immer wieder die gleiche Auskunft erteilen musste. »Warum piepsen Sie nicht ihre Assistentin Melissa Andrews an? Vielleicht hat sie eine Ahnung, wo Sabrina steckt.«

»Ist nicht nötig, Kim«, ertönte eine Stimme in Dylans Rücken. »Ich bin jetzt da und kümmere mich um Mr Newport.«

Rasch drehte er sich um. Wieder einmal war er fasziniert von der Ähnlichkeit dieser jungen Frau mit Carson Brooks. Es war nicht ihr Gesicht – ihr Züge waren zarter, feiner. Aber das jettschwarze Haar, die blitzenden blauen Augen, die hohe Stirn und wie sie den Kopf hielt, wie sie das Kinn trotzig emporreckte und die scharfe und doch sachliche Art zu sprechen … das alles war eine weibliche, weichere Version von Carson. Die geschmeidigen Bewegungen, die stolze Haltung und das hochfahrende Temperament hingegen hatte sie von der Mutter, ebenso die tolle Figur.

Sabrina sah erschöpft aus. Unter ihren Augen lagen dunkle Ringe. Zugleich war sie beherrscht, eine durch lange Übung erworbene Fähigkeit, ihre Gefühle zu verbergen. Dylan hätte sie sich durchschaubarer gewünscht; als guter Menschenkenner hätte er ein Vermögen dafür gegeben, ihre Gedanken lesen zu können.

Was hatte sie in Bezug auf Carson entschieden – oder nicht entschieden?

»Gehen wir nach oben in mein Büro«, schlug Sabrina mit gedämpfter Stimme vor.

Dylan nickte, folgte ihr durch den Korridor und eine kleine Treppe hinauf. Sabrinas Büro befand sich am Ende eines Flures voller Pflanzkübel in einer Nische; unmittelbar daneben lag das Zimmer ihrer persönlichen Assistentin.

»Hi«, grüßte Melissa Andrews – und zuckte erschrocken zurück, als sie sah, dass Sabrina nicht allein war. Vom einen zum anderen blickend, setzte sie sich aufrecht hin und zog fragend die Brauen hoch. »Bist du gerade erst zurückgekommen?«, wollte sie wissen.

Sabrina stellte sich neben Melissas Schreibtisch und blätterte in den morgendlichen Memos und Anrufnotizen. »Ich ja«, sagte sie. »Mr Newport nicht. Er hat hier im Institut übernachtet, während ich bei Mutter war. Ich nehme stark an, dass er allein geschlafen hat. Aber danach kannst du ihn ja später fragen.« Sie schaute auf. »Irgendwas Wichtiges, das ich gleich wissen muss?«

»Nein. Alles läuft wie gewohnt.« Sabrinas Assistentin schien die kurz angebundene Art ihrer Chefin nicht zu stören. Dylan verkniff sich ein Grinsen. Es erinnerte ihn lebhaft an Carson.

»Gut.« Sabrina fischte zwei Memos und eine Anrufnotiz aus dem Stapel und reichte sie Melissa. »Kümmere dich darum. Und bitte Deborah und Mark, für die nächsten beiden Tage meine Workshops zu übernehmen. Alles andere kann warten, bis ich zurückkomme.«

»Zurück? Willst du schon wieder weg?«

»Nicht für lange. Ich sag dir noch genauer Bescheid, nachdem ich mit Mr Newport gesprochen habe.« Sabrina bedeutete Dylan, ihr ins Privatbüro zu folgen. »Stell keine Anrufe durch«, wies sie Melissa an. »Ich bin für niemanden zu sprechen, außer für meine Mutter.«

Dylan folgte ihr ins Zimmer und machte die Tür zu. »Sie haben also beschlossen, nach New York mitzukommen«, stellte er sachlich fest, ohne sich anmerken zu lassen, wie sehr er auf Bestätigung hoffte.

Sabrina goss sich ein Glas Wasser ein und trank hastig ein paar Schlucke, bevor sie antwortete. »Ja, ich habe mich entschieden.« Sie stellte das Glas hin und fuhr mit der Fingerspitze dessen Rand entlang. »Ich habe heute Morgen die Wirtschaftsnachrichten gesehen. Sein Zustand wurde als Besorgnis erregend beschrieben. Ich muss ihn sehen. Mehr kann ich im Moment nicht tun.«

»Schön«, erwiderte Dylan. Es war nicht das, was er erhofft hatte, aber es war ein Anfang. Wenn sie Carson kennen lernen wollte, war dies der notwendige erste Schritt.

»Ich muss noch ein paar Dinge erledigen«, sagte Sabrina und fuhr sich mit müder Hand durchs Haar. »Dann packe ich rasch ein paar Sachen. Geben Sie mir eine Viertelstunde. Um zwanzig vor elf geht ein Flug, der mittags in LaGuardia eintrifft. Ist das okay für Sie?«

»Ja, sicher.« Dylan räusperte sich. Obwohl ihre Entscheidung eine Erleichterung für ihn bedeutete, fühlte er sich doch verantwortlich für das emotionale Chaos, in das er sie gestürzt hatte. Das Gespräch mit ihrer Mutter konnte nicht allzu erfreulich gewesen sein. Und hinter ihrer Fassade lauerten Trauer und Angst. »Alles in Ordnung?«

»So weit, wie man es unter den Umständen erwarten kann.« Trotzig reckte sie das Kinn in die Höhe, ein deutlicher Hinweis darauf, dass sie auf der Hut war. »Machen Sie sich keine Sorgen um mich, Mr Newport. Ich kann Druck sehr gut standhalten. Außerdem sorge ich mich nicht um mich, sondern um meine Familie. Ich überlege, wie ich die Presse aus allem heraushalten soll.«

»Sie könnten einen Anfang machen, indem Sie Dylan zu mir sagen.«

Wie er beabsichtigt hatte, splitterte der abrupte Themenwechsel ein Steinchen aus der Fassade. Sabrina blinzelte verwirrt und sah ihn misstrauisch an. »Und wozu sollte das gut sein?«

Dylan zuckte die Achseln und verschränkte die Arme vor der Brust. »Sie sagten doch, Sie wollten erst mal nur nach New York fliegen, um Carson zu sehen. Niemand zwingt Sie, Ihre Verwandtschaft zu ihm offen zu legen. Die Reporter vor dem Krankenhaus haben nicht die leiseste Ahnung, wer Sie sind oder warum Sie kommen. Sie werden uns zusammen sehen und annehmen, dass wir befreundet sind – es sei denn, Sie lassen deren Alarmglocken schrillen, indem Sie mich mit Mr Newport anreden.«

Sabrina zog skeptisch die Augenbrauen hoch. »Warum habe ich das deutliche Gefühl, dass Wirtschaftskorrespondenten auf der ganzen Welt daran gewöhnt sind, Sie mit Frauen zu sehen – und zwar nicht mit der Sorte, die von den Boulevardblättern gewöhnlich als ›Freundin‹ bezeichnet wird?«

»Wir werden Sie als Kollegin ausgeben«, wich Dylan der unangenehmen Frage aus. »Wenn jemand wissen will, wer Sie sind, sage ich einfach, Sie sind die Unternehmensberaterin, die Ruisseau in einer Krisenzeit beistehen wird.«

»Sehr gut. Sehr schlau. Sie müssen ja eine wahre Errungenschaft sein … Dylan. Kein Wunder, dass Carson Brooks Sie eingestellt hat.«

Dylan ertappte sich bei einem Grinsen. »Das fasse ich als Kompliment auf.«

»Tun Sie's ruhig.« Herausforderung blitzte in den blauen Augen. Dylan nahm an, dass es eine ihrer wesentlichen Eigenschaften war. Wortgefechte, die Lust zu siegen – auch ihm waren diese Charakteristika nur zu gut vertraut.

»Ich lasse Sie jetzt allein, damit Sie Ihre Angelegenheiten regeln können«, sagte er und wandte sich zur Tür. »Ich kümmere mich um den Flug. Also in einer Viertelstunde in der Halle.«

»Melissa wird sich schon um die Reisearrangements kümmern. Sie weiß, welches Hotel ich bevorzuge. Und ich garantiere Ihnen, dass sie Reiserouten besser planen kann als Sie.«

Wieder ein Versuch, die Oberhand zu behalten.

Dylan konnte nicht anders, er musste auf die Herausforderung reagieren. »Daran zweifle ich keineswegs«, sagte er sanft. »Soll ich auf dem Weg hinaus an ihrem Schreibtisch Halt machen? Dann kann ich sie von unserem Vorhaben in Kenntnis setzen *und* bestätigen, dass ich letzte Nacht allein geschlafen habe.« Sabrina zog fragend eine Braue hoch. »Statt mit Ihnen, nicht wahr?«

Leichtes Erröten war Sabrinas einzige Reaktion auf diese provozierende Bemerkung. »Können Sie gern so machen. Falls ich mich recht entsinne, hat Melissa Sie als ›heißen Typ‹ bezeichnet, aber nicht als *meinen* Typ. Und da hat sie Recht.«

»Womit?«

»Mit Letzterem. Deshalb kann ich über das Erste auch kein Urteil abgeben.«

Dylan grinste. Sie war verdammt gut. Carson wäre stolz auf sie. »Touché.« Er öffnete die Tür. »Diesen geistigen Wettstreit werden wir im Flugzeug fortsetzen. Vorerst sollten wir lieber Waffenstillstand schließen.« Er schwieg – und platzte dann ohne zu überlegen heraus: »Sie werden ihn mögen. Ich weiß, das wollen Sie nicht, aber es wird so kommen.«

7

10.05 Uhr
Mt. Sinai Hospital, Intensivstation

Jeannie und Frank waren frustriert.

Nachdem sie endlos gewartet hatten, bis Dr. Radison grünes Licht gab, war ihnen Zutritt zu Carson Brooks gewährt worden – für höchstens fünf Minuten, da sein Zustand immer noch instabil war. Erst hatte er ausgedehnte Untersuchungen über sich ergehen lassen müssen und war deshalb erschöpft; überdies war ihm eine Reihe neuer Kanülen gelegt worden, um eine Infektion zu verhindern. Durch den Endotrachealtubus war Brooks' Stimme rau und angegriffen, und seine Atmung war schwach. Er war kaum im Stande, eine Befragung durchzustehen. Und jedes Mal, wenn die beiden Detectives eingehender nach Ruisseau-Mitarbeitern fragten, regte er sich auf. Besonders, wenn es um Dylan Newport ging.

Kurz gesagt, drei von den fünf Minuten waren bereits um, und sie hatten noch nichts Stichhaltiges erfahren.

»Mr Brooks.« Jeannie zog einen Stuhl zum Fußende des Bettes und versuchte es mit einer neuen Taktik. »Sie sind erschöpft. Wir wollen Sie nicht quälen. Wir können verstehen, dass Sie uns als Feinde betrachten. So ist es aber nicht. Wir wollen weder Ihr Unternehmen angreifen noch Ihre Angestellten belästigen. Aber Sie sind Opfer eines Mordanschlags. Und Sie teilen bestimmt unsere Meinung, dass der Angreifer, sollte er unter Ihren Angestellten sein, Ihren Schutz nicht verdient.«

Carson wandte leicht den Kopf, starrte an den Nasenschläuchen vorbei und musterte Jeannie mit seinen stechenden blauen Augen. »Netter Versuch, Detective«, brachte er heraus. »Aber dieser Appell an Bindungen … verfängt bei mir nicht. Ich muss mich nicht … geliebt fühlen. Ich muss überleben … Ich schütze niemanden … Wenn ich wüsste, wer das getan hat, würde ich Ihnen den Scheißkerl … auf einem Silbertablett servieren.« Er hielt inne, atmete mühsam. »Aber ich lasse nicht zu, dass Sie so einen Mist über Dylan sagen … Oder über die anderen … ohne guten Grund. Wenn Sie wissen wollen, ob es einer von denen war … fragen Sie sie selbst.«

»Das werden wir. Wir fahren gleich im Anschluss in Ihr Unternehmen.« Jeannie warf einen raschen Blick auf die

Uhr. »Lassen Sie uns über *C'est Moi* reden. Miss Lane hat angedeutet, dass der Anschlag etwas mit dem Erfolg des Parfüms zu tun hatte.«

»Kluges Mädel ...«, krächzte Carson. Man sah ihm an, dass seine Gedanken sich in ähnlichen Bahnen bewegt hatten. »Das würde mich nicht überraschen.«

»Stimmt es, dass Sie der Einzige sind, der die Formel kennt?«

Ein Nicken. »Hab sie im Kopf ... ist nirgendwo aufgeschrieben ...«

»Ich verstehe das nicht«, schaltete Frank sich ein. »Diese Formel ist eine Goldmine. Haben Sie sie nicht patentieren lassen?«

»Nein.« Carson benetzte seine trockenen Lippen mit der Zungenspitze. »Bin das Risiko eingegangen ... Wäre ein größeres Wagnis gewesen, wenn ich die Formel aufgeschrieben hätte ... Das Geheimnis hätte durchsickern können.« Er lächelte gequält. »Übrigens, haben Sie nie davon gehört, dass bei einem Konsumgut das Geheimnis ... der geniale Marketingtrick ist? Hat bei der geheimen Coca-Cola-Formel bestens funktioniert ... Hab mit *C'est Moi* einfach dasselbe gemacht.«

»Aber wenn Sie überhaupt nichts Schriftliches in der Hand haben, spielen Sie mit hohem Risiko«, staunte Frank.

»Ich bin daran gewöhnt ... um hohen Einsatz zu spielen ist der einzige Weg, an die Spitze zu kommen ... So habe ich mein Unternehmen aufgebaut.«

»Nehmen wir also an, jemand wollte unbedingt die Herstellung von *C'est Moi* verhindern und hat deshalb auf Sie geschossen. Fallen Ihnen da spontan irgendwelche Konkurrenten ein?«

»Regelrechte Halsabschneider, das ja ... aber kaltblütige Mörder nicht ... Mein Hauptkonkurrent ist Etienne Pruet. Sitzt in Paris und New York ... Starke Firma, zumindest auf dem Papier … Rufen Sie Jason Koppel bei Merrill Lynch* an … Wirtschaftsanalyst, glaubwürdig … kenne ihn seit zwölf Jahren. Fragen Sie ihn … Kann sein, dass einer meiner Konkurrenten am Ende ist … und ich hab es nicht gewusst.«

Die Tür ging auf, und Dr. Radison betrat das Zimmer. »Das reicht jetzt«, sagte er knapp, während er Infusionsschläuche und Herzmonitor überprüfte. »Mr Brooks braucht Ruhe.«

»Selbstverständlich.« Jeannie stand auf und folgte Frank zur Tür. »Müssen wir eben mit dem anfangen, was wir haben.«

»Tun Sie das.«

Sie blieb stehen. »Falls Ihnen nicht noch irgendwas einfällt«, fügte sie rasch hinzu und hoffte, Brooks' Gedächtnis anzukurbeln, bevor Dr. Radison intervenieren konnte. »Irgendein Detail, das Ihnen gestern entgangen ist. Haben Sie vielleicht doch jemanden im Gebäude gesehen? Haben Sie jemandem gesagt, dass Sie am Labor Day arbeiten wollten?«

»Musste ich nicht. Bin sowieso jeden Tag in der Firma … auch an Feiertagen … War spät dran. Wollte eigentlich um fünf los, zu den US Open … Hatte mich wirklich darauf gefreut …« Carson hustete. »Hab niemand gesehen. Weiß nicht mehr viel … Dylan wollte Akten holen. Ich bin zum Fenster. Hab einen Knall gehört … Schmerzen … Hat verbrannt gerochen … dieser Geruch …« Ein neuerlicher Hustenanfall unterbrach ihn.

»Das war's, Detectives«, mahnte Radison. »Ich meine es ernst. Schluss für heute.«

Jeannie machte eine entschuldigende Geste. »Wir sind

---

* Merrill Lynch: führendes Finanzdienstleistungsunternehmen (Anm. d. Übers.)

schon weg. Passen Sie auf sich auf, Mr Brooks. Wir kommen ein andermal wieder.«

»Warten Sie.« Langsam drehte Carson den Kopf in Richtung Tür, wobei er gegen den Schmerz ankämpfte. »Sachte mit meinen Leuten. Selbst wenn einer von ihnen schuldig ist, was ich nicht glaube … sind die anderen unschuldig … Vergessen Sie das nicht …«

»Wir vergessen es nicht.«

Officer Laupen schaute auf, als Jeannie und Frank aus dem Krankenzimmer kamen. »Hallo, Stock und Stein. Einen Durchbruch erzielt?«

»Nichts, worüber man nach Hause schreiben könnte«, erwiderte Jeannie kurz angebunden.

»Tut mir Leid.«

»Uns auch«, brummte Frank.

Die beiden eilten den Gang entlang.

»Jetzt sind wir auf uns selbst gestellt«, murrte Jeannie. »Es geht nicht, dass wir Brooks weiter so bedrängen, der Mann muss sich erst einmal erholen. Wenn wir einen Bericht über sein Personal haben wollen, müssen wir ihn anderswo besorgen.«

»Ja, aber von wem? Von Dylan Newport etwa?«

Jeannie zuckte die Achseln. Sie gelangten zum Fahrstuhl, und Jeannie drückte den Knopf. »Wir müssen ihn uns noch mal vornehmen. Er weiß auf jeden Fall Bescheid. Leider ist er zurzeit in New Hampshire. Also müssen wir allein zu den Ruisseau-Leuten und sehen, was wir rausfinden können.«

Frank nickte. »Lass uns durch den Hintereingang abhauen. Eine Meute von Reportern ist so ungefähr das Letzte, das wir jetzt brauchen können.«

Sie verließen das Krankenhaus und strebten zum Parkplatz. Fast automatisch schalteten sie ihre Handys wieder ein, deren Betrieb auf der Intensivstation verboten war.

Jeannie hatte eine Nachricht auf ihrer Mailbox. Aufmerksam lauschte sie, wandte sich dann an ihren Partner.

»Dylan Newport hat vor ein paar Minuten angerufen. Er ist auf dem Heimweg. Landet gegen Mittag in LaGuardia. Und er bringt Sabrina Radcliffe mit.«

11.15 Uhr
Flughafen Manchester

Der Jet beschleunigte auf der Startbahn, erhob sich in die Lüfte und durchschnitt die Wolken, bis er seine Flughöhe von zehntausend Metern erreicht hatte.

Sabrina starrte aus dem Fenster auf die vorüberhuschenden Wolkenfetzen und fragte sich, was nach der Landung auf sie zukommen mochte.

»Sie haben seit Reisebeginn noch keine zehn Worte gesagt«, bemerkte Dylan.

»Ich hatte auch nichts zu sagen.« Sie wandte sich ihm zu.

»Ich habe gestern Abend eine Bombe auf Sie losgelassen. Da müssen Sie doch jede Menge Fragen haben. Also, fragen Sie!«

Fragen. Ja. Sabrina seufzte. Noch nie im Leben hatte sie sich derart fehl am Platz gefühlt. Das Gefühl, ein Fisch auf dem Trockenen zu sein, war ihr vertraut. Früh im Leben hatte sie sich ein dickes Fell zugelegt und Defizite durch ihren inneren Fundus aufgefüllt. Aber mit so einer Geschichte klarzukommen war schwer, selbst für eine Persönlichkeit wie Sabrina.

»Ich weiß nicht genau, wo ich anfangen soll«, antwortete sie freimütig. »Die ganze Geschichte ist immer noch zu unwirklich. Und zu persönlich. Ich fühle mich nicht ganz wohl dabei, mich darauf einzulassen. Sie kennen Carson

Brooks. Ich aber nicht. Ich kenne Sie nicht und ich kenne ihn nicht.« Sie warf Dylan einen viel sagenden Blick zu. »Sie hingegen kennen meine ganze Lebensgeschichte. Ich verstehe, dass es nötig war, sie auszugraben, und ich werfe es Ihnen auch nicht vor. Aber glücklich bin ich ganz und gar nicht darüber. Ich schätze und schütze mein Privatleben. Mein Leben gehört mir.«

»Das respektiere ich. Ob Sie 's glauben oder nicht, in der Hinsicht sind wir uns sehr ähnlich.« Dylan trommelte mit den Fingern auf die Armlehne und überlegte, wie er zu ihr durchdringen sollte. »Hören Sie, im Grunde weiß ich nicht das Geringste über Sie. Nur Biografisches.«

»Netter Versuch. Aber gute Privatdetektive graben eine Menge mehr aus als statistische Details.«

»In Ihrem Fall trifft das aber nicht zu. Ich wollte Sie auch nicht durchleuchten, ich war nur auf der Suche nach Carsons Kind. Ich habe weder nach charakteristischen Persönlichkeitsmerkmalen gesucht noch eine detaillierte Liste Ihrer Aktivitäten erstellt. Das einzige Intime, das ich von Ihnen weiß, ist die Tatsache, dass Sie durch künstliche Befruchtung gezeugt wurden. Und das ist doch eine ziemlich langweilige, wissenschaftliche Sache, wenn man sie mit der Methode vergleicht, mit der die meisten Menschen gezeugt werden. Haben Sie in letzter Zeit mal *Entertainment Tonight* geguckt?«

Sabrina musste sich ein Lachen verkneifen. Die Vorstellung von Dylan Newport in atemloser Spannung vor dem Fernsehgerät, wie er Abend für Abend den neuesten Klatsch über Hollywoodstars verfolgte, war zu komisch. »Nein. Warum? Schauen Sie sich diese Sendung an?«

Dylan schenkte ihr sein typisches schiefes Grinsen. Nun begriff Sabrina, warum Melissa ihn als »heißen Typen« bezeichnet hatte. »Nein. Normalerweise sitze ich zu dieser nachtschlafenden Zeit am Schreibtisch vor meinen Aktenstapeln und einem Schweineschnitzel mit Reis. Aber Nina, meine Sekretärin, guckt die Show immer, als wäre sie das Evangelium. Sie sollten mal die Geschichten hören, die sie mir nach diesem Kunstgenuss auftischt. Die werden in dieser Show richtig intim. Und Millionen Zuschauer schalten regelmäßig ein, um so einen Schwachsinn zu sehen. Also, *das* nenne ich persönlich.«

Er verstummte, als die Stewardess an ihren Platz kam und fragte, ob sie etwas zu trinken wünschten. Dylan bestellte schwarzen Kaffee und wandte sich fragend an Sabrina.

»Johannisbeersaft«, sagte sie. Die Stewardess reichte ihr eine Dose und einen Plastikbecher. Mit freundlichem Lächeln nahm Sabrina beides entgegen. »Danke.«

»Sehen Sie, was ich meine?«, fragte Dylan mit leisem Spott. »Wo wir gerade davon geredet haben, dass ich gar nicht so gut Bescheid weiß … Ich kenne noch nicht mal Ihr Lieblingsgetränk.«

»Da haben Sie Recht.« Das Geplänkel begann Sabrina zu gefallen. Auch zu lächeln tat gut. Außerdem verkraftete sie im Moment keine ernsten Themen.

Der Knoten im Magen löste sich ein wenig.

»Dann werde ich Ihnen das Geheimnis anvertrauen«, sagte sie. »Normalerweise trinke ich Saft oder Wasser. In der Abteilung Kaffee kann ich mich nicht mal für Entkoffeinierten begeistern. Also gibt es nur morgens ein oder zwei Tassen. Wenn ich mehr Kaffee trinke, werde ich nervös.«

»Dann müsste ich bereits unzurechnungsfähig sein. Denn ich stehe auf das absolute Gift – schwarz, stark und ständig.« Dylan unterstrich seine Worte mit einem genießerischen Schluck. »Okay, Sie trinken also Saft und Wasser. Wie ist es mit Wein und Drinks?«

»Ich bevorzuge Merlot. Aber ich trinke nur mäßig, sonst bekomme ich scheußliche Kopfschmerzen.«

»Ich schließe das Plädoyer ab. Das sind zwei persönliche Vorlieben, die ich nirgendwo in meinen Akten finden kann.«

Sabrina musste kichern. »Sie müssen ein sehr guter Anwalt sein. Sie sind gewitzt und wissen andere zu entwaffnen. Diese Taktik kenne ich aus dem Businesstraining.«

»In dieser Abteilung weiß ich nun wieder Bescheid. Sie haben eine ganz nette Karriere hingelegt. Ich bin beeindruckt.« Dylan stellte seinen Kaffee ab. »Und da Sie mich schon in Einzelheiten einweihen, lassen Sie mich eine Frage zu Ihrer Laufbahn stellen. Sie waren auf dem besten Weg, Juniorpartnerin zu werden. Warum haben Sie diesen schnellen Weg zum Gipfel verlassen und Ihr eigenes Unternehmen gegründet?«

»Wollen Sie das wirklich wissen? Oder wählen Sie hübsche, sichere Themen, damit ich in meiner Wachsamkeit nachlasse und nicht mehr so viele Vorbehalte gegen das Treffen mit Carson Brooks hege?«

»Beides.«

Diese Ehrlichkeit hätte Sabrina nicht erwartet. Doch sie fand es gut. Je weniger er versuchte, seine Absichten zu verheimlichen, desto leichter wurde es für sie. Sie hatte nicht die Kraft, ein ganzes Geflecht von Täuschungen zu durchdringen, um zur Wahrheit zu gelangen. Und was seine Frage anging: Die Gründe für den Kurswechsel in ihrer Laufbahn waren schließlich kein Geheimnis.

»Ich habe aus verschiedenen Gründen aufgehört«, erwiderte sie. »Ich wollte mein eigenes Unternehmen, ohne das übliche Bündel an Firmenvorschriften und Bürokratie. Ich verstehe mich nicht sehr gut auf taktische Spielchen und Winkelzüge, besonders dann nicht, wenn sie einen Verrat an den Interessen meines Kunden bedeuten. Außerdem wollte ich Arbeit und Spiel zu einer idealen Lernerfahrung zusammenbringen. Man könnte also sagen, dass mein Alleingang aus einem Zusammenwirken von Idealen, Moral und Ichbezogenheit entstanden ist. Und ich musste unbedingt von Boston fort. Die Stadtluft hat mir nicht gut getan.«

Dylan zog die Augenbrauen hoch. »Leiden Sie unter Allergien?«

»Nein. Ich habe nur eine überempfindliche Nase. In L.A. mit all den Autoabgasen ist es besonders schlimm. In Denver genauso. New York ist auch nicht sonderlich angenehm, aber nicht ganz so schlimm wie Boston. Vielleicht liegt es an den vielen Gewässern rund um die Stadt. Einer meiner Mitarbeiter bei CCTL hat Grundkurse in Meteorologie absolviert. Er hängt der Theorie an, dass Winde aus verschiedenen Richtungen die Dunstglocke über einer Großstadt noch verstärken. Oder es liegt daran, dass Boston älter ist als New York und so viele historische Bauten hat. Sie sind wunderschön, zugegeben, aber die muffige Luft in diesen Prachtbauten ist scheußlich.« Sie zuckte die Achseln. »Manche Gerüche vertrage ich eben nicht. Andere schon.«

»Das überrascht mich nicht«, sagte Dylan unerwartet. »Sie haben einen besonders ausgeprägten Geruchssinn.« Er fuhr fort, als rezitiere er aus dem Gedächtnis. »Tatsache ist, dass selbst der Durchschnittsmensch tausende von Gerüchen unterscheiden kann. Unsere Nase enthält Sinnesneuronen. Verschiedene Neuronen reagieren auf verschiedene Gerüche und stimulieren dadurch – auf eine Art und Weise, die meinem nichtwissenschaftlichen Verstand zu hoch ist – besondere Verhaltensweisen. Bei Ihnen ist diese Wirkung dramatisch verstärkt. Ein derart ausgebildeter olfaktorischer Sinn ist eine Gabe und ein Fluch zugleich. Und warum manche Dinge das Gegenteil von dem auslösen, was man eigentlich erwartet – tja, wer weiß das schon? Ist eines der Mysterien des Lebens.«

Sabrina stellte erstaunt ihren Becher hin. »Sie hören sich an wie ein Lehrbuch. Woher wissen Sie so viel darüber?«

»Carson hat es mir beigebracht. Natürlich erklärt er es mit all den korrekten chemischen Bezeichnungen und Skizzen der Molekularstruktur. Ich sitze nur da und nicke. Einer der Gründe für seine Fähigkeiten auf dem Gebiet der Duftstoffherstellung ist eben, dass er die gleiche gute Nase besitzt wie Sie. Ich nehme an, das ist erblich.«

Was immer Sabrina erwartet hatte – das ganz bestimmt nicht. Sie hatte ihren guten Geruchssinn stets als eine seltsame Eigenart betrachtet.

»Das ist mir noch nie in den Sinn gekommen«, murmelte sie.

»Mir auch nicht. Aber als ich Ihnen zuhörte, wurde es mir klar. In Carsons Fall führt es zur Kreation der unglaublichsten Düfte. *C'est Moi* beispielsweise ist allein sein Baby, vom Reagenzglas bis zur Ladentheke.«

»Ja«, sagte Sabrina. »Ich habe Artikel gelesen, in denen es hieß, dass Carson Brooks selbst und nicht sein Forschungslabor diese Formel entwickelt hat.«

Eigentlich hatte sie viel mehr getan als nur ein paar Artikel überflogen. Sie war von Carson Brooks' unmittelbarer Beteiligung am Erfolg seines Unternehmens fasziniert gewesen – davon, wie er wirtschaftliches Knowhow mit profunden chemischen Kenntnissen kombinierte und eine einzigartige Parfümformel entwickelte, die die gesamte Duftstoffindustrie revolutionierte. Er war der vielseitigste, klügste Topmanager, von dem sie je gehört hatte. Und zu *C'est Moi* hätte Sabrina unter normalen Umständen tausende von Fragen gestellt, zum Beispiel, wie Carson es geschafft hatte, menschliche Pheromone in ein Parfüm einzubringen, und wie er es mit Marktforschung und Kundenbetreuung hielt. Doch im Moment schien das alles nicht von Bedeutung zu sein. Es war sogar so, dass Sabrina zum ersten Mal im Leben sprachlos war.

So hatte sie also ihre empfindliche Nase von Carson geerbt. Wie seltsam zu erfahren, dass sie solche Gemeinsamkeiten mit einem Vater hatte, von dessen Existenz sie erst seit einem Tag wusste! Und diese Informationen von einer dritten Person zu erfahren, die diesen Mann jeden Tag sah und mit ihm arbeitete, machte die Sache noch bizarrer. Sabrina fühlte sich verstrickt und distanziert zugleich und wusste nicht, welches von beiden Gefühlen ihr lieber war.

»Wie haben Sie Carson Brooks kennen gelernt?«, hörte sie sich fragen.

Dylan hatte sie aufmerksam beobachtet. Ihre Frage schien ihn nicht zu überraschen. »Dank einer von ihm initiierten ABM-Maßnahme«, erwiderte er sachlich. »Vor mehr als neunzehn Jahren. Carson war Anfang dreißig und die Ruisseau Corporation noch keine zehn Jahre alt. Doch sie expandierte unaufhörlich. Carson brauchte Unterstützung, so eine Art Mädchen für alles und Botenjungen in einer Person. Er setzte keine Anzeige in die Zeitung, sondern begab sich an eine Highschool in einem der miesesten Viertel von New York. Er hoffte, einem unterprivilegierten Jugendlichen eine Chance geben zu können.«

»Und dieser Jugendliche waren Sie.« Sabrina blickte Dylan nachdenklich an. »Da müssen Sie doch zugegriffen haben!«

Er lachte. »Von wegen. Ich hab mich mit Zähnen und Klauen gewehrt. Ich hatte schon mehr als genug zu tun. Die Schule, die Pflichtstunden vom Sozialamt ... Ich hatte kaum Zeit zu leben.«

Verblüfft musterte Sabrina ihn. »Was für ein Leben wollten Sie denn?«

»Einen Crashkurs in Selbstzerstörung. Ein Leben, in dem ich mich stark gefühlt hätte – und jeden Abend wahrscheinlich sturzbetrunken und blutend nach Hause gewankt wäre. Ansonsten habe ich die Schule geschwänzt und gegen jede

Regel verstoßen, wo und wann es nur ging. Schließlich hat das Sozialamt sich eingeschaltet. Ich musste Stunden ableisten, weil man glaubte, ich würde dann auf andere Gedanken kommen. Aber so war es nicht. Ich fühlte mich bevormundet und war stinkwütend.«

»Verstehe.«

»Nein, Sie verstehen überhaupt nicht. Versuchen Sie 's erst gar nicht. Es reicht, wenn ich sage, dass mein Leben ganz anders war als Ihres in Beacon Hill.«

»Ich habe die Botschaft vernommen – laut und deutlich.« Sabrina wandte den Kopf ab. »Lassen wir das Thema.«

»Das habe ich nicht damit gemeint.« Dylan leerte seine Tasse. »Tut mir Leid, es sollte sich nicht so schroff anhören. Die Wahrheit ist, dass ich eine Tatsache wiedergegeben habe. Ich wollte Sie aber nicht mundtot machen. Fragen Sie mich über meine Vergangenheit, was Sie wollen. Es stört mich kein bisschen, darüber zu reden. Heute ist es für mich wie ein anderes Leben.«

»Es geht mich wirklich nichts an.«

»Doch. Sie sollten erfahren, was für ein Mensch Carson ist. Und es gibt kein besseres Beispiel als meine Lebensgeschichte, um es darzustellen.«

»Na schön. Erzählen Sie.«

»Wie gesagt, Carson suchte eine Aushilfe. Während einer meiner unzähligen Nachsitzstunden erschien er in der Schule. Er schaute sich meine Beurteilungen an, die Noten und die charakterliche Einstufung, sprach zuerst mit dem Direktor und dann mit mir. Er zog sich einen Stuhl heran, erzählte mir, dass ich ihn daran erinnerte, wie er in meinem Alter gewesen war – abgesehen davon, dass er schon mit sechzehn auf der Straße landete, während ich noch zwei Jahre Schule abzumachen hatte, bevor ich dort landen würde. Er riet mir, meine Wut loszuwerden, denn egal, wie sehr ich mich aufregte, das Leben würde immer ungerecht sein, und es würde immer nur an mir selber liegen, ob ich meine Chance nutzte. Er meinte, ich sei clever und zäh, und ich könnte mir aussuchen, ob ich auf der Straße verrotten oder etwas aus mir machen wollte. Dann sagte er noch, falls er mich nicht falsch eingeschätzt habe, sei ich zu klug, um sein Angebot auszuschlagen. Versprach, mir einen anständigen Stundenlohn zu zahlen und ihn monatlich zu erhöhen, falls ich mich bewährte. Zusätzlich zum guten Lohn hätte ich die Chance, mit ihm an einigen Projekten zu arbeiten, wenn er erst mal herausgefunden habe, wo meine Begabungen lägen.

Als Gegenleistung sollte ich mich am Riemen reißen, meine Pflegeeltern respektieren, zur Schule gehen, das Saufen und Prügeln sein lassen und mir bei der Arbeit den Hintern aufreißen.« Dylan kicherte bei der Erinnerung. »So viel zu meiner Klugheit. Carson hat mich nie herablassend behandelt, hat mich immer respektiert und niemals mit erhobenem Zeigefinger belehrt. Es war schwer, weiterhin Raubbau mit mir zu treiben, wenn so ein Mensch an mich glaubte. Nun, von da an änderte sich alles: Meine Noten wurden rasch besser. Ich beendete die Highschool mit lauter Einsern und hatte zur gleichen Zeit bereits ein Betriebspraktikum bei der Ruisseau Corporation absolviert. Mit einem Stipendium kam ich zur Columbia University. Das war wirklich eine riesige Finanzspritze. Meine sonstigen Ausgaben wurden von Ruisseau übernommen. Ich machte einen erstklassigen Abschluss, studierte dann Jura und schloss das Studium ebenfalls mit einem hervorragenden Examen ab. An dem Tag, als ich meinen Dr. jur. machte, ließ Carson auf eine Messingplatte gravieren: ›Dylan Newport, Syndikus.‹ Ich habe ihm geholfen, das Schild an meine Bürotür zu hängen. Da hängt es noch heute. Sie sehen also, ich verdanke Carson Brooks alles.«

Sabrina war völlig von Dylans Geschichte gefangen worden. Nun blinzelte sie verwirrt. In ihrer Kehle bildete sich ein Kloß. Doch es war nicht Mitleid, nicht einmal Bewunderung, obwohl sie großen Respekt hegte für das, was Dylan erreicht hatte. Nein, der Kloß war aus Neid entstanden. Zwischen Dylan und Carson Brooks bestand eine sehr starke Bindung, die im Laufe von neunzehn Jahren entstanden war. Diese Bindung war eng, sehr eng. Sabrina hingegen war in diesem Bund eine Fremde, die bald zum ersten Mal ihren »Vater« sehen würde.

Die ganze Situation wurde aufreibend.

»Jetzt kennen Sie meine Lebensgeschichte«, sagte Dylan. »Damit sind wir quitt.«

»Ich glaub schon.«

Wieder betrachtete er sie aufmerksam. »Wenn ich es Ihnen irgendwie leichter machen kann, sagen Sie 's.«

»Ich bin nicht sicher, ob das möglich ist.« Sabrina benetzte ihre Lippen mit der Zungenspitze. »Als Sie vorhin im Krankenhaus anriefen, war er da bei Bewusstsein?«

»Ja. Die Polizei war bei ihm.«

»Werden die ihm von mir erzählen?«

»Ich habe sie gebeten, vorerst Stillschweigen zu wahren. Ich glaube, sie halten sich daran. Sie wissen, dass wir schon auf dem Weg nach New York sind. Ich bin sicher, sie überlassen diese Art gefühlvoller Enthüllungen den Freunden und der Familie und konzentrieren sich eher darauf, den Täter zu finden.«

»Gibt es denn irgendwelche Spuren?«, fragte Sabrina. »Gibt es jemanden, der einen Groll gegen ihn hegt? Jemand, der viel Geld oder Macht gewinnt, wenn Carson stirbt? Oder versucht die Polizei eher Informationen über Ruisseaus Konkurrenten auszugraben – kümmert sie sich um die Leute, die vom Tod dieses mächtigen Gegners profitieren würden?«

»Die Polizei hat schon ein paar Verdächtige.« Ein Muskel

zuckte in Dylans Kiefer. »Ich weiß nicht, wie weit sie mit ihren Ermittlungen sind. Wir werden es früh genug erfahren.«

Sabrina war betroffen von der Feindseligkeit seines Tonfalls. Offenbar ärgerte er sich über einen bestimmten Aspekt der Ermittlung. Passten ihm der Eifer und die Gründlichkeit der Beamten nicht, oder ging es um die Richtung, die die Ermittlungen nahmen?

Sie machte den Mund auf, wollte fragen.

Dylan ließ sie nicht zu Wort kommen.

»Wollen Sie allein mit Carson sprechen, oder soll ich dabei sein?«

Die Frage reichte, um Sabrina wieder vor Augen zu führen, welche Begegnung ihr bevorstand. »Ich allein?«, fragte sie mit erschrockenem Blinzeln. »Finden Sie das nicht ein bisschen übertrieben? Der Mann kämpft um sein Leben. Er hat keine Ahnung, dass es mich gibt. Wenn ich einfach zu ihm hineinmarschiere und verkünde, wer ich bin, ohne dass Sie ihn darauf vorbereitet haben – also, ich kann mir nicht vorstellen, dass dieser Schock ihm gut tut.«

Dylan schüttelte den Kopf. Seine Feindseligkeit war so schnell verflogen, wie sie gekommen war. »So habe ich das nicht gemeint. Natürlich würde ich zuerst zu ihm hineingehen und ihn vorbereiten. Ich wollte nur wissen … Wenn ich ihm die Fakten mitgeteilt und Sie vorgestellt habe, soll ich dann bleiben oder gehen?«

»Oh.« Darüber hatte Sabrina noch gar nicht nachgedacht. Aber verglichen mit den gestern getroffenen Entscheidungen fiel diese ihr leicht. »Unter den gegebenen Umständen finde ich, dass Sie die Wahl ihm überlassen sollten. Ich schließe mich dann an.«

»Sehr schön. Noch eins: Wie ich schon sagte, steht Carson unter sehr starken Medikamenten. Ich bin nicht sicher, ob er weiß, dass er an der Dialyse war oder dass er möglicherweise eine Spenderniere braucht. Es wird ihn furchtbar treffen, wenn er es herausfindet. Wir sollten es also besser nicht erwähnen.«

»Keine Sorge. Ich sage kein Sterbenswörtchen. Außerdem ist es ohnehin besser so, weil ich meinen nächsten Schritt noch gar nicht beschlossen habe – das tue ich erst, nachdem ich ihn kenne.«

Die Worte klangen selbst in ihren eigenen Ohren hohl und verlogen.

Und für Dylan, das wurde ihr plötzlich klar, mussten sie sich genauso anhören. Er hatte sie dorthin geführt, wo er sie haben wollte, hatte Carson Brooks im günstigsten Licht dargestellt, und man konnte gar nicht anders, als Mitleid zu haben. Und entweder hatte er es durch Zufall und aufgrund seiner ehrlichen Zuneigung für den Mann geschafft, oder sie war soeben Opfer einer der cleversten Manipulationen ihres Lebens geworden.

Sabrina wusste nicht genau, warum es ihr so viel ausmachte. Vielleicht, weil sie es hasste, wenn man sie austrickste, was ohnehin die Wenigsten schafften. Wahrscheinlich aber lag es eher daran, dass sie bereits gefühlsmäßig involviert war. Und dieses Gefühl hatte sie nicht erwartet. Es machte sie verletzlich. Und sie hatte nicht vor, Dylan Newport diese Verletzlichkeit benutzen zu lassen, auch wenn er die ehrenwertesten Motive anführte.

Sie warf ihm einen raschen Seitenblick zu. Er klappte den Tisch hoch und brachte seinen Sitz in eine aufrechte Position. Das Flugzeug ging in den Sinkflug nach LaGuardia.

Entweder wollte er ihr Gelegenheit geben, sich wieder zu sammeln, oder Zeit, um sich mit der neuen persönlichen Beziehung zu Carson Brooks anzufreunden – einer Beziehung, für deren Gelingen er alles tun würde.

Dylan Newport hatte sie in Sicherheit gewiegt. Seine Geschichte erzählt, um sie zu beruhigen. Ein bisschen geflirtet. Eine Spur Humor und einen Hauch Mitgefühl gezeigt.

Gute Arbeit.

Mit einem Ruck brachte Sabrina ihren Sitz ebenfalls in eine aufrechte Position und spürte dabei Dylans Blick. Er versuchte abzuschätzen, wie weit er bereits gewonnen hatte.

Gute Frage.

Brooks kennen zu lernen war eine Sache; eines ihrer Organe zu spenden eine ganz andere. Besonders, wenn die Spende bedeutete, dass sie nicht nur ihr eigenes Leben in Gefahr brachte, sondern auch noch ihre Familie in Mitleidenschaft zog.

Absichtlich hielt Sabrina den Blick abgewandt, nestelte am Sicherheitsgurt, hüllte sich in hartnäckiges Schweigen. Sie war noch nicht bereit, alles hinzugeben. Noch nicht.

Doch der nächste Schritt des Entscheidungsprozesses war nur noch eine Taxifahrt entfernt.

8

11.35 Uhr
Ruisseau Fragrance Corporation

Roland Ferguson zählte sechsundfünfzig Jahre und war seit elf Jahren Chef der Personalabteilung von Ruisseau. Mit einundvierzig hatte er einen Job in einem großen Unternehmen aufgegeben, um seine eigene Zeitarbeitsfirma zu gründen. Er war lieber sein eigener Herr und hatte die Absicht, seine kleine, aber erfolgreiche Firma zu führen, bis er das Rentenalter erreichte.

Dann aber war Carson Brooks auf den Plan getreten.

Er hatte Roland aus heiterem Himmel angerufen. Es erwies sich, dass Carson seine Hausaufgaben gemacht hatte.

Er kannte Rolands Lebenslauf in- und auswendig, wusste von jeder Beförderung in den drei Personalabteilungen, in denen er gearbeitet hatte, sowie von dem guten Ruf, den die neue Firma in der Geschäftswelt besaß. Carson Brooks war beeindruckt. Beeindruckt *und* beeindruckend. Der Mann war der reinste Dynamo. Es war ebenso schwer, sein Angebot abzulehnen wie anzunehmen. Ein Nein bedeutete, eine einzigartige Chance auszuschlagen; ein Ja hieß, sich mit Leib und Seele der Arbeit zu verschreiben.

Eine schwere Wahl.

Nicht dass Carson einem die Wahl gelassen hätte. Wenn er jemanden haben wollte, war er so versessen darauf wie ein Hund auf einen Knochen. Und er wollte Roland als Personalchef. Nicht nur wegen der günstigen Beurteilungen. Er mochte Rolands Führungsstil, seinen Umgang mit Menschen. Und diese Fähigkeiten wollte er für Ruisseau nutzen.

Nach zwei Wochen intensiver Verhandlungen hatte Roland einen Manager eingestellt, der seine eigene Firma weiterführte, und war zu Carson Brooks gewechselt.

Zwei Monate später hatte Roland seine Firma verkauft und einen langfristigen Arbeitsvertrag mit Ruisseau abgeschlossen.

Seine Arbeit war nicht leicht. Carson Brooks besaß die Energie eines Achtzehnjährigen, achtete auf hundertprozentige Arbeitsmoral und schuf dadurch ein Arbeitsklima, das sich durch Tempo, Druck und sprühenden Ehrgeiz auszeichnete. Es brachte Erfolg, aber auch Stress. Die Angestellten gingen in ihren Projekten auf, wurden aber auch oft zu Rivalen.

Roland hatte in den letzten Jahren einiges an gehässigen Mitarbeitern und hochexplosiven Situationen erlebt.

Doch die derzeitige Krise übertraf alles bisher Dagewesene.

Die letzten beiden Tage waren für Roland ein harter Schlag gewesen. Als er vorgestern Morgen zur Arbeit gekommen war, hatte er das Büro seines Chefs versiegelt vorgefunden, da es sich in einen Tatort verwandelt hatte. Als Nächstes hörte er, dass Carson in Lebensgefahr schwebte. Seitdem herrschte eine düstere Atmosphäre im Unternehmen – von der angespannten Stimmung der Mitarbeiter, die des Mordversuchs verdächtigt wurden, gar nicht erst zu reden.

Hinzu kam, dass auch Roland verdächtigt wurde.

Er hatte die beiden Detectives nur zweimal kurz gesehen: das erste Mal gestern, als sie die Arbeit der Spurensicherung begutachtet hatten, dann heute Morgen gegen halb elf, als sie für eine Stunde im Managementflügel verschwunden waren, vermutlich, um Befragungen durchzuführen.

Nun war Roland an der Reihe.

Sie waren in sein Büro gekommen, um jedes Quäntchen an Hinweisen aus ihm herauszupressen.

Was für ein Albtraum für die Firma! Und es konnte leicht zu einem persönlichen Albtraum werden.

Er musste vorsichtig sein.

»Wir wissen es zu schätzen, Mr Ferguson, dass Sie uns Ihre kostbare Zeit zur Verfügung stellen.« Detective Whitman saß neben ihrem Kollegen auf den Besucherstühlen vor Rolands Schreibtisch. »Wir werden Sie nicht lange aufhalten.«

»Ich will gerne helfen.« Roland nahm die Brille ab und rieb sich mit unsicherer Hand den Nasenrücken. Dann setzte er die Brille wieder auf. »Ich kann es immer noch nicht glauben.«

»Wir können verstehen, dass Sie geschockt sind. Zum Glück wird Mr Brooks durchkommen. In der Zwischenzeit ist es unsere Aufgabe zu ermitteln, wer für die Tat verantwortlich ist.« Whitman blätterte in ihren Notizen. »Fangen wir mit dem Wesentlichen an. Wie viele Angestellte hat Ruisseau?«

»Knapp über hundert. Darin eingeschlossen die Mitarbeiter mit den Halbtagsjobs sowie die Forschungs- und Entwicklungsabteilung in unserem Labor in Englewood Cliffs, New Jersey. Dazu kommen noch Praktikanten in verschiedenen Abteilungen. Außerdem haben wir Zweigstellen in Europa mit Hauptsitz in Paris. Dort arbeiten ein Geschäftsführer und ein halbes Dutzend Angestellte.«

Whitman nickte. »Und wie viele von diesen Mitarbeitern haben Zugang zu Mr Brooks?«

Die Frage war harmlos. Roland konnte sie freimütig beantworten, ohne mit dem Finger auf jemanden zu zeigen. »Falls Ihre Frage den Protokollgepflogenheiten unserer Firma gilt, muss ich Ihnen sagen, dass wir es sehr informell halten. Käme beispielsweise der Hausmeister und hätte irgendeinen Verbesserungsvorschlag, könnte er direkt zu Carson gehen. Es nützt Ihnen also nichts, auf diesem Weg den Kreis der Verdächtigen zu bestimmen.« Roland räusperte sich und warf den Detectives einen argwöhnischen Blick zu. »Mir ist klar, dass Sie nur Ihre Arbeit tun, aber glauben Sie allen Ernstes, dass einer unserer Mitarbeiter auf Carson geschossen hat?«

»Das wissen wir eben nicht, Mr Ferguson«, schaltete Detective Barton sich erstmals ein. »Warum fragen Sie? Glauben Sie denn, dass es einer von Ihnen war?«

»Auf keinen Fall!«

»Wie können Sie da so sicher sein? Wollen Sie behaupten, dass keiner unzufrieden oder verstimmt war? Dass niemand sich darüber geärgert hat, wie er oder sie behandelt wurde – oder vielleicht sauer war, weil man ihn bei einer Beförderung übergangen hat?«

»So etwas behaupte ich natürlich nicht«, beeilte Roland sich zu versichern. »Aber Ärger über angeblich unfaire Behandlung oder das Gefühl, übergangen worden zu sein, ist noch lange kein Grund, auf einen Menschen zu schießen.«

»Da stimme ich mit Ihnen überein. Jemand anders allerdings nicht.« Barton beugte sich vor. »Wir haben mit sämtlichen Abteilungsleitern gesprochen, außer Claude Phelps, dem Leiter der Forschungs- und Entwicklungsabteilung. Sein Name fiel einige Male während der Befragungen. Was halten Sie von ihm?«

Nun kamen sie in unruhige Gewässer.

Roland bewahrte seinen Gleichmut. Er entschied sich für einen nüchternen Abriss von Claudes Tätigkeit. »Claude hat sein Büro nicht hier, sondern in New Jersey – aus nahe liegenden Gründen. Einmal die Woche kommt er in die Stadt, um an Vorstandssitzungen teilzunehmen. Ansonsten ist er stets per Telefon oder E-Mail erreichbar. Ach ja, und Carson fährt oft nach Englewood Cliffs, manchmal drei- oder viermal die Woche, wenn er an einem bestimmten Projekt arbeitet. Er sieht Claude also ziemlich oft.«

»Ja. So viel wissen wir bereits.« Whitman blickte ihn an. Roland hoffte, dass sie seine Antwort nicht als absichtlich doppeldeutig wertete. »Wir wissen auch, dass Phelps seit Gründung der Firma an Mr Brooks' Seite ist.«

»Fast. Claude ist ungefähr sechs Monate nach der Firmengründung dazugestoßen. Der Einzige, der noch länger dabei ist, ist Stan Hager. Er kennt Carson von Kind auf.«

»Stan Hager. Betriebsdirektor von Ruisseau.« Whitman ließ sich nicht von ihrer Fährte abbringen, so viel war klar. »Wir haben schon kurz mit ihm gesprochen. Heute, als er auf dem Weg ins Krankenhaus war. Wir werden uns noch eingehend mit ihm unterhalten.« Sie machte schmale Augen. »Zurück zu Claude Phelps. Ich habe Sie um Ihre Meinung gebeten, nicht um eine Jobbeschreibung.«

Roland unternahm einen letzten Versuch, Claude in Schutz zu nehmen, falls die Detectives noch nicht über bessere Informationen verfügten. »Ich kenne ihn nicht sehr gut. Wir sehen uns kaum, außer bei geschäftlichen Besprechungen, und außerhalb der Firma überhaupt nicht. Ich kann Ihnen nur sagen, dass er seine Arbeit sehr ernst nimmt. Das geht so weit, dass er sich immer nur einen kleinen Teil seines Jahresurlaubs gönnt.« Whitman sah ihn erwartungsvoll an. Roland begriff, dass sie mehr erwartete. »Wollen Sie etwas Bestimmtes wissen?«

»Zunächst einmal möchten wir erfahren, warum es Ihnen offensichtlich unangenehm ist, über den Mann zu reden. Haben Sie in letzter Zeit Probleme mit ihm gehabt, wie uns aus anderer Quelle zugetragen wurde? Oder mögen Sie ihn nicht?«

Es gab keinen Ausweg. Nun war klar, dass jemand etwas über Claudes unerträgliches Benehmen verraten hatte. Nun musste er die Karten auf den Tisch legen. Tat er es nicht, würde jemand anders die Lücken füllen, und die Cops wären im Handumdrehen wieder da, um ihn nach Einzelheiten auszuquetschen und auf Antworten zu drängen, warum er nicht gleich reinen Tisch gemacht hatte.

Dennoch, er musste es vorsichtig angehen.

Roland senkte den Blick und legte die Hände auf die Schreibtischplatte. »Meine persönlichen Gefühle spielen in diesem Fall keine Rolle. Ich möchte einem Menschen, der der Firma siebenundzwanzig Jahre lang treu gedient hat, nichts Schlechtes nachsagen. Aber … na schön, da Sie bereits Andeutungen gehört haben. Ja, es stimmt, Claude hatte kürzlich Probleme.«

»Was für Probleme?«

»Als er die letzten Male in New York auftauchte, hatte er getrunken. Nicht, dass er volltrunken gewesen wäre«, fügte Roland rasch hinzu, »aber er hatte eine Alkoholfahne. Und er benahm sich … anders.«

»Inwiefern?«

»Claude ist ein ruhiger, in sich gekehrter Mensch. Aber bei seinen letzten Besuchen war er laut und streitsüchtig. Hat jedes Mal sehr unerfreuliche Szenen gemacht. Zu seiner Verteidigung muss ich anführen, dass er seit der Freigabe von *C'est Moi* einige Verbalattacken hinnehmen musste, von friedlichen Frotzeleien bis hin zu gehässigen Bemerkungen. Ein paar Wirtschaftsanalysten sind sogar so weit gegangen, öffentlich darüber zu spekulieren, wozu Carson Claude überhaupt braucht. So was ist ein Tiefschlag, besonders für einen Menschen wie Claude. Sein berufliches Selbstbewusstsein ist schon immer schwach gewesen. Deshalb hat er diese Angriffe sehr schwer genommen.«

»Sieht ganz so aus.« Whitman wirkte durch Rolands Eröffnungen keineswegs überrascht, obwohl sie eifrig in ihr Büchlein kritzelte. »Also, die Quintessenz ist, Phelps ist stinksauer, weil Carson Brooks die bahnbrechende Formel für *C'est Moi* entwickelte und er als Folge davon als lahme Ente bezeichnet wurde.«

»So könnte man es zusammenfassen, ja.«

»Wie meinen Sie das, dass er es ›schwer genommen‹ hat?«

Roland hüstelte verlegen. »Wie gesagt, bei seinen letzten Besuchen hier war er angetrunken. Er hat sich an ein paar leitende Angestellte gehängt und wirre Tiraden losgelassen: dass er vom Erfolg von *C'est Moi* ausgeschlossen und aus seinem Job gedrängt würde. Einmal ging er sogar so weit und behauptete, die ursprüngliche Formel stamme von ihm. Er hat die Leute ganz schön aufgemischt. Vier schriftliche Beschwerden lagen mir bereits vor. Schließlich wurde ich gebeten, mit ihm zu reden und ihm eine Verwarnung wegen seines Verhaltens auszusprechen. Das habe ich dann auch getan. Aber er hat es gar nicht gut aufgenommen.«

»Was meinen Sie damit?«

»Er ging auf mich los. Warf mir ein paar Kraftausdrücke an den Kopf, stapfte in meinem Büro auf und ab, fuchtelte mit den Armen und schrie, dass Ruisseau ohne ihn gar nichts wäre. Er drohte, das Unternehmen im Fall einer Kündigung zu verklagen und Carsons zu zeigen, wie wichtig er sei.«

»Genau das waren seine Worte?«

»Ja.«

»Hat das sonst noch jemand gehört?«

Roland zuckte die Achseln. »Möglich. Er war ja sehr laut. Meine Sekretärin könnte es gehört haben oder jemand, der in diesem Moment zufällig an meinem Büro vorbeiging. Falls es so ist, habe ich aber noch nichts davon erfahren. Und das überrascht mich auch nicht. Ruisseau hat einen hervorragenden Mitarbeiterstab. Hier gibt es keinen Klatsch und Tratsch.«

»Ja«, brummte Barton. »Das ist uns auch schon aufgefallen. Deshalb müssen wie den Leuten hier die Informationen aus der Nase ziehen.«

»Das ist eben Loyalität, Detective. Für Carson eines der wichtigsten Kriterien bei der Auswahl seiner Mitarbeiter.«

»Nun ja. Aber der, der auf ihn geschossen hat, war nicht besonders loyal.«

»Deshalb glaube ich ja auch nicht, dass es einer von uns gewesen ist.«

»Kommen wir noch einmal auf Phelps' Drohung zurück«, schaltete Whitman sich wieder ein. »Sie waren der Einzige, der dabei war, als er diese Drohung ausstieß.«

Verdammt, diese Frau ließ sich einfach nicht von ihrer Fährte abbringen.

»Ja.« Roland wurde unbehaglich zumute; er fühlte sich gezwungen, zu seiner Verteidigung auf das Offensichtliche hinzuweisen. »Alle Besprechungen zwischen Angestellten und dem Chef der Personalabteilung werden unter vier Augen geführt. So will es die Firmenpolitik. Und es ist besonders wichtig in Fällen wie dem erwähnten, wo es um eine Verwarnung geht.«

»Das hört sich an, als wäre er ziemlich außer sich gewesen.«

»Stimmt.« Roland konnte es nicht dabei bewenden lassen. Wenn er derjenige war, der Claude im Regen stehen ließ, würde es in der Geschäftswelt bekannt, und sein Ruf wäre dahin. »Mir ist bewusst, Detective, wonach sich das anhört. Aber sehen Sie es bitte im Zusammenhang. Claude war wütend. Er fühlte sich in seiner Berufsehre verletzt und persönlich angegriffen. Es stimmt, er hat Drohungen ausgestoßen. Aber er hat sich dabei nur auf die Arbeit bezogen. Von einer persönlichen Rache an Carson war kein Wort.«

»Er fühlte sich in seiner beruflichen Ehre verletzt«, sagte Whitman. »Mit anderen Worten, sein Job stand auf dem Spiel.« Ihr Blick wurde hart. »Sie sagten, man hat Sie gebeten, mit Phelps zu sprechen und ihm eine Verwarnung zu erteilen. Wer hat Sie darum gebeten?«

Roland schluckte schwer. »Carson Brooks.«

Die Detectives wechselten einen Blick. »Wir würden gern diese schriftlichen Beschwerden sehen«, sagte Barton.

»Das dachte ich mir schon.« Langsam zog Roland seine Schreibtischschublade auf, holte die Papiere heraus, die er zuvor dort abgelegt hatte, und schob sie den Detectives zu. »Hier. Das sind Kopien. Aber ich glaube, Sie bellen den falschen Baum an. Claude ist einer, der vielleicht ein großes Geschrei macht, aber er wäre nicht im Stande, auf einen anderen Menschen zu schießen.«

»Unter gewissen Umständen ist jeder zur Gewalt fähig«, entgegnete Barton und studierte die Blätter. »Und wir bellen *jeden* Baum an, nicht nur diesen. Wir haben nämlich vor, den Täter zu finden.«

»Ich verstehe.«

Whitman musterte ihn immer noch scharf. »Ich hätte gern Zugang zu *sämtlichen* Personalakten. Und Fotokopien brauchen Sie nicht zu machen. Wir kopieren uns selber, was wir brauchen.«

Roland spürte, wie sich in seinem Magen ein Klumpen bildete. Ihm gefiel weder Detective Whitmans Ton noch die Schwingungen, die von ihr ausgingen. Was immer sie auch dachte, es würde negativ sein. »Na schön«, stimmte er hastig zu und versuchte, so kooperativ wie möglich zu erscheinen. Er streckte die Hand nach dem Telefon aus. »Ich sorge dafür, dass Sie unverzüglich Zugang bekommen.«

»Sehr gut. Wir fahren jetzt zum Krankenhaus. Später melden wir uns wieder bei Ihnen.« Whitman überlegte. »Ach, übrigens, wo waren *Sie* am Montagabend zwischen siebzehn und neunzehn Uhr?«

Rolands Zeigefinger verharrte über dem Tastenfeld. »Zu Hause auf Long Island. Um die Zeit hab ich wohl gerade ein paar Würstchen auf den Grill geworfen. Für unsere jährliche Grillparty. Ich war den ganzen Abend dort.«

»Kann das jemand bezeugen?«

»Meine Frau.« Er leckte sich die plötzlich trockenen Lippen. »Warum fragen Sie? Bin ich etwa verdächtig?«

»Es handelt sich hier um versuchten Mord, Mr Ferguson. Da ist jeder verdächtig.«

»Bis unsere Alibis bestätigt sind«, fügte Roland hinzu.

»Bis wir den Attentäter finden.« Whitman war unbeugsam. »Und das werden wir, Mr Ferguson, darauf können Sie sich verlassen.«

13.35 Uhr
Mt. Sinai Hospital

Peng.

Der Schuss hallte in seinem Kopf wider. Weiß glühender Schmerz durchzuckte ihn, fuhr wie ein Blitz seinen Rücken hinunter. Farben. Ein Kaleidoskop an Farben. Und dieser süßlich-klebrige Geruch. Blut. Sein Blut. Es strömte aus ihm heraus … lief ihm den Rücken hinunter … Es war das Leben, das aus ihm strömte …

Er würde sterben. Und es war zu früh, viel zu früh …

Er hörte sich stöhnen. Im gleichen Moment spürte er eine kräftige Hand an der Schulter.

»Carson? Carson, ich bin's.«

Mit einem Ruck wurde er wach, kämpfte gegen den Nebel, der ihn im Schlaf gefangen gehalten hatte. Ein Albtraum. Er hatte einen Albtraum gehabt … besser gesagt, einen Albtraum aufs Neue durchlebt. Doch nun war es vorbei. Er lebte. Die Feuchtigkeit an seinem Rücken war Schweiß, kein Blut. Und das besorgte Gesicht, das über dem Gewirr von Schläuchen und Kanülen über ihm schwebte, gehörte Dylan.

»Wie geht's?«

Carson rang sich ein Grinsen ab. »Ging mir schon besser. Aber ich werd's schaffen …« Rasselnd holte er Luft. »Hast es mir doch befohlen … wenn ich mich recht entsinne.«

Dylans Gesicht entspannte sich. »Stimmt.«

»Wo bist du gewesen? Bist seit einem Tag … oder zwei …«

»Du hast mir doch auch etwas befohlen.« Dylan zog sich einen Stuhl heran und ließ sich neben dem Krankenbett nieder. »Ich hab mir den Arsch aufgerissen. War nicht einfach.«

Carson zog die Augenbrauen zusammen. »Was redest du da?«

»Ich rede über den Menschen, den ich für dich ausfindig machen sollte.« Als er Carsons suchenden Blick gewahrte, fügte er hinzu: »Keine Angst. Außer uns ist niemand da.«

Die Schmerzen waren fast vergessen. Carson schaute Dylan forschend an. »Und?«, wollte er wissen.

»Ich würde dir ja gern 'ne Zigarre geben, aber auf der Intensivstation ist Rauchen verboten.«

Auf diese Antwort hatte Carson gewartet. »Ich habe ein Kind«, staunte er. »Ein Kind ...«

Grinsend zog Dylan einen Mundwinkel hoch. »Also, als Kind würde ich sie nicht mehr bezeichnen. Ehrlich gesagt haut sie einen um. Sie kommt auf dich, ist nur viel schöner. Weiblicher und ohne Narben. Außerdem ist sie clever und erfolgreich. Sogar du wirst beeindruckt sein.«

»Sie«, wiederholte Carson. »Ich habe eine Tochter.« Es war ein so seltsames Gefühl, dass er es nicht hätte beschreiben können. »Erzähl mir von ihr.«

»Nicht nötig. Ihr werdet euch jetzt kennen lernen.«

Carson starrte Dylan an. »Jetzt?«

»Fällt dir vielleicht ein besserer Zeitpunkt ein?«

Die Art, wie Dylan es sagte ... In Carson keimte ein Verdacht auf, und er ließ den Blick über die vielen Geräte schweifen, an die er angeschlossen war. »Was sagst du da ...? Bleibt mir vielleicht keine Zeit mehr? Ist es das? Werde ich diesen Kampf verlieren?«

»Auf gar keinen Fall.«

»Warum ist sie dann gekommen? Wie hast du sie gefunden ...?« Atemlos brach er ab; plötzlich wurde ihm schmerzhaft bewusst, wie sehr er sich anstrengte.

»Versuch mal, mir eine Minute zuzuhören. Ich weiß, dass dir das gegen den Strich geht, aber versuch es wenigstens«, versetzte Dylan. »Auf diese Weise kannst du deine Kräfte für deine Tochter aufsparen. Stan hat mir geholfen, die benötigten Informationen auszugraben. Als ich erst einmal die

Eckdaten hatte – Name, Adresse und so weiter –, war der Rest ein Kinderspiel. Sie lebt in Auburn, in der Nähe von Manchester, New Hampshire. Ich bin gestern Nacht rübergeflogen und hab ihr von dir erzählt. Sie will dich sehen. Sie wartet draußen. Ich bin sicher, sie kann deine Fragen viel besser beantworten als ich. Okay?«

»Hat sie es gewusst?«

»Nicht, wer du bist.«

»Hat sie es … ruhig aufgenommen?«

Wie immer war Dylan völlig offen zu Carson – kein Drumherumreden, keine Ausflüchte. »Sie war entsetzt, hat sich dann aber wieder beruhigt. Es ist schon eine verzwickte Lage. Sie ist eine starke und mutige Frau, aber sie hängt auch sehr an ihrer Familie. Die Mutter steht mit ihrem Beruf im Licht der Öffentlichkeit, und die Großeltern gehören zu den tragenden Säulen der Bostoner High Society. Ein Skandal wäre da höchst unwillkommen.«

Carson zog die Stirn in Falten. »Ich erinnere mich. Die Frau stammte aus Beacon Hill … Mehr hab ich nie gewusst … Wer ist sie?«

»Gloria Radcliffe, die Modeschöpferin. Bekannt und gefragt. Susan hat bereits ihre halbe Herbstkollektion gekauft. Die sitzt übrigens gerade im Wartezimmer und knabbert deiner Tochter ein Ohr ab, wie toll sie Glorias Entwürfe findet.«

Das passte Carson nicht gut ins Konzept. »Hast du Susan etwa erzählt …?«

»Aber nein«, beeilte Dylan sich zu versichern. »Susan hat dieselbe Story bekommen wie die Presse – dass Miss Radcliffe als Unternehmensberaterin die Ruisseau Corporation während der Krise unterstützt.«

»Nette Geschichte.« Carson blickte seinen Freund scharf an. »Unternehmensberaterin. Wird sie diese Rolle durchhalten?«

»Kein Problem. Sie wird die Rolle glänzend durchstehen, weil es genau das ist, was sie tut, und zwar sehr erfolgreich. Du solltest mal die Liste ihrer Klienten sehen.«

Es war lächerlich und ungerechtfertigt, doch Carson war mit einem Mal mächtig stolz. Er hatte nichts zur Entwicklung dieser jungen Frau beigetragen, hatte ihr nur seine Gene vererbt. Er hatte sie nicht erzogen, hatte sie nie gesehen. Dennoch … meine Güte, was für ein Mädchen!

»Bist du bereit für die Vorstellung?«, fragte Dylan.

Carson nickte bedächtig. »Ja.«

Dylan erhob sich. »Bin gleich zurück.«

Carson schloss die Augen, wappnete sich für die Begegnung. Sie würde schwierig werden, für beide, da machte er sich nichts vor. Auch wenn Dylan versucht hatte, ihn in diesem Punkt zu beruhigen – die junge Frau musste völlig aus der Fassung gewesen sein, als sie es erfahren hatte. Bestimmt war sie jetzt neugierig, zugleich aber auch unsicher. Wie hätte es auch anders sein können? Heute sah sie zum ersten Mal den wildfremden Menschen, der ihr Vater war.

Meine Güte, was für eine verrückte, verzwickte Situation!

Er hörte Schritte und schlug die Augen auf.

»Carson«, sagte Dylan und trat zur Seite, damit die Frau in seiner Begleitung näher ans Bett herantreten konnte. »Das ist Sabrina Radcliffe.« Er machte es so knapp wie möglich und vermied das Wort »Vater«. »Sabrina – Carson Brooks.«

Sabrina. So hieß sie also. Der Name passt zu ihr, dachte er, während er sie aufmerksam betrachtete. Sie war schön, sie hatte Klasse.

Dylan hatte Recht. Sie sahen sich ähnlich. Sie hatte den gleichen Teint, die gleiche Haarfarbe, und außerdem war da noch etwas – ihr Kinn vielleicht oder die Art, wie sie den Kopf hielt –, das sie von ihm geerbt hatte. Überdies war sie so umwerfend, wie Dylan gesagt hatte. Sie besaß eine Feinheit und Grazie, die von guter Herkunft kündeten; Eigenschaften, die sie zweifellos von ihrer Mutter geerbt hatte.

Er war so beeindruckt, dass er kein Wort herausbrachte.

»Hallo, Mr Brooks.« Die Stimme der jungen Frau zitterte nicht, wohl aber die Hand, die sie ihm entgegenstreckte. »Freut mich, dass es Ihnen wieder so gut geht, dass ich Sie besuchen kann.«

Feierlich schüttelte Carson ihr die Hand. Er platzte fast vor Stolz über eine Tochter, die so mutig war und die Initiative ergriff. »Ich habe Sie schon lange finden wollen …«, sagte er. »Musste Sie kennen lernen … Danke, dass Sie gekommen sind.«

Sie löste ihre Hand aus der seinen. »Der Arzt sagt, Sie halten sich tapfer.«

»Ich bin zu zäh, um kampflos aufzugeben …« Carson deutete auf den Stuhl. »Setzen Sie sich doch.« Er wartete, bis Sabrina Platz genommen hatte. »Dylan hat gesagt, Sie sind Unternehmensberaterin …«

Die junge Frau nickte. »Ich besitze und leite das Institut für kreatives unternehmerisches Denken. Eine ganze Reihe von Unternehmen schicken mir ihre Managementteams zu Trainingsseminaren.«

Carson zog die Brauen hoch. »Sie leiten CCTL? Hab kürzlich noch darüber gelesen … erstklassiger Ruf … Hab schon selbst daran gedacht, meine Führungsriege hinzuschicken … zum Aufpolieren. Ich bin beeindruckt.«

Sabrina lächelte. »Wenn Sie es sagen, ist es ein Kompliment. Ich habe nämlich auch etwas über Sie gelesen. Ruisseau ist eine sehr erfolgreiche Firma. Sie sind nicht nur ein Unternehmergenie, Sie kümmern sich auch persönlich um sämtliche Aspekte in Ihrer Firma, Das ist eine Einstellung, die ich bei den meisten Firmenchefs vermisse. Deshalb passt es auch, dass Ruisseau nach Ihnen benannt ist, wenn auch in Französisch.«

»Tja, wissen Sie … ›Ruisseau‹ hat so einen exotischen Klang. Keiner würde ein Parfüm kaufen wollen, das … ›Bach‹ heißt. Hört sich eher nach einem Wasserloch für Rinder an …«

Hinter der höflichen Maske glomm ein Funken Belustigung in ihren scharfen blauen Augen – *seinen* Augen. Sie besaß durchaus Sinn für Humor. Aber noch war sie auf der Hut, beobachtete ihn. Wieder sah Carson das leichte, ein wenig gezwungene Lächeln. »Ich verstehe, was Sie meinen.«

Genug über ihn. Er wollte nicht über seine Erfolge sprechen. Er wollte etwas über sie erfahren. »Erzählen Sie mir etwas über sich … über Ihre Mutter … Sie wollte ein außergewöhnliches Kind zur Welt bringen … Offenbar ist es ihr gelungen …« Er begann zu husten.

»Geht es Ihnen nicht gut?« Sabrina erhob sich.

Carson winkte ab. »Ist schon in Ordnung. Aber zuhören tut weniger weh … als sprechen.«

Sabrina setzte sich wieder und überlegte, was sie berichten sollte. »Ich weiß nicht, wie viel Dylan Ihnen schon erzählt hat.«

»Nicht viel«, meldete Dylan sich zu Wort. »Nur Ihren Namen und Ihren Beruf.«

»Er hat auch gesagt, Sie seien … umwerfend«, fügte Carson hinzu. »Da hat er Recht.«

Sabrina warf Dylan einen Blick zu, den Carson nicht recht deuten konnte. Argwohn oder Unbehagen vielleicht, aber da war auch noch etwas anderes.

Was immer es war, Dylan schaltete sofort. »Soll ich euch allein lassen?«, fragte er.

»Meinetwegen müssen Sie das nicht«, erwiderte Sabrina. »Oder ist es Mr Brooks' Wunsch?« Fragend schaute sie Carson an.

Er schüttelte den Kopf und bedeutete Dylan, ebenfalls Platz zu nehmen. »Ich habe vor Dylan keine Geheimnisse …« Er befeuchtete seine Lippen mit der Zunge. »Sabrina, ich weiß, es ist eine seltsame Situation … aber nenn mich bitte Carson. ›Mr Brooks‹ klingt so aufgesetzt unter den Umständen …«

»Na gut, ich werd's versuchen.« Sie räusperte sich. »Sie haben nach meiner Mutter gefragt. Sie heißt Gloria Radcliffe. Sie ist Modeschöpferin, entwirft ihre Modelle in einer Kollektion unter ihrem Namen. Ihre Kundschaft sitzt überall, auch in New York. Von dort ist sie übrigens gerade erst zurückgekommen. Sie hatte ihre neuesten Entwürfe vorgestellt.«

»Zurückgekommen? Sie … lebt in New Hampshire?«

»Nein, in Rockport, Massachusetts.«

»Ein schöner Ort für einen künstlerischen Menschen.« Carson konnte nicht umhin, die Wärme zu spüren, mit der Sabrina über ihre Mutter sprach. »Du bist … sehr stolz auf sie.«

»Ja.«

»Hast du ihr gesagt, dass du … zu mir fährst?«

»Sie weiß es.« Ein Schatten fiel über Sabrinas Gesicht. »Sie wünscht Ihnen alles Gute.«

»Aber sie … hätte es lieber gesehen, wenn du … nicht gekommen wärst.«

Sabrina holte tief Luft. »Die Verhältnisse sind nicht so einfach, Carson. Es ist kompliziert.«

»Das sind die meisten Dinge im Leben …« Er hielt inne. »Vor achtundzwanzig Jahren … war sie entschlossen, es allein zu schaffen …« Er sah einen Hauch von Erstaunen in Sabrinas Augen. »Nein, ich habe nie persönlich mit ihr gesprochen«, erklärte er. »Aber ich habe einiges gehört … vom Klinikpersonal. Deine Mutter hatte sehr strenge Kriterien, da war sie ganz offen … Kein Mann kam als Lebensgefährte infrage. Sie wollte den perfekten Samenspender … um ein außergewöhnliches Kind zu bekommen …«

»Ich verstehe.« Es war deutlich, dass Sabrina nur Teile

des Gesamtbildes kannte. Carson freute sich, dass er ihr etwas Neues erzählen konnte.

»Ist sie ihren Grundsätzen treu geblieben? Hat sie nie geheiratet?«, fragte er.

Sabrina nickte.

»Das überrascht mich nicht.« Er drehte den Kopf, betrachtete ihre linke Hand. »Du trägst keinen Ring … Bist du auch … eingeschworene Solistin?«

»Eingeschworene Solistin?« Nun musste sie wirklich schmunzeln. »Hört sich an, als wäre ich bei den Jungen Philharmonikern.«

Carson kicherte in sich hinein – und zuckte leicht zusammen, als es in seiner Brust schmerzte. Er beschloss, den Schmerz zu ignorieren. »Okay, wie heißt denn das weibliche Pendant … zum Junggesellen? Junggesellin?«

»Ich verstehe schon.« Sabrina fuhr sich mit den Fingern durch das lange dunkle Haar. »Nein, ich wehre mich nicht mit Händen und Füßen gegen die Ehe. Aber ich nehme an, dass mir am Ende das Singledasein beschieden ist.«

»Weil du … immerzu arbeitest.« Es war eine Feststellung, keine Frage.

»So in der Art, ja.«

»Und du bist anders … hebst dich aus der Masse heraus … eine Einzelgängerin.«

Da war er wieder, dieser kühle Blick. »Reden wir jetzt von mir oder von Ihnen?«

Ein geschickter Schachzug, wie man ihn in der Geschäftswelt anwandte, erkannte Carson. Sie forderte die Machtposition zurück, verwandelte eine Verteidigung in einen Angriff. Gut, dass sie diese Taktiken beherrschte. Sie war klug und wusste sich zu schützen. Trotzdem hatte er Recht.

»Von uns beiden«, antwortete er freimütig. »Aber im Augenblick hast du … Ich nehme an, es gibt niemanden in deinem Leben …«

Sie sah ihn an, als wäre sie wütend, weil er in Dingen herumstocherte, die ihn nichts angingen.

»Lass es mir durchgehen«, bat er. »Ich hab doch eben erst herausgefunden, dass ich … dein Vater bin.«

Sabrina zog die Brauen hoch. »Na schön. Diesmal will ich Ihren Wünschen entgegenkommen. Nein, ich habe niemanden.«

»Ändere das.«

»Was?«

»Ich sagte, ändere das …«

»Ich glaub es einfach nicht!« Sie machte den Eindruck, als wollte sie aufspringen und aus dem Zimmer stürzen. »Ich habe Sie gerade erst kennen gelernt, habe nie gewusst, wer Sie sind. Und nun wollen Sie mich analysieren und mir Ratschläge für mein Liebesleben geben?«

»Genau«, bestätigte er. »Weil ich auf dem Gebiet Experte bin. Ich weiß … worum du dich … betrügst. Ich habe es selber erst herausgefunden … als du hereingekommen bist. Ich war ein Idiot. Mach nicht den gleichen Fehler …«

Eine volle Minute lang sagte Sabrina nichts, starrte ihn nur an. Doch die widersprüchlichen Empfindungen, die sich auf ihrem Gesicht spiegelten, verrieten ihm, dass er einen wunden Punkt getroffen hatte.

»Ich wollte … dich nicht verärgern.«

»Haben Sie auch nicht«, versicherte sie ihm. »So etwas höre ich von meiner Assistentin jeden Tag. Sie hält mir Vorträge, dass ich ein Workaholic bin, und meint, das sei der ungesündeste Lebensstil, den es gibt.«

»Sie hat Recht. Man wird alt … und zwar allein.«

»Wollten Sie mich deshalb sehen?«, fragte Sabrina. »Weil Sie glauben, dass *Sie* alleine alt werden? Die Medien berichten da aber etwas ganz anderes.«

»Es gibt allein … und allein.« Er wurde allmählich schwächer, aber er musste es durchziehen. »Mein Leben ist ausgefüllt … mit Ruisseau … Susan … Und Dylan ist mir wie ein Sohn. Aber was kommt nach mir? Hab's erst kürzlich gemerkt. Hab darüber nachgedacht, dass ich irgendwo … ein Kind habe. Musste wissen, wo …«

Sabrinas Wimpern wurden feucht, und rasch blinzelte sie die drohenden Tränen weg. »Ich finde, Sie sollten sich jetzt ausruhen. Anders als Sie glauben, gibt es eine Menge Leute, die sich Sorgen um Sie machen. Dylan zum Beispiel. Und Miss Lane, die seit gestern im Wartezimmer ausharrt, wie ich gehört habe.«

»Susan ist wunderbar.« Carson war erstaunt, als er das Salz seiner eigenen Tränen schmeckte. Er konnte sich nicht erinnern, wann er das letzte Mal geweint hatte, falls überhaupt jemals. »Aber eine Beziehung in meinem Alter ist etwas anderes … Das ist keine Familie, keine Kinder … Ich wünschte, ich hätte es früher erkannt. Mach nicht … den gleichen Fehler.« Er wartete Sabrinas Antwort gar nicht ab. »Ich will … dich kennen lernen. Mir ist klar, dass ich kein Recht habe … aber denk drüber nach. Rede mit deiner Mutter … wenn du musst.« Er biss die Zähne zusammen. »Und tu es nicht … weil ich sterben könnte. Tu es, weil du es willst. Ich tue es auch …«

»Ich werde darüber nachdenken. Ich … ich muss jetzt gehen.« Sabrina erhob sich ein wenig zittrig. Ihre Augen waren feucht.

»Nicht weinen.«

»Ich weine ja gar nicht.« Sie musste lügen, um sich zu schützen. Carson verstand sie. Sie war noch nicht bereit, ihre Gefühle zuzugeben. Es war noch zu früh. Zum Teufel, er hatte ja nicht mal gewusst, dass er selber diese Gefühle hatte.

»Ich weine nicht«, wiederholte Sabrina, als sie seinen verständnisvollen Blick sah. »Meine Augen tränen nur. Das liegt an den Desinfektionsmitteln. Das passiert mir immer in Krankenhäusern.«

»Ja … mir auch.«

»Sabrina hat einen unglaublichen Geruchssinn«, schaltete Dylan sich ein. »Ich habe ihr gesagt, das muss erblich bedingt sein.«

Carson staunte über das Wunder der Gene. »Muss es wohl.« Er streckte die Hand aus und berührte Sabrina am Arm, als sie sich zum Gehen wandte. »Kommst du wieder?«

Sie schluckte, schaute ihm einen Moment in die Augen und nickte dann. »Ja. Ich komme wieder. Mehr kann ich im Augenblick nicht versprechen.«

»Ich verstehe.« Carson war schon dankbar, dass er so viel bekam. Außerdem war er so müde, dass er kaum die Augen offen halten konnte. »Dann … bis später …«

»Schlaf gut.« Sie war schon auf dem Weg zur Tür.

Dylan beugte sich übers Bett. »Ich komme bald wieder«, sagte er leise. »Ich muss nur Sabrina ins Hotel bringen.«

Carson nickte. »Gut. Sorg dafür … dass sie mit allem versorgt ist.« Seine Augen fielen langsam zu. »Wir reden, wenn du zurückkommst …«

9

Dr. Radison wartete vor dem Krankenzimmer auf Dylan und Sabrina.

»Alles gut gegangen?«, erkundigte er sich.

»Ja. Sehr gut«, erwiderte Sabrina benommen. Sie war erschöpft und viel zu durcheinander, um große Erklärungen abzugeben.

»Er ist immer noch schwach«, berichtete Dylan. »Und er atmet sehr mühsam.«

»Deshalb ist es wichtig, dass wir reden. In Mr Brooks' Brust hat sich Sekret angesammelt. Sein Körper kämpft gegen eine Infektion, und es sieht so aus, als ob er diesen Kampf verliert. Heute Nachmittag legen wir wieder einen Brusttubus. Abends wahrscheinlich auch Respirator- und ET-Tubus. Morgen werde ich operieren und die Kugel herausholen.«

Dylan straffte sich. »Sie haben doch gesagt, das wäre wegen der Lage der Kugel sehr gefährlich.«

»Nicht so gefährlich, wie sie an Ort und Stelle zu belassen. Jetzt ist der geeignete Zeitpunkt, sie herauszuholen.«

Ein Muskel zuckte in Dylans Kiefer. »Wann haben Sie die OP angesetzt?«

»Um neun Uhr dreißig. Zum Glück ist die Kugel gewandert, nachdem sie die Lunge durchbohrt hatte. Sie liegt jetzt näher an der Oberfläche. Ich muss nur einen kleinen Einschnitt machen, deshalb rechne ich nicht mit Komplikationen. Hoffentlich spricht er auf die Antibiotika an. Bis dahin braucht er so viel Ruhe wie möglich. Also eingeschränkte Besuche. Höchstens eine Person. Und für höchstens fünf Minuten.«

»Selbstverständlich. Was ist mit seinen Nieren?«

»Sie arbeiten noch immer nicht, aber er hat gut auf die Dialyse angesprochen. Auch sein Blutdruck ist jetzt stabil. Aber wir müssen uns zuerst um das Wichtigste kümmern und die Infektion besiegen. Danach können wir überlegen, welche Möglichkeiten bezüglich seiner Nieren bestehen.«

Sabrina spürte, wie der Blick des Arztes über ihr Gesicht glitt. Es geschah ganz automatisch. Dennoch war es wie eine Ermahnung an die Schlüsselrolle, die sie in diesem Drama möglicherweise zu spielen hatte.

Sie spürte, wie sich ihr Inneres verkrampfte.

Dylan sah gerade woanders hin. Er hatte sich umgedreht und schaute zur Wartezone. Sabrina folgte seinem Blick und war kaum überrascht, Susan Lane zu sehen, die mit sorgenvoller Miene in der Nähe des Fensters stand, sowie Stan Hager – den sie kurz vor dem Besuch bei Carson kennen gelernt hatte –, der zusammengesunken auf einer Couch saß, den Kopf in den Händen vergraben. Aus der entgegengesetzten Richtung näherten sich ein Mann und eine Frau, die aussahen wie zwei Löwen kurz vor dem Sprung. Man musste kein Genie sein, um in ihnen Kriminalbeamte zu erkennen.

»Was für eine Freude«, murmelte Dylan. »Whitman und Barton sind auch wieder vor Ort.« Er wandte sich an Dr. Radison. »Haben Sie die beiden – oder sonst jemanden – auf den neuesten Stand gebracht, was Carson betrifft oder über Ihr Vorhaben, die Kugel nun doch zu entfernen?«

»Nein. Ich wollte, dass Sie und Miss Radcliffe es als Erste erfahren.« Dr. Radison räusperte sich vernehmlich. »Ich hatte vermutet, dass Fragen gestellt würden. Und ich war nicht sicher, wer bereits etwas über die biologische Verbindung zwischen dem Patienten und Miss Radcliffe weiß.«

»Ich weiß Ihre Diskretion zu schätzen. Aber die Detectives wissen Bescheid. Ich habe es ihnen gesagt, bevor ich nach Auburn geflogen bin. Und ich bin sicher, dass sie gekommen sind, weil sie Carsons Tochter kennen lernen wollen.« Dylan wandte sich an Sabrina, um ihr zu sagen, was sie erwartete. Doch nach einem Blick in ihr weißes Gesicht nahm er davon Abstand. »Geht es Ihnen nicht gut?«, fragte er besorgt. »Sie sehen aus, als würden Sie jeden Moment zusammenbrechen.«

»Es geht schon.« Sabrina fand, dass sie sich wie eine verkratzte Schallplatte anhörte. In Wahrheit ging es ihr miserabel. Die Last wurde zu viel für sie. Der neueste Bericht des Arztes hatte alles nur verschlimmert. Noch mehr Operationen. Noch mehr Risiken. Keine Verbesserung der Nierenfunktion. Noch weniger Zeit, eine lebenswichtige Entscheidung zu treffen.

»Sabrina.« Dylan hatte einen sanften Ton angeschlagen, den sie noch nicht von ihm gehört hatte. »Ich habe Carson versprochen, dass ich mich um Sie kümmere und Sie erst einmal in Ihr Hotel bringe. Wenn Sie sich einer Befragung durch diese beiden Detectives nicht gewachsen fühlen, sagen Sie es mir. Ich entschuldige Sie. Ich sage ihnen, dass Sie erschöpft sind und dass sie mit ihren Fragen warten müssen. Ich habe bereits Übung darin, sie mir vom Hals zu halten. Außerdem halten die mich sowieso für einen Kotzbrocken. Das wird ihre Meinung nur bestätigen.«

»Was?« Sabrina verstand nicht ein Wort von dem, was er sagte.

»Egal. Sagen Sie bloß, dass Sie nicht wollen, und ich sorge dafür, dass die Befragung verschoben wird.«

»Das ist nicht nötig«, erwiderte sie tonlos. »Es ist ja kein Verhör. Da ich Carson Brooks erst seit heute kenne, werde ich der Polizei ohnehin nicht viel sagen können. Also bringen wir es hinter uns.«

»Sind Sie sicher?«

Ein kurzes Nicken. »Ja. Wenn wir nur irgendwo in ein leeres Dienstzimmer oder in einen Warteraum gehen könnten? Ich möchte dieses Gespräch nicht in aller Öffentlichkeit führen.«

»Sie können mein Büro benutzen«, bot Dr. Radison an. »Dort sind Sie völlig ungestört.«

»Danke.« Mit prüfenden Blicken maß Sabrina die Detectives, die sich ihnen näherten. Die Frau war hager; ihre Augen hatte eine eisblaue Farbe, und ihr Blick war durchdringend. Was den Mann betraf – nun, abgesehen von seinem Anzug und dem kleinen Schmerbauch konnte er durchaus für einen Rausschmeißer durchgehen, mit dem keinesfalls zu spaßen war.

Die beiden bauten sich vor Sabrina auf, und der Rausschmeißer ergriff das Wort. »Mr Newport, Dr. Radison.«

Ein fragender Blick auf Sabrina. »Ich nehme an, Sie sind Sabrina Radcliffe.«

»Das stimmt.«

»Ich bin Detective Barton. Das ist meine Kollegin, Detective Whitman.« Er machte eine Handbewegung zu der dünnen Frau, die seine Worte mit einem Nicken begleitete. »Wir untersuchen den Anschlag auf Mr Brooks.«

»Das hat man mir bereits gesagt«, erwiderte Sabrina.

»Hätte ich mir denken können.« Barton warf Dylan einen Seitenblick zu, der, wie Sabrina hätte schwören mögen, eine Anklage enthielt.

Wenn es so war, musste sie den Detectives reinen Wein einschenken. Dylan hatte gar nichts verraten, sondern über die Ermittlungen Stillschweigen bewahrt. Was Sabrina wusste, hatte sie sich aus seinem Verhalten und nicht aus seinen Worten zusammengereimt.

»Auf jeden Fall, Miss Radcliffe«, fuhr Barton fort, »möchten wir uns ein wenig mit Ihnen unterhalten. *Allein.*« Wieder ein scharfer Blick zu Dylan. »Oder haben Sie etwas dagegen, Mr Newport?«

Zorn blitzte in Dylans Augen. »Natürlich nicht. Miss Radcliffe kann ebenso gut auf sich aufpassen wie ich.«

Die Spannung war zum Schneiden dick.

»Schön.« Barton wandte sich wieder an Sabrina. »Haben Sie jetzt Zeit?«

Sabrina nickte. Sie fragte sich, welche Kräfte hier am Werk waren. Hinter den Kulissen ging es um mehr als unterschiedliche Einstellungen. Die Detectives konnten Dylan nicht leiden, und er hatte etwas gegen sie. Warum?

»Dr. Radison hat uns für eine Unterredung sein Büro angeboten«, teilte sie den beiden mit. »Ich möchte mich gern ungestört unterhalten. Ich bin sicher, Sie verstehen das.«

»Aber ja.« In Detective Whitmans Stimme schwang Mitgefühl mit; ob sie feinfühliger war als ihr Kollege oder ob die beiden »Guter Cop, böser Cop« spielten, blieb abzuwarten. »Gehen wir.«

»Ich warte auf Sie«, sagte Dylan zu Sabrina. »In zehn Minuten dürften Sie fertig sein, wenn man bedenkt, wie wenig Sie den Detectives sagen können. Dann bringe ich Sie zum Hotel, damit Sie sich ausruhen können.«

Das war gezielt. Und offensichtlich. Da es von einem Mann kam, der sämtliche Regeln der Rhetorik kennen musste und seinen Charme anknipsen konnte, um seine Ziele zu erreichen, schien es, als *wollte* Dylan die Cops gegen sich aufbringen.

Die Detectives ärgerten ihn, so viel war klar.

Sabrina warf ihm einen neugierigen Blick zu. »Danke«, sagte sie.

In Dr. Radisons Büro verschwendeten die beiden Ermittler keine Zeit.

»Mr Newport scheint Sie beschützen zu wollen«, bemerkte Whitman. »Obwohl Sie ihn doch erst seit gestern kennen.« Sie hockte auf der Schreibtischkante, die langen Beine übereinander geschlagen, während Barton mit verschränkten Armen an der Fensterfront stand. Es war deutlich zu sehen, dass sie mittels Körpersprache die Oberhand behalten wollten, doch Sabrina war es inzwischen gleichgültig geworden. Sie war mit ihren Kräften am Ende.

»Er will Carson Brooks schützen, nicht mich«, berichtigte sie, lehnte sich im weichen Ledersessel zurück und musterte die Kriminalbeamtin, um festzustellen, ob ihre mitfühlende Art vielleicht nur Fassade war. »Aus nahe liegenden Gründen betrachtet Dylan mich als ein Art Erweiterung seines Mentors – und als möglichen Rettungsanker.«

»Es ist also wahr: Sie sind Carson Brooks' leibliche Tochter«, stellte Detective Barton fest.

»Ja.«

»Kam diese Nachricht überraschend für Sie? Oder wussten Sie bereits, dass er Ihr Vater ist?«

»Ich hatte keine Ahnung, dass Carson Brooks mein Vater ist.« Sabrina gefiel der Zweifel nicht, den sie in Bartons Augen sah, und automatisch hob sie das Kinn, um einem Gespräch die Stirn zu bieten, das sich weniger freundlich anließ, als sie erwartet hatte. »Ehrlich gesagt war ich geschockt.«

»Geschockt«, sagte Barton mit unüberhörbarem Zynismus. »Sie sind doch eine sehr intelligente Frau, Miss Radcliffe. Sie haben einen extrem hohen IQ und beschäftigen sich beruflich damit, Probleme aufzudecken und Lösungen zu finden. Wollen Sie behaupten, dass Sie Ihre Mutter nie nach der Identität Ihres Vaters gefragt haben? Dass Sie niemals Antworten wollten?«

Allmählich wurde Sabrina wütend. »Das habe ich nicht behauptet.«

»Müssen wir daraus schließen, dass Ihre Mutter sich geweigert hat, Ihnen Antworten zu geben? Dass sie Ihnen niemals von der Beziehung zwischen ihr und Carson Brooks erzählt hat?«

»Das habe ich ebenso wenig behauptet. Und mit Verlaub, Detective … ich wüsste es zu schätzen, wenn Sie sich eine andere Taktik überlegen würden. Sie gewinnen keine Verbündeten, indem Sie ihnen die Köpfe abreißen. Und Sie werden nichts erfahren, wenn Sie Ihre Fragen so schnell abfeuern, dass dem Befragten keine Zeit für Antworten bleibt.«

Bildete sie es sich nur ein, oder warf Detective Whitman ihrem Partner tatsächlich einen Blick zu, der besagte, er solle es ruhiger angehen lassen?

Bartons Reaktion bestand darin, dass er sich einen Streifen Kaugummi in den Mund steckte. »Na schön. Dann kau ich eben. Da haben Sie Zeit zum Reden.«

»Also gut.« Sabrina lächelte ihm höflich zu. »Meine Mutter und ich haben über die Umstände meiner Empfängnis gesprochen, als ich alt genug war, das alles zu begreifen. Sie hat alle meine Fragen beantwortet. Was die Erwähnung von Carson Brooks angeht oder die Beziehung meiner Mutter zu ihm, gab es nichts zu berichten. Eine solche Beziehung hat nämlich nie existiert. Ihnen ist offensichtlich entgangen, dass ich künstlich gezeugt wurde. Meine Mutter war weder verheiratet noch sonst wie gebunden. Mein Vater war ein unabhängiger Samenspender. Erst gestern habe ich erfahren, dass es Carson Brooks ist.«

Die Beamten blickten sie verblüfft an.

»Das erklärt natürlich eine Menge.« Detective Whitman ergriff als Erste das Wort. »Ein unabhängiger Samenspender. Also hat Mr Brooks anonym gespendet.«

»So ist es.«

»Was bedeutet, dass weder er noch Ihre Mutter die Identität des jeweils anderen kannten.«

»Das ist ein wenig zu allgemein«, sagte Sabrina.

»Dann erklären Sie uns bitte, was Ihren Fall spezieller macht.«

»Sie wussten keine Namen und sind einander nie begegnet. Aber meine Mutter hatte besondere Kriterien für den Mann aufgestellt, der der Erzeuger ihres Kindes sein sollte. Deshalb hat sie ja diesen ungewöhnlichen Weg eingeschlagen. Es handelt sich nicht einfach um einen anonymen Spender, der sein Ejakulat in der Samenbank abgibt. Dafür hatte Carson zu viele Vorgaben zu erfüllen. Und was meine Mutter angeht …« Sabrina zögerte. Es war schon seltsam, wie berechnend die Motive ihrer Mutter klangen; dabei war sie nur eine kluge, nüchtern denkende Frau gewesen, die für die Zukunft ihres Wunschkindes getan hatte, was sie konnte. »Für sie war es ein wenig komplizierter.«

»Inwiefern?«

»Zum Beispiel war das Samenspendeverfahren zur damaligen Zeit noch ziemlich ungewöhnlich. Und meine Großeltern waren dagegen.«

»Wegen ihrer gesellschaftlichen Stellung?«

»Deswegen auch. Meine Mutter hat die ganze Sache jedenfalls sehr diskret gehandhabt. Sie hat einen Arzt für Privatpatienten aufgesucht, einen Fertilitätsexperten. Ich kenne zwar nicht alle Einzelheiten, aber sie hat darauf bestanden, über den medizinischen, intellektuellen und sozialen Background der möglichen Spender informiert zu werden.«

»Verständlich. Aber mehr wusste sie damals nicht über die Männer?«

»Nein, damals nicht.«

Whitman zog die Augenbrauen hoch. »Wollen Sie damit andeuten, dass es sich später geändert hat?«

Sabrina wollte sich nicht auf diesen Weg begeben, hatte aber keine andere Wahl. »Ja, es hat sich geändert. Aber bevor Sie jetzt voreilige Schlüsse ziehen – es war purer Zufall. Neben all den anderen Informationen, die meine Mutter über die potenziellen Spender erhielt, bekam sie auch Fotos zu sehen.«

»Fotos!« Detective Whitman schien ein Licht aufzugehen. »Mit anderen Worten, sie hat ein Foto von Carson Brooks gehabt und es gründlich studiert. In den letzten Jahren ist sein Konterfei oft genug auf dem Cover von *Business Week*, in CNN, CNBC und Gott weiß wo erschienen. Und er ist ein Mann, der auffällt. Ich könnte mir vorstellen, dass keine Frau sein Gesicht so schnell vergisst. Nicht wahr? Hat Ihre Mutter ihn später wiedererkannt?«

»Ja.«

»Wann?«, meldete Barton sich wieder zu Wort, stellte das Kaugummikauen ein und starrte Sabrina an.

In Sabrinas Innerem schlugen Alarmglocken an. »Ich weiß es nicht genau. Vor ein paar Jahren, glaube ich. Sie hat es mir gestern Abend erzählt, nachdem ich erfahren hatte, dass Carson mein Vater ist.«

»Vor ein paar Jahren«, wiederholte Whitman und kratzte sich nachdenklich am Kopf. »Warum hat Sie Ihnen vorher kein Sterbenswörtchen gesagt?«

»Um mich zu schützen. Sie befürchtete, ich würde versuchen, Kontakt mit einem Mann aufzunehmen, der möglicherweise kein Interesse an mir haben würde. Und damit hatte sie Recht. Ich *hätte* versucht, Verbindung zu ihm aufzunehmen.«

»In Ihrem Fall hatte sie Recht, aber in Bezug auf Mr Brooks hat sie sich geirrt. Wie wir erfahren haben, war er doch bereits dabei, Ihre Spur aufzunehmen – oder wollte zumindest feststellen, ob er einen Sohn oder eine Tochter hat.«

»Das ist mir jetzt auch klar.«

»Aber Ihre Mutter wusste das nicht?«

»Natürlich nicht. Woher hätte sie es wissen sollen?«

Whitman antwortete nicht, schlug stattdessen einen anderen Weg ein. »Sie sagen, dass Sie gestern Abend mit Ihrer Mutter gesprochen haben. Haben Sie ihr von Mr Newports Besuch erzählt und von Ihrem Vorhaben, nach New York zu reisen und Mr Brooks kennen zu lernen?«

»Ja. Es war schließlich ein gewaltiger Schritt für mich, und ich wusste nicht, was noch alles auf mich zukommen mochte. Ich wollte sie darauf vorbereiten.«

»Sie haben sie angerufen?«

»Nein, ich bin zu ihr gefahren.«

»Nach Rockport?« Whitman stieß einen leisen Pfiff aus. »Whow. Da dürften Sie ja erst kurz vor Mitternacht eingetroffen sein. Zuerst Mr Newports erstaunliche Eröffnung und dann die mehr als einstündige Fahrt von Auburn nach Rockport. Sie müssen Ihre Mutter ja zu Tode erschreckt haben, als Sie die arme Frau aus dem Bett holten.«

»Ich habe sie nicht aus dem Bett geholt.« Sabrina hatte ein ungutes Gefühl. Sie sollte dazu verleitet werden, Informationen preiszugeben. Sie wusste nur nicht, welche. »Sie war gerade vom Flughafen nach Hause gekommen.«

»Sie war verreist?«

»Ja, geschäftlich.«

»Wie lange?«

»Eine Woche.«

»Und wohin ist sie gereist?«

»Nach New York. Sie ist Modeschöpferin. Und Manhattan ist nun mal das Zentrum der Modewelt.«

»Das ist wohl wahr.« Whitman schürzte die Lippen. »Sie war also dort seit letztem …«

»Mittwoch«, ergänzte Sabrina.

»Ja. Fünf Tage vor dem Labor Day.«

»Der Tag, an dem Carson Brooks angeschossen wurde«, fiel Barton ein. »Also, *das* ist nun wirklich interessant. Und Ihre Mutter will Sie – wie haben Sie 's noch mal formuliert – Sie beschützen? Verständlich. Ebenso will sie ihre alten, anfälligen, hoch angesehenen Eltern schützen. Die Frage ist nur, wie weit würde Ihre Mutter gehen, um Sie zu schützen?«

Sabrina hatte das Gefühl, einen Schlag in die Magengrube bekommen zu haben. Das war ja wohl ein Scherz. Sie konnten doch nicht glauben …

»Miss Radcliffe?« Wieder übernahm Detective Whitman, aber diesmal konnte ihr ruhiger, beherrschter Tonfall Sabrinas Zorn nicht dämpfen. »Alles in Ordnung?«

Sabrina betrachtete sie mit eisigem Blick. »Nein. Wenn Ihr Kollege andeuten will, dass meine Mutter eines Mordanschlags verdächtig ist, hat er den Verstand verloren. Mir reicht's jetzt. Betrachten Sie unsere Unterhaltung als beendet.« Sie wollte aufstehen.

»Wir deuten gar nichts an«, beeilte sich Whitman zu versichern und streckte einen Arm aus, um Sabrina zurückzuhalten. »Glauben Sie mir, Miss Radcliffe, wir haben eine sehr lange Liste möglicher Täter. Ihre Mutter ist nur ein Name unter vielen. Wir müssen natürlich mit ihr sprechen und ihren Aufenthaltsort zur Tatzeit feststellen. Wenn Ihre Mutter auf Geschäftsreise war, wie Sie sagen, wird sie vermutlich mit Kunden zusammengetroffen sein, die ihr Alibi bestätigen können. Wenn wir außerdem feststellen, dass sie nichts von Carson Brooks' Entschluss wusste, nach Ihnen zu suchen, hätte sie wirklich kaum noch ein Motiv. Also, regen Sie sich bitte nicht auf.«

»Ich rege mich nicht auf«, gab Sabrina zurück und funkelte Detective Barton an. »Aber Ihr Kollege. Mir ist klar, dass er den Täter finden will. Das will ich auch. Aber er packt die Sache falsch an. Ein paar Trainingsseminare bei CCTL würden ihm gut tun. Da könnte er lernen, wie man mit Menschen umgeht.«

Whitmans Lippen zuckten amüsiert. »Wir kommen darauf zurück, nicht wahr, Frank?«

Barton schaute sie finster an. »Ja. Sicher.«

»Lassen Sie *mich* jetzt mal eine Frage stellen.« Sabrina steckte ihre Nase in Dinge, die sie nichts angingen, das wusste sie genau. Aber da die Detectives nun einen Gang heruntergeschaltet hatten, um sie friedlich zu stimmen, hatte sie vorübergehend die Oberhand gewonnen. »Was läuft da zwischen Ihnen und Dylan Newport? Warum sind Sie so geladen aufeinander?«

»Warum? Hat er Ihnen etwas gesagt?« Whitman reagierte sofort, doch ihr Gesicht gab nichts über ihre Gefühle preis.

Offensichtlich hatte Sabrina einen Nerv getroffen. »Das musste er gar nicht. Es liegt auf der Hand. Aber ich wüsste keinen plausiblen Grund dafür. Haben Sie ihn ebenso ausgequetscht wie mich? Ist er deshalb so wütend? Oder belästigen Sie Menschen, die er für unschuldig hält?«

»Wir quetschen jeden aus, Miss Radcliffe«, erklärte Barton steif. »Immerhin handelt es sich hier um einen Mordversuch, nicht um Taschendiebstahl. Ob jemand schuldig ist oder nicht, wird sich erst mit der Zeit herausstellen. Nach einer gründlichen Ermittlung. Wer kann schon wissen, wo Newports Problem liegt? Manche Leute regen sich auf, wenn wir der Wahrheit zu nahe kommen. Besonders, wenn wir damit ihr Streben, ihre Freiheit und ihre Zukunft gefährden.«

Sabrina blinzelte verständnislos. »Sie können doch nicht allen Ernstes annehmen, dass Dylan Newport auf Carson geschossen hat?«

»Das habe ich nicht gesagt.«

»Das war auch gar nicht nötig.« Der Mann ging ihr allmählich auf die Nerven. »Hören wir doch mit den Spielchen auf, Detective! Sie deuten an, dass Dylan ein Verdächtiger ist. Kein Name unter vielen auf einer langen Liste, sondern einer der *Hauptverdächtigen*«, setzte sie hinzu. »Warum?«

Keine Antwort.

»Muss ich Sie daran erinnern, dass ich Carson Brooks' Tochter bin? Ich habe das Recht, den Stand der Ermittlungen zu erfahren.«

Whitmans Brauen schnellten in die Höhe. »Sie arrangieren sich rasch mit Ihrer neuen Rolle.«

»Ich kann gut improvisieren.«

»Das ist wohl eine Untertreibung. Tja, wissen Sie, da gibt es nichts Konkretes mitzuteilen. Wir wissen nur, dass Mr Newport zum Zeitpunkt des Anschlags die einzige andere Person im Gebäude war und dass er von Mr Brooks' Tod profitieren würde.«

»Finanziell, meinen Sie wohl.« Sabrina schüttelte ungläubig den Kopf. »Haben Sie überhaupt eine Ahnung, was Carson ihm bedeutet? Wie lange die beiden sich kennen? Wissen Sie, aus was für einem Leben Carson ihn herausgeholt hatte?«

»Ja.« Interessiert beugte Whitman sich vor. »Sie offensichtlich auch. Sie wissen eine Menge über Mr Newport, wenn man bedenkt, dass Sie ihn gerade erst kennen gelernt haben.«

»Wir hatten ja auch eine Stunde Zeit im Flugzeug. Außerdem bin ich neugierig. Ich stelle viele Fragen. Und ich bin eine gute Menschenkennerin. Dylan Newport ist zäh, arrogant und hat sein Wissen auf der Straße *und* in Büchern erworben. Man könnte sagen, dass er geschickt zu manipulieren versteht. In dem Punkt sind die Geschworenen sich noch nicht einig. Aber seine Gefühle für Carson sind echt. Er würde ihm nie etwas antun. Und wenn, würde er es bestimmt so drehen, dass die Verdachtsmomente nicht eindeutig auf ihn weisen.«

»Ich bezweifle, dass Sie über den tatsächlichen Umfang von Carson Brooks' Vermögen informiert sind. Der Gedanke, so einen Reichtum zu erben, kann selbst den edelsten Menschen zu einem Verbrechen verführen. Sein Timing war allerdings schlecht, das muss ich einräumen. Aber Mr Newport lief die Zeit davon, denn Mr Brooks hatte ihm ja gesagt, dass er sich auf die Suche nach Ihnen begeben wollte. Vielmehr, er vertraute es ihm an – und *nur* ihm – und bat ihn um Unterstützung. Da hätte er gleich mit der roten Fahne wedeln können. Wenn Sie erst aufgetaucht wären, als rechtmäßige Erbin, würde sich alles ändern, besonders die Legate an einen Außenseiter wie Newport, auch wenn er Mr Brooks noch so sehr ans Herz gewachsen war. Diese trüben Aussichten reichen doch, um einen klugen Mann dazu zu bringen, ein gewagtes Risiko einzugehen.«

»Nette Theorie.« Sabrina schaute von einem Detective zum anderen. »Und wo ist der Beweis?«

»Wenn wir Beweise hätten, säße Newport bereits in Untersuchungshaft«, sagte Barton trocken.

»Das reicht.« Sabrina stand auf. Sie hatte nicht vor, sich noch einmal aufhalten zu lassen. »Es wundert mich überhaupt nicht, dass Mr Newport vor Wut kocht. Sie unterstellen ihm, dass er versucht hat, einen Mann umzubringen, den er liebt wie einen Vater. Wahrscheinlich fürchtet er, dass Sie erst zufrieden sind, wenn Sie ihm Handschellen angelegt haben, und dass Sie sich gar nicht die Mühe machen, den wahren Täter zu finden.«

»Jetzt warten Sie mal.« Whitman verstellte ihr den Weg. »Das lasse ich so nicht stehen! Ja, es stimmt, wir haben Bedenken wegen Dylan Newport, aber das ist auch alles. Wir denken über eine Menge Leute nach und ermitteln in allen Fällen – bei jedem, der einen Groll gegen Carson Brooks hegen könnte. Bei jedem, der durch seinen Tod etwas zu gewinnen hätte. Bis wir eine Theorie vernünftig untermauern können, bleibt dieser Fall offen. Wir sind *sehr* gut in unserem Job. Wir werden den Schuldigen finden. Also sagen Sie Mr Newport, er braucht nicht unter Verfolgungswahn zu leiden und sich nicht zu beschweren, wie wir unsere Ermittlung durchführen.«

Sabrina starrte Whitman an, bis diese den Blick abwandte. »Er hat sich ja gar nicht beschwert, zumindest nicht bei mir. Sollte er es tun, werde ich ihm ausrichten, was Sie gesagt haben. Doch für den Augenblick nehmen Sie zur Kenntnis, dass ich genug habe. Ich bin fix und fertig. Ich werde mich ein wenig ausruhen. Heute Abend komme ich wieder ins Krankenhaus. Vorher können Sie mich im Plaza Athenée erreichen, wenn es unbedingt sein muss.«

»Bis wann?«

»Ich habe mir noch keinen Termin für die Rückreise gesetzt.«

»Soll das heißen, dass Sie den Gewebetest machen wollen? Haben Sie beschlossen, Ihrem Vater eine Niere zu spenden?«

»So weit habe ich noch nicht vorausgedacht. In diesem Fall sage ich Ihnen Bescheid. Wenn Sie mich jetzt entschuldigen wollen ...«

Sabrina verließ das Büro.

10

16.15 Uhr
Rockport, Massachusetts

Gloria legte die Zeichnung nieder. Sie war schlechter als alles, was sie seit Beginn ihres Designstudiums entworfen hatte. Es hatte keinen Sinn. Sie konnte sich nicht konzentrieren. Nicht nach den Ereignissen der letzten Tage.

Sie ging in die Küche, machte sich einen Tee und legte sich mit der Tasse aufs Sofa, um nachzudenken. Der Anruf Sabrinas hatte sie nicht weiter überrascht. Ihre Tochter hatte Carson Brooks kennen gelernt. Diese Erfahrung hatte sie tief bewegt, ob sie es nun zugab oder nicht. Sie war in einen Strudel von Aktivität und Gefühl geraten, und beide wussten, worauf es hinauslaufen würde, zumindest, was Sabrinas Entscheidung betraf.

Nein, das alles war nicht weiter überraschend.

Alarmierend hingegen war die Geschwindigkeit, mit der sich alles entwickelte. Die Befragung durch die Polizei, die Medienpräsenz vor dem Krankenhaus, das Opfer, das Sabrina bringen musste, ohne ausreichend Zeit zur Vorbereitung zu haben.

Glorias Hand mit der Tasse zitterte. Sie hatte sich nun lange genug herausgehalten.

Sie musste wieder nach New York.

Es war unumgänglich. Die Kriminalbeamten würden ohnehin bald Verbindung mit ihr aufnehmen, und es würde leichter sein, in Manhattan mit ihnen zu reden. Zumindest würde es die Eltern aus dem Zentrum des Skandals heraushalten. Gloria beschloss, auf dem Weg zum Flughafen bei ihnen vorbeizuschauen und ihnen die Neuigkeiten mitzuteilen.

Seufzend stellte sie die Tasse auf den Tisch und rieb sich die Schläfen. Achtundzwanzig Jahre waren eine lange Zeit, doch den Wendepunkt in ihrem Leben, der letztlich zur Zeugung Sabrinas geführt hatte, würde sie niemals vergessen.

Gloria hatte die Entscheidung nicht leichtfertig getroffen. Eine Empfängnis durch Spendersamen wurde Mitte der Siebziger äußerst kritisch beurteilt, selbst wenn ein Ehepaar auf diese Weise Nachwuchs bekommen wollte. Aber eine unverheiratete Frau, die ein Kind allein austragen und aufziehen wollte – das konnte nur Gerede geben. Und für ihre Eltern, eingebettet in die konservative, wohlhabende Welt von Beacon Hill, war das Verhalten der Tochter schlichtweg skandalös.

Allerdings hatten sie von Gloria auch nichts anderes erwartet. Sie war immer schon Einzelgängerin gewesen. In den Fünfzigern geboren und herangereift in den Siebzigern, war sie zu intelligent für eine Frau, zu freimütig, um ihre Meinung für sich zu behalten, und zu kreativ, um sich einzufügen. Die Eltern hatten gelitten, als ihre schöne, begabte Tochter die Welt des Country-Club-Lebens aufgegeben hatte, um sich – schlimmste aller Sünden – der Bohème anzuschließen, statt an der Seite eines reichen Mannes als Hausfrau zu verkümmern.

Natürlich hätte Gloria es vorgezogen, den Richtigen zu finden – einen Mann, der sie liebte, wie sie war, und der es nicht nur auf ihr Äußeres abgesehen hatte. Aber das Schicksal hatte anderes mit ihr vor, das wusste sie schon früh. Sie besaß einen viel zu unabhängigen Geist, war zu sehr Individuum. Unter diesen Voraussetzungen einen passenden Seelengefährten zu finden war so, als wollte man eine Nadel im Heuhaufen ergattern.

Und die Zeit hatte ihr Recht gegeben. Jeder Mann, mit dem sie es zu tun bekam, war eine Riesenenttäuschung. Entweder wollte er sie besitzen oder sie ändern. Gloria konnte beides nicht ausstehen.

Eine Heirat kam also nicht infrage. Aber sie wollte unbedingt ein Kind – einen Menschen, dem sie sich verbunden fühlen würde; einen Menschen, den sie lieben konnte, dem sie jede emotionale und geistige Unterstützung geben und dazu ermutigen konnte, Selbstbewusstsein zu entwickeln. Sie hatte so viel zu geben. Und wenn sie ihre eigenen Vorzüge mit denen eines anderen Menschen mischte, der ebenso individuell, aber ansonsten verschieden von ihr war, der seine ganz eigenen Wesenszüge besaß – was für ein außergewöhnliches Kind würde sie dann zur Welt bringen können!

Damit war die Idee geboren.

Und im Alter von dreiunddreißig, als die biologische Uhr bereits vernehmlich tickte, hatte Gloria den Sprung gewagt.

Das Wichtigste war, den geeigneten Arzt zu finden. Er musste sowohl ein begabter Fruchtbarkeitsspezialist als auch offen für Experimente und zudem sehr diskret sein. Denn der Weg, den Gloria beschreiten wollte, war ungewöhnlich. Üblicherweise wurde dem Spender eine symbolische Summe bezahlt – wofür er im Gegenzug auf sämtliche elterlichen Rechte verzichtete –, und man erhielt einen allgemeinen Abriss über seinen Hintergrund, seine Interessen und seinen Beruf, dazu einen Bericht über seinen Gesundheitszustand.

Selbst jetzt noch musste Gloria lächeln, wenn sie an ihren Arzt Dr. Oldsman dachte, der von ihrem komplizierten Plan fasziniert gewesen war. Kichernd hatte er bemerkt, dass so ein Vorhaben zwar an die Grenzen stieß, aber keine Gesetze brach. Natürlich war es unerhört, einem Samenspender zwanzigtausend Dollar anzubieten. Aber da Gloria sehr genaue Vorstellungen von dem Vater ihres zukünftigen Kindes hatte und die Messlatte sehr hoch anlegte, da eine Menge Tests und Papierkrieg erforderlich waren, war der Preis gerechtfertigt. Und da sie sich den Luxus finanziell leisten konnte, warum sollte sie ihn nicht zu ihrem Vorteil nutzen?

Ihr Anspruch war hoch, aber auch sehr eindeutig gewesen: Der Spender sollte ein außergewöhnlicher Mann sein, sowohl in geistiger als auch in körperlicher Hinsicht. Er sollte Stärken besitzen, die ihre eigenen ergänzten, beispielsweise eine Begabung für Naturwissenschaften als Gegenpol zu ihrem künstlerischen Talent. Außerdem sollte er genauso ehrgeizig sein wie sie selbst. Gloria wollte die Chancen ihres Kindes auf Erfolg maximieren, egal, welche Laufbahn es später einschlug.

Jeder potenzielle Spender musste umfangreiche medizinische Untersuchungen über sich ergehen lassen. Aber das war erst der Anfang. Er wurde auf Wissen und intellektuelle Fähigkeiten geprüft; dann folgte ein persönliches Gespräch mit Dr. Oldsman, dessen Protokoll mit Einverständnis des Spenders an Gloria übergeben wurde. Und schließlich musste jeder der Männer einen von Gloria entworfenen Fragebogen ausfüllen, in dem er seine Talente und Ziele auflistete.

Gloria brütete über jedem einzelnen Fragebogen und Protokoll. Ebenso gründlich studierte sie die Untersuchungsergebnisse und suchte nach der richtigen Kombination von Eigenschaften.

Fast hätte sie schon aufgegeben.

Dann war Kandidat Nr. 67 auf ihrem Schreibtisch gelandet.

Sie erinnerte sich an jede Einzelheit seiner Bewerbung. Er hatte einen IQ von 176, ein ausgeprägtes Interesse an den Naturwissenschaften, insbesondere der Chemie, und den Wunsch, eine eigene Firma zu gründen und zu einem erfolgreichen Unternehmen aufzubauen. Als Startkapital würde er die zwanzigtausend Dollar nutzen. Seine Leidenschaft war ansteckend, und sein Charisma und seine Selbstsicherheit wirkten elektrisierend. Auch sein Alter, zweiundzwanzig, war ideal, und er war kerngesund. Außerdem war seine Spermienzahl außergewöhnlich hoch – ein besonderer Pluspunkt, da Gloria in ihrem Alter die Zahl fehlgeschlagener Versuche möglichst gering halten wollte. Alles in allem der ideale Kandidat. Es gab nur einen Wermutstropfen: seine niedere Herkunft. Er war ein Straßenkind, ein Waisenjunge, dessen Eltern zu jung für die Verantwortung gewesen waren. Sie hatten einander auf der Highschool kennen gelernt. Das Mädchen war schwanger geworden, und nach der Geburt waren sie in verschiedenen Richtungen auseinander gestrebt und hatten ihr Kind auf der Strecke gelassen. Zum Glück waren anscheinend weder Alkohol noch Drogen im Spiel gewesen, und das Baby war kerngesund geboren worden.

Er stammte also nicht aus einer alten, vornehmen Familie, und seine Herkunft war nicht über mehrere Generationen zurückzuverfolgen, doch aufgrund ihrer eigenen Erfahrung fragte Gloria sich, ob das wirklich so viel ausmachte. Ehrgeiz und Intelligenz beeindruckten sie viel mehr als ein ellenlanger Stammbaum.

Das Entscheidende war sein Foto: Der Mann sah einfach

hinreißend aus. Und das fiel ins Gewicht. Es war nun einmal so, dass man Menschen vielfach nach dem Aussehen beurteilte, auch wenn es ungerecht erscheinen mochte. Die harten Fakten zeigten, dass gutes Aussehen einem Tür und Tor öffnete, ob im Beruf oder im Privatleben. Wenn Gloria ihrem Sohn oder ihrer Tochter diesen Vorteil mitgeben konnte, wäre es töricht, diesen Mann sausen zu lassen.

Also wählte sie Kandidat Nr. 67 aus, und er bekam zwanzigtausend Dollar.

Die Behandlung verlief ohne Komplikationen. Das Ergebnis war Sabrina.

Und, wie Gloria annahm, die Ruisseau Corporation.

Schon seltsam, dass beide bekommen hatten, was sie ersehnten. Sie, Gloria, ihre kostbare Tochter und Carson Brooks die Firma, die er unbedingt gründen wollte.

Ihrer beider Leben hätten nie enger miteinander in Berührung kommen sollen.

Aber nun war es doch passiert.

Und sie musste auf sich nehmen, was sie begonnen hatte.

19.25 Uhr
Mt. Sinai Hospital

»Dylan?«

Der Klang von Carsons rauer Stimme weckte Dylan aus dem Nickerchen, in das er Minuten zuvor gefallen war.

»Hey, du bist ja wach.« Er schob den Stuhl ans Krankenbett und musterte seinen Freund. Die Atmung war immer noch schwach, obwohl man wieder den Brusttubus angelegt hatte. Auch Carsons Gesichtsfarbe war alles andere als frisch. Doch seine Augen waren klar, trotz der Schmerzen, die er zu erdulden hatte, und der vielen Schmerzmittel.

»Ist das denn so überraschend?« Carsons Stimme klang immer noch schwach und krächzend, und er sprach sehr langsam. »Hab in den letzten Tagen … mehr geschlafen … als in fünfzig Jahren.«

Dylan grinste. »Dagegen lässt sich wohl kaum etwas einwenden. Aber du siehst schon viel besser aus.«

»Und du siehst beschissen aus.«

»Klingst auch fast schon wieder wie der Alte.« Dylan fühlte eine Woge der Erleichterung und schob entschlossen mögliche Zweifel beiseite. »Ich sehe den alten Carson wieder auftauchen. Meine Güte, beleidige mich ruhig, so viel du willst.«

Die Andeutung eines Lächelns. »Klingt verlockend … vielleicht später.« Das Lächeln verging. »Wir haben was zu bereden.«

»Ja.« Dylan ahnte, was kommen würde. Carson wollte Näheres wissen, und Dylan hatte eigentlich vorgehabt, ihn zu schonen. Doch er hatte Carson niemals belogen und würde jetzt ganz bestimmt nicht damit anfangen. »Zuerst Sabrina?«

Ein wissender Blick aus den stechenden blauen Augen. »Feigling. Das ist noch das Einfachste.«

»Setz mich nicht so unter Druck! Du bist seit Montag aus dem Verkehr gezogen. Ich hab die Spur verloren.«

»Diesmal lass ich dich noch vom Haken … Aber nur, weil ich über meine Tochter reden will.« Carson sprach das Wort unbeholfen, aber mit ehrfürchtiger Miene aus, die Dylan noch nie bei ihm gesehen hatte. »Also, ja, Sabrina zuerst.« Nun war ihm der Stolz deutlich anzumerken. »Sie ist unglaublich, nicht wahr?« Er wartete Dylans Antwort nicht ab. »Mann, was hab ich tolle Spermien!«

»*Ein* tolles Spermium«, berichtigte Dylan trocken. »Für die übrigen können wir uns nicht verbürgen. Vielleicht war es nur Losglück.«

»Vielleicht«, stimmte Carson zu, nicht im Geringsten von der Witzelei seines Freundes beleidigt. Er schaute ihn an. »Wie geht's ihr?«

»Sie ist völlig fertig. Diese Detectives haben sie in die Mangel genommen, bevor sie zum Hotel gefahren ist. Ich vermute, sie haben angedeutet, dass ihre Mutter die Täterin sein könnte.«

»Ihre Mutter?«, wiederholte Carson erstaunt.

»Weil sie dich daran hindern wollte, Kontakt mit ihrer Tochter aufzunehmen. Hört sich für mich reichlich schwachsinnig an.«

»Für mich auch. Woher hätte sie etwas von meinen Plänen wissen können?« Er überlegte kurz. »Außerdem … dachte ich, die Cops hätten beschlossen, dass *du* es warst.«

Dylan erschrak. »Haben sie es dir doch aufgetischt?«

»Nicht ausdrücklich. Aber ich bin ein verdammt schlaues Kerlchen … selbst wenn ich unter Drogen stehe.« Carson schwieg einige Sekunden, um wieder zu Atem zu kommen. »Sind doch richtige Arschlöcher. Hab ich ihnen auch gesagt. Die glauben, dass ich dich nur schützen will. Sie werden die Wahrheit … schon noch rausbekommen.«

»Danke«, sagte Dylan schlicht.

»Wofür? Weil ich dir vertraue, dass du mir nicht einfach eine Kugel in den Rücken schießt?« Carson schnaubte verächtlich. »Jetzt mach aber mal 'nen Punkt … Glaub mir, ich kenne dich gut genug.« Er zuckte abweisend mit den Schultern und krümmte sich vor Schmerz. »Außerdem hab ich dich längst von der Liste gestrichen. Wenn du mich tot sehen wolltest, läge ich jetzt in 'ner Kiste … und nicht im Krankenhaus.«

»Nett.« Dylan wusste, dass Carson versuchte, die Anschuldigungen auf die leichte Schulter zu nehmen, aber selbst er konnte ihnen nicht das volle Gewicht nehmen. Trotzdem war seiner Wut nun der Stachel genommen, denn er hatte erfahren, dass Carson den Verdacht der Detectives ohne viel Federlesen abgetan hatte.

»Jetzt mach dir nicht solche Sorgen, Dylan … Die kennen dich nicht, sie wissen nicht, wie eng wir miteinander verbunden sind … Die tun nur ihren Job. Haben einen guten Ruf … Ich hab sie durch Stan überprüfen lassen. Sie kriegen's schon hin. Sieh doch mal das Positive. Ich werde nicht sterben … also werde ich mitkriegen, wenn sie den Täter finden … Dann bring ich sie dazu, sich bei dir zu entschuldigen … öffentlich, wenn du Wert drauf legst.«

»Ich will nur, dass du wieder auf die Beine kommst und dass der, der das getan hat, in den Knast wandert.«

»Hört sich gut an.« Wieder eine Pause. »Wann kommt Sabrina wieder?«

Dylan warf einen Blick auf die Uhr. »Ich hab sie vor einer Stunde angerufen. Sie klang ein bisschen abwesend. Schätze, sie muss sich um ihre Familie kümmern und den Schock über den neu entdeckten Verwandten verdauen. Aber sie hält sich wacker. Sie hat gesagt, gegen acht würde sie kommen.«

»Sie hat eine ganze Menge mehr zu bedenken als das Problem, einem Samenkorn einen Namen zu geben … Und ihre Familie hat sich um mehr zu sorgen als um einen Skandal … Aber das weißt du ja. Und das bringt uns zum nächsten Thema …« Carson musste innehalten, um seine Lunge zu schonen. Hustend deutete er auf die Wasserflasche. Dylan goss ihm einen Becher ein und half ihm beim Trinken. »Vielleicht sollten wir das Gespräch abkürzen.«

Carson wehrte ab. »Nichts da … Wir bringen es zu Ende, bevor Dr. Kildaire reinkommt … und dich rauswirft.«

Wie üblich gab es für Carson kein »Nein«. »Okay«, lenkte Dylan ein. »Was ist das nächste Thema? Ruisseau?«

»Netter Versuch, aber du weißt es besser. Ich mach mir keine Sorgen um die Firma … die ist bei Stan und dir in guten Händen. Ich hab da ein paar Ideen … Aber darüber reden wir später.« Eine Sorgenfalte erschien auf seiner Stirn. »Sag mir nur eins. Haben die Detectives einen bei uns in der Mangel gehabt?«

»Einen? *Alle*. Aber wir überstehen das. Wir sind zäh.« Dylan wappnete sich für Carsons Fragen, die bohrend wie immer sein würden, wie er wusste. »Was ist das nächste Thema?«

»Der wahre Grund für Sabrinas Kommen.«

»Ich hab dir doch gesagt, dass sie dich einfach kennen lernen wollte. Ist das so ungewöhnlich?«

»Nein. Aber das ist nicht der einzige Grund … und erklärt auch nicht, warum sie so schnell kommen musste … Sie ist Workaholic und hat ein schwieriges Unternehmen zu leiten … hat aber alles stehen und liegen lassen und ist hergeflogen.«

»Sie hat befürchtet, du würdest es nicht schaffen. Jetzt konnte sie sich mit eigenen Augen überzeugen, dass du durchkommst.«

»Und gewinnt damit Zeit … Zeit zu entscheiden, ob sie mich näher kennen lernen will oder nicht.«

»Genau.«

»Man sollte also annehmen, dass sie den nächsten Flieger nach Hause nimmt … um es mit ihrer Familie durchzusprechen.« Carson wurde immer schwächer, kämpfte aber mit aller Macht dagegen an. »Aber das hat sie nicht getan … Sie ist immer noch hier.«

Dylan stieß den angehaltenen Atem aus. »Vielleicht will sie dich besser kennen lernen. Vielleicht ist sie einfach nur neugierig.«

»Dylan, hör doch auf! Ich hab das … Dialysegerät gesehen.« Carson zeigte seinen Handrücken. »Und ich weiß auch, wofür dieses Regler-Ding ist.«

Dylan schwieg.

»Nun schau mich nicht an wie ein Hund, der beim Pinkeln auf den Teppich erwischt worden ist … Ich hab Radison gerufen. Er musste mir alles sagen. Ich weiß, dass meine Nieren versagen.« Carson schloss die Augen, um Kraft zu schöpfen, und schlug sie wieder auf. »Sag mir die Wahrheit. Hast du dir deshalb so den Arsch aufgerissen, Sabrina zu finden … weil es sein kann … dass ich eine Organspende brauche?«

Dylan hielt dem Blick des anderen stand. »Ja. Und weil du mich darum gebeten hattest.«

Ein schwaches Nicken. »Hast du es ihr schon erzählt?«

»Ja. Sie hat mir aber noch keine Antwort gegeben.«

»Da mach ich ihr keinen Vorwurf … Meine Güte, es ist ein gewaltiges Opfer. Ich bin ein Fremder für sie …«

»Du bist ihr Vater.«

Die winzige Andeutung eines Lächelns. »Nicht auf eine Weise, die etwas zu bedeuten hätte … Das weißt du ganz genau. Bist bloß zu stur, um es zuzugeben … und du stehst mir zu nahe, um objektiv zu sein … Ziemlich schlechte Eigenschaften für einen Anwalt.«

»Dann verklag mich doch.«

»Lass ihr Zeit, Dylan … Ihre Familie wird ihr hart zusetzen … alter Geldadel. Die Großeltern sind sehr schrullig … hoch in den Achtzigern und bestimmt nicht versöhnlich … Die Tochter hat es schon schwer genug gehabt. Hat sich in der Modebranche einen guten Namen gemacht …«

Dylan zog die Augenbrauen hoch. »Für einen, der um sein Leben kämpft, hast du deine Hausaufgaben gut gemacht.«

»Stan gebührt die Ehre. War nicht schwer, etwas über die Radcliffes zu erfahren … sie sind sehr bekannt … Ich musste doch etwas über die Familie meiner Tochter erfahren … über die *wahre* Familie …«

»Und haben sie Ihren Erwartungen entsprochen?«, fragte Sabrina von der Tür her.

»Eigentlich ja.« Carson drehte den Kopf in ihre Richtung. Er wirkte kein bisschen überrascht. »Komm rein … Nimm dir einen Stuhl.«

Neugierig betrachtete Dylan Sabrina. Sie stand an den Türrahmen gelehnt, die Arme vor der Brust verschränkt. Ihre Miene war ausdruckslos. Falls sie reuige Zerknirschung erwartete, war sie an den Falschen geraten. Carson pflegte sich nie für seine freimütige Ausdrucksweise zu entschuldigen.

»Sie dürfen zurzeit nur einen Besucher haben«, erinnerte Sabrina ihn. »Ich warte solange draußen.«

»Den Teufel wirst du«, widersprach Carson und bedeutete Dylan, ebenfalls sitzen zu bleiben. »Vergesst doch diese Krankenhausregeln … Radison hat schon Feierabend … Ich werde euch schon nicht verpetzen.«

Sabrinas Mund zuckte. »Na schön.« Sie kam herein und nickte Dylan zum Dank zu, als er ihr einen Armlehnenstuhl heranzog. »Nun, Dylan, haben Sie mal wieder Magnum gespielt?«

»Diesmal nicht«, sprang Carson für ihn ein. »Diesmal war's Stan. Kennst du ihn schon?« Er wartete, bis Sabrina nickte. »Er und ich sind schon sehr lange befreundet … Stan ist der einzige Mensch, der über dich Bescheid weiß.«

Sabrina sah ihn erschrocken an. »Du hast es ihm erzählt?« Erfreut stellte Carson fest, dass sie ihre reservierte Haltung fallen gelassen hatte und automatisch mit einem »Du« reagierte. Er hoffte, sie würde dabei bleiben.

»Das musste ich gar nicht … Er hat für den Fruchtbarkeitsspezialisten gearbeitet, zu dem deine Mutter damals gegangen ist … Er ist derjenige, der mich zu einem Erstgespräch bat, als die möglichen Spender gesucht wurden … vor achtundzwanzig Jahren.«

»Oh. Das habe ich nicht gewusst.«

Carson blickte sie ruhig an. »Ich werde niemandem etwas über unsere Verwandtschaft sagen … Das überlasse ich ganz dir.«

»Ich glaube nicht, dass es so funktioniert«, murmelte Sabrina. »Aber so ist das Leben. Es bleibt an mir hängen, den Schaden zu begrenzen.«

»Du machst dir Sorgen, dass die Information über deine Herkunft an die Öffentlichkeit dringen könnte.«

»Nicht dringen … strömen. Und ich mache mir Sorgen um meine Familie, nicht um mich.«

»Wo wir gerade davon reden … Bist du böse, weil ich … sie überprüft habe?«

»Nein. Ich hätte dasselbe getan. Der Unterschied ist nur, dass ich es gar nicht nötig hatte. Ich wusste schon aus beruflichen Gründen eine ganze Menge über dich. Und Dylan hat mich über das Private unterrichtet.« Sie brach ab, holte tief Luft, lockerte dann ihr Haar und saß reglos da, als wäre ihr plötzlich schwindelig. Dylan, der sie aufmerksam beobachtete, fürchtete, dass genau dies der Fall war. Sabrina sah erschreckend blass und erschöpft aus. Während der Pause im Hotel hatte sie sich nicht ausruhen können; sie hatte wohl nur kurz geduscht und mit ihrer Familie gesprochen. Außerdem hatte sie sich umgezogen und wirkte nun in Khakihosen und kurzärmeligem, hellblauem Pullover jünger und verletzlicher als in ihrem Businessoutfit.

Sie wirkte, als würde sie jeden Augenblick zusammenbrechen.

»Sabrina, Sie sind weiß wie ein Laken«, hörte er sich sagen. Er stand auf, goss ihr ein Glas Wasser ein und drückte es ihr in die Hand. »Haben Sie etwas gegessen?«

»Ja.« Zwischen den Schlucken brachte sie ein schwaches Lächeln zu Stande. »Ist noch keine Viertelstunde her. Johannisbeersaft und Kräcker.«

»Was für eine Mahlzeit soll das denn sein?«

»Was man eben im Krankenhaus bekommt, wenn man in Ohnmacht zu fallen droht. Ich schäme mich dafür, aber vor Spritzen hab ich Angst wie ein kleines Kind. Außerdem habe ich einen ziemlich niedrigen Blutdruck. Wenn ich mehr als ein paar Kanülen Blut sehe, wird mir schwindelig.«

Dylans Blick fiel auf die Innenseite ihres Unterarms. In der Armbeuge war ein Wattebausch mit einem Stück Heftpflaster befestigt. »Sie haben Blut gespendet.«

Sabrina nickte. »Ich hielt es für eine gute Idee. Wie Sie wissen, haben Carson und ich die gleiche Blutgruppe. Das Krankenhaus bewahrt mein Blut jetzt exklusiv für ihn auf, falls er es brauchen sollte.« Sie sah aus, als wollte sie noch mehr sagen, schwieg dann aber.

Dylan begriff sofort. Und er betete, dass seine Annahme auf Tatsachen und nicht auf einer vagen Hoffnung beruhte. »Carson weiß, dass er an der Dialyse war und vielleicht eine Spenderniere braucht«, sagte er betont. »Wir können offen über das Thema sprechen.«

»Dann ist es ja gut, und ich muss nicht um den heißen Brei reden. Dann kann ich auch gleich sagen, dass das Labor noch eine Blutprobe genommen hat, um eine Gewebetypisierung zu machen. Die Ergebnisse dürften in einer Woche vorliegen.«

»Jetzt wartet mal einen Moment!«, rief Carson.

Sabrinas Kopf fuhr hoch, und sie schaute ihn wachsam an.

Auch Dylan wandte sich seinem Freund zu, obwohl ihn dessen Reaktion nicht überraschte. Im Gegenteil, er hatte geradezu darauf gewartet. Und falls Sabrina sich etwas anderes vorgestellt hatte, eine gefühlsgeladene Szene etwa, würde sie zum zweiten Mal eines Besseren belehrt werden.

Carson war ein Mensch, der sich erst in zweiter Linie für seinen persönlichen Gewinn interessierte. Und aufgrund seiner frisch übernommenen Verantwortung für Sabrina und im Bewusstsein, der Anlass für ihre gegenwärtige Krise zu sein, würde er es ihr gewiss nicht leicht machen.

»Ja?«, fragte Sabrina.

»Fangen wir mit deiner Familie an … Weiß sie Bescheid?« Carsons harter Blick nagelte sie auf ihrem Stuhl fest.

Doch Sabrina ließ sich nicht einschüchtern. »Ich habe vor einer Weile mit Mutter gesprochen. Sie hatte es schon vermutet. Aber jetzt kommt der schwierige Teil. Sie muss es den Großeltern beibringen. Danach können wir uns ja um Schadensbegrenzung kümmern. Sonst noch was?«

»Ja. Das gesundheitliche Risiko. Deines nämlich. Der Schutz der Privatsphäre … deiner nämlich. Die Existenzen, die in Mitleidenschaft gezogen werden, die Beziehungen … wieder deine. Hör zu, Sabrina, mir gefällt das nicht. Du denkst doch nicht ernsthaft daran …«

»Doch«, fiel sie ihm ins Wort. »Ich muss die Entscheidung treffen, nicht du. Und jetzt reg dich nicht so auf, sonst ruf ich Dr. Radison.«

»Er ist doch gar nicht mehr im Haus.«

»Ich hab die Nummer seines Piepers.«

»Die darfst du nicht benutzen. Das ist kein Notfall.«

»Dann lüge ich eben.«

Carson funkelte sie finster an. »Du bist wirklich eine harte Nuss.«

»Ich frage mich schon seit einiger Zeit, ob ich mehr nach der Mutter oder dem Vater komme«, lautete ihre trockene Erwiderung. Carson wollte erneut protestieren, doch Sabrina gebot ihm mit einer Handbewegung Schweigen. »Wir sollten nicht so weit vorgreifen. Dieser Gewebevergleich ist komplizierter, als man denkt. Außer der Suche nach gemeinsamen Genen müssen sie noch die Kreuzprobe machen und herausfinden, ob dein Immunsystem Antikörper entwickeln könnte, die zur Abstoßung meiner Niere führen würden. Bis das klar ist, wissen wir sowieso nicht, ob ich eine kompatible Spenderin bin. Darüber können wir uns später noch streiten.«

»Soll das heißen, dass Sie in die Spende einwilligen werden, wenn alles andere versagt?«, wollte Dylan wissen. »Haben Sie schon so weit vorausgedacht?«

»Das hat sie nicht«, fuhr Carson ihn an.

»Doch, habe ich.« Sabrina ignorierte Carsons vehementen Protest. »*Falls* die Ergebnisse zeigen, dass ich kompatibel bin, und *falls* Carsons Nieren nicht wieder ordentlich arbeiten, kriegt er eine von meinen.« Sie rutschte nach vorn an die Stuhlkante und machte Anstalten, sich zu erheben. »Und wenn die Herren nichts dagegen haben, fahre ich jetzt ins Plaza Athenée zurück. Sie haben Recht, Dylan, ich fühle mich wirklich ein bisschen schwach. Und wenn es zum Kampf der Willensstarken kommt, möchte ich ausgeruht sein. Vertagen wir uns also auf morgen. Heute Abend wollte ich mich ohnehin nur davon überzeugen, ob Carson sich tapfer hält. Und das tut er ja. Also kann ich …« Sie brach ab und griff ins Leere, verdrehte die Augen.

Dylan fing sie auf, bevor sie stürzte, indem er einen Arm um ihre Taille schlang. »Erst mal müssen Sie etwas Anständiges essen.«

»Dylan.« Das war Carsons befehlsgewohnte Stimme. »Schaff sie aus diesem verdammten Krankenhaus. Fahrt zu ’nem Steakhouse … Smith und Wollensky, das ist nicht weit vom Plaza Athenée … Bestell ihr das größte Steak, das zu haben ist. Für dich auch. Du hast heute nichts gegessen als den Mist vom Krankenhauskiosk … Nach dem Essen bringst du Sabrina in ihr Hotel, bis aufs Zimmer … Dann fährst du nach Hause und schläfst dich aus. Siehst ja aus wie ein Zombie.« Er hielt inne, sammelte seine Kräfte. »Mach dir keine Sorgen um mich … Muss mich ausruhen.«

»In Ordnung«, sagte Dylan.

»Und komm ja nicht im Morgengrauen her ... Das will Susan übernehmen. Und die Cops, damit sie die Kugel bekommen, sobald Radison sie rausoperiert hat ... Jetzt fällt mir ein ... Ich brauch dich doch, wenn sie weg sind ... Wir müssen reden.«

»Über Ruisseau?«

»Ja.«

»Ich komme.«

»Nicht allein.« Carson machte eine Handbewegung zu seiner Tochter. »Ihr beide. Wir müssen was besprechen ... unter sechs Augen.«

11

21.25 Uhr
Smith & Wollensky

Sabrina sah sich in dem überfüllten Steakhouse auf der Third Avenue um. Siebzig Prozent der Tische waren von Männern besetzt, zehn Prozent waren in Frauenhand, der Rest wurde von gemischten Gruppen okkupiert. Das Restaurant war brechend voll. Die Gäste waren fast ausnahmslos Berufstätige, die in Midtown Manhattan arbeiteten und entweder noch ein Geschäftsessen oder ein Dinner mit Freunden einnahmen, bevor sie nach Hause fuhren. Doch Lärm und Hektik schienen keinen zu stören. Im Gegenteil, alle amüsierten sich prächtig und aßen mit gesundem Appetit.

Es war nicht einfach gewesen, in dem überfüllten Steakhouse noch einen Tisch zu bekommen. Zudem waren sie nicht passend gekleidet. Die Mehrzahl der Gäste trug Anzüge statt lässige Slacks oder Jeans. Doch zum Glück kannte

Dylan den Oberkellner, der ihn herzlich begrüßte und eine Treppe höher zu einem Tisch führte.

Bevor Sabrina Platz nahm, hatte Dylan schon herausgefunden, dass sie Meeresfrüchte mochte, deshalb bestellte er eine entsprechende Vorspeisenplatte für zwei. Als die Platte serviert wurde, befahl er Sabrina, mindestens die Hälfte davon zu vertilgen – und das Brot nicht zu vergessen –, bevor sie sich den ersten Schluck Merlot gönnte. Normalerweise reagierte Sabrina allergisch auf Anweisungen, doch in diesem Fall musste sie zugeben, dass ihr Begleiter Recht hatte. Da ihr bereits ein wenig schwindelig war, würde Wein auf leeren Magen ihr den Rest geben.

Die riesigen brutzelnden Steaks wurden mit drei Beilagen serviert: Bratkartoffeln, Spinat in Sahnesauce und Spargel. Die Menge hätte gereicht, um eine Armee abzufüttern, doch Sabrina fühlte sich der Herausforderung gewachsen.

Hungrig stürzte sie sich auf das Mahl.

»Großartig«, verkündete sie ein paar Minuten später, schluckte noch eine Gabel voll Filet Mignon und spülte mit einem Schluck Merlot nach. »Entweder sind die New Yorker Restaurants besser als in meiner Erinnerung, oder ich habe gar nicht gemerkt, wie hungrig ich war.«

Dylans Mundwinkel zuckte. »Vielleicht beides.«

»Ich nehme an, Sie essen hier öfter.«

»Jeden Mittwochabend Punkt acht. Carson, Stan und ich. Wir essen gemütlich und reden über die Firma. Das hier ist unser Tisch. Hier stören uns keine Handys, keine Mitarbeiter, nichts. Wir schaffen doppelt so viel wie im Büro. Außerdem führen wir uns unsere Wochenration an rotem Fleisch zu Gemüte.«

»Hört sich nach 'nem Siegerteam an.« Sabrina überlegte und stocherte mit der Gabel unschlüssig auf ihrem Teller. »Übrigens, danke.«

»Wofür?«

»Für die Einladung zum Abendessen. Und dafür, dass Sie mich aufgefangen haben, bevor mein Schädel auf dem Krankenhausboden zerschmettert ist.«

»Nichts zu danken – in beiden Fällen.« Dylan widmete sich wieder seinem Sirloin-Steak. »Ich muss ja zugeben, dass ich schon viele gute Taten vollbracht habe, aber die Rolle des Ritters in schimmernder Rüstung ist auch für mich neu. Ich bin nur froh, dass ich so tolle Reflexe habe.«

»Die haben Sie. Und selbst wenn die Rolle für Sie neu ist, sehe ich keinen Grund zur Besorgnis. Da sind zwei Tische, an denen man Ihnen nur zu gerne helfen würde, Ihre Reflexe zu trainieren.« Sabrina konnte nicht glauben, was sie da eben gesagt hatte. Es musste am Wein liegen.

Dylan runzelte verblüfft die Stirn. »Wovon reden Sie?«

»Von den Frauen an den Nebentischen«, erwiderte Sabrina und machte eine Rundumbewegung mit ihrem Glas. »Vier sitzen am Tisch rechts von uns, sechs links. Seit wir Platz genommen haben, starren sie Sie an.«

Eine dunkle Augenbraue schnellte in die Höhe. »Ich fühle mich geschmeichelt, dass Sie das bemerkt haben.«

»Sie sind nicht gerade diskret. Ich glaube, der Kellner wird Sie gleich bitten, ein bisschen leiser zu reden.« Amüsiert kräuselte sie die Lippen. »Das beweist, dass Melissa Recht hatte, nehme ich an. Sie müssen ein heißer Typ sein.«

Dylan blieb unbeeindruckt. »Falls wir diesen Maßstab ansetzen, müsste man Sie als kochend heiß bezeichnen.«

Sabrina blinzelte verwirrt. »Wie bitte?«

»Ein Drittel der Männer in diesem Lokal ist dabei, Sie mit Blicken auszuziehen. Das zweite Drittel macht sich Gedanken darüber, ob Ihr BH vorne oder hinten zu öffnen ist. Und das letzte Drittel stellt sich bereits vor, welche Stellungen im Bett Ihnen wohl am besten gefallen würden und wie sie Sie schnellstmöglich dahin bekommen.« In aller Ruhe nahm er sich noch ein Brötchen.

Sabrina hätte am liebsten losgekichert. Die Bilder, die Dylan heraufbeschworen hatte, waren zu komisch. Seine Worte hingegen waren unverschämt. »Sie sind wirklich ein Zyniker.«

»Bloß Realist.«

»Denken Sie wirklich so? Über sämtliche Männer in diesem Lokal? Es wird doch sicher ein oder zwei Ausnahmen geben.«

»Nein. Es sei denn, die Betreffenden sind schwul oder tot.«

Sabrina schüttelte erstaunt den Kopf. »Was soll ich denn jetzt darauf sagen? Mich bedanken?«

Dylan drehte versonnen am Stiel seines Kelchglases. »Weiß ich nicht. Was antworten Sie normalerweise, wenn ein Mann Ihnen sagt, dass Sie schön und begehrenswert sind?«

»Ich weiß nicht, ob Sie das wirklich interessiert.«

»Versuchen Sie 's.«

Während Sabrina mit sich kämpfte, ob sie die Wahrheit sagen sollte, nahm sie noch einen Schluck Wein. Sie hatte zu viel und zu schnell getrunken, und sie wusste es. Aber es war erst ihr zweites – und letztes – Glas. Sie hatte nicht die Absicht, betrunken zu werden. Doch dieser Tag war einfach zu viel für sie gewesen, und ihre Nerven waren zum Zerreißen gespannt. Wenn sie keinen Dampf ablassen konnte, würde sie unter der Anspannung zerbrechen.

»Sachte«, mahnte Dylan, als könne er ihre Gedanken lesen. »Trinken Sie lieber Wasser und nicht so viel Wein.«

Sabrina hob die Augenbrauen. »Warum? Haben Sie Angst, ich würde Sie ins Hotel abschleppen und mich an Ihnen vergehen?«

Wieder dieses schiefe Grinsen. Sabrina wollte verdammt sein, wenn Melissa nicht Recht hatte. Er *war* ein heißer Typ. Und die Unterstellung, dass er nicht ihr Typ war … hatte sie denn überhaupt einen Typ?

Sabrina hatte wirklich zu viel getrunken. Zeit, auf Wasser umzusteigen. Sie griff nach dem Glas.

»Interessanter Einfall«, sagte Dylan. »Und sehr verlockend. Aber unrealistisch.«

»Ach?« Sabrina reckte das Kinn vor. Seltsamerweise ertappte sie sich dabei, dass diese Einschätzung sie ärgerte. »Und warum?«

Dylan stützte die Ellbogen auf den Tisch und beugte sich so weit vor, dass Sabrina die kleinen, orangefarbenen Flecken in seinen Augen sehen konnte. »Erstens, weil Ritter in schimmernder Rüstung keine Frauen ausnutzen, die angetrunken und mit den Nerven am Ende sind. Zweitens, weil Carson mir den Kopf abreißen würde, wenn ich Sie anrührte. Und drittens, weil ich vermute, dass Sie viel mehr Erfahrungen mit der Arbeit als mit Männern haben. Stimmt's?«

Sabrina spürte, wie ihr das Blut in die Wangen stieg. »Hängt davon ab, was Sie unter Erfahrung verstehen. Ich hab schon mit den Besten zu tun gehabt.«

»Und haben sie alle niedergeschossen.«

Sie gab keine Antwort.

»Ich glaube, wir sollten das Thema wechseln.«

»Nein.« Sabrina schüttelte den Kopf. »Erst, wenn ich das Bild zurechtgerückt habe.«

»Welches?«

»Ihr Bild von mir. Dass ich entweder eine Eiskönigin bin oder eine militante Feministin, die Männer ihrer Männlichkeit berauben will. Zu Ihrer Information: Keine Ihrer Vermutungen trifft zu.«

»Und zu Ihrer Information: Ich hatte auch nicht damit gerechnet.«

Sabrina schob ihr Glas beiseite und faltete die Hände. »Ich bin es nicht gewohnt, Erklärungen über mich abzugeben. Ich weiß nicht einmal, warum ich es jetzt tue. Vielleicht, weil ich heute meinen Vater kennen gelernt habe und weil Sie der Mensch sind, der ihm am nächsten steht. Kann sein, dass ich etwas auf Ihre Meinung gebe. Oder es liegt daran, dass Sie mir auf dem Flug einiges anvertraut haben, was sonst nicht Ihre Gewohnheit ist, wie ich annehme. Oder weil ich so erschöpft und noch dazu ein bisschen betrunken bin. Ist ja auch egal. Ich werde es so kurz wie möglich machen.«

Sie beugte sich vor. »Wissen Sie, was einsam macht? Ein superintelligentes Kind zu sein. Mit sechzehn aufs College zu gehen, wenn man erst den Reifegrad der Mittelstufe erreicht hat. Mit zwanzig in die Arbeitswelt einzutreten, sich den halben Tag gegen Anträge von Männern zu wehren und die restliche Zeit kämpfen zu müssen, weil man so verdammt klug und qualifiziert ist. Und ab und zu einem Mann zu begegnen, der anders zu sein scheint, dann aber doch vor dem Verstand und dem Ehrgeiz einer Frau zurückschreckt. Das alles macht einsam. Deshalb kann ich nicht behaupten, allzu große Erfahrungen mit Männern zu haben. Um ehrlich zu sein – es lohnt die Mühe nicht.«

Zu ihrem Erstaunen nickte Dylan nachdenklich. »Das mag wohl stimmen.«

»Sie scheinen nicht sehr überrascht.«

»Bin ich auch nicht. Männer sind sehr einfach strukturiert. Die meisten werden von ihrer Libido oder dem Willen zur Macht angetrieben. Oder von beidem. Frauen, die sie nicht erobern oder ausstechen können, machen ihnen Angst. Und bei Ihnen schaffen sie weder das eine noch das andere. Also suchen sie das Weite.«

Sabrina war nicht allzu erfreut über seine Einschätzung. Aber sie wusste, dass es eine nüchterne Beobachtung war, vielleicht sogar ein Kompliment. Außerdem faszinierte sie Dylans Einsicht in die männliche Psyche und dass er so offen darüber sprach. Es kam selten vor, dass man einen

Mann traf, der die Wahrheit über das eigene Geschlecht erkannte – und noch seltener, dass er sie zugab.

Und der Schluss, den er gezogen hatte, erheiterte Sabrina sehr. »Nette Analyse«, bemerkte sie. »Etwas haben Sie allerdings übersehen. Als ich sagte, es lohne die Mühe nicht, habe ich mich nicht auf die *Männer* bezogen, sondern auf *mich*.«

»Ich weiß. Aber es funktioniert in beide Richtungen.«

»Wahrscheinlich.« Sabrina stützte ihr Kinn in die Hand. »Mir fällt auf, dass Sie sich selbst nicht in ›die Männer‹ einbeziehen. In welche Kategorie fallen Sie? Was treibt Sie an? Die Libido oder der Wille zur Macht?«

Dylan zuckte die Achseln. »Das wechselt. Mal das eine, mal das andere. Aber ich bin besser dran als die meisten meiner Geschlechtsgenossen. Ich habe ein gesundes Ego. Ich muss meine Zeit nicht damit verplempern, mich zu beweisen.«

Wieder musste Sabrina lachen. »Merken Sie eigentlich nicht, wie arrogant das klingt?«

»Warum? Sie haben sich eben auch als hübsch und klug beschrieben, und ich habe Sie nicht als arrogant bezeichnet. Sie haben lediglich die Fakten aufgezählt. Waren übrigens reichlich untertrieben, aber dennoch Fakten. Ich habe nur das Gleiche getan. Ich werde von vielen Dingen angetrieben, auch von Libido und Macht. Ich bin ein ganz normaler Mann, allerdings sehr selbstsicher und komplexer als die meisten anderen.«

»Ist das alles?«

»Sie fragen nach meinen Eigenschaften? Also gut. Ich bin smart, zäh und hartnäckig. Ich kann auch charmant, aufmerksam und witzig sein. Das hängt von meinem Gegenüber ab.«

»Oder davon, ob Sie mit ihr im Bett sind oder nicht.«

Wieder schnellte eine dunkle Braue in die Höhe. »Hab ich das gesagt?«

»Das war gar nicht nötig.«

»Also sind *Sie* jetzt dabei, *mich* einzuschätzen. Soll das eine Retourkutsche sein?«

Das musste Sabrina zugeben. »Sie haben ja Recht. Ich bitte um Entschuldigung.«

»Schon vergeben.« Dylan musterte ihr leeres Weinglas. »Einen Drink kriegen Sie nicht mehr. Aber die machen hier ein unglaubliches Dessert. Weiße Schokoladenmousse mit einem Überzug aus brauner Schokolade und Himbeersauce. *Falls* Sie Schokolade mögen.«

»Welcher Mensch, der noch bei Verstand ist, mag sie nicht?« Seufzend lehnte Sabrina sich zurück. »Aber ich platze gleich.«

»Dieser Nachtisch ist es wert. Wir teilen uns so ein Ding.« Dylan winkte dem Ober. »Möchten Sie einen Kaffee?«, fragte er Sabrina. »Ach ja, Sie trinken ja koffeinfrei.«

»Das wäre wunderbar.«

Dylan bestellte die Schokoladenmousse und zweimal Kaffee, für sich selbst einen Mokka.

Als das Dessert kam, widmeten beide sich in andächtigem Schweigen der Delikatesse. Besonders Dylan war ganz wild auf die Köstlichkeit.

»Mmmm, ist das lecker«, murmelte Sabrina, den Mund voller Schokolade.

»Mehr als lecker.« Dylan beobachtete sie über den Rand seiner Tasse hinweg, einen rätselhaften Ausdruck in den Augen.

»Haben Sie was auf dem Herzen?«, erkundigte sich Sabrina.

»Ehrlich gesagt, ja. Seit wir aus dem Krankenhaus gekommen sind.« Er stellte seine Tasse hin. »Ich habe mich gefragt, was Sie dazu gebracht hat, Ihre Meinung zu ändern.«

»Über den Gewebevergleich oder die Transplantation?«

»Beides.«

»Ich glaube, Sie wissen die Antwort.«

»Weil Sie Carson kennen gelernt haben.«

»Nicht nur kennen gelernt. Weil ich mit ihm geredet habe. Weil ich gesehen habe, wie ähnlich ich ihm bin. Und weil ich ihn mag und respektiere, auch wenn ich mir vorgenommen hatte, distanziert zu bleiben.« Scheu senkte sie den Kopf. »Nun sagen Sie schon, dass Sie das vorausgesehen haben. Sie hatten Recht. Ich habe nicht geahnt, wie sehr diese Begegnung meine Gefühle beeinflussen würde. Ich konnte … kann ihm nicht den Rücken zuwenden.« Sabrina war ein wenig erschrocken darüber, mit welchem Nachdruck sie es sagte.

»Hier geht es nicht darum, wer Recht hat«, erwiderte Dylan. »Es geht darum, dass ich mich bei Ihnen bedanke, Sabrina, ich bin nicht der gerissene Mistkerl, den Sie auf unserem gemeinsamen Flug zu erkennen meinten.« Wieder sein schiefes Grinsen, als er den überraschten Ausdruck in ihren Augen gewahrte. »Sie sind nicht die Einzige, die gut beobachten kann. Auch ich kann ziemlich gut Gedanken lesen. Natürlich wusste ich, was Sie über mich denken. Aber Sie haben sich geirrt. Von nun an will ich Ihnen reinen Wein einschenken. Ja, ich will diese Transplantation, *falls* sie nötig ist. Aber was den Rest angeht, was Carson angeht, habe ich nur die Wahrheit gesagt. Er ist ein ganz besonderer Mensch. Und das haben Sie heute gemerkt.«

»Habe ich.« Sabrina legte die Stirn in Falten. »Er kämpft sehr darum, wieder gesund zu werden. Dabei muss er doch wissen, wie mühselig dieser Kampf werden wird.«

»Er weiß es. Aber Carson ist sein Leben lang ein Kämpfer gewesen.«

Sie zögerte kurz. Dann sagte sie: »Vielleicht kann ich ihm einen Anreiz bieten. Und ich spreche nicht von der Niere, sondern von etwas anderem.«

»Sie wollen eine Beziehung zu ihm aufbauen?«

Sabrina warf ihm einen zweifelnden Blick zu. »Glauben Sie, es würde etwas ausmachen?«

»Wie bitte?« Dylan lachte auf. »Carson würde sich so freuen, dass er aus dem Krankenbett springt und eine Party schmeißt.«

»Das ist jetzt vielleicht ein bisschen zu optimistisch gedacht. Ich wäre schon damit zufrieden, wenn es ihm besser ginge.«

»Das kann ich nur unterstützen.«

»Also halten Sie die Idee nicht für verrückt?«

»Verrückt wäre, wenn Sie ihn im Stich lassen und sich so die Chance nehmen, einander besser kennen zu lernen.« Dylans Stimme wurde schärfer. »Allerdings sehe ich die Dinge anders als Sie. *Sie* machen sich Sorgen, wie sehr diese Geschichte Ihrer Familie schaden könnte. *Ich* sehe nur, wie privilegiert Sie sind. Und welche Opfer Sie auch bringen werden – es fällt mir schwer, allzu viel Mitleid aufzubringen.«

Sabrina hätte ob der Schroffheit seiner Worte verärgert sein sollen. Stattdessen ertappte sie sich dabei, wie sie hinter die Fassade blickte. In seiner Stimme hatte sehr viel Gefühl und Betroffenheit gelegen.

Sie rief sich wieder ins Gedächtnis, was Dylan ihr auf dem Flug nach New York erzählt hatte. Er schulde Carson alles, hatte er gesagt.

Wie schlimm musste das Leben gewesen sein, aus dem Carson ihn gerettet hatte?

»Jetzt sind Sie wütend auf mich«, vermutete Dylan, als das Schweigen zwischen ihnen anhielt. »Bitte nicht. Diese ganze Geschichte hat Sie unvorbereitet getroffen, ich weiß. Aber ich kann mir deswegen kein Mitleid abringen.«

»Ich bin nicht wütend. Und ich habe auch nicht erwartet, dass ich Ihnen Leid tue. Nein, ich habe nur nachgedacht.«

»Worüber?«

»Über Sie. Wie sehr Sie Carson ergeben sind. Wie weit

Ihre gemeinsame Geschichte zurückreicht. Im Flugzeug sagten Sie, dass Sie von Pflegeeltern aufgezogen wurden.«

»Ja. Als ich auf der Straße lebte.«

»Haben Ihre Pflegeeltern Sie schlecht behandelt?«

»Welche?«

Sabrina blinzelte verwirrt. »Wie viele hatten Sie denn?«

»Fünf. Vier davon würde ich gerne vergessen. Nummer fünf war das Ehepaar, bei dem ich lebte, als ich Carson kennen lernte. Das waren anständige Leute, älter und kinderlos. Sie wollten mir wirklich etwas Gutes tun, sie wussten nur nicht, wie. Sie haben es versucht. Es war nicht ihre Schuld, dass ich mein Inneres verschlossen habe, sodass keiner mehr zu mir durchdringen konnte.«

Seine Stimme klang völlig ausdruckslos, doch Sabrina hatte das Gefühl, im Auge eines Hurrikans zu sein. »Bin ich Ihnen zu nahe getreten?«

»Aber nein.« Dylan trank noch einen Schluck Kaffee. »Ich habe Ihnen ja gesagt, meine Vergangenheit ist ein anderes Leben. Es stört mich nicht, darüber zu sprechen. Fragen Sie nur.«

»Und die anderen vier Familien? Haben die Sie schlecht behandelt?«

»Unterschiedlich. Das Spektrum reichte von leicht verdrehten bis zu total gestörten Leuten. Ach ja, stimmt, in Familie Nummer vier kam es auch zu körperlichem Missbrauch. Leider war das die Familie, bei der ich am längsten war, und das auch noch während der so genannten prägenden Jahre. Als ich diese Leute verließ, hatte ich Narben an Körper und Seele und jede Menge Wut im Bauch. Wurde zum klassischen Straßenkind. Hab mir drei Jugendstrafen eingehandelt und mich unter Alkoholeinfluss so oft geprügelt, dass ich gar nicht mehr weiß, wie oft. Ich habe allen möglichen Mist gebaut. Nur von Drogen habe ich vernünftigerweise die Finger gelassen.«

Sabrina war schlagartig nüchtern. »Und Ihre leiblichen Eltern?«

»Was soll mit denen sein?«

»Sind sie tot?«

»Meine Mutter ja … jedenfalls hat man mir das erzählt. Ich bin ihr nie begegnet. Und mein Vater? Da können Sie genauso raten wie ich. Ich kenne ihn nicht.«

»Er hat sich aus dem Staub gemacht, als er hörte, dass Ihre Mutter schwanger war«, folgerte Sabrina.

»Schon lange vorher. Ich bin das Ergebnis eines Wochenendtrips nach Newport, Rhode Island. Meine Eltern waren Collegestudenten, die sich eine schöne Zeit machen wollten. Mein Vater … Jamison oder so ähnlich; er hat meiner Mutter nie seinen richtigen Nachnamen verraten … war ein verzogener Sprössling aus reichem Elternhaus, der nur seinen Spaß haben wollte. Und den hat er ja auch bekommen. Meine Mutter wurde schwanger. Sie hat es sogar geschafft, Jamison zu kontaktieren, durch den Freund eines Freundes. Der Letzte in der Kette kannte Jamison tatsächlich. Aber Jamison hat ihr eine Abfuhr erteilt. Sie hat mich bekommen und auf der Treppe einer New Yorker Kirche ausgesetzt. In den Jahren darauf war sie entweder auf Entzug oder auf Alkohol und Drogen, bis sie sich zu Tode gesoffen und gefixt hatte. Ende der Geschichte.«

Sabrina ließ sich durch seinen kühlen Ton nicht täuschen. Niemand kam aus so einem Leben, ohne eine Wagenladung Probleme mitzuschleppen. »Wer Ihr Vater ist, haben Sie also nie herausgefunden.«

»Es hat mich auch nie interessiert.«

»Kann ich gut verstehen.« Sabrina erwähnte nicht, dass sie – bezogen auf ihren Vater – am Tag zuvor genau dieselben Worte zu ihm gesagt hatte. Sie brachte es nicht übers Herz, Dylan daran zu erinnern. Die Umstände ihrer eigenen Entstehung waren ganz anders gewesen. In Sabrinas Fall hatte Carson sein Sperma gespendet und sich getreu an einen Vertrag gehalten. Dylans hingegen war durch die »Samenspende« eines verantwortungslosen jungen Mannes entstanden, der nicht gewillt war, für die Folgen seines Tuns geradezustehen. Was für ein Dreckskerl!

»Der Name Newport«, hakte Sabrina nach, »ist dann wohl kein Zufall?«

»Nein. Ich brauchte ja einen Nachnamen, da ich den meines Vaters nicht wusste und auf den meiner Mutter verständlicherweise keine Lust hatte. Also habe ich mir einen Namen ausgesucht und mich für den der Stadt entschieden, in der ich gezeugt wurde. Ganz schön schlau, was?«

»Schlau, ja. Aber ziemlich mies, dass Sie selber Ihren Nachnamen wählen mussten.« Sabrina vermochte den ironischen Ton nicht mehr durchzuhalten. »Nach dem, was Sie hinter sich haben, ist es kein Wunder, dass Sie mich für undankbar halten, weil ich in meiner Lage so hin und her gerissen bin.«

»Ich halte Sie nicht für undankbar. Sie wollen Ihre Familie schützen. Das ist nur verständlich. Auch ich versuche, meine Familie zu schützen – und das ist eben Carson. Vielleicht können Sie allmählich verstehen, warum ich das tue.«

»Oh ja.« Sabrina ertappte sich plötzlich bei der Frage, ob Dylan sie verabscheute. Warum auch nicht? Da spazierte sie so mir nichts, dir nichts in Carsons Leben, in dem Dylan fast zwanzig Jahre lang eine feste Größe gewesen war.

Der Gedanke war ernüchternd.

»Schauen Sie nicht so grimmig«, gab Dylan ihr mit gequältem Lächeln zu verstehen. »Hab mich doch ganz nett entwickelt. Wie haben Sie mich genannt? Arrogant, nicht wahr?«

Sabrina entspannte sich ein wenig. »Stimmt.«

»Tja. Sie fanden auch, dass ich ein ›heißer Typ‹ bin.«

»Nein.« Sofort nahm Sabrina die Herausforderung an.

»Ich habe gesagt, Sie *müssten* ein heißer Typ sein. Das war eine Annahme, keine Tatsache oder persönliche Meinung.«

Dylan kicherte in sich hinein. »Sind Sie sicher, dass Sie nicht Anwältin sind?«

»Ganz sicher.« Sabrina zwinkerte. »Anwälte sind die reinsten Haie.«

»Und Managementberaterinnen sind genau das Gegenteil, ja? Harmlos wie neugeborene Kätzchen.«

»Genau. Wir ziehen unsere Krallen ein, es sei denn, wir müssen uns wehren.«

»Ich werde daran denken.« Wieder ließ Dylan sein anziehendes schiefes Lächeln aufblitzen. »Ich möchte schließlich nicht gekratzt werden.«

Die Hände hinter dem Rücken verschränkt, trat der Ober an ihren Tisch und schaute Dylan erwartungsvoll an. »Möchten Sie noch etwas bestellen, Mr Newport?«

Dylan warf einen raschen Blick auf die Uhr und blinzelte verblüfft. »Schon fast halb zwölf. Wo ist nur die Zeit geblieben? Danke, nichts mehr, machen Sie bitte die Rechnung fertig.«

»Sehr wohl, Sir.« Der Ober eilte davon.

»Ich wollte Sie nicht so lange wach halten«, sagte Dylan bedauernd zu Sabrina. »Sie haben einen schlimmen Tag hinter sich. Sie müssen unbedingt ins Bett.«

»Sie auch«, gab Sabrina zurück.

»Ich bin später dran. Zuerst bringe ich Sie ins Hotel. Nein, sagen Sie nichts«, schnitt er Sabrinas Einwände ab, sie könne selber ein Taxi bestellen und allein zurückfahren. »Ich hab's Carson versprochen. Außerdem will ich es.« Er räusperte sich. »Werde übrigens noch mal kurz zu Ruisseau fahren, dann erst nach Hause.«

Sabrina zog die Augenbrauen hoch. »Und ich dachte, *ich* wäre der Workaholic.«

»Ich will nur einige Papiere mitnehmen, die ich Carson

morgen vorlegen muss. Er tut so, als gäbe er die Verantwortung leichten Herzens an Stan und mich ab, aber ich glaube ihm nicht. Er ist unglücklich, wenn er nicht alles unter Kontrolle hat.«

»Dylan, dabei fällt mir ein: Was will Carson von mir? Warum soll ich dabei sein, wenn ihr morgen über die Firma redet?«

»Keine Ahnung.« Dylan zuckte die Achseln. »Aber Carsons Hirn arbeitet rund um die Uhr. Er will bestimmt Ihre Meinung über irgendetwas hören. Nicht umsonst besitzen Sie einen guten Ruf in der Geschäftswelt. Vielleicht möchte er von Ihnen Vorschläge hören, wie er seinem Personal die Abwesenheit des Chefs leichter machen kann. Vielleicht will er das gesamte Managerteam nach Auburn schicken, damit Sie denen einen Auffrischungskurs verpassen. Ich weiß es nicht. Aber morgen werden wir es erfahren.«

12

Donnerstag, 8. September, 10.20 Uhr
Mt. Sinai Hospital

Radison entschied sich für eine örtliche Betäubung. Sein Patient hatte eine unruhige Nacht verbracht, zum einen wegen des ET-Tubus, der zur Unterstützung der Atmung wieder gelegt worden war; zum anderen, weil er sich durch die vielen Unterleibs- und Brustschläuche beengt gefühlt und sich ständig hin und her gewälzt hatte. Darum hatte man ihm ein Beruhigungsmittel gegeben. Während des Eingriffs, der etwa dreißig Minuten dauerte, fiel Carson immer wieder in leichten Dämmerschlaf.

Leider durchlebte er in jeder Schlafphase aufs Neue die Schießerei. Immer die gleiche Szene. Er stand am Fenster und überlegte, ob er Vater war oder nicht, wartete auf Dylan, damit sie mit der Tagesarbeit fertig werden und danach über Dylans Problem reden konnten. Er wusste nicht, was es war, nur dass sein junger Freund etwas mit sich herumschleppte.

Carson hatte nichts gehört, nicht einmal Schritte. Nur den Knall. Dann war der Schmerz gekommen, die Farben, der klebrig-süßliche Geruch und der stechende Gestank des Teppichreinigungsmittels, fast so Übelkeit erregend wie der Geruch seines Blutes. Dann die Stimmen der Sanitäter. Das Gefühl zunehmender Taubheit in Armen und Beinen. Die Spinnweben im Kopf. Und dieser Knall … immer und immer wieder. Dieser Geruch … er wollte einfach nicht vergehen. Verdammt, er wünschte, er könnte das alles vergessen. Aber es ging nicht. Und je mehr er schlief, desto schlimmer wurde es.

Undeutlich hörte er ein *Ping* und überlegte, ob dieses Geräusch auch zu seinem Albtraum gehörte. Es musste etwas Metallisches gewesen sein, das auf einen Blechteller fiel. Nun rollte es auf dem Teller herum. Carson wandte den Kopf, kämpfte gegen den Nebel, der ihn einhüllte.

»Das war die Kugel, Mr Brooks.« Dr. Radisons ruhige Stimme. »Entspannen Sie sich. Ich lege jetzt die Naht.«

»Gestank, Blut …« Er krächzte wieder. Seine Kehle war noch vom ET-Tubus gereizt, den sie am Morgen zum Glück entfernt hatten.

»Diesmal nicht. Das reicht nicht, um Ihre feine Nase zu reizen. Der Einschnitt ist so klein, dass er kaum blutet. Wir haben Glück. Die Kugel steckte dicht unter der Haut. Was immer Sie da riechen, Blut ist es jedenfalls nicht.«

»Hab den Knall gehört. War wie ein Stich … Hab es gerochen …«

»Sie durchleben das Schreckliche noch einmal. Aber jetzt ist es vorbei. Bald geht es Ihnen besser.« Radison verstummte und wandte sich an jemand anderen. »Detective Whitman wartet draußen. Rufen Sie sie herein. Ich habe die Unterseite der Kugel für erkennungsdienstliche Zwecke gekennzeichnet. Sie kann sie mitnehmen.« Er wandte sich wieder an Carson. »Ganz ruhig«, fuhr er mit beruhigender Stimme fort. »Noch ein paar Minuten, dann bin ich fertig.«

»Wie spät?«

»Halb elf. Ich weiß, dass Sie mit Mr Newport und Miss Radcliffe sprechen wollen. Ich habe beide angerufen und ihnen gesagt, dass Sie vom Atemgerät befreit sind und gegen Mittag Besucher empfangen können. Doch bis dahin müssen Sie sich ausruhen.«

»… schon zu viel ausgeruht.« Carson blinzelte, bekam die Augen gerade noch rechtzeitig auf, um eine Krankenschwester zu sehen, die jemandem vor der Intensivstation ein Zeichen gab. Einen Moment später betrat Detective Whitman den Raum.

»Hey, Detective …«, krächzte er mit schwacher Stimme. »Setzen Sie für meinen Fall … Ihren Hintern in Bewegung, ja?« Er schluckte und versuchte zu grinsen. »Würde ja nicht gern verbreiten müssen, dass ein Amateur … New Yorks beste Ermittler … ausgetrickst hat.«

Whitman warf ihm einen vernichtenden Blick zu. »Treten Sie mir und meinem Kollegen ruhig in den Hintern, Mr Brooks. Unser Revier braucht mal 'nen kräftigen Ansporn. Die Furcht vor der Schande wird uns auf Trab bringen.«

»Sollte es auch. Und gehen Sie in die richtige Richtung … und zu den richtigen Leuten.«

Whitman zuckte mit keiner Wimper. Aber Carson wusste, dass die Botschaft angekommen war. »Wie wär's, wenn Sie die Ermittlungen uns überlassen, Mr Brooks? Kümmern Sie sich um Ihre Genesung. Hören Sie auf die Ratschläge des bedauernswerten Dr. Radison. Er tut seine Arbeit, genau wie wir. Das ist Sache der Profis.«

»Manchmal.« Carson würde nicht einschlafen, bevor er das letzte Wort gehabt hatte. »Und manchmal brauchen sie Hilfe …«

»Aber diesmal nicht.«

»Bin froh, das zu hören. Na, dann lassen Sie Beweise sehen …« Ein herausfordernder Funke blitzte in seinen Augen auf, bevor sie zufielen. »Finden Sie den Bastard.«

11.15 Uhr

Sabrina trat aus dem Fahrstuhl und eilte zur Intensivstation.

Sie kam zu früh, das wusste sie. Dr. Radison hatte etwas von Mittagszeit gesagt, aber sie war seit sechs Uhr wach und hatte vor Nervosität nicht mehr schlafen können. Und nach zwei Stunden Schreibtischarbeit, einer langen heißen Dusche und zwei wichtigen Telefonaten – eins geschäftlich, eins privat – hatte sie nichts mehr gefunden, um sich abzulenken.

Sabrina hatte Melissa angerufen und ihr mitgeteilt, sie bleibe ein paar Tage länger in New York als geplant und würde sich später noch einmal melden.

Der zweite Anruf hatte ihrer Mutter gegolten. Gloria klang so müde, wie Sabrina sich fühlte, und fast genauso angeschlagen. Sie erklärte Sabrina, heute noch nach New York fliegen zu wollen, um sie zu sehen und die beiden Kriminalbeamten zu treffen, die gewiss eine Menge Fragen an sie stellen wollten. Doch das war der leichtere Part. Schlimmer würde der Gang zu ihren Eltern sein. Gloria wollte auf dem Weg zum Flughafen bei ihnen vorbeischauen und ihnen alles erzählen. Es musste sein, bevor die Medien Wind von der Story bekamen.

Sabrina war sich vorgekommen wie Cruella De Vil. Wenn ihre Gefühle auch echt und ihre Absicht ehrenhaft war, wenn Gloria sich auch noch so sehr bemühte, ihr jegliche Schuld abzusprechen – Sabrina fühlte sich dennoch verantwortlich für den Schmerz und die Qual, die sie den alten Leuten bereiten würde. Sie liebte ihre Großeltern. Sie wollte nicht, dass sie sich aufregten oder unter Druck gerieten. Und auf keinen Fall wollte sie, dass ihre Mutter die Hauptlast auf sich nahm, wenn diese alten Wunden wieder aufbrachen.

Den Kopf so voller Gedanken, dass er zu bersten drohte, hatte Sabrina das Hotel verlassen, sich ein Taxi genommen und auf den Weg ins Krankenhaus begeben.

Dort steuerte sie als Erstes auf den Kaffeeautomaten zu, holte sich zur Abwechslung mal eine richtige Koffeinspritze und eilte weiter zum Schwesternzimmer. Sie wollte sich über Carsons Zustand informieren und dann geduldig warten, bis Dr. Radison sie ins Krankenzimmer rief.

»Miss Radcliffe?«

Sabrina fuhr herum und sah Susan Lane einsam in der Lounge sitzen. Sie kauerte in einer Sofaecke. Auf dem Beistelltisch neben ihr standen zwei leere Styroporbecher, einen dritten hielt sie in der Hand. Sie sah so erschöpft und verhärmt aus, dass es Sabrina in der Seele weh tat.

»Hi.« Sie ging auf Susan zu und setzte sich. »Sie sind ja völlig übermüdet. Warten Sie schon lange?«

»Hmmm ...?« Susan warf einen Blick auf die Uhr. »Vier Stunden, glaube ich. Irgendwann habe ich das Zeitgefühl verloren. Die Minuten gehen nur so dahin.«

Ein leichtes Zittern in ihrer Stimme ließ Sabrina aufhorchen. »Ist alles in Ordnung? Es geht ihm doch nicht schlechter?«

»Nein, nein, das ist es nicht.« Susan stellte den Becher hin. »Ich schätze, erst jetzt wird mir richtig bewusst, was passiert ist. Es kommt mir so vor, als wären seitdem Monate vergangen. Anscheinend will ich es immer noch nicht wahrhaben. Carson ist sehr vital. Ich kann die Vorstellung nicht ertragen, dass er jetzt daliegt, um sein Leben kämpft und nicht weiß, ob er sich jemals wieder vollständig erholen wird.« Sie machte eine entschuldigende Geste. »Die Kugel ist jedenfalls raus. Ob sie der Grund für die Infektion war, müssen wir abwarten.«

»Wie ich gehört habe, ist Dr. Radison der Beste, den er bekommen konnte. Er wird den Entzündungsherd schon finden und beseitigen.«

»Und was dann?« Susan fuhr sich mit zitternder Hand durch das blond gesträhnte Haar. »Gott allein weiß, wie schwer seine Verletzungen sind und welche Komplikationen noch auftreten. Da ist der kritische Zustand seiner Nieren. Ich kann immer noch nicht glauben ...« Sie unterbrach sich und warf Sabrina einen beschämten Blick zu. »Tut mir Leid. Sie sind bestimmt nicht hergekommen, um mich jammern zu hören.« Fragend musterte sie Sabrina. »Warum sind Sie eigentlich hier?«

Sabrina war versucht, mit der Wahrheit herauszurücken. Bald würde die Presse sich auf die Story stürzen – warum also sollte sie geheim halten, was ein Mensch, der Carson so nahe stand wie Susan, ohnehin in Kürze erfahren würde?

Andererseits wirkte Susan zu erschlagen, um eine Geschichte dieser Größenordnung verdauen zu können. Und Sabrina fühlte sich auch nicht in der Lage, eine detaillierte Schilderung der Umstände ihrer Zeugung auszubreiten.

Sie beschloss daher, nur einen Teil der Wahrheit preiszugeben. »Carson will eine Art Meeting mit Dylan abhalten. Ich weiß auch nicht genau, worum es geht, aber er hat um meine Teilnahme gebeten.«

»Leuchtet mir ein.« Susan lächelte verhalten, aber freundlich. »Ich hätte es mir denken können. Dylan hat mir einiges über Sie erzählt, und Sie sind alles andere als eine durchschnittliche Managementberaterin. Sie sind etwas Besonderes. Wie Carson: Er ist das Herz und die Seele der Ruisseau Corporation. Er sorgt sich um seine Unternehmen wie ein Vater um sein Kind. Und nicht nur um die Firma, sondern auch um die Angestellten. Sie sind für ihn wie eine Familie. Wahrscheinlich überlegt er, wie er Arbeitsethik und Leistungskraft während seiner Genesung aufrechterhalten kann. Sie müssen ja 'ne Menge Erfahrung auf diesem Gebiet haben. Ich bin sicher, er zählt auf Sie.«

Ein Vater, der sich um sein Kind sorgt. Bei dieser Bemerkung stellte sich ein leiser Schmerz in Sabrinas Brust ein, doch sie wappnete sich rasch gegen dieses Gefühl. Daran wollte sie nicht denken, nicht jetzt. »Ich schätze, Sie haben Recht«, erwiderte sie. »Ich habe tatsächlich Erfahrung in der Arbeit mit Teams, die Führung brauchen, um konzentriert und einheitlich arbeiten zu können. Wenn der Leiter auch nur zeitweise abwesend ist, kann die Moral der Gruppe zersplittern und die Leistung darunter leiden. Ich bin sicher, dass Carson sich dessen nur zu bewusst ist. Deshalb macht er sich auch solche Sorgen.«

»Nur jemand wie Carson macht sich Sorgen um die Firma, obwohl sein eigenes Leben auf dem Spiel steht.« In Susans Stimme lag ein Unterton von Stolz. »Er ist ein ganz besonderer Mensch.«

Ein ganz besonderer Mensch. Genau diese Worte hatte auch Dylan benutzt. Was musste das für ein erstaunlicher Mann sein, der solch eine Wirkung auf die Menschen ausübte, die ihm nahe standen?

Sabrina neigte den Kopf und musterte Susan nachdenklich. Ihre Hingabe an Carson war ganz deutlich. Ebenso ihr Respekt, der an Ehrfurcht grenzte. Sie war seit Tagen kaum von Carsons Seite gewichen, brachte ihre ganze Zeit im Krankenhaus zu. Wie eng war die Beziehung zwischen den beiden?

Obwohl sie sich ermahnte, dass sie kein Recht hatte, neugierig zu sein, und dass Carsons Liebesleben sie nichts anging, hörte Sabrina sich fragen: »Sind Sie und Carson schon lange zusammen?«

»Ungefähr anderthalb Jahre.« Susan hatte offenbar nicht das Gefühl, dass Sabrina ihr zu nahe getreten war. »Wir haben uns auf einer Benefizveranstaltung kennen gelernt, einer von vielen, auf denen ich Gastgeberin bin. Aber so einen beeindruckenden Mäzen hatte ich noch nie getroffen.«

Sabrina trank einen Schluck Kaffee. »Inwiefern beeindruckend? Meinen Sie die Höhe seiner Spende?«

»Nein, das meine ich nicht. Obwohl der Betrag außergewöhnlich hoch ausfiel. Aber als wohlhabendem Mann fiel es ihm ja leicht, zu spenden. Doch wenn dieser reiche Mann auch noch Zeit investiert und sich persönlich engagiert, sieht die Sache schon ganz anders aus.«

»Das stimmt.« Von neuem wurde Sabrinas Neugier geweckt, mehr über Carson Brooks zu erfahren. Jede Information zeigte ihr eine neue Facette seiner Persönlichkeit. Nun wusste sie, dass er auch ein Menschenfreund war. »Um welche Wohltätigkeitsorganisation handelt es sich, und in welcher Weise hat Carson sich persönlich engagiert?«

»YouthOp.« Susan ließ sich in die Polster sinken, während sie sich für ihr Thema erwärmte. »Es ist ein kombiniertes Lehr- und Erziehungsprogramm für Kinder aus sozial benachteiligten Verhältnissen. Wir stehen noch ganz am Anfang. Aber es geht voran. Bislang haben wir ein Lehr- und Arbeitsprogramm, ein Big-Brother-Programm und sogar ein paar kulturelle Aktivitäten und Erholungsfreizeiten ins Leben gerufen. Unsere Volontäre sind Teenager, die uns von

Schulen und Sozialbehörden zugewiesen werden. Sie widmen sich den Grundschülern und beraten sie. Aber nicht wie Sozialarbeiter; sie schöpfen vielmehr aus eigener Erfahrung. Dafür, dass sie den Jüngeren helfen, auf Ziele hinzuarbeiten, bekommen sie Gelegenheit, in den Firmen unserer Sponsoren Praktika zu absolvieren. Außerdem helfen wir ihnen bei ihrer schulischen Laufbahn, ob sie nun auf einen Schulabschluss hinarbeiten, der der Highschool entspricht, oder einen Collegeabschluss anstreben. Dafür müssen wir natürlich Stipendiengelder sammeln.«

»Eine großartige Organisation! Bekommen Sie auch Gelder von der Regierung?«

»Auf lokaler Ebene ja. Wir werben immer noch für Unterstützung auf bundesstaatlicher und Landesebene. Bis wir so weit sind, müssen wir uns hauptsächlich aus privaten Spenden und Firmenspenden finanzieren.«

»Und Carson ist einer dieser Spender.« Sabrina verstand besser, als Susan glaubte. Sie wusste, was Carson für Dylan getan hatte: So etwas war genau sein Ding.

»Er ist nicht bloß Mäzen«, fuhr Susan fort und bestätigte damit, was Sabrina bereits ahnte. »Carson öffnet den jugendlichen Mentoren die Pforten seiner Firma. Er bietet Praktikumsstellen an, finanziert Stipendien, gibt ihnen sogar Gelegenheit, sich ein zusätzliches Taschengeld zu verdienen. Für die kleineren Kinder unterstützt er das Big-Brother-Programm. Er sponsert Ausflüge zu Freizeitparks, Kinos und Fußballturnieren.« Sie grinste. »Es geht sogar das Gerücht, dass er selber zu manchen Turnieren mitfährt, wann immer die Arbeit es zulässt. Ach ja, und das alljährliche Campingwochenende nicht zu vergessen.«

»Carson geht zelten?«

Susan kicherte, als sie Sabrinas ungläubige Miene sah. »Sie meinen, wo er ein hartgesottener Großstadtjunge ist? Oh doch, er geht er zelten. Jedes Jahr am letzten Wochenende im Juni. Ich kann es beschwören, denn ich bin selbst dabei.«

Diese Vorstellung war noch unbegreiflicher. Susan Lane, diese Kosmopolitin in einem der exklusivsten, teuersten Modelle von Gloria Radcliffe, sollte durch Matsch und Schlamm marschieren und auf einem Feldbett nächtigen? Oder in einem Schlafsack auf der Erde? Das war ein bisschen stark.

»Sprechen wir hier über ›Zurück zur Natur‹?«, hakte Sabrina nach. »Sie wissen schon: wandern, sich mit allem Möglichen zudecken, damit man nicht erfriert, ganz urtümlich am Busen von Mutter Natur leben und so? Oder gibt es da eine andere, weniger rustikale Variante, von der ich noch nichts gehört habe?«

»Nein, es ist die, die Sie kennen.« Susan zwinkerte Sabrina vergnügt zu. »Jetzt hab ich Sie drangekriegt, was? Tja, ich zelte nicht nur, ich helfe sogar bei der Organisation. Ich wandere vier Meilen, baue das perfekte Zelt auf und schüre ein einfaches Feuer. Und darauf koche ich das Abendessen, und zwar das ganze Wochenende lang. Drei Tage ohne Designerklamotten, ohne weiche Betten und Make-up. Beeindruckt?«

»Sprachlos, ehrlich gesagt. Sie sind mir Meilen voraus. Und ich hatte mir so viel darauf eingebildet, weil ich die Zwei-Stunden-Wanderung um den Lake Massabesic in anderthalb Stunden schaffe und anschließend noch das Kanurennen gewinne. Danach kann ich mich allerdings nur noch nach Hause schleppen, meine Yogaübungen machen, ein heißes Bad nehmen und ins Bett fallen.«

Susan lachte, streckte die Hand aus und tätschelte Sabrinas Arm. »Bevor Sie diese Errungenschaften abschreiben, sollte ich Ihnen lieber verraten, dass so ein Campingwochenende für mich nicht so anstrengend ist, wie Sie vielleicht glauben. Trotz meiner Aufmachung und der Tatsache, dass ich seit fünfzehn Jahren in Manhattan lebe – und zwar gern –, komme ich ursprünglich aus einem Landstädtchen im nördlichen New York. Ich kann Kühe melken und Tomaten anpflanzen wie jeder dort. Damals hat es nur Hausmannskost gegeben, keine feinen Restaurants, und viel frische Luft statt Klimaanlage. Ein paar Tage primitives Leben am Busen der Natur können mir also nicht viel anhaben. Obwohl ich zugeben muss, dass ich lieber kühle Luft aus der Klimaanlage habe statt tropische Hitze und ein schönes warmes Bett jederzeit dem eiskalten Erdboden vorziehen würde. Und was die Viecher angeht … igitt! Aber die Kids wissen das nicht. Und ich hab auch nicht vor, es ihnen auf die Nase zu binden.«

»Ihr Geheimnis ist bei mir sicher«, versicherte Sabrina. Noch einmal schüttelte sie ungläubig den Kopf und rief sich eines der ehernen Gesetze ihres Berufes ins Gedächtnis: Nie nach dem äußeren Anschein urteilen. Susan war die perfekte Erinnerung, diesen Grundsatz niemals zu vergessen.

Während sie die topmodisch gekleidete Frau betrachtete, auf deren Gesicht sich aufrichtiges Interesse am Schicksal der Kinder spiegelte, denen sie zu helfen versuchte, kam Sabrina ein anderer wichtiger Gedanke. »Ich bin wirklich beeindruckt«, sagte sie zu Susan. »Nicht nur von Carson, auch von Ihnen. Man sieht, dass Sie Ihre Arbeit lieben und mit Herz und Seele dabei sind. Diesen Kindern zu helfen macht Ihnen große Freude.«

»Ja, das stimmt.« Susans Miene wurde ernst. »Ich fühle mit ihnen. Und Sie haben Recht – ich neige dazu, mich einer Sache ganz und gar zu verschreiben. Jedenfalls war es damals so, als ich YouthOp ins Leben rief.« Sie hielt inne. Es war deutlich zu sehen, dass sie ihre Gefühle im Zaum zu halten versuchte. »Aber um die Wahrheit zu sagen, inzwischen beruht mein Einsatz für YouthOp nicht mehr allein auf Altruismus. Seit ich Carson kenne, hat sich mein Blickwinkel verändert.« Sie schluckte schwer. »Sie sind bestimmt über Carsons Hintergrund im Bilde. Steht ja in jedem Wirtschaftsblatt: die Erfolgsstory des Straßenkindes, das zu einem mächtigen Unternehmer wurde. Nun, so sieht man ihn heute – als selbstsicheren, dynamischen, erfolgreichen Geschäftsmann. Aber ich stelle mir vor, wie er früher gewesen sein muss, als verängstigtes Kind, als problematischer Teenager. Immer allein, immer auf der Straße. Wenn es damals schon ein Programm wie YouthOp gegeben hätte … ich wünschte, jemand hätte ihm eine Hand gereicht.«

»Da stimme ich Ihnen zu.« Sabrina war von Susans Worten tief gerührt. »Aber ich sehe in Carson mehr als einen erfolgreichen Firmeninhaber. Ich sehe einen sehr glücklichen Mann, einen Mann mit treuen Freunden wie Dylan und Stan und einer sensiblen Frau wie Ihnen. Ich finde, er hat in seinem Leben vieles, wofür er dankbar sein muss und das ihm einen Sinn gibt.«

Susans Augen glitzerten verdächtig. »Das ist sehr lieb von Ihnen.«

In diesem Augenblick erschien Stan Hager auf der Bildfläche. Er war ein stämmiger, mittelgroßer Mann mit stahlgrauem Haar und stets ernstem Gesicht. Er ließ seinen suchenden Blick durch die riesige Lounge schweifen, bis er Sabrina und Susan entdeckte. Als er sah, wie aufgewühlt die beiden waren, wurde er weiß wie ein Laken.

Sofort eilte er zu ihnen. »Was ist? Geht es Carson schlechter?«

»Aber nein.« Susan tupfte sich die Augen ab. »Ich wollte Ihnen keine Angst machen. Ich habe nur gerade von Carson gesprochen und bin sentimental geworden. Sein Zustand ist unverändert. Dr. Radison hat die Kugel herausgeholt. Detective Whitman hat sie zur ballistischen Untersuchung mitgenommen. Carson ruht sich gerade aus.«

»Aber Sie haben ihn heute Morgen gesehen?«

»Ja, vor dem Eingriff.«

»Und da ging es ihm gut?«

»Er war sehr erschöpft, hielt sich aber tapfer.«

»Wie war seine Stimmung?«

Susan blinzelte, über das Sperrfeuer von Fragen leicht befremdet. Dann aber lächelte sie. »Wie war das noch? Als ich ins Zimmer kam, beschwerte er sich gerade bei Dr. Radison, dass ihm das Recht auf regelmäßige Besuche der Ehefrau abgesprochen würde. Dieses Recht hätten selbst Strafgefangene, warum dann nicht auch Krankenhauspatienten, lautete sein Argument.«

Stan entspannte sich ein wenig. »Typisch Carson.«

»Finde ich auch.« Susan musterte ihn fragend. »Gibt es einen bestimmten Grund, warum Sie sich mehr Sorgen machen als sonst?«

Stan zögerte. »Als ich vorhin anrief, klang er irgendwie müde. Aber er hatte schlecht geschlafen, wahrscheinlich war das der Grund.«

»Er hatte eine schwere Nacht«, bestätigte Sabrina. Sie musterte Carsons Freund scharf und überlegte, warum er so nervös war. »Bestimmt hat Dr. Radison vor dem Eingriff angeordnet, dass er Beruhigungsmittel bekommen sollte.«

»Ja, klar.« Stan rieb sich das Genick, als ob es schmerzte. Unvermittelt schien ihm bewusst zu werden, wie seltsam er sich benahm und wie scharf Sabrina ihn beobachtete. »Entschuldigen Sie mein Benehmen, Miss Radcliffe«, sagte er und wandte sich zum ersten Mal an sie. »Ich habe Sie nicht mal begrüßt.«

»Schon in Ordnung. Sie machen sich Sorgen wie wir alle. Und nennen Sie mich Sabrina. Sie bitte auch«, wandte sie sich an Susan. »Ich mag es nicht so förmlich.« Noch etwas, das ich mit Carson gemeinsam habe, dachte sie. Dann blickte sie Stan an. »Sie sind bestimmt auch wegen des

Meetings gekommen, von dem Sabrina mir eben erzählt hat, nicht wahr? Dylan ist zwar noch nicht da, wird aber bestimmt bald kommen. Ich weiß, Dr. Radison hat gesagt, ihr könntet es am Mittag machen, aber wenn Carson immer noch so groggy ist, müsst ihr es vielleicht auf später verschieben. Ist das ein Problem?«

»Nein, das ist schon in Ordnung.«

Sabrina hatte das deutliche Gefühl, dass Stan gar nichts von dem Meeting wusste. Und das war seltsam. Immerhin war er Betriebsleiter von Ruisseau, ein Mann, der zupacken konnte und einer der wichtigsten Mitarbeiter der Firma. Warum hatte Carson ihn nicht eingeweiht? Das ergab keinen Sinn, zumal Stan über alles andere im Bilde war. Außerdem war Sabrina offiziell als Unternehmensberaterin auf den Plan getreten, und da hätte ein leitender Angestellter wie Stan gewiss ein Wörtchen mitzureden.

»Stan? In Wahrheit sind Sie doch wegen dieses Meetings hergekommen?« Offenbar hatte Sabrina den Nagel auf den Kopf getroffen, denn Susan schaute überrascht drein.

Bei Stan fiel der Groschen; sofort änderte sich sein Verhalten. »Natürlich. Soll allerdings nur für ein paar Minuten dabei sein. Ärztliche Anordnung. Als ich ihn darauf ansprach, war Radison ziemlich sauer, dass wir zu dritt in Carsons Zimmer stecken. Carson wird mich später noch genauer informieren.« Er furchte die Stirn. »Weiß allerdings nicht genau, wann. Wahrscheinlich, nachdem ich mit Whitman und Barton gesprochen habe.«

Sabrina beugte sich interessiert vor. »Mit den Detectives?«

»Yep. Sie kommen um halb drei zu mir ins Büro.« Er versuchte, salopp zu klingen, doch es misslang gründlich: Seine Stimme klang gequält. »Sie quetschen alle Angestellten von Ruisseau aus. Wollten auch mich drankriegen. Deshalb habe ich die Besprechung offiziell angesetzt. Was ich allerdings von den anderen Angestellten gehört habe, klingt nicht besonders nett.«

»Das kann ich Ihnen nachfühlen«, murmelte Sabrina und verzog das Gesicht bei der Erinnerung an ihre Begegnung mit den Kriminalbeamten. »Alles, was Sie über den Verhörstil der beiden gehört haben, ist sicher richtig.«

»Wollen Sie damit sagen, dass die *Sie* verhört haben?« Susan sah Sabrina erschrocken an. Die hätte sich dafür treten können, dass sie die Büchse der Pandora geöffnet hatte. »Aber warum?«

»Sabrina stand gerade bei Dylan, als sie Whitman und Barton zum ersten Mal sah«, sprang Stan in die Bresche. »Sie müssen gehört haben, dass sie Managementberaterin ist, und haben wohl angenommen, dass sie eine ständige Geschäftsbeziehung mit Ruisseau unterhält. Außerdem verfolgen sie alle möglichen Spuren und befragen jeden, der Carson kennt.«

»Jedenfalls wissen sie jetzt, dass ich Carson kürzlich erst kennen gelernt habe.« Sabrina warf Stan ein dankbares Lächeln zu. »Ich bin also kein lohnender Zeuge und halbwegs aus dem Schneider.«

In diesem Augenblick kam Dylan in den Warteraum, gefolgt von Dr. Radison.

»Sabrina«, begrüßte Dylan sie. »Carson ist hellwach und hat gebeten, dass wir jetzt zu ihm kommen.«

»Er hat es *befohlen*. Das trifft die Sache wohl eher.« Der Arzt schüttelte ungeduldig den Kopf und winkte Sabrina, ihm zur Intensivstation zu folgen. »Nun gehen Sie schon hinein. Aber lassen Sie sich nicht von seiner gespielten Tapferkeit täuschen. Er ist immer noch sehr schwach, und sein Körper kämpft gegen die Infektion. Ich gebe Ihnen eine Viertelstunde, nicht länger. Wenn er eher müde wird, müssen Sie gehen, ob es ihm gefällt oder nicht.«

»Natürlich.« Sabrina wandte sich an Susan. »Wollten Sie ihn nicht zuerst sehen?«

»Das ist wirklich nicht nötig, aber danke der Nachfrage. Wie ich Carson kenne, denkt er vor allem an die Firma. Erst das Geschäft, dann das Privatleben.« Susan warf Stan einen kurzen Blick zu. »Wollten Sie nicht mit von der Partie sein?«

»Natürlich.« Stan rieb sich die Hände und suchte Dr. Radisons Blick. »Ich weiß, Sie wollten höchstens zwei Besucher gleichzeitig zulassen, aber ich bleibe nur zwei, drei Minuten.«

Stirnrunzelnd blickte der Arzt ihn an. »Na schön, zwei Minuten«, gewährte er. »Aber mehr nicht. Ich will nicht, dass er sich zu sehr anstrengt. Er hält sich für Superman, aber da irrt er sich.«

Stans Lächeln wirkte gequält. »Bringen Sie das mal Carson bei.«

12.20 Uhr
Polizeirevier Midtown North

Jeannie schlenderte heran und ließ sich neben Franks Schreibtisch nieder. »Mission erfüllt«, verkündete sie. »Hab die Kugel den Ballistikern übergeben.« Sie legte die Stirn in Falten. »Wird aber wahrscheinlich nicht viel nützen. Die haben mir schon gesagt, dass die Kugel schwer zu untersuchen ist – die Laufspuren sind deformiert. Außerdem haben wir keine Waffe, mit der wir das Ding abgleichen können. Die verdammte Zweiundzwanziger liegt wahrscheinlich auf dem Grund des East River.« Sie grub in ihrer Jackentasche nach einem Milky Way, dem Notvorrat. Sie brauchte jetzt dringend einen Zuckerschub. »Aber sie tun, was sie können, und geben uns dann Bescheid.« Jeannie riss die Verpackung auf, doch als sie den finsteren Blick ihres Partners gewahrte, besann sie sich und schob den Riegel wieder in die Jackentasche. »Sorry. Ist eh zu früh für Süßigkeiten.«

»Finde ich auch.« Frank zog seine Schublade auf und holte eine Plastikdose mit Karottenstückchen heraus. »Versuch's doch mal damit. Mein Vormittagssnack. Von Linda – hat sie mir aus Mitleid und Verzweiflung mitgegeben. Und zur Belohnung gibt's noch Gurkenstifte für den Nachmittagssnack. Ich weiß nicht, wie ich es bis dahin aushalten soll.«

Jeannie unterdrückte ein Grinsen. »Die arme Linda. Muss zurzeit ganz schön anstrengend mit dir sein.«

»Das kannst du laut sagen. Aber das Gute ist, dass ich meine schlechte Laune hauptsächlich an dir auslassen kann und zu Hause nicht mehr so widerlich bin.«

»Na, ich danke. Wie kommen denn die Kids mit deiner Abmagerungskur klar?«

Ein stolzes Lächeln erhellte Franks Miene. »Die sind einfach Klasse. Matt begleitet mich zweimal die Woche ins Fitnessstudio. Hat für einen Dreizehnjährigen schon ganz beachtliche Muskeln. Und Katie, die in ihrer Klasse immer die Schokoladensüchtige war, schwärmt plötzlich von Obst und Gemüse. Zufällig hat sie heute die gleichen Snacks gewollt wie ich – und auch gekriegt. Linda hat ihr Cookies angeboten, aber sie wollte lieber Möhren und Gurke. Meinte, dass sie in der Klasse gerade Lebensmittel durchnehmen, und sie wollte sich gesund ernähren.«

»Du hast tolle Kinder.«

»Ja, ich weiß.« Frank nickte. Seine Laune hatte sich offensichtlich gebessert. »Die beiden und Linda sind wirklich eine Unterstützung. Und Bruno, der mich jeden Morgen eine halbe Meile hinter sich herzerrt. Ich sag dir, die im Tierheim haben gelogen, als sie ihn als Weimaraner- und Bernhardinermischling bezeichneten. Wie der mit seinen langen Beinen rennt, müssen zwei Drittel Greyhound drin sein.«

Jeannie kicherte. »Kann schon sein. Oder Matt gibt ihm heimlich Zusatzfutter oder ein paar von Lindas Tacos, um ihn fit zu machen, damit du dein tägliches Workout kriegst.« Zufrieden, dass Franks Laune sich ein wenig gebessert hatte, stützte sie einen Ellbogen auf seinen Schreibtisch und musterte ihn nachdenklich. »Wir müssen mal ein ernstes Wort miteinander reden.«

»Woher hab ich nur gewusst, dass das kommen würde?«

»Weil du mich kennst. Und weil du weißt, dass ich immer die Wahrheit sage. Hör mal, Frank, ich weiß, dass diese Diät und die Workouts unheimlich anstrengend für dich sind. Ich verstehe vielleicht nichts von Diäten, aber ich weiß genug vom Essen, um beurteilen zu können, dass es Scheiße ist, wenn man nicht nach Lust und Laune futtern darf. Das ist aber keine Entschuldigung für das gefühllose Verhalten, das du gestern an den Tag gelegt hast.«

Sie legte gleich los, wohl wissend, dass Frank an ihrer Stelle das Gleiche tun würde. Was er brauchte, war ein ordentlicher Tritt in den Hintern, kein Mitgefühl. »Du bist gestern bei Sabrina Radcliffe zu weit gegangen. Hast ihr ohne jeden Grund fast den Kopf abgerissen. Sie ist keine Verdächtige. Und weil sie erst vor kurzem erfahren hat, dass Carson Brooks ihr Vater ist, wird sie wohl kaum einen Groll gegen ihn hegen.«

»Mittlerweile gehört sie aber ins Spiel. Das hat sie uns sehr deutlich gemacht.«

»Stimmt. Sie ist eine kluge Frau, die viel sieht, viel hört und ein persönliches Interesse daran hat, Brooks' Attentäter zu finden.«

Nun begriff er. »Du willst darauf hinaus, dass wir sie als Verbündete einspannen. Dass sie uns helfen könnte, die Verdächtigen auszusieben. Und du willst sagen, dass ich uns gestern diese Chance vermasselt habe?«

Jeannie widersprach seiner Schlussfolgerung nicht, ritt aber auch nicht auf ihrer Kritik herum. »Lass es mich so sagen: Wenn man sie angreift, wie du es getan hast, wird sie möglicherweise in die Defensive gehen. Und wenn sie uns unsympathisch findet oder uns misstraut, wird sie kaum einen Finger rühren, um uns bei den Ermittlungen zu unterstützen.«

»Sie wird auch keinen Finger rühren, wenn im Zuge unserer Ermittlungen ihre Mutter ins Visier gerät«, erwiderte Frank.

Dagegen konnte Jeannie kaum etwas sagen. »*Falls* es dazu kommt. Aber bis dahin …«

»Ja, ich weiß schon.« Frank fegte die Dose mit den Möhren beiseite. »Hast ja Recht. Ich hab sie zu hart angefasst. Besonders als ich davon anfing, dass ihre Mutter verdächtig sei. Da war sie wirklich sauer. Kann man ihr nicht übel nehmen. Aber mal abgesehen davon, dass bei mir schnell die Sicherungen durchbrennen, glaube ich nicht, dass wir Gloria Radcliffe aus dem Kreis der Verdächtigen ausschließen können. Nicht nach dem, was bei der Befragung ans Licht gekommen ist.«

»Stimmt. Sie war zum Zeitpunkt des Anschlags in New York und will auf jeden Fall die Verbindung ihrer Familie mit Carson Brooks geheim halten. Natürlich sind das alles nur Vermutungen. Wir müssen herausfinden, ob sie wusste, dass Brooks mit ihrer Tochter Kontakt aufnehmen wollte, und ob sie ein Alibi vorweisen kann. Wenn die Antwort auf Frage eins ›Ja‹ und auf Frage zwei ›Nein‹ lautet, haben wir sowohl Motiv als auch Gelegenheit. Deine Überlegungen waren also vollkommen richtig. Nur der Tonfall, in dem du sie vorgebracht hast, ließ zu wünschen übrig.«

Genug der Ermahnungen, entschied Jeannie. Sie winkte ab, als Frank sich in Selbstanklagen ergehen wollte, griff nach der Dose mit der Gesundkost und nahm zwei Möhrensticks heraus, einen für Frank, den anderen für sich. »Ende der Predigt. Übrigens hat das Ganze auch etwas Gutes. Dein hitziger Verhörstil hat das Angebot verbreitert, sodass es jetzt nicht mehr so aussieht, als hätten wir einzig und allein Dylan Newport auf dem Kieker. Denn das ist das Letzte, was Carson Brooks glauben soll. Unsere Richtung gefällt ihm sowieso nicht. Das hat er mir heute Morgen in aller Deutlichkeit zu verstehen gegeben, obwohl er noch unter Beruhigungsmitteln stand.«

Frank musterte seine Partnerin. »Was Brooks denkt, fällt doch gar nicht ins Gewicht. Du bist doch selber der Ansicht, dass es nicht Newport ist.«

Jeannie seufzte. »Ich hab dir ja schon gesagt, dass ich mich nicht damit anfreunden kann. Newports Hingabe an Brooks ist zu echt. Außerdem ist er zu klug, um einen Mord zu begehen, bei dem schon die Indizien eindeutig auf ihn weisen. Im Übrigen können wir uns über einen Mangel an Verdächtigen nicht beklagen. Die Liste scheint eher zu wachsen als zu schrumpfen. Roland Ferguson zum Beispiel hat einen reichlich seltsamen Eindruck auf mich gemacht. Außerdem hat er für Montagabend keinen Zeugen außer seiner Frau. Und die ist so nervös, dass man das Gefühl hat, mit einem scheuen Eichhörnchen zu sprechen. Sie hätte mich fast damit angesteckt.«

»Auch Stan Hager ist ziemlich nervös«, murmelte Frank und verschränkte die Hände hinter dem Kopf. »Wir haben ihn sozusagen nur im Vorübergehen verhört, während er vor der Intensivstation auf und ab tigerte. Aber der Mann ist dermaßen angespannt, als würde er jeden Moment platzen. Ich habe ihn heute Morgen angerufen, um einen Termin für die Befragung zu vereinbaren, aber er kriegte es einfach nicht hin, mir einen Zeitpunkt zu nennen. Sogar seine Stimme hat gezittert. Er hat es damit erklärt, dass die Verantwortung für die Firma jetzt allein auf seinen Schultern liegt, aber ich bin nicht sicher, ob mir das als Grund ausreicht. Immerhin arbeitet er seit dreißig Jahren mit Brooks zusammen, und immer in dessen Schatten. Ich hab das Gefühl, als würde er etwas zurückhalten. Ich weiß nur nicht, was.«

»Wann sehen wir ihn?«

»Um halb drei.«

»Okay.« Jeannie warf einen Blick auf die Uhr und seufzte vor Ungeduld. »Bis dahin müssen wir noch drei mächtige Konkurrenten von Ruisseau aufsuchen. Und wir müssen uns mit Gloria Radcliffe befassen.«

»Vergiss nicht Claude Phelps«, mahnte Frank. »In einer Stunde ist es so weit, dann prüfen wir ihn auf Herz und Nieren. Er kommt extra in die Firma, um mit uns zu sprechen.«

»Ich kann es kaum erwarten. Der Mann klingt nach 'nem Sprengsatz, wenn du mich fragst.«

»Finde ich auch.« Frank rieb sich die Augen. »Wie du schon sagtest, die Liste wird länger.«

»Dann lass uns mal ein paar Namen streichen.« Jeannie nahm den Telefonhörer ab. »Ist an der Zeit, neue Befragungen anzusetzen und ein paar Alibis nachzuprüfen.«

13

12.35 Uhr
Mt. Sinai Hospital

Das Kopfende von Carsons Bett war ein wenig höher gestellt worden. Er war blass, doch seine Augen blickten wach und scharf.

»Wagen Sie es ja nicht, mir ein Mittel zu verabreichen«, warnte er die Krankenschwester, die gerade seinen Tropf einstellte. Er sprach immer noch ein wenig schleppend, war aber viel deutlicher zu verstehen als am Tag zuvor. Und obwohl er abgehackt sprach, klang es nicht mehr so atemlos. »Ich meine es ernst«, drohte er und funkelte die Frau in der Schwesterntracht, die neben dem Bett stehen blieb und Vitaldaten notierte, wütend an. »Keine Mittelchen. Ich muss den Schmerz aushalten. Ich hab Geschäftliches zu besprechen und brauche einen klaren Kopf.«

Die Schwester senkte das Klemmbrett und verdrehte die Augen; sie wirkte eher frustriert als eingeschüchtert. »Na schön. Aber wenn Ihre Besucher fort sind …«

»Haben wir noch genug Zeit für Diskussionen. Auf Wiedersehen!«

Die Frau warf ihm einen vorwurfsvollen Blick zu und murmelte etwas vor sich hin, verließ dann aber das Zimmer.

»Du bist eindeutig der beliebteste Patient auf der Intensivstation«, bemerkte Dylan trocken. »Wahrscheinlich geben sie zu deinem Abschied eine Riesenparty.«

»Darum geht es mir ja. Wenn ich denen so richtig auf die Nerven gehe, schmeißen sie mich vielleicht schneller raus.« Carsons Blick wanderte zu Sabrina. »Du siehst heute besser aus. Hat Dylan dich anständig gefüttert?«

»Hat er. Und mich bis zur Tür meines Hotelzimmers begleitet«, bestätigte Sabrina. »Er hat deine Anweisungen haargenau befolgt. Und mir geht's wirklich besser. Eigentlich richtig gut.«

»Lügnerin. Du bist immer noch völlig fertig.« Carsons Blick wanderte zu Stan. »Guten Morgen, Hager. Oder ist es schon Nachmittag? Hab dich jedenfalls nicht erwartet. Hast du dich hier rumgedrückt, um sicherzugehen, dass ich nicht schlappmache? Da kann ich dich beruhigen. Ich hab nicht vor, den Löffel abzugeben. Entspann dich.«

»Danke für die Versicherung.« Stan verschwendete keine Zeit. »Dann kann ich ja wieder ruhig schlafen. Und ich dachte schon, ich müsste auf den Arzt warten, um die weiteren Aussichten zu hören. Wie dumm von mir! Und was das ›Rumdrücken‹ angeht – bilde dir bloß nicht zu viel ein. Hab nur vorbeigeschaut, weil der Kaffee so gut ist und weil ich keine Lust hab, mir selbst einen zu kochen.«

»Dann hol dir 'ne Tasse, und ab nach Ruisseau! Da wirst du nämlich gebraucht. Meine Güte – mit dir, Dylan und Sabrina hab ich drei besorgte Mutterglucken um mich rum!«

Sabrina lauschte dem verbalen Schlagabtausch und war fast gegen ihren Willen belustigt. »Bist du immer so unausstehlich?«, wollte sie von Carson wissen.

»Nur wenn ich nicht das Sagen habe und hilflos im Bett liege.«

»Was ungefähr so häufig vorkommt wie eine Sonnenfinsternis«, stellte Stan klar. Väterlich klopfte er Sabrina auf die Schulter. »Sie gewöhnen sich auch noch daran. Wie wir alle. Nehmen Sie ihn mit einem Körnchen Salz zu sich. Er bellt viel schlimmer, als er beißt. Was wohl besonders in Ihrem Fall zutrifft.«

»Danke für die Aufmunterung.« Sabrina war fasziniert von der Veränderung, die mit dem Mann vorgegangen war. Vorhin war er angespannt gewesen; nun war er völlig locker und scherzte mit seinem ältesten Freund.

Interessant.

»Bye, Hager«, sagte Carson mit Betonung. »Brauchst nicht zu bleiben. Du weißt doch, worum es in dieser Besprechung geht. Du weißt, was ich vorschlagen will … Kannst bestimmt auch erraten, warum. Aber Sabrina muss erst die Details hören. Und mein Anwalt muss aus offensichtlichen Gründen ebenfalls anwesend sein … Das Problem ist Radison, dieser Pedant, der immer nur zwei Besucher gleichzeitig zulassen will. Er meint, ich wäre zu schwach und könnte so viele Reize nicht verkraften.« Er grinste und holte nach dieser langen Rede erst einmal Luft. »Ich hab ihm gesteckt, dass du viel zu langweilig bist, um mich zu reizen.

Aber das hat er mir nicht abgenommen … Also, hau schon ab. Ich hab nur begrenzt Zeit, um diese Show ins Rollen zu bringen. Kannst ja später noch mal vorbeischauen.«

»Hatte ich auch vor«, erwiderte Stan, völlig unbeeindruckt von Carsons Hänseleien. Er schien sich auch keine Sorgen zu machen über die Eröffnung, die Carson für Sabrina bereithielt. Okay, sie hatte sich geirrt. Was immer Carson ihr anvertrauen wollte, Stan wusste es längst. Warum aber hatte er so seltsam reagiert, als Susan das Meeting erwähnte? Und warum war er nun völlig verwandelt?

Eines war jetzt schon klar: Zuerst musste sie herausfinden, was für ein Mensch Stan Hager überhaupt war.

»Ich wollte sowieso nicht lange bleiben«, fuhr Stan fort. »Aber Susan hat 'ne Menge Fragen wegen eurem Powwow gestellt und sich gewundert, warum ich nicht eingeweiht war. Ich wusste einfach nicht, wie ich mich verhalten sollte, weil ich keine Ahnung hatte, ob du ihr schon gesagt hattest, wer Sabrina in Wirklichkeit ist.«

»Hab ich noch nicht.«

»Das dachte ich mir. Also bin ich ihren Zweifeln zuvorgekommen, indem ich behauptete, ich müsse an der Besprechung teilnehmen. Sonst hätte ich gar nicht erst den Kopf zur Tür reingesteckt.«

Carson nickte. »Guter Schachzug. Danke.«

»Nichts zu danken.« Stan musterte Carson scharf; Sabrina sah einen Muskel an seinem Kiefer arbeiten, als müsse er einen inneren Kampf ausfechten. »Dir geht's immer noch sauschlecht«, sagte er dann. »Übertreib es nicht. Das ist keine Anweisung vom Arzt, sondern von mir.« Er räusperte sich, nahm sich sichtlich zusammen. »Ich hab größtes Interesse daran, dass du schnell wieder auf die Beine kommst. Den Laden ohne dich zu schmeißen ist ziemlich anstrengend und nimmt mir zu viel Zeit von meinem Privatleben.«

Carson zog erheitert die Brauen hoch. »Zwei Exfrauen und jede Menge Überstunden. Das nennst du Privatleben?«

»Nein. Deshalb brauche ich ja Zeit, mir eins aufzubauen. Also beeil dich mit der Genesung.«

»Ich arbeite daran. Jetzt mach dich endlich vom Acker. Hab schon drei von den fünfzehn Minuten verplempert.«

»Nur zwei. Ich geh ja schon.« Stan warf Sabrina einen gespielt mitleidigen Blick zu. »Versuchen Sie am Ball zu bleiben.«

»Ich werde mein Bestes tun«, versicherte sie ihm.

Sobald Stan aus der Tür war, wandte Sabrina sich an Carson. »Was soll das alles heißen? Welche Details muss ich hören? Was ist das für ein Vorschlag? Und warum bin ich der Grund, dass Dylan in seiner offiziellen Funktion als Anwalt dabei sein muss?«

»Setz dich«, erwiderte Carson lediglich und deutete auf einen Stuhl. »Du auch«, befahl er Dylan.

»Haben Sie über diese Besprechung mehr gewusst, als Sie mir gesagt haben?«, murmelte Sabrina ihm zu, während sie Platz nahmen.

»Nein.« Dylan wirkte so unbeeindruckt wie Stan. »Aber Treffer von unerwarteter Seite und blindes Abwehren bin ich von Carson gewohnt.« Er zog einen Block aus der Tasche. »Bin so weit.«

Carson rückte sein Kissen zurecht und winkte ab, als Sabrina ihm helfen wollte. »Dafür brauche ich dich nicht.« Ungeduldig veränderte er seine Körperhaltung, bis das Gewicht der vielen Schläuche ihn nicht mehr so drückte. Dann verzog er das Gesicht und lehnte sich zurück, den Blick unverwandt auf Sabrina gerichtet. »Ich brauche dich für Ruisseau. Ich muss Vorkehrungen treffen. Denn ich weiß nicht, wann oder *ob* ich hier rauskomme.«

Er schnitt Dylans vehementen Protest mit einer Handbewegung ab. »Unterbrich mich nicht. Ich muss sprechen, solange ich noch Luft kriege. Und Dylan, reden wir doch Klartext. Ich kämpfe wirklich wie der Teufel. Aber diese Kugel hat mich ziemlich böse erwischt. Eingeweide, Lunge, Nieren … alle haben was abgekriegt. Wir können also mit jeder Menge Komplikationen rechnen. Folglich muss ich alles regeln, falls es zum Schlimmsten kommt. Und das betrifft nun auch Sabrina.«

Sie war von seiner pessimistischen Einschätzung der Lage ebenso betroffen wie Dylan. Zum ersten Mal hörte sie Carson sagen, dass er es vielleicht nicht schaffen würde. Irgendwie hatte sie geglaubt, dass er nicht einmal in Erwägung zog, diesen Kampf verlieren zu können. Das passte nicht zu ihm.

Er würde es schaffen. Er *musste* es schaffen.

Sabrina schluckte schwer. »Du bist stark, Carson. Du wirst nicht sterben.«

»Freut mich, das zu hören. Aber du bist nicht der liebe Gott. Und selbst wenn ich's überlebe, werde ich noch eine ganze Weile im Krankenhaus verbringen. Ich sitze nicht am Schreibtisch. Ich kann die Geschäfte nicht leiten.« Ein paar tiefe Atemzüge. »Was immer auch geschieht, Ruisseau muss geschützt werden.«

»Dafür hast du doch Dylan und Stan.«

»Aber du bist meine Tochter.«

Es war das erste Mal, dass er es aussprach. Sabrina spürte einen Kloß im Hals. »Carson …«

»Hör mir erst zu«, befahl er. »Danach kannst du in die Luft gehen, wenn du willst. Das hier hat nichts mit Dylan oder Stan zu tun. Es ist weder persönlich noch beruflich. Stan ist mein Betriebsleiter. Außerdem mein ältester Freund. Und das wird er auch bleiben. Dylan ist mein Syndikus und Ziehsohn. Unsere Beziehung ist einzigartig. Daran wird sich nichts ändern. Dylan behält seinen Platz in meinem Leben und in meiner Firma. Zufrieden?«

Sabrina sog scharf die Luft ein. »Ich weiß nicht, was ich für dich bin oder was du von mir erwartest«, erwiderte sie, völlig im Ungewissen darüber, was Carson wollte. »Ich dachte, in dieser Besprechung wolltest du von meinen Kenntnissen als Beraterin profitieren. Nein, das stimmt nicht – eigentlich habe ich geglaubt, diese Story von der Managementberatung wäre auf Dylans Mist gewachsen, damit er meine häufigen Besuche bei dir erklären kann. Aber dann bittest du mich zu dieser Besprechung. Deutest an, ich soll eine tragende Rolle für den Schutz deiner Firma übernehmen. Dafür bin ich aber nicht im Geringsten qualifiziert …«

»Natürlich bist du das.« Carson setzte sich aufrechter hin, suchte nach einer Haltung, in der er schneller sprechen und seinen Worten mehr Nachdruck verleihen konnte. »Du hast Unternehmen gerettet, die schon auf der Müllhalde lagen. Die Firma, die ich dir hier anbiete, steht glänzend da. Du verstehst etwas von Geschäften, bist eine gute Strategin, kreativ und zielbewusst, und du hast den Mumm, diese Fähigkeiten einzusetzen. Du bist die geborene Führungskraft. Und du weißt, wie Menschen funktionieren. Das sind die wesentlichen Eigenschaften zum Verständnis von Marketing und Unternehmenspolitik. Du bist klug. Du hast Erfahrung. Und in deinen Adern fließt mein Blut. Sogar deine empfindliche Nase hast du von mir geerbt. Wer sollte besser geeignet sein, Ruisseau durch diese Krise zu steuern?«

Sabrina fühlte, wie ihr Blutdruck stieg. Nicht wegen des schmeichelhaften Porträts – obwohl es natürlich schön war, dass Carson so viel von ihr hielt. Nein, es war wegen der Liste ihrer Fähigkeiten, die noch nie so akkurat aufgestellt worden war. Carson hatte das ganz bewusst getan; er wollte nicht schmeicheln, sondern sein Ziel erreichen. Und wie immer dieses Ziel aussah, es ging um etwas Großes. Etwas sehr Großes. Das verriet Sabrina ihr Instinkt.

»Was schwebt dir vor?«, fragte sie.

Carson lächelte verhalten. »Jetzt bist du interessiert, was?«

»Neugierig«, berichtigte Sabrina. »Argwöhnisch, aber neugierig.«

»Du spürst die Herausforderung. Da steigt dein Blutdruck, du kannst gar nichts dagegen machen. Ich sagte ja schon, du hast es von mir geerbt.«

»Carson, hör auf, mir den Köder vor die Nase zu halten. Was soll ich tun?«

»Oberflächlich betrachtet? Genau das, was du gesagt hast. Du sollst als Beraterin in meine Firma kommen. Mit Stan zusammenarbeiten. Die nun anstehenden Aufgaben bewerten. Einen Aktionsplan für jedes neue Projekt entwerfen. Die Geschäfte vorantreiben. Ich zahle dir das Doppelte von dem, was du normalerweise bekommst, um dich für deinen Ausfall bei CCTL zu entschädigen. Und wo wir gerade von CCTL sprechen … ich schlage vor, dass du die Leitung übergangsweise Deborah Ogden überträgst, die du von dieser Nobelfirma in L. A. abgeworben hast. Sie und der andere Gewinnertyp, dieser Mark Weiss, können den Laden gut ein paar Monate lang allein schmeißen. Und wenn sie Hilfe brauchen, ist ja immer noch deine Assistentin Melissa Andrews da. Was dich angeht, kannst du meinetwegen ruhig an den Wochenenden nach Hause fliegen und bis Montag früh da bleiben – vorausgesetzt, du nimmst Akten von Ruisseau mit und arbeitest sie in der Zeit durch. Du musst eben die Kerze an beiden Enden anzünden, weil du dir bei der Arbeit für mich ein Bein ausreißen musst. Mit weniger gebe ich mich nicht zufrieden.«

Diese lange Rede hatte Carson offensichtlich doch über Gebühr angestrengt, denn er lehnte sich in die Kissen zurück und ruhte aus.

Sabrina war sprachlos – eine Eigenschaft, die in Gegenwart dieses Mannes allmählich zur Gewohnheit wurde. Er war wirklich glänzend über CCTL informiert. »Wie viel weißt du eigentlich über meine Firma?«

»Genau so viel, wie du über meine wissen solltest.« Carson schloss für einen Moment die Augen, kämpfte mit aller Macht gegen seine schwindenden Kräfte. »Verdammt. Gottverdammt.«

»Carson, vielleicht ist es jetzt genug.« Dylan ergriff zum ersten Mal das Wort. »Du hast doch gesagt, was dir wichtig war. Wir haben ohnehin nur noch ein paar Minuten, dann kommt Dr. Radison und wirft uns raus.«

»Scheiß auf Radison.« Carson mühte sich wieder in eine aufrechte Position. »Sabrina, du hast gefragt, was du für mich tun sollst. Der Beraterjob betrifft nur die Oberfläche. Im Grunde geht es um etwas anderes, Komplizierteres. Ich habe vor, dich zu einer Topmanagerin meiner Firma zu machen, genauer gesagt zur Geschäftsführerin. Dylan wird sich um den nötigen Papierkram kümmern. Und er und Stan werden die Einzigen sein, die von der Ernennung wissen, wenn du es so haben willst. Ich hab dir ja gestern schon versprochen, dass du deine Identität nicht preisgeben musst. Warte damit, so lange du willst.« Er drehte den Kopf zu Dylan. »Es gibt da bestimmt noch ein paar rechtliche Fußangeln – zum Beispiel, wie sie auf Aufsichtsratsversammlungen mit abstimmen soll, wenn niemand weiß, dass sie Geschäftsführerin ist. Vielleicht lässt sich das durch einen Stellvertreter regeln. Darum musst du dich kümmern. Denk dir was aus. Aber ich will, dass sie fest im Sattel der Firma sitzt, wenn sie es machen will.« Müde blickte er Sabrina an. »Willst du?«

Man hätte eine Stecknadel fallen hören können.

Sabrina war dermaßen überwältigt, dass sie es nicht gleich verdauen konnte. Sie hatte etwas Großes erwartet, aber so groß?

Abrupt stand sie auf und wandte sich ab, starrte auf die kahle, dem Bett gegenüberliegende Wand. Sie zitterte und war zu überwältigt, um sprechen zu können. Es war zu viel. Dies mochte der Strohhalm sein, der den Rücken des Kamels brach.

»Wie ich schon sagte – du bist völlig fertig.« Carsons Stimme klang weder zynisch noch scherzhaft, nur verständnisvoll und mitleidig. »Es tut mir Leid. Du hast schon so genug Belastungen zu tragen, man darf dich nicht auch noch unter Druck setzen. Ich schon gar nicht. Ich wünschte, ich hätte mehr Zeit … damit *du* mehr Zeit hättest, dir alles zu überlegen. Aber der, der mich angeschossen hat, wollte mir diesen Luxus nicht gewähren. Ich brauche jemanden, der sich um Ruisseau kümmert … für ein paar Monate, vielleicht für immer. Also, willst du?«

»Ich …« Sabrina warf einen Blick auf Dylan, der sie mit undurchdringlicher Miene musterte. »Ich weiß es nicht. Ich kann dir die Antwort nicht so ohne weiteres geben. Es ist eine zu große …«

»Wo liegt das Problem?« Carsons Stimme klang jetzt rau, und man hörte ihm die zunehmende Atemlosigkeit an. »Ich nehme an, es ist nicht die Beratertätigkeit.«

»Nein. Natürlich nicht.«

»Was ist es dann? Der Lebensstil? Zwei Wohnsitze und allwöchentliche Pendlerflüge? Geht es darum, dass du nicht mehr bei CCTL bist? Dass du an zwei Firmen beteiligt bist?« Er holte tief Luft. »Oder willst du nicht so stark an mich gebunden sein? Wenn ja, sag's ruhig. Du hast das Recht dazu.«

»Das ist es nicht.« Sabrina wandte sich ihm wieder zu und versuchte gar nicht erst, ihre Tränen zu verbergen. »Ich *will* dich ja kennen lernen. Ich wollte selber davon anfangen. Frag Dylan. Wir haben gestern Abend darüber gesprochen. Du bist mir nur voraus. Dass du mich zu einer der

Führungskräfte von Ruisseau machen willst, tut mir gut und schmeichelt mir sehr. Und die Herausforderung … auch da hast du Recht. Ich müsste lügen, wenn ich nicht zugäbe, dass ich es ungeheuer aufregend finde. Aber du erwartest etwas Gewaltiges, und ich weiß nicht, ob ich das leisten kann. Eine längerfristige Beratertätigkeit wäre kein Problem. Aber als Geschäftsführerin in *deinem* Unternehmen zu arbeiten, ist keine kurzfristige Sache. Selbst wenn ich zusage, Ruisseau zu leiten, bis du das Ruder wieder übernehmen kannst, kann ich es nicht auf Dauer versprechen. Ich müsste fünf Tage die Woche in New York verbringen und könnte CCTL praktisch abschreiben. Und das geht nicht. CCTL ist mein Baby, so wie Ruisseau das deine ist.«

»Wir könnten einen Kompromiss ausarbeiten …« Es war zu hören, dass Carson das Sprechen immer schwerer fiel. »Halbe Woche hier, halbe Woche dort … irgendein Arrangement wird sich finden. Sag nicht Nein.«

»Carson, bitte, hör auf!«, platzte Sabrina heraus. »Nicht um meinetwillen, sondern um deinetwillen. Du bist erschöpft. Sprich nicht mehr. Ruh dich aus. Lass mich nachdenken.«

Sie fuhr sich mit beiden Händen durchs Haar, während ihre Gedanken rasten. Chefin von Ruisseau … mein Gott! Das war *die* Chance ihres Lebens. Sie würde für ein Genie arbeiten – ein Genie, das zufällig ihr Vater war. Sie würde Gelegenheit haben, ihn kennen zu lernen, seine Vision zu teilen, Teil der Firma zu sein, die er aus dem Nichts geschaffen hatte. Und sie würde ihre eigene Firma nicht aufgeben müssen, das hatte Carson ihr ausdrücklich zugesichert. Er wusste aus eigener Erfahrung, wie sehr sie an ihrem »Baby« hing.

Schon jetzt war fraglich, wie oft sie in den nächsten Monaten bei CCTL sein konnte, denn Sabrina war fest entschlossen, sämtliche Untersuchungen auf Kompatibilität durchführen zu lassen. Und das würde Zeit in Anspruch nehmen. Zunächst einmal würde es eine Woche dauern, bis die Ergebnisse der Gewebetypisierung vorlagen. Selbst wenn sie in der Zwischenzeit nach Hause fliegen würde, müsste sie zu diesem Termin wieder in New York sein. Wenn sich dann herausstellte, dass sie die bestmögliche Spenderin war, müsste sie zum Nephrologen und eine ganze Serie von Untersuchungen über sich ergehen lassen. Und falls es tatsächlich zur Transplantation käme, würde sie mindestens einen Monat ausfallen. Dann musste CCTL ohne sie auskommen.

Als Sabrina sich in der Nacht zuvor im Bett hin und her gewälzt hatte, hatte sie bereits Pläne für solch einen Fall entworfen. Seltsamerweise hatte sie in ähnlichen Bahnen gedacht wie Carson, nur in kürzeren Zeiträumen. Sie wollte Urlaub nehmen, bis sie sich von der Operation erholt hatte. Während dieser Zeit würde Deborah die Verantwortung für CCTL tragen, unterstützt von Mark und Melissa. Wenn Sabrina einigermaßen wiederhergestellt war, würde sie stundenweise arbeiten und so viel wie möglich per Telefon und E-Mail erledigen.

Warum sollte dieser Plan nicht auch auf längerfristiger Basis funktionieren? Sabrina würde immerhin drei bis vier Tage in der Woche – zwei davon am Wochenende – bei CCTL sein können. In dieser Zeit würde sie den Laden schmeißen und ihre Workshops veranstalten. Den Rest der Woche würde sie bei Ruisseau verbringen, alles über das Unternehmen lernen, ihre Erfahrung einbringen und sich den Hintern aufreißen. Deborah würde ihre Ansprechpartnerin bei CCTL sein. Falls ein Problem auftauchte, konnte sie einfach anrufen. Auch ihre Kunden konnten sie per Telefon und E-Mail kontaktieren. Sabrina wäre also nicht aus der Welt.

Es war machbar.

Vielleicht. Vielleicht auch nicht. Oh, sicher, eine Zeit

lang konnte sie beides leisten, vielleicht sogar für längere Zeit. Aber für immer? Was, wenn sie es doch nicht schaffte, beide Jobs zu vereinen? Was, wenn in beiden Unternehmen gleichzeitig Probleme auftauchten und Sabrina an zwei Orten gebraucht wurde? Was, wenn sie die schlechte Luft von Manhattan nicht vertrug oder ihr die Machtspiele in einem Großunternehmen zu viel wurden?

Und nicht zuletzt ihre Familie. Sabrinas Mutter sollte am Nachmittag in New York eintreffen. Was würde sie sagen? Sie wusste ja, wie ehrgeizig ihre Tochter war. Sie würde Sabrinas Aufregung über diese einmalige Chance gut verstehen. Aber bestand nicht die Möglichkeit, dass der Skandal früher als vorhergesehen ans Licht der Öffentlichkeit gelangte, weil Sabrina an Carsons Seite arbeitete? Und falls sie so etwas voraussah – musste das nicht ihre Entscheidung beeinflussen? Was war, wenn die Großeltern ihre Entscheidung für Carson als eine Art Verrat ansahen?

»Vergiss die Wenns und Abers. Nenne deine Bedingungen …« Es war, als könne der Mann ihre Gedanken lesen. »Ich werde dich nicht endgültig einsperren … Du kannst jederzeit aus dem Vertrag raus, wenn du willst. Aber die Firma ist mein Vermächtnis … so wie du.« Er leckte sich die trockenen Lippen. »Und da ist noch etwas, das ich dir aufbürden muss … bevor du dich entscheidest.«

»Ich glaube nicht, dass ich noch mehr verkraften kann.«

»Du musst. Es geht um *C'est Moi*. Dieses Parfüm ist ein Durchbruch … Jemand muss sich darum kümmern, muss weitermachen … und die Produktpalette vergrößern … Dieser Jemand bist du. Du musst die Formel kennen. Sie darf nicht mit mir sterben … Ich sag sie dir jetzt … erklär sie Schritt für Schritt. Aber mündlich. Nicht schriftlich … musst sie eben behalten. Und niemand wird etwas davon erfahren … Ich will, dass du vor dem Attentäter sicher bist.«

Sabrina war wie betäubt. Die Formel von *C'est Moi?* Sie wusste um den Mantel des Geheimnisses, der über Ruisseaus neuesten Duft gebreitet war. Carson hatte die Formel entwickelt. Und nur er kannte die Inhaltsstoffe. Doch wenn er jemanden suchte, um ihm die Formel mitzuteilen, sollte dieser Jemand sie auch begreifen, in einen Duft umwandeln und zu Ruisseaus Vorteil nutzen können. Ob blutsverwandt oder nicht, Sabrina war für diese Rolle absolut nicht geeignet. »Carson, das ist ein großer Fehler. Ich bin keine Chemikerin. Ich könnte doch niemals …«

»Spielt keine Rolle. Chemiker haben wir genug. Stan und Dylan werden schon den Richtigen finden, der mich ersetzt … falls es dazu kommt … und er oder sie wird dann mit dir zusammenarbeiten. Aber dein Geruchssinn und dein Geschäftsinstinkt … Du wirst schon wissen, wie es weitergehen muss. Nachdem der Herrenduft auf dem Markt ist, musst du einen Zeitplan für die Folgeprodukte entwickeln … und sie vermarkten. Du bist klug. Wirst schon wissen, was zu tun ist … nur Mut!«

Mit schmerzverzerrtem Gesicht drehte er den Kopf zu Dylan. »Wenn sie den Täter haben … kriegst auch du die Formel. Sollte ich nicht mehr sein, wird Sabrina dich einweihen. Ich will, dass meine beiden Kinder diese Formel besitzen … Aber im Augenblick wäre es ein Fehler, wenn du sie hast. Diese verdammten Detectives … Ich würde ihnen nur mehr Material gegen dich in die Hand geben … Ein Wissen, das in deren Augen ein Motiv für dich ist, mich loszuwerden … Wie die Bluthunde würden sie darauf anspringen. Besser, du weißt nichts von der Formel.« Ein Hustenanfall schüttelte ihn, und er stöhnte vor Schmerz und rieb sich die Brust.

»Carson …« Sabrina machte zwei Schritte auf ihn zu.

Er winkte ab. »Mir geht's … ist bloß …« Wieder zuckte er vor Schmerz zusammen.

»Das reicht!« Dylan sprang auf. »Das Meeting ist beendet.« Mit grimmiger Miene wandte er sich an Sabrina. »Ich gehe mal nachsehen, wo Radison steckt. Dann habt ihr ein paar Minuten unter vier Augen. Entscheiden Sie sich, was Sie tun wollen, sowohl wegen der Ernennung als auch wegen der Formel. Wenn Sie sie im Kopf behalten müssen, tun Sie 's schnell. Wenn ich zurückkomme, gehen wir. Carson braucht unbedingt Schlaf. Notfalls rufe ich die Krankenschwester, damit sie den Tropf anders dosiert.«

Dylan war in Panik; man brauchte keinen Seelenklempner, um das festzustellen. Ob es an Carsons Entscheidungen lag – die ihn ebenso überraschen mussten wie Sabrina – oder an den düsteren Farben, in denen er seine Aussicht auf Gesundung gemalt hatte, vermochte Sabrina nicht zu sagen.

So nickte sie nur und starrte Dylan wie betäubt nach.

»Sabrina …« Sie wandte sich um und sah, wie aufmerksam Carson sie betrachtete, während er vor Schmerzen mit den Zähnen knirschte. »Ist schon gut. Lass ihm Zeit. Und gib mir deine Antwort.«

Sie hätte mehr Zeit gebraucht. Ins kalte Wasser zu springen war nicht ihr Ding. Vor bedeutsamen Entscheidungen verschaffte sie sich stets erst einen Überblick über sämtliche Fakten und nahm sich viel Zeit zur gründlichen Analyse. Und vor einer derart schweren Entscheidung hatte sie noch nie gestanden.

»Ja«, hörte sie sich sagen. »Ich mach's.«

Erleichterung spiegelte sich in Carsons Gesicht und milderte die scharfen Linien, die durch die Schmerzen entstanden waren. »Ich freue mich«, gab er zurück, eine absichtliche Untertreibung. »Und ich danke dir. Obwohl ich sagen muss … Wenn du aus demselben Stoff gemacht bist wie ich, wirst du mir eines Tages … dankbar sein.«

Sabrina ließ die Bemerkung unkommentiert. Im Augenblick gab es Dringenderes zu bereden – zum Beispiel die Frage, die ihr schon seit einiger Zeit durch den Kopf ging. »Was ist mit Stan? Was hat er dabei zu tun?«

»Dasselbe wie immer. Kümmert sich um den alltäglichen Kleinkram ... Weiß über fast alles Bescheid ... Nur nicht über die Formel ... Hat ein schlechtes Gedächtnis und kann sich fast nichts merken ... Hat viermal hintereinander den Geburtstag seiner ersten Frau vergessen ... Wahrscheinlich ist er deshalb geschieden.«

»Schon kapiert.« Sabrina hatte jetzt keinen Sinn für Scherze. Auf Carsons Stirn standen Schweißperlen; sie konnte sich denken, welche Schmerzen er litt. Außerdem spürte sie, dass er noch andere Sorgen wegen Stan hatte, die er aber noch nicht verraten wollte. »Ihm gibst du die Formel also nicht. Und vermutlich sollen weder Dylan noch ich Stan sagen, dass du sie mir gegeben hast.«

Ein heiseres Kichern war die Antwort. »Du bist gut. Wirklich verdammt gut. Und du hast Recht. Ich will es nicht.«

»Deshalb hast du ihn so rasch weggeschickt.«

»Genau. Aber nicht, weil ich ihm nicht traue, sondern wegen seinem Gedächtnis ... Aber das würde er nicht glauben ... Würde es in den falschen Hals kriegen. Stan ist unsicher genug ... Will's nicht noch schlimmer machen. Einfacher zu sagen, dass es 'ne persönliche Sache ist ... dass ich dich zur Geschäftsführerin mache. Er weiß ja, dass du meine Tochter bist ... Versteht, was ich für dich will, was du für Ruisseau tun kannst ... Da kann er nicht sauer sein. Mach dir keine Sorgen.«

»Tu ich nicht. Jedenfalls nicht meinetwegen.«

»Mach dir wegen gar nichts Sorgen ... Ist alles unter Kontrolle.«

Das also war das fehlende Bindeglied. Stan Hager litt an Unsicherheit. Und unsichere Menschen verhielten sich oft seltsam, taten seltsame Dinge. Carson war nicht ahnungslos. Wie sehr er Stans geringes Selbstwertgefühl auch herunterspielte – er war sich der Bedeutung vollauf bewusst. Er wollte Stan nichts Übles nachsagen, klar. Aber es war auch klar, dass Carson Stan als Unsicherheitsfaktor einstufte. Und was lag all dem zu Grunde? Er wollte seinen Freund *und* seine Firma schützen.

»Der Grund für Stans Unsicherheit ... sollte ich den nicht kennen?«, erkundigte Sabrina sich vorsichtig.

»Nichts Schlimmes ... nichts Besonderes. Wir reden ein andermal darüber. Im Augenblick haben wir nur noch Zeit für die Formel.«

Sabrina legte ihm eine Hand auf den Arm. »Bist du sicher, du schaffst das noch?«

»Yep.«

»Und bist du sicher, dass du es auch willst?«

»Das hängt davon ab. Bist du sicher, dass *du* es willst?«

Sie begegnete seinem Blick, der schmerzerfüllt, aber eindringlich war. War sie sicher? Ja. Sabrina wusste nicht, warum, aber sie wollte die Formel wissen.

Sie nickte bedächtig und versuchte zu lächeln. »Ja. Ich bin sicher. So sicher, wie ich nur sein kann. Mein ganzes Leben ist in den letzten Tagen auf den Kopf gestellt worden. Ich erwarte nicht, dass es so bald wieder ruhig dahinfließen wird.«

»Mit mir als Vater? Und als Chef? Rechne nicht damit.« Mit großer Mühe hob Carson den rechten Arm und streckte ihn aus, damit sie ihr Abkommen per Handschlag besiegeln konnten. »Du kommst also an Bord ... Willkommen im Team.«

»Ja, ich komme an Bord«, erwiderte Sabrina. »Und danke.« Sie schüttelte ihm die Hand und spürte Wärme bei dem körperlichen Kontakt. War es Instinkt, weil er ihr Vater war? Oder nur Erleichterung, weil ihm noch genug Kraft blieb, einem Menschen die Hand schütteln zu können?

»Fahr morgen früh zu Ruisseau …«, sagte Carson. »Bis dahin wird Dylan den Papierkram erledigt haben … Stan stellt dich dem Personal vor … keine formelle Vorstellung … Bist einfach 'ne Top-Beraterin, die Ruisseau in schwerer Zeit unterstützt … Werden dich nicht offiziell vorstellen, bis du so weit bist. Komm anschließend zu mir. Will hören, was du zu meinen Mitarbeitern sagst … zu meinem Unternehmen …«

»Nur wenn du versprichst, dass du dich bis dahin ausgeruht hast«, gab Sabrina zurück. »Dass du die Anordnungen deines Arztes befolgst und keinen Ärger machst. Ist das zu viel verlangt? Tja.« Sie zwang ein Lächeln auf ihre Lippen, als sie wiederholte, was er vor einiger Zeit zu ihr gesagt hatte. »Du wirst dir ein Bein ausreißen müssen. Weniger erwarte ich nicht.«

Ein angestrengtes Grinsen erschien auf seinem zerfurchten Gesicht. »Werde daran denken. Jetzt also die Formel …«

»Ja.« Sabrina benetzte ihre trockenen Lippen und konzentrierte sich. »Ich weiß bisher nur, dass sie auf menschlichen Pheromonen basiert. Stimmt das?«

»Pheromone und ein Bestandteil, der die männliche Empfänglichkeit für solche Pheromone verstärkt …«, erläuterte Carson. »Beim Herrenduft kommen natürlich andere Komponenten hinzu … Aber beide Düfte sind Verbindungen von Naturessenzen und synthetischer Chemie … Moschus … Zimt und Ingwer … Orange. Drei Blütendüfte … und anderes. Ich sag dir noch die genaue Zusammenstellung. Und ich sage Dylan und Stan, dass sie heute noch mit dir zum Labor fahren … Kannst gleich unsere Forschungsabteilung besichtigen … Jetzt hör gut zu und verschließe in deinem Innern, was ich dir sage.«

14

15.25 Uhr
Ruisseau Fragrance Corporation

Stan Hager stand am Fenster seines Büros, starrte auf die Häuserfront auf der anderen Seite der 57. Straße und fragte sich, ob wohl irgendein Mensch in diesen gefängnisartigen Bürozellen sich so abgekämpft fühlte.

Er kam sich vor wie ein Hamster in einem Laufrad. Er war des Rennens müde. Hatte es satt, ständig den Vorsprung behaupten zu müssen. Ständig über die Schulter zu schauen. Geheimnisse zu bewahren und den schlimmsten Schaden zu begrenzen. Er hatte es satt, mehr zu scheinen, als er war.

Und am meisten hatte er es satt, die Fragen der Kripobeamten zu beantworten.

»Mr Hager?« Diese Whitman ließ nicht locker. Fast eine Stunde waren sie nun schon hier und hatten zuvor Claude durch die Mangel gedreht. Er war nach der Befragung wie ein gebrochener Mann aus seinem Zimmer gekommen. Stan hatte sich der Magen umgedreht bei der Vorstellung, wie es ihm ergehen würde.

Tja, nun wusste er es. Sie hatten gestochert, gebohrt und die letzten Details seines Privatlebens ausgegraben. Sie wussten nun Bescheid über seine beiden Scheidungen, seine Gewohnheiten und seine Karriere bei Ruisseau. Sie hatten seine Meinung über jedes Führungsmitglied, jeden leitenden Angestellten eingeholt und waren dann zu den einzelnen Abteilungen übergegangen, um herauszufinden, wer möglicherweise Zoff mit Carson Brooks haben konnte. Danach hatten sie sich firmeninternen Unstimmigkeiten zugewandt, in die Carson involviert war; dabei konzentrierten sie sich auf den Zeitraum des vergangenen Monats – zum Beispiel auf eine so triviale Sache wie Carsons Mahnung an den Hausmeister, endlich mal ein anderes Teppichreinigungsmittel zu benutzen.

Dann waren die Hauptkonkurrenten von Ruisseau an die Reihe gekommen – ein Thema, bei dem Stan sich ohnehin jedes Mal der Magen umdrehte. Er erkannte, wie gut Whitman und Barton ihre Hausaufgaben gemacht hatten. Den Namen Jason Koppel hatten sie von Carson selbst bekommen und waren sogleich zu Merrill Lynch gesaust, um den Mann zu vernehmen. Sie wussten genau, welche Unternehmen Gewinneinbußen zu verzeichnen hatten, seit *C'est Moi* auf den Markt gekommen war. Bei diesem Thema hielten sie sich lange auf, quetschten Stan förmlich über die Manager der Konkurrenz aus: Wusste er, ob einer dieser Leute unausgeglichen oder in beruflichen Schwierigkeiten sei?

Da waren sie genau an den Richtigen geraten.

Oh ja, sie hatten jede Facette abgehandelt und sich besonders auf ihn konzentriert – auf seine seelische Verfassung, seine Gefühle für Carson, seine Stellung bei Ruisseau. Wieder und wieder waren sie darauf zurückgekommen, dass er kein Alibi hatte, dass er zum Zeitpunkt des Anschlags *angeblich* allein in seiner Wohnung gewesen war und nach einer siebzigstündigen Arbeitswoche gründlich ausgeschlafen hatte. Wieder und wieder ritten sie darauf herum, wie schwer es für ihn sein müsse, ewig im Schatten seines Freundes zu stehen.

Was die Detectives hingegen *nicht* getan hatten, war, irgendwelche Beschuldigungen auszusprechen. Noch nicht. Aber nach fünfundfünfzig Minuten arbeiteten sie sich langsam zu diesem Punkt vor. Aus ihrem Tonfall und ihrem Verhalten schloss Stan, dass es nur noch eine Frage von Augenblicken war, bis sie ans Eingemachte gehen würden.

Dann bestätigte Whitman seine Vermutungen. »Sie und

Mr Brooks kennen sich jetzt seit dreißig Jahren. Sie sind länger bei ihm als jeder andere Mitarbeiter … ja, Sie kennen ihn länger als jeder andere.«

Geben Sie der Frau eine Zigarre, dachte Stan, gegen seinen Willen beeindruckt. »Das stimmt.« Er wandte sich zu Whitman um, verschränkte die Arme vor der Brust und erzählte ihre gemeinsame Geschichte; es schien ihm der sicherste Weg, den er einschlagen konnte. »Wie ich bereits erwähnte, haben wir uns am City College kennen gelernt. Ich hatte dort ein paar Kurse belegt und verbrachte meine restliche Zeit mit Aushilfstätigkeiten, um meine Miete bezahlen zu können. Carson putzte die Büros, verdiente sich aber noch ein Zubrot mit der fachlichen Beratung von Erstsemestern.«

»Wir brauchen keinen Auffrischungskurs, Mr Hager. Wir wissen sehr gut, wie Sie beide sich kennen gelernt haben.« Whitmans Blick war bohrend.

»Ja. Ist wirklich unglaublich«, murmelte Barton. »Ich kann es immer noch nicht fassen. Ein Schulversager von der Highschool, der Jugendlichen etwas beibringt, die viel mehr Bildung genossen haben als er.«

Stan biss die Zähne zusammen. »Carson ist ein Genie. In der achten Klasse hätte er Chemie auf Universitätsniveau lehren können. Und er ist auch kein Schulversager, sondern wurde von der Highschool geschasst, weil er ein Klugscheißer war. In dem Jahr, als wir uns kennen lernten, hat er sein Diplom gemacht, aber das hatte er eigentlich gar nicht nötig. Er wusste mehr und konnte anderen mehr beibringen als jeder Professor. Seine erste Million hat er mit dreißig gemacht. Ach ja, und zu Ihrer Information: Er hat die Kids, denen er etwas beibrachte, nie belogen. Sie wussten, dass er sein Wissen nicht auf der Schule erworben hatte. Aber als sie ihre erstklassigen Abschlussnoten bekamen, hat es sie auch nicht weiter interessiert.«

Barton schlug die Beine übereinander und kniff die Augen zusammen. »Ich habe den Mann gelobt, Mr Hager, nicht kritisiert. Warum so nervös? Sie machen einen ziemlich angespannten Eindruck auf mich. Ehrlich gesagt ist das schon so, seit wir die Ermittlungen aufgenommen haben.«

»Ich *bin* nervös. Und wissen Sie, warum, Detective? Mein ältester Freund ist angeschossen worden. Sein Leben hängt an einem seidenen Faden. Das macht mich fertig. Außerdem habe ich in den letzten Nächten kaum geschlafen. Wenn ich nicht im Krankenhaus bin, halte ich mich hier auf und bemühe mich, die Firma so zu führen, wie Carson es haben möchte. Ich denke, das ist eine ausreichende Erklärung für ein wenig Nervosität, meinen Sie nicht auch?« Er wartete die Antwort nicht ab. »Also rücken Sie endlich damit heraus, was Sie wirklich wollen.«

»Ich will auf meine ursprüngliche Frage zurückkommen«, sagte Whitman, stur wie der Hund, der seinen Knochen haben will. »Da Sie Mr Brooks schon so lange kennen ... fällt Ihnen vielleicht jemand aus der Vergangenheit ein, der ihn auf dem Kieker haben könnte?«

Mit einem halbherzigen Lachen schüttelte Stan den Kopf. »Sie machen wohl Witze! Bei uns gab's nichts zu holen. Wir waren arm wie die Kirchenmäuse, Detective. Halbstarke, die sich gerade mal ein Zimmer leisten konnten. Wir haben uns damals ein Mauerloch geteilt, eine kakerlakenverseuchte Höhle in einer Mietskaserne, wo gerade mal zwei Matratzen und eine Lampe reinpassten. Carson war damals bettelarm. Kein Mensch hätte ihm eine glänzende Zukunft prophezeit. Wenn Sie also glauben, dass ein Bekannter aus unserer Jugendzeit es auf ihn abgesehen hat – jemand, der so lange gewartet hat, um abzusahnen –, irren Sie sich gewaltig.«

»Darauf wollte ich nicht hinaus. Aber okay. Spielen wir's

auf Ihre Weise. Wie war es später? Dreißig Jahre sind eine lange Zeit, in der man viele Menschen kennen lernt und eine Menge Beziehungen aufbaut.«

»Die meiste Zeit haben wir eher eine Menge Blut, Schweiß und Tränen beim Aufbau der Firma vergossen. Da bleibt einem nur wenig Gelegenheit, enge persönliche Beziehungen aufzubauen. Frauen gab es natürlich, falls Ihre Frage darauf abzielt, eine Menge Frauen. Aber nie etwas Ernstes. Keine Einzige, die etwas dabei gewonnen hätte, wenn Carson aus dem Weg geräumt wäre.«

»Schon interessant, wie Sie immer wieder auf Geld zurückkommen«, bemerkte Whitman. »Für einen Mord gibt es doch genug andere Motive.«

»Eine zurückgewiesene Frau, meinen Sie?« Stan zuckte die Achseln. »Zunächst einmal ist Carson kein sentimentaler Mensch. Er verliebt sich niemals Hals über Kopf. Ich glaube, deswegen hat er auch nie geheiratet. Er ist mit seiner Firma verheiratet. Frauen hat er nie falsche Versprechungen gemacht. Sie haben immer gewusst, an welcher Stelle sie stehen. Für Carson kommt zuerst Ruisseau, dann Sex und dann Nachkommenschaft. Keine seiner ehemaligen Geliebten sitzt zu Hause und grämt sich wegen eines gebrochenen Herzens. Außerdem sind die meisten von ihnen Geschichte. Carson und Susan sind jetzt ungefähr ein Jahr fest zusammen. Sie ist verrückt nach ihm, und er scheint mit ihr auch sehr glücklich zu sein. Deshalb glaube ich nicht, dass es sich um eine ehemalige Freundin handelt, die ihm etwas am Zeug flicken will.«

»Auch darauf wollte ich nicht hinaus.« Whitman beugte sich vor und fixierte Stan mit einem Blick, der besagte, dass sie seine Ausweichtaktik satt hatte. »Eigentlich hab ich an etwas ganz anderes gedacht. Ich fragte, ob Ihnen jemand einfällt, der einen tief sitzenden Groll gegen Mr Brooks hegen könnte. Jemand, der ihn seit Jahren kennt und mit ansehen musste, wie erfolgreich dieser Mann mit allem ist, das er in Angriff genommen hat – ob Frauen, die Firma, was auch immer. Gibt es jemanden, der sich durch diesen Erfolg ausgebootet gefühlt haben könnte?«

»Jemanden, Detective? Oder meinen Sie mich?« Nun nahm Stan die Herausforderung an. Laut schlug er die Hände auf den Tisch. »Warum fragen Sie dann nicht ohne Umschweife? Wissen Sie was? Ich erspare Ihnen die Mühe. Ob ich einen Groll auf Carson hege? Nein. Warum sollte ich? Carson hat sich alles selber erarbeitet. Ihm ist nichts in den Schoß gefallen. Sicher, er hat viele Vorzüge, aber die hat er nie ausgenutzt, und nie hat er seine Freunde vergessen. Und das bringt mich gleich zu Ihrer nächsten Frage: Ob ich mich ausgebootet fühle? Aber wieso denn? Carson war immer sehr großzügig. Als er mit Ruisseau anfing, war ich von Anfang an dabei. Als die Profite in den Himmel stiegen, wurde auch mein Gehalt gewaltig aufgestockt.

Nun komme ich zu den Fragen, die Ihnen sichtlich noch auf der Zunge liegen. Ob ich Carson dankbar bin? Aber ja. Mehr, als Sie sich vorstellen können. Ob ich mir jemals gewünscht habe, mit Carson den Platz zu tauschen? Da können Sie drauf wetten. Er hat alles. Man müsste ein Dummkopf sein, sich das nicht zu wünschen. Ob ich ihn dafür umbringen würde? Nicht für alles Geld, nicht für alle Macht der Welt. Ach ja, noch was: Ich habe keinerlei Ambitionen, Direktor von Ruisseau zu werden, selbst wenn Carson mich darum bitten sollte. Im Augenblick lastet sämtliche Verantwortung auf meinen Schultern, und ich breche bald darunter zusammen. Ich habe in meiner derzeitigen Position schon mehr als genug zu tun. Meine Arbeit ist aufregend, stellt mich vor jede Menge Herausforderungen und belohnt mich reich dafür. Ich arbeite gern. Ich beziehe ein siebenstelliges Jahresgehalt und werde eine Rente bekommen, die mir für den Rest meines Lebens meinen gewohnten Lebensstil sichert. Meine Kollegen behandeln mich mit Respekt, und ich arbeite gern mit Menschen zusammen, die zugleich meine Freunde sind. War das so ungefähr, was Sie wissen wollten?«

»Wenn Sie es sagen.« Whitman legte ihren Stift hin. »Nur noch eine Sache. Sie besitzen nicht zufällig eine Waffe?«

»Nein!«, fuhr er sie an.

»Okay, Mr Hager. Ich glaube, das reicht fürs Erste.« Barton erhob sich und wechselte einen Blick mit seiner Kollegin. »Wir lassen Sie jetzt in Ruhe. Falls Ihnen noch etwas einfällt, wissen Sie ja, wo Sie uns finden. Und wenn wir Sie brauchen, finden wir Sie auch.«

Stan wartete, bis die Detectives gegangen waren. Dann machte er die Tür zu, schlurfte zu seinem gepolsterten Ledersessel und ließ sich hineinfallen. Er stützte die Ellbogen auf die Schreibtischplatte und hielt sich mit beiden Händen den Kopf. Im Grunde sollte er erleichtert sein, war es aber nicht. Er war noch lange nicht aus dem Schneider. Es gab mehrere Menschen, die die Waagschalen zu seinen Ungunsten senken konnten, allen voran seine Exfrauen. Wenn Whitman und Barton Lily oder Diane aufsuchten, war es durchaus möglich, dass eine der beiden etwas erwähnte, das die Detectives aufhorchen ließ.

Dann war da noch die Sache mit Ferguson. Er war die größte Belastung von allen. Wenn er unter Druck gesetzt wurde und schlappmachte – oder nur Schiss bekam –, konnte ihm etwas herausrutschen. Ein falsches Wort, und diese beiden Bluthunde würden wieder auf der Matte stehen. Was sollte er dann sagen? Wie konnte er die Situation erklären, ohne dass sie so fragwürdig wirkte, wie sie war? Und wie konnte er die Detectives von der Annahme abhalten, dass er, wenn er schon so weit gegangen war, weder das Motiv noch den Ansporn hatte, den Weg bis zum Ende zu gehen?

Stan zog die Schublade auf, schob die Kopie eines Memos von Pruet beiseite, in dem er um eine Eilbesprechung in Paris ersucht wurde, und holte das Fläschchen mit seinen Magentabletten heraus. Seine Eingeweide brannten wie Feuer. Seit Montag war es immer schlimmer geworden. Er nahm eine Pille, ging dann zu seiner wohl gefüllten Bar und schenkte sich ein Mineralwasser ein. Mit zwei Schlucken zwang er die Tablette hinunter.

Sollte er nun seine Versäumnisse auch noch mit Zinsen zurückzahlen? Er hatte doch sein Leben lang nichts anderes getan.

Es war beschissen, immer nur der Zweitbeste zu sein.

19.40 Uhr
Plaza Athenée

Gloria Radcliffe kam gerade noch rechtzeitig im Hotel an, um einzuchecken, sich frisch zu machen und sich in der Bar einen Cocktail zu gönnen. Den brauchte sie jetzt auch.

Der Besuch bei den Eltern war wie erwartet verlaufen. Die alten Leutchen waren wütend, schockiert und besorgt gewesen. Gloria hatte den Sturm über sich ergehen lassen.

Nun war sie müde und aufgewühlt. Nachdem das Flugzeug gelandet war, hatte sie Sabrina übers Handy angerufen. An diesem Tag war ihre Tochter schon zweimal bei Carson Brooks gewesen. Danach war sie in einer Limousine zu einer Besprechung in Englewood Cliffs gefahren und nun wieder auf dem Rückweg nach Manhattan, in Begleitung von Ruisseaus Betriebsleiter, Stan Hager, und dem Syndikus, Dylan Newport, dem Mann, der Sabrina nach New York geholt hatte. Sabrina hatte sich mit Gloria zu einem Dinner gegen neun Uhr im Hotel verabredet. Dann wollte sie ihr den letzten Stand der Dinge mitteilen.

Folglich hatte Gloria noch eine Stunde und zwanzig Minuten Zeit. Sie hatte jetzt die Wahl. Sie konnte sich den Kopf zermartern über Dinge, die sie ohnehin nicht ändern oder noch nicht wissen konnte, oder sie konnte einen Schritt tun, der früher oder später ohnehin getan werden musste.

Für die Seele war früher besser als später.

Gloria schaltete ihr Handy ein und wählte eine Nummer.

Es läutete zweimal, dann meldete sich eine Stimme: »Polizeirevier Midtown North.«

»Hallo.« Gloria schaute auf einen Zettel, auf dem die Namen standen, die Sabrina ihr vor einigen Tagen durchgegeben hatte. »Ich möchte Detective Whitman oder Detective Barton sprechen. Mein Name ist Gloria Radcliffe.«

19.45 Uhr
Polizeirevier Midtown North

Jeannie beugte sich über Franks Schreibtisch und strich Claude Phelps' Namen durch. »Wieder einer weniger«, sagte sie. »Er mag ja ziemlich durchgeknallt sein, aber er hat neunzig Zeugen für den Montagabend, an dem er mit seiner Frau im Marriott Marquis den fünfunddreißigsten Hochzeitstag gefeiert hat.« Sie warf den Kugelschreiber hin.

Frank kaute an einem Gurkenstick. »Vielleicht werde ich ja zu weich, weil ich dieser Tage selber einigermaßen durchgeknallt bin, aber als wir den Mann befragt haben, hat er mir Leid getan. Er wusste anscheinend, was für schlimme Geschichten wir über ihn gehört hatten. Er schien damit zu rechnen, dass wir ihm jeden Augenblick seine Rechte vorlesen.«

»Ja, das Gefühl hatte ich auch. Das Seltsame ist … Ob

durchgeknallt oder nicht, es überrascht mich nicht, dass er ein Alibi hat. Oder auch eine Familie, die an ihm hängt. Claude Phelps hat etwas Sympathisches, so verdreht er auch sein mag.«

»Im Gegensatz zu Stan Hager.« Frank knabberte noch einen Gurkenstick. »Der ist auch ziemlich durchgeknallt, kann es anders als Phelps aber zu seinem Vorteil drehen.«

Jeannie nickte. »Hager hat uns ganz schön im Kreis herumgejagt. Er hat sich alle Mühe gegeben, die Aufmerksamkeit von sich abzulenken. Aber warum? Hat er Angst davor, schlecht dazustehen – vor Brooks, vor der Firma, vielleicht sogar vor der ganzen Parfümeriebranche, wenn erst mal diese neugierigen Zeitungsfritzen ihre Nasen reinstecken? Oder hat er tatsächlich etwas zu verbergen?«

»Da bin ich mir auch noch nicht schlüssig«, gab Frank achselzuckend zu. »Die gesamte Belegschaft von Ruisseau schwärmt in den höchsten Tönen von ihm, auch die Hand voll Angestellter drüben in Europa. Hager hat es verstanden, sich überall Respekt zu verschaffen. Er ist Brooks und der Firma gegenüber absolut loyal, das steht außer Frage. Aber falls wir beschließen, tiefer zu graben, habe ich schon vorgesorgt: Hab ein paar Anrufe gemacht und das Neueste über Hagers Exfrauen rausgekriegt. Ehefrau Nummer eins, Lily, hat vor einigen Jahren wieder geheiratet. Sie wohnt mit ihrem Mann und einem zehnjährigen Sohn auf Long Island. Ehefrau Nummer zwei, Diane, ist offenbar der Meinung, dass die fetten Unterhaltsschecks die einzige Sicherheit sind, die sie im Leben braucht. Derzeit macht sie eine Kreuzfahrt durch die griechische Inselwelt, in Begleitung ihres neuesten Liebhabers. Nächste Woche dürfte sie wieder in New York sein.«

»Eine Frau ganz nach meinem Herzen«, bemerkte Jeannie trocken.

»Dachte mir schon, dass du das sagst.« Frank packte die

letzten Gurkensticks wieder in die Dose. »Deshalb weiß ich auch schon, wie wir es mit der Vernehmung der Exfrauen halten werden.«

»Klar weißt du das.« Jeannie zog einen Mundwinkel hoch. »Du hältst dich an Lily, ich an Diane. Dann hast du Gelegenheit, den Familienvater herauszukehren, und ich führe ein vertrauliches Gespräch von Frau zu Frau zwischen zwei erfolgreich Geschiedenen, die in Saus und Braus leben.« Sie verzog das Gesicht. »Wobei man in meinem Fall den Saus und Braus weglassen muss, weil ich nicht das dicke Geld geheiratet hatte. Dann hätte ich fürs Leben ausgesorgt gehabt.« Jeannie grub in ihrer Tasche und förderte das Milky Way zutage, das sie vor Stunden darin verstaut hatte. Es sah nun ziemlich zerquetscht aus. »Und was hab ich stattdessen? Zermatschte Schokoriegel und 'nen grantigen Kollegen.«

»Willst du etwa um Mitleid betteln? Dann musst du dich anderswo umschauen.« Frank studierte die Liste der Verdächtigen. »*Jeder* Schokoriegel, ob zerdrückt, alt oder sogar schimmelig, ist tausendmal besser als ein Gurkenstick. Und was deinen grantigen Kollegen angeht – seit deinem Vortrag heute Morgen bin ich doch brav wie ein Hündchen. Also friss dein Milky Way und erfreue dich an deinem Glück.« Nachdenklich runzelte er die Stirn. »Wir haben die meisten Angestellten von Ruisseaus Konkurrenz von der Liste streichen können. Und was Susan Lane angeht – auch die ist sauber. Erstens war sie zum Zeitpunkt des Anschlags auf dem Weg zu den US Open, zweitens hat sie kein Motiv. Ich hab es doppelt und dreifach nachgeprüft. Brooks hat sie nicht betrogen, da hat Hager die Wahrheit gesagt. Und was den Geldsegen und den sozialen Status betrifft, ist Susan Lane mit einem lebenden Carson Brooks besser bedient. Sie schleppt ihn doch immer auf diese Benefizparties mit. Er ist der großzügigste Mäzen ihrer YouthOp-Organisation. Im Fall seines Ablebens hat sie nichts zu erben.«

»Genau. Wenn sie ihn beerben will, ist sie besser beraten, ihn am Leben zu lassen und darauf zu hoffen, dass sie eines Tages Mrs Carson Brooks wird – um ihn *dann* abzuservieren.« Nachdenklich biss Jeannie von dem Milky Way ab. »Das nächste große Fragezeichen ist Gloria Radcliffe. Ich hab versucht, sie zu erreichen – ohne Erfolg. Hab ihr eine Nachricht auf der Mailbox hinterlassen. Allzu überrascht wird sie nicht sein. Ihre Tochter dürfte ihr gesagt haben, in welche Richtung unsere Fragen zielen. Ich kann es kaum abwarten, ihre Aussage zu hören.«

In diesem Augenblick klingelte das Telefon auf Jeannies Schreibtisch. Sie hob ab. »Whitman.«

»Stock?«

»Ja, ja, Parsons, bin am Apparat. Was gibt's?«

»Anruf für dich. Schätze, du bist ganz wild darauf, ihn anzunehmen.«

»Wer ist es denn?«

Nachdem sie die Antwort erhalten hatte, setzte Jeannie sich kerzengerade auf und bedeckte die Sprechmuschel mit der Hand. »Wenn man vom Teufel spricht«, zischte sie Frank zu.

»Gloria Radcliffe?«, fragte er leise.

Jeannie nickte eifrig. »Aber klar, stell sie durch«, wies sie die Zentrale an. Ein paar Sekunden verstrichen. »Hallo, Miss Radcliffe. Ich nehme an, Sie haben meine Nachricht erhalten …?« Sie runzelte die Stirn. »Das ist ja seltsam. Hab sie erst heute Nachmittag hinterlassen. Haben Sie Ihre Mailbox abgehört?« Wieder eine Pause; dann zog Jeannie die Augenbrauen hoch. »In Manhattan? Ihre Tochter hat gar nicht erwähnt, dass Sie herkommen wollten … Ach so, verstehe. Wo sind Sie jetzt …? Ja, das ist ganz in der Nähe. Die Wache ist auf der 54. Straße West. Wenn Sie auf der Fifth Avenue in südlicher Richtung gehen …« Jeannie verstummte, schaute auf die Uhr und traf eine rasche Entscheidung.

»Wissen Sie was? Mein Partner und ich wollten sowieso gerade aufbrechen. Bleiben Sie, wo Sie sind. Wir treffen uns in der Hotelhalle. Dort können wir reden … genau. Sind schon unterwegs.«

Noch während sie den Hörer auflegte, stand sie auf. »Sie ist im Plaza Athenée. Ist von Boston gekommen, um ihrer Tochter zur Seite zu stehen. Sie wollen später zusammen essen. Sabrina ist immer noch im Krankenhaus; die beiden treffen sich um neun im Hotel. Los jetzt! Wenn wir ein Quäntchen Wahrheit hören oder Gloria Radcliffe bei einer Lüge ertappen wollen, sollten wir sie nicht im Beisein ihrer Tochter vernehmen. Dann kann sie nicht auf deren moralische Unterstützung hoffen oder ihre Schuld herunterspielen. Ich will unbedingt mit Gloria allein sprechen.«

15

20.10 Uhr
Joe's Pizza, South Street Seaport

Russ Clark nahm seine beiden Stücke Pepperonipizza und eine mittelgroße Cola entgegen und verzog sich in eine Nische. Länger als eine Stunde war er umhergewandert und hatte versucht, einen klaren Kopf zu bekommen.

Allerdings hatte es nichts geholfen.

Seit fast zwei Jahren war er nun Praktikant bei Ruisseau. Dank Carson Brooks war Russ von der Straße heruntergekommen. Und nicht nur das, er hatte auch die Highschool abgeschlossen, war danach aufs Queens College gegangen und studierte nun Journalismus – ein Traum, dessen Erfüllung in greifbare Nähe gerückt war.

Ein oder zwei Monate, nachdem er in der Poststelle von Ruisseau angefangen hatte, war Mr Brooks persönlich zu ihm gekommen. Er hatte Russ für seine Arbeit gelobt und war dann auf seine Bewerbung und seinen Lebenslauf zu sprechen gekommen. Beim Studium der Unterlagen sei er auf Russ' Kolumne in der Schülerzeitung gestoßen; darin hatte Russ vehement über alles und jedes gemeckert, bis seine Kraftausdrücke zu schlimm geworden waren und man sie nicht mehr hatte drucken können.

Russ hatte sich auf einen Anschnauzer oder Schlimmeres gefasst gemacht. Stattdessen erkundigte sich Mr Brooks, ob er gern schreibe oder ob er lieber nur meckerte. Nachdem Russ herumgedruckst hatte und endlich mit seinem Berufswunsch herausgerückt war, hatte Mr Brooks ihn in die Presseabteilung befördert.

Anfangs hatte Russ nur Botengänge erledigt, doch inzwischen durfte er auch hin und wieder etwas schreiben. Es war nicht gerade Enthüllungsjournalismus, doch er lernte, wie man Informationen sammelte und sie klar und übersichtlich präsentierte. Es war cool, und er konnte es nach dem Examen in seinen Lebenslauf schreiben. *Und* es wurde bezahlt.

Es sah so aus, als würde doch noch etwas aus Russ Clark.

Doch vor einem Monat war alles anders geworden.

Es begann mit einer Unterhaltung, die er zufällig mitgehört hatte. Nun wusste er, woher der Wind wehte, und es machte ihn fuchsteufelswild. Um seine detektivischen Fähigkeiten zu schärfen – und vor allem, um Mr Brooks einen Gefallen zu tun –, hatte Russ seit Wochen herumgeschnüffelt.

Heute Abend endlich war er fündig geworden. Doch nun wünschte er, sich aus allem herausgehalten zu haben.

Aber jetzt war es zu spät.

Nachdem Russ die letzten Pizzakrümel verputzt und seine Cola geleert hatte, warf er Pappteller und Becher in den Abfalleimer. Dann machte er sich auf den Weg zur U-Bahn.

Von der anderen Seite der Straße verfolgte ihn ein aufmerksames Augenpaar.

20.15 Uhr
73. Straße West

Sabrina war todmüde.

Zu viel war in den letzten Stunden auf sie eingeprasselt. Nach der gefühlsbeladenen Begegnung mit Carson, einem Nachmittag, an dem sie telefonisch die Angelegenheiten von CCTL ordnen musste, und einem weiteren Spätnachmittagsbesuch im Krankenhaus hatte man Sabrina zusammen mit Dylan und Stan in eine Limousine gepfercht, hinaus zur Forschungsabteilung und wieder zurück nach Manhattan gefahren. Auf der Rückfahrt hatte eine Art improvisiertes Meeting stattgefunden – was weiter keine Überraschung war, wenn man bedachte, wer diese Tour und das Meeting anberaumt hatte. Carson war fest entschlossen, Sabrina in die Firma einzubringen und ihre Rolle in der Hierarchie so bald wie möglich festzuschreiben, damit Dylan den Papierkram regeln und Stan am nächsten Morgen um neun eine Vorstellung mit der Belegschaft vornehmen konnte. Doch zuvor brauchte Sabrina einen raschen Einblick in das »Who is Who« und »What ist What« von Ruisseau.

Für eine solche Einweisung eignete Carsons Limousine sich bestens, denn sie war riesig, bequem, und vor allem war man absolut ungestört. Stan lieferte Sabrina eine Zusammenfassung dessen, was sie am nächsten Morgen erwartete, während Dylan Notizen auf ein paar juristische Dokumente kritzelte. Als Nächstes häufte Stan Papiere auf Sabrinas Schoß – unter anderem Ruisseaus jüngste Bilanzen, Quartalspläne und die laufende Werbekampagne für *C'est Moi* – und riet ihr, sich so schnell wie möglich mit den Daten und Fakten vertraut zu machen. Er reichte ihr auch das Firmenadressbuch mit Namen und Titeln, Abteilungen und Durchwahlen und meinte, sie müsse ein Gefühl für die Mitarbeiter bekommen. Schließlich gab er Sabrina die Schlüssel zu einem Apartment, das anzunehmen Carson sie überredet hatte, zückte schwungvoll eine Visitenkarte mit seiner Privatnummer und wartete, bis der Fahrer auf dem Riverside Drive am Bordstein hielt. Dann sprang Stan aus dem Wagen.

Als Sabrina ihn verwundert beobachtete und zu ergründen versuchte, warum sie mit Dylan in der Limousine blieb, während Stan offensichtlich ein anderes Ziel hatte, teilte Dylan ihr mit, dass Wagen und Fahrer ganz zu ihrer Verfügung stünden: Sie könne fahren, wohin sie wolle.

Wohin sie wollte? Sabrina wollte nur eins: sich ins Bett fallen lassen und die Decke über den Kopf ziehen.

Doch das war leider nicht so einfach. Im Hotel wartete ihre Mutter. Und Sabrina hatte nicht vor, ihr aus dem Weg zu gehen, denn sie wollte hören, wie ihre Großeltern die Neuigkeiten aufgenommen hatten; außerdem wollte sie selbst berichten, welche umwälzenden Entscheidungen sie an diesem Tag getroffen hatte. Doch im Augenblick war sie hundemüde.

Wenn sie sich doch nur ein wenig ausruhen könnte! Bloß jetzt nicht in eine laute Bar oder ein überfülltes Restaurant. Sabrina brauchte einen ruhigen Ort, wo sie wieder zu sich kommen konnte. Dann wäre sie bereit für das Dinner um neun und für die wichtigen Dinge, die sie mit ihrer Mutter besprechen musste.

Dylan musste ihre Gedanken gelesen haben, denn er

beugte sich vor, nannte dem Fahrer eine Adresse und ließ sich wieder in die Polster zurücksinken.

Der Fahrer brachte sie zu Sabrinas neuem Wohnsitz in Manhattan. Sie musste zugeben, dass das schöne alte Brownstone-Haus eine beruhigende Wirkung auf ihre angespannten Nerven hatte. Sabrina schaute sich alles an, vom Keller bis zum Boden, erklomm mit neu gewonnener Begeisterung die beiden Treppen, schlenderte in jedem Stockwerk umher und bewunderte die Einrichtung. Das Haus war innen noch bezaubernder, als es von außen wirkte, und sehr viel geräumiger: Es gab eine Bibliothek und ein Konferenzzimmer im Erdgeschoss, einen Salon und eine Küche im ersten und zwei Schlafzimmer sowie ein Gästezimmer im zweiten Stock.

Die Möblierung war geschmackvoll und teuer; es dominierten Elfenbein- und Brauntöne. Der Fußboden war mit Parkett ausgelegt, die Bäder mit Marmor ausgekleidet, und in der hochmodernen Küche – mit neuesten Elektrogeräten bestens ausgestattet – fehlte es an nichts. Auch die Bar im Salon war gut bestückt. Überdies gab es ein wandhohes Weinregal mit regulierbarer Kühlung; oben standen die Weißweine, unten die Rotweine, sodass jeder Tropfen die richtige Trinktemperatur erhielt. Was die Schlafzimmer betraf, so gab es ein Eheschlafzimmer mit eigenem Bad und ein etwas kleineres, aber immer noch geräumiges zweites Schlafzimmer. Beide Räume waren mit weichem, beigefarbenem Teppichboden ausgelegt und mit Kirschholz möbliert. Auf der Kommode des Eheschlafzimmers stand eine Vase mit frischen Blumen, und zu Sabrinas Erstaunen war das Bett frisch bezogen und die Überdecke zurückgeschlagen. Das war schon eine Leistung, wenn man bedachte, dass Carson ihr diese Bleibe erst vor einer Stunde angeboten hatte. Offenbar hatte er in der Hoffnung, sie werde annehmen, bereits Vorkehrungen getroffen – und damit einen echten Treffer gelandet. Das Haus wirkte so heimelig und warm, als wäre es ständig bewohnt und nicht bloß eine Übernachtungsgelegenheit für Besucher aus Ruisseaus überseeischen Filialen.

»Nett hier, nicht?«, fragte Dylan, der am Türrahmen des großen Schlafzimmers lehnte und Sabrina erwartungsvoll beobachtete.

»Wunderschön.« Sabrina ging zu den Blumen und schnupperte. »Rosen, Jasmin und Ylang-Ylang – die Blütenessenzen von *C'est Moi*. Ich erkenne die Düfte aus dem Labor wieder.«

»Tolle Nase.«

»Tolle Wohnung.« Kopfschüttelnd drehte sie sich zu Dylan um. »Wie hat er das nur so schnell vorbereiten können?«

»Das gehört zur Arbeit von Carsons Sekretärin, Marie. Sie ist ein Pfundsmädel und ein Organisationsgenie. Carson hat ihr mitteilen lassen, dass er für unbestimmte Zeit eine Beraterin eingestellt hat. Marie hat sich um den Rest gekümmert ... den gefüllten Kühlschrank, die Blumen und alles andere.«

»Sie scheint ein echter Goldschatz zu sein. Es wäre mir lieb, wenn Sie mich ihr morgen vorstellen, ich möchte mich gern persönlich bei ihr bedanken. Das hier ist genau, was ich gebraucht habe. Eine liebevoll gestaltete Umgebung.«

»Dann war ja alles richtig.«

»Haben Sie eigentlich gewusst, dass hinter den Kulissen Vorbereitungen für meinen Aufenthalt getroffen wurden?«

»Deshalb hab ich Sie ja hergebracht. Schon als wir aus dem Krankenhaus kamen, haben Sie nicht mehr allzu sicher auf den Beinen gestanden, und während der Besprechung mit Stan haben Sie mehr als einmal ganz schön benommen gewirkt. Ich hatte schon Angst, wir müssten Sie auch noch als Patientin ins Mount Sinai einliefern. Als ich dann hörte, dass Ihnen noch ein Treffen mit Ihrer Mutter im Hotel bevorstand, habe ich mir gedacht, Sie könnten erst Mal ein bisschen Erholung gebrauchen. Tja, und hier sind wir nun, Frau Geschäftsführerin – trautes Heim, Glück allein.«

Sabrina warf ihm einen vorwurfsvollen Blick zu. Allzu mitfühlend hatte seine Erklärung nicht geklungen. »Danke. Und was das Haus angeht … Als Carson sagte, ich solle in eine seiner Stadtwohnungen ziehen, habe ich so etwas nun wirklich nicht erwartet. Sind Sie sicher, dass Sie das Haus nicht für Besucher der Firma brauchen?«

»Sie gehören doch jetzt zur Firma, schon vergessen? Außerdem haben wir noch zwei andere Wohnungen, falls unerwartet Besuch aus Paris eintreffen sollte. Carson hat Wert darauf gelegt, dass Sie dieses Haus bekommen, falls Sie nicht in seine eigene Wohnung ziehen wollen. Er hat mir aufgetragen, sie für Sie verfügbar zu machen, wenn Sie es wünschen. Die Wohnung liegt am Central Park West und ist riesig.«

»Tolle Idee«, konterte Sabrina. »Besonders, wenn wir das Arrangement beibehalten, *nachdem* Carson aus dem Krankenhaus entlassen wurde. Ich weiß nicht, wer die Story mehr zu schätzen wüsste, die Boulevardblätter oder Susan. Die neue, junge Geschäftsführerin wohnt mit dem gut aussehenden, älteren Direktor zusammen. Hervorragend. Wir könnten ja behaupten, das läge an der Wirkung von *C'est Moi*. Aber der Schuss würde wohl nach hinten losgehen, wenn wir beschließen, die Wahrheit offen zu legen. Vom Sexskandal ginge es nahtlos zum Inzestskandal über. Und das würde weder Ruisseaus Ruf noch den Verkaufsziffern gut tun. Also möchte ich lieber darauf verzichten.«

Auf Dylans Gesicht erschien sein typisches schräges Grinsen. »Jetzt, wo Sie 's sagen, klingt es tatsächlich wie ein schlechter Schachzug.«

»Genau. Außerdem würde ich mich in Central Park West gar nicht wohl fühlen. Hier schon. Dieses Haus ist ideal.«

Dylan nickte zufrieden. »Ja, ich finde, es passt zu Ihnen. Es hat Klasse, ist auf unaufdringliche Weise beeindruckend und von Natur aus schön – daran gibt es nichts zu verbessern.«

»Vielen Dank.« Dieses Mal waren Sabrinas Worte aufrichtig, obgleich das Kompliment sie ein wenig erstaunte. Das war wieder der Dylan, mit dem sie gestern Abend diniert hatte – ein Mann, dessen Ausstrahlung und Charme sie unruhig machten und der Welten entfernt war von dem harten Typen, als der er sich heute gezeigt hatte. Es war schon erstaunlich, welche Kehrtwendungen Dylan Newport vollführen konnte. Als sie um die Mittagszeit aus dem Krankenhaus gekommen waren, war er kurz angebunden gewesen, beim späteren Treffen in der Intensivstation distanziert und bei der Besprechung mit Stan in der Limousine geschäftsmäßig. Warum zeigte er sich nun so warmherzig, machte ihr sogar Komplimente? Sabrina spürte, dass etwas anderes dahintersteckte – eine Unterströmung, die sie durcheinander brachte. Und sie hatte keine Ahnung, wohin diese neue Stimmung führen mochte.

Verdammt, wenn sie doch seine Gedanken lesen könnte!

»Sie nehmen's also?«, fragte er.

Sabrina blickte ihn verblüfft an. »Wie bitte?«

»Das Haus. Sagt es Ihnen zu?«

»Oh ja. Betrachten Sie den Vertrag als unterschrieben und verbindlich.«

»Fast. Ihr Einzug steht ja noch aus. Ich wollte auf Ihr Einverständnis warten, bevor ich das Plaza Athenée verständige, damit Ihre Sachen gepackt und rübergeschickt werden. Ich rufe jetzt sofort an. In einer Stunde ist das erledigt. Dann können Sie schon heute Nacht hier schlafen.« Er zog sein Handy aus der Tasche.

»Einen Moment.« Sabrina war es einfach nicht gewöhnt, dass man ihr die Entscheidungen aus der Hand nahm. Und sie hatte auch nicht vor, sich daran zu gewöhnen. »Ich kümmere mich selber darum. Ich zahle meine Rechnung selbst, und zwar dann, wenn ich meine Mutter zum Dinner treffe. Das Kofferpacken braucht mir auch niemand abzunehmen.«

Dylan sah sie unbewegt an, zog nur eine Augenbraue hoch – ob aus Ärger oder Belustigung, vermochte Sabrina nicht zu sagen.

»Wie Sie wünschen.«

Mit einem Mal hatte Sabrina es satt. Dieses Spielchen hatte nun lange genug gedauert. Sie nahm eine herausfordernde Haltung an, verschränkte die Arme vor der Brust und maß ihn mit Blicken. »Hören Sie, ich bin zu müde für diese Spielchen. Versuchen Sie nicht, alles in die Hand zu nehmen, nur um mir zu zeigen, wer hier der Chef ist. Es ist nicht nötig und wird auch nicht funktionieren. Ich lasse mich nicht so leicht einschüchtern. Im Übrigen … wenn Sie etwas auf dem Herzen haben, das mich betrifft, schlage ich vor, dass Sie endlich mit der Sprache herausrücken. Vor drei Tagen kannte ich Carson Brooks noch nicht einmal, außer aus der *Business Week*. Sie hingegen sind schon seit fast zwanzig Jahren Teil seines Lebens. Dass er mich jetzt zur Geschäftsführerin von Ruisseau ernennt, müsste Sie doch ziemlich wütend machen.«

Diesmal reagierte Dylan. Zorn blitzte in seinen Augen, als er sich vom Türrahmen löste und sich in steifer Haltung aufbaute. »Ach, das ist es? Sie glauben, dass ich mich durch Ihre Position in der Firma bedroht fühlen könnte oder dass Sie sich in Carsons Leben drängen? Das Gegenteil ist der Fall, Sabrina. Ich sehe doch, wie viel er sich von Ihnen verspricht – und nicht in finanzieller oder beruflicher Hinsicht. In den letzten Tagen habe ich gebetet, dass ich Sie zu einem Gewebetest überreden könnte und dass Sie die passende Spenderin sind und dass Sie keinen Rückzieher machen und ihm die Niere verweigern. Soll ich nun darum beten, dass Sie Carson nicht auf anderer Weise im Stich lassen? Was ist, wenn Sie es sich anders überlegen und sich sagen, Ruisseau wäre doch nicht Ihr Ding? Wenn Sie dem Druck Ihrer Familie nachgeben und sich wieder Ihrer eigenen Firma widmen? *Das* ging mir gerade durch den Kopf, wenn Sie es genau wissen wollen.«

Sabrina blinzelte verwirrt. Dylan sprach voller Leidenschaft. Er meinte es zweifellos ehrlich. Dass er an *ihrer* Ehrlichkeit zweifelte – wer wollte es ihm übel nehmen? Wenn man bedachte, wie widerwillig sie ihn nach New York begleitet hatte, wie wenig sie gewillt gewesen war, Verpflichtungen einzugehen, wie unentschieden sie sich bei allem gezeigt hatte, was Carson ihr anbot – konnte sie Dylan da seine Haltung zum Vorwurf machen? Er kannte sie ja kaum. Er wusste nicht, dass Verpflichtungen für Sabrina heilig waren. Carson war Dylans Familie – die einzige, die er kannte –, und er wollte das Beste für ihn. Aber die Umstände machten es ihm nicht gerade leicht. Würde sie sich an Dylans Stelle nicht ebenso hilflos vorkommen?

»Es tut mir Leid«, hörte sie sich sagen. Müde fuhr sie sich mit den Händen durchs Haar und ging ein paar Schritte auf ihn zu. »Ich war so in meine eigenen Probleme verstrickt, dass ich Ihre gar nicht wahrgenommen habe. Ja, es stimmt, das alles war eine Art Schock für mich. In meinem Leben wurde das Unterste zuoberst gekehrt. Ich mache mir Sorgen, welche Folgen das für meine Familie haben könnte. Und Sie haben Recht – ich fühle mich meiner eigenen Firma verpflichtet. Aber ich werde trotzdem nicht anders entscheiden. Wenn ich für Carson der bestmögliche Spender bin, werde ich die Nierenoperation vornehmen lassen. Wenn ich meinen Job so machen kann, wie Carson es will, nehme ich den angebotenen Posten an. Und vor allem möchte ich meinen Vater kennen lernen. Er will es. Und ich auch.« Sie holte tief Luft. »Habe ich Sie damit ein wenig beruhigt?«

An Dylans Kiefer zuckte ein Muskel. »Sehr sogar. Vielen Dank.« Er trat näher an sie heran, und Sabrina konnte den Moschusgeruch seines Rasierwassers riechen – zweifellos ein Ruisseau-Duft, der perfekt zu Dylan passte – und dazu den Duft der Seife, die er benutzt hatte. »Ach, übrigens«, fügte er hinzu und hob ihr Kinn, sodass sie ihm in die Augen blicken musste. »Ich wollte keine Macht demonstrieren, als ich sagte, dass ich mich um das Hotel kümmere. Ich wollte Ihnen nur etwas abnehmen, weil ich finde, dass Sie schon genug zu tragen haben.«

»Das stimmt. Habe ich.« Sabrina fiel plötzlich das Atmen schwer. Es war beinahe schon erschreckend, wie sehr Dylans Nähe sie verwirrte. Oder war es gar nicht so erschreckend? Dylan Newport besaß irgendetwas, das sie aufregend fand – eine kantige, kernige Männlichkeit, die sie zuvor nie sonderlich anziehend gefunden hatte, nun aber schon. Außerdem war er so verdammt herausfordernd, so scharfzüngig … okay, der Augenblick der Wahrheit war gekommen: Zeit, dieser Unterströmung einen Namen zu geben. Und *höchste* Zeit, Abstand zwischen sich und Dylan Newport zu legen, wenn sie nicht überstürzt handeln, sondern zuvor ihre Möglichkeiten abwägen wollte.

Sabrina wandte den Blick ab und trat einen Schritt zurück. Sie versuchte, an Dylan vorbei aus der intimen Atmosphäre des Schlafzimmers zu fliehen. »Ich war sehr erleichtert, als ich Carson heute Abend gesehen habe. Er scheint wieder kräftiger geworden zu sein.« Ihre Stimme klang zu hell, als sie sich bemühte, einen beiläufigen Ton zu treffen. »Heute Nachmittag war er so schwach, dass ich …«

Dylan legte einen Arm um ihre Taille und zog sie wieder zu sich heran. »Sie haben doch gefragt, was ich Ihretwegen auf dem Herzen habe«, sagte er mit heiserer Stimme. »Etwas habe ich noch nicht erwähnt. Das hier.«

Sabrina blieb keine Zeit für Widerstand oder Protest. Dylan presste seine Lippen auf ihren Mund, und heftige Erregung durchfuhr sie bis in die Zehenspitzen. Wie alles andere an ihm war auch sein Kuss heiß. Seine Zunge drang in ihren Mund und spielte dort mit einer Leidenschaft, die sie schwindelig werden ließ.

Sabrina hörte sich stöhnen. Nun ergriff sie selbst die Initiative und erwiderte seinen Kuss. Ihre Erregung wuchs. Dylan hob sie hoch, zog sie an sich, wirbelte sie herum und drückte sie mit seinem Körper gegen die Wand. Durch seine Hose fühlte sie seine Erektion. In ihrem Unterleib pochte es.

Er löste seine Lippen von den ihren. »Du fühlst dich gut an«, murmelte er und schob eine Hand unter ihre Bluse. »So verdammt gut …« Sein Daumen strich über ihre Brustwarze und streichelte sie, bis sie hart wurde und sich unter Seidenbluse und BH aufrichtete. Wieder küsste er sie und begann ihre Bluse aufzuknöpfen.

Sabrina löste sich von ihm. »Dylan …«, stieß sie atemlos hervor und spürte kühle Luft auf ihrer Haut. Ihre Bluse war offen. Sie *wollte*, dass ihre Bluse offen stand.

»Was?«, fragte er mit heiserer Stimme.

»Wir dürfen das nicht …«

»Ich weiß.« Seine Lippen wanderten zu ihrem Hals, ihrer Kehle, dem Schlüsselbein und zurück zu ihrem Mund. »Ich weiß … aber es ist mir egal.« Wieder fanden sich ihre Lippen. Er hatte eine Hand in ihrem Haar vergraben, mit der anderen zog er ihre Bluse aus dem Hosenbund. Mit zitternden Fingern tastete er nach dem Vorderverschluss ihres Büstenhalters und nestelte daran.

Er wollte sie bereits zum Bett tragen, als Sabrina mit einem Ruck den Kopf abwandte. »Wir müssen aufhören!«

Dylan hielt inne und hob den Kopf. Sabrinas Kniekehlen berührten die Matratze.

»Es muss sein, Dylan …« Sie drückte ihm die Hände gegen die Brust.

Seine Wangenmuskeln zuckten, und er schwieg ein paar Sekunden lang. Dann ließ er sie los und wandte sich ab. »Verdammt«, stieß er hervor und fuhr sich mit der Hand durchs Haar. »Ich wusste, dass das passiert, wenn ich dich anfasse. Aber ich konnte nicht anders. Und das wird sich auch nicht ändern. Was soll ich nur machen?«

Sabrina war auf die Bettkante gesunken. Sie zitterte am ganzen Körper. Nie zuvor hatte sie eine solche Leidenschaft verspürt. Ihr Inneres bebte unter dem Ansturm der Gefühle. Auch sie hatte keine Ahnung, wie es weitergehen sollte.

Mit zitternden Fingern knöpfte sie ihre Bluse zu.

»Sabrina.«

Sie hob den Kopf, begegnete seinem Blick.

»Du bist Carsons Tochter. Es ist ohnehin schon alles kompliziert und schwierig genug. Wenn wir jetzt noch …«

»Ich weiß«, sagte sie leise.

Dylan rieb sich den Nacken. Sabrina sah, dass auch er unter dem Ansturm der Gefühle ins Wanken geraten war. »Ich könnte jetzt 'nen Drink gebrauchen«, sagte er. »Du auch? Oder willst du lieber warten und nachher mit deiner Mutter etwas trinken?«

Sabrina nahm den Hörer vom Telefon auf dem Nachttisch und wählte die Handynummer ihrer Mutter.

»Hallo?« Glorias Stimme klang besorgt.

»Mutter? Geht's dir gut?«

»Ja, Liebes. Ich stecke gerade mitten in einer Besprechung.«

Sabrina zog die Brauen zusammen. Hatte ihre Mutter zufällig einen Kunden getroffen? »Mit wem?«

»Ich musste vor deinem Eintreffen Zeit totschlagen. Also habe ich einen Termin gemacht.«

»Oh.« Sabrina spürte, wie eine Woge der Erleichterung sie durchlief. »Hättest du in dem Fall etwas dagegen, wenn ich unser Essen um eine halbe Stunde verschiebe? Ich würde mich sonst verspäten.«

Gloria schien kurz zu überlegen. Dann: »Aber gar nicht. Wenn ich zuerst mit meiner Besprechung fertig bin, bestelle ich uns schon mal einen Tisch.«

»Sehr gut. Danke dir. Wir sehen uns.« Sabrina legte auf und holte tief Luft. So weit, so gut. Sie hatte sich ein wenig Zeit verschafft.

»Du trinkst doch Merlot, oder?« Dylan stand vor ihr und musterte sie aufmerksam.

Sabrina nickte. »Ich sollte mich stärken, und zwar schnell.« Sie stand auf und blickte an sich hinunter. »Und ich sollte mich im Bad ein bisschen zurechtmachen. Ich treffe dich dann unten.« Wehmütig sah sie ihn an. »Im Wohnzimmer ist es sicherer als im Schlafzimmer. Unter den gegebenen Umständen halte ich es für besser, wenn wir den Wein dort trinken.«

»Da hast du Recht.« Dylan schaute grimmig drein. »Aber ich bin nicht sicher, ob es *überhaupt* einen sicheren Ort gibt.«

Als Sabrina fünf Minuten später ins Wohnzimmer kam, stand Dylan an der Bar und stürzte einen Merlot hinunter. Bei ihrem Eintreten sah er auf und deutete auf das andere Glas, das auf der Theke stand; dann griff er nach der Flasche und schenkte sich nach. »Bitte sehr.«

»Danke«, sagte Sabrina. Sie nahm ihr Glas und bemerkte stirnrunzelnd, dass ihre Hände so sehr zitterten, dass der Wein am Glasrand hochschwappte. Sie versuchte, das Zittern zu verbergen, indem sie rasch einen kräftigen Schluck nahm – auch zur Beruhigung der Nerven.

Dylan bemühte sich nicht einmal, seine Verfassung zu verbergen. Er stürzte auch sein zweites Glas hinunter, als wäre es Wasser, und schaute so finster drein wie vorhin im Schlafzimmer. Sein Blick war nicht nur zornig, sondern auch besorgt, vielleicht sogar schuldbewusst.

Das hatte Sabrina wirklich nicht gewollt.

»Wir müssen darüber reden, und zwar bald«, sagte er. »Obwohl ich keine Ahnung habe, wann wir Zeit dafür finden sollen. Aber heute Abend ist nicht die richtige Gelegenheit. Du hast noch ein Kapitel Familiendrama vor dir und eine ganze Menge Papiere zu studieren, bevor du ins Bett kannst. Und morgen wartet ein gewaltiges Projekt auf dich – und noch einiges andere, wie wir beide wissen. Lass uns ein klärendes Gespräch um ein oder zwei Tage verschieben, ja?«

Sabrina neigte den Kopf und betrachtete ihn gespannt. »In Ordnung. Aber vorher möchte ich dir noch etwas sagen, damit du beruhigt bist. Mir geht es gut. *Sehr* gut. Gestern Abend habe ich dir ja erzählt, wie wenig Erfahrung ich mit Männern habe. Ich vermute, jetzt hast du Angst, dass ich mir zu viel verspreche oder dass ich furchtbar sensibel bin und irgendwann vor Enttäuschung durchdrehe. Das wird nicht geschehen, ich versprech's dir. Also sieh mich nicht so schuldbewusst an.«

Dylan warf ihr einen Blick zu, schenkte sich dann ein frisches Glas ein. »Freut mich zu hören, dass es *dir* gut geht. *Mir* geht's nämlich nicht besonders.«

»Warum nicht?«, fragte Sabrina und versuchte, ein Lächeln zurückzuhalten. »Hast du auch so wenig Erfahrung?«

»Sehr witzig.« Dylan kippte einen Schluck Wein. »Mein Problem ist, dass ich zu erfahren bin. Bin schließlich auf der Straße groß geworden. Da entdeckt man den Sex sehr früh und kriegt ihn, wann man will und wie oft man will, solange man die richtigen Orte aufsucht.«

»Hört sich toll an«, meinte Sabrina und schwenkte den Wein in ihrem Glas. »Hast Glück gehabt, dass du dir keine Krankheit eingefangen hast.«

»Weiß ich. Aber ich war ja auch nicht blöd oder unvorsichtig. Hab immer ein Kondom benutzt. Das war die erste meiner drei Grundregeln.«

»Wie lauteten die anderen zwei?«

»Nummer zwei hieß: keine Jungfrauen.«

»Tatsächlich?« Sabrina zog die Brauen hoch, und ihre Stimme triefte vor Ironie. »Was für ein Edelmut!«

»Hatte mit Edelmut nichts zu tun. Ich wollte die Verantwortung nicht, das ganze Theater. Hätte mir zu viel aufgeladen. Nicht mein Ding.«

»Verstehe. Und Regel Nummer drei?«

»Keine emotionalen Bindungen. Ich brauchte das Gefühl, die Oberhand zu behalten. Und wenn man sich verliebt und sich sorgt, verliert man die Oberhand.« Dylan leerte sein drittes Glas Wein, starrte auf die verbliebenen Tropfen. »Schon komisch mit diesen Regeln. Die sterben immer zuletzt. Selbst wenn man älter und reifer wird, selbst wenn man nicht mehr die kleine Rotznase ist, bleiben einem diese Grundregeln erhalten. Sie werden zu einem Bestandteil der Persönlichkeit, zu der man sich entwickelt.«

»Danke für die Lektion. Es war wirklich fesselnd.« Sabrina stellte ihr Glas hin. »Ich sollte jetzt lieber zum Hotel fahren. Nimm du die Limousine. Ich rufe mir ein Taxi.«

»Ich brauch den Schlitten nicht. Wohne nur drei Blocks entfernt. Da kann ich prima zu Fuß gehen.«

»Taumeln, meinst du wohl«, versetzte Sabrina. »Du hast gerade drei Gläser Wein gekippt.«

»Ich kann viel vertragen. Ich bin nicht betrunken, jedenfalls lange nicht so angetrunken, wie ich gerne sein möchte. Nimm ruhig die Limousine.«

Sabrina zuckte die Achseln. »Wie du willst.« Sie wandte sich zur Treppe.

»Sabrina, warte.«

Der Befehlston in seiner Stimme ließ sie innehalten. Langsam drehte sie sich um.

»Ich hab vor ein paar Minuten die Beherrschung verloren«, stellte er nüchtern fest. »Ich wollte dich so sehr, dass ich wie blind war und nichts anderes mehr im Kopf hatte, als dich ins Bett zu kriegen. Ich hätte alle meine Regeln in den Wind geschlagen. Ich hätte alle Schwierigkeiten beiseite gefegt. Ich hätte alles getan, um mit dir zu schlafen. Das ist mir noch nie passiert, in fünfunddreißig Jahren nicht. Es ist verrückt, dass so etwas von einem Moment auf den anderen passieren kann, und dazu mit einer Frau, die für mich tabu sein sollte … einer Frau, die ich erst vor zwei Tagen unter schwierigen Umständen kennen gelernt habe. Und das Verrückte ist, dass ich nicht abwarten kann, dass es noch einmal passiert … es sei denn, du hast verdammt viel mehr Willenskraft als ich, um dich dagegen zu wehren. Also, wie gesagt … es freut mich, dass es *dir* gut geht. *Mir* nicht.«

Dylans Worte taten ihr unendlich gut. Sabrina wünschte sich, es wäre anders, doch sie konnte nichts dagegen tun. Sie wusste, dass der Wein ihm die Zunge gelöst hatte, doch was er sagte, war ehrlich gemeint, das spürte sie. Und dass er ebenso gefangen war in seinen Gefühlen wie sie selbst, dass er ebenso betroffen war von deren Intensität – und ebenso wenig dagegen tun konnte –, machte den Aufruhr in ihrem Innern ein wenig erträglicher.

»Willst du nicht auch mal was dazu sagen?« Seine Stimme klang beinahe schroff.

»Etwas Ehrliches, meinst du?« Sabrina rang sich ein Lächeln ab. »Na schön. Vielleicht geht es mir doch nicht *so* gut. Ich habe in der letzten halben Stunde keinen zusammenhängenden Gedanken fassen können. Wenn, wäre ich wahrscheinlich genauso geschockt wie du über die Folgen und Verwicklungen, die unser Verhalten nach sich ziehen könnte. Aber im Augenblick kann ich bloß rausgehen, in die Limousine steigen und versuchen, mich wie ein halbwegs vernünftiges menschliches Wesen zu benehmen, das nicht den Verstand verloren hat und sich selbst so fremd geworden ist, dass es sich nicht mehr versteht. Ich muss vergessen, was zwischen uns geschehen ist, und mich auf meine Mutter und morgen auf Ruisseau konzentrieren.«

Sabrinas Lächeln erlosch. »Wenn ich morgen früh in die Firma komme, muss ich vor den Angestellten das bestmögliche Bild abgeben. Carson zählt auf mich. Und ich darf ihn nicht enttäuschen.«

»Du wirst ihn nicht enttäuschen, da bin ich mir vollkommen sicher.« Dylan lachte leise. »Ist schon komisch, nicht wahr? Ich hätte nie gedacht, dass ich so etwas mal sagen würde. Aber nachdem ich euch beide zusammen gesehen habe, nachdem ich beobachtet habe, wie gut ihr euch versteht, und gehört habe, was du mir heute Abend gesagt hast …« Er hielt inne und räusperte sich. »Ich hab mal gesagt, du hättest Glück, Carson zum Vater zu haben. So langsam glaube ich, dass *er* der größere Glückspilz von euch beiden ist.«

Erstaunt bemerkte Sabrina, wie ihr Tränen in die Augen traten. Sie machte keine Anstalten, sie zu verbergen, obwohl sie wusste, dass sie nun eine *ihrer* Grundregeln brach, die sie frühzeitig im Beruf gelernt hatte: Zeige niemals deine Verletzlichkeit.

Sabrina schluckte, und ihre Stimme klang ein wenig erstickt. »Du hast keine Ahnung, was es mir bedeutet, das von dir zu hören«, sagte sie und vergalt Dylans Freimut mit gleicher Offenheit. »Besonders jetzt, wo ich Angst vor dem habe, was auf mich zukommt. Danke, Dylan.«

»Dank nicht mir. Und hab keine Angst.« Dylan beobachtete das Wechselspiel der Gefühle auf ihrem Gesicht, und sein Blick wurde dunkel. Sabrina spürte, dass er gegen das Verlangen kämpfte, sie wieder in die Arme zu nehmen.

Und Sabrina wusste nicht, ob sie ihm dann nicht nachgeben würde. Denn auch sie würde es wollen. Sie *hatte* es ja schon gewollt. Doch wenn sie beide ihrem Verlangen nachgaben, wären sie in einem Netz gefangen, aus dem sie nicht mehr herauskämen.

Zum Glück rührte Dylan sich nicht vom Fleck, obwohl die Luft zwischen ihnen beiden vor Spannung knisterte. »Ich hoffe, dass mit deiner Mutter alles so klappt, wie du es dir vorstellst«, sagte er leise. »Und was morgen angeht …« Er hob sein leeres Glas, als wollte er ihr zuprosten. »Es gibt keinen Zweifel, wie dein Debüt bei Ruisseau ablaufen wird. Du wirst sie alle vom Hocker hauen.«

21.30 Uhr
Middle Village, Queens

Auf dem Weg zu seiner kleinen Wohnung fragte Russ sich zum hundertsten Mal, wie er die Sache am besten angehen sollte. Sich an die Bullen zu wenden kam nicht infrage. Mr Brooks war ein sehr fairer Mann. Er würde die Sache lieber persönlich in die Hand nehmen wollen. Außerdem hatte Russ keinerlei Beweise. Zwar war er zwei Stunden über seine gewohnte Arbeitszeit hinaus im Büro geblieben und hatte in aller Eile die Akten der Buchhaltung durchforstet, doch es hatte nichts Neues erbracht. Am liebsten hätte er im Computer nachgesehen, doch er kannte das Passwort der Abteilung nicht.

Aber er hatte auch so genug gesehen. Viel zu viel. Russ wusste, dass ein guter Enthüllungsjournalist vor allem ein dickes Fell brauchte, aber in diesem Fall klappte das nicht. Er war persönlich zu sehr betroffen.

Russ bog in eine Gasse ein. Den Kopf gesenkt, trabte er im Dunkeln weiter und wog seine Möglichkeiten ab. Mr

Brooks lag immer noch im Krankenhaus, und es ging ihm schlecht. Russ hätte ihn am liebsten besucht, aber das war nicht machbar. Die nächste Möglichkeit war Mr Newport. Sollte er ihn morgen früh aufsuchen und ihm alles erzählen? Dann müsste Mr Newport die Entscheidung treffen. Aber auch das war Mist, denn Mr Newport hatte sowieso schon sehr viel zu tun. Er und Mr Brooks kannten sich schon seit einer Ewigkeit. Und Newport war völlig durcheinander, weil Mr Brooks angeschossen worden war. Trotzdem würde Newport am besten wissen, was zu tun war. Was war das für ein Durcheinander! Wenn die Sache herauskam, würde die Scheiße bis zum Ventilator spritzen!

Russ sah die dunkle Gestalt nicht, die in der Nähe seiner Wohnung lauerte …

Mit einem leisen Rascheln trat sie aus der Deckung und huschte hinter ihn. In dem Augenblick, als Russ die Gefahr ahnte, spürte er bereits den brennenden Schmerz der Messerschneide im Rücken.

Er brach auf dem Pflaster zusammen.

Der Angreifer durchwühlte seine Taschen und nahm den Geldclip und die Seiko-Armbanduhr, obwohl beides keinen besonderen Wert darstellte. Aber es musste wie ein Raubmord aussehen.

Die Gestalt verschwand in der Nacht und ließ Russ in seinem Blut liegen.

16

21.35 Uhr
Plaza Atheneé

Sabrina eilte durch die Hotelhalle. Noch während sie die Jacke abstreifte, teilte sie dem Empfangschef mit, dass sie an diesem Abend auschecken würde, und bat ihn, die notwendigen Vorkehrungen zu treffen. Dann begab sie sich schnurstracks zur Bar und überlegte, was sie ihrer Mutter erzählen sollte und was nicht.

Die Sache mit Dylan musste sie auf jeden Fall verschweigen. Es war noch zu früh; es gab noch zu viele Wenns und Abers, und sie war noch zu verwirrt.

Sabrina betrat die Bar – und blieb stocksteif stehen.

An einem kleinen Cocktailtisch saß ihre Mutter mit den Detectives Whitman und Barton.

Die beiden Beamten erhoben sich höflich, als Sabrina sich dem Tisch näherte.

»Hallo, Miss Radcliffe«, grüßte Detective Barton. »Schön, Sie zu sehen.«

»Meine Mutter hat sich mit Ihnen verabredet?«, fragte Sabrina ungläubig und schaute Bestätigung heischend zu ihrer Mutter. Gloria wirkte so gelassen und elegant wie immer. Doch Sabrina war beunruhigt. Der Himmel allein mochte wissen, was diese beiden Berufsschnüffler ihr angelastet hatten.

»Es ist alles in Ordnung, Sabrina«, sagte Gloria, als sie die besorgte Miene ihrer Tochter bemerkte. »Ich habe die Detectives gleich nach unserem Gespräch angerufen. Sie haben sich freundlicherweise bereit erklärt, ins Hotel zu kommen. So konnte ich sie über ein paar Dinge aufklären.« Sie schürzte die Lippen. »Zum Beispiel, wo und in wessen Gesellschaft ich mich am Montagnachmittag zwischen fünf und sechs aufgehalten habe.«

»Wir werden Ihr Alibi sofort überprüfen, Miss Radcliffe«, versicherte Detective Whitman. »Und ich rechne nicht damit, dass es Probleme gibt.« Sie lächelte höflich. »Eine Dinnerparty mit sechs Gästen – das sind mehr als genug Zeugen. Vielen Dank für Ihr Entgegenkommen. Es ist uns eine große Hilfe, wenn jemand sich bei unseren Ermittlungen zuvorkommend zeigt.«

Whitman wandte sich an Sabrina. »Wie geht es Mr Brooks?«

»Das ändert sich ständig«, erwiderte Sabrina steif. »Mal ist er kräftiger und geistig völlig klar, dann wieder schwach und nicht im Stande, ein Gespräch zu führen. Das liegt natürlich auch an den Schmerzmitteln. Aber er kämpft wie ein Löwe. Ich drücke ihm die Daumen.«

»Er hat Glück, dass ihm so viele Menschen zur Seite stehen. Ich bin sicher, das ist ihm eine große Hilfe.« Whitman wechselte einen Blick mit ihrem Kollegen. »Wir lassen Sie jetzt allein. Sie beide haben sich bestimmt eine Menge zu erzählen.«

»Vielen Dank, Detectives.« Gloria schüttelte beiden Beamten mit einem freundlichen Lächeln die Hand. »Und nochmals danke, dass Sie hergekommen sind.«

»Wie lange haben sie mit dir gesprochen?«, wollte Sabrina wissen, kaum dass die Beamten verschwunden waren.

»Ungefähr eine Stunde.« Gloria erhob sich. »Komm, gehen wir in den Speisesaal. Der Tisch ist reserviert. Wir können uns beim Essen unterhalten.«

Sie bestellten und warteten, bis das Tafelwasser eingeschenkt war. Dann begann Sabrina: »Erzähl mir, was Whitman und Barton gesagt haben.«

Gloria hob die Schultern. »Im Moment sind sie entweder

sehr erleichtert oder sehr enttäuscht. Offenbar waren sie der Meinung, dass ich die Täterin sein müsste. Doch da ich ein fünffach bezeugtes Alibi vorweisen kann, sind sie in einer Sackgasse gelandet.«

»Die verdächtigen *jeden*. Stürzen sich wie die Jagdhunde auf das Wild. Tut mir Leid, dass du das mitmachen musstest.«

»So schlimm war es nicht. Zuerst waren sie natürlich misstrauisch, aber nachdem ich ihnen die Dinge aus meiner Sicht dargelegt hatte, wurden sie ruhiger. Zum Schluss haben wir uns ganz gut verstanden. Ich habe Detective Whitman sogar ein paar Tipps für das Nachtleben in Manhattan gegeben.«

Sabrina musste lachen. »Mutter, du bist einfach großartig! Du könntest einer Kobra die Beute abschwatzen. Ich muss immer wieder über dich staunen. Ich selber verstehe es nicht allzu gut, Leute um den Finger zu wickeln. Ich schieße immer direkt aus der Hüfte. Wen ich aufs Korn nehme, der hat schon fast …« Sie hielt inne, als ihr bewusst wurde, dass sie sich aufs Glatteis wagte.

»Ich glaube, wir beide kennen die Antwort«, sagte Gloria sanft.

»Wahrscheinlich.« Sabrina rieb sich die Schläfen. »Ich habe das Gefühl, als wäre seit Montag eine Ewigkeit vergangen. Habe immer geglaubt, ich könnte mit allem fertig werden. Aber das war ein Irrtum.«

»Du wirst schon damit fertig. Außerdem sind die Umstände sehr ungewöhnlich.«

Sabrina sah ihre Mutter fragend an. »Bevor wir weitermachen, muss ich etwas wissen. Wie haben meine Großeltern es aufgenommen?«

Gloria seufzte. »Ungefähr so, wie du es dir wahrscheinlich vorgestellt hast. Das einzig Positive ist, dass ihre Angst um deine Gesundheit die Wut und Sorge über den möglichen Skandal mindert. Wir müssen ihnen Zeit lassen und darauf hoffen, dass sie einlenken. Da wir gerade von Zeit reden … wann kommen die Ergebnisse der Gewebetypisierung?«

»In ungefähr einer Woche. Wenn sich herausstellt, dass ich kompatibel bin, muss ich noch eine ganze Batterie von Tests absolvieren, zum Nephrologen gehen …« Sabrina holte tief Luft. »Doch über diese Details müssen wir jetzt noch nicht sprechen. Falls es nötig wird, erzähle ich dir alles. Denn ich werde deine Unterstützung brauchen, weiß Gott. Aber meine Entscheidung steht. Wie ich dir schon am Telefon sagte: Wenn ich die passende Spenderin bin, werde ich die Transplantation vornehmen lassen.«

Gloria schaute sie mit traurigem, aber auch stolzem Lächeln an. »Ich weiß.«

»Da ist noch etwas …«, fuhr Sabrina fort. »Nein, es hat nichts mit meiner Gesundheit zu tun«, stellte sie rasch klar, als sie die besorgte Miene ihrer Mutter sah. »Es geht um meine berufliche Karriere. Ich bekomme eine Riesenchance geboten.« Sie spielte mit ihrer Serviette herum. »Carson und ich haben eine Art … geistige Verbindung. Es ist schwer zu erklären. Ich kenne ihn kaum, und doch verstehe ich ihn. Und ich mag ihn und achte ihn sehr. Was er aus dem Nichts aufgebaut hat, ist schier unglaublich. Aber jetzt, wo er im Krankenhaus liegt, macht er sich Sorgen wegen seines Unternehmens. Er will verhindern, dass Ruisseau Gewinneinbußen erleidet, und er will die Moral der Mitarbeiter aufrechterhalten. Deshalb braucht er jemanden, der für ihn einspringt.«

»Und da hat er dir einen Job angeboten«, schloss Gloria. »Du hast einen Beratervertrag mit ihm gemacht.«

Sabrina befeuchtete sich die trockenen Lippen. Sie hatte nicht vorausgesehen, wie schwer es ihr fallen würde. »Ja und nein. Es stimmt nur zum Teil. Das ist die Version, die

die Belegschaft zu hören bekommt ... zumindest vorläufig. Aber es geht um mehr. Um viel mehr.« Sie blickte ihrer Mutter fest in die Augen und gestand ihr die Wahrheit, ohne um den heißen Brei herumzureden. »Carson hat mich gebeten, den Posten der Geschäftsführerin zu übernehmen.«

Gloria stellte ihr Glas hin. »Was?«

»Es geht nicht darum, dass ich CCTL aufgebe«, versicherte Sabrina. »Ich werde meine Zeit zwischen beiden Unternehmen aufteilen.« Sie legte ihrer Mutter dar, wie Carson und sie sich diese Aufteilung vorstellten. »Er lässt mir viel Freiraum, und das ist gut so, denn ich habe noch keine Vorstellung davon, wie viel Zeit und Arbeit es erfordert, bis ich beide Firmen gleichzeitig managen kann.«

»Soll ich das so verstehen, dass du sein Angebot angenommen hast?«

Sabrina studierte die Miene ihrer Mutter, um eine mögliche Reaktion vorauszusehen. Dann nickte sie. »Ja. Habe ich. Musste ich. Nicht nur Carson zuliebe, sondern auch für mich.« Sie wartete mit angehaltenem Atem.

»Meinen Glückwunsch.« Gloria legte ihre Hand auf Sabrinas. »Ich finde es wunderbar! Erstens hast du Gelegenheit, deinen Vater richtig kennen zu lernen, und zweitens ist es *die* berufliche Chance deines Lebens. Ich bin sehr stolz auf dich!«

»Du bist nicht böse?«

»Nein.« Nachdenklich schüttelte Gloria den Kopf. »Im Gegenteil. Ich hatte zwei Tage Zeit, darüber nachzudenken, wie es für dich sein müsste, auf einmal einen Vater zu haben. Ich wusste ja seit einigen Jahren, dass der Mann, den ich als Spender ausgewählt hatte, Carson Brooks sein musste. Ich habe wirklich geglaubt, richtig zu handeln, indem ich diese Information von dir fern hielt. Aber ich habe mich geirrt. Ich wünschte, ich hätte gewusst, dass Carson sich auf die Suche nach dir machen wollte. Das hätte alles geändert, auch meinen Entschluss, dich über deinen Vater im Unklaren zu lassen. Aber nun ist ohnehin alles anders gekommen. Also, um deine Frage zu beantworten: Nein, ich bin nicht böse. Ich wünschte mir, der arme Mann wäre nicht angeschossen worden. Aber ich bin froh, dass das Schicksal zu euren Gunsten eingegriffen hat.«

Erleichterung durchströmte Sabrina. Aber da war noch eine Partei, zäh und starrköpfig, die sie für sich gewinnen musste. »Was ist mit meinen Großeltern? Wie werden sie reagieren, wenn ich Ihnen erzähle, dass ich die Geschäftsführung von Ruisseau übernehme?«

Gloria drehte ihre Handflächen nach oben, um anzudeuten, dass die Antwort darauf in den Sternen stünde. »Vielleicht reagieren sie wütend darauf. Aber es ist ebenso gut möglich, dass sie das Prestige sehen, das damit verbunden ist, Skandal hin oder her. In deinem Alter die Chefin eines solchen Unternehmens zu sein … nicht übel.« Ihre Lippen verzogen sich belustigt.

Sabrina erwiderte das Lächeln. »Ich verstehe, was du meinst. Und wenn es jemanden gibt, der die beiden in dieser Hinsicht positiv beeinflussen kann, dann bist du es.«

»Du möchtest, dass ich es ihnen mitteile?«

»Nein, das muss ich schon selbst tun. Und wenn ich ein Donnerwetter über mich ergehen lassen muss, soll es eben so sein. Aber ich könnte dich gebrauchen, um den Schaden zu begrenzen, falls nötig.« Sabrina zog die Brauen zusammen. »Aber ich warte noch mit der Eröffnung, bis ich den medizinischen Befund habe.«

»Das würde ich an deiner Stelle auch tun. Sobald die Ergebnisse der Blutuntersuchung vorliegen, kannst du 's den beiden ja erzählen.«

Sabrina stieß einen Seufzer aus. »Vielleicht klingt es egoistisch, aber ich bin erleichtert. Diese Gnadenfrist von einer Woche wird mir ein wenig von der Anspannung nehmen.

Bis dahin muss ich sowieso noch ein paar Hürden überwinden. Das fängt an mit meinem neuen Job als Beraterin bei Ruisseau … dem offiziellen Job, wohlgemerkt. Meine Stellung als Geschäftsführerin wird geheim bleiben müssen, bis ich öffentlich verkünden darf, dass ich Carsons Tochter bin. Und das kann ich erst, wenn ich es meinen Großeltern gesagt habe. Carson versteht das. Er war sehr geduldig und hat die Entscheidung mir überlassen. Er will, dass ich mich in meiner neuen Rolle wohl fühle. Und vor allem liegt ihm mein Glück am Herzen.«

»Das überrascht mich nicht.« Glorias Augen glitzerten verdächtig. »Carson hat gerade erst gemerkt, was es bedeutet, Vater zu sein. Ein *richtiger* Vater – in jeder Beziehung.«

23.30 Uhr
Greenwich Village

Jeannie war gerade eingeschlafen, als das Telefon klingelte. Sie streckte die Hand nach ihrer Nachttischlampe aus, fand sie nicht und begnügte sich damit, im Dunkeln nach dem Apparat zu tasten, bis sie den Hörer von der Gabel gestoßen hatte.

Sie angelte ihn sich und klemmte ihn ans Ohr. »Ja?«

»Hey«, erklang Franks muntere Stimme. »Wach auf. Wir müssen rüber nach Queens.«

»Bist du verrückt? Ich war seit heute früh um fünf auf den Beinen. Außerdem ist das nicht unser Bezirk.«

»Weiß ich. Aber da ist ein Mord passiert. Ein junger Mann, Anfang zwanzig. Russ Clark. Wurde vor der Haustür erstochen. Falls ich dich an unsere Liste erinnern darf: Er war Praktikant bei Ruisseau.«

Sofort war Jeannie hellwach. Sie schlug die Decke zurück und sprang aus dem Bett. »Wie ist die Adresse?«

17

Freitag, 9. September, 8.05 Uhr
Ruisseau Fragrance Corporation

Lautlos glitt der Fahrstuhl zum elften Stock empor. Sabrina strich den Blazer ihres roten Seidenanzugs glatt. Es war ein Modell ihrer Mutter – schlicht, aber mit dem besonderen Gloria-Radcliffe-Flair: niveauvoll und ganz im Stil der aktuellen Mode. Und was die Farbe anging, lächelte Sabrina zufrieden. Sie konnte förmlich den Kommentar ihrer Mutter hören: *Eine gute Wahl, Sabrina. Rot. Die absolute Powerfarbe.*

Sabrina hoffte das auch. Schließlich hatte sie den Anzug mit Bedacht ausgewählt. Selbst ihr Haar, das sie normalerweise offen trug, hatte sie zu einem lockeren Chignon aufgesteckt, der sie ein wenig energischer und geschäftsmäßiger aussehen ließ, ohne dass es zu streng oder gar unnahbar wirkte.

Sabrina mochte vor ein paar Jahren aus diesem Konkurrenzkampf ausgestiegen sein, aber sie hatte noch nicht vergessen, *wie* man kämpfte.

Ein Klingeln ertönte, und eine erleuchtete *11* zeigte Sabrina an, dass sie ihr Ziel erreicht hatte. Sie holte tief Luft.

Jetzt geht's los, dachte sie.

Die Fahrstuhltüren glitten auf.

Sabrina schritt durch einen lichten Flur zum großen, geschwungenen Schreibtisch der Empfangsdame. Die war jetzt, um kurz nach acht, noch nicht da, wohl aber einer der Wachmänner, der zweifellos seit dem Anschlag auf Carson Posten stehen musste. Er stand neben der Doppeltür, die in die inneren Büros führte.

»Kann ich Ihnen helfen?«, erkundigte er sich.

»Ich bin Sabrina Radcliffe. Mr Hager erwartet mich.«

Der Mann schaute auf seinem Klemmbrett nach und nickte dann. »Einen Augenblick, bitte.« Er nahm den Hörer des Telefons vom Schreibtisch ab, drückte einen Durchwahlknopf. »Miss Radcliffe ist hier.« Pause. »Ja, gut.« Er legte auf. »Sie werden sofort abgeholt.«

Sabrina dankte ihm mit einem Nicken, stellte ihren Aktenkoffer auf die Armlehne eines Stuhls und schaute sich um. Auf der gesamten Wandbreite hingen Werbeplakate von Ruisseau; dazwischen standen lobende Sprüche für *C'est Moi*, die verschiedene TV-Stars und namhafte Sportler von sich gegeben hatten. Mitten im Raum stand ein fantastischer, riesiger Glaskasten mit geschliffenen Flakons, die allesamt Ruisseau-Produkte enthielten. Die Flakons wirkten wie zufällig arrangiert auf einem Kaschmirwandbehang, der in der ganzen Länge der Vitrine ausgelegt war.

Sehr elegant.

Auf der Vitrine standen einige Parfümproben – natürlich auch ein Flakon *C'est Moi* –, damit die Besucher während der Wartezeit etwas zu schnuppern hatten.

Geschicktes Marketing.

Alles in allem erfüllte dieser Raum genau die Funktion, die man von ihm erwartete: Er führte den Besucher in die elegante und sinnliche Welt ein, die Ruisseau so glänzend repräsentierte.

Sabrina nahm den Flakon mit *C'est Moi* zur Hand, begutachtete die anmutigen Linien des Fläschchens. Es war ebenso sexy wie der Duft selbst. Neugierig zog sie die Verschlusskappe ab und sprühte ein wenig Parfüm auf ihr Handgelenk. Sie hatte gesehen, aus welchen Bestandteilen *C'est Moi* hergestellt wurde, hatte den chemischen Prozess verfolgt, sogar an den Blüteningredienzen gerochen. Doch das Endprodukt kannte sie noch nicht.

Sabrina schwenkte ihr Handgelenk ein wenig und schnupperte. *Meine Güte.* Das war wirklich ein Fest für die Sinne. Moschusartig und geheimnisvoll, superweiblich, ein wenig blumig und von verführerischer Schwere. Kein Wunder, dass die Frauen darauf flogen.

Die Doppeltür schwang auf, doch statt Stan oder seiner Sekretärin erschien Dylan, um sie willkommen zu heißen.

Sabrina stellte den Flakon hin und blinzelte überrascht. Sie war nicht darauf vorbereitet gewesen, Dylan hier zu treffen – noch auf sein Erscheinungsbild.

Heute trug er einen teuren italienischen Anzug und Seidenkrawatte, und es stand ihm gut. Seltsam, dass sie zu Anfang ihrer Bekanntschaft gedacht hatte, er wäre ein Jeans- und T-Shirt-Typ. So war es nicht: Dylan Newport konnte sich aussuchen, was er sein wollte.

»Guten Morgen«, grüßte er kurz. »Freut mich, dass Sie so früh gekommen sind.«

Anstatt durch seine Schroffheit beleidigt zu sein, spürte Sabrina, wie sie nervös wurde. Seine mühsam beherrschte Stimme zeugte nicht von Unhöflichkeit, sondern von Unruhe. Irgendetwas stimmte nicht.

»Guten Morgen«, erwiderte sie und suchte in seinem Gesicht nach einer Erklärung. »Ich hatte gedacht, Stan würde mich …«

»Gehen wir in mein Büro.« Dylan ging voraus, hielt ihr die Doppeltür auf und führte sie dann durch einen stillen Korridor. Sie kamen zu einem großen Eckbüro; es war offensichtlich Dylans, denn hier befand sich die Messingplatte, von der er ihr erzählt hatte, mit der Gravierung »Dylan Newport, Syndikus«. Er blieb in der offenen Tür stehen und ließ ihr den Vortritt.

Sein Büro passte schon eher zu ihm: unprätentiös, nüchtern, lässig. Sämtliche Möbel waren aus Teakholz mit schönen klaren Linien und glänzenden Oberflächen, ob es sich nun um den Schreibtisch oder das Sideboard handelte.

Eine ganze Wand wurde von einem Bücherregal mit juristischen Werken eingenommen. Die einzige Dekoration waren ein paar Stücke moderne Keramik auf den Beistelltischen der Sitzgruppe. Weder teurer Schnickschnack noch pompöse Gemälde und schon gar keine Ehrfurcht einflößenden juristischen Diplome. Ja, das hier war der Stil, der zu Dylan Newport passte.

Sabrina machte ein paar Schritte ins Büro, ließ den Aktenkoffer fallen und wandte sich zu ihm um. »Du hast doch irgendetwas«, stellte sie in dem Moment fest, als er die Tür hinter sich schloss. »Was ist los? Hat es mit Carson zu tun?«

»Nein.« Dylan rieb sich den Nacken. Sein Gesicht war angespannt. »Russ Clark, einer unserer Praktikanten, wurde letzte Nacht vor seiner Wohnung erstochen.«

»O Gott!« Sabrina hielt sich die Hand vor den Mund. »Weiß man schon etwas Genaues?«

»Nein. Es gibt keine Anzeichen für einen Kampf, keine Zeugen, nichts. Seine Armbanduhr und sein Geld fehlten.«

»Also ein Überfall?«

Dylan stieß ein hohles Lachen aus. »Ich wäre überrascht, wenn Russ mehr als zwanzig Dollar bei sich gehabt hätte. Und was seine Uhr angeht … wenn ich mich recht erinnere, war sie ungefähr fünf Jahre alt und schon beim Kauf nicht besonders viel wert. Der Junge war einundzwanzig. Er wohnte in einem Arbeiterviertel in Queens. Er hat sich den Hintern aufgerissen, um das College zu schaffen. Carson hat ihn mit einem Stipendium unterstützt. Russ war fleißig wie ein Biber und hat sich nie beschwert. Überstunden, Wochenenden – immer war er da, wenn man ihn brauchte. Er stand hoch in Carsons Gunst. Der Junge hatte Mumm. Und er betete Carson an. Und jetzt, drei Tage nach dem Anschlag auf Carson, wird er plötzlich erstochen.« Er blickte

Sabrina mit schmerzlicher Miene an. »Klingt das für dich wie ein Zufall?«

»Nein«, gab Sabrina zu. Ihre Gedanken rasten. »Nehmen wir mal an, die beiden Vorfälle haben miteinander zu tun. Meinst du, dass Russ irgendwas gewusst hat?«

»Davon bin ich überzeugt.« Dylan machte eine ungeduldige Handbewegung. »Natürlich habe ich keine Beweise. Nenn es ein Gefühl. Und ich glaube, dass auch Whitman und Barton dieser Überzeugung sind.«

»Die Polizei weiß also auch schon, dass Russ ermordet wurde?«

»Die Ermittlungen laufen seit gestern Nacht. Und die Detectives wurden hinzugezogen, weil Russ bei Ruisseau arbeitete und weil man von einer möglichen Verbindung zu dem Anschlag auf Carson ausging. Und weil Russ keine Familie hat, haben sie sich sofort mit Stan in Verbindung gesetzt. Und der hat mich und Susan angerufen.«

»Susan?«, fragte Sabrina erstaunt.

»Russ ist von YouthOp zu Ruisseau gekommen. Stan sagt, Susan war völlig fertig, als sie von der Sache hörte. Als er mich vor zehn Minuten aus dem Wagen anrief, um mir das Neueste mitzuteilen, sagte er mir, er habe Susan am Krankenbett angetroffen. Sie hat sich gerade noch zusammennehmen können. Bevor Stan das Krankenhaus verließ, hat er Dr. Radison gesagt, Susan müsse ein Beruhigungsmittel bekommen. Übrigens ist Stan noch unterwegs, deshalb konnte er dich nicht in Empfang nehmen.«

Sabrina schüttelte den Kopf. »Stan hätte warten können, bevor er Carson diese Neuigkeit brühwarm servierte. Wenn Carson den Jungen so sehr mochte, wie du sagst, muss es schrecklich für ihn sein und könnte eine Verschlechterung seines Zustands bewirken.«

»Das wird Carson nicht zulassen. Eher wird er noch entschlossener kämpfen, weil er unbedingt erfahren will, wer der Täter ist. Du weißt ja mittlerweile, wie sehr er sich für seine Angestellten verantwortlich fühlt. Wenn *er* von einer Kugel erwischt wird, ist das eine Sache – wenn aber einer seiner Leute ermordet wird, ist es eine völlig andere. Glaub mir, Stan hat schon die richtige Entscheidung getroffen. Carson würde sich schrecklich aufregen, hätten wir ihm die Information vorenthalten. Außerdem hätte er es früher oder später von den Cops oder sonst wem erfahren. Da war es schon besser, dass es von Stan kam.«

»Es geht ihm also gut?«

»Er ist wütend. Und aufgewühlt – wahrscheinlich mehr, als er in Susans Beisein zugeben mag. Ich fahre später zum Krankenhaus und mache mir selbst ein Bild.« Er schaute Sabrina an und schien sie zum ersten Mal an diesem Morgen richtig wahrzunehmen. »Du kannst gern mitkommen.«

»Danke. Es wäre eine Beruhigung.«

Dylan musterte sie rasch von Kopf bis Fuß; dann ließ er den Blick langsamer über sie gleiten und entspannte sich merklich.

»Nun?«, erkundigte Sabrina sich leichthin. »Wie lautet das Urteil?«

»Darf ich ehrlich sein? Oder habe ich dann eine Anklage wegen Belästigung zu befürchten?«

»Ich glaube, ich kann mich zurückhalten. Versuch's mal.«

»Na schön. Du siehst fantastisch aus. Schönheit und Macht in einer Person. Eine umwerfende Business-Powerfrau. Du schüchterst sogar mich ein.«

Sabrina verkniff sich ein Grinsen. »Lügner! Dich kann gar nichts einschüchtern. Aber es freut mich, dass du so viel Vertrauen in mich setzt.«

Dylan atmete hörbar aus. »Sabrina, es tut mir Leid, dass ich dich eben so überfahren habe. Aber ich bin wütend und ziemlich verzweifelt. Russ war noch so jung ... Ich *muss* rauskriegen, wer ihm das angetan hat, und dieses Schwein erwürgen.«

»Du brauchst dich nicht zu rechtfertigen. Es ist eine Tragödie, die auch mir zu schaffen macht, und dabei habe ich Russ nicht mal gekannt.« Sie schürzte die Lippen. »Ich glaube wie du, dass die beiden Verbrechen zusammenhängen, und ich hoffe, dass irgendwo ein Fehler gemacht worden ist. Wer der Täter auch ist, er kann kein Profi sein. Irgendwo wird es einen Hinweis auf ihn geben. Und Whitman und Barton werden ihn aufspüren.«

»Wenn sie es nicht können, tu *ich* es«, sagte Dylan. »Ich halte es nicht mehr lange aus, untätig herumzusitzen und mich in Geduld zu üben.«

Sabrina runzelte die Stirn. »Tu nichts Übereiltes, Dylan. Wir reden hier über einen Mörder, nicht über einen hirnlosen Schläger.«

»Das ist mir schon klar.« Er fuhr sich mit der Hand durchs Haar und blickte auf die Uhr. »Okay, wir haben noch eine halbe Stunde bis zur Konferenz.« Er machte eine Geste zum Sideboard, auf dem eine dampfende Kanne stand. »Möchtest du Kaffee? Aber Vorsicht, es ist die giftige Variante.«

»Gut. Hab letzte Nacht nicht besonders viel Schlaf gekriegt.«

Dylan warf ihr einen fragenden Blick zu, während er zum Sideboard ging und zwei Tassen füllte. »Bist du schon umgezogen?«

»Ja. Hab im Bad Ruisseaus Planung für das vierte Quartal studiert. Dann in meinem neuen kuscheligen Bett die Bilanzen und die Marketingstrategie. Wirklich ’ne schöne erste Nacht in meinem neuen Heim. War fast der Himmel auf Erden.«

Dylan lachte halblaut. »Hört sich toll an. Kein Wunder, dass du jetzt ’nen Kaffee brauchst.« Er reichte ihr die Tasse und bedeutete ihr, in einem Sessel Platz zu nehmen.

»Ich beschwere mich nicht«, sagte sie ihm und ließ sich in die weichen Polster sinken. »Nachteulen müssen eben ihr neues Revier in Besitz nehmen. Im Übrigen ist es wirklich ein wunderschönes Haus.« Sie nippte am Kaffee. »Du wohnst drei Blocks weiter?«

»Ja. 76. Straße West, in der 341.«

»Auch so schön wie ich?«

»In vieler Hinsicht, ja.« Dylan setzte sich in den Sessel gegenüber. »Es ist auch ein Brownstone-Haus, allerdings mit anderem Grundriss. Außerdem ein bisschen weiter westlich als deines, näher an Riverside Drive und Riverside Park, sodass ich frühmorgens joggen gehen kann, wenn ich einen klaren Kopf brauche.« Er beugte sich vor und sah sie nachdenklich an. »Wie war das Dinner gestern Abend mit deiner Mutter? War es schwer für dich?«

»Eigentlich nicht.« Sabrina rührte sein ehrliches Mitgefühl. War dies der Mann, der gesagt hatte, er könne kaum Mitleid mit ihr aufbringen? »Allerdings waren zuerst die Detectives Whitman und Barton dabei. Das war ein bisschen peinlich.«

»Haben sie deine Mutter in dem Moment überfallen, als sie im Hotel eincheckte?«

»Nein, so rücksichtslos waren sie nicht. Mutter hatte sie hingebeten. Sie wusste ja, dass auch sie vernommen würde. Und sie hatte Zeit totzuschlagen, bevor ich kam. Also hat sie die Zeit genutzt.«

»Und?«

»Und die Detectives haben ihre Aussage bekommen, inklusive Alibi. Danach sind sie gegangen, und wir konnten in Ruhe essen.«

»Dann ist es ja gut. Wie hat sie denn auf alles reagiert?«

»Sie hat mir mehr Unterstützung geboten, als ich erwartet hätte. Sie hat mich ermutigt, Carson besser kennen zu lernen, und hat sich gefreut, dass er mir die Geschäftsführung von Ruisseau angetragen hat.« Sie runzelte die Stirn. »Mit meinen Großeltern wird es nicht so einfach sein. Deren Reaktion steht noch aus.«

Dylan sah sie stirnrunzelnd an. »Wenn ihnen Status so viel bedeutet, müsste es sie dann nicht glücklich machen, dass du Geschäftsführerin eines so erfolgreichen Unternehmens wie Ruisseau wirst?«

»Wenn das die ganze Geschichte wäre, wären sie hoch erfreut. Nur ist dieser Teil der Gleichung leider schon das Ergebnis und nicht die ganze Rechnung. Meine Großeltern sind Snobs, das will ich gar nicht bestreiten. Außerdem sind sie hoch in den Achtzigern. Du kannst dir vorstellen, wie sie zur Frage der künstlichen Befruchtung stehen. Und was den Skandal angeht, sind sie nicht mehr so widerstandsfähig wie früher. Von Reportern verfolgt zu werden, ihr Leben von Grund auf umgekrempelt zu sehen, wird ihnen furchtbar zusetzen. Ich bete nur darum, dass es nicht zulasten ihrer Gesundheit geht. Ich bin ihr Augapfel, seit ich auf der Welt bin. Sie lieben mich über alles. Dass ich eine OP über mich ergehen lassen und ein Organ spenden will, wird ihre schlimmsten Ängste wecken. Sie werden sich Sorgen um die Folgen machen … um alles, was der Eingriff nach sich ziehen könnte. Deshalb fühle ich mich schuldig. Schließlich bin *ich* es, die ihnen all das antut.«

Dylan nahm einen Schluck Kaffee. Sabrina sah, dass er angestrengt nachdachte.

»Von dieser Warte habe ich es noch nicht betrachtet«, gab er schließlich zu. »Ehrlich gesagt habe ich so gut wie keine Erfahrungen mit Familienbanden. Loyalität und Sorge um den anderen kann ich nachvollziehen, aber sensibel zu sein für Angst und Schwächen ist mir neu.«

»Wahrscheinlich, weil Carson diese Eigenschaften in so geringem Maße besitzt.«

»Er besitzt sie, nur zeigt er sie keinem«, berichtigte Dylan. »Zumindest bis jetzt. In der letzten Woche hat er sich sehr verändert, weil er dem Tod so nahe gekommen ist, vor allem aber, weil du in sein Leben getreten bist.«

»Ich habe mich ebenfalls verändert. Und du übrigens auch. Dass du meine Sorge wegen der Großeltern nachvollziehen kannst, beweist es.« Sabrina wog ihre nächsten Worte sorgfältig ab. »Du verkaufst dich unter Wert. Du bist viel sensibler, als du glaubst.«

»Sensibel?« Er wirkte belustigt.

»Sagen wir es mal so: Du lernst. Und wer weiß, vielleicht besteht ja noch Hoffnung.«

Wieder zeigte er sein schiefes Grinsen. »Ist das deine professionelle Einschätzung?«

»Ja.«

»Du wirst Schwierigkeiten haben, den Rest der Welt zu überzeugen, dir Glauben zu schenken.« Er verzog schmerzlich das Gesicht. »Besonders unsere Freunde von der Polizei. Die halten mich für den Hauptverdächtigen, für einen kaltblütigen Mörder.«

»Vielleicht *haben* sie das geglaubt«, widersprach Sabrina. »Aber jetzt nicht mehr. Nicht, wenn ich zu ihnen durchdringen konnte – und ich glaube, das habe ich geschafft. Ich habe nicht um den heißen Brei herumgeredet. War ziemlich überzeugend. Außerdem habe ich keinen Grund zu lügen. Deshalb werden sie vermutlich ihre Meinung ändern oder meiner Meinung zumindest Glauben schenken.«

»Wovon redest du da?«, fragte Dylan und blickte sie verwirrt an. »Was soll das heißen, du bist zu ihnen durchgedrungen?«

Sabrina trank einen Schluck Kaffee und erwiderte gelassen: »Bei der Vernehmung vorgestern haben sie ein paar sehr direkte Anspielungen gemacht, dass sie dich ins Visier genommen haben. Ich habe die Einzelheiten aus ihnen herausgequetscht, weil ich sie daran erinnert habe, dass ich

Carson Brooks Tochter bin und alles Recht der Welt darauf hätte, über den aktuellen Stand der Ermittlungen unterrichtet zu sein. Und nachdem ich die Antwort hatte, hab ich's ihnen gegeben.«

Dylan verschluckte sich fast an seinem Kaffee. »Du hast dich für mich eingesetzt?«

»Laut und deutlich. Ich habe ihnen gesagt, sie wären blind, wenn sie nicht sähen, welchen Sorgen du dir um Carson machst, und dass kein noch so großes Erbe ein Motiv für dich sein könnte, ihn zu ermorden. Ich habe gesagt, wie es ist. Das ist meine Art.« Sie bemerkte seine erstaunte Miene und lächelte leicht. »Jetzt bist du überrascht.«

»Dass du eine ehrliche Haut bist? Nein. Aber dass du mich verteidigt hast, überrascht mich wirklich. Zu dem Zeitpunkt konntest du mich doch gar nicht leiden. Von Vertrauen gar nicht erst zu reden.«

»Ich war nur misstrauisch, weil du mich anscheinend mit allen Mitteln dazu bringen wolltest, Carson zu helfen«, berichtigte Sabrina. »Deine Gefühle für ihn habe ich niemals in Zweifel gezogen. Und was die Sympathie betrifft …« Sie warf ihm einen koketten Blick zu. »Irgendwie bist du mir inzwischen vertrauter geworden.«

Sein Blick wurde intensiver. »Ach ja?«

»Hmmm.«

»Freut mich zu hören. Fakt ist jedenfalls, dass du mich verteidigt hast. Danke.«

»Nichts zu danken.«

Und da war es wieder, dieses Gefühl der gegenseitigen Anziehung. Doch Sabrina musste es im Keim ersticken. Es war die falsche Zeit, der falsche Ort.

»Vielleicht sollten wir jetzt besser zum Konferenzraum gehen«, sagte sie und stellte ihre Tasse auf den Couchtisch.

»Da hast du wohl Recht.« Dylan schenkte ihr wieder eines seiner schiefen Lächeln und stellte ebenfalls seine Tasse hin. »Aber vorher sollte ich dir dein neues Büro zeigen. Keine Sorge«, fügte er in halb scherzhaftem, halb ernstem Tonfall hinzu. »Dein Büro liegt näher an Carsons als an meinem. Womit wir mindestens ein Dutzend Wände und einen langen Flur zwischen uns hätten.«

Er erhob sich. »Und was den Spaziergang dorthin betrifft, auch der ist sicher. Es ist Viertel vor neun, sodass schon viele Angestellte im Haus sind. Du brauchst dich also nicht zu sorgen, dass mich plötzlich die Triebe überfallen.«

Sabrina verkniff sich ein Grinsen, nahm ihren Aktenkoffer und wandte sich zur Tür. »Ich kann dir gar nicht sagen, wie erleichtert ich bin.«

»Hatte ich mir schon gedacht.« Er griff zum Türknauf, und beide ignorierten das erotische Knistern zwischen ihnen. »Wenn du dich in deinem neuen Büro umgeschaut hast, dürfte es allmählich Zeit für Stan sein.« Er hielt inne, ergriff ihren Unterarm und brachte ihren Handrücken an seine Nase. »Übrigens«, seine Stimme klang heiser, »diesen Duft brauchst du gar nicht.«

18

9.20 Uhr
Mt. Sinai Hospital

Gloria hatte den Zeitpunkt ihres Besuchs mit voller Absicht gewählt.

Sie betrat das Krankenhaus durch den Hintereingang, getarnt mit Sonnenbrille und Hut für den Fall, dass Reporter von Modemagazinen auf der Lauer lagen. Parfüm und Mode hatten viele Berührungspunkte; es war also nicht völlig abwegig, dass ein Journalist auf der Suche nach Stoff für eine exklusive Carson-Brooks-Story Gloria erkannte. Und das konnte sie jetzt am allerwenigsten gebrauchen – zumindest nicht, bevor sie selbst eine Presseerklärung abgegeben hatte.

Gloria nahm den Fahrstuhl, fuhr hinauf zur Intensivstation und begab sich zum Schwesternzimmer. Zögernd näherte sie sich dem Empfang. Sie fragte sich, ob sie nicht einen kapitalen Fehler beging.

»Ja?«, fragte eine stämmige, resolut wirkende Oberschwester.

Gloria nahm Hut und Sonnenbrille ab und lächelte die Frau freundlich an. »Guten Morgen. Mein Name ist Gloria Radcliffe. Ich möchte Carson Brooks besuchen. Ich weiß, dass es ihm sehr schlecht geht. Ich möchte seine Zeit auch nur ein paar Minuten in Anspruch nehmen.«

Die Krankenschwester musterte Gloria, als hätte diese behauptet, die Welt sei eine Scheibe. »Ich bedaure, aber die Besuchszeit ist sehr eingeschränkt. Haben Sie die Erlaubnis von Mr Carsons Arzt?«

»Nein, aber ich würde ihn gern darum bitten. Es ist doch Dr. Radison, nicht wahr?«

»Ja.«

»Ist er zu sprechen? Ich werde ihn nicht lange aufhalten.«

Die Schwester seufzte tief. »Um neun Uhr dreißig wird er im OP erwartet, und …«

»Perfekt.« Gloria schenkte der Schwester ihr strahlendstes Lächeln. »Dann kann er ja vielleicht eine Minute erübrigen. Bitte, es geht um eine persönliche und sehr wichtige Angelegenheit. Ich bitte lediglich darum, dass Sie Dr. Radison verständigen, dass ich hier bin. Wenn er mich nicht sprechen will oder mir den Besuch verweigert, gehe ich sofort.«

Die Krankenschwester rieb sich die Stirn. »Wie war noch mal Ihr Name?«

Zum ersten Mal im Leben wünschte sich Gloria, erkannt zu werden. »Gloria Radcliffe.«

»Die Modeschöpferin?« Eine hübsche, jüngere Krankenschwester trat zu ihnen und blickte Gloria begeistert an, sodass diese sich fragte, ob ihr heimlicher Wunsch nicht ein wenig voreilig gewesen war. »Sie sind es wirklich! Ich habe Ihr Foto in der *Vogue* gesehen. Ihre neue Herbstkollektion ist sensationell.«

Die stämmige Schwester blinzelte verwirrt. »Tut mir Leid, ich hab's nicht so mit der Mode.«

»Das macht doch nichts«, versicherte Gloria, wobei sie der zweiten Schwester zulächelte. »Ich würde Dr. Radison wirklich gern sprechen, bevor er in den OP muss …«

»Ich piepse ihn an«, sagte die stämmige Schwester. »Doktor Radison, hier Mary von der Intensivstation. Mrs Gloria Radcliffe ist hier und möchte Sie sprechen. Sie möchte Mr Brooks besuchen.« Pause. »Okay … ja.« Sie legte auf. »Er ist unterwegs.«

»Vielen Dank.« Gloria war dermaßen erleichtert, dass sie in den nächsten drei Minuten angeregt mit der jüngeren Schwester (»Nennen Sie mich doch Peggy!«) über Mode plauderte.

Schließlich kam Dr. Radison, schon im OP-Kittel. »Mrs Radcliffe?« Er starrte sie verblüfft an. Gloria hatte auch nichts anderes erwartet.

Entschlossen, ihre Absicht durchzusetzen, bot sie ihm die Hand. »Vielen Dank, dass Sie gekommen sind, Doktor. Man hat mir gesagt, dass Sie gleich im OP zu tun haben. Ich werde Ihre Zeit auch nur eine Minute in Anspruch nehmen.«

Sie gingen in eine Nische, wo sie ungestört waren. Gloria verschwendete keine Zeit. »Wahrscheinlich haben Sie *mich* am allerwenigsten hier erwartet.«

»Das stimmt«, gab der Arzt zu. »Und mir ist ehrlich gesagt nicht klar, warum Sie mit …«

»Ich bin nach New York gekommen, um meiner Tochter beizustehen«, fiel ihm Gloria ins Wort. Sie wollte dem Arzt die notwendige Information so knapp wie möglich mitteilen. »Warum sie meinen Beistand benötigt, brauche ich Ihnen ja nicht zu erklären. Soviel ich weiß, sind Sie einer der wenigen Menschen, die über die Umstände Bescheid wissen. Und eben diese Umstände sind der Grund, warum ich mit Carson Brooks sprechen möchte. Ich nehme an, dass er denselben Wunsch hat. Haben Sie etwas gegen einen Besuch einzuwenden?«

Dr. Radison blickte sie zweifelnd an. »Das hängt davon ab, ob Ihr Besuch ihn aufregt.«

»Ich würde eher das Gegenteil vermuten. Ich hoffe, dass mein Besuch ihn beruhigt. Sie wissen, dass es ein sehr lebendiges Bindeglied zwischen uns gibt. Sie wissen auch, dass er sich möglicherweise einem risikoreichen Eingriff unterziehen muss. Wenn Sie das alles in Erwägung ziehen und dazu sein Naturell bedenken, dürften Sie mir zustimmen.«

»Ich verstehe, was Sie meinen.« Doch der Arzt zögerte noch.

»Bitte, Herr Doktor, sagen Sie ihm nur, dass ich da bin. Dann kann er selbst entscheiden.«

Radison überlegte kurz, dann nickte er. »Na schön.« Er ging den Korridor hinunter an einem Polizisten vorbei und verschwand in dem bewachten Zimmer.

Keine Minute später tauchte er wieder auf.

»Er möchte Sie jetzt gleich sehen«, sagte er zu Gloria und winkte sie zu sich.

Gloria wurden vor Erleichterung die Knie weich.

»Aber höchstens zehn Minuten«, wies der Arzt sie an. »Falls seine Kräfte vorher nachlassen, wird die Schwester Sie bitten zu gehen. Er hat einen schweren Morgen hinter sich.«

Gloria wollte schon fragen, was Radison damit meinte,

schwieg dann aber. Sie hatte die gewünschte Erlaubnis erhalten; das war erst einmal die Hauptsache. »Ich verstehe. Vielen Dank, Doktor.«

Sie holte tief Luft, drückte die Klinke herunter und betrat das Krankenzimmer.

Trotz der vielen Schläuche und Apparaturen war Carson Brooks auf den ersten Blick zu erkennen. Der Mann hatte unverwechselbare Züge, auch wenn er jetzt blass und schwach aussah. Doch die scharfen blauen Augen blitzten vor Neugier.

»Schön, schön.« Er lächelte schwach. »Das ist mal ein Besuch, den ich wirklich nicht erwartet habe. Warum eigentlich nicht?«

Gloria lächelte. »Es freut mich, dass ich Sie besuchen darf.«

»Machen Sie Witze? Endlich, nach all diesen Jahren, sind wir auf gleicher Höhe …« Sein Lächeln wurde breiter. »Ich weiß so viel über Sie wie Sie über mich … na ja, fast. Fehlt die Mitschrift von dem Fragebogen … und der Abschnitt über Ihre Ziele. Aber immerhin weiß ich, was Sie mit Ihrem Leben machen wollten …« Mit einiger Anstrengung hob er den Arm und bot ihr die Hand. »Hallo, Gloria. Schön, Sie kennen zu lernen.«

»Gleichfalls.« Sie schüttelte ihm die Hand, und in ihren Augen spiegelte sich Freude, die jedoch erlosch, als sie den Blick über den Herzmonitor, die Infusionsschläuche und die vielen anderen Apparaturen schweifen ließ, die Carson das Überleben sicherten. »Wie geht es Ihnen?«

»Besser als gestern, aber leider schlechter als morgen.« Er veränderte seine Lage ein wenig und zuckte vor Schmerz zusammen. »Ich schaff's schon. Hab jede Menge Antrieb … Mehr als zuvor, dank Ihnen …« Er deutete auf einen Stuhl. »Setzen Sie sich doch.« Er schöpfte Atem, während Gloria Platz nahm.

»Der Arzt sagte, Sie hätten einen schweren Morgen hinter sich.« Gloria machte es sich bequem. »Fühlen Sie sich kräftig genug, mit mir zu reden?«

»Ich könnte ein bisschen Ablenkung gebrauchen.« Carson machte ein entschlossenes Gesicht. »Lag ja nicht an mir, dass der Morgen so schlimm war … Gestern Nacht ist einer meiner Praktikanten ermordet worden … Vor der eigenen Haustür erstochen … ein netter Bursche, erst einundzwanzig Jahre alt … Hatte das Leben noch vor sich.«

»Wie schrecklich.« Gloria spürte es wie einen Stein im Magen. Ein Junge in diesem Alter! Das war der Albtraum jeder Mutter. »Weiß man schon, wer es getan hat?«

»Keine Ahnung. Und was das Motiv angeht … hat bestimmt mit mir zu tun … mit dem Anschlag auf mich. Der Junge mochte mich sehr, wissen Sie …« Carson schluckte schwer. »Ist aufgewachsen wie ich. Fand schließlich seinen Weg … Die ganze Geschichte ist schrecklich.«

Gloria nickte. »Wie so vieles im Leben. Aber ich bin sicher, die Detectives Whitman und Barton werden die Verbrechen aufklären. Die beiden sind sehr entschlossene und gründliche Leute.«

»Oh …« Ein wissender Blick. »Die haben Sie also auch schon drangekriegt?«

»Sie haben mit mir gesprochen, und sie hatten allen Grund dazu. Als auf Sie geschossen wurde, war ich in New York. Und nach Meinung der Detectives hatte ich ein überzeugendes Motiv: Ich wollte verhindern, dass Sie Kontakt zu Sabrina aufnehmen. Der Fehler in ihrer Logik war jedoch, dass ich keine Ahnung von Ihrer Suche nach Sabrina hatte. Außerdem konnte ich ein Alibi vorweisen. Ich war am fraglichen Abend auf einer Dinnerparty. Also haben sie mich von der Liste der Verdächtigen gestrichen.«

Carson schaute finster drein. »Tut mir Leid, dass Sie das durchmachen mussten …«

»Die Detectives tun nur ihre Arbeit. Und die tun sie gut. Deshalb bin ich sicher, dass sie den Schützen finden werden ... und auch den Mörder des jungen Mannes.«

»Ich hoffe es«, sagte Carson. »Jedenfalls ist das der Grund, warum ich einen schlimmen Morgen hatte ...« Er holte tief Luft. Gloria merkte, dass er gern das Thema wechseln wollte.

»Nun ja«, sagte sie in munterem Tonfall. »Ich denke, dieses Treffen ist schon lange überfällig, meinen Sie nicht auch?«

Carson grinste schwach. »Oh ja, das würde ich auch sagen.« Er blickte sie aufmerksam an. »Sabrina hat keine Ahnung, dass Sie hier sind.«

Er klang so überzeugt, dass Gloria einen Schreck bekam. »Woher wollen Sie das wissen?«

»Die Schwester war gerade hier und hat mir Blut abgenommen. Das bedeutet, es ist neun Uhr durch ... Sabrina muss jetzt in der Konferenz sein ... was Sie sicher schon gewusst haben.«

Wieder einmal wurde Gloria bewusst, was für eine vorzügliche Wahl sie damals getroffen hatte. Obwohl er um sein Leben kämpfte, war dieser Mann auf dem Laufenden. »Da haben Sie wieder Recht. Ich wollte Sabrina bei unserem Gespräch nicht dabeihaben. Ich musste allein mit Ihnen reden. Ich werde ihr später darüber berichten ... oder Sie erzählen es ihr. Es war nicht nötig, dass sie es vorher erfuhr. Das Mädchen hat schon genug um die Ohren. Was die Konferenz angeht, darüber weiß ich Bescheid. Ich weiß auch, worum es geht ... worum es *wirklich* geht. Sabrina hat es mir gestern Abend gesagt.«

Carson verdaute die Information, ohne mit der Wimper zu zucken. »Und wie haben Sie reagiert?«

»Ich habe mich für sie gefreut. Nicht nur wegen des angebotenen Postens. Vor allem, weil sie eine Beziehung zu Ihnen aufbauen wird.« Es war eine seltsame Situation, aber sie waren durch das einzigartige Band eines gemeinsamen Kindes miteinander verbunden, so ungewöhnlich die Umstände der Empfängnis auch gewesen waren.

»Seit Dylan Newport Sabrina aufgesucht hat, konnte ich nachdenken und unser Leben durch die Augen einer vernünftigeren Person sehen als der, die ich vor achtundzwanzig Jahren war.« Gloria stützte das Kinn in die Hand, und ihr Blick verlor sich in weiter Ferne. »Ich hätte nie gedacht, dass ich meinen Entschluss, Sabrina allein aufzuziehen, einmal infrage stellen würde. Ich hatte mehr als genug Liebe zu geben und mehr als genug Mittel, um ihr jeden Vorteil im Leben zu verschaffen. Es ist schon seltsam, wie die Zeit und das Älterwerden die eigene Sichtweise verändern.«

Carson lachte kurz und freudlos auf. »Ein wahres Wort … Hey, Sie reden gerade mit dem Mann, der sich glücklich schätzte, dass er mit ein bisschen Flüssigkeit behilflich sein konnte … und der nie wusste, ob dabei tatsächlich ein Kind herausgekommen war … Dann wurde ich fünfzig und wünschte es mir. Schwer zu glauben, was? Ein ehrgeiziger Kerl wie ich … will plötzlich ein Kind.« Carson hielt inne, um Kraft zu schöpfen. »Sie haben es großartig hingekriegt … Sabrina ist unglaublich. Sie ist klug und schön … und sie hat Mumm.«

Gloria kicherte. »Ich kann nur für die Hälfte der Gene bürgen. Was ihr Aussehen und ihren Charakter angeht, hat sie einiges von Ihnen geerbt. Und den Mumm verdankt sie Ihnen allein.«

Carson wedelte mit der Hand. »Mumm ist nicht immer das Ausschlaggebende … Manchmal ist Raffinesse wichtiger. Aber Sabrinas beruflicher Erfolg … gerade bei diesen anspruchsvollen Topfirmen … Ich schätze, ihre diplomatischen Fähigkeiten hat sie von Ihnen geerbt. Wenn *ich* bei solchen Leuten Managementberatung machen müsste, würde ich nach der ersten Arschkriecher-Sitzung achtkantig rausfliegen.«

»Ja, es ist die Kombination, die zählt. Genau darauf habe ich ja geachtet, als ich Sie aus der Liste der Kandidaten auswählte.« Gloria beugte sich vor. Sie wollte Carson genau wissen lassen, wo sie stand – in Bezug auf ihn, auf Sabrina, auf die Zukunft. »Normalerweise bin ich diskret, aber jetzt ist nicht der Augenblick dafür. Da ich kaum Zeit habe, muss ich mich kurz und bündig fassen.«

»Dann mal los.«

»Es gibt viele Gründe, warum ich gekommen bin. Ich wollte Sie kennen lernen, wollte den Kreis schließen, damit es für uns *beide* begreiflich wird, dass Sie Sabrinas Vater sind. Ich wollte Sie bestärken, unserer Tochter zuliebe so rasch wie möglich wieder gesund zu werden, und ich wollte Sie beruhigen, dass ich nichts gegen Sie habe und mich Ihren Plänen für Sabrinas berufliche Zukunft in keiner Weise entgegenstellen werde. Und es gibt noch einen Grund für mein Kommen: Ich wollte Ihnen einen Eindruck davon geben, was Sabrina im Augenblick durchmacht. Ich glaube, es wird euch beiden helfen.«

Respekt und Dankbarkeit erschienen in Carsons Augen. »Das wäre mir lieb …«

»Fangen wir mit meinen Eltern an.« Ungeachtet ihres kühlen Tonfalls sprach Gloria aus tiefstem Herzen. »Sie würden sie nie verstehen. Ich glaube, Sie würden sie nicht einmal mögen. Manchmal mag *ich* sie nicht einmal. Aber ich liebe sie. Und Sabrina liebt sie auch. Und die beiden wiederum beten ihre Enkelin an. Sie mögen elitär und starrsinnig sein, aber sie sind nicht unfreundlich oder gefühllos. Sie haben nur Angst davor, dass ihr Leben aus den Angeln gehoben wird. Dass sie mitten in einen Medienrummel hineingeraten. Doch am meisten Angst haben sie davor, Sabrina zu verlieren. Der Gedanke, dass sie sich einer Operation unterziehen wird, dass sie eines ihrer Organe spendet … der Gedanke treibt sie beinahe in den Wahnsinn. Und Sabrina weiß das. Deshalb hat sie Schuldgefühle. Andererseits fühlt sie sich dem Vater verpflichtet, der erst vor kurzem in ihr Leben getreten ist. Das müssen Sie bei allen weiteren Überlegungen in Betracht ziehen. Sabrina trägt eine Last, eine schwere Verantwortung auf ihren Schultern.«

Carson schaute sie grimmig an. »Ich werde die Transplantation nicht verlangen … Habe es ihr schon gesagt. Meine Nieren werden auch so wieder arbeiten … Und falls nicht, muss ja nicht Sabrina die Spenderin sein …«

»Sie haben doch gar keine Wahl.« Gloria winkte ab, als er protestieren wollte. »Ich wollte Ihnen keine Schuldgefühle bereiten, sondern Sie nur auf die Umstände aufmerksam machen. Sabrina hat einen ausgeprägten Willen. Das sollte uns nicht überraschen: Ich bin stur, und Sie sind es auch. Wenn Sabrina erst eine Entscheidung getroffen hat, hält sie daran fest. Und ich bewundere ihre Entschlusskraft. Ich bin nach New York gekommen, um sie zu unterstützen, nicht, um sie davon abzubringen. Und wenn es hart auf hart kommt, werden meine Eltern das ebenfalls tun.«

Gloria stieß einen tiefen Seufzer aus. »Was ich damit sagen will … eine Familie zu haben ist ein zweischneidiges Schwert. Hat man keine Familie, ist man unabhängig, ist niemandem Rechenschaft schuldig und kann seine eigenen Bedürfnisse über alles andere stellen. Andererseits ist man einsam. Sie wissen sehr gut, wovon ich rede, denn das alles trifft ja auf Ihr bisheriges Leben zu.« Sie lächelte. »Nun, willkommen auf der anderen Seite, wo man eine Familie *hat*. Zumindest haben Sie einen kleinen Vorgeschmack bekommen. Deshalb versuchen Sie auch, Sabrinas Gesundheit zu schützen, selbst wenn Sie dafür mit der Ihren bezahlen müssten. Familie zu haben bedeutet, die Verantwortung für die Gefühle anderer zu akzeptieren, Mitleid zu zeigen, selbst wenn das eigene Reservoir aufgebraucht ist, und zuletzt an sich selbst zu denken. Das ist nicht immer einfach. Aber es ist das schönste Geschenk, das einem das Leben machen kann. Sie werden es merken, je näher Sie Sabrina kennen lernen.«

Während Gloria sprach, hatte Carson sie nicht aus den Augen gelassen und aufmerksam zugehört. Nun nickte er und befeuchtete seine Lippen, bevor er antwortete. »Ich werde daran denken. Wissen Sie, ich habe mich immer für verdammt clever gehalten ... aber Sie sind cleverer ... Sabrina hat Glück, eine so starke Mutter zu haben.« Er neigte den Kopf, blickte sie nachdenklich an. »Sie haben Recht, wenn Sie sagen, dass ich nicht weiß, wie es ist, eine Familie zu haben ...«

Ein seltsamer Ausdruck trat in Carsons Augen, und Gloria spürte, dass jetzt etwas sehr Persönliches kam.

»Wo wir gerade beim Thema sind, möchte ich Sie mal etwas fragen ... Ich kann mir vorstellen, wie Ihnen zu Mute war ... damals, als Sie einen Samenspender suchten«, stellte er unverblümt fest. »Sie wollten ein Leben nach Ihren eigenen Grundsätzen führen, ungebunden und unabhängig ... Wie sieht es heute damit aus? War Ihr Leben ohne Mann so erstrebenswert, wie Sie dachten?«

Es war eine Frage, die Gloria sich im Laufe der letzten Tage oft gestellt hatte. Doch es wäre ihr nie in den Sinn gekommen, dass Carson Brooks' Gedanken ähnliche Wege gegangen waren. Natürlich musste er sich mit Vaterschaft auseinander gesetzt haben, aber die Frage nach einem lebenslangen Partner hätte sie nicht von ihm erwartet.

»Bekomme ich eine Antwort?«, drängte er. »Oder suchen Sie nach einer taktvollen Art, mir zu sagen, dass mich das verdammt noch mal nichts angeht?«

»Ehrlich gesagt habe ich daran gedacht, wie seltsam es ist, dass gerade Sie diese Frage stellen.«

»Warum? Weil ich auch den Weg des unverheirateten Erfolgreichen beschritten habe?«

»Nein. Weil ich das Gefühl habe, dieser Weg passt heute noch ebenso gut zu Ihnen wie früher. Ich hätte nicht gedacht, dass Sie die andere Möglichkeit überhaupt in Erwägung ziehen.«

»Da haben Sie Recht. Hab ich auch nie. Erst, als die Fünfzig an die Tür klopfte. Da kamen diese Gedanken, ob ich vielleicht ein Kind hätte ... und der Rest ließ auch nicht lange auf sich warten.« Er atmete tief durch. »Wo wir gerade vom Alleinsein reden ... Sie hatten immerhin Sabrina ... Ich hatte meine Arbeit, meine Firma ... Frauen, wenn ich Zeit oder Neigung dazu hatte ... und Dylan, der mir wie ein Sohn ist. Aber ihn habe ich erst als Teenager kennen gelernt. Hab ihn nicht aufgezogen ... Und da bin ich ins Grübeln gekommen ...« Wieder eine Pause, während der er Atem schöpfte. »Wissen Sie was? Ich beantworte meine Frage selbst: Nein, das Leben als Single ist nicht so toll, wie man zuerst glaubt ... Aber es gibt jetzt eine Frau in meinem Leben. Susan Lane ... Sie wird Ihnen gefallen. Eine tolle Frau ... Aber das ist nicht das Gleiche, als wenn man etwas von Anfang an aufbaut ... Wir haben keine gemeinsame Geschichte, keine Erinnerungen, die wir an Kinder weitergeben können ... oder an Enkel. Wenn Sie mich fragen, ich war ein Dummkopf. Wie steht's mit Ihnen?«

»Selbst vor achtundzwanzig Jahren war ich in einer anderen Lage als Sie«, bekannte Gloria freimütig. »Und nicht nur, weil ich bald darauf Sabrina bekam – wofür ich Gott danke –, sondern auch, weil ich Eltern hatte, meine Wurzeln kannte und wusste, was Bindung an andere Menschen bedeutet. Sie müssen bedenken, Carson, als ich mich zu einer Schwangerschaft entschloss, war ich dreiunddreißig, Sie aber erst zweiundzwanzig. Ich war schon viel länger erwachsen als Sie. Ich wusste bereits, dass das Leben als Single nur die zweitbeste Formel für Glück war. Ich habe versucht, einen Partner zu finden … immer wieder habe ich es versucht. Aber es war vergeblich. Natürlich hätte ich lieber geheiratet. Aber das war mir nicht bestimmt, wie sich leider herausstellte. Alleinsein ist nicht erstrebenswert. Ich hätte liebend gern meine andere Hälfte gefunden, mit ihm gelebt und Kinder mit ihm gehabt.«

»Heißt das, Sie wünschen es sich für Sabrina?«

Warum nur hatte sie das deutliche Gefühl, dass dieses Gespräch schon seit einiger Zeit in eine bestimmte Richtung führte?

»Ob ich mir wünsche, dass sie nicht nur für die Arbeit lebt, sondern ihr Herz einem Mann öffnet? Ja, das wünsche ich mir. Es würde mich überglücklich machen, wenn es irgendwo den Richtigen für Sabrina gäbe und wenn die beiden einander finden. Ich bin Realistin, habe aber auch meine Träume.«

»Dann ist es gut.« Carson ließ sich in die Kissen sinken, verschränkte die Finger vor der Brust und wirkte trotz Schmerz und Erschöpfung wie die sprichwörtliche Katze, die den Kanarienvogel gefressen hat. »Weil es mir … genauso geht.«

Gloria beäugte ihn argwöhnisch. »Und?«

»Und was?«

»Warum haben Sie das Thema zur Sprache gebracht?«

Carson zuckte die Achseln. »Aus Neugier.« Er legte den Kopf schief. »Übrigens, als Dylan nach Manchester geflogen ist … haben Sie ihn bei der Gelegenheit kennen gelernt?«

»Nein.«

»Das ist schade. Aber Sie werden ihn noch kennen lernen … Und wenn es so weit ist, behalten Sie ihn im Auge … Er wird in Ihrem Leben noch eine Rolle spielen, so wie in meinem … Aber die Rolle ist noch größer, als …«

Seine Augenlider fielen langsam zu, als er gegen den Schlaf ankämpfte.

Hastig warf Gloria einen Blick auf die Uhr. Die Schwester würde sie jeden Moment hinauswerfen. Aber sie konnte nicht weg – noch nicht. Nicht, bevor das Offensichtliche ausgesprochen war.

»Spielen Sie etwa Ehestifter, Carson?«, fragte sie laut.

Ein Augenlid klappte auf. »Nix da ... Halte nur die Augen offen. Wir brauchen keinen Ehestifter ... Achten Sie auf die Funken und sehen Sie selbst.« Ein selbstgefälliges Lächeln umspielte seine Lippen. »Am Ende stehen noch Enkelkinder in den Karten.«

9.35 Uhr
Ruisseau Fragrance Corporation

Steif saßen die zehn Abteilungsleiter um den Konferenztisch herum und bildeten einen regelrechten Wall um Sabrina.

Sie nahm Platz und ließ den Blick in die Runde schweifen, nahm einen nach dem anderen in Augenschein, ordnete den Gesichtern Namen zu.

Stan und Dylan, die ihr zur Seite saßen, kannte sie ja bereits.

Links von Stan saß Nelson Harte III., der Finanzleiter: ein Ellbogentyp, Absolvent der Harvard Business School, Finanzgenie. Ihm folgte Alfred Rowe von der Produktion, früher Direktor von Distillation Technologies, einer Firma, die vor zwölf Jahren von Carson aufgekauft worden war. Auf dem nächsten Platz saß Sandra Cooper, Vertriebsleiterin, mit vierzig die Jüngste der Führungsriege, brillant und mit fabelhaftem Know-how, was auch der Grund für ihren kometenhaften Aufstieg war.

Links neben ihr saß John Baker, Chef der EDV; eine seltene Mischung aus technologischem Genie und kreativem Geist und ein detailversessener Fanatiker. Daneben saß Steve Hollins von der Planung: innovativ und erfindungsreich, einer, der die Ärmel hochkrempelte und sich mit ganzer Kraft in seine Aufgaben stürzte. Ihm folgte Rita Whiting vom Marketing: die treibende Kraft hinter der *C'est Moi*-Kampagne und scharf wie eine Klinge. Sie strahlte die Energie einer Dreißigjährigen aus, obwohl sie über fünfzig war. Nach Rita kam Claude Phelps, Leiter der Abteilung Forschung und Entwicklung: ein abgefahrener Exzentriker, Typ verrückter Wissenschaftler, der zu Carsons ursprünglichem Mitarbeiterstab gehörte. Dann folgte Roland Ferguson, Chef der Personalabteilung, der seine erfolgreiche Zeitarbeitsfirma aufgegeben hatte, um für Carson zu arbeiten.

Und schließlich war da Dylan, offiziell Leiter der Rechtsabteilung, obwohl das längst nicht die Bedeutung erfasste, die er in der Firma besaß. Und schließlich Sabrina selbst, seit zwanzig Minuten rechtmäßige Geschäftsführerin der Ruisseau Corporation, seit sie die von Dylan vorbereiteten und von Carson signierten Dokumente unterzeichnet hatte, mit Stan als Zeugen. Sie besaß nun den Titel und die Vollmacht – und die Anonymität, so lange sie es wollte. Vorläufig sollten ihre Direktiven von Stan weitergegeben werden; er würde ihre Empfehlungen aussprechen und an ihrer Stelle im Vorstand stimmen. Für die Mitarbeiter würde sie offiziell Carsons Managementberaterin sein.

Es war ein gefährlicher Balanceakt.

Sabrina hatte nun die Prüfung der Gesichter beendet und nippte an ihrem Kaffee. Die Spannung im Raum war mit Händen zu greifen. Sie konnte nicht umhin, Mitgefühl mit den Leuten am Tisch zu empfinden. Alle waren sichtlich nervös, spielten mit ihren Kugelschreibern, konnten ihre Beine nicht stillhalten und machten einen beunruhigten Eindruck, als sie nun darauf warteten, dass Stan endlich mit der Sprache herausrückte, warum er sie zusammengerufen hatte. Sie waren erschöpft von Überstunden, geschockt von dem Anschlag auf Carson und entnervt von den Befragungen durch die Polizei.

Und jetzt hatte Stan Hager eine außerplanmäßige Sitzung einberufen, deren Notwendigkeit jedoch außer Frage stand. Nach den Ereignissen der letzten Tage waren die Mitarbeiter verunsichert, was kommen würde, und warfen Sabrina – dem unbekannten Eindringling – beunruhigte Blicke zu. Alle fragten sich, wer sie war und was sie hier zu suchen hatte.

Stan ließ sie nicht lange im Ungewissen.

»Danke, dass ihr so kurzfristig kommen konntet«, begann er. »Tut mir Leid, dass wir mit Verspätung angefangen haben, aber ich komme gerade erst vom Mount Sinai Hospital.« Er faltete die Hände auf dem Tisch, sichtlich um Beherrschung bemüht. Es war Stans Aufgabe, die Sitzung mit einer schrecklichen Nachricht zu eröffnen und den Mitarbeitern, die schon unter dem Mordanschlag auf ihren Chef zu leiden hatten, eine weitere Hiobsbotschaft zu überbringen.

»Wenigstens eine Sorge kann ich euch nehmen. Carson geht es einigermaßen gut. Sein Zustand ist stabil. Ich war vorhin eine halbe Stunde bei ihm. Er war wach, konnte sprechen und war sogar etwas kräftiger als gestern. So weit, so gut. Aber dann musste ich ihm die schreckliche Neuigkeit überbringen, die ich nun auch euch mitteilen muss. Gestern Nacht wurde Russ Clark vor seiner Haustür erstochen.«

Alle schnappten nach Luft.

»Ich weiß noch nichts Genaues, nur so viel, dass Russ Geld und Armbanduhr geraubt wurden und dass die Ermittlungen der Detectives Whitman und Barton dahinzielen, ob es eine Verbindung zwischen dem Mord und dem Anschlag auf Carson gibt.« Mit zitternder Hand rieb er sich die

Stirn und räusperte sich, um die Beherrschung wiederzuerlangen. »Am Montagabend lässt Ruisseau einen Gedenkgottesdienst für Russ abhalten. Nähere Informationen über Ort und Zeit bekommt ihr nachher in einem Memo. Außerdem hat Carson einen YouthOp-Gedenkfonds für Russ ins Leben gerufen. Spenden sind willkommen. Auch darüber wird Genaueres im Memo stehen.«

Stan sah sich in der Runde um. Seine eigene Miene war ebenso versteinert wie die seiner Zuhörer. »Ich brauche euch wohl nicht zu sagen, welch ein Schlag das für Carson ist. Ihr alle wisst, wie er für seine Mitarbeiter sorgt. Aber er würde nicht wollen, dass Russ' Ermordung die Geschäfte zum Erliegen bringt. Ich weiß, es ist schwer, an das Unternehmen zu denken, wenn einer von uns umgebracht wurde und der Boss auf der Intensivstation liegt. Aber wir müssen uns jetzt mit aller Macht auf die Arbeit konzentrieren – im Gedenken an Russ und Carson zuliebe. Er zählt auf uns. Ich zähle auf euch.«

Wieder räusperte er sich. »Nun komme ich zum Haupttagesordnungspunkt, und der ist zur Abwechslung etwas Erfreuliches.« Er wandte sich Sabrina zu und lächelte sie ermutigend an. »Ich möchte euch Sabrina Radcliffe vorstellen. Sie ist Gründerin und Leiterin des Instituts für kreatives unternehmerisches Denken in Auburn, New Hampshire. Ich bin sicher, viele von euch haben schon davon gehört, denn die Erfolgsstories der CCTL sind bekannt, und die Kritiker sind voll der Begeisterung. Seit der Gründung vor knapp einem Jahr fährt die CCTL satte Gewinne ein. Erfolgreiche Firmenchefs schicken ihre Manager zum Training in dieses Institut. *Wir* haben mehr Glück: Die Chefin selber ist zu uns gekommen, obwohl sie mit Arbeit überhäuft ist. Doch in unserem Fall macht sie eine Ausnahme. Denn Carson kann sehr überzeugend sein, wie ihr wisst.«

Einmütiges Grinsen. Es war allgemein bekannt, dass Carson die reinste Dampfwalze war, wenn er etwas erreichen wollte. Die Spannung im Raum löste sich ein wenig.

»Carson ist Herz und Seele von Ruisseau«, fuhr Stan fort. »Er will, dass wir am Ball bleiben, bis er wieder auf dem Damm ist. Wir befinden uns derzeit in einer Erfolgsspirale, zumal demnächst der Herrenduft von *C'est Moi* auf den Markt kommt. Deshalb müssen wir auf unseren Erfolgen aufbauen, müssen stärker werden als zuvor und dürfen nicht auf halber Strecke schlappmachen. Sabrina wird uns dabei helfen. Sie steht Ruisseau auf unbegrenzte Zeit zur Verfügung, und wir können uns glücklich schätzen, dass wir sie bekommen haben. Sie wird stets mir direkt Bericht erstatten. Zusätzlich wird sie jeden von euch kennen lernen und in jeder Abteilung mitarbeiten, um deren Potenzial zu maximieren. Ich habe Sabrina versprochen, dass sie von euch allen beste Mitarbeit erwarten kann. Also heißt Sabrina bei Ruisseau willkommen.«

Stan erhob sich und applaudierte. Die anderen fielen ein. Sabrina stand ebenfalls auf und schüttelte ihm die Hand. »Vielen Dank, Stan.«

»Nun sind Sie an der Reihe«, murmelte er. Seine Worte gingen im Beifall unter. »Kriegen Sie sie ran.«

»Ich werde mein Bestes tun«, versicherte sie ihm ebenso leise.

Sabrina wandte sich der Gruppe zu und sah die unterschiedlichen Erwartungen, die sich auf den Gesichtern spiegelten – manche wirkten erfreut, andere erleichtert, wieder andere argwöhnisch.

Genau diese Mischung hatte sie erwartet.

»Ich danke Ihnen«, begann sie, als der Beifall verebbte. »Ich weiß Ihr freundliches Willkommen zu schätzen.« Der Reihe nach sah sie die Leute an, damit jeder sich angesprochen fühlte. »Es ist sehr aufregend für mich, bei Ihnen zu sein. Ruisseaus Erfolgsstory ist weithin bekannt, selbst in den ländlichen Gebieten von New Hampshire.«

Einige Zuhörer lächelten erheitert, wie Sabrina zufrieden bemerkte. Denn nun war es an der Zeit, die dunkle Wolke hinter sich zu lassen, die ihre Ankunft in der Stadt überschattet hatte. Nur so konnte sie die Dinge auf die richtige Weise angehen. Dem schmerzlichen Thema auszuweichen, würde nur eine Wand zwischen ihr und der Gruppe errichten – und dann konnte Sabrina solche Dinge wie Effektivitätsmaximierung vergessen.

»Der Anschlag auf Carson Brooks war schrecklich, und der Mord an Russ Clark hat mir furchtbar zugesetzt«, begann sie und packte den Stier bei den Hörnern. »Ich bin es gewohnt, in Firmen zu kommen, die Hilfe benötigen, weil sie in Schwierigkeiten stecken. Sei es, weil die Finanzlage immer enger wird, weil man sich auf eine kürzlich erfolgte Umstrukturierung einstellen muss oder weil man eine neue Strategie braucht, um eine Reorganisierung zu verwirklichen. Es gibt aber auch den Fall, dass eine Firma blüht und gedeiht, der Chef aber noch einen Schritt weitergehen will, damit es so bleibt.« Sie hielt kurz inne, ließ den Blick in die Runde schweifen. »*Ihre* Situation ist eine ganz andere. Die Gründe für mein Hiersein gehen über das Geschäftliche hinaus. Carson Brooks ist Opfer eines Anschlags geworden. Das betrifft Sie sowohl persönlich als auch beruflich, denn Carson hat ein ganz besonderes Unternehmen geschaffen. Und er sorgt sich nicht nur um seine Firma, sondern auch um seine Leute. Deshalb bin ich hier.«

Sabrinas Schultern hoben sich in einer Geste, die sowohl Ehrlichkeit als auch Reue ausdrückte. »Glauben Sie mir, es ist nicht leicht, zu einem solchen Zeitpunkt in ein Unternehmen einzutreten. Und noch schwerer ist es, mit einem Sack voller Probleme auf den Schultern ein neues Produkt auf den Markt zu bringen und Ruisseaus Expansion auf dem

Luxusgütersektor voranzutreiben. Aber ich habe mit Carson darüber gesprochen, und er will, dass wir *genau das* tun. Ich teile seine Vision, was die Ruisseau Corporation angeht. Und ich glaube, ich kann Ihnen bei der Verwirklichung helfen, indem ich alles in Schwung halte, bis Carson zurück ist und seinen Platz am Steuer wieder einnimmt. Aber ich muss auf Ihre Mitarbeit zählen können.«

Einige Mitarbeiter lächelten, um zu signalisieren, dass sie mit an Bord seien; andere drückten durch ihr Mienenspiel Unterstützung aus; wieder andere nickten noch ein bisschen zweifelnd, und einige wenige schauten immer noch argwöhnisch drein.

Sabrina hatte damit gerechnet.

»Die Jobbezeichnung ›Managementberatung‹ gefällt mir eigentlich nicht«, fuhr sie fort. »Denn es hört sich so an, als würde ich das Management der Firma übernehmen. Dem ist aber nicht so. Ich habe lediglich beratende Funktion. *Sie* managen das Unternehmen, denn Sie kennen es besser als ich. Sie kennen Ihre Leute und Ihre Produkte. Ohne Ihre Fähigkeiten, Ihre Menschenkenntnis und Ihre Führungsqualitäten wäre mein Job nutzlos. Lassen Sie uns also zusammenarbeiten, um Carsons Traum weiterzuführen, bis er so weit genesen ist, wieder das Ruder zu übernehmen.«

Sabrina zog ein Dutzend Fotokopien aus ihrer Aktenmappe und ließ sie herumgehen. »Dies ist der Plan für heute. Sie sehen, dass ich für jeden von Ihnen eine halbe Stunde unter vier Augen eingeplant habe. Marie hat sich zweimal bei Ihren Stellvertretern rückversichert, damit diese Termine sich nicht mit anderen überschneiden. Falls wir dennoch etwas übersehen haben, sagen Sie mir bitte Bescheid, und wir machen einen Ausweichtermin. Ich würde gern jeden von Ihnen näher kennen lernen und hören, wie Sie Ihre Abteilung führen, wie Sie Herausforderungen annehmen und sie in die übergeordnete Firmenstrategie der

Ruisseau Corporation einarbeiten. Wenn wir das Erstgespräch geführt haben, können wir für die kommende Woche Meetings mit den jeweiligen Abteilungen ansetzen und uns auf deren Schlüsselinitiativen und Projekte konzentrieren.«

Sabrina wartete, bis die Blätter in der Runde verteilt waren und jeder sie studieren konnte. »Die Zeit, die mir heute noch bleibt, werde ich darauf verwenden, mit Stan herumzugehen und so viele Mitarbeiter wie möglich kennen zu lernen. Und keine Bange, ich werde Sie nicht mit Broschüren oder Verlautbarungen über meine Geschäftsphilosophie überhäufen. Ich bin keine Schaumschlägerin und spiele keine Machtspielchen. Ich bin eine ehrliche Haut und würde es begrüßen, wenn auch Sie mir gegenüber ehrlich sind. Falls Sie ein Problem haben, sagen Sie es. Wenn Ihnen ein Vorschlag nicht gefällt, sagen Sie es. Wenn Sie mit einer meiner Ansichten nicht übereinstimmen, nennen Sie mir Ihre Gründe dafür. Und wenn Sie einfach mal ›Hallo‹ sagen oder feststellen wollen, ob ich wirklich die nette Person bin, die zu sein ich vorgebe – oder doch eher ein kontrollbesessener Machtmensch, der nur gut schauspielern kann –, dann kommen Sie einfach vorbei. Mein Büro befindet sich auf demselben Korridor wie Carsons, zwei Türen weiter. Es ist immer am besten, wenn man sich direkt an den Betreffenden wendet.«

Sabrina nahm Aktenkoffer und Kaffeetasse, stand auf und merkte sich, wer nach ihren letzten Sätzen gelächelt hatte und wer nicht. »Ich gehe jetzt in mein Büro. Der erste Termin ist um elf. Mit Ihnen, Rita.« Sie wandte sich der Marketingchefin zu und achtete auf Blickkontakt. Rita nickte eifrig. Sehr gut.

»Also«, schloss Sabrina und schaute auf die Uhr. »Nun haben Sie Zeit genug, um die Köpfe zusammenzustecken und eine erste Einschätzung von mir auszutauschen.« Sie ging zur Tür. »Irgendeiner von Ihnen wird mir dann berichten, wie ich abgeschnitten habe, in Ordnung? Wir sehen uns um elf, Rita.«

19

18.35 Uhr
Mt. Sinai Hospital

Als Dylan und Sabrina das Krankenzimmer betraten, lag Carson auf die Ellbogen gestützt da und beäugte sie wie ein Falke seine Beute.

»Und?«, fragte er.

»Und was?« Sabrina täuschte Unwissenheit vor, schlüpfte aus ihrem Jackett und hängte es über die Rückenlehne eines Stuhls.

»Radison hat mir schon vor zwanzig Minuten gesagt, dass ihr da seid. Warum habt ihr so lange gebraucht? Was habt ihr gemacht? Euch erst mal im Wartezimmer ein Fünf-Gänge-Menü zu Gemüte geführt?«

»Nein«, erwiderte Dylan und zog Stühle für sich und Sabrina heran. »Wir haben mit Dr. Radison gesprochen, weil wir den neuesten Stand wissen wollten. Und da haben wir warten müssen, weil er gerade bei einem anderen Patienten war. Er hat nämlich noch so ein, zwei andere, weißt du? Jedenfalls meinte er, dass es dir besser geht. Obwohl ich das ja auch mit eigenen Augen sehen kann. Du bist so griesgrämig wie ein alter Kater.« Dylan wandte sich an Sabrina. »Ich hab's ja gesagt, er ist ein schrecklicher Patient.«

»Wundert mich gar nicht«, nahm Sabrina den scherzhaften Tonfall auf.

Doch sie ließ sich nicht von Dylans Scherzen täuschen. Er machte sich ernsthaft Sorgen um Carson, das sah sie ihm an. Er gab sich auch keine Mühe, es zu verbergen, und musterte seinen alten Freund genau.

Sabrina ertappte sich dabei, wie sie dasselbe tat. Schließlich erhob sie sich und ging zu Carsons Bett. Sie musste sich eingestehen, dass sie sich trotz Dr. Radisons ärztlicher Versicherungen selbst davon überzeugen musste, dass es Carson gut ging. Den ganzen Tag hatte sie sich Sorgen gemacht, hatte sich gefragt, wie Carson den Mord an Russ aufgenommen hatte. Offenbar war er zu dem gewiss nicht falschen Schluss gelangt, dass zwischen dem Anschlag auf ihn und Russ' Ermordung ein Zusammenhang bestehen musste. Zu dem Verlust kam also noch der Selbstvorwurf, einen seiner Angestellten in die Sache mit hineingezogen zu haben. Er fühlte sich verantwortlich für Russ' Tod. Dazu kam noch die Last, Susan von allem abzuschirmen. Carson war normalerweise stark, doch zurzeit konnte man nicht von einem normalen Zustand sprechen. Auch seine Kräfte hatten Grenzen, auch wenn er versuchte, weiterhin Stärke zu demonstrieren.

Aus dem Augenwinkel erspähte Sabrina das Dialysegerät, das nun wieder an der Seite des Bettes stand. Aber das war keine Überraschung. Sie wusste, dass Carson wieder an die Dialyse musste. Dr. Radison hatte es ihr gesagt. Sabrina hatte erwidert, dann solle man sich mit der Gewebetypisierung beeilen. Darum gehe es nicht, hatte der Arzt ihr entgegengehalten; es würde noch Wochen dauern, bis Carson kräftig genug war für die Transplantation – falls er dann überhaupt eine neue Niere brauchte.

Verdammt. Sie kam sich allmählich so hilflos vor wie Dylan.

»Macht nicht solche Gesichter«, riss Carsons heisere Stimme Sabrina aus ihren trüben Gedanken. »Mir geht's gut. Ich bin stark wie ein Ochse ... Verlier nur allmählich den Verstand, wenn ich hier tatenlos rumliege ... Kann nichts anderes tun als denken ... grübeln. Das geht mir auf die Nerven.«

»Das mit Russ tut mir sehr Leid«, sagte Sabrina leise und legte ihre Hand auf seine.

Carson schaute auf ihre Hände, und ein seltsamer Ausdruck erschien auf seinem Gesicht. »Ja, mir auch.« Seine Stimme klang rau.

»Die gesamte Belegschaft nimmt am Gedenkgottesdienst teil«, schaltete Dylan sich ein, der Vater und Tochter aufmerksam beobachtete. »Und bei Marie häufen sich die Spenden für den YouthOp-Fonds.«

»Ja, die Schlange vor ihrem Schreibtisch erinnert an die vom JFK Airport.« Sabrina hörte das Zittern in ihrer Stimme und hätte sich treten können. Sie verlor doch sonst nie die Beherrschung! Was war los mit ihr? Es musste an der Müdigkeit und Anspannung liegen, dazu noch die Aufregung dieses langen Tages, der wie eine Achterbahnfahrt gewesen war. Aber das alles war keine Rechtfertigung, und sie ermahnte sich, stark zu sein.

»Meine Leute sind die besten Mitarbeiter der Welt«, sagte Carson. Er studierte sie genau, Sabrina spürte es. »Einschließlich Russ. Ich habe erwartet, dass alle zusammenstehen.« Offenbar spürte er den Aufruhr von Sabrinas Gefühlen, denn er drückte ihre Hand, bevor er sie freigab. »He«, sagte er. »So schnell bin ich nicht totzukriegen. Und was dieses Gerät angeht, das du anstarrst ... es hat gute Arbeit geleistet ... Dialyse ist ein Klacks. Mach dir nicht solche Sorgen.«

»Ich mach mir keine Sorgen«, gab sie zurück, nun wieder mit fester Stimme. »Du siehst besser aus, hast auch wieder mehr Farbe gekriegt, deine Atmung ist regelmäßiger, und du kannst dich ohne Hilfe aufrecht setzen. Stark wie ein Ochse bist du vielleicht noch nicht wieder – wenn man von deinem Griff ausgeht.« Spöttisch zog sie die Augenbrauen hoch. »Oder ist es Angst, die dir neue Kraft verleiht? Machst du dir am Ende Sorgen, dass ich dein Unternehmen in neun kurzen Stunden zerstört haben könnte?«

»Der Gedanke ist mir schon gekommen, ja.«

»Tja, da muss ich dich leider enttäuschen. Ruisseau geht es besser als je zuvor.« Sabrina warf ihm einen gespielt herausfordernden Blick zu. »Ich habe sogar ein paar neue Vorschläge, auf die du bis jetzt noch nicht gekommen bist. Aber wenn du sie hörst, wirst du wünschen, sie wären von dir.«

Doch Carson schluckte den Köder nicht. Er lag still da, musterte sie mit seinem bohrenden Blick. Plötzlich grinste er breit. »Hast ja schon angebissen. Verdammt, einen Tag am Ruder, und schon bist du süchtig.« Er ließ sich in die Kissen zurücksinken, nahm aber keine Sekunde den Blick von Sabrina. »Wie war es denn so … als Chefin von Ruisseau? Was hältst du von meinem Unternehmen?«

Sabrina setzte sich und schlug die Beine übereinander. »Im Ganzen? Oder in Details?«

»Beides.«

Sabrina hatte diese Antwort erwartet und beugte sich bereits zu ihrem Aktenkoffer. »Ich hab mir Notizen gemacht.«

»Gut.« Während sie die Unterlagen suchte, wandte Carson sich an Dylan, der es sich in dem anderen Stuhl bequem gemacht hatte. »Und was hältst du von ihr? Ist sie meinen Erwartungen gerecht geworden?«

»Sie war unglaublich. Hat ihre Karten auf den Tisch gelegt und ein Ass nach dem anderen aufgedeckt. Sie hat den Truppen ein paar Minuten gegeben, um wieder zu Atem zu kommen, und sich dann sofort ins Basistraining gestürzt. Alle mussten sich den Hintern aufreißen, besonders Sabrina selbst. Und trotz einiger Verletzungen in der

Schlacht war die Reaktion überwältigend. Der Beifall war immens.« Er grinste. »Das allgemeine Urteil lautet, sie ist fast so ein Sklaventreiber wie du, aber sie geht es ein wenig sanfter und überzeugender an. Kurz gesagt, sie ist ein Tsunami, aber keiner merkt, dass er überrollt wird. Eine brillante Strategie.«

»Meine Güte, danke, danke.« Sabrina warf ihm einen mahnenden Seitenblick zu, obwohl ihre wahren Gefühle ganz anders waren. Statt sich zu ärgern, fühlte sie sich durch Dylans Lob bestärkt. Er war kein Mensch, der Komplimente verstreute. Und sie selbst brauchte normalerweise kein Lob.

Wenn das nicht Bände sprach darüber, wie die Dinge zwischen ihnen beiden sich entwickelten … Meine Güte, was für ein Aufruhr der Gefühle im Moment in ihrem Innern tobte. Sie fragte sich, wie sie das überstehen sollte.

»Nichts zu danken.« Dylan musterte sie, und sein Grinsen sah nicht mehr ironisch aus, sondern zeigte eine Spur von Begehren.

Bildete sie es sich nur ein, oder war es im Zimmer plötzlich zehn Grad wärmer geworden?

»Ein diskreter Tsunami, was?«, brummte Carson zufrieden. »Mehr hätte ich mir nicht wünschen können. Eine Kombination von Eiern im Sack und Diplomatie … Ganz wie Gloria es geplant hatte.«

Das lenkte Sabrinas Aufmerksamkeit von Dylan ab. »Nett ausgedrückt«, bemerkte sie trocken. »Kombination von Eiern und Diplomatie. Klingt wie etwas, das man bei McDonald's bestellt. Und was soll das heißen: ›Wie Gloria es geplant hatte?‹ Haben das deine Nachforschungen ergeben?«

»Nee. Stammt direkt aus der Quelle … Sie ist fast so beeindruckend wie du.«

»Wie bitte?«

»Deine Mutter hat heute vorbeigeschaut.«

Sabrina rutschte die Aktentasche vom Schoß. »Meine Mutter?«, wiederholte sie. »Sie war *hier*?«

»Yep. War ein tolles Gespräch … Und lange überfällig.« Carson nickte zu einem Gedanken, den er für sich behielt. »Kein Wunder, dass du dich so toll entwickelt hast … Sie ist eine fabelhafte Frau.«

»Warte mal.« Ungläubig wedelte Sabrina mit der Hand. »Willst du damit sagen, dass Mutter extra ins Krankenhaus gekommen ist, um dich zu besuchen?«

»Ja, sicher. Das passte mir gut, weil ich doch allein war, nachdem Susan gegangen war … und Stan uns das von Russ erzählt hatte. Gloria ist eine kluge, feinfühlige Frau. Und falls du dich fragst, warum sie dich nicht eingeweiht hat … Sie wusste, dass du deinen ersten Arbeitstag bei Ruisseau vor dir hattest. Wollte dir nicht noch mehr aufbürden. Sie wird dir aber noch berichten … Nur sehe ich dich eben jetzt schon … Sie meinte, ich könnte es dir ruhig selber sagen.«

»Verstehe.« Doch Sabrina war nicht sicher, ob sie wirklich verstand. »Worüber habt ihr denn geredet?«

Carson schnaubte. »Was für eine dumme Frage für eine so kluge Frau wie dich!«

»Dann lass es mich anders formulieren. Ihr habt über mich gesprochen. Worüber genau?«

»Ich will es mal so sagen … Gloria hat mir eine Lektion in Sachen Elternschaft erteilt. Sie hat mir versichert, dass sie meine Entscheidung unterstützt. Das hat mir viel bedeutet.« Ungeduldig veränderte er seine Lage. »Jetzt erzähl, wie es in der Firma abgelaufen ist. Wen hast du kennen gelernt? Wie war dein Eindruck?«

Sabrina beäugte ihn weiterhin argwöhnisch. »Du willst mir also nichts Genaues sagen?«

»Nein. Aber *du* sollst mir ganz viel sagen. Hol die Notizen raus und fang an.«

Seufzend gehorchte Sabrina und sagte sich, dass sie ihrer Mutter später die Details aus der Nase ziehen konnte; doch im gleichen Atemzug fragte sie sich, ob sie es wirklich wollte. Sie hatte den Verdacht, dass die beiden vieles von ihrer Aussprache vor ihr geheim halten würden.

Schon seltsam, plötzlich zwei Elternteile zu haben, die sich um ihr Wohlergehen sorgten.

»Hat Stan dich herumgeführt?«, wollte Carson wissen.

»Er war großartig«, versicherte Sabrina. »Zwischen den Besprechungen hat er mich durch sämtliche Büros und den Großraum geführt. Er hat mich jedem vorgestellt, vom Abteilungsleiter bis zur Putzfrau. Auch Marie habe ich kennen gelernt. Ich hab mich ausgiebig bei ihr bedankt, weil sie mir die neue Wohnung so behaglich gemacht hat. Übrigens ist sie die tüchtigste Assistentin, die mir je über den Weg gelaufen ist. Sie besitzt große Menschenkenntnis. Und sie schafft es, sämtliche Aufgaben im Auge zu behalten. Behandle sie gut. Du wirst niemals Ersatz für sie finden.«

»Schon kapiert. Wen hast du sonst noch kennen gelernt?«

»Rita Whiting. Wir waren sofort auf einer Wellenlänge. Haben ein paar Marketingideen ausgetauscht. Die Energie in ihrem Büro würde einen Tanker in die Luft sprengen.«

Carson kicherte vor sich hin. »Hatte mir schon gedacht, dass ihr gut miteinander könnt.« Er deutete auf Sabrinas Notizen. »Gib mir mal die Zusammenfassung.«

Sabrina lieferte einen detaillierten Bericht ihrer Begegnungen ab, hob die Qualitäten der herausragenden Mitarbeiter hervor – »die Besten der Besten«, wie Sabrina sie bezeichnete – und nannte die Schwächen einiger Mitarbeiter aus der zweiten Garnitur.

Letztere waren spärlich gesät: einige wenige »Zweier« oder »Zwei plus« inmitten einer Belegschaft voller »Einser«.

»Nichts, worüber man sich nächtelang den Kopf zerbrechen müsste«, stellte sie klar. »Und versteh mich recht: Das sind nur die ersten Eindrücke. Ich habe noch einen langen Weg vor mir, bevor ich sie in Marmor gravieren kann.«

»Verdammt guter Anfang. Du hast in den meisten Fällen ins Schwarze getroffen …« Carson hatte aufmerksam gelauscht. Nun erst merkte Sabrina, wie erschöpft er war.

»Genug«, verkündete sie und steckte die Notizen wieder in die Aktenmappe. »Ich habe dir einen Neunstundentag in zwanzig Minuten zusammengefasst. Du brauchst jetzt Ruhe. Übrigens muss ich zugeben, dass du Recht hast. Ich hab wirklich angebissen. Vor allem der Besuch im Labor, wo ich bei der Herstellung zusehen durfte, war faszinierend. Ich konnte dich förmlich vor mir sehen, wie du Extrakte herstellst, Ingredienzien mischst und prüfst und deine außergewöhnlichen Düfte entwirfst.« Sie hielt inne und betrachtete Carson, wobei ihr jetzt erst klar wurde, wie ehrlich sie ihre Worte gemeint hatte. »Ich kann dir nicht genug danken. Das ist die Chance meines Lebens.«

»Äh … ich würde sagen, es ist unentschieden.« Zufriedenheit milderte die scharfen Schmerzensfalten in seinem Gesicht. »Dass du in mein Leben getreten bist und dich um mein Unternehmen kümmerst … ist die Chance *meines* Lebens.«

Sabrina erhob sich. »Du ruhst dich jetzt aus.«

»Wo willst du hin?«

»Meine Mutter aushorchen.«

Er kicherte in sich hinein. »Gib dir keine Mühe. Sie wird dir nichts sagen … Sie ist diejenige, von der du deine Diplomatie geerbt hast.« Er wandte sich an Dylan, der ebenfalls aufgestanden war. »Du siehst miserabel aus … als würdest du gleich aus den Latschen kippen …«

»Danke«, gab Dylan trocken zurück. »Ich fühl mich aber noch ganz gut.«

»Ja, sicher.« Carson schien ein Gedanke zu kommen. »Habt ihr heute überhaupt schon gegessen?«

Dylan versuchte sich zu erinnern. »Nach dem Meeting einen Muffin. Sonst Fehlanzeige. Wir haben nur ein paar Eimer Kaffee intus.«

Carson grunzte unwillig. »Dann geht zu Abend essen«, befahl er. »Meine Güte ... ihr seid wie zwei dumme junge Studenten ... Behandelt eure Körper wie Müll ... Geht was essen, was Ordentliches. Sabrina, dir steht ein dickes Firmenkonto zur Verfügung ... Nutz es.«

Sabrinas Lippen zuckten. »So ein Konto hatte ich schon mal, wenn ich mich recht erinnere.«

»Klar.« Wieder ein Grunzen. »Wie viel ... kostet das Essen denn da oben in den Wäldern ...? Hier bist du im Big Apple ... Könntest dir mit deinem CCTL-Konto nicht mal 'ne Brezel und 'ne Limo kaufen.«

»He.« Sabrina schnippte mit den Fingern. »Genau darauf hätte ich jetzt Appetit – auf eine salzige New Yorker Brezel und eine Diät-Cola.«

Carson funkelte sie an, dann warf er Dylan einen Blick zu. »Sie ist noch sturer als du.«

»Was für eine Überraschung«, gab Dylan zurück. »Ich frage mich, nach wem sie wohl schlägt?«

»Sieh zu, dass ihr ... was zwischen die Kiemen kriegt«, sagte Carson. »Geht in ein anständiges Restaurant ... Du bestimmst, wohin ... Führ sie zum Essen aus.«

»Das hab ich vor.« Dylan zog eine Braue hoch. »Willst du wieder das Restaurant aussuchen? Oder darf ich es diesmal bestimmen?«

»Hängt davon ab ... Was schwebt dir denn vor?«

Demonstrativ wandte Dylan sich an Sabrina. »Mögen Sie spanisches Essen? Ich kenne da ein tolles Restaurant im Village. Sagenhafte Shrimps in grüner Sauce und die beste Sangria von ganz New York.«

»Klingt wunderbar«, sagte Sabrina. Der Gedanke, sich bei einem Glas Sangria zu entspannen, war wie Balsam für ihre Sinne. »Und Meeresfrüchte. Das ist perfekt. Nachdem ich den ganzen Tag nichts gegessen habe, könnte ich nichts Schweres vertragen.«

»Gemacht.« Dylan neigte den Kopf in Carsons Richtung. »Ich entführe sie ins El Faro. Recht so?«

»Ja. Gute Wahl. Immer sehr voll, aber … nach ein paar Drinks macht euch das nichts mehr aus.« Carson grinste, auch wenn ihm langsam die Augen zufielen. »Nehmt die weiße Sangria … passt gut zu der grünen Sauce … Bestellt gleich zwei Pitcher … Morgen ist Samstag … Da kriegt die neue Chefin frei … Kann ausschlafen … Wie unser Firmenanwalt.«

Sabrina blinzelte verwirrt und starrte Carson an, dessen Augen nun geschlossen waren. Wenn sie es nicht besser wüsste, hätte sie schwören können, dass er es darauf anlegte, dass Dylan und sie zusammen »ausschliefen«. Aber der Gedanke war absurd. Es musste eine zufällige Bemerkung gewesen sein.

Sie warf Dylan einen Blick zu. Er sah genauso verblüfft aus wie sie. Offensichtlich war ihm Ähnliches durch den Kopf gegangen.

Er fing ihren Blick auf und zuckte die Achseln. »Gehen wir. Er ist schon halb eingeschlafen.«

»Sieht ganz so aus.« Sie nahm ihr Jackett von der Stuhllehne und machte einen Schritt in Richtung Tür.

Weiter kam sie nicht, denn in diesem Moment kam Susan ins Krankenzimmer. Sie sah bleich aus. Ihre Augen waren vom Weinen geschwollen. »Hi.« Mühsam brachte sie ein Lächeln zu Stande. »Die Schwester hat mir gesagt, dass ihr bei Carson seid. Keine Angst, ich will euch nicht stören, wollte nur mal nach ihm schauen. Danach warte ich draußen, bis ihr hier fertig seid.«

»Das ist nicht nötig. Wir haben gerade Schluss gemacht.« Sabrina ging zu Susan und legte ihr eine Hand auf den Arm. »Susan, es tut mir schrecklich Leid wegen Russ. Ich weiß, er gehörte zu Ihrer YouthOp-Gemeinschaft und war auf diesem Weg zu Ruisseau gekommen. Ich habe viel Gutes über ihn gehört.«

Wieder wurden Susans Augen tränenfeucht. »Ich danke Ihnen. Ja, Russ war ein hervorragendes Beispiel für die Arbeit, die YouthOp für die Jugend leisten kann. Er war etwas Besonderes. Aus dem Jungen hätte etwas werden können. Wir bei YouthOp sind alle sehr betroffen ...« Sie zögerte, wirkte unsicher. »Jedenfalls weiß ich Ihre Anteilnahme zu schätzen.«

»Carson geht es auch nicht besonders«, schaltete Dylan sich ein. Sein Tonfall war so scharf, dass Sabrina zusammenzuckte. Natürlich hatte er in gewisser Weise Recht. Er wollte Susan daran erinnern, dass sie nicht die Einzige war, die den Verlust des Jungen beklagte. Aber wer konnte voraussagen, wie Susan auf einen solchen Angriff reagieren würde? Und was würde Carson sagen, wenn Susan ihm von Dylans eisigem Tonfall berichtete?

Die angespannte Situation löste sich schneller auf, als Sabrina erwartet hatte.

»Jetzt mach mal halblang, Dylan ...«, vernahmen sie Carsons Stimme vom Krankenbett her. Er klang heiser, aber befehlsgewohnt wie immer.

»Ist schon gut«, beruhigte ihn Susan, bevor er sich aufregen konnte. »Dylan hat ja Recht. Dir geht es schlecht, und ich bin ein Nervenbündel, das du im Moment überhaupt nicht gebrauchen kannst.«

»Gut. Dann sind wir ja einer Meinung.« Dylan gab nicht nach, nicht einen Zoll, auch auf die Gefahr hin, dass Carson sich aufregte. »Sabrina und ich entschwinden jetzt zum Dinner und lassen euch beide allein, dann könnt ihr euch gegenseitig trösten.« Er wandte sich wieder zum Bett und ignorierte Carsons finsteren, mahnenden Blick. »Ruh dich aus. Ich schau morgen wieder vorbei.«

»Ich auch«, schloss Sabrina sich an. Schon interessant, dass Carson jetzt wieder hellwach zu sein schien. Ob er den toten Punkt überwunden hatte oder sich Susan zuliebe zusammenriss, konnte sie nicht sagen.

Es gab aber noch eine dritte Möglichkeit. Carson konnte vor einigen Minuten wacher gewesen sein, als er sie und Dylan hatte erkennen lassen. War das der Fall, versuchte er offenbar, ein paar besondere Fäden zu ziehen.

»Übrigens, Sabrina ...« Susans Ton war beschwichtigend. »Ich habe heute Morgen Ihre Mutter im Krankenhaus gesehen. Ich hätte mich gern vorgestellt, aber sie ging in die andere Richtung. Hat sie es Ihnen schon erzählt?«

Das kam nun wirklich unerwartet. Carson hatte mit keinem Wort erwähnt, dass Susan von Glorias Besuch wusste. Was hatte er ihr erzählt?

Sie warf ihm einen unsicheren Blick zu.

»Sie haben sich heute noch gar nicht gesehen, Susan«, sprang Carson sofort ein. »Sabrina musste sich heute in der Firma vergraben ... Hat seit acht Uhr früh kaum Luft holen können, weil sie in einer Besprechung nach der anderen war. Aber ich bin froh, dass du mich erinnerst ... Hätte fast vergessen, ihr über diesen Wirrwarr am Morgen zu erzählen ... Diese verdammten Medikamente vernebeln mir das Hirn.«

Er drehte den Kopf zu Sabrina. »Ihre Mutter hat heute Morgen bei Ruisseau angerufen, weil sie Sie gesucht hat. Jemand hat Mist gebaut ... Hat ihr gesagt, Sie wären im Krankenhaus ... schon am Morgen statt am Abend, wie es besprochen war ... Da hat sie ein Taxi genommen und ist hergekommen ... Als wir dann klarer sahen, waren Sie schon in der Besprechung mit Stan ... Sie meinte, es wäre auch nicht so wichtig … eine Komödie der Verwirrungen …«

»Verstehe.« Rasch verdaute Sabrina die Story, die Carson aus dem Stegreif erfunden hatte. Es rührte sie, dass er sich solche Mühe gab, sein Versprechen zu halten, nicht einmal Susan ihre Identität preiszugeben. Und Susan war schließlich nicht irgendwer, sondern einer der wichtigsten Menschen in seinem Leben.

»Ihre arme Mutter.« Auf Susans Gesicht erschien ein Ausdruck von Mitleid. Irrtümlich hielt sie Sabrinas Schweigen für ein Zeichen von Zorn. »Ist den ganzen Weg durch die Stadt gefahren, ohne ihr Ziel zu erreichen. Sie muss einen halben Arbeitstag dafür geopfert haben. Wird sie sehr böse sein?«

»Aber nein.« Sabrina erholte sich von ihrer Überraschung und legte sich rasch eine Marschroute zurecht. »Meine Mutter kennt meine Marotte, verrückte Tagespläne aufzustellen. Sie wird nicht verärgert sein. Außerdem haben wir ja gestern Abend zusammen gegessen. Sobald ich aus dem Krankenhaus bin, rufe ich sie übers Handy an.«

Susans Erleichterung war mit Händen zu greifen. »Wie lange wird sie in New York bleiben?«, fragte sie, und Hoffnung lag in ihrer Stimme. »Ich würde sie gern kennen lernen.«

»Hör mal, Susan …« Wieder erklang Carsons Stimme vom Bett her. »Die arme Frau ist wahrscheinlich mit Terminen eingedeckt … und ihre Tochter auch. Ich lasse ihr ja nicht mal Zeit zum Atmen … oder zum Erholen … Nicht bei der Provision, die sie bekommt. Lass die beiden jetzt zum Essen gehen … Komm her, setz dich zu mir.«

»Ist schon okay«, schaltete Sabrina sich ein. »Ich bin sicher, meine Mutter würde Susan auch sehr gern kennen lernen.« Sie nickte ihm zu.

»Na prima.« Verständnis flackerte in Carsons blauen Augen, doch seine Miene blieb ausdruckslos. »Die beiden sollten sich mal zum Lunch treffen … aber am Wochenende, wenn Sie auch dabei sein wollen …«

Sabrina verstand. Carson wollte die Täuschung aufrechterhalten und ihr eine letzte Gelegenheit geben, ihre Meinung zu ändern. Er würde kein Wort verraten, nicht bevor sie ihm grünes Licht gab.

»Gute Nacht, ihr zwei.« Sein Tonfall duldete keinen Widerspruch. »Lasst es euch gut gehen.«

Nun hatte er den Ball Sabrina zugespielt.

Und sie fing ihn auf, leichter, als sie gedacht hatte.

»Wir gehen gleich«, sagte sie. »Aber erst muss ich mit Susan sprechen.« Sie wandte sich der anderen Frau zu. »Susan, die Wahrheit ist, meine Mutter ist nicht aus geschäftlichen Gründen in New York. Und sie ist nicht zum Krankenhaus gekommen, weil sie mich gesucht hat. Sie wollte zu Carson.«

»Zu … Carson?« Susan blickte verwirrt. »Das verstehe ich nicht. Warum sollte Ihre Mutter Carson besuchen wollen? Und warum erzählt er es mir nicht?«

»Weil er mich schützen wollte.«

»Schützen? Wovor?«

»Das ist eine lange Geschichte. Aber Sie sollen sie jetzt hören. Ich *will*, dass Sie sie hören.« Sie wandte sich um und blickte Carson forschend an. »Fühlst du dich gut genug? Oder soll ich draußen mit Susan sprechen?«

»Nichts da.« Carson schüttelte den Kopf. Sabrina sah, dass er mit seinen Gefühlen rang. »Wenn du es ihr erzählst, möchte ich zuhören.«

»Das freut mich«, sagte Sabrina schlicht, legte der verblüfften Susan eine Hand auf den Arm und deutete einladend auf einen Stuhl. »Setzen Sie sich. Was immer Sie erwarten, darauf kommen Sie bestimmt nicht.«

20

20.45 Uhr
El Faro

Nach drei Gläsern Sangria sah die Welt schon viel freundlicher aus.

Von Kellnern bedient, die mit beladenen Tabletts durch die schmalen Gänge zwischen den Tischen eilten, eingehüllt von den Stimmen und dem Lachen der Gäste und dem verführerischen Duft der spanischen Küche, fühlte Sabrina sich wie in einem weichen Kokon aus köstlicher Einsamkeit. Wenn dies das Auge des Hurrikans war, war es eine großartige Haltestelle.

Mit dem Löffel spielte sie mit einem Orangenschnitz am Boden ihres Glases. Sie war nicht betrunken, aber auch nicht mehr nüchtern. Der Wein machte träge, und das Essen hatte sie nicht nur gesättigt, sondern auch gewärmt. Hinzu kam der Stressabfall nach einer hektischen Woche, die einen Platz im Guiness-Buch der Rekorde verdient gehabt hätte. Sabrina war herrlich entspannt.

»Einen Penny für deine Gedanken.« Dylan beobachtete sie über den Rand seines Glases hinweg.

Sabrina lächelte. »Ich habe nur daran gedacht, wie Recht Carson hatte. Genau das hab ich gebraucht. Sonst wäre ich noch vor Anspannung geplatzt.«

Er nickte und schenkte Sangria nach. »Heute war ein außergewöhnlicher Tag. Dass du ihn überlebt hast, ist eine Sensation.«

»Ich glaube, das hast du gestern schon mal gesagt. Und vorgestern auch.«

»Vielleicht. Aber der Tag heute war eine Klasse für sich.« Dylan schaufelte Reis auf ihren Teller und gab Shrimps und grüne Sauce darüber. »Iss. Du musst deine Batterien aufladen.«

»Ich habe schon einen Nachschlag gehabt. Ich glaube, das reicht.« Sabrina führte ihre Gabel zum Mund, nahm noch einen letzten Bissen und genoss den Knoblauchgeschmack der grünen Sauce. »Auf die Konferenz war ich ja vorbereitet, aber nicht auf das Gespräch mit Susan. Es ist gut, dass sie jetzt die Wahrheit weiß. Sie musste es erfahren. Aber ich hatte schon so viel zu verkraften ...« Sie schüttelte den Kopf.

»Ja. Gerade als du gedacht hast, der Tag wäre endlich vorbei, musstest du die Story deiner Entstehung noch einmal zum Besten geben.«

»Gott sei Dank war es nicht *zu* schmerzlich. Susan hat es gut aufgenommen, auch wenn sie erschüttert war. Aber sie hatte ein Recht darauf, es zu erfahren, bevor der Rest der Welt eingeweiht wird. Schließlich ist sie Carsons Freundin.«

»Ja«, sagte er knapp. Die Barschheit in seiner Stimme war nicht zu überhören.

Sabrina legte die Gabel hin. »Du bist immer noch sauer auf sie. Warum? Findest du ihre Trauer um Russ so unbegründet?«

»Es ist nicht ihre Trauer, die mich wütend macht, sondern ihre egozentrische Art. Sie ist so sehr auf ihren eigenen Schmerz fixiert, dass sie übersieht, wie Carson sich dabei fühlt. Und dann soll er auch noch sie trösten. Der Mann ist *angeschossen* worden, verdammt! Er kämpft um sein Leben. Er ist noch lange nicht über den Berg. Er braucht seine ganze Kraft für seine Genesung. Wenigstens einmal könnte Susan *ihm* eine Stütze sein.«

»Ich verstehe dich ja. Aber ich glaube, dass Susans Reserven aufgebraucht sind. Sie hat praktisch rund um die Uhr an Carsons Krankenbett gesessen. Und jetzt ist diese schreckliche Sache mit Russ geschehen. Susan kann das alles nicht verkraften. Und eines dürfen wir auch nicht vergessen: Carson ist nicht der Mann, der sich von anderen helfen lässt. Gerade du müsstest das wissen.«

»Ein Grund mehr, dass die Menschen um ihn herum dafür sorgen, dass er endlich einmal Hilfe annimmt. Gerade du müsstest das wissen«, sagte Dylan mit Betonung. »Bist du nicht die Frau, der fast die Sicherung durchgebrannt ist, weil ich dir beim Umzug vom Plaza Athenée in deine neue Wohnung helfen wollte? Ich musste dich förmlich dazu überreden, Hilfe anzunehmen. Meine Güte, Sabrina, du bist doch genau wie er!«

»Ich glaube schon«, gab Sabrina nachdenklich zu. »Manchmal muss man mir Hilfe regelrecht aufdrängen. Okay, du hast Recht. Susan weiß genau, dass Carson sich mit Händen und Füßen wehrt, bevor er eine Schwäche eingesteht. Sie sollte ihm jetzt helfen, diese Gewohnheit abzulegen – und sich selber zur Stärke ermahnen.« Sabrina trank einen Schluck. »Du kennst sie doch besser als ich. Zweifelst du an der Echtheit ihrer Liebe zu Carson?«

»Nein.« Nachdrücklich schüttelte Dylan den Kopf. »Wäre es so, würde ich es Carson sagen, ob es ihm passt oder nicht. Aber irgendjemand muss auf ihn aufpassen. So kann das nicht …« Er verstummte. »Lass uns das Thema wechseln, ja? Macht mich bloß wütend. Und wir wollen uns doch entspannen.«

»Mir nur recht.« Sabrina sah sich in dem kleinen, voll besetzten Restaurant um. »Es gefällt mir hier. Es ist laut, es ist brechend voll, und doch ist es gemütlich. Kann das sein? Oder ist es nur eine Illusion, die einen überkommt, wenn man einen halben Pitcher Sangria intus hat?«

Dylan lachte. »Beides. Alles wirkt freundlicher, wenn der Wein den Dingen die scharfen Konturen nimmt.«

»Scharfe Konturen. Ja, die sind tatsächlich verschwunden. Ich frage mich nur, wie es dann nach Pitcher Nummer zwei aussehen wird, der bereits auf dem Weg zu uns ist.« Sie beäugte den Sangriakrug auf dem Tisch, in dem nur noch der Holzlöffel, ein paar halb geschmolzene Eiswürfel und ein Apfelschnitz waren. »Wenn ich noch ein, zwei Gläser trinke, wird's nichts mit dem Ausschlafen. Dann rutsche ich direkt hier unter den Tisch.«

»Ich pass schon auf, dass du vorher aufhörst.«

»Versprochen?«

»Versprochen.«

»Na dann.« Sabrinas Augen funkelten. »In dem Fall schadet es nichts, den Konturen noch ein wenig mehr an Schärfe zu nehmen.«

»Freut mich.« Wieder grinste er. »Denn der Nachschub ist schon da.«

Der Kellner erschien mit dem zweiten Krug an ihrem Tisch, füllte ihre Gläser ab und verschwand.

»Hmmm.« Genüsslich schloss Sabrina die Augen. »Ich glaube, die hier ist noch besser als die erste. Es sind fast doppelt so viele Orangen und Zitronen drin.«

»Ach ja?« Dylan klang belustigt. »Wie hast du das mit geschlossenen Augen herausfinden können?«

»Liegt nicht an den Augen«, erwiderte Sabrina und schaute Dylan wieder an. »Ich hab nur daran gerochen. Das Zitronenaroma war intensiver.«

»Ach ja, deine feine Nase. Ich kann es kaum erwarten, bis du sie an unseren Düften erprobst.« Dylan sah ihr beim Trinken zu, und seine Augen wurden dunkel, als sie sich ein paar Tropfen von den Lippen leckte. »Ehrlich gesagt gibt es viele Dinge, die ich kaum noch erwarten kann.«

Wieder sprangen Funken zwischen ihnen hin und her und schlugen ein wie spitze, kleine Pfeile.

»Sagen Sie mal, Herr Anwalt …« Sabrina stützte die Ellbogen auf den Tisch und sah Dylan fest in die Augen. »Haben Sie mich hierher gebracht, damit wir uns entspannen oder weil wir wegen der vielen Leute um uns herum auf sicherem Boden sind?«

Dylan stellte sein Glas hin, faltete die Hände vor sich auf dem Tisch und beugte sich vor. »Ich habe dich hergebracht, weil das Essen und die Sangria Spitze sind und weil es weit weg ist von Büros und Krankenhäusern. Was den sicheren Boden angeht … den gibt es nicht für uns, das hab ich dir ja schon gesagt.« Er senkte die Stimme, und sie klang so heiser und herausfordernd, dass Sabrina Schauer über den Rücken liefen. »Und die Leute um uns herum zählen nicht. Auch die Umgebung nicht. Ich will dich – egal, wo wir sind oder wer um uns herumschwirrt. Ich glaube, das weißt du. Was ich mit dir *tun* will, kann man nicht in einem Restaurant tun, ob es nun gut besucht ist oder nicht. Mein Vorhaben erfordert Ungestörtheit, viel Zeit und ein großes Bett.« Er hielt inne. »Nun, das mit dem Bett ist nicht so wichtig. Da könnte man auch improvisieren.«

Sabrina war noch nie zuvor mit Worten verführt worden. Aber es gibt für alles ein erstes Mal. Sie spürte, wie Hitzewogen sie durchströmten, wie es in ihrem Körper pulsierte. Sie schluckte, genoss das Gefühl der Erregung und kämpfte gleichzeitig dagegen an.

»Bin ich dir zu direkt?«, fragte Dylan. »Oder ist es dir sowieso zu viel?«

»Nein. Es ist zu nahe an dem, was ich selber will.«

Wieder tanzten die orangefarbenen Pünktchen in seinen Augen. »Die Komplikationen, die uns gestern davon abgehalten haben … eigentlich wollte ich warten, bevor ich darüber rede. Aber jetzt finde ich, wir sollten es so schnell wie möglich hinter uns bringen. Jetzt gleich. Einverstanden?«

»Aber ja … falls ich noch geradeaus denken kann.« Oder es überhaupt will, vollendete sie im Stillen und nahm noch einen Schluck Sangria, um sich Mut zu machen.

»Fangen wir mit dem größten Hindernis an.« Dylan redete nicht um den heißen Brei herum. »Du steckst im Moment in einem Gefühlschaos. Wenn wir eine Affäre beginnen, könnte das eine zusätzliche Verwicklung bedeuten.«

»Stimmt. Aber vielleicht wird es gar keine Affäre, sondern bloß ein One-Night-Stand oder so.«

»Nein.« Dylan schob sein Glas beiseite. »Keine Chance. Nicht bei uns beiden. Eine Nacht würde uns nur noch mehr Appetit machen, glaub mir.«

Sabrina zog eine Braue hoch. »Ich sollte dir wohl glauben. Du bist von uns beiden derjenige, der den Sex mit Beginn der Pubertät entdeckt hat.«

»Jedenfalls habe ich genug Erfahrung, um …« Er holte tief Luft. »Lass es mich so sagen: Wenn wir erst mal angefangen haben, kommen wir nicht mehr an die Oberfläche, um Luft zu schnappen, und so bleibt es dann für lange Zeit. Willst du das? Trotz der möglichen Folgen?«

»Ja.« Sabrina war noch nie vor etwas davongelaufen, und sie würde jetzt nicht damit anfangen. »Genau das will ich. Ich hoffe nur, dass ich mir nicht zu viel auflade. Aber wenn es so ist, dann soll es so sein. Ich bin ein großes Mädchen. Ich komme schon damit klar … glaube ich. Außerdem gibt es nur eine Möglichkeit, das herauszufinden.«

»Ich gebe dir in allen Punkten Recht.« Dylan bemerkte den zweifelnden Ausdruck in ihren Augen und ging darauf ein. »Täusch dich nicht. Auch wenn ich Erfahrung habe, ist das 'ne Nummer größer als alles, was ich kenne. Ich hab's dir gestern Abend schon gesagt. Und es war die Wahrheit.« Er streckte den Arm aus, nahm ihre Hand und brachte die Handfläche an seine Lippen. »Aber im Grunde kümmert mich das nicht mehr.«

Sabrina musste sich zusammenreißen, so sehr erregten sie seine Lippen und sein Atem auf ihrer Haut. »Okay, das war Problem Nummer eins. Was ist mit den anderen?«

»Dass wir Arbeit und Vergnügen vermischen. Dass wir in

den Medienrummel geraten, sobald deine Verwandtschaft mit Carson publik wird. Mehr fällt mir im Moment nicht ein, weil ich nur noch daran denken kann, wie es mit dir sein wird.« Seine warmen Lippen strichen aufreizend langsam über ihre Hand. »Jetzt bist du an der Reihe. Hat irgendeines dieser Probleme so viel Gewicht, dass es dich umstimmen könnte?«

»Nein. Es gibt nur noch einen möglichen Hinderungsgrund – und ob der so schwer wiegt, weiß ich nicht mal genau.«

»Du meinst Carson? Wie er reagieren wird, wenn er es herausfindet?«

»Ja.« Sabrina hielt den Atem an, als Dylan begann, zart in ihre Hand zu beißen. »Aber so, wie er sich eben verhalten hat …«

»… könnte es sein, dass dieser letzte Hinderungsgrund null und nichtig ist.« Er koste ihre Haut, und seine Lippen verweilten lange an den empfindlichen Stellen.

»Du hast es also auch gemerkt.«

»Hmmm.«

Wie sollte sie noch klar denken können, wenn jede seiner Liebkosungen geradewegs in ihren Bauch fuhr?

Carson. Sie hatten gerade über Carson gesprochen. Ob es ihm gegen den Strich gehen würde, wenn sie zusammenkamen, oder ob er ihnen seinen Segen geben würde.

»Ich hab's mir also nicht eingebildet. Carson hat uns sozusagen ins Bett geschubst«, stieß sie atemlos hervor.

»Kam mir auch so vor.« Mit der Zunge fuhr er die Linien ihrer Hand nach. »Falls es nicht Zufall war. Er könnte dermaßen schläfrig gewesen sein, dass er sich nichts dabei gedacht hat, uns in einem Atemzug zu befehlen, wir sollten uns einen antrinken und dann zusammen ins Bett gehen. Aber als Susan ins Zimmer spazierte, war er plötzlich – bums! – hellwach.«

»So kam es mir auch vor.« Sabrina versuchte sich an das Gespräch zu erinnern, doch alles, woran sie denken konnte, war ihr Verlangen, das immer stärker wurde. »Ich frage mich, ob er Pläne mit uns hat.«

»Vielleicht. Vielleicht auch nicht.« Dylan atmete schwer. Sabrina spürte es auf ihrer feuchten Haut. »Ehrlich gesagt ist es mir egal. Ich will dich. Und du willst mich. Wir sind erwachsen. Ja, ich gebe viel auf Carsons Meinung. Aber das bedeutet nicht, dass ich sein Einverständnis brauche, wenn ich mit dir ins Bett will. Der einzige Mensch, der hierzu seine Erlaubnis geben muss, bist du.« Langsam führte er Finger um Finger an seine Lippen, liebkoste die Spitzen. »Habe ich deine Erlaubnis?«

Sabrina hätte geantwortet, doch sie bekam keinen Laut hervor, brachte lediglich ein Nicken zustande.

Dylan beobachtete das Spiel der Gefühle auf ihrem Gesicht. »Hab ich noch etwas auf der Liste der Komplikationen vergessen?«, wollte er wissen. »Weil ich geglaubt hatte, ich könnte noch warten. Ich kann es aber nicht.«

»Ich auch nicht.«

»Vergiss den zweiten Pitcher.« Dylan ließ ihre Hand los und suchte in der Hosentasche nach seinem Portemonnaie. »Ich will, dass du nüchtern bist. Ich will, dass dein Kopf völlig klar ist. Dann merkst du besser, wenn du ihn verlierst.«

Das war der Augenblick, an dem Sabrina vollends die Waffen streckte. Am ganzen Körper zitternd, warf sie die Serviette auf den Tisch und schob das immer noch volle Glas beiseite. Sie wollte so klar und nüchtern sein wie er. »Bitte um die Rechnung.«

»Schon erledigt.« Dylan winkte bereits dem Kellner.

Drei Minuten später war die Rechnung gezahlt, und sie waren auf dem Weg zur Tür.

»Welche Wohnung ist näher?«, fragte Sabrina mit einer Stimme, die sie kaum noch als die ihre erkannte.

»Deine. Aber wir gehen zu mir.«

»Warum?«

Der Blick, den er ihr zuwarf, hätte einen Stein zum Schmelzen bringen können. »Weil ich zwei Schachteln Kondome zu Hause habe.«

Die Atmosphäre im Auto war so dicht und aufgeladen, dass man sie mit dem Messer hätte schneiden können.

Sabrina und Dylan stiegen vor Dylans Brownstone aus. Er schickte den Fahrer weg, indem er vorgab, er würde Miss Radcliffe selbst nach Hause begleiten. Ob der Fahrer merkte, wie heiß sie aufeinander waren, war ihnen völlig egal.

Dylan schloss die Haustür auf und schob Sabrina in den Eingangsflur. Dann warf er die Tür zu und drehte den Schlüssel um. »Die Besichtigung müssen wir auf ein anderes Mal verschieben«, sagte er mit belegter Stimme und drückte sie gegen die Wand. Er streifte den Blazer an ihren Armen herunter, senkte den Kopf und suchte ihren Mund mit einem Kuss, der sie beide in Flammen aufgehen ließ.

Sabrina schüttelte die Jacke ab und ließ sie zu Boden gleiten. Sie schaffte es, ihren Mund gerade lange genug abzuwenden, um atemlos zu antworten: »Eine Besichtigung … interessiert mich … auch nicht …« Sie erwiderte seinen Kuss, schob die Hände unter sein Jackett, strich an seinem Hemd empor.

Dylan knöpfte ihre Bluse auf und zerrte sie aus dem Rockbund, wobei ein paar Knöpfe absprangen und auf den Boden rollten. Seine Lippen bewegten sich ihren Hals und ihre Kehle hinunter zum Dekolleté. »Jetzt musst du entscheiden«, sagte er, nahm die Klammern aus ihrem Haar und fuhr mit den Fingern hindurch, sodass es locker auf ihre Schultern fiel. »Der Kamin ist auf der anderen Seite der Diele. Davor liegt ein weicher Teppich. Rechts von dir ist das Wohnzimmer. Da gibt's ein großes, weiches Sofa. Links ist die Abstellkammer mit einem Ledersessel, der sich weit nach hinten kippen lässt. Oben habe ich zwei Schlafzimmer. Das Gästezimmer hat ein fürstliches Bett und einen riesigen Teppich. In meinem Schlafzimmer gibt's ebenfalls ein großes Bett und viele Extrakissen. Wohin befiehlt die Dame?«

Sabrina hielt beim Aufknöpfen seines Hemdes inne und hob ihr Kinn. »Wo sind die Kondome?«

»In meinem Schlafzimmer.«

»Dann dorthin.«

Sein Mund senkte sich auf den ihren, und er vergrub eine Hand in ihrem Haar, hielt ihren Kopf. Seine Zunge schlüpfte zwischen ihre Lippen, spielte mit ihrer, und Sabrina riss sein Hemd auf und presste sich gegen seine behaarte Brust. Unter dem Seiden-BH schwollen ihre Nippel an.

»Komm, wir gehen nach oben.« Er hob sie hoch, eilte durch die dunkle Diele und die Treppe hinauf.

»Wenn du Licht anmachen würdest, könnte ich selber laufen«, murmelte sie und begrub ihren Mund an seinem Hals, gab ihm heiße Küsse.

»Das würde zu lange dauern ...« Dylans Stimme klang rau, und er erschauerte bei jeder Bewegung ihrer Lippen. »Hauptsache, du bist so schnell wie möglich aus den Klamotten und liegst unter mir.«

Er trug sie in sein Schlafzimmer, legte sie aufs Bett und senkte sich auf sie herab.

Wieder küssten sie einander heiß und wild, und ihre Hände zerrten voller Ungeduld an der Kleidung des anderen. Dylan hakte Sabrinas BH auf und saugte an den Nippeln, bis sie sich wand und lustvoll stöhnte. Er folgte ihren Bewegungen, wechselte von einer Brust zur anderen, während er ihr gleichzeitig Rock und Strumpfhose auszog, bis sie nackt war.

Als Dylan ihr den Slip auszog, hatte sie bereits seine Hose aufgemacht und heruntergezogen. Ihre Hand glitt in seine Boxershorts, und sie schloss die Finger um sein Glied.

»Warte!« Dylans Stimme klang erstickt. Er streifte die restlichen Kleidungsstücke ab und hob Sabrina hoch, um die Bettdecke zurückzuschlagen und sie aufs Laken zu legen. Wieder bedeckte er sie mit seinem Körper, drückte sie mit seinem Gewicht aufs Bett.

Sie küssten sich, konnten nicht genug bekommen vom Geschmack und der Berührung des anderen. Tief atmete Sabrina Dylans Geruch ein – das Rasierwasser mit Moschus, die Seife, die nach freier Natur roch, und beides vermischt mit Dylan pur. Sein Männergeruch war stark, und Schweiß schimmerte auf seiner Haut. Sie schlang die Arme um seinen Rücken, küsste ihn wild und drängte sich seiner Berührung entgegen. Dylan schob die Knie zwischen ihre Beine. Ihre Küsse wurden immer fordernder. Seine Hand fuhr an ihrem Körper hinunter und zwischen die Beine, und dann berührte er sie. Sabrinas Atem setzte aus. Sie wimmerte, als sein Finger in sie glitt. Instinktiv reagierte ihr Körper. Sie hob die Hüften, drängte sich der Berührung entgegen.

»Du fühlst dich so gut an«, murmelte Dylan und streichelte sie weiter. »Heiß. Feucht.« Seine Finger tauchten tiefer in sie hinein, und Sabrina hörte ihren eigenen Schrei. Wieder suchte sie mit der Hand, bis sie ihn gefunden hatte, liebkoste ihn, spürte, wie er in ihrer Hand pochte. »Dylan …«

Seine Beherrschung zerstob.

Mit einem unterdrückten Fluch rollte er von ihr herunter, riss die Nachttischschublade auf und wühlte darin, bis er die Schachtel mit den Kondomen gefunden hatte. Er holte eins heraus, riss die Folienverpackung mit den Zähnen auf und brachte das Gummiding mit ein paar raschen Bewegungen an die richtige Stelle.

»Ah, hast dich an Grundregel Nummer eins erinnert«, sagte Sabrina keuchend, während er über ihr kniete.

»Ja, so gerade noch.« Er hakte ihre Knie unter und öffnete ihre Beine, um so tief wie möglich in sie eindringen zu können. »Einen Augenblick später wär's zu spät gewesen. Und Regel Nummer drei hab ich auch schon abgeschrieben. Ich kann nicht mehr auf Distanz bleiben. Ich bin dir so verfallen, dass ich nicht mehr geradeaus denken kann.« Er senkte sich auf sie herab und drang in sie ein.

Sabrina schnappte nach Luft, krümmte sich ihm entgegen, wollte, dass er tiefer in sie eindrang.

»Mach das nicht«, stieß Dylan zwischen zusammengebissenen Zähnen hervor. »Du bist so eng. Ich will dir nicht …«

»Ich will dich ganz in mir.« Sie verschränkte die Hände in seinem Kreuz und drückte, hielt sich fest, damit sie sich ihm entgegenheben konnte. »Zum Teufel mit Regel zwei.«

Sie glitt an ihm empor, nass und zitternd, und Dylan verlor den letzten Rest Beherrschung.

Seine Rückenmuskeln spannten sich, und er stieß zu, verlor sich in ihr.

Die Bedeutung ihrer letzten Bemerkung ging ihm einen Sekundenbruchteil später auf, nachdem er die Bestätigung aus erster Hand erhalten hatte.

Er verharrte, die Muskeln in seinen Unterarmen zitternd vor Anstrengung, sich zurückzuhalten. Scharf sog er die Luft ein. »Sabrina, bist du etwa noch …?«

»Nichts … ich hab …« Sie konnte kaum sprechen. Die Lust, die jedes ihrer Nervenenden zum Vibrieren brachte, nahm ihr den Atem. Sie bewegte sich unter ihm, und ihr Körper gewöhnte sich an das Gefühl, gefüllt zu sein, und an den reißenden Hunger, der sie mehr und mehr erfüllte, nun, da es so weit war. »Hör nicht auf, Dylan, bitte …«

Er bewegte sich wieder, mit langsamen Stößen, und trieb Sabrina immer näher an den Punkt, an den sie gelangen wollte. Er senkte den Kopf und küsste sie, atmete tief und keuchend.

Sabrina erwiderte die Liebkosung leidenschaftlich, grub ihre Nägel in seine Schultern. »Schneller!«, keuchte sie und spürte, wie ihre innersten Muskeln sich zusammenzogen. »O Gott, ich bin gleich so weit ...«

Dylan stieß einen heiseren Schrei aus und verfiel mit den Hüften in einen immer schnelleren Rhythmus, stieß tief und hart zu, sodass er sie beide zum Kopfende des Bettes hochschob, bis Sabrinas Kopf anstieß. Das Bettende aus Kirschholz prallte mit jedem Stoß gegen die Wand, und die Sprungfedern quietschten und ächzten.

Ohne nachzulassen, riss Dylan ein Kissen hoch, das er Sabrina hinter den Kopf steckte. Sie merkte es nicht einmal. Sie nahm nichts wahr außer dem, was in ihr geschah, und sie schluchzte unverständliche Worte der Lust, die ebenso ungehört blieben wie die Worte, die Dylan ihr ins Ohr flüsterte.

Kurz nacheinander taumelten sie über den Rand, Sabrina um einen Sekundenbruchteil voraus. Sie kam gewaltig, unterdrückte den Schrei, als die Spannung in ihr fast unerträglich wurde, sich in rhythmischen Kontraktionen entlud, die Dylan unmittelbar spürte und die auch ihm einen unterdrückten Schrei entlockten. Er kam selber in einem überwältigenden Orgasmus, hielt sich am Kopfbrett des Bettes fest und stieß weiter mit schnellen Bewegungen zu, kostete Sabrinas Zucken bis zum letzten Augenblick aus. Dann sank er über ihr zusammen.

Minutenlang waren ihre keuchenden Atemzüge das einzige Geräusch im Zimmer. Sabrina sank auf die Matratze zurück. Sie fühlte sich vollkommen gesättigt. Ihr Kopf war leer, ihr Körper befriedigt. So hätte sie am liebsten bis in alle Ewigkeit dagelegen, spürte im Nacken jedoch einen dumpfen Schmerz, der immer stärker wurde.

Sie veränderte ihre Lage ein wenig und zuckte zusammen. »Autsch.«

Dylan fuhr auf und stützte sich auf die Ellbogen. »Ich hab dir wehgetan … Tut mir Leid, Sabrina, ich wollte nicht so grob sein. Du hättest mir sagen sollen, dass du noch nie …«

»Dylan«, fiel sie ihm ins Wort, während sie sich aufsetzte und die schmerzende Stelle im Nacken rieb. »Wenn du mich ausschimpfen willst, weil ich dir nicht gesagt habe, dass ich noch Jungfrau war – nur zu. Aber nicht du hast mir wehgetan, sondern das Kopfbrett. Es fühlt sich an, als hätte man mir mit einem Hammer in den Nacken geschlagen.«

»Oh.« Er grinste, beugte sich vor und massierte ihre Schultern und den Nacken. »Tja, solides Kirschholz hat nun mal seine Tücken.«

»Hmmm.« Sabrina schloss die Augen, während Dylan ihre verspannten Muskeln massierte. »Ich kann mich gar nicht erinnern, dagegen gestoßen zu sein.«

»Wir wollen's mal so sagen: Du warst eben ziemlich außer dir.«

Sabrina schlug ein Auge auf. »Du brauchst nicht so selbstgefällig zu tun. Du warst es doch auch.«

»Auf jeden Fall.« Sein Blick glitt über ihren Körper, blieb auf den schönsten Stellen ruhen. Dylan sog ihre Nacktheit in sich auf – nun, da das drängendste Bedürfnis befriedigt war, hatte er Zeit dazu. Doch er konnte nicht alles sehen, da Sabrinas Körper in Schatten gebettet war und nur vom bleichen Licht des Mondes erhellt wurde, das durchs Fenster fiel. »Wenn wir uns wieder lieben, mache ich das Licht an. Ich will dich sehen, jeden Zentimeter von dir kennen lernen.«

»Kann ich dasselbe auch mit dir tun?«

»Ich gehöre dir ganz und gar.«

In ihren Worten lagen eine Tiefe und ein Verstehen, die

beiden nicht entgingen. Das Gewaltige, das sich zwischen ihnen vollzog, wurde ihnen mit aller Macht bewusst. Sabrina stieß den angehaltenen Atem aus, wandte den Blick ab und fuhr sich mit zitternder Hand durchs Haar. »Ich wusste nicht, dass es so unglaublich ist, auch gefühlsmäßig …«

Dylan streckte die Hand aus, legte einen Finger an ihr Kinn und drehte ihr Gesicht zu sich herum. »Tut es dir Leid?«

»Was? Dass wir Liebe gemacht haben? Dass es unglaublich schön war? Oder dass wir damit ein ganzes Feld neuer und komplizierter Gefühle betreten haben?«

»Such dir was aus.«

»Mir tut keine Sekunde Leid.« Ein zweifelnder Blick. »Und wie steht es mit dir?«

»Mir geht es genauso.«

»Wir sollten vielleicht nichts überstürzen.« Sabrina fragte sich, wen sie überzeugen wollte, Dylan oder sich selbst. »Wir sollten jeden Tag nehmen, wie er kommt. Keine Erwartungen, keine Verpflichtungen. Im Moment geschieht so vieles, dass keiner von uns weiteren Druck und zusätzliche Anforderung ertragen kann. Also lassen wir's auf uns zukommen, okay?«

»Okay.«

Sabrina räusperte sich. »Was ist mit Regel Nummer zwei … bist du entsetzt?«

»Nur darüber, dass du nichts gesagt hast.« Mit der Fingerspitze fuhr er die Linie ihrer Schulter nach. »Ich hätte langsamer gemacht, wäre vorsichtiger gewesen … ach, was rede ich da?« Er lachte leise. »Das stimmt alles gar nicht. Ich wollte dich haben, unbedingt, und nichts hätte mich daran gehindert. Und dass du noch Jungfrau warst … Ich war überrascht, aber ich wusste ja, dass du keine Erfahrung mit Männern hast. Du hast mir ja genug erzählt.« Dylan streckte die Hand nach dem Nachttisch aus und knipste die Lampe an.

»Bitte sag nicht, dass es bedeutet, was ich vermute.« Sabrina warf ihm einen argwöhnischen Blick zu. »Bitte versprich, dass du mir mehr als fünf Minuten Erholung zugestehst.«

Dylan kicherte. »Aber ja. Und du kannst auch jede Menge Unterstützung für deine Erholung kriegen.«

»Und zwar?«

»Siehst du die Tür dort?« Er deutete auf die Wand gegenüber.

»Was ist damit?«

»Die führt in mein Badezimmer. Da gibt's die modernste Entspannungsdusche, die du je gesehen hast, komplett mit Massagestrahlern und doppeltem Duschkopf. Hervorragend geeignet zur Behandlung schmerzender Nacken und anderer Körperteile, die der Linderung bedürfen. Interessiert?«

»Vielleicht.« Sie warf ihm einen verführerischen Blick zu. »Kommst du mit?«

Er ließ sein unwiderstehliches Grinsen aufblitzen. »Es könnte deine Erholungszeit verkürzen.«

»Das Risiko gehe ich ein. Ich habe gutes Heilfleisch.«

»Wenn das so ist …« Dylan hob Sabrina vom Bett und trug seine süße Last ins Bad. »Ich hab auch einen Whirlpool. Wenn du dich genug erholt hast, probieren wir ihn aus.«

21

Montag, 19. September, 7.15 Uhr
Ruisseau Fragrance Corporation

Sabrina blickte aus dem Bürofenster auf die erwachende Stadt, während sie vom starken schwarzen Kaffee nippte. Sie war erschöpft. Am Vorabend war sie von Manchester hergeflogen, nachdem sie ein mega-anstrengendes Wochenende bei CCTL hinter sich gebracht hatte: drei Tage intensives Training mit den Managern zweier Firmen, die in der Zeitschrift Fortune unter den fünfhundert Besten rangierten. Jedes der beiden Unternehmen hatte drei Workshop-Einheiten pro Tag benötigt. Sabrina hatte sich um ihre Mandanten gekümmert, während ihre Assistentin Melissa den Papierkrieg erledigte. Schließlich hatte sie die letzte Maschine nach LaGuardia genommen, war in die wartende Limousine gestiegen und endlich ins Bett gefallen – nur um festzustellen, dass sie viel zu angespannt war, um schlafen zu können.

Das war nicht weiter überraschend.

Zwei Arbeitsstätten. Zwei Wohnorte. Ein Vater, den sie mit jedem Tag besser kennen und schätzen lernte. Untersuchungsergebnisse, die in Kürze zu erwarten waren und die ihr Leben verändern konnten. Und eine Affäre, die außer Kontrolle geraten war.

Sabrina seufzte, rieb sich den Nacken und ermahnte sich, dass auf dem Schreibtisch die Berichte der Abteilungsleiter lagen. Und um diese zu studieren, war sie so früh ins Büro gekommen.

Zuvor hatte sie Carson besuchen wollen. Doch Dr. Radison hatte gesagt, dass er nach einer unruhigen Nacht viel Schlaf brauche. Diese Unruhe, versicherte er Sabrina, sei ein positives Zeichen, zumindest in Carsons Fall: Er erlangte seine Kraft zurück und wollte nicht länger tatenlos im Krankenhausbett liegen. Sämtliche Verletzungen heilten ab, nur seine Nieren arbeiteten noch immer nicht.

Die Ergebnisse der Gewebetypisierung sollten an diesem Tag kommen. Sabrina zog sich der Magen zusammen, wenn sie nur daran dachte. Es kam ihr so vor, als wartete sie bereits einen Monat darauf, nicht erst seit anderthalb Wochen. Dr. Radison hatte versucht, die Ergebnisse am Freitag zu bekommen, aber das Labor war noch nicht so weit gewesen. Außerdem war Carson noch nicht fit genug für den Eingriff. Erst in sechs Wochen konnte man sicher sein, dass die Nierenschädigung irreparabel war. Mindestens ebenso lange würde es dauern – falls keine unvorhergesehenen Komplikationen oder Infektionen eintraten –, bis Carsons Wunden ausreichend verheilt und seine Kräfte soweit wieder hergestellt waren, dass er sich einer Transplantation unterziehen konnte.

Und alles hing davon ab, ob Sabrina eine passende Spenderin war. Anderenfalls würde sich die Zeit bis zur Operation dramatisch verlängern, denn die Personen aus Carsons Freundes- und Bekanntenkreis waren bereits untersucht worden, ohne dass ein passender Spender gefunden worden war.

Sabrina stürzte den Rest Kaffee hinunter, ging zum Schreibtisch und ließ sich steif im Sessel nieder. Sie war schrecklich verspannt. Eigentlich hätte sie gemütlich in den Federn liegen und noch ein paar Stunden schlafen sollen, bevor sie sich in eine weitere anstrengende Woche stürzte; stattdessen saß sie nun in dem holzgetäfelten Büro, das Carson ihr zur Verfügung gestellt hatte, und sah sich Statusberichte an, um den Verlauf der wöchentlichen Meetings festzulegen.

Schon seltsam, dass dieser neue Aspekt ihres Lebens,

den sie zuerst als eine Last betrachtet hatte, sich nun als ihre Rettung herausstellte.

Ruisseau.

Sabrina hatte jede Minute der ersten Arbeitswoche genossen. Am Freitag hatte ihre Sekretärin Donna sie buchstäblich aus dem Büro zerren müssen, damit sie ihre Maschine nach Manchester nicht verpasste. Natürlich freute sie sich, wieder in der eigenen Firma zu sein. Als sie durch die Tür schritt, war es wie eine Heimkehr. Doch Ruisseau war eine andere Art Heimat, eine neue und bald schon ständige Heimat – dann nämlich, wenn sie die Bekanntmachung verbreitete, die sie im Flugzeug entworfen hatte. Dann würde sie Chefin zweier bedeutender Unternehmen sein, zweier völlig unterschiedlicher Firmen, die beide aus unterschiedlichen Gründen eine große Rolle in ihrem Leben spielten.

Es war, als würde man zwischen zwei Liebhabern hin und her gezerrt.

Nun, beruflich gesehen vielleicht. Aber nicht privat.

Wieder wanderten ihre Gedanken zu Dylan und ihrer Beziehung, die sie jeden Tag mehr in ihren Bann schlug. Oh, sicher, sie spielten nach Sabrinas Regeln, stellten einander keine Fragen, keine Forderungen. Niemand bei Ruisseau ahnte etwas, und Sabrina wollte, dass es so blieb, zumindest so lange, bis sie wusste, wie ernst es mit ihr und Dylan war, und bis die Angestellten ihre wahre Identität kannten. Außerdem kam an erster Stelle die Arbeit, dann Carson und dann erst ihre Beziehung zu Dylan, die an der Oberfläche leicht und beschwingt war – keine Bindung, keine Pläne, keine große Sache. Darunter aber brannte ein Fieber, das verzehrend und mitunter beängstigend war …

Es war auch erstaunlich, wie gut sie miteinander arbeiten konnten, wie sie Grenzen suchten und überwanden und gemeinsam eine Energie erzeugten, die mit Händen zu greifen war. Sie konnten sich gegenseitig ermutigen, aber auch provozieren; sie setzten einander sogar unter Druck, um neue Strategien zu entwickeln, und führten ihre gesammelte Erfahrung und ihr Wissen zusammen, um zu neuen Sichtweisen zu gelangen.

Doch sie hatten sich erst vor zwei Wochen kennen gelernt. Und das bedeutete, dass es noch viel Unbekanntes gab, ein großes unerforschtes Gebiet. Doch sie waren auf derselben Wellenlänge. Es spielte keine Rolle, dass sie in mancher Hinsicht verschieden waren, zum Beispiel, was ihre Herkunft betraf. Denn gemeinsam waren ihnen Aufrichtigkeit und Ergebenheit, Ehrgeiz und Antrieb, Leidenschaft und das Streben nach Perfektion.

Außerdem besaß Dylan ein unerschütterliches Selbstbewusstsein. Nichts von dem, was Sabrina tat, keine ihrer Leistungen empfand er als Bedrohung. Überdies war er genauso rechthaberisch wie sie und sagte ihr unverblümt seine Meinung, ob unter vier Augen oder vor versammelter Belegschaft; er lobte sie, wenn ihm etwas gefiel, oder übte offen Kritik, wenn sie angebracht schien. Sabrina wandte sich ebenso oft an Dylan wie an Stan, wenn sie Fragen hatte, Informationen brauchte oder ihre Eindrücke überprüfen wollte.

Nein, das stimmte nicht, erkannte sie. Sie wandte sich öfter an Dylan. Und das nicht nur, weil sie sich ihm nahe fühlte. Ihre Zurückhaltung Stan gegenüber beruhte darauf, dass mit ihm irgendetwas nicht stimmte.

Sabrina hatte es schon längere Zeit gemerkt, bis jetzt aber für sich behalten – hauptsächlich deshalb, weil sie sich schuldig fühlen würde, wenn sie etwas Negatives über Stan sagte, der so eng mit Carson befreundet war. Außerdem mochte und respektierte sie Stan. Er war ein kluger Manager und gewissenhafter Mentor. Er beriet und unterstützte Sabrina und erleichterte ihr den Einstieg bei Ruisseau, so gut er konnte.

Sorgen bereiteten ihr seine Nervosität und Zerstreutheit. Unter dem geschäftsmäßigen Äußeren verbarg sich eine Unruhe, deren Ursache Sabrina nicht erkennen konnte. Sie musste Carson davon erzählen. Es war, als stellte Stan unablässig seine eigene Position infrage und würde als Folge davon immer nervöser. Er schuftete hart, doch es waren eher die verzweifelten Anstrengungen eines Verängstigten als die Gewinn bringenden Leistungen eines Produktiven. Sabrina fragte sich, ob es an ihr lag, an ihrem plötzlichen Erscheinen bei Ruisseau und ihrer neuen Stellung im Unternehmen – und in Carsons Leben.

Ja, sie musste mit Carson darüber sprechen.

Doch bis dahin ertappte sie sich oft dabei, dass sie statt zu Stan auf dem Weg zu Dylan war, um ihm eine Idee vorzutragen oder seine Meinung einzuholen. Mit ihm gab es keine Probleme, was die Selbstachtung betraf. Keine Bomben im Gepäck, die einen veranlassten, auf Zehenspitzen zu schleichen.

Dylan und Sabrina gaben ihr Bestes, ohne sich groß mit ihren jeweiligen Egos aufzuhalten. Stundenlang schufteten sie und bestellten sich Essen beim Chinesen, weil sie wieder einmal die Zeit und den Hunger vergessen hatten. Zweimal am Tag fuhren sie zum Krankenhaus, um Carson auf den neuesten Stand zu bringen und sich ihrerseits über seine Fortschritte zu informieren. Sie stritten über Veränderungen in der Personalstruktur und über die Gefährdung der chemischen Formel von *C'est Moi*, falls Carson sich weiterhin weigerte, sie patentieren zu lassen.

Und dann waren da die Nächte …

Sie hatten jeden Abend der Woche zusammen verbracht, manchmal in Sabrinas neuem Heim, manchmal bei Dylan. Obwohl Sabrina kaum Erfahrung hatte, war sie doch kein blauäugiger Teenager. Sie hatte immer geglaubt, die körperliche Anziehung würde nachlassen, sobald die

Träume vom Liebemachen erst Wirklichkeit geworden waren, doch es war anders gekommen. Sie wollten einander so sehr wie beim ersten Mal, selbst wenn es drei Uhr morgens war und sie schon vier Stunden mit der Liebe verbracht hatten. Am Donnerstag – dem letzten Abend, bevor Sabrina nach New Hampshire flog – hatten sie es vor Begierde nicht einmal bis in Dylans Schlafzimmer geschafft, sondern hatten es in der Diele getan, auf dem Mahagonitisch. Er hatte ihr Rock und Slip heruntergestreift, sie auf den Tisch gehoben und mit harten Stößen genommen, die beide binnen Sekunden zum Höhepunkt brachten. Wenn Sabrina nur daran dachte, begann es in ihrem Körper zu pochen …

»Guten Morgen.«

Ihr Kopf fuhr hoch. Sie spürte förmlich, wie ihr das Blut in die Wangen stieg. Dylan lehnte am Türrahmen.

»Hi«, brachte sie heraus.

Lächelnd trat Dylan ins Zimmer und schloss die Tür hinter sich. »Ich muss wohl gar nicht erst fragen, woran du gerade gedacht hast.«

»Nein, wahrscheinlich nicht.« Sabrina verschränkte die Hände und stützte das Kinn darauf. »Allerdings habe ich geglaubt, ich wäre allein mit meinen Fantasien. Was machst du denn schon so früh hier?«

Dylan setzte sich auf die Schreibtischkante. »Nach drei Nächten mit unzähligen Eisduschen habe ich mal 'ne Abwechslung gebraucht. Ich krieg bald Frostbeulen.«

Sabrinas Lippen zuckten. »Das hört sich ja grausam an.«

»Ist es auch. Möchtest du mir nicht 'ne Massage verpassen, damit ich wieder Gefühl in Armen und Beinen bekomme?«

Sabrina lachte auf. »Eine originelle Einladung, Mr Newport. Rechnen Sie aber nicht damit, dass sie von allzu viel Erfolg gekrönt wird.«

»Für den Anfang war's aber ganz gut. Immerhin habe ich dich zum Lachen gebracht, trotz der dunklen Ringe unter deinen Augen.« Er musterte sie aufmerksam. »Du siehst geschafft aus. Hartes Wochenende gehabt?«

Seufzend drückte sie ihre Hände gegen die Wangen. »Es liegt nicht allein am Wochenende. Mit der Arbeit werde ich schon fertig, und mit dem vollen Zeitplan auch.«

»Dann liegt es daran, weil du die Ergebnisse der Gewebetypisierung erwartest, stimmt's? Sind die nicht heute fällig?«

»Ja. Ich habe mit Dr. Radison gesprochen. Er müsste jeden Moment anrufen.« Sabrina blickte Dylan fest in die Augen. »Ich habe Angst«, sagte sie leise und öffnete sich ihm auf eine Art, die immer noch neu für sie war. »Angst, dass ich nicht die passende Spenderin bin. Und Angst, dass ich es doch bin.«

»Das ist verständlich.« Dylan ging um den Schreibtisch herum, zog sie an sich, hob ihr Kinn und küsste sie. »Ich weiß, das ist verboten«, murmelte er. »Schließlich sind wir auf der Arbeit. Aber noch ist außer uns beiden niemand da. Gib mir zehn Sekunden, und ich sorge dafür, dass es dir besser geht.«

Sabrina lächelte und schlang die Arme um seinen Hals. »Wenn du wirklich willst, dass es mir besser geht, musst du schon mehr als zehn Sekunden investieren.«

»Dann nimm es als Vorgeschmack.« Er küsste sie mit einer Leidenschaft, dass Sabrina es bis in die Zehenspitzen spürte. »Lass dich nicht unterkriegen. Übrigens … ich habe dich vermisst.«

»Ich dich auch«, gab sie zu. »Nicht mal Yoga hat mir geholfen.«

»Hast wahrscheinlich nicht die richtigen Körperpartien gedehnt. Oder die falschen Stellungen gemacht. Heute Abend arbeiten wir daran.«

Sabrina lächelte gegen seinen Mund. »Bist du neuerdings Yogalehrer?«

»Viel besser. Ich bin Zauberer. Ich kann alle deine wunderschönen Muskeln dazu bringen, dass sie sich entspannen.« Er ließ sie los. »Versprochen.«

»Ich komme darauf zurück.« Sabrinas Lächeln verflog. Nervös fuhr sie mit den Fingern durchs Haar. »Gott weiß, wie sehr ich das brauche.« Sie schaute Dylan in die Augen. »Es geht nicht nur darum, was mich im Krankenhaus erwartet. Es geht auch um eine andere Sache, die sofort ansteht. Ich habe mir vorgenommen, es heute bekannt zu geben. Es ist an der Zeit.«

Dylan verschränkte die Arme vor der Brust. Er schien nicht überrascht zu sein. »Wann?«

»Gegen Feierabend. Gestern, als ich von CCTL kam, habe ich Donna eine Voice Mail geschickt, weil ich dachte, sie würde vor mir im Büro sein. Außerdem habe ich irrigerweise geglaubt, ich könnte sofort einschlafen und wäre heute ausgeruht. Aber ich war so aufgedreht, dass ich kein Auge zubekam und drei Stunden an die Decke gestarrt habe. Wie dem auch sei – ich habe Donna gebeten, E-Mails an die gesamte Belegschaft zu schicken und für siebzehn Uhr dreißig eine Mitarbeiterversammlung einzuberufen. Ich will keine große Geschichte daraus machen, aber die Angestellten sollen wissen, dass es nicht nur die Abteilungsleiter angeht, sondern sämtliche Mitarbeiter.«

Dylan nickte. »Wolltest du erst die medizinischen Ergebnisse abwarten? Hast du die Versammlung deshalb auf diesen späten Zeitpunkt gelegt?«

»Ursprünglich hatte ich es so geplant. Aber dann wurde mir klar, dass diese beiden Dinge nichts miteinander zu tun haben. Wenn die Blutuntersuchungen das erhoffte Ergebnis erbringen, bekommt Carson meine Niere, soweit ist die Sache klar. Aber wenn nicht, wenn ich keine Spenderin sein kann, bin ich trotzdem seine Tochter. Ich will zu Ruisseau gehören und zu Carson. Es ist an der Zeit, dass der Rest seiner Familie – die Belegschaft seines Unternehmens – das erfährt. Und die Versammlung habe ich deshalb auf die Feierabendzeit gelegt, weil alle sich besser danach richten können und weil ich dann Gelegenheit habe, Dr. Radison zu sehen und mit Carson zu sprechen.«

Sabrinas Miene hellte sich auf. »Meinst du, wir könnten die Versammlung auf Video aufnehmen? Dann können wir sie Carson am Krankenbett zeigen.«

»Gute Idee.« Dylan nickte. »Und was ist mit deiner Mutter? Hast du sie auf den Medienrummel vorbereitet?«

»Ja, sie weiß von meinem Plan. Und heute Nachmittag rufe ich meine Großeltern an und weihe sie ebenfalls ein. Dieses Gespräch kann schwierig werden ... erst recht, wenn sich herausstellt, dass ich der geeignete Spender für Carson bin. Aber es trifft sie ja nicht unvorbereitet. Außerdem fährt meine Mutter heute Abend hin und wird bei ihnen sein, um gegebenenfalls lästige Anrufe von Reportern abzufangen.«

»Und was ist mit dir? Bist du vorbereitet? Die Medien werden dich hetzen wie einen Fuchs.«

»Ich weiß. Aber ich komm schon damit zurecht.«

»Du übernachtest heute bei mir«, sagte Dylan in einem Tonfall, der keine Widerrede duldete. »Dann lassen sie dich wenigstens bis zum Morgen in Ruhe.«

Sabrina brachte ein schwaches Lächeln zu Stande. »Im Gegensatz zu dir, meinst du?«

»Genau. Willst du dich etwa beschweren?«

»Keineswegs.«

Ihr entspannendes Geplänkel wurde vom Läuten des Telefons unterbrochen.

Mit dem Blick eines gehetzten Wildes beugte Sabrina sich über den Schreibtisch und nahm den Hörer ab. »Sabrina

Radcliffe.« Pause. »Können Sie 's mir nicht einfach ... na gut, bin schon unterwegs.«

Sie legte auf und wandte sich an Dylan. »Das war Mary von der Intensivstation. Sie sagt, Dr. Radison will mich sehen. Er kommt gerade mit den Ergebnissen aus dem Labor.«

»Irgendwelche Andeutungen?«

»Nein.« Sabrina bemühte sich, ruhig und beherrscht zu sprechen, doch innerlich bebte sie. »Mary meinte nur, er will mich unverzüglich sehen.« Hastig kritzelte sie eine Notiz für Donna, schnappte sich ihre Handtasche und strebte Richtung Tür. Doch plötzlich verharrte sie, fuhr sich nervös mit der Zunge über die trockenen Lippen. Es war gar nicht so einfach, die Gewohnheiten des Einzelkämpfers aufzugeben. »Ich möchte eigentlich nicht allein fahren. Kannst du mitkommen?«

Ein zärtlicher Ausdruck erschien in Dylans Augen. Er nahm den Hörer ab, wählte die Nummer seiner Sekretärin und hinterließ eine Nachricht. »Nina, ich bin's. Es ist jetzt ungefähr sieben Uhr dreißig. Bin heute Morgen eine Zeit lang nicht im Büro. Wahrscheinlich stelle ich mein Handy ab. Ich melde mich aber so bald wie möglich. Wenn es etwas Dringendes gibt, rufen Sie im Mount Sinai an. Ich begleite Miss Radcliffe zu einer Besprechung dorthin.« Er legte auf. »Auf geht's.«

8.10 Uhr
Mt. Sinai

Dr. Radison wartete bereits auf Sabrina. Verwundert registrierte er Dylans Anwesenheit, sagte aber nichts, sondern bedeutete ihnen mit einer Geste, Platz zu nehmen.

»Ich habe Mr Newport gebeten, dass er mitkommt«, erklärte Sabrina auf den fragenden Blick des Arztes. »Ich möchte, dass er dabei ist, denn er ist für Carson wie ein Sohn. Er gehört schon viel länger zu dessen Leben als ich. Wenn meine biologischen Wurzeln hier von ausschlaggebender Bedeutung sind, ist es auch Mr Newports Anwesenheit.«

»Das ist kein Problem.« Dr. Radison schlug eine Akte auf. »Ich werde auch keine Zeit verlieren. Hier sind die bisherigen Ergebnisse. Ohne jetzt allzu wissenschaftlich zu werden, möchte ich Ihnen sagen, dass es bei der Kreuzprobe sechs Kriterien gibt. Wenn drei oder mehr davon übereinstimmen, ist eine Transplantation möglich. Je mehr Übereinstimmungen, desto besser. In Ihrem Fall sind es fünf von sechs Kriterien.«

Sabrina spürte, wie ihr Herz klopfte. »Fünf von sechs? Das ist doch gut, oder nicht?«

Der Arzt nickte. »Außerdem sieht es nicht so aus, als hätte Mr Brooks Antikörper, die Ihre Niere angreifen würden. Kurz gesagt, die Ergebnisse sind äußerst positiv.«

»Positiv«, wiederholte Sabrina. »Aber nicht überzeugend. Wir können noch nicht absolut sicher sein, dass die Transplantation den Versuch wert ist.«

»Falls es überhaupt zu einem Eingriff kommt«, erinnerte Dr. Radison. »Aber es stimmt, wir können noch nicht sicher sein.«

Dylan beugte sich vor. »Und was geschieht jetzt?«

»Als Nächstes schicken wir Miss Radcliffe zu Dr. Renee Mendham, einer führenden Nephrologin. Dr. Mendham hat bereits die Anamnese von Miss Radcliffe vorliegen, da ich ihr die Unterlagen geschickt habe. Sicherlich hat sie sich schon mit der Materie vertraut gemacht. Sie wird eine gründliche Untersuchung und eine Reihe von Labortests vornehmen. Wir müssen sichergehen, dass Miss Radcliffe vollkommen gesund ist. Sonst dürfen wir auf keinen Fall zulassen, dass sie sich einer Transplantations-OP unterzieht.«

»Und selbst wenn die Ergebnisse dieser Untersuchungen positiv sind, bleibt immer noch das Nierenangiogramm, das Sie bereits erwähnt haben«, erinnerte sich Dylan.

»Genau. Damit untersuchen wir Miss Radcliffes Nieren sowie die umgebenden Arterien und Blutgefäße, die für die Versorgung zuständig sind, und schließlich die Urethra, durch die Harn in die Blase fließt. Man muss sich ein technisches Bild von der Umgebung machen, um zu entscheiden, welche Niere für die Transplantation besser geeignet ist. Normalerweise ist es die linke, weil die versorgende Arterie länger ist. Außerdem wollen wir sichergehen, dass keine Komplikationen anatomischer Art zu befürchten sind. Dr. Mendham wird Ihnen die Untersuchung in allen Einzelheiten beschreiben. Es handelt sich um ein ambulantes Röntgenverfahren mit Lokalanästhesie.«

»Es sind immer noch sehr viele offene Fragen«, murmelte Sabrina. »Ich will Gewissheit.«

»Die gibt es nicht. Aber bedenken Sie, dass Sie einige der Haupthindernisse genommen haben. Die Ergebnisse der Gewebetypisierung und der Kreuzprobe haben Sie als mögliche Spenderin charakterisiert. Daran sollten Sie bei den künftigen Untersuchungen stets denken.«

»Wie schnell kann ich zu Dr. Mendham? Heute? Morgen? Sagen Sie nur, wann, und ich richte meinen Terminkalender danach ein.«

Radison warf ihr einen ironischen Blick zu. »Allmählich erkenne ich die Familienähnlichkeit. Vater und Tochter, die reinsten Dampfwalzen. Zum Glück bin ich nach zwei Wochen Umgang mit Mr Brooks daran gewöhnt. Deshalb habe ich Dr. Mendham bereits kontaktiert. Auch sie hat ihren Terminkalender Ihretwegen umgestellt. Sie bekommen einen Termin am Mittwochmorgen um zehn.« Er schob Sabrina eine Visitenkarte zu. »Hier ist die Adresse ihrer Praxis und die Telefonnummer. Dr. Mendham ist eine sehr kompetente Nephrologin. Sie beide werden sich bestimmt gut verstehen.«

»Da bin ich sicher. Vielen Dank, dass Sie den Vorgang beschleunigt habe.« Sabrina nahm die Visitenkarte und studierte sie. Dann hob sie den Kopf. »Haben Sie es Carson schon gesagt?«

»Natürlich nicht. Es sind Ihre Testergebnisse, also dürfen Sie selbst ihm die freudige Mitteilung machen. Und wenn Sie es sofort tun wollen, haben Sie grünes Licht. Fünf Minuten nach Ihrem Anruf ist er aufgewacht. Aber ich muss Sie warnen, er ist ziemlich ungenießbar. Er hat mir verboten, Ihre Nierenspende zuzulassen, egal, wie die Ergebnisse ausfallen. Ich wünsche Ihnen viel Spaß.«

»Spaß werde ich wohl nicht haben, aber ich werde mich schon durchsetzen.« Sabrina stand auf. Trotzig reckte sie das Kinn. »Wie Sie bereits sagten, Vater und Tochter sind die reinsten Dampfwalzen. Tja, wenn ich so aufgeregt bin wie jetzt, kann mich nichts aufhalten. Rechnen Sie mit ein paar besonders ausgesuchten Flüchen von Carson, wie diese Intensivstation sie wohl noch nie gehört hat. Aber beachten Sie ihn nicht weiter. Ich verspreche Ihnen, dass er's nicht übertreibt und seine Genesung nicht aufs Spiel setzt. Außerdem wird er bald einsehen, dass er diesen Kampf nicht gewinnen kann. Er bekommt meine Niere, und wenn ich die Transplantation selbst machen muss.«

»Wie beruhigend.« Auch Radison erhob sich. »Ich werde die Schwestern warnen, dass sie auf die Gefechtsstationen gehen. Mr Newport, ich hoffe, Sie sind ein guter Schiedsrichter.«

Dylans Lippen zuckten vor Belustigung. »Ich schaue einfach zu, wie die beiden das ausfechten. Wird bestimmt ein toller Showdown. Außerdem bekommt man selten zu sehen, wie Carson Brooks untergebuttert wird.« Seine Heiterkeit verflog und machte angespannter Sorge Platz. »Aber er hätte sich keinen besseren Zeitpunkt aussuchen können, dass er mal verliert. Denn im Endergebnis wird er gewinnen.«

22

8.35 Uhr

Als sie das Krankenzimmer betraten, war Carson in eine hitzige Diskussion mit der Schwester verstrickt.

»Diesen flüssigen Mist brauchen Sie mir gar nicht erst zu bringen, weil ich ihn nämlich nicht esse!«, rief er. »Keinen Pudding, keine Apfelsauce, keinen Krankenhausfraß. Basta. Heute Abend will ich ein Steak, halb durchgebraten, oder Rotbarschfilet. Und verlegen Sie mich auf Station Elf West. Die ist im Vergleich zu der hier wie das Ritz Carlton. Und wenn ich dort bin, bringen Sie mir was Anständiges zu futtern.«

Die adrette Krankenschwester beendete die Untersuchung seiner Vitaldaten und notierte die Werte, während sie ihn wütend anfunkelte. »Glauben Sie mir, Mr Brooks, nichts wäre uns lieber, als Sie dorthin zu verlegen. Sobald Dr. Radison uns grünes Licht gibt, schaffen wir Sie auf die Elf West. Die Station wurde bereits alarmiert – mit dem Erfolg, dass die halbe Belegschaft um Versetzung gebeten hat.«

Sabrina räusperte sich, um ein Kichern zu überspielen.

Die Schwester blickte auf und sah Dylan und Sabrina. »Ah, Sie haben Besuch. Dann kann ich ja gehen. Zu schade.« Sie warf Carson einen kühlen Blick zu. »Ihr fades, langweiliges Frühstück wird jeden Moment gebracht. Ich rate Ihnen, essen Sie ’s. Nur so können Sie genug Kräfte sammeln, um auf die Elf West verlegt zu werden.« Sie eilte zur Tür und verdrehte die Augen in Richtung Sabrina und Dylan. »Viel Glück«, wünschte sie mit gedämpfter Stimme. »Er ist heute in Topform.«

»Das sehe ich.« Sabrina verschränkte die Arme vor der Brust und schüttelte den Kopf, während sie zum Bett ging. »Da bin ich bloß ein paar Tage fort, und schon fängst du an, das Krankenhauspersonal zu terrorisieren. Okay, jetzt bin ich wieder da. Nun kannst du zur Abwechslung mal auf jemandem herumhacken, der dir gewachsen ist.«

»Du bist mir nicht gewachsen. Du bist winzig. Nur deine Klappe ist riesengroß.«

»Das muss dein Erbteil sein«, gab Sabrina gelassen zurück. »Wie alle meine schlechten Eigenschaften habe ich auch das von dir.« Während des verbalen Schlagabtauschs musterte sie Carson scharf und sah erleichtert die Veränderung, die seit Freitag mit ihm vorgegangen war. Inzwischen hatte er wirklich Farbe bekommen, seine Atmung war ruhiger, und den Brusttubus sowie einige andere Geräte, an die er vorige Woche noch angeschlossen gewesen war, hatte man entfernt.

Zum ersten Mal war Sabrina zuversichtlich, dass ihr Vater sich auf dem Weg der Genesung befand.

»Setzt euch«, befahl Carson und deutete auf die Stühle. »Du bist ja noch brummiger als ich«, wandte er sich dann an Sabrina. »Und du siehst geschafft aus. Hast du am Wochenende überhaupt Schlaf bekommen?«

»Kein bisschen. Ich konnte es nicht erwarten, herzukommen und meine Dosis an emotionalem Missbrauch zu kriegen.«

Carsons Lippen zuckten verdächtig. »Seit wann bist du zurück?«

»Seit gestern Abend, ziemlich spät.« Sabrina zog ihren Stuhl nahe ans Bett heran. »Und bevor du fragst: Ja, ich habe den Papierkram für Ruisseau im Flugzeug erledigt.«

»Außerdem hat sie heute vor Tag und Tau am Schreibtisch gesessen und sich durch Stapel von Abteilungsneuerungen gewühlt«, ergänzte Dylan, setzte sich und schlug lässig die Beine übereinander. »Sie kommt früher zur Arbeit als du und bleibt länger. Ich finde, du solltest ihr Gehalt aufstocken.«

»Toll. Jetzt hab ich's mit zwei Klugscheißern zu tun«, sagte Carson, schaute Dylan an und konnte sich kaum das Lachen verkneifen. »Warum bist du denn so früh gekommen? Hast du mich so sehr vermisst? Oder hat deine Sekretärin dich rausgeworfen?«

»Ich wollte, dass Dylan mitkommt«, schaltete Sabrina sich ein. »Er sollte dabei sein, wenn ich die Ergebnisse erfahre – und die haben wir jetzt. Wir kommen geradewegs von Dr. Radisons Büro.«

»Wie stehen die Dinge bei CCTL?«, fragte Carson, ohne auf Sabrinas Bemerkung einzugehen. »Bist du zufrieden, wie das Unternehmen während deiner Abwesenheit geführt wird? Und wie ist es mit den Managern dieser beiden Megafirmen gelaufen, die du am Wochenende betreut hast? Hast du die Burschen wieder auf Trab gebracht, oder waren es hoffnungslose Fälle, bei denen der Groschen einfach nicht fallen wollte?«

»Bei der CCTL läuft es wie am Schnürchen«, antwortete Sabrina. »Deborah und Mark leisten großartige Arbeit. Und das Wochenende war ein voller Erfolg. Wir konnten die Manager beider Firmen mit einer klar vorgezeichneten Strategie nach Hause schicken. Aber jetzt etwas anderes.« Sie schaute ihren Vater einen Moment schweigend an. »Die Bluttests haben ergeben, dass du und ich zusammenpassen wie die sprichwörtliche Ehe, die im Himmel geschlossen wird. Wenn du eine Niere brauchst, kriegst du meine. Sonst noch was?«

Carson biss die Zähne zusammen und schüttelte den Kopf. »Das lasse ich nicht zu, Sabrina. Das habe ich auch schon Radison gesagt.«

»Ich weiß. Und ich habe ihm gesagt, dass ich dir den Kopf zurechtsetze. Die Entscheidung triffst nicht du, sondern ich. Und ich habe mich entschieden.«

»Wenn ich ablehne, kannst du nichts dagegen machen.«

»Jetzt hör mir mal gut zu. Ich bin siebenundzwanzig und zu alt, als dass du mir noch was befehlen könntest. Du wolltest deine Tochter kennen lernen. Du wolltest, dass ich an deinem Leben teilhabe. Beides hast du erreicht. Und jetzt will ich etwas von dir. Ich will, dass du lernst, wie man Hilfe annimmt. Denn du bekommst meine Hilfe, ob du willst oder nicht. Wenn es sein muss, lasse ich dich für unzurechnungsfähig erklären und dir zwangsweise meine Niere transplantieren.«

»Tatsächlich?« Carson genoss diesen Schlagabtausch sichtlich. »Und wie willst du das anstellen? Ich bin nicht unzurechnungsfähig. Ich bin klarer im Kopf als du.«

»Dann lüge ich eben.« Sabrina zog einen Mundwinkel hoch und warf Dylan einen Blick zu. »Ich kenne einen hervorragenden Anwalt, der sich auf meine Weisung hin des Falles annehmen würde … natürlich nur, um Ruisseaus Interessen zu schützen.«

»Darauf würde ich nicht wetten«, warnte Carson. »Denn diese Wette verlierst du. Der Anwalt, auf den du anspielst, würde nämlich niemals für dich lügen oder mich aufs Kreuz legen.«

»Stimmt«, schaltete Dylan sich ein. »Aber in diesem Fall würde ich eine Ausnahme machen.«

Carsons Kopf fuhr herum. Er blickte Dylan erstaunt an. »Du machst Witze.«

»Nein. Ich sehe die Sache so: Ich würde zwar eine unwahre Behauptung aufstellen, würde dich damit aber nicht aufs Kreuz legen, sondern dir den größten Gefallen deines Lebens tun. Du bist bloß zu stur, um das einzusehen.« Er seufzte entnervt. »Carson, gib nach. Du kannst in der Sache nicht gewinnen.«

»Den Teufel werde ich tun!«

»Na schön. Dann lass es darauf ankommen. Ich setze ein Schreiben auf, dass du unzurechnungsfähig bist. Schimpf nur so weiter, dass du Sabrinas Niere nicht haben willst – das wird Wasser auf meine Mühlen sein. Und falls ich Zeugen brauche, werden die Schwestern von der Intensivstation Schlange stehen, um meine Behauptung zu unterstützen. Die halten dich jetzt schon für verrückt.«

»Tut mir Leid, Dylan, aber dein Auftritt als Ritter in schimmernder Rüstung kann mich nicht beeindrucken. Wir wissen beide, dass du 'ne ehrliche Haut bist. Du könntest es versuchen, aber niemals durchziehen. Ich kenne ein Dutzend Leute, einschließlich Radison, die bezeugen würden, dass ich geistig völlig klar und fähig bin, meine eigenen Entscheidungen zu treffen. Die werden keinen Meineid leisten, nur um dir zu helfen, dein sentimentales Ziel zu verwirklichen. Es mag ein Schock für dich sein, aber nicht alle Menschen können mich so gut leiden wie du.«

»Kann man ihnen auch nicht vorwerfen«, bemerkte Sabrina trocken. »Aber darum geht es gar nicht. Du willst sagen, wenn ich dich für unzurechnungsfähig erklären lasse, würdest du dagegen angehen – habe ich das richtig verstanden?«

»Ja. Ich würde dagegen kämpfen, und ich würde siegen. Denk dran, Sabrina, ich bin auf der Straße aufgewachsen. Ich bin unschlagbar, wenn es gilt, sich im Staub zu wälzen und die Sache auszutragen.«

»Verstehe.« Ruhig verschränkte Sabrina ihre Finger. »Und

ich bin ein abgebrühter Firmenhai, wenn's drauf ankommt. Ich mag diese Rolle nicht besonders, aber wenn ich sie spielen muss, bin auch ich unschlagbar, weil ich ans Eingemachte gehe, wenn es sein muss. Okay, du hast deine Karten ausgespielt. Jetzt zeige ich dir meine. Ich gehe Mittwoch zu einer Nephrologin. Sie wird eine Reihe von Untersuchungen machen. Dann dauert es noch einen Monat, bis ich grünes Licht bekomme. Wenn es dann so weit ist – und wenn deine Nieren dann immer noch nicht funktionieren –, haben wir beide ein Date im OP. Falls du dich weigerst, meine Niere zu nehmen, zerreiße ich den Vertrag mit Ruisseau, verlasse dich und komme nie wieder. Es liegt an dir.«

Carson starrte sie sprachlos an und versuchte zu ergründen, ob sie es ernst meinte oder bluffte. Die Antwort, die in Sabrinas Gesicht zu lesen stand, ließ ihn zusammenzucken. Sein Schmerz versetzte ihr einen Stich ins Herz, doch sie gab keinen Zoll nach.

»Diesmal ist es kein Bluff, Carson«, sagte sie. »Ich meine es ernst. Entweder bin ich deine Tochter, oder ich bin es nicht. *Wenn* ich es bin, dann gestehe mir auch das Bedürfnis zu, dir zu helfen. Verhalte dich wie ein Vater. Wenn du das nicht kannst, gibt es wahrscheinlich nichts, auf das wir bauen können. Und wir haben einander nichts mehr zu sagen.«

Eine lange Minute des Schweigens verstrich.

»Verdammt, du bist gut«, brummte Carson schließlich. »Ich schätze, das Schlachtfeld der Großunternehmen ist noch blutiger als das der Straße.« In einer Geste der Aufgabe warf er die Hände hoch. »Na schön. Du hast gewonnen. Ich nehme deine verdammte Niere.«

Sabrina lächelte ihn lieblich an. »Vielen Dank. Da wir das Thema nun erledigt haben, können wir ja zu etwas anderem übergehen. Ich glaube, die nächste Sache wird für dich leichter zu schlucken sein.«

Carson zog argwöhnisch eine Braue hoch. »Ich höre.«

Sabrina spannte ihn nicht auf die Folter. »Ich habe eine Bekanntmachung entworfen. Das ganze Unternehmen soll wissen, wer ich bin und welche Position du mir gegeben hast. Wenn du einverstanden bist, gebe ich die Ernennung noch heute Nachmittag bekannt.«

Carson hustete, griff nach seinem Wasserglas und trank hastig ein paar Schlucke. »Hab ein Kitzeln im Hals«, sagte er, konnte damit aber niemanden über seine Rührung hinwegtäuschen. Nachdem er seine Gefühle wieder im Griff hatte, stellte er das Glas auf den Nachttisch. »Bist du wirklich bereit dazu?« Er blickte Sabrina in die Augen. »Dir ist keine Frist gesetzt. Und niemand setzt dich unter Druck, weder ich noch sonst wer.«

»Ich weiß. Ich fühle mich auch nicht unter Druck, selbst von den Untersuchungsergebnissen nicht. Ich hatte die Entscheidung schon getroffen, bevor ich heute mit Dr. Radison gesprochen habe. Ich will es bekannt geben, Carson. Ich hatte es ohnehin vor, ob ich nun die passende Spenderin bin oder nicht.«

Sabrina machte eine Pause – dann sprudelte es aus ihr heraus. »Ich habe ein paar unglaubliche Wochen hinter mir. Dich kennen zu lernen war für mich wie ein Dauerschuss Adrenalin. Unsere Verbindung ist stark und wird immer stärker. Und was die Geschäftsführung von Ruisseau angeht, ist diese Aufgabe eine große Herausforderung für mich – und eine große Ehre. In deinem Unternehmen gibt es genau den positiven Teamgeist und das Erfolgsstreben, das ich in meinen CCTL-Workshops zu vermitteln suche. Ich bin gespannt, wie es sich weiterentwickeln wird. Und das Wichtigste ist, dass du wieder deinen Platz im Chefsessel einnimmst, damit ich an deiner Seite arbeiten kann. Zusammen können wir sehr, sehr viel erreichen. Wenn du erst wieder auf dem Posten bist und ich meinen

Beitrag leisten kann, wird Ruisseau alle anderen aus dem Feld schlagen.«

Carson zog einen Mundwinkel hoch. »Also hast du doch geblufft, als du sagtest, du würdest mich im Stich lassen, wenn ich deine Niere nicht haben will.«

Sabrina schüttelte den Kopf. »Nein, das war kein Bluff. Ich kann mir keine größere Herausforderung vorstellen, als an der Zukunft deines Unternehmens mitzuwirken. Daran solltest du sehen, wie viel mir die Entscheidung bedeutet, dir meine Niere zu geben.«

Einen Herzschlag lang herrschte Schweigen.

»Ja. Ich verstehe es.« Carson streckte die Hand aus und drückte ihren Arm, dann winkte er nach den Papieren. »Zeig mir mal die Bekanntmachung.«

Sabrina reichte ihm das Blatt und studierte aufmerksam seine Miene, während er das Schreiben durchlas. »Ändere es, wenn du willst«, sagte sie. »Und wenn es nach mir ginge, würdest du selbst es verlesen.«

»Das werde ich auch.« Carson hob den Kopf. »Für wann hattest du die Mitarbeiterversammlung angesetzt?«

»Halb sechs.«

»Gut. Dann haben wir ja noch Zeit.« Er wandte sich an Dylan. »Ruf Marie an. Sie hat eine Liste von Videofilmern. Sie soll einen herschicken. Ich will ihn heute Nachmittag auf der Intensivstation sehen. Er soll mit seinem ganzen Kram anrücken: Aufzeichnungsgerät, Scheinwerfer, Mikros. Inzwischen kümmerst du dich um das notwendige Equipment auf der Empfängerseite. Lass es in unserem Konferenzraum aufbauen. Wenn die neue Geschäftsführerin um halb sechs vorgestellt wird, wird das kein Geringerer besorgen als der Boss persönlich.« Carson gab Sabrina das Blatt zurück und lächelte ihr ermutigend zu. »Übrigens toll formuliert. Kannst alles genau so bringen, wie du 's geschrieben hast. Aber erst, *nachdem* ich die Ankündigung gemacht habe.«

Sabrinas Augen strahlten voller Vorfreude. »Nichts könnte mir besser gefallen.«

»Nichts? Also, ich könnte mir schon was anderes vorstellen.« Seine Miene spiegelte wissende Belustigung, und Sabrina hätte schwören können, dass er einen raschen Blick auf Dylan warf, bevor er sie wieder anschaute. »Aber das sparen wir uns für ein anderes Mal auf. Im Augenblick gibt es Wichtigeres zu besprechen. Zum Beispiel die Medien. Hast du schon überlegt, wie du mit der Presse umgehen willst? Denn spätestens heute Abend werden sie dir die Tür einrennen.«

»Ich werde sie so freimütig und wortkarg wie möglich behandeln.«

»Kein Wort darüber, dass du die Formel kennst«, warnte Carson. »Denk dran.«

»Mach ich.«

»Und nun zu Gloria. Hast du ihr alles erzählt?«

»Wir haben am Wochenende darüber gesprochen. Mutter ist gewappnet und vorbereitet auf die Bluthunde, die sich in Rockport *und* Boston auf die Story stürzen werden. Sie wird meine Großeltern abschirmen und selber nur die persönlichen Fragen beantworten, bei denen es sich nicht vermeiden lässt. Mit der Presse kennt sie sich aus.«

»Das überrascht mich nicht. Sie ist eine Klassefrau. Wird es deine Großeltern hart ankommen?«

»Ich glaube, dass sie ganz gut damit fertig werden. Ich rufe sie an, sobald ich aus dem Krankenhaus komme, und sag ihnen, was sie wissen müssen, auch die Ergebnisse der Gewebeuntersuchungen. Ich komm schon damit klar. Und sie auch.«

Carson runzelte die Stirn. »Es ist schlimm, dass du das alles durchmachen musst. Genau vor diesem Skandal wollte ich dich schützen.«

»Ich weiß. Aber ich bin zäh. Das habe ich von meinen Eltern geerbt, und von meinen Großeltern. Warte nur, bis du sie kennen lernst. Sie sind sehr beeindruckend.«

Carson nickte bloß. Sabrina konnte sehen, dass seine Gedanken sich nicht um die bevorstehende Begegnung mit den Großeltern drehten. »Die Medien haben den neuesten Bericht über meinen Gesundheitszustand bereits bekommen«, sagte er nachdenklich. »Sie wissen, wie die Dinge stehen. Wenn die Information durchsickert, dass du meine leibliche Tochter bist, werden sie sich wie die Geier auf die Nierengeschichte stürzen.«

»Sollen sie doch. Ich halte mich einfach an die Fakten und gebe ihnen so wenig Details wie möglich. Ich sage ihnen, die Ärzte hoffen immer noch, dass deine Nieren wieder zu arbeiten anfangen. Ich werde ihnen lediglich mitteilen, dass ich mich einigen Untersuchungen unterziehen muss, dass aber noch keine schlüssigen Ergebnisse vorliegen. Wenn es so weit ist, werden sie informiert. Punkt.«

»Verflixt. Das wird ein gefundenes Fressen für die Boulevardblätter.« Carson rieb sich die Stirn.

»Dagegen können wir nichts machen. Wir können uns nur so gut wie möglich damit arrangieren.« Sabrina legte ihm die Hand auf den Arm. »Carson, bitte reg dich nicht auf. Das schlägt auf deinen Blutdruck und verzögert die Genesung. Ich hab dir doch gesagt, dass meine Familie es überleben wird. Und was Ruisseau angeht – deine Mitarbeiter stehen voll hinter dir. Es geht ihnen einzig und allein darum, das Unternehmen am Leben zu erhalten und herauszufinden, wer auf dich geschossen hat. Ein Haufen Reporter, der neugierige Fragen über deine frühere Rolle als Samenspender stellt, wird sie schon nicht umwerfen. Ist es Susan, um die du dir Sorgen machst? Könnte sie wegen der Berichterstattung ausflippen?«

»Was?« Carson starrte Sabrina an, als wäre sie nicht bei Trost. »Natürlich nicht. Susan hat den Medienrummel kommen sehen, seit sie erfahren hat, wer du bist. Außerdem ist sie genauso ein Profi im Umgang mit den Medien wie Gloria. Nein, wegen Susan mache ich mir keine Sorgen. Auch nicht wegen Ruisseau. Sondern deinetwegen. Du wirst es von allen Seiten bekommen – von deinen Großeltern, von beunruhigten Angestellten bei CCTL und Ruisseau, von übereifrigen Reportern und der verdammten Boulevardpresse. Und du trägst schon genug auf den Schultern. Eine zusätzliche Last kannst du am wenigsten gebrauchen. Verdammt, wenn ich doch hier raus wäre! Dann könnte ich dich vor dem Schlimmsten bewahren …« Er schlug mit der Faust aufs Bett. »Der Gedanke macht mich rasend.« Sein Kopf fuhr herum, und er blickte Dylan an. »Du musst es für mich tun. Kümmere dich um sie. Tu alles, was in deiner Macht steht.«

Dylan nickte, wenn auch mit argwöhnischer Miene, als fragte er sich, wie viel Carson bereits wusste. »Das habe ich mir längst vorgenommen.«

»Gut. Ich weiß zwar nicht, wie deine Pläne für heute Abend aussehen, aber sieh zu, dass Sabrina diese Nacht woanders schläft. Die Presse wird schon vor ihrer Wohnung und vor der Firma auf sie lauern. Nimm sie mit zu dir. Koch ihr was Feines. Deine Linguine mit weißer Muschelsauce sind ganz akzeptabel. Würden zwar nicht für die Top 50 im Restaurantführer reichen, liegen aber deutlich über dem Durchschnitt.«

»Meine Güte, womit habe ich so viel Lob verdient? Okay, einverstanden. Ich werde versuchen, Julia Child* und das Ablenkungskomitee in einer Person zu sein. Mach dir keine Sorgen.«

»He, ich bin auch noch da«, meldete Sabrina sich zu

---

* Julia Child: Bekannte Fernsehköchin in den Sechzigerjahren (Anm. d. Übers.)

Wort. »Ich bin kein Porzellantässchen, das man nur behutsam anfassen darf. Ich gehe nicht so leicht kaputt.«

»Weiß ich«, sagte Carson. »Du bist zäh. Was mich nicht überrascht, schließlich bist du meine Tochter. Und genau darum geht es. Gloria hatte Recht mit dem Beschützerinstinkt. Jetzt weiß ich, wie empfindlich man wird, wenn das Wohlergehen des eigenen Kindes auf dem Spiel steht.« Er schnaubte verächtlich. »Von wegen starker Vater!«

Sabrina musste lächeln. Carson sah überhaupt nicht ängstlich aus, sondern fühlte sich in seiner Rolle als Beschützer offensichtlich sehr wohl. Er lebte sich voller Freude in die Vaterrolle ein und war kein bisschen verunsichert.

»Gut, also hätten wir das Problem mit der Presse abgehandelt«, schloss Carson. »Wir haben über Nierenspender, Samenspender und die Bekanntmachung einer stellvertretenden Firmenchefin gesprochen. Gibt es noch etwas, bevor wir uns der Videogeschichte zuwenden? Irgendein Problem in der Firma, das besprochen werden muss?«

Sabrina zögerte, unsicher, ob jetzt der richtige Zeitpunkt war.

Carson merkte es sofort. »Womit hältst du hinterm Berg?«

»Es geht um Stan«, sagte Sabrina. »Es ist mir sehr unangenehm, davon anzufangen. Schließlich hat er mir geholfen, mich in der Firma zurechtzufinden, und ihr kennt euch schon sehr lange. Aber ich muss leider darüber reden.«

»Hier geht es ums Geschäft, nicht um persönliche Dinge. Was ist mit Stan?«

»Nun, er ist völlig durcheinander. Ich hab keine Ahnung, was los ist, aber er kommt mir manchmal geradezu panisch vor. Kann sein, dass er Probleme damit hat, meine Rolle bei Ruisseau zu akzeptieren – meine *wirkliche* Rolle, da er außer Dylan ja der Einzige ist, der die ganze Wahrheit kennt. Oder es hat damit zu tun, dass ich plötzlich als wichtiger

Mensch in deinem Leben aufgetaucht bin. Oder es ist etwas ganz anderes. Jedenfalls scheine ich die Einzige zu sein, der Stans Verhalten auffällt. Es kann natürlich daran liegen, dass er in meiner Gegenwart besonders nervös ist. Wir sollten über die möglichen Gründe reden, damit ich weiß, wie ich damit umgehen soll.«

»Du bist nicht die Einzige, der es aufgefallen ist«, schaltete Dylan sich überraschenderweise ein. »Mir kam es auch so vor.«

Sabrina warf ihm einen verwunderten Blick zu. »Du hast aber nie etwas gesagt.«

»Du hast das Thema ja auch nie angeschnitten.«

»Du aber auch nicht.«

»Doch, hat er«, widersprach Carson. »Dylan hat das Thema letztes Wochenende zur Sprache gebracht. Ich hatte mich schon gefragt, wann ich es von dir höre und wann du aufhörst, dich von Gefühlen und Diskretion leiten zu lassen. Schließlich geht es um Ruisseau. Da ist kein Platz für Gefühle wie Schuld oder Unbehagen.«

»Wie steht's mit dem Gefühl der Unsicherheit? Hast du dagegen auch etwas einzuwenden?«

»Der Punkt geht an dich«, bekannte Carson. »Wenn es um Stan geht, bin ich ein Weichei. Lass mir das bloß nicht durchgehen. Wenn ich einen Tritt in den Hintern brauche, nur zu.«

»Aber gern«, erwiderte Sabrina liebenswürdig.

»Stan und ich kennen uns eine halbe Ewigkeit. Ich hab dir ja erzählt, dass er für den Fertilitätsspezialisten gearbeitet hatte, zu dem deine Mutter damals gegangen ist. Stan war derjenige, der mir berichtet hatte, wonach diese geheimnisvolle Dame suchte und wie viel sie einem passenden Spender zahlen würde. Er hat mich sogar ermutigt, in das Spiel einzusteigen. Ich hab's getan. Und mit dem Lohn für meine Mühen, den zwanzigtausend Dollar, habe ich

Ruisseau aufgebaut. Für mich war es der Anfang meines Lebens.«

»Und du hast dich Stan verpflichtet gefühlt.«

»Oh ja. Er ist ein feiner Kerl und ein sehr guter Freund. Außerdem ist er clever und versteht etwas von dem Geschäft. Es war also ganz klar, dass er mit ins Boot kommen musste. Was war das für eine Zeit damals! Waren gerade mal eine Hand voll Leute ... Die meiste Zeit habe ich im Labor gesteckt oder neue Ideen in mein Notizbuch gekritzelt.«

Ein verklärtes Lächeln legte sich auf sein Gesicht. »Ich war entschlossen, den schönsten und erregendsten Duft der ganzen Branche zu erschaffen. Mann, ich war gerade zweiundzwanzig! In dem Alter denkt man doch nur an Sex, die liebste Freizeitbeschäftigung. Obwohl Sex mir niemals solche Hochgefühle beschert hat wie die Gründung und der Aufbau von Ruisseau. Jedenfalls hatte ich ziemlich scharfe Konkurrenten. Da waren die Parfümdesigner der großen Firmen, die europäischen Parfümeure – alles kämpfte um Marktanteile, versuchte den Duft zu entwerfen, der in einer Saison der Renner werden sollte. Der Duft für die berufstätige Frau, der Duft für den harten Burschen, der Duft für einen romantischen Abend bei Kerzenlicht und – die größte Herausforderung – der Duft, dem keine Frau und kein Mann widerstehen kann.«

»*C'est Moi* entspricht dieser Anforderung, ganz eindeutig«, murmelte Sabrina. »Ich habe niemals etwas so Sinnliches gerochen.«

»Nun, es hat ja auch Jahre gedauert, bis der Duft perfekt war – vom Entwurf der Rezepturen über die Feinabstimmung, die Testmarketings, bis hin zu den Werbekampagnen. Stan war von Anfang an dabei und hat alles mitgemacht, die Erfolge, die Verzweiflung, die Rückschläge. Zwei Ehen sind in die Brüche gegangen, weil er so viel gearbeitet hat. Er hat sich den Hintern aufgerissen und niemals aufgegeben. Das kann einem Menschen schon zusetzen.«

Sabrina schürzte nachdenklich die Lippen. »Ich glaube, ich verstehe. Du willst damit sagen, dass Stan zwar clever ist, aber kein Genie wie du. Das dürfte ja auch auf die Wenigsten zutreffen, und von denen arbeitet keiner an deiner Seite. Stan hingegen schon. Und manchmal packt er es eben nicht.«

Carson nickte. »So ungefähr hatte ich es gemeint. Ich könnte mir vorstellen, dass er immer *mich* sah, wenn er dich in der letzten Woche angeschaut hat. Das bringt ihn vermutlich so sehr aus dem Gleichgewicht. Gar nicht zu reden von den Detectives, die ihm im Nacken sitzen. Offenbar haben sie seine Exfrauen befragt. Das ist ziemlich hart für ihn. Also setz ihn nicht unter Druck, ja?«

Sabrina runzelte die Stirn. »Warum sollten Whitman und Barton Stans Exfrauen befragen? Steht er denn auf der Liste der Verdächtigen?«

»Am Abend des Anschlags saß Stan allein vor der Glotze und ist eingeschlafen. Das zählt nicht als Alibi, zumindest nicht für die Cops. Und sobald sie in seine Nähe kommen, wird er schrecklich nervös.«

»Nun ja, wir alle sind ein wenig gereizt, sobald die beiden auf der Bildfläche erscheinen«, sagte Sabrina. »Ich wäre fast auf sie losgegangen, als sie angedeutet haben, meine Mutter zähle zu den Verdächtigen.« Ihr kam ein beunruhigender Gedanke. »Könnte Stan der Täter sein?«

»Nein.« Carson wirkte keineswegs verärgert über ihren Verdacht, doch sein Tonfall duldete keine Widerrede. »Ungeachtet meiner Gefühle für Stan weiß ich, dass er unschuldig ist.«

»Wie kannst du so sicher sein? Wenn er noch viel unsicherer ist, als du glaubst, könnte ihn dann nicht das Gefühl, der ewige Zweite zu sein, zu einer solchen Tat getrieben haben? Auch wenn er sie bereut hat, kaum dass sie geschehen war?« Sabrina hielt inne und verdrehte die Augen. »Mein Gott, ich hör mich an wie in einem Kitschfilm.«

»Ja, das tust du tatsächlich.« Carsons Mundwinkel zuckte belustigt. »Und um deine Frage zu beantworten: Stans Unsicherheit hat damit nichts zu tun. Er ist nicht der Täter. Woher ich das weiß? Weil ich hier bin und mit dir rede. Ich bin nicht tödlich verwundet worden. Wäre Stan der Schütze gewesen, könnte ich mir jetzt die Radieschen von unten begucken. Stan ist ein Meisterschütze.«

Sabrina versteifte sich. »Stan besitzt eine Waffe?«

»Beruhig dich. Er hat die Waffe nicht mehr. Aber als wir noch Twens waren, als wir uns unsere erste Hütte teilten, da hatte er 'ne Knarre – eine Neunmillimeter, keine Kaliber Zweiundzwanzig. Stan hatte Angst, dass wir für Einbrecher und durchgeknallte Fixer die reinsten Lockvögel darstellten. Er machte sich verrückt mit der Vorstellung, sie würden bei uns einbrechen und uns für eine lächerlich kleine Summe umbringen ... zwanzig oder dreißig Dollar, mehr hatten wir nie im Haus. Eines Tages machte er Nägel mit Köpfen und nahm Schießunterricht. Und er war gut, verdammt gut. Ich hab ihm einmal beim Zielschießen zugeschaut, und er hat jedes Mal ins Schwarze getroffen. Damals hat er sich die Waffe zugelegt, um uns verteidigen zu können. Als wir das Rattenloch dann aufgaben, hat er sie verkauft.«

»Das ist Jahre her«, meinte Sabrina. Sie wollte diese Spur verfolgen, und wenn sie auch noch so verrückt und abwegig zu sein schien. »Wenn Stan jahrelang keine Waffe mehr in der Hand gehalten hat, könnte seine Schießkunst eingerostet sein. Und das wäre die Erklärung, warum der Schuss auf dich nicht tödlich war.«

»Unsinn.« Nachdrücklich schüttelte Carson den Kopf. »Zum einen würde Stan niemals auf mich schießen. Zum anderen hat er zwar keine Waffe mehr, aber seine Fähigkeiten sind ihm nicht abhanden gekommen. Mehrmals in der Woche fährt er nach Yonkers zu einem Schießstand und übt sich im Zielschießen. Tut seinem Magengeschwür gut, wenn er mal richtig Dampf ablassen kann. Und bevor du fragst – ja, ich habe mit eigenen Augen gesehen, dass er immer noch ein hervorragender Schütze ist. Vor einigen Monaten ist er mit mir und Susan zur Farm ihrer Eltern gefahren, und wir haben einen kleinen Wettkampf im Zielschießen veranstaltet. Er hat jedes Mal ins Schwarze getroffen. Glaub mir, Sabrina. Wenn Stan der Attentäter gewesen wäre, wäre ich jetzt tot.«

Sabrina spürte, wie eine Woge der Erleichterung sie durchflutete. Trotz ihrer Bedenken wegen Stans Verhalten war ihr der Mann sympathisch. Es wäre ihr schwer gefallen, ihn sich als hinterhältigen Mörder vorzustellen, der kaltblütig auf Carson feuerte.

»Geht's dir jetzt besser?«, erkundigte sich Carson.

»Ja.« Sabrinas Gedanken nahmen nun eine völlig andere Richtung. »Carson, hättest du etwas dagegen, wenn ich Stan mal allein aufsuche und ihm von meinen Bedenken erzähle? Von meiner Vermutung, dass ich es sein könnte, die ihn so nervös macht? Ich glaube, ich könnte einiges wieder ins Lot bringen, ohne ihm die Geschichte mit dem ewigen Zweiten unter die Nase zu reiben. Außerdem sollte er eher als jeder andere über unsere geplante Bekanntmachung informiert werden und nicht erst bei der Mitarbeiterversammlung davon erfahren.«

»Ich habe nichts dagegen. Je enger eure Bindung wird, desto effektiver werdet ihr zusammenarbeiten ...«

»... und desto besser wird es mit Ruisseau vorangehen«, beendete Sabrina den Satz.

»Du hast es erfasst.«

»In Ordnung.« Sabrina erhob sich. »Dann mache ich

mich jetzt auf den Weg. Ich habe eine Million Dinge zu erledigen. Zuerst muss ich Mutter und meine Großeltern anrufen. Das mache ich vom Wagen aus. Dann muss ich bei CCTL anrufen und eine Telefonkonferenz mit Deborah und Mark anberaumen. Sie kennen zwar Teile der Geschichte, müssen aber über die Gesamtsituation unterrichtet und darauf vorbereitet werden, dass die Presse demnächst vor ihrer Tür lagern wird. Wenn das erledigt ist, kümmere ich mich wieder um Ruisseau. Ich muss Berichte lesen, die Ergebnisse der Forschungsabteilung studieren und in Erfahrung bringen, ob Stan in der Mittagspause Zeit für mich hat. Außerdem muss ich dafür sorgen, dass Donna und Marie den Konferenzraum vorbereiten …«

»He, sachte«, fiel Dylan ihr ins Wort. »Du musst nicht alles allein übernehmen. Ich kümmere mich um den Videofilmer und darum, dass im Konferenzraum alles hergerichtet wird.«

»Aber auf deinem Schreibtisch stapeln sich die Akten so sehr, dass du nicht mehr darüber hinwegschauen kannst«, wandte Sabrina ein.

»Die Akten müssen einen Tag warten. Das hier geht vor.«

»Und vergiss nicht das Dinner«, erinnerte ihn Carson. »Bei dir. Ich will nicht, dass Sabrina heute Abend zu sich nach Hause fährt. Nicht, bevor der letzte Reporter aufgegeben hat oder auf dem Bürgersteig eingeschlafen ist.«

»Ich hab's nicht vergessen«, erwiderte Dylan amüsiert. »Ich werde Sabrina und mir Espresso machen. Der hält uns dann bis in die frühen Morgenstunden wach, sodass wir uns an den schnarchenden Medienhaien vorbeischleichen können. Recht so?«

»Nein.« Carson blickte ihn finster an. »Dann seid ihr am Morgen völlig überdreht und vermurkst die Arbeit eines ganzen Tages.«

»Man kann es dir einfach nicht recht machen, was?«,

fragte Sabrina mit gespielter Entrüstung. »Warum hole ich nicht einfach meinen Schlafsack und kampiere auf Dylans Wohnzimmerteppich?«

»Na, das ist mal eine gute Idee. Nicht das mit dem Teppich – ich bin sicher, Dylan kann dir was Besseres bieten. Dass du bei ihm übernachtest, ist *die* Lösung …« Carson scheuchte die beiden hinaus, bevor sie die tiefere Bedeutung seiner Worte erforschen konnten, die mit jeder Bemerkung klarer zu Tage trat. Die Frage war nur: Hatte er erraten, wie weit die Dinge bereits gediehen waren, oder waren seine Kuppeleiversuche lediglich ein Vorstoß in die Richtung, in die er die Dinge zu lenken *hoffte?*

»Jetzt macht euch vom Acker!«, befahl er. »Eure Aufgabe liegt klar und deutlich vor euch. Ach ja – sagt am Empfang Bescheid, dass sie Dr. Radison anpiepsen und ihn über die geplante Videoaktion informieren. Wenn er ohne Vorbehalte sein Okay gibt, werde ich vielleicht großzügig sein und ihm einen zwanzigminütigen Statistenauftritt einräumen.«

23

11.20 Uhr
Polizeirevier Midtown North

Grimmig kaute Frank auf seinem Kaugummi. Er wusste nicht mehr weiter.

Dieser verdammte Brooks-Anschlag warf mehr und mehr Fragen auf. Die Untersuchung der Kugel war ebenfalls ein Schlag ins Wasser gewesen. Die Ballistiker hatten nichts Neues sagen können. Es war eine ziemlich deformierte Kugel, abgefeuert aus einer Walter TPH Kaliber 22, aus einer

Position hinter und ein Stückchen unterhalb des Opfers. Nette Waffe. Wog kaum etwas. War leicht zu verstecken und nicht schwer zu beschaffen, wenn auch nicht ganz billig. Aber von den Verdächtigen lebte ja keiner von der Stütze.

Der Unbekannte, der auf Carson geschossen hatte, war nicht mit dem Mörder Russ Clarks identisch, da war Frank fast sicher. Der Angriff mit dem Messer war typisch für einen gedungenen Handlanger von der Straße, und der Einstichwinkel deutete darauf hin, dass der Täter, wenn schon nicht ein Profi, in diesem schmutzigen Gewerbe zumindest kein Anfänger war.

Ein Täter aus besseren Kreisen, der mit einer teuren Pistole auf einen Firmenchef schoss, konnte sehr wahrscheinlich nicht so gut mit dem Messer umgehen und würde sich nicht in finsteren Gassen herumtreiben. Außerdem würde er kein Fleischermesser benutzen – und mit einem solchen war Clark erstochen worden. Das Messer war tief eingedrungen, hatte Russ' Leber durchstoßen und Arterien durchtrennt. Der arme Kerl war verblutet.

Nicht besonders geschickt ausgeführt, so viel war klar.

Und doch musste es zwischen beiden Verbrechen einen Zusammenhang geben, davon waren Frank und Jeannie überzeugt. Russ hatte keine Feinde gehabt; jedenfalls gab es keine, von denen man wusste. Er hatte keine Spielschulden, war in keine dunklen Geschäfte verstrickt, ja, er hatte nicht mal eine feste Freundin gehabt, sodass eine Eifersuchtsgeschichte auch nicht infrage kam. Russ Clark war so rein wie ein frisch gewaschenes Hemd.

Die einzig mögliche Erklärung für seine Ermordung war, dass er irgendetwas herausgefunden hatte, das Carson Brooks' Attentäter gefährlich werden konnte. Entweder hatte Russ einen hieb- und stichfesten Beweis entdeckt oder war auf die Identität des Schützen gestoßen. Wie auch immer, der unbequeme Zeuge war beseitigt worden. Und zwar von einem brutalen Schlächter, der sein Opfer niedergemetzelt hatte.

Es hatte wenig Sinn, die Hauptverdächtigen im Fall Brooks nach einem Alibi für die Tatzeit von Clarks Ermordung zu fragen: Es war ganz sicher nicht derselbe Täter. Aber Frank würde seine Polizeimarke darauf verwetten, dass derjenige, der den Killer *angeheuert* hatte, um Russ Clark zum Schweigen zu bringen, auch Brooks' Attentäter war. Es musste jemand sein, der Zugang zum Firmengebäude hatte und sich dort auskannte, sodass er die Überwachungskameras umgehen konnte. Außerdem gehörte der oder die Betreffende vermutlich zur besseren Gesellschaft und fiel in dem schicken Midtown-Bürogebäude deshalb nicht auf. Es kam hinzu, dass die Tat nicht das Werk eines Profis gewesen war, sonst würde Brooks sich jetzt die Radieschen von unten anschauen. Aber ein kleiner Krimineller von der Straße war der Täter auch nicht gewesen.

Frank fragte sich, ob Brooks' Attentäter seinem Handlanger noch andere Aufträge gegeben haben könnte – zum Beispiel, ihm, dem Auftraggeber, eine Pistole zu besorgen. Für einen Kleinganoven mit Beziehungen war das überhaupt kein Problem, und sein Kunde musste sich nicht die Hände schmutzig machen. Wenn sie diesen Handlanger fanden, konnte er sie geradewegs zu dem Mistkerl führen, der ihn angeheuert hatte. Doch auch in dieser Hinsicht hatten sie bislang keinen Erfolg gehabt. Doch Brooks' Attentäter musste ziemlich verzweifelt sein, und damit stieg das Risiko, dass er es wieder versuchen würde.

Frank zog die Liste der Verdächtigen zu sich heran und studierte sie von neuem.

Dylan Newport. Der Mann war auf der Straße aufgewachsen. Er würde wissen, wo er einen Killer anheuern konnte. Und bei Brooks hatte er sowohl Motiv als auch Gelegenheit gehabt. Bei ihm passte alles. Aber Jeannie hatte Recht –

auch Frank glaubte nicht mehr an Dylan Newport als Täter. Einerseits war er Brooks viel zu eng verbunden, als dass er ihn aus finanziellen Gründen ermordet hätte. Außerdem war er viel zu clever, um die Tat unter so belastenden Umständen durchzuführen. Und dass Newport den Auftrag erteilt hatte, einen jungen Mann von einundzwanzig Jahren kaltblütig zu ermorden, konnte Frank sich auch nicht vorstellen. Es passte nicht zu Newports Charakter.

Stan Hager hingegen war ein Typ, bei dem alles besser zu passen schien. Auch er war auf der Straße aufgewachsen, wusste also, wie man an einen Auftragskiller herankam. Was den Anschlag auf Brooks anging, so konnte Hager kein Alibi vorweisen, und sein Motiv kam Frank mit jedem Tag einleuchtender vor. Nicht nur, dass er seit dreißig Jahren im Schatten seines Freundes stand – Stan Hager hatte sich auch verdammt anstrengen müssen, um mit Brooks' Tempo mitzuhalten. Wie lange dauerte es, bis ein Mensch unter der Belastung zusammenbrach? Hager war eine Zeitbombe, die jeden Moment explodieren konnte.

Die beiden geschiedenen Frauen hatten das Motiv bestätigt. Jede hatte ihren Ex als besessenen Workaholic beschrieben, dessen größtes – und unerreichbares – Ziel es war, es Carson Brooks gleichzutun und recht zu machen. Nichts schien ihm wichtiger zu sein.

Und doch – bei Franks Tete-a-Tete mit Lily, Hagers erster Frau, hatte sie erzählt, dass sie in ihrer Ehe längere Zeit den Eindruck hatte, Stan würde sie betrügen. Sie konnte nicht genau sagen, warum, da er ja angeblich so auf seine Arbeit fixiert war, und sie hatte auch keine Ahnung, wer die Frau gewesen sein könnte. Es war nur so ein Gefühl gewesen; aber sie war es bis zum Ende ihrer Ehe nicht losgeworden.

Frank hatte diese Information an Jeannie weitergegeben, als diese mit Hagers zweiter Frau Diane gesprochen hatte. Folglich stellte Jeannie Diane die Frage, ob auch sie einen solchen Verdacht gehabt habe. Diane hatte nur die Achseln gezuckt und erwidert, irgendwie sei ihr der Gedanke schon gekommen, besonders, weil Stan lange nicht so oft Sex gewollt habe wie sie selbst. Aber sie habe angenommen, ihre ehelichen Beziehungen hätten unter seiner Arbeitswut gelitten. Andererseits habe es durchaus Zeiten gegeben, in denen Stan sehr zerstreut gewesen sei, spät nach Hause kam und den Eindruck machte, als hätte er eben erst geduscht. Es sei also durchaus möglich, dass er ein Verhältnis gehabt habe.

Seltsam. Hager war schon seit geraumer Zeit Single. Wenn es eine Frau in seinem Leben gab, warum musste er es jetzt noch geheim halten? Es sei denn, er wechselte öfter die Partnerin oder es war eine Frau, die ihrerseits auf Verschwiegenheit bestand, zum Beispiel, weil sie verheiratet war.

Oder es hatte einen ganz anderen Grund.

Hager war nicht hässlich. Außerdem wohlhabend und nicht viel älter als Brooks. Man durfte bezweifeln, dass er wie ein Mönch lebte. Was also steckte dahinter?

»Einen Cent für deine Gedanken.« Jeannie kam ins Büro und setzte sich auf die Schreibtischkante.

»So viel sind die nicht wert.« Frank sah finster zu ihr hoch und kritzelte auf seinem Block herum. »Glaubst du, dass Hager schwul ist?«

»Auf keinen Fall.« Jeannie schüttelte den Kopf. »Genau diese Frage habe ich auch Diane gestellt – wahrscheinlich aus demselben Grund, aus dem du mich jetzt fragst: wegen dieser mysteriösen, langjährigen Phantomgeliebten. Diane hat es jedenfalls kategorisch verneint. Außerdem habe ich Hager bei Ruisseau beobachtet. Es ist offensichtlich, dass er auf Frauen steht und nicht auf Männer.«

»Ja, das habe ich auch beobachtet. Außerdem hätte er keinen Grund, aus seiner Homosexualität ein großes Geheimnis zu machen. Carson Brooks ist nicht der Typ, der andere verdammt. Ihm wäre es völlig egal, mit wem Hager die Laken teilt.«

»Und nach einer dreißig Jahre langen Freundschaft würde Brooks wohl kaum die Tatsache übersehen können, dass sein Freund schwul ist. Nein, wenn Hager eine geheimnisvolle Affäre hat, dann mit einer Frau, nicht mit einem Mann.«

»Glaubst du, dass er während seiner beiden Ehen die gleiche Geliebte hatte? Und falls ja – wer zum Teufel ist sie, und warum hält er die Geschichte so sehr unter Verschluss?«

»Du fragst dich, ob es für unseren Fall eine Rolle spielen könnte«, murmelte Jeannie. »Nun, das frage ich mich auch. Und ich werde das Gefühl nicht los, dass mit Hager irgendwas faul ist. Er verbirgt etwas. Ob es damit zusammenhängt, mit wem er schläft, weiß ich nicht. Aber auf jeden Fall sollen wir es nicht erfahren. Die Frage ist – was ist so schlimm an einer Affäre, dass es Hager dazu bringen könnte, Carson Brooks zu ermorden? Und was ist mit Russ Clark? Warum sollte Hager jemanden verdingen, Russ zu erstechen?«

»Wo wir gerade von Russ Clark sprechen … da ist noch etwas, das mich stört. Der Junge wollte Journalist werden. Da muss er doch irgendwelche Unterlagen gehabt haben, Manuskripte, Notizen und dergleichen. Wo sind diese Aufzeichnungen? Wir haben seine Wohnung auf den Kopf gestellt und seinen Schreibtisch bei Ruisseau ausgeleert, aber nichts gefunden.«

»Wir müssen ein wichtiges Teil des Puzzles übersehen haben«, meinte Jeannie. »Und es liegt genau vor unserer Nase, das habe ich im Gefühl.«

»Ja. Und auch dieser Roland Ferguson, der Chef der Personalabteilung, macht mir zu schaffen, und nicht nur wegen seines fragwürdigen Alibis. Ich glaube ihm, dass er zu Hause war und sich ein Steak gebraten hat. Aber er schaut einem nie in die Augen, und er schrickt jedes Mal zusammen, bevor wir auch nur Guten Tag gesagt haben. Der Kerl hat irgendetwas zu verbergen.«

»Bei Ruisseau laufen 'ne ganze Menge nervöser Typen rum.« Jeannie riss eine Packung Quarktaschen auf und stopfte sich eine in den Mund. »Trotzdem betrachte ich Ferguson nicht als einen der Hauptverdächtigen. Sein Leben ist todlangweilig. Und zur Straße hat er bestimmt keine Kontakte. Wo also sollte er einen Killer finden, der Russ Clark ermordet und ihm eine Pistole beschafft?«

Jeannie wartete Franks Antwort gar nicht erst ab, sondern führte sich eine zweite Quarktasche zu Gemüte. Kauend sagte sie: »Aber ein anderer Name ist wieder ins Spiel gekommen, und dazu noch in einem interessanten Zusammenhang. Etienne Pruet.«

»Dieser französische Parfümeur? Brooks schärfster Konkurrent?« Frank riss die Augen auf. »Wir haben ihn doch vor einer Woche von der Liste gestrichen. Er war zum Zeitpunkt des Anschlags in Paris.«

»Ja. Aber hier sind die neuesten Nachrichten: Vorhin hat Jason Koppel von Merrill Lynch angerufen. Er hat sich ein wenig umgehört. Anscheinend hat Pruet in der Pariser Zentrale seine Topmanager hinter verschlossenen Türen versammelt. Er sucht nach einer Möglichkeit, wie man den Höhenflug von *C'est Moi* stoppen kann, bevor die Herrenduft-Variante herauskommt und in Europa zum Marktführer wird.«

»Moment mal. Ich kann dir nicht ganz folgen. Warum sollte Pruet sich Sorgen wegen Ruisseaus Erfolg machen? Seine französische Nobelfirma fährt doch Riesengewinne ein. Die sind ja auch erst seit dreihundert Jahren im Duftgeschäft.«

»Länger. Koppel meinte, sie wären als Hofparfümeure von Ludwig dem Vierzehnten berühmt geworden, um die

Mitte des siebzehnten Jahrhunderts. Ganz schön versnobt, was?«

»Ich bin überwältigt«, erwiderte Frank trocken. »Aber ich kapier es immer noch nicht. Soll das jetzt heißen, dass unsere Informationen falsch waren und Pruets Unternehmen in der Krise steckt?«

»In der Krise nicht gerade, aber so furchtbar gut geht's denen nicht. Seit der Einführung von *C'est Moi* zeigt Brooks seinen Konkurrenten, wo der Hammer hängt. Und jetzt schickt er sich an, den europäischen Markt zu erobern. Bis jetzt war Pruets Verbindung zum Adel ein wichtiger Grund für die Käufer, seinen Produkten den Vorzug zu geben. Aber wir leben im einundzwanzigsten Jahrhundert. Vieles hat sich verändert. Heutzutage verkauft Sex sich besser als ein langer Stammbaum. *C'est Moi* droht Pruet einen erheblichen Marktanteil abzujagen. Und solange sie die Formel nicht kennen, wissen sie nicht, wogegen sie kämpfen oder wie sie siegen können.«

»Pruet hat also ein Motiv, Carson Brooks loswerden zu wollen – den einzigen Menschen, der die Formel für *C'est Moi* kennt. Aber wie steht's mit der Gelegenheit? Wenn er doch in Paris war …«

»… kann er es nicht gewesen sein«, ergänzte Jeannie. »Aber er hat eine New Yorker Zweigstelle mit zehn Angestellten, darunter einige sehr ehrgeizige Leute. Die waren zur Tatzeit sehr wohl in der Nähe.«

»Und du willst, dass wir uns jetzt auf die Socken machen, um mit diesen zehn Leuten zu reden.«

»In einer halben Stunde«, bestätigte Jeannie und verputzte die restlichen Quarktaschen. »Die Firma ist auf der Fifth Avenue, nur drei Blocks von Ruisseau entfernt.«

»Gut. Nächste Frage: Was ist mit Hager? Wann sollen wir mit ihm sprechen?«

»Sprechen oder gegen die Wand drücken?«, erwiderte

Jeannie. Es war eine rhetorische Frage, denn sie kannte die Antwort. »Ja, wir sollten ihn uns vornehmen, sonst kommen wir überhaupt nicht voran. Wie wär's mit heute? Wir rufen an und machen einen Termin mit ihm aus. Dann hat Hager den ganzen Nachmittag Zeit, Blut und Wasser zu schwitzen.«

»Aber bei Ferguson machen wir es anders«, meinte Frank. »Bei ihm ist es besser, wenn wir hereinplatzen. Ich glaube, dass er unter einem Überraschungsangriff eher zusammenbricht.«

»Gut. Bei Ferguson bereiten wir also nichts vor. Ich würde sagen, wir machen einen Termin mit Hager und schauen auf dem Weg bei Ferguson vorbei.« Jeannie streckte die Hand nach dem Telefon auf Franks Schreibtisch aus.

Im gleichen Augenblick klingelte ihr Handy.

Sie drückte auf die Hörertaste. »Whitman.« Ihre Brauen schnellten in die Höhe. »Oh, hallo.« Pause. »Tatsächlich …? Ja, ich verstehe. Wollen Sie mir noch mehr sagen …? Okay, gut. Wir kommen … nichts zu danken.«

Sie beendete das Gespräch und wandte sich an Frank. »Du errätst nie, wer das war.«

»Nun sag schon.«

»Carson Brooks. Offenbar wollen sie heute um halb sechs der kompletten Belegschaft eine Ankündigung machen. Alle sollen erfahren, dass Sabrina Radcliffe Brooks' Tochter ist. Brooks will es selber verkünden, und zwar vom Krankenbett aus. Er lässt es auf Video aufnehmen. Er hat uns gebeten, dabei zu sein, wenn die Aufnahme gezeigt wird. Aus Sicherheitsgründen.«

»Sicherheit …« Langsam verdaute Frank die neue Information. »Ob Brooks Angst hat, dass seine Tochter von der Presse verrissen wird? Oder befürchtet er gar Schlimmeres?«

»Brooks ist clever. Er weiß, dass da draußen irgendwo

ein Killer lauert, dessen Motiv wir noch nicht herausgefunden haben. Brooks nimmt wahrscheinlich an, dass dieser Killer es wieder versucht. Aber dass er noch einmal auf ihn losgeht, ist nicht sehr wahrscheinlich, solange Brooks im Mount Sinai rund um die Uhr von der Polizei bewacht wirf. Also könnte der Killer versuchen, über die Tochter an Brooks heranzukommen.«

»Besonders, wo diese Tochter demnächst einen wichtigen Posten bei Ruisseau übernehmen wird.«

»Darauf kannst du Gift nehmen. Sie ist intelligent, erfolgreich, und sie ist sein eigen Fleisch und Blut. Das kann man sich an fünf Fingern abzählen.«

»Stimmt. Wenn der Anschlag auf Brooks also auf ihn als Boss gemünzt war, wird die heutige Bekanntmachung den Schützen vielleicht zu neuen Taten anstacheln.«

»Und deshalb will Brooks keinerlei Risiken eingehen.«

»Verständlich.«

»Allerdings.« Jeannie knüllte die leere Packung zusammen und warf sie in den Papierkorb. »Und der Tag hatte so ruhig angefangen ...«

»Auf ruhige Tage können wir uns später freuen.« Frank schob seinen Stuhl zurück und stand auf. »Das löst gleichzeitig unser Problem, wann wir Hager und Ferguson aufsuchen sollen. Wir treffen sie sowieso um halb sechs bei Ruisseau.«

»Auf jeden Fall.« Vorfreude blitzte in Jeannies Augen auf. »Allerdings werden wir früher da sein und sie überraschen.«

13.45 Uhr
Ruisseau Fragrance Corporation

Sabrina wählte Stans Nummer, um ihn zu fragen, ob er für ein gemeinsames Mittagessen Zeit habe.

Mittagessen. Wenn man es denn so nennen konnte. Donna hatte Sandwiches bestellt, die irgendwann im Laufe der nächsten halben Stunde in Sabrinas Büro geliefert werden sollten. So hatte sie vor dem Besuch in der Forschungsabteilung eine Dreiviertelstunde Zeit gewonnen. Nicht einmal eine volle Stunde, um Stans Problem anzusprechen und ihm die Mitteilung von ihrer Ernennung zu machen. Dazwischen würde sie immer wieder Bissen von ihrem Truthahnsandwich nehmen und hinunterschlingen, weil sie den ganzen Tag nichts gegessen hatte.

Ein umfangreiches Programm.

Aber warum sollte das Mittagessen anders sein als der Rest des Tages?

Sabrina ließ den Kopf in die Hände sinken und rieb sich die Schläfen.

Der Morgen war die reinste Seifenoper gewesen. Zuerst hatte sie mit ihrer Mutter gesprochen. Gloria hatte die Nachricht, dass Sabrina die passende Spenderin sei, mit ihrer üblichen beherrschten Würde aufgenommen. Aber Sabrina konnte deutlich das Zittern in ihrer Stimme wahrnehmen, und sie wusste, dass ihre Mutter Angst um sie hatte. Sie versuchte sie zu beruhigen, so gut es ging, konnte aber keine Garantien geben. Gloria verlangte allerdings auch keine. Sie versicherte Sabrina lediglich, dass sie voll und ganz hinter ihr stehe und nach New York fliegen würde, sobald die Presse und ihre Eltern sich beruhigt hätten.

Dies führte zum zweiten Akt des Dramas: den Großeltern.

Abigail und Charles Radcliffe waren außer sich vor Sorge,

auch wenn Gloria sie schonend vorbereitet hatte. Sabrinas Großmutter weinte; der Großvater fand mahnende Worte. Beide baten Sabrina inständig, die Spende einer Niere an einen Mann, den sie kaum kannte, noch einmal zu überdenken.

Sabrina hatte fast eine Stunde gebraucht, um die beiden alten Leute zu beruhigen und ihnen auf einer ganz elementaren Ebene klarzumachen, warum sie es tun *musste*. Es hatte nichts geholfen, dass Sabrina auf ihre neue Stellung bei Ruisseau hinwies. Die Großeltern waren so aufgeregt gewesen, dass sie der Bekanntmachung kaum Beachtung schenkten und noch viel weniger der Ehre, die ihrer Enkelin damit zuteil wurde.

Der zweite Akt hatte unter Anspannung und mit einem Misston geendet.

Folgte der dritte Akt: CCTL. Die Telefonkonferenz mit Deborah und Mark, in der Sabrina ihre künftige Position bei Ruisseau bekannt gab, hatte ein Chaos ausgelöst. Beide hatten gewusst, dass Sabrinas Arbeit für Ruisseau sowie eine wichtige persönliche Angelegenheit, über die sie noch nicht sprechen konnte, ihre längerfristige Abwesenheit von CCTL erforderten. Aber es gab einen Unterschied zwischen einer Beratertätigkeit und der Ernennung zur Geschäftsführerin, zumal Sabrina auch noch die Tochter des Chefs war. Deborah und Mark waren ziemlich geschockt. Sie machten sich nicht nur Sorgen, wie sie mit den Medien umgehen sollten – sie fragten sich auch, wie es überhaupt weitergehen sollte: mit den Mitarbeitern, den Kunden, mit CCTL.

Sabrina versicherte den beiden, sie habe keinesfalls vor, CCTL im Stich zu lassen. Sie versprach, am Freitag zu kommen und sich das ganze Wochenende mit der Ausarbeitung der Einzelheiten zu befassen.

Danach bat sie, mit Melissa verbunden zu werden. Auch das war nicht gerade ein Spaziergang gewesen. Melissa war völlig verblüfft und erkundigte sich besorgt, wie es Sabrina gehe. Sie hatte unzählige Fragen gestellt; vermutlich würden sie jetzt noch telefonieren, hätte Sabrina nicht versprochen, sofort nach ihrer Rückkehr am Freitagabend einen Drink mit Melissa zu nehmen und ihr das Neueste zu berichten.

Dylan hat Recht gehabt, dachte Sabrina, während sie darauf wartete, dass die Kopfschmerztabletten Wirkung zeigten. Der halbe Tag war noch nicht vorüber, und sie stand kurz vor dem Nervenzusammenbruch.

Es klopfte. Sabrina hob ihren schmerzenden Kopf. »Herein.«

Stan kam ins Büro, in der Hand eine braune Papiertüte, die er ihr einladend unter die Nase hielt. »Der Lunch und ich sind gleichzeitig eingetroffen«, verkündete er und machte die Tür hinter sich zu. »Hab ihn Donna abgenommen und ein bisschen Zeit für uns gewonnen.« Müde lächelte er Sabrina zu, trat an den Schreibtisch und stülpte die Tüte um. »Truthahn auf Roggentoast, Brötchen mit Roastbeef. Ein exquisites Mahl.«

»Es tut mir Leid.« Sabrina half ihm, die Sandwiches auszupacken und stellte die beiden Kaffeebecher mit Deckel vorsichtig auf ihren Schreibtisch. »Fürs Restaurant habe ich heute keine Zeit.«

»Sie müssen sich doch nicht entschuldigen.« Stan setzte sich, nahm einen Schluck Kaffee und schaute Sabrina über den Rand des Bechers an. »Sie sehen aus, als ob Sie gleich zusammenbrechen.«

»Na super. Man sieht's also schon? Ich kann es gar nicht abwarten. Wahrscheinlich klappe ich mitten in der Konferenz zusammen.«

»Nein, ganz bestimmt nicht. Sie trinken noch einen Schluck davon«, Stan zeigte auf den Kaffee, »gehen in den Waschraum, schauen sich böse im Spiegel an und prügeln sich mit Worten. Danach kommen Sie ins Meeting, und alles läuft großartig.«

Sabrina zog die Augenbrauen hoch. »Das haben Sie erstaunlich korrekt beschrieben. Haben Sie mich etwa dabei beobachtet?«

»Brauchte ich gar nicht. Carson macht es immer so.«

Sabrina stieß den angehaltenen Atem aus. »Es ist ganz schön unheimlich, seine Tochter zu sein. Ich weiß nicht, was schlimmer ist: das, was die anderen von mir erwarten, oder das, was ich von mir selbst erwarte.«

Stans Hand mit dem Sandwich hielt auf halbem Wege zum Mund inne, und er blickte sie erstaunt an. Es war das erste Mal, dass Sabrina in seiner Gegenwart eine Schwäche zugegeben hatte.

»Sehen Sie mich nicht so erschrocken an«, meinte sie trocken. »Haben Sie geglaubt, nur weil ich clever und selbstsicher bin, würde ich die ganze Sache mit links schaffen? Falls ja, bin ich wohl eine bessere Schauspielerin, als ich dachte, oder Sie sehen nicht genau genug hin. Carson ist mein Vater, das stimmt. Aber er hatte auch achtundzwanzig Jahre Zeit, sich den nötigen Respekt zu verdienen. Im Vergleich dazu bin ich ein blutiger Anfänger. Talent ist natürlich etwas Schönes, aber es reicht nur für den Einstieg. Ich muss noch eine Menge über Ruisseau lernen. Deshalb bin ich Ihnen und Dylan ja so dankbar. Ihr habt mir die Umstellung erleichtert. Ich kann Ihnen gar nicht genug danken. Deswegen habe ich Sie ja zum Lunch eingeladen – unter anderem.«

Stan legte sein Roastbeefsandwich hin. Er machte den Eindruck, als wisse er nicht recht, wie er mit ihrer Offenheit umgehen sollte. »Unter anderem?«, fragte er dann schlicht.

»Was den anderen Grund für unser Gespräch angeht, den haben Sie sicherlich schon erraten.«

»Sie wollen mit mir über die Versammlung heute Nachmittag sprechen, nehme ich an.«

»Genau. Sie verstehen sicher, dass es mir sehr wichtig ist, die komplette Belegschaft zu versammeln. Aber ich bin der Meinung, dass Sie eine Vorinformation über die Tagesordnung verdient haben, Stan – nicht nur wegen der Unterstützung, die Sie mir haben zukommen lassen, sondern auch wegen der besonderen Stellung, die Sie in Carsons Leben einnehmen.«

»Sie wollen es bekannt machen«, erriet Stan, nahm einen Bissen von seinem Sandwich und kaute bedächtig. »Sie wollen allen sagen, in welcher Beziehung Sie zu Carson und Ruisseau stehen.«

»Ja.« Sabrina nickte und wartete auf seine Reaktion. Er sah nachdenklich aus, aber auch erschöpft. Und zerrissen. Das war seltsam. Welchen inneren Kampf focht er aus? Es war verständlich, dass er ein wenig geschockt war von der Aussicht, einen zweiten Carson am Ruder zu sehen; das konnte Sabrina verstehen. Aber da war noch etwas, das ihm zu schaffen machte. Was war es?

»Ich glaube, es ist an der Zeit, dass wir meine Identität offen legen«, fuhr sie fort, wobei sie aufmerksam Stans Körpersprache studierte. »Carson findet das auch. Ich hoffe, Sie sind ebenfalls dieser Ansicht.«

»Ja, gewiss.« Die Antwort kam prompt und schien ehrlich zu sein. »Es wird manches vereinfachen, wenn Sie erst offiziell eingeführt sind, sowohl in persönlicher als auch in beruflicher Hinsicht. Geheimnisse halten sich ohnehin nicht lange. Von heute an wird jeder wissen, wer Sie sind und was Ihre Aufgabe bei Ruisseau sein wird. Und die Mitarbeiter werden es von Ihnen persönlich hören.«

»Nein, das wird Carson übernehmen. Per Videoaufzeichnung.«

»Das ist sogar noch besser. Die Bekanntmachung hat größeres Gewicht, wenn sie von ihm kommt.« Ein rascher Blick auf Sabrina. »Ohne Sie kränken zu wollen.«

»Es kränkt mich überhaupt nicht. Sie haben ja Recht. Wie ich schon sagte, ich gebe mich keinen Illusionen über meinen Platz im Unternehmen hin. Carson ist das Herz und die Seele von Ruisseau, und das wird sich niemals ändern.« Sabrina beugte sich vor. »Stan, Sie müssen nicht auf Zehenspitzen um mich herumschleichen. Ich kann etwas aushalten. Ich zerbreche nicht gleich, wenn ich mich einer Herausforderung gegenübersehe. Und ich möchte keine Sonderbehandlung, weil ich Carsons Tochter bin. Ich baue auf Sie, dass Sie stets daran denken und es auch allen anderen begreiflich machen. Die Belegschaft wird Ihnen folgen. Wenn Sie vor mir auf den Knien rutschen, werden die anderen es auch tun. Dann aber kann ich meine Arbeit nicht machen, und Ruisseau kann seine Möglichkeiten nicht ausschöpfen. Einverstanden?«

Stan biss wieder von seinem Sandwich ab und kaute langsam, während er ihre Worte abwog. »Ja«, sagte er schließlich mit kurzem Nicken. »Einverstanden. Obwohl ich Ihnen keine Mogelpackung verkaufen will. Sie werden eine gewisse Zeit brauchen, um sich einzugewöhnen.«

»Anders stelle ich es mir auch nicht vor. Darum geht es ja bei Veränderung. Andererseits würde nur ein Dummkopf Veränderungen vornehmen, ohne die Stärken der vorherigen Geschäftsführung mit einzubeziehen. Sagen Sie mir also, wenn ich auf dem Holzweg bin. Schimpfen Sie mit mir, wenn ich Mist baue. Carson macht es genauso. Andauernd.«

Ein Hauch von Belustigung huschte über Stans Gesicht. »Ich werde daran denken.«

»Gut. Sie werden es auch von Carson selber hören. Er hat keine Bedenken, mich auf meinen Platz zu verweisen.« Sabrina stützte die Ellbogen auf die Schreibtischplatte, verschränkte ihre Finger und legte das Kinn darauf. »Noch eine Sache. Eine gute Nachricht – eine sehr gute, obwohl ich nicht die Absicht habe, der Presse Einzelheiten mitzuteilen. Die Auswertung der Blutuntersuchung liegt vor. Meine Spenderkompatibilität ist sehr hoch. Falls nötig, kann ich Carson eine meiner Nieren spenden.«

Stan stieß einen Seufzer der Erleichterung aus. »Das sind die besten Neuigkeiten, die ich heute gehört habe. Danke, dass Sie 's mir gesagt haben.« Verständnis glomm in seinen Augen auf. »Ich bin nicht der Einzige, der es weiß. Sie müssen auch mit Ihrer Familie gesprochen haben und mit CCTL. Kein Wunder, dass Sie so fertig aussehen.«

Sabrina nickte. »Es war ein heftiger Morgen.«

»Ihre Großeltern müssen sich schreckliche Sorgen machen.«

»Die werden schon damit fertig. So wie ich.«

»Was ist mit Dylan?«

Sabrina blinzelte verwirrt. »Was soll mit ihm sein?«

»Ich nehme an, er weiß es auch.«

»Ja. Er war dabei, als ich es Carson sagte.«

»Das muss ja eine erfreuliche Unterhaltung gewesen sein«, bemerkte Stan trocken. »Hat Carson Ihnen den Kopf abgerissen?«

»So ungefähr. Aber dann haben wir uns geeinigt.«

»Und Dylan? Wie hat er das Ergebnis der Untersuchung aufgenommen?« Stan schüttelte mitfühlend den Kopf. »Er muss hin und her gerissen sein. Ich weiß nicht, mit wem er mehr Mitleid haben soll. Ich beneide ihn nicht.«

Sabrina fühlte sich mit einem Mal unbehaglich. »Ich kann Ihnen nicht ganz folgen. Dylan ist so erleichtert wie ich oder Sie. Es war ja das Ergebnis, auf das wir gehofft hatten. Deshalb ist Dylan doch nach New Hampshire geflogen, wie Sie wissen.«

»Sicher, aber das war, bevor Sie beide …« Stan brach abrupt ab, als ihm aufging, dass er verbotenes Gebiet betrat. »Tut mir Leid. Ich wollte Ihnen nicht zu nahe treten. Wechseln wir das Thema.«

Verdammt. Stan wusste über sie und Dylan Bescheid. Woher? Und wer wusste sonst noch davon?

»Entspannen Sie sich, Sabrina«, versuchte er sie zu beruhigen, als er sah, dass ihre Miene sich verdüstert hatte. »Es ist zwar noch nicht an allen Lagerfeuern rum, aber Geheimnisse halten sich hier ohnehin nicht lange. Aber was soll's? Dylan ist Syndikus der Ruisseau Corporation, Sie sind Geschäftsführerin. Insofern dürfte es eigentlich keinen Interessenskonflikt geben. Also, genießen Sie Ihr Leben und machen Sie sich keine Sorgen, was die Leute sagen oder denken.«

»So wie Sie?« Die Frage war heraus, bevor Sabrina daran denken konnte, sie anders zu formulieren.

Stan kniff die Augen zusammen. »Was soll das heißen?«

Nun gab es kein Zurück mehr. Sabrina wählte ihre Worte mit Bedacht. »Es soll heißen, dass Sie sich viel mehr Gedanken darüber machen als ich, wie andere Sie wahrnehmen. Warum, Stan? Sie sind nicht Carson, und keiner erwartet das von Ihnen. Sie leisten gute Arbeit. Sie würden nie etwas tun, das Ruisseaus Interessen schaden könnte … oder einen Mordanschlag auf den Direktor verüben.«

Stan starrte sie sprachlos an. Er sah aus, als hätte er einen Schlag ins Gesicht bekommen. Langsam kroch Röte seinen Hals empor, und widersprüchliche Gefühle spiegelten sich auf seinem Gesicht: zuerst Erstaunen und Verärgerung, wie nicht anders zu erwarten, dann aber Befangenheit und Schuld. »Ja, sicher«, sagte er schließlich, atmete heftig aus und ließ sich auf den Stuhl zurücksinken. »Sie sind eine harte Nuss, Sabrina. Sind Sie sicher, dass Carson sich nicht hat klonen lassen?«

Sie hatte ihn wütend gemacht, so viel stand fest. Doch ob es an ihrer unverblümten Einschätzung lag oder ob es andere, tiefere Gründe dafür gab – darüber waren die Geschworenen sich noch nicht einig.

»Hören Sie, Stan, ich wollte Ihnen wirklich nicht zu nahe treten«, sagte Sabrina, entschlossen, das Thema im Augenblick nicht weiterzuverfolgen. »Ich bin völlig geschafft. Reden wir über die Mitabeiterversammlung. Danach können wir neue Regeln für die Zukunft aufstellen, okay?«

»In Ordnung«, erwiderte Stan steif.

»Gut. Essen wir erst mal die Sandwiches. Bis halb sechs habe ich noch so viel zu tun, dass ich mir den Gang in den Waschraum mit der Selbstbeschimpfung schenken kann.«

Stan nickte nur.

Der Rest der Mahlzeit dauerte weniger als eine Viertelstunde, während der sie Smalltalk machten. Sabrina wusste, dass Stan immer noch verärgert oder verängstigt war. Aber das war es nicht, was sie störte. Sie würde schon einen Weg finden, alles wieder in die richtigen Bahnen zu lenken und die Beziehung zu Stan zu normalisieren.

Was Sabrina wirklich störte, war, dass sie ihr eigenes Unbehagen nicht überwinden konnte. Irgendwas stimmte nicht mit Stan. Sein Verhalten zeugte nicht nur von Unsicherheit – da war noch etwas anderes. Aber was? Und was hatte er mit seiner Bemerkung gemeint, dass Geheimnisse sich ohnehin nicht lange hielten? Warum wurde sie das Gefühl nicht los, dass Stan damit unterschwellig etwas angedeutet hatte, das er eigentlich nicht hatte preisgeben wollen?

Bei Stan Hager erblickte Sabrina einen Schleier des Misstrauens, den sie einfach nicht lüften konnte.

24

18.23 Uhr
Ruisseau Fragrance Corporation

Nachdem Carson Brooks' videoaufgezeichnete Bekanntmachung gezeigt worden war und der Bildschirm schwarz wurde, hätte man im Konferenzraum eine Stecknadel fallen hören können.

Jemand schaltete das Licht wieder ein. Sabrina war nicht erstaunt, ungefähr hundert Augenpaare auf sich gerichtet zu sehen. Die Wand zwischen den beiden Sitzungsräumen war entfernt worden, sodass ein großer Saal entstanden war, in dem alle Platz fanden. Marie hatte kurz vor Beginn der Versammlung eine Erklärung an die Presse gefaxt, die inzwischen bestimmt von jedem Wirtschaftssender als Topthema gebracht worden war. Sabrina konnte sich gut vorstellen, was sie beim Verlassen des Firmengebäudes erwartete.

Aber das kam später. Erst einmal hatte sie es mit der Belegschaft zu tun – mit erschrockenen, neugierigen, verwunderten Menschen, die sie beobachteten und auf Erklärungen warteten.

Sabrina hätte nicht erwartet, so gerührt zu sein. Carsons Ansprache gab keinerlei Anlass dazu; sie war nüchtern und sachlich gewesen. In schlichten Worten hatte er erklärt, dass sie seine Tochter sei, von deren Existenz er erst kürzlich erfahren habe, und dass er sich freue, sie für unbestimmte Zeit als Geschäftsführerin von Ruisseau gewonnen zu haben, die ihm unmittelbar unterstellt war. In den nächsten Wochen würde man vermutlich die buntesten Berichte über die Umstände von Sabrinas Zeugung und ihre berühmte Familie lesen können; deshalb bat Carson seine Mitarbeiter, im Umgang mit den Medien Diskretion zu üben und Geduld walten zu lassen, bevor sie die neue Chefin mit Fragen bombardierten. Carson schloss seine Ansprache, indem er betonte, Ruisseau könne sich glücklich schätzen, eine Frau von Sabrinas Format und beruflicher Erfahrung bekommen zu haben. Dann bat er um die Mitarbeit jedes Einzelnen, um ihr die Anfangszeit so positiv wie möglich zu gestalten, und rief jeden seiner Mitarbeiter auf, Sabrina bei Ruisseau willkommen zu heißen.

Es war eine sorgfältig ausgearbeitete und gut gehaltene Rede.

Carson hatte Sabrina seine uneingeschränkte Billigung erteilt, war dabei mit Fakten aber sparsam gewesen, sodass sie nun den Ball aufnehmen und damit in die Richtung laufen konnte, die ihr am besten passte. Was den Effet des Balles anging, überließ Carson ihn gern den Medien.

Deshalb wusste Sabrina keine Erklärung, weshalb sie so gerührt war. Aber sie konnte nicht dagegen an. Sie kam sich vor, als stünde sie an einer Weggabelung, und welche Richtung sie auch einschlug, ihr Leben würde sich für immer verändern.

Diese Aussicht war aufregend und beängstigend zugleich.

Sabrina befeuchtete ihre Lippen und ging ans Kopfende des langen Tisches. Aus dem Augenwinkel sah sie Dylan an der Wand lehnen; mit vor der Brust verschränkten Armen schaute er ihr zu. Neben ihm stand Stan, weiß wie ein Laken – was nicht verwunderlich war, denn den Weg zur Tür verstellten die Detectives Whitman und Barton. Sie hatten ihre Anwesenheit dadurch gerechtfertigt, dass Carson um ihr Kommen gebeten habe – Sabrina bezweifelte dies nicht –, aber das hatte sie nicht davon abgehalten, sich eine halbe Stunde mit Stan in dessen Büro einzuschließen und ihn über alles Mögliche auszuquetschen.

Doch daran durfte Sabrina jetzt nicht denken.

Sie starrte auf das Blatt in ihrer Hand. Dann faltete sie es plötzlich zusammen und legte es beiseite.

»Ich habe eine kleine Rede vorbereitet«, sagte sie zu den Versammelten. »Doch als ich sie gerade überflogen habe, kamen mir die Worte schrecklich banal vor. Nun, auch wenn Sie jetzt verwundert sind – ich war es noch viel mehr, das können Sie mir glauben. Seither hatte ich ein wenig Zeit, mich halbwegs an all das Neue zu gewöhnen. Ich bin stolz und fühle mich geehrt. Vor allem aber fühle ich mich in der Verantwortung. Sie wissen, was ich für dieses Unternehmen erreichen will. Ich habe Ihnen am ersten Tag bei Ruisseau von meiner Vision berichtet – einigen von Ihnen persönlich, den anderen in dem Memo. Nun, diese eine Woche mit Ihnen hat mich in meiner Vision bestärkt. Ich werde sie in die Tat umsetzen, mit Ihrer Hilfe und mit Carson am Steuer. Aber statt dass ich endlos rede, sollten besser Sie die Fragen stellen, und ich werde sie nach bestem Wissen und Gewissen beantworten. Löchern Sie mich ruhig! Glauben Sie mir, die Presse hält sich auch nicht zurück.«

Ein Kichern ging durch die Runde.

Während der nächsten Stunde sprach Sabrina sowohl über berufliche Fragen als auch über persönliche Dinge. Sie versicherte den Mitarbeitern, dass ihre Jobs erhalten blieben; Ruisseau würde seinen bisherigen Weg beibehalten und seine Ziele weiterverfolgen. Sie gab zu, erschüttert und zugleich voller Ehrfurcht gewesen zu sein, als sie herausfand, dass Carson Brooks ihr Vater war. Und sie musste gestehen, dass es immer noch etliche Fehler zu bereinigen gab, bevor sie den Balanceakt bewältigen konnte, zwei Firmen gleichzeitig zu leiten.

Die letzten Fragen waren die schwierigsten.

»Miss Radcliffe«, begann Claude Phelps. »Was ist mit

der Formel für *C'est Moi?* Hat Carson sie Ihnen mitgeteilt?«

Sabrina blinzelte nicht und wandte auch nicht den Blick ab. »Diese Frage werde ich nicht beantworten, Claude, weil sie nicht in mein Ressort fällt. Welche Entscheidungen unser Direktor trifft oder nicht, kann nur er beantworten. Ich stelle mich nur den Fragen, die mich betreffen, meine Vision für Ruisseau oder meine Geschäftsphilosophie. Wenn Sie Fragen an Carson haben, müssen Sie sich schon persönlich zu ihm bemühen.«

Claude schaute sie finster an, sagte jedoch nichts mehr. Aus dem Augenwinkel sah Sabrina, wie Dylan ihr den Daumen drückte.

»Gut, Leute, eine Frage lasse ich noch zu«, fuhr Sabrina fort, denn allmählich wurde ihr schwindelig. »Dann machen wir Feierabend.« Feierabend. Aber sicher. Bei der Meute an Pressegeiern, die vor der Tür wartete …

»Ja?« Sabrina wandte sich Eve Rogers zu, einer der Senkrechtstarterinnen in der Produktion, die nervös die Hand hob.

»Meine Frage kommt vielleicht ein wenig ungelegen«, begann Eve und rutschte unruhig auf ihrem Stuhl herum. »Aber wir alle fragen uns, wie es Mr Brooks geht … wir machen uns Sorgen. Könnten Sie uns sagen, was Gerücht ist und was Tatsache? Wird er sich erholen?«

Sabrina nickte und wappnete sich, denn sie wusste, welche Richtung das Gespräch nehmen würde. »Carson ist der zäheste Mann, den ich kenne. Er wird es durchstehen. Ich bin sicher, das haben Sie auch auf dem Video erkennen können. Er ist versessen darauf, endlich aus dem Krankenhaus zu kommen und wieder an seinem Schreibtisch zu sitzen. Und das lässt er andere auch spüren. Fragen Sie die Krankenschwestern im Mount Sinai Hospital. Sie werfen Münzen, wer zu Carson hineingehen und sich mit ihm herumschlagen muss.« Sie lächelte, während allgemeines Kichern den Raum erfüllte. »Jeder bei Ruisseau macht sich Sorgen um Carson. Und er betrachtet jeden von Ihnen als Teil seiner Familie. Ich glaube, das wissen Sie.«

»Ja, das stimmt.« Die junge Frau schob die Brille auf ihrer Nase höher. »Was ist mit seinen Nieren? Haben sie sich wieder erholt, oder arbeiten sie immer noch nicht?«

»Die Ärzte sind mit ihrer Prognose sehr zurückhaltend«, antwortete Sabrina. »Offenbar kann es in manchen Fällen bis zu zwei Monate dauern, bis die Nieren wieder zufrieden stellend arbeiten. Die Kugel hat schlimmen Schaden angerichtet. Deshalb ist es noch zu früh, etwas zu sagen.«

»Soll das heißen, bei Mr Brooks arbeiten die Nieren noch nicht?«

»Leider. Er war schon einige Male an der Dialyse, hat aber sehr gut auf die Behandlung angesprochen. Jetzt muss er Geduld aufbringen, und das ist nicht gerade seine Stärke, wie Sie alle wissen.« Sie verdrehte die Augen. »Glauben Sie mir, das Krankenhaus wird nie mehr sein, was es einmal war.«

Wieder allgemeine Heiterkeit.

»Miss Radcliffe …« Nun hatte Eve Mut gefasst, die Frage zu stellen, die ihr und den anderen wirklich am Herzen lag. »Wir wissen, dass das Krankenhaus nach einem passenden Spender sucht. Da Sie Mr Brooks' leibliches Kind sind, habe ich mich gefragt, ob …« Ihre Stimme wurde leiser, und sie sah ein bisschen ängstlich aus, als hätte sie sich zu weit vorgewagt.

»Sie haben sich gefragt, ob ich darauf untersucht worden bin, ob ich als Organspender infrage komme«, beendete Sabrina den Satz. »Die Antwort lautet Ja. Bis jetzt liegen aber noch keine endgültigen Ergebnisse vor. Das Verfahren ist kompliziert und kann bis zu seinem Abschluss noch einen ganzen Monat in Anspruch nehmen. Aber wenn die Ergebnisse vorliegen und wenn ich Genaueres über Carsons Nierenfunktion weiß, werde ich es Ihnen mitteilen. Im Gegenzug bitte ich Sie, der Presse gegenüber so wenig wie möglich verlauten zu lassen, und zwar aus Respekt vor Carsons Privatsphäre. Ist Ihnen das recht so?«

Zustimmendes Murmeln im Saal.

»Nun, dann würde ich sagen, das war's für heute. Es war für uns alle ein anstrengender Tag. Ich möchte Ihnen noch einmal herzlich danken, dass Sie alle sich Zeit für diese Bekanntmachung genommen haben.«

Sabrina bekam den Beifall mit, fühlte sich aber so benommen, dass sie befürchtete, auf dem Weg nach draußen in Ohnmacht zu fallen. Sie war völlig ausgelaugt. Dennoch kamen dutzende von Leuten auf sie zu. Sabrina wurden die Knie weich. Wenn sie sich jetzt auf weitere Fragen einließ, würde es noch Stunden dauern.

Wie aufs Stichwort kam Dylan durch die Menge auf sie zu und baute sich vor ihr auf. »Entschuldigen Sie, Sabrina, aber Sie müssten noch ein paar Dokumente unterzeichnen, bevor Sie gehen. Ich möchte Sie nicht festhalten, aber ich muss diese Papiere heute Abend Carson vorlegen.«

»Na schön.« Fast hätte Sabrina vor Dankbarkeit geweint, als Dylan sie mit fester Hand aus dem Raum schob.

Auf dem Korridor nahm er ihren Arm und führte sie in sein Büro.

Sabrina blinzelte erstaunt, als sie die Detectives Whitman und Barton vor Dylans Tür stehen sah. Sie hatte nicht gesehen, wie die beiden den Konferenzraum verlassen hatten.

»Ihre Limousine wartet draußen in der Nähe der Fünften Straße«, teilte Whitman Sabrina mit. »Die Reportermeute schwirrt um den Wagen herum wie ein Hornissenschwarm. Gehen Sie aus dem Gebäude und halten Sie sich Richtung Sechster Straße, auf den Park zu. Dort wartet ein Streifenwagen, der Sie sicher zu Mr Newports Wohnung bringen wird.«

»Vielen Dank«, stieß Sabrina hervor.

»Danken Sie nicht uns. Die Idee ist von Ihrem Vater.« Detective Barton verschränkte die Arme vor der Brust. »Und es ist eine gute Idee, wenn man bedenkt, was hier los ist. Übrigens, herzlichen Glückwunsch.«

Sabrina hatte keine Zeit mehr zu antworten. Dylan zog sie bereits zum Aufzug.

Die nächsten Minuten nahm sie nur undeutlich wahr. Mit dem Fahrstuhl ging es hinunter in den ersten Stock, dann über die Treppe ins Erdgeschoss, zum Hintereingang des Foyers und nach draußen.

Sabrina hätte nicht sagen können, wie viel Zeit vergangen war, als sie in die 76. Straße West einbogen und vor Dylans Brownstone hielten. Er half ihr beim Aussteigen, schloss die Tür auf und zog sie ins Haus.

»Komm.« Er führte sie ins Wohnzimmer, hieß sie auf dem Sofa Platz nehmen und schenkte ihr ein Glas Wein ein. Während Sabrina daran nippte, ging Dylan in die Küche und kam mit Kräckern und Käse zurück. »Iss«, sagte er und stellte das Tablett auf den Tisch.

Sabrina brachte ein schwaches Lächeln zustande. »Mein Held.« Sie aß fünf oder sechs Kräcker und Brie, trank den Wein dazu, stellte das Kelchglas auf den Tisch und lehnte sich seufzend zurück. »Ich glaube, du hast mir gerade das Leben gerettet.«

Dylan ließ sich neben ihr nieder. »Ich habe es wirklich mit der Angst zu tun bekommen. Als du vom Konferenztisch aufgestanden bist, hast du ausgesehen wie ein Gespenst.« Er schob eine Hand unter ihr Haar und massierte zärtlich ihren Nacken. »Sabrina, du bist nicht Superwoman. Du bist auch nur ein Mensch. Gönn dir mal eine Pause.«

Sabrina fasste seine Krawatte und zog ihn zu sich herunter, hob gleichzeitig den Kopf, um ihn zu küssen. »Du hast ja Recht. Ich muss mal Pause machen. Aber du kannst mir beim Entspannen helfen.« Sie fuhr mit der Zungenspitze seine Unterlippe entlang. »Nimm mich jetzt.«

Eine zweite Aufforderung war nicht nötig.

Das Sofa bot nicht genug Platz für wildes Liebesspiel. Dylan löste das Problem, indem er ein paar Kissen auf den Boden warf und Sabrina darauf bettete.

Er glitt zwischen ihre Schenkel und stützte sich auf die Ellbogen, um sie nicht mit seinem ganzen Gewicht zu belasten. Sabrina schlang ihre Beine um seine Taille, bog sich ihm entgegen, krallte die Finger in seine Oberarme und zog ihn zu sich hinab.

Hart und tief drang er in sie ein, dehnte und füllte sie. Das Gefühl war unbeschreiblich. Jeder Nerv in Sabrinas Körper schien zum Leben zu erwachen. Es war atemberaubend. Doch plötzlich erstarrte sie. »Dylan … was ist mit dem Kondom?«

»Verdammt.« Als er sich aus ihr zurückzog, hätte sie vor Enttäuschung fast geschrien. Mit geballten Fäusten lag sie da und wartete, während Dylan seine Hose zu sich heranzog und ein Folienpäckchen herausholte. Seine Hände zitterten so sehr, dass er es kaum schaffte, das Kondom überzustreifen. Dann war er wieder über ihr, sein Körper gespannt wie eine Feder, die Sabrina beben fühlte. Erneut drang er in sie ein. Sabrina schrie auf, so sehr hatte die Spannung sich aufgestaut. Dann löste sie sich in Krämpfen, die sie bis ins Mark erschütterten. Sie zuckte, bis Dylan in den Strudel der Lust hineingezogen wurde.

Später lagen sie erschöpft nebeneinander.

»Das war wundervoll«, sagte Sabrina, noch immer atemlos.

Dylans Antwort bestand darin, dass er ihr Gesicht zu sich drehte und ihr tief in die Augen schaute. »Ich liebe dich. Ich will unsere Liebe nicht Tag um Tag verschieben. Ich will Verpflichtungen und Erwartungen. Es ist mir egal, welche Forderungen das Leben noch an uns stellt, denn die werden auch morgen noch da sein. Wir stellen uns dem Leben, wie beide zusammen. Ich will eine dauerhafte Bindung. Ich will dich heiraten.«

Sabrina blickte ihn fassungslos an. Dann begriff sie.

Und tat etwas, das ihr nur sehr selten passierte.

Sie brach in Tränen aus.

Sie bedeckte das Gesicht mit den Händen und schluchzte; die Anspannung eines ganzen Tages brach aus ihr hervor.

Dylan drückte ihren Kopf gegen seine Brust und küsste ihr Haar. »Ich hoffe nicht, dass das deine Antwort ist«, sagte er und fuhr mit den Fingern sanft über ihren Rücken. »Denn die wäre nicht gut für mein Ego.«

Sabrina lachte unter Tränen. »Und ich hoffe, deine Worte sollen nicht dazu dienen, dass ich dein Versprechen vergesse, mir Abendessen zu kochen. Ich will diese Linguine in weißer Muschelsauce.«

»Und was ist mit dem Koch? Willst du den auch?«

Sabrina sah ihn unter Tränen an. »Du hast mein ganzes Leben auf den Kopf gestellt. Vor kurzem wusste ich noch, wer ich bin. Ich wusste, wohin ich wollte. Ich wusste, *was* ich wollte.« Sie fuhr sich mit der Hand durchs Haar. »Meine Güte, ich bin so durcheinander. Ein neues Leben, eine neue Herausforderung und ein Mann, der in mir Gefühle weckt, von denen ich nie geahnt habe, dass es sie überhaupt gibt.«

»Was für Gefühle wecke ich denn in dir?«

Sie schluckte. »Du willst es ganz genau wissen.«

»Da kannst du sicher sein.«

Sie konnte nicht dagegen ankämpfen. Der Kampf war von vornherein verloren. Sie konnte es leugnen bis in alle Ewigkeit, doch Dylan verdiente es zu wissen. »Ich liebe dich«, sagte sie. »Ich will unsere Liebe nicht Tag um Tag verschieben. Und wenn du jemals eine andere Frau ansiehst, dreh ich dir den Hals um.«

Dylan lächelte. »Danke für die Warnung. Aber das Risiko liegt bei Null. Es gibt keine andere Frau für mich.« Wieder sah er sie drängend an. »Heirate mich. Ich will Kinder mit dir. Ich will mein Leben mit dir verbringen.«

»Das will ich ja auch, Dylan.« Sabrina kämpfte um ihren nüchternen Verstand. »Aber im Moment sind so viele Dinge im Umbruch. Mein Leben verläuft in einem rasenden Tempo.«

Er strich ihr mit den Händen über die Schultern. »Ja, unsere Gefühle füreinander sind das einzige Unveränderliche in diesem ganzen Wirbel. Aber wir könnten es trotzdem schaffen … der Flug zwischen New York und Manchester dauert kaum mehr als eine Stunde. Telefon und E-Mail verbinden uns überall auf der Welt. Wir können an zwei Orten leben und trotzdem zusammen sein. Wir können es schaffen, wenn wir es nur fest genug wollen. Sag Ja.«

Sabrina strich ihm übers Kinn. »Du hast eine Art, mich glauben zu machen, dass alles möglich ist.«

»Und?«

»Meine Antwort ist Ja.«

»Na endlich.« Dylan strich mit den Lippen über ihre Handfläche. »Ich bin verrückt nach dir. Ich verliere den Verstand, wenn wir zusammen sind. Und das bedeutet wohl, dass ich ihn eines Tages ganz verliere.«

Sabrina lachte leise. »Und beschwerst du dich?«

»Keineswegs.«

Seine Lippen wanderten an ihrem Hals nach unten. »Ich kann nicht genug von dir kriegen.«

»Hmmm.« Wohlig schloss Sabrina die Augen. »Siehst du? Ich bin unwiderstehlich. Ich hab dich verhext.«

Er lachte. Sein warmer Atem streifte ihre Haut. »Das auf jeden Fall. Und du darfst es gern für den Rest unseres Lebens tun.« Er nahm ihr Kinn in seine Hand und küsste sie behutsam. »Bist du schon verhungert?«, murmelte er zwischen Küssen. »Oder können die Linguine noch ein bisschen warten?«

Sie warf ihm einen Blick zu, der die reinste Verführung war. »Welche Linguine?«

25

19.55 Uhr
Mt. Sinai Hospital

Carson wollte nicht einschlafen, obwohl er völlig erledigt war. Die Aufregung, der Druck und die vielen Aktivitäten des Tages hatten ihm zugesetzt. Aber es war ihm die Sache wert. Von heute an wusste alle Welt, dass Sabrina seine Tochter war, sodass er ihr einen Platz in seinem Leben sichern konnte.

Jede Minute musste Stan eintreffen. Er sollte ihm berichten, wie die Bekanntgabe bei den Mitarbeitern von Ruisseau angekommen war und ob Dylan und Sabrina es geschafft hatten, der Pressemeute zu entkommen.

Carson runzelte die Stirn. Es gab nur eine Sorge, die ihm momentan noch zu schaffen machte. Hatte er Sabrina, indem er ihre Identität enthüllte, einer Gefahr ausgesetzt? Würde der Attentäter herausfinden, dass er, Carson, die Formel seiner Tochter anvertraut hatte? Und würde er dann einen Anschlag auf Sabrina verüben?

Morgen musste er unbedingt Whitman und Barton von seinem Verdacht berichten. Wenn sie die Gefahr nicht erkannten und Sabrina keinen Polizeischutz stellten, würde er einen privaten Leibwächter für sie einstellen.

Aber nicht heute Nacht. Heute Nacht war Sabrina in guten Händen. Sie hatte den besten Leibwächter der Welt: Dylan. Und zwischen ihnen bahnte sich eine Beziehung an, die Carson seinen größten Wunsch erfüllte. Denn Dylan war wie ein Sohn für ihn, und Sabrina war eine so wundervolle Tochter, dass es das Größte für ihn wäre, wenn die beiden zusammenfänden …

Carson nickte ein.

Wieder hatte er diesen Traum. Durchlebte das Furchtbare noch einmal. In Zeitlupe. Er stand am Fenster. Hörte den Knall. Spürte den Schmerz. Roch diesen süßlichen Geruch. Sah die Farben, den Teppich. Hörte Dylans Stimme. Dann die Sanitäter. Das Blut … so viel Blut. Feucht und klebrig. Benommen. Das taube Gefühl in den Beinen. Er versuchte, Luft zu bekommen, und roch nur dieses Süßlich-Klebrige. Blut und Teppichreiniger. Aber noch etwas anderes. Etwas, das er eigentlich kennen sollte, das ihm aber nicht einfallen wollte. Immer, wenn er glaubte, den Finger darauf legen zu können, entzog es sich ihm.

Irgendwann wurde Carson bewusst, dass er nicht allein war.

Nicht im Traum. In der Wirklichkeit. Hier. Jetzt.

Carson zwang sich, die Augen zu öffnen. Dämmerung hatte sich im Krankenzimmer ausgebreitet, Schatten nisteten in den Winkeln. Da war jemand. Doch es war kein Arzt und auch keine Schwester.

War das Stan neben dem Infusionsständer, der gerade etwas zu ihm sagte?

Vielleicht, vielleicht auch nicht. Vielleicht gehörte es doch zu seinem Traum. Denn als Carson die Augen aufschlug, war Stan nicht mehr da.

Wieder übermannte ihn der Schlaf.

Und wieder träumte er.

»Carson?« Susans Stimme zerrte ihn gleichsam an die Oberfläche, und er zwang sich, die Augen aufzumachen. Susan betrachtete ihn mit bangen Blicken. »Geht es dir nicht gut?«

Carson fühlte ihre kühle Hand auf dem Gesicht. Erst jetzt merkte er, dass er in Schweiß gebadet war.

Der Traum. Jedes Mal tat er ihm das an.

Und dann fiel ihm noch etwas auf. Es war stockdunkel. Nicht im Zimmer, sondern draußen. Verdammt. Wie spät war es denn?

»Carson?«, fragte Susan wieder. Ihre Stimme klang alarmiert. Sie würde vor Sorge umkommen, wenn er keine Antwort gab. »Was ist? Geht es dir schlechter?«

»Nein, nein. Bin nur ein bisschen groggy. Wie spät ist es?«, fragte er mit krächzender Stimme.

»Halb elf.«

»Schon?« Plötzlich wurde Carson klar im Kopf und setzte sich kerzengerade auf. »Warum hast du mich so lange schlafen lassen?«

»Du warst völlig erschöpft.« Susan sah ihn immer noch voller Sorge an, doch als sie ihn klar und verständlich sprechen hörte, schien eine Last von ihr abzufallen. »Hier.« Sie goss ihm ein Glas Wasser ein. »Trink das.« Sie wartete, bis er getrunken hatte. »Du hast wieder diesen Albtraum gehabt«, sagte sie dann. »Diesmal war es schlimm. Du hast dich hin und her gewälzt und gemurmelt, dass du Blut riechst oder so. Und du hast nach Stan gefragt.«

Carson runzelte die Stirn, als die Erinnerung wiederkehrte. »Stan … war da?«

Susan nickte. »Er hat vorhin vorbeigeschaut, um dir von der Besprechung zu berichten. Aber du hast ihn nicht hören können. Dr. Radison hat ihm vorgeschlagen, dass er morgen früh wiederkommen soll.«

»Das Meeting. Verdammt.« Carson schlug die Bettdecke zurück und machte Anstalten aufzustehen. »Ich muss wissen …«

»Bleib liegen.« Susan hinderte ihn daran, aus dem Bett zu steigen. »Das Meeting ist großartig gelaufen. Ich kann dir eine kurze Zusammenfassung geben. Stan sagt, dass die Neuigkeit von der Belegschaft begeistert aufgenommen wurde und dass Sabrina alle Fragen wie ein Profi beantwortet hat. Nur zweimal wurde es schwierig für sie. Das erste Mal, als Claude wissen wollte, ob du Sabrina die Formel von *C'est Moi* gegeben hättest, und später, als eine Produktmanagerin fragte, ob Sabrina schon als potenzieller Nierenspender getestet worden wäre.«

Carson schürzte die Lippen. »Und?«

»Stan meint, Sabrina hat es großartig gemacht. Sie hat Claude den Wind aus den Segeln genommen, indem sie ihn an dich verwies – er solle sich mit Fragen über solche Entscheidungen an dich persönlich wenden. Und auf die andere Frage hat sie geantwortet, dass die Untersuchungen noch andauern und dass sie die Belegschaft unterrichtet, sobald sich etwas Entscheidendes ergibt oder wenn die ärztliche Prognose vorliegt, dass deine Nieren wieder von allein arbeiten. Und dann sagte sie noch, die Mitarbeiter sollten deine Privatsphäre respektieren und sich von den Reportern fern halten.«

»Kluges Mädchen.« Ein stolzes Lächeln erhellte Carsons Züge. »Sie hat offenbar nicht lange um den heißen Brei herumgeredet und nichts beschönigt, sondern nur knallharte Fakten mitgeteilt. Und was war dann?«

»Dann haben Whitman und Barton ihren Auftrag ausgeführt. Sabrina und Dylan sind anstandslos aus dem Gebäude herausgekommen und zum Streifenwagen gegangen. Dann hat man die beiden heil und sicher zu Dylans Wohnung gefahren.«

»Woher will Stan wissen, dass sie auch heil dort angekommen sind? Hat er Dylan noch mal angerufen?«

Susan seufzte und wappnete sich gegen Carsons drohenden Wutausbruch. »Das habe ich nicht direkt von Stan gehört. Detective Whitman hat mich angerufen und mir Bescheid gesagt.«

»Und du hast mich nicht geweckt?«, fauchte Carson. Er streckte bereits die Hand nach dem Telefon aus. »Wann hat Whitman angerufen?«

»Gegen halb neun. Sie hat gesagt, ich soll dich schlafen lassen.«

»Ja, das glaube ich. Sie wollte nicht, dass ich sie mit Fragen löchere. Na, da hat sie Pech gehabt.« Er wählte eine Nummer. »Ich ruf sie auf dem Handy an. Und sie sollte sich lieber melden, sonst … ja, Detective Whitman?«

Jeannie, die immer noch an ihrem Schreibtisch saß und mit Frank die letzte Aussage von Stan Hager durchging, mampfte gerade genüsslich eine Tüte Kartoffelchips. »Hi, Mr Brooks. Hab mich schon gefragt, was Sie so lange treiben.«

»Ich bin eben erst wach geworden. Nun erzählen Sie schon!«

»Es lief genau so, wie Sie es gewollt haben. Ihre Tochter und Mr Newport sind unversehrt, unbelästigt von Reportern und in einem Stück an seiner Wohnung abgeliefert worden.«

Carson verzog die Lippen zu einem grimmigen Grinsen. »Sind Sie sicher, dass die Reporter sie am Ende nicht doch erwischt haben?«

»Ganz sicher. Allerdings habe ich gehört, dass in Beacon Hill so einiges drunter und drüber geht und dass die Telefone bei CCTL nicht still stehen.«

»Mist. Woher wissen Sie das?«

»Wir haben Gloria Radcliffe angerufen. Sie hat es uns erzählt.«

»Ist Gloria zu Hause oder bei ihren Eltern?«

»Zu Hause. Ihre Eltern sind früh ins Bett gegangen. War ein schwerer Tag für alle, vermute ich.«

»Mist«, sagte Carson wieder. »Okay, ich kümmere mich darum. Eine Frage hätte ich noch: Was halten Sie davon, Sabrina Polizeischutz zu geben?«

»Das ist leider nicht machbar. Jedenfalls nicht so, wie Sie es gern hätten. Wir können die Polizeikräfte in der Nähe der Firma aufstocken. Wir können sogar dafür sorgen, dass Sabrina regelmäßig überwacht wird oder dass ein Streifenwagen nachts die Umgebung ihrer Wohnung abfährt. Aber eine Überwachung rund um die Uhr für eine Einzelperson? Unmöglich.«

»Dann stelle ich einen Leibwächter für sie ein.«

Falls Carson Protest erwartet hatte, hatte er sich verrechnet.

»Das kann ich Ihnen nicht verdenken. Sabrina ist schließlich Ihre Tochter. Es ist Ihre Aufgabe, sie zu beschützen – so wie es unsere Aufgabe ist, dafür zu sorgen, dass es nichts gibt, wovor sie beschützt werden muss.«

»Hab schon verstanden.« Carson war in Gedanken bereits mit der Lösung des Problems beschäftigt. »Ich kümmere mich um meinen Kram, Sie sich um Ihren.« Er hielt kurz inne. »Äh … Detective?«

»Ja?«

»Danke.«

Er legte auf und spähte dann zu seinem Nachttisch, wo eine Serviette mit einer darauf gekritzelten Telefonnummer lag. Carson schnappte sich die Serviette und tippte die Nummer ein.

»Wen rufst du an?«, fragte Susan, die am Fußende des Bettes saß.

»Gloria Radcliffe. Ich will mich vergewissern, dass bei ihr alles okay ist.«

Susan sah ihn verblüfft an. »Warum rufst du nicht Sabrina an? Ich bin sicher, sie hat bereits mit ihrer Mutter gesprochen.«

»Natürlich hat sie das.« Zum ersten Mal entspannte sich Carsons hartes Gesicht, und er warf Susan die Andeutung eines Lächelns zu. »Aber ich will Sabrina nicht stören. Nicht heute Nacht.«

»Du meinst, weil sie total erschöpft ist?«

»Nein. Ich glaube, sie hat etwas Besseres zu tun.«

»Ach so.« Susan hatte begriffen. »Du hoffst also, dass sie und Dylan ihre Verbindung besiegeln?«

»Das ist eine sehr feine Art, es auszudrücken. Aber es stimmt, genau das hoffe ich.« Er wandte seine Aufmerksamkeit wieder dem Telefon zu, denn nun meldete sich Glorias Anrufbeantworter.

»Hallo, Gloria, hier Carson«, sagte er. »Ich bin sicher, Sie versuchen sämtliche Anrufe auszublenden, aber wenn Sie da sind, gehen Sie doch bitte ran. Ich möchte hören …«

»Hallo, Carson«, unterbrach Gloria ihn mit einer Stimme, der man die völlige Erschöpfung anhörte. »Alles in Ordnung?«

»Deshalb rufe ich ja an«, erwiderte er. »Mir geht's gut. Unverändert. Susan ist da, hat mir etwas Anständiges zu essen reingeschmuggelt, und alles ist bestens.« Seine Hand krampfte sich um den Hörer. »Wie schlimm ist es?«

»Ungefähr so, wie ich erwartet habe. Meine Mutter hat eine Beruhigungstablette geschluckt, mein Vater zwei Martinis, und die Telefone haben dauernd geklingelt, hier und in Boston. Das einzig Gute ist, dass sie in den Wirtschaftsnachrichten ein besonders hübsches Foto mit einem meiner neueren Entwürfe zeigen. Aufs Geschäft wirkt es sich also positiv aus.«

Carson kicherte. »Sie sind doch eine starke Frau, das wissen Sie.«

»Irgendwer hat mir das schon mal gesagt.«

Er räusperte sich. »Ich habe versucht, Sabrina unter Druck zu setzen, damit sie die Sache mit der Transplantation vergisst. Es hat nicht funktioniert.«

»Das hätte ich Ihnen vorher sagen können.«

»Es tut mir Leid.«

»Es braucht Ihnen nicht Leid zu tun. Genau das hatte ich ja erwartet. Und wenn wir die Sorge um mein Kind … *unser* Kind … beiseite lassen, so freue ich mich, dass sie Ihnen helfen kann. Falls Sie ihre Hilfe dann noch brauchen.«

»Wann kommen Sie wieder her?«, fragte Carson.

»Wenn meine Eltern sich beruhigt haben. Vielleicht kommen sie dann sogar mit. Im Augenblick gehen ihnen sogar die eigenen Freunde auf die Nerven. Alle wollen wissen, was los ist. Selbst der Vorsitzende von ihrem verdammten Country Club hat sich gemeldet. Es ist, als sähe man eine alte Folge von *Peyton Place**. Und ich weiß wieder ganz genau, warum ich Beacon Hill damals verlassen habe.«

»Kann ich etwas für Sie tun?«

»Werden Sie schnell wieder gesund«, sagte Gloria schlicht. »Sabrina wird Sie brauchen, und nicht nur in der Firma. Ich kenne Dylan Newport ja immer noch nicht, aber das werde ich nachholen, sobald ich in New York eintreffe. Ich habe mir ein paar Gedanken über den Stand der Dinge gemacht, von dem Sie mir berichtet haben …«

---

* Peyton Place: Eine der ersten Soap Operas in den Sechzigerjahren, u.a. mit der jungen Mia Farrow und Ryan O'Neal

»Und?«

»Und Sie sind bestimmt auf der richtigen Fährte. Als Sabrina anrief, war sie – schwieriger Tag hin oder her – doch sehr erleichtert, dass Dylan bei ihr war. Sie hat es nicht gesagt, aber ihre Stimme hat sie verraten. Schon seit einer Woche fällt es mir auf. Sabrina ist nicht der sentimentale Typ. Jedenfalls war sie es bis jetzt nicht. Aber irgendetwas braut sich da zusammen. Und dieses Etwas heißt Dylan. Und ich wäre genauso froh wie Sie, wenn unsere Tochter sich von ihrem Herz leiten ließe und den traditionellen Weg einschlagen würde.«

»Den Weg durch ein Kirchenschiff zum Beispiel?«

»Genau. Und wenn es so weit ist, wer muss dann wieder kräftig genug sein, um sie zum Altar zu geleiten?« Gloria machte den Eindruck, als liege ihr nur noch daran, dass Sabrina den Schlüssel zu ihrem Glück fand. »Wie gesagt, sie wird Sie brauchen. Also erholen Sie sich rasch.«

»Darauf können Sie Gift nehmen«, versicherte Carson. »Und falls es in nächsten Tagen hoch hergehen sollte, trösten *Sie* sich damit, dass wir in nicht allzu ferner Zukunft ein paar erstaunliche Enkel haben werden. Und da wir gerade von Verwandtschaft sprechen – sollen wir uns nicht endlich duzen?«

Leises Kichern war die Antwort. »Ich tröste mich mit der Aussicht auf Enkel und nehme das Angebot an.«

»Melde dich bald.«

»Mach ich.«

Carson legte auf. Finster starrte er auf das Telefon und wünschte, er wäre endlich aus diesem verdammten Krankenhaus heraus und könnte die Dinge vorantreiben – sowohl die Ermittlungen der Polizei als auch Dylans Werben um Sabrina. Er konnte es nicht ertragen, tatenlos zuzusehen und den Dingen ihren Lauf zu lassen. In ohnmächtiger Wut ballte er die Fäuste.

»Hey, Carson.« Susan löste eine seiner Fäuste und legte die Hände darum. »Es wird sich schon alles fügen. Wirst sehen.«

»Ja, sicher«, erwiderte Carson mit finsterem Blick. »Aber es würde sich sehr viel schneller fügen, wenn ich der Showmaster wäre.«

»Der wirst du auch wieder sein. Dieses Martyrium ist schneller ausgestanden, als du denkst, und dann kannst du wieder die Zügel übernehmen.«

»Das reicht mir aber nicht.« Sein Blick wurde immer finsterer. »Die Zeit arbeitet gegen uns. Ich hab ein schlechtes Gefühl. Ich weiß nicht, was es bedeutet, aber es gefällt mir ganz und gar nicht.«

23.35 Uhr
Yonkers, New York

Die Häuser mit den weitläufigen Gärten lagen an der Grenze von Yonkers und Tuckahoe, einer der schönsten Wohngegenden von Westchester County. Die meisten Häuser waren Backsteinbauten – modern, aber heimelig. Jedes Haus war ein Stück von der Straße zurückgesetzt und wurde durch eine Reihe dicht stehender Kiefern abgeschirmt. Die Wohnungen waren nicht übermäßig teuer, aber geschmackvoll ausgestattet, und die Mieter hatten Zugang zu einem Swimmingpool und einem kleinen Tennisplatz. Hier lebten hauptsächlich Dreißig- bis Vierzigjährige – Aufsteiger mit ausreichenden finanziellen Mitteln. Viele pendelten täglich nach Manhattan und nahmen den Zug für die kurze Strecke zwischen Metro North und Grand Central Station.

Für eine allein stehende, beruflich erfolgreiche Frau wie Karen Shepard, die den größten Teil ihrer Zeit auf der Arbeit verbrachte, war es der ideale Wohnort, denn Karen lag vor allem daran, nicht aufzufallen, und in ihrer Nachbarschaft kamen die Leute spät und von der Arbeit erschöpft nach Hause und waren ohnehin zu sehr mit sich selbst beschäftigt, als dass sie groß darauf geachtet hätten, was ihre Mitmenschen taten. Deshalb konnte Stan unbeobachtet zwei- oder dreimal in der Woche bei Karen vorbeischauen und die Nacht bei ihr verbringen, wie er es schon während der Zeit seiner beiden Ehen getan hatte.

Dieses Arrangement passte beiden großartig.

Doch als Stan an diesem Abend auf den Parkplatz einbog, fühlte er sich alles andere als großartig.

Er sprang aus dem Wagen und eilte zu der großen gläsernen Doppeltür von Karens Apartmentgebäude. Ungeduldig drückte er die Klingel und schritt wartend vor der Tür auf und ab.

Der Summer ertönte.

Er riss die Tür auf, stürmte durch die Halle und die Treppe hinauf.

Karen erwartete ihn bereits. Stan hatte am frühen Abend angerufen und sein Kommen angekündigt; weil er so unruhig war, hatte er noch einmal vom Wagen aus angerufen. Eigentlich waren sie für diesen Abend gar nicht verabredet, doch nach der Vernehmung war Stan so fertig gewesen, dass er sein Mittagessen erbrochen hatte. Er musste Karen einfach sehen. Und nicht zum Vergnügen – es war eine Frage des Überlebens.

Karen machte die Tür auf, als sie Stans Schritte auf der Treppe hörte, und trat beiseite, um ihn hereinzulassen. Völlig überdreht stürmte er an ihr vorbei. Doch selbst in seinem aufgewühlten Zustand war sein Verlangen nach ihr noch lebendig – das gleiche Verlangen, das sie vom Augenblick des Kennenlernens aneinander gefesselt hatte.

Sie sah wie immer glänzend aus. Das honigbraune Haar trug sie offen; seidig lockte es sich um ihre Schultern. Sie trug ein schlichtes Kleid mit feinem Chinadruckmuster und um die zierliche Taille einen Gürtel. Sie wirkte beinahe unschuldig, ganz und gar nicht wie die leidenschaftliche Frau, die im Bett fast unersättlich war. Karen war jetzt einundvierzig und seit fast zwei Jahrzehnten Stans Geliebte.

»Worum geht es?«, fragte sie und schob eine Haarsträhne hinters Ohr. »Am Telefon hast du dich schrecklich angehört.« Sie maß ihn mit prüfendem Blick; dann ging sie zu ihrem Sideboard. »Du siehst schlecht aus. Ich mach dir einen Drink. Setz dich und erzähl mir, was los ist.«

»Setzen? Vergiss es. Ich kann ja kaum still stehen. Aber den Drink nehme ich gern … oder gleich mehrere.«

Karen schenkte ihm einen kleinen Bourbon ein und reichte ihm das Glas. »Einer genügt vollauf. Es sei denn, du bleibst hier. Ich will nicht, dass du betrunken Auto fährst. Kannst du bleiben?«

Stan stürzte den Drink hinunter. »Habe ich zu dieser Einladung jemals Nein gesagt?«

»Niemals«, stimmte sie zu. »Zumindest bis jetzt nicht. Aber heute … heute stimmt etwas nicht.«

»Da hast du Recht.« Er stellte sein Glas hin und rieb sich die Stirn.

Karen schaute ihn an. Sie sorgte sich mehr um seinen Zustand als um dessen Ursache. »Stan.« Sie ging zu ihm, lockerte seine Krawatte und knöpfte sein Hemd auf. »Was immer dich so sehr aus der Fassung gebracht hat, beruhig dich erst mal.«

Stan gab einen erstickten Laut von sich und klammerte sich an Karen wie ein Ertrinkender. »Ich weiß nicht, ob ich mich beruhigen kann. Ich komme mir vor wie in die Enge getrieben.«

Sie küsste ihn auf den Hals und schmiegte sich an ihn, bis sein Körper ihr antwortete und sie seine Erektion fühlte. »Außerdem fühlst du dich verdammt gut an. Was immer dir zu schaffen macht, ich werde dafür sorgen, dass du es eine Zeit lang vergisst.«

Sie kannte seine Antwort schon. Sie würde wie immer ausfallen. Wenn sie einander berührten, war keiner von ihnen fähig, damit aufzuhören.

Stan löste bereits ihren Gürtel und schob sie dabei aufs Schlafzimmer zu. Er streifte das Kleid von ihren Schultern und zog sich selbst rasch aus, während Karen sich auf dem Bett ausstreckte und auf ihn wartete.

Er nahm sie so hart, dass man es fast gewaltsam nennen konnte. Danach rollte er von ihr herunter, legte einen Arm über die Augen und blieb keuchend liegen.

»Tut mir Leid«, sagte er atemlos. »Ich wollte nicht so grob sein.«

»Du musst dich nicht entschuldigen.« Karen, die auch erst zu Atem kommen musste, stützte sich auf den Ellbogen. »Du bist ein unglaublicher Liebhaber, das weißt du doch. Und du warst auch nicht grob, du warst verzweifelt.«

»Verzweifelt. Das trifft es genau.«

»Geht es um Carsons Bekanntmachung? Ich hab's im Fernsehen gesehen. Aber ich kann mir nicht vorstellen, dass es eine Überraschung für dich war. Du musst doch gewusst haben, dass Sabrina Radcliffe Carsons Tochter ist.«

»Ja, das habe ich gewusst!«, bestätigte er zornig.

»Warum bist du dann so wütend? Ist es wegen der Medien? Haben sie dich schon im Visier?«

»Nein, Karen. Ich bin denen doch völlig egal. Sie sind nur an Sabrina interessiert.«

Karen zuckte die Achseln. »Was ist dann das Problem?«

Stan nahm den Arm von den Augen und drehte ihr den Kopf zu. »Das Problem ist ... die Presse findet mich vielleicht nicht so faszinierend, die Cops aber schon.«

Karen sah ihn stirnrunzelnd an. »Mehr als vorher?«

»Ja. Barton und Whitman sind mir heute auf die Pelle gerückt und ... Mann, da war aber nichts mehr mit Samthandschuhen!«

»Die Detectives sind extra zu Ruisseau gekommen, um mit dir zu sprechen?«

»Nein. Offenbar hat Carson sie gebeten, zu der Bekanntmachung zu kommen und dafür zu sorgen, dass die Reporter Sabrina in Ruhe lassen. Auch um sie vor einem möglichen Anschlag zu schützen.« Er stieß den angehaltenen Atem aus. »Jedenfalls sind sie bereits eine Stunde vor dem Meeting eingetroffen. Erst haben sie Roland Ferguson, der ohnehin schon Blut und Wasser schwitzt, einen Überraschungsbesuch abgestattet. Roland hat sich selber ein Bein gestellt, indem er vorgab, nichts über mein Privatleben zu wissen. Und da er unbedingt vermeiden wollte, über dich zu sprechen, hat er ihnen alles andere verraten.«

»Was denn?«

»Zum Beispiel, dass ich ein Workaholic bin. Und dass Carson die Firmenhierarchie unterläuft, indem er Sabrina unmittelbar sich selbst unterstellt, ohne dass sie den vorgeschriebenen Weg über mich nehmen muss, den Betriebsleiter. Und dass ich so an meinem Beruf hänge, dass ich mir keine andere Freizeitaktivität gönne als das Zielschießen zweimal die Woche.«

Karen hörte nachdenklich zu. »Okay, na und?«, sagte sie dann. »Das sind doch keine Geheimnisse. Jeder weiß, dass du arbeitswütig bist. Und Carsons Entscheidung, dass Sabrina ihm direkt verantwortlich sein soll, ist *so* ungewöhnlich nun auch wieder nicht. Und was deine Schießkünste betrifft, die sind allgemein bekannt. Carson weiß doch, dass du immer zum Schießstand in Yonkers fährst. Also kann Roland gar nicht so viel Schaden angerichtet haben. Ich weiß, du machst dir Sorgen, dass er unter dem Druck zusammenbrechen könnte. Warum gibst du ihm nicht einfach ’ne Schachtel Valium und schickst ihn in Urlaub? Der Polizei ist es doch gleichgültig, ob er New York verlässt. Schließlich hat er für den Montagabend ein Alibi.«

»Er schon, ich aber nicht«, erwiderte Stan. »Mein Alibi kann ich nicht vorlegen, ohne mich selbst zu belasten. Und was die Geheimnisse angeht – Barton und Whitman wussten lediglich, dass ich Workaholic bin. Dass Carson mich in der Führungshierarchie übergehen wollte und dass ich ein Meisterschütze bin, war ihnen nicht bekannt. Für sie sieht es so aus, als würde Carson mir nicht trauen und als hätte ich meine Schießkünste aus irgendeinem finsteren Grund verheimlicht. Jedenfalls kamen sie in mein Büro marschiert und haben mich dort eine Dreiviertelstunde lang durch die Mangel gedreht.« Ein Muskel an seiner Wange zuckte nervös. »Sie kamen auf Russ Clark zu sprechen und fragten mich, ob er unsaubere Geschäfte bei Ruisseau aufgedeckt haben könnte und ob das vielleicht das Motiv für seine Ermordung sei.«

»Mein Gott!«

»Genau das habe ich auch gedacht. Aber das ist noch nicht alles. Du errätst nicht, welcher Name während des Verhörs noch gefallen ist.«

»Welcher?«

Stans Blick war ebenso düster wie bohrend. »Etienne Pruet.«

Karen erstarrte. »Etienne? Aber warum?«

»Weil sie erfahren haben, dass er sich Sorgen um die Anteile machte, die *C'est Moi* aller Voraussicht nach auf dem europäischen Markt erobern würde. Etienne sah seine Verkaufszahlen bereits sinken. Und seine Sorge ist gerechtfertigt. Sex verkauft sich nun mal am besten. Wir alle wissen das.«

»Okay.« Karen setzte sich auf, schlang das Laken um sich und lehnte sich gegen das Kopfbrett. Sie musste ruhig bleiben, alle Konsequenzen nüchtern durchdenken. »Sie wissen also, dass Etienne sich Sorgen machte, welche Umsatzeinbrüche er durch *C'est Moi* erleiden könnte. Sie suchen verzweifelt nach einem Motiv, und Etienne hat eins. Aber zum Zeitpunkt des Anschlags war er in Paris. Er kann es also gar nicht getan haben.«

»Stimmt. Doch wie der Zufall es will, hält er sich derzeit in New York auf und ist bereit, der Polizei jegliche Unterstützung zukommen zu lassen. Whitman und Barton werden Etienne morgen in seiner New Yorker Niederlassung aufsuchen. Und sie wollen auch seine Angestellten verhören.«

»*Alle* Angestellten?«, fragte Karen mit zittriger Stimme. »Warum?«

»Weil sie hier waren, als auf Carson geschossen wurde, auch wenn ihr Oberboss sich zu dem Zeitpunkt in Paris befand. Die Detectives werden nachbohren, ob einer von ihnen der Täter sein könnte. Und es könnte *jeder* von ihnen sein.«

»Ich hab dich schon verstanden.« Nervös benetzte Karen ihre Lippen mit der Zungenspitze. »Ich weiß, dass du mich warnen willst. Ich verstehe nur nicht, warum die Detectives mit dir über das alles gesprochen haben.«

»Weil Pruet und Ruisseau Marktführer in der Parfümbranche sind. Niemand weiß besser als du, dass wir die größten Konkurrenten sind und dass die hohen Tiere eines erfolgreichen Unternehmens die hohen Tiere der Konkurrenz genauestens im Auge behalten. Schließlich will man informiert sein, wer gerade am Ruder ist, wer auf der Überholspur ist und wer von Hunger nach Macht und höheren Posten getrieben wird.«

»Stimmt. Die Detectives haben dich also über Etiennes Mitarbeiter ausgefragt. Über wen speziell?«

»Über alle. Sie haben die Liste der New Yorker Angestellten vorliegen gehabt und mich über jeden Einzelnen ausgequetscht.«

Karen wurde blass. »Auch über mich?«

»Aber ja.«

»Und was hast du gesagt?«

»Was glaubst du denn? ›He, Detectives, wo Sie gerade fragen, ich hab seit zwanzig Jahren eine heiße Affäre mit der rechten Hand vom Leiter der New Yorker Pruet-Filiale?‹« Stan schnaubte wütend. »Ich hab gelogen, dass sich die Balken bogen. Ich hab denen erzählt, ich hätte dich ein paar Mal beruflich getroffen, auf Meetings und Konferenzen. Vom Hörensagen wüsste ich, dass du clever und ehrgeizig bist und dass du regelmäßig nach Paris fährst, weil du fließend Französisch sprichst. Punkt.«

Ein feiner Schweißfilm hatte sich auf Karens Stirn gebildet. »Vielleicht war das ein Fehler. Vielleicht hättest du ihnen sagen sollen, dass wir was miteinander haben. Schließlich geht es niemanden etwas an, mit wem du schläfst.«

»Ach, hör doch auf, Karen!« Stan schlug die Decke zurück und stand auf, wanderte nackt im Zimmer auf und ab. »Wir wissen beide, dass das nicht stimmt. Es geht alle etwas an. Weil es nicht bloß eine vorübergehende Affäre ist, sondern weil es von Anfang an eine Art Geschäftsbeziehung war, die uns beiden Vorteile bringt. Okay, es hat auch seine Vorzüge. Was mich betrifft, ich bin verrückt nach dir. Und du bist heiß auf mein Geld und meine Fähigkeiten als Liebhaber.«

Karen beugte sich vor, verschränkte die Arme vor der Brust und starrte ihn an, bis er den Blick abwandte. »Das ist unfair. Ich liebe dich seit zwanzig Jahren. Es stimmt, ich mag schöne Kleider und teure Geschenke. Und es stimmt auch, dass ich wahnsinnig gern mit dir ins Bett gehe. Aber Geld und Sex sind nicht die einzigen Gründe, warum ich mit dir zusammen bin. Ist es bei dir anders? Bist du nur deshalb mit mir zusammen, weil du von mir die neuesten Marketingupdates und Verkaufsstrategien der Konkurrenz bekommst?«

»Nein, natürlich nicht. Ich liebe dich auch. Deinetwegen habe ich zwei Ehefrauen abserviert. Aber was die anderen Dinge angeht … Ich glaube, der korrekte Ausdruck für das, was du mir eben beschrieben hast, lautet Industriespionage.«

»Das ist aber ein hässliches Wort. Und es trifft in unserem Fall nicht einmal zu. Du hast doch nie eine meiner Informationen zum Schaden von Etienne benutzt.«

»Du weißt doch, wozu ich diese Informationen brauchte. Um an der Spitze zu bleiben. Ich wollte der beste Betriebsleiter der Branche sein.« Er hielt inne, starrte verbittert vor sich hin. »Ich musste Carsons Erwartungen erfüllen.« Er rieb sich den Nacken. »Es ist furchtbar, dass Russ sterben musste. Aber wenn er wirklich etwas gegen mich in der Hand hatte, passt es mir verdammt gut, dass er damit nicht mehr zu Carson gehen konnte. Denn wenn Carson auch nur eine Ahnung davon hätte, was ich all die Jahre getan habe, würde er mich mit einem Arschtritt vor die Tür setzen.«

»Er wird es nie herausfinden.«

»Freut mich, dass du dir so sicher bist. Ich bin es nämlich nicht. Die Detectives schnüffeln um mich herum wie Bluthunde. Ferguson hat uns zusammen gesehen und könnte alles ausplaudern, Bonuszulage hin oder her. Und der Mord an Russ Clark riecht nach einer firmeninternen Vendetta. Und zu allem Überfluss hat auch noch Sabrina etwas gemerkt.«

Karen sah ihn erschrocken an. »Sabrina Radcliffe? Du meinst, sie weiß über uns Bescheid?«

»Nein, aber sie ahnt etwas. Ich weiß nur nicht genau, was. Und sie schläft mit Dylan Newport. Wer weiß, was sie ihm erzählt und umgekehrt. Die ganze Geschichte gerät außer Kontrolle. Ich muss dem ein Ende machen.«

»Und wie willst du das anstellen?«

»Indem ich mich selbst darum kümmere. Ich habe bereits einiges in Bewegung gesetzt. Wenn alles nach Plan läuft, könnten wir am Ende Glück haben. Sei morgen auf der Hut vor den Detectives. Erzähl ihnen genau dasselbe wie ich. Sag ihnen, dass wir einander kaum kennen.«

»Was ist mit meinem Alibi für den Mordabend?«

»Sag ihnen, du wärst im Kino gewesen – allein. Informiere dich, welcher Film an dem Abend gelaufen ist, falls sie danach fragen. Bleib cool. Sie haben keinen Grund, dich zu verdächtigen. Es sei denn, du lieferst ihnen einen.«

»Keine Sorge«, versicherte Karen. »Werde ich schon nicht.«

»Gut.« Stan ging zum Fenster und starrte in den Nachthimmel. »Wenn wir diese Sache überleben, können wir vielleicht unseren Hals retten.«

26

23.55 Uhr
76. Straße West, Nr. 341

Die Flammen im Kamin brannten ruhig und warfen einen warmen, orange glühenden Schein ins Wohnzimmer. Das gedämpfte Licht und ein gelegentliches Knistern schufen eine romantische Atmosphäre für die beiden Menschen im Raum, die sich unter warmen Decken auf dem Teppich ausstreckten und ein vorzügliches Dinner zu sich nahmen.

»Hmmm.« Mit einem Seufzer verschlang Sabrina einen weiteren Bissen Linguine in weißer Muschelsauce. »Carson hatte Unrecht. Die sind vorzüglich. Gut genug für jeden Restaurantführer.«

Dylan lachte, hob das Glas mit dem Sauvignon Blanc an

Sabrinas Lippen und hielt es, während sie davon nippte. »Es liegt am Wein. Er steigert die Empfindlichkeit der Geschmacksnerven.«

Nachdrücklich schüttelte sie den Kopf. »Wenn heute Nacht etwas meine Sinne erregt, dann du. Du bist ein erstaunlicher Anwalt, Liebhaber *und* Koch. Ich bin zutiefst beeindruckt.« Sie zwinkerte ihm zu. »Hast du eigentlich vor, alle unsere Mahlzeiten nackt zu kochen?«

»Hängt davon ab. Hast du vor, sie immer nackt zu essen?«

Sabrina musste lachen. »Aber einen Irrtum muss ich noch berichtigen«, sagte sie dann. »Carson hat gesagt, du könntest mir etwas Besseres anbieten als ein Nachtlager auf dem Teppich.«

»Auf dem Sofa waren wir ja auch«, erinnerte Dylan sie. »Später können wir noch das Bett und den Whirlpool und den tollen Schaukelstuhl ausprobieren, von dem ich dir erzählt habe. Bin eben ein einfallsreicher Typ.«

»Du hast eine Energie«, stöhnte Sabrina. »Ich weiß nicht, ob ich auch nur die Hälfte davon besitze.«

»Ich kann dir ja wieder Kraft geben.« Zärtlich strichen seine Finger an ihrer Wirbelsäule empor.

Sabrina schloss die Augen und genoss das wohlige Gefühl. »Dylan, wir müssen jetzt wirklich schlafen gehen. Morgen ist mein erster Tag als Geschäftsführerin von Ruisseau. Was würde die Belegschaft sagen, wenn man mich beim Dösen hinter dem Schreibtisch erwischt? Ich glaube kaum, dass sie mir dann noch den nötigen Respekt entgegenbringen.«

»Du hast die Mitarbeiter doch längst im Sack.« Seine Lippen liebkosten ihre Schulter. »Du hast sie heute schwer beeindruckt.«

Diese Bemerkung erinnerte Sabrina an etwas, das sie Dylan besser mitteilen sollte, obwohl sie nicht sicher war, wie er es aufnehmen würde. »Wo wir gerade von den Mitarbeitern reden … obwohl wir diskret waren, weiß offensichtlich jeder in der Firma über uns Bescheid. Stan hat jedenfalls so etwas gesagt.«

»Natürlich wissen sie ’s.« Dylan zuckte gleichmütig die Achseln. »Ist ja auch kaum zu übersehen, wie ich dich mit Blicken ausziehe. Ich wüsste aber keinen Grund, warum die Leute uns nicht alles Gute wünschen sollten.« Er hob ihr Kinn und küsste sie zärtlich auf den Mund. »Ein Wunsch, dem ich mich nur anschließen kann.«

»Ich auch.« Sabrina seufzte zufrieden. »Ich muss zugeben, das war ein wundervoller Abschluss für einen turbulenten Tag.«

»Der Tag ist noch nicht zu Ende«, mahnte Dylan.

»Ach ja, ich vergaß. Der Whirlpool, der Schaukelstuhl, das Bett …«

»Das auch.« Dylan schenkte ihr eines seiner unwiderstehlichen Lächeln. »Aber wir müssen auch Pläne machen. Zum Beispiel, wann ich endlich deine Mutter kennen lerne. Und wann wollen wir es Carson sagen? Und das Wichtigste: Wann werde ich endlich einen Ehering auf deinen wunderschönen Ringfinger stecken können?«

»Ehering?« Sabrina zog eine Braue hoch. »Einen Moment, Freundchen. Bilde dir ja nicht ein, dass du um den Verlobungsring herumkommst. Jetzt, wo ich mich verliebt habe und heiraten werde, will ich keinen der traditionellen Schritte überspringen.«

»Wirst du auch nicht. Ich bin mein Leben lang Rebell gewesen, aber in diesem Fall denke ich anders. Dieses Mal will ich jedes traditionelle, sentimentale Ritual auskosten, das dazugehört.« Er fuhr ihr mit den Fingern durchs Haar. »Muss ich dich daran erinnern, dass Tiffany vor Ruisseaus Haustür liegt? Wenn du einverstanden bist, gehen wir morgen Mittag hin und suchen zusammen einen Verlobungsring und zwei passende Eheringe aus. Dann knie ich mitten auf der Fifth Avenue vor dir nieder und mache dir einen Heiratsantrag. Na, wie hört sich das an?«

Sabrinas Lippen zuckten belustigt. »Das mit den Ringen ist perfekt. Aber die Sache mit dem Niederknien würde ich lieber in den Central Park oder in eine Nebenstraße der Fifth Avenue verlegen. New Yorker Autofahrer sind vielleicht nicht so romantisch wie du. Sie würden dich ummähen wie einen Grashalm.«

»Da hast du allerdings Recht. Okay, dann machen wir's eben auf dem Bürgersteig oder im Park. Hängt davon ab, wie lange ich's aushalten kann.«

»Du kannst es nie lange aushalten.«

»Das stimmt nicht. Es ist jetzt …«, er warf einen Blick auf die Wanduhr, »zweiundfünfzig Minuten her, seit ich Liebe mit dir gemacht habe. Das zeigt doch wohl, wie lange ich es aushalten kann.«

»Ich nehme alles zurück.« Lächelnd schmiegte Sabrina sich enger an Dylan. »Ich sag dir was. Wir konzentrieren uns auf den wichtigen Teil unserer Pläne. Die Speisenfolge kann warten.«

»Gut. Denn ich mag nicht mehr warten. Also rede, aber schnell.« Seine Hand erforschte bereits ihren Körper, schloss sich um ihre Brust, und sein Daumen rieb zärtlich über die schwellende Knospe.

»Du warst derjenige, der darauf bestand, Pläne zu machen«, sagte Sabrina schwer atmend, drängte sich näher an ihn und genoss seine Berührungen.

»Ja, als ich noch denken konnte. Jetzt kann ich es nicht mehr. Die Lust hat mir den Verstand ausgeknipst. Wie gesagt, red schnell.«

Sabrina lachte leise. »Jawohl, Sir. Du hast gefragt, wann du meine Mutter kennen lernst. Auch sie will dich endlich kennen lernen. Ich höre es an ihrer Stimme, wenn wir telefonieren – sie hat alle Mühe, dich nicht zu erwähnen. Also sollten wir so schnell wie möglich ein Treffen arrangieren. Carson können wir es morgen sagen. Wahrscheinlich wird er noch im Krankenhaus eine Verlobungsparty geben. War das jetzt schnell genug?«

»Nein, war es nicht. Komm schon her.« Dylan griff um ihre Taille, setzte sie rittlings auf sich und ließ sie langsam auf sich herunter.

»Dylan?« Sabrina stemmte ihre Hände auf seine Brust.

Er bemerkte ihren ernsten Tonfall und hielt inne.

»Du hast über die Hochzeit gesprochen. Ich möchte dich so bald wie möglich heiraten, aber wir müssen realistisch sein. Wenn Carson meine Niere braucht, wird es noch ein paar Monate dauern, bis er wieder ganz gesund ist. Bis dahin müssen wir warten.«

»Ist doch klar.« Dylan sagte es mit Nachdruck und schaute ihr tief in die Augen. »Außerdem ist ja nicht nur Carson von der Operation betroffen, sondern auch du, die Spenderin. Auch du wirst Zeit zur Erholung brauchen.«

»Ich weiß.«

»Siehst du? Ich will, dass alles in Ordnung ist, wenn wir vor den Altar treten.« Dylans Hände glitten zu Sabrinas Hüften. Aufreizend langsam kreisten seine Daumen über ihre Haut. »Siehst du? Ich bin dir bei der Planung sogar voraus. Wir werden heiraten. Bald. In einem Monat wissen wir, ob Carson deine Niere braucht. Wenn das der Fall ist, warten wir, solange es nötig ist. Danach haben wir noch ein ganzes Leben lang Zeit. Reicht das für heute Nacht an Planung?«

Sabrina nickte. »Völlig.«

»Bist du sicher?«, neckte er. »Gibt es sonst nichts mehr zu besprechen?« Er ließ sie ein winziges Stück hinab, glitt ein wenig tiefer in sie hinein. »Zum Beispiel die Blumen?« Noch ein Stück, und noch hielt er sich im Zaum. »Oder das Essen?« Noch ein kleines Stück. »Die Einladungen?« Er bog die Hüften nach oben. »Die Gästeliste?«, keuchte er. »Die …«

»Nein«, stieß Sabrina hervor, packte seine Hände und nahm sie von ihren Hüften, damit er sie nicht länger festhielt. Dann sank sie vollends auf ihn nieder und zwang ihn ganz in sich hinein. »Ich will … über gar nichts mehr reden …« Sie hob sich, sank dann wieder hinunter. »Ich will nur das hier …«

Dylan stöhnte heiser und hob die Hüften, um so tief wie möglich in ihr zu bleiben. »Meine Güte … ich auch …«

»Gut«, stieß Sabrina hervor, als ihr Körper die Führung übernahmen. »Denn wenn ich es nicht kriege … wirst du gefeuert …«

Dienstag, 20. September, 3.05 Uhr

In tiefster Nacht machte er sich auf den Weg zu Dylans Haus. Als er davorstand, sicherte er nach allen Seiten.

Kein Mensch zu sehen.

Sie waren da drin. Das wusste er.

Prüfend betrachtete er die vergitterten Fenster im Erdgeschoss, die das Haus vor Einbrechern schützen sollten. Was für ein Witz! Zwischen diesen Stäben war mehr als genug Platz für das, was er vorhatte. Er wählte das Fenster, das der Haustür am nächsten lag. Auf diese Weise wäre der Fluchtweg versperrt.

Im Augenblick waren sie vermutlich oben im Schlafzimmer, lagen in seligem Schlummer. Tja, Leute, dachte er, wenn ihr wüsstet, was auf euch zukommt. Zeit zum Aufwachen. Zeit zum Sterben.

Eben wollte er in seinen Rucksack greifen, als er ein Auto hörte. Wie der Blitz fuhr er herum. Mist! Die Cops waren auf Streife.

Betont langsam schlenderte er davon – ein junger Mann mit einem Rucksack, der die 76. Straße entlangtrottete.

Dann duckte er sich in eine Seitengasse und hielt den Atem an.

Der Streifenwagen fuhr vorbei, ohne dass einer der Cops in seine Richtung schaute.

Hab ich euch reingelegt, ihr Penner, dachte er selbstgefällig.

Dann machte er kehrt, um seinen Auftrag zu erledigen.

3.08 Uhr

Dylan schreckte aus dem Schlaf.

Er wusste nicht genau, was ihn geweckt hatte, doch sein Instinkt, in langen, gefahrvollen Jahren auf der Straße erworben, sagte ihm, dass etwas nicht stimmte.

Er sah sich im dunklen Wohnzimmer um. Sabrina lag neben ihm auf dem Teppich. Er hörte ihre gleichmäßigen Atemzüge. Im Haus war es ruhig. Alles schien in Ordnung zu sein.

Warum zweifelte er daran?

Er stand auf, ging unruhig in der Wohnung umher, überprüfte Türen und Fenster und schaute nach, ob die Alarmanlage eingeschaltet war.

Alles in Ordnung.

Dylan ging zurück ins Wohnzimmer und legte sich wieder neben Sabrina, nahm sie in die Arme und zog sie zu sich heran. Sie murmelte etwas Unverständliches und schmiegte sich an ihn. Offenbar waren ihre Sinne nicht alarmiert worden.

Na schön, sagte er sich, dann ist es eben deine Einbildungskraft, die Überstunden macht.

Dylan schloss die Augen und fiel wieder in einen leichten Schlummer.

3.50 Uhr

Jetzt war niemand mehr in der Nähe.

Kein Streifenwagen, keine Nachtschwärmer. Nichts. Volle zehn Minuten blieb er reglos stehen, um ganz sicher zu sein. Aber die Gegend war menschenleer. Und da die Cops eben erst durchgefahren waren, würde es eine Zeit lang dauern, bis sie wieder auftauchten.

Er hatte genug Zeit, um sein Vorhaben auszuführen.

Aber er wollte keine Sekunde mehr verschwenden.

Er holte die beiden Whiskyflaschen aus dem Rucksack, schraubte die Verschlusskappen ab und tränkte zwei Stofflumpen mit dem Benzin, das er in die Flaschen gefüllt hatte. Zum Schluss stopfte er die Lappen in die Flaschenhälse.

Okay, dachte er. Es kann losgehen.

Noch ein rascher Blick in die Runde. Alles ruhig.

Er wühlte im Rucksack und holte ein Feuerzeug und ein kurzes Stück Stahlrohr hervor. Ihm blieb nur ein Versuch, und den wollte er nicht vermasseln. Zu viel stand auf dem Spiel.

Mit einer einzigen raschen Bewegung entzündete er die Lumpen und schlug mit dem Rohr das Fenster ein. Er schleuderte die Flaschen in die Wohnung, erst die eine, dann die andere, und zielte auf eine Wand, damit der Aufprall so hart wie möglich war.

Er hörte Glas splittern und sah vor der Wand die Flammen auflodern.

Als das Feuer sich ausbreitete, die Flammen am Teppich nagten und die Vorhänge emporzüngelten, war er längst verschwunden.

Dylan fuhr in dem Moment aus dem Schlaf, als das Fenster splitterte und der Alarm anschlug. Er sprang auf. Im gleichen Augenblick hörte er den Aufprall der Flaschen und das Dröhnen der Explosion.

Als der Rauchmelder zu schrillen begann, fuhr er bereits in seine Hosen.

Er roch Benzin, sah den unheimlichen Feuerschein an der Wand. Und er wusste nur zu gut, was das bedeutete.

»Sabrina!«, rief er, doch sie war bereits wach und saß schlaftrunken und verwirrt auf dem Nachtlager.

»Dylan?« Sie blinzelte, strich sich das Haar aus der Stirn. »Was ist?«

»Die Wohnung brennt.« Dylan ergriff sein Hemd und warf es Sabrina zu. »Zieh das über! Beeil dich! Wir müssen hier raus!«

»O Gott!« Schlagartig war sie hellwach. Sie konnte das Feuer riechen, die Flammen und das Benzin. Und die Hitze wurde immer schlimmer.

Hastig streifte sie das Hemd über.

»Wickel dich in die Decke!«, befahl Dylan und half ihr dabei; dann legte er sich selbst eine andere Decke um. »Der Hof endet an einer Mauer. Der Schlüssel zur Hintertür liegt irgendwo in einer Kommode. Wir müssen *sofort* raus. Wir versuchen es an der Haustür. Ich geh vor. Bleib dicht hinter mir. Und duck dich. Wenn der Rauch zu dicht wird, müssen wir kriechen.«

Der Rauch biss Sabrina in die Augen und brannte in ihrer Nase. Doch sie nickte und folgte ihm in geduckter Haltung in die Diele, die bereits in ihrer gesamten Länge in Flammen stand. Auch die Haustür war ein infernalisches Rechteck aus Feuer.

Dylan wusste, dass es eng für sie würde.

Doch wenn sie warteten, würde ihre Lage sich nur verschlimmern. Sie mussten raus. Jetzt sofort.

»Komm zu mir!« Er winkte Sabrina, wickelte sich aus der Decke und zog sie dicht an sich. Dann schlang er seine Decke um beide, fest wie ein Kokon. »Halt durch. Wir versuchen, zur Tür zu kommen.«

Beide rannten auf die Haustür zu. Dylan spürte die Hitze, den erstickenden Rauch, der seine Augen tränen ließ, kämpfte sich aber weiter voran. Sabrina bekam einen schrecklichen Hustenanfall, doch Dylan konnte keine Rücksicht darauf nehmen. Den Arm unter der schützenden Decke, streckte er die Hand aus und entriegelte die Tür. Das Metall war so heiß, dass es durch die Decke brannte. Dylan holte tief Luft, packte den Türknauf, drehte ihn und zog ...

Draußen war es kalt, doch sie spürten es kaum. Dylan hörte Sabrinas Wimmern und Stöhnen. Er sah, dass die Decke in Flammen stand, aber er wusste, dass sie den einzigen Schutz bot für das, was nun getan werden musste. Dylan hielt Sabrina fest, warf sich auf den Bürgersteig und milderte ihren Aufprall mit seinem Körper. Er biss die Zähne zusammen und hielt Sabrina fest, als er sich dann mit ihr übers Pflaster rollte, bis die Flammen erloschen waren.

Dann verließen ihn seine Kräfte. Wogen von Übelkeit vermischten sich mit pulsierendem Schmerz.

Das letzte Geräusch, das Dylan hörte, bevor er das Bewusstsein verlor, war das Heulen einer Sirene in der Ferne.

Es war der schönste Laut, den er jemals gehört hatte.

27

5.45 Uhr
Mt. Sinai Hospital

Mir fehlt nichts«, beharrte Dylan mit krächzender Stimme, während er dem Schein der Stiftlampe folgte, die der Arzt in der Notaufnahme vor seinen Augen hin und her schwenkte. »Hab bloß scheußliche Kopfschmerzen.«

»Diese scheußlichen Kopfschmerzen kommen von einer leichten Gehirnerschütterung«, mahnte der Arzt. »Sie sind ordentlich mit dem Kopf aufgeschlagen.«

Dylan zwang sich zu einem Lächeln. »Aber ich habe doch verhindert, dass wir verbrannt sind, oder?«

»Das haben Sie.« Der Arzt legte seine Instrumente hin und prüfte den Brustverband, den er seinem Patienten angelegt hatte. »Sehr gut. Die Blutung ist gestoppt.« Er trat einen Schritt zurück und nahm die typische Haltung des Arztes ein, der dem Patienten ins Gewissen redet. »Sie haben wirklich Glück gehabt. Außer der Gehirnerschütterung haben Sie eine klaffende Brustwunde, Schnitte und Schrammen an den Armen, Hautrisse im Gesicht und am Hals sowie kleinere Verbrennungen. Außerdem ist Ihre Stimme in Mitleidenschaft gezogen, weil sie ein paar Minuten lang den Rauch eingeatmet haben. Verglichen damit, was passiert wäre, wenn Sie nicht …«

»Ich weiß, Doktor, ich weiß.« Dylan bewegte den Kopf und zuckte vor Schmerz zusammen.

»Das Schmerzmittel wird gleich wirken.«

»Kann ich jetzt Sabrina sehen?«, drängte Dylan. »Sie haben mir versichert, dass es ihr gut geht. Also lassen Sie mich zu ihr.«

»Es geht ihr gut«, sagte der Arzt streng. »Sie ist bereits

behandelt und entlassen worden. Und Sie brauchen sich nicht zu bemühen. Als ich Miss Radcliffe das letzte Mal gesehen habe, lief sie ungeduldig vor Ihrer Tür auf und ab, weil ich sie gebeten hatte zu warten, bis ich mit Ihrer Untersuchung fertig sei. Sie hält anscheinend genauso wenig davon wie Sie, ärztliche Anordnungen zu befolgen.« Als der Arzt sah, dass Dylan sich wirklich Sorgen machte, wurde er ein wenig milder. »Es geht ihr bestens – dank Ihnen. Sie haben ja das Meiste von dem Aufprall abgekriegt, Miss Radcliffe hingegen nur ein paar Schnitte und Schrammen und geringfügige Verbrennungen. Ihr hat der Rauch mehr zugesetzt. Ihre oberen Atemwege sind gereizt. Doch in ein paar Tagen wird sie sich vollständig erholt haben.«

»Gott sei Dank.«

»Ich lasse sie jetzt zu Ihnen. Ach, übrigens – da sind zwei Detectives, die unbedingt mit Ihnen reden wollen.«

Dylan verzog das Gesicht. »Lassen Sie mich raten. Es handelt sich um die Detectives Whitman und Barton.«

»Ja. Genau die.«

»Die werden sich einen Moment gedulden müssen. Erst will ich Sabrina sehen.«

Der Arzt nickte. »Versuchen Sie eine Weile, sich so wenig wie möglich zu bewegen. Es ist zu Ihrem Besten. Keine plötzlichen Bewegungen.«

»Tanzen werde ich schon nicht, das kann ich Ihnen versprechen.«

»Gut. Lassen Sie mich rufen, wenn Ihnen schwindelig oder schlecht wird.« Mit einem gezwungenen Lächeln ging der Arzt zur Tür und spähte aus dem Zimmer. »Miss Radcliffe? Sie können jetzt hereinkommen.« Er stellte sich ihr in den Weg, als sie Anstalten machte, das Zimmer zu betreten. »Er darf sich nicht aufregen. Verstanden?«

»Ja. Verstanden«, sagte Sabrina mit heiserer Stimme.

Ihr fiel ein Stein vom Herzen, als sie Dylan erblickte. Sie

berührte seine Wange mit den Fingerspitzen und beugte sich zu einem Kuss zu ihm hinunter. »Hey.«

»Selber hey.« Er musterte sie von Kopf bis Fuß, zumindest den Teil, den er sehen konnte. Sabrina trug einen Bademantel des Krankenhauses, der mehr bedeckte als sein Hemd, mit dem sie eingeliefert worden war. Auf ihren Wangen waren ein paar Schrammen und blaue Flecken, und ihr Haar war an mehreren Stellen angesengt. Die Unterarme wiesen Schrammen auf, und ihr Atem ging rasselnd. Am schlimmsten hatte es offenbar ihre Augen erwischt; sie waren müde und rot, und Sabrina blinzelte immer wieder, weil sie so sehr brannten.

Trotz all dieser Verletzungen ging es ihr gut. Sie hatte überlebt.

Doch sie machte sich große Sorgen um Dylan.

»Tut dein Kopf sehr weh?«, brachte sie mit krächzender Stimme hervor, bevor sie wieder von einem Hustenanfall geschüttelt wurde. »Der Arzt sagt, du hast eine Gehirnerschütterung. Und deine Brust …« Mit sorgenvoller Miene betrachtete sie den großen Verband. »Ist die Wunde tief?«

»Bloß ein Kratzer. Aber du darfst mich trotzdem verwöhnen.« Er sah an sich herunter. »Nackt von der Taille aufwärts und mit einem eindrucksvollen Brustverband. Verdammt sexy, was? Wie James Bond.«

Sabrina kicherte und musste husten. »Bring mich nicht zum Lachen. Das tut weh.«

»Das liegt an deiner sensiblen Nase.« Er fuhr mit seinem Zeigefinger daran entlang. »Ist sie sehr gereizt?«

»Sie brennt ein bisschen. Das wird schon wieder. Und du hast meine Frage nicht beantwortet. Wie geht es deinem Kopf?«

»Meinem Kopf geht's gut. Alles ist gut, seit du bei mir bist.«

»Ich kann es nicht fassen, dass so etwas passiert.« Sabrina fuhr sich mit den Händen durchs Haar. »Jemand hat tatsächlich versucht, uns *umzubringen*.«

»Dich«, berichtigte Dylan. »Jemand hat versucht, *dich* umzubringen. Ich bin ihm nur in die Quere gekommen.«

Sabrina schaute ihn an. »Es tut mir schrecklich Leid.«

»Was tut dir Leid?«

»Dass ich dich in Gefahr gebracht habe. Ich hatte ja keine Ahnung …«

»Sabrina, ich liebe dich. Wenn dir irgendetwas zugestoßen wäre, und ich hätte es nicht verhindern können …« Scharf sog er die Luft ein. »Also entschuldige dich nicht auch noch, okay?«

»Okay.« Sie befeuchtete ihre trockenen Lippen. »Aber ich möchte dir danken. Wärst du nicht gewesen, wäre ich jetzt tot.«

»Wenn man schon mal gesehen hat, was Molotowcocktails anrichten können, dann weiß man, was zu tun ist.«

»Ja. Wer immer das getan hat, wusste ganz genau, dass ich in deiner Wohnung war.«

Dylan zuckte die Achseln. »Du hast mir doch erzählt, dass die ganze Firma über uns Bescheid weiß. Es hätte jeder sein können.«

»Das glaube ich nicht. Wenn jemand weiß, dass wir ein Paar sind, bedeutet das ja nicht, dass dieser Jemand auch gewusst hat, dass ich die Nacht bei dir verbracht habe.«

»Stimmt. Andererseits kann der Täter auch erst bei dir gewesen sein. Als er dann feststellte, dass du nicht da bist, ist er zu mir gekommen.«

Sabrina nickte. »Daran hatte ich nicht gedacht.«

»Ich bin sicher, dass Whitman und Barton daran gedacht haben. Die beiden wissen bestimmt 'ne ganze Menge mehr als wir. Wir sollten unbedingt mit ihnen reden, um herauszufinden, woran wir sind.«

»Ja, stimmt.« Sabrina stand auf, ging zur Tür und wechselte ein paar Worte mit der Krankenschwester. »Sie schickt die beiden herein«, ließ sie Dylan wissen und bekam einen weiteren fürchterlichen Hustenanfall.

»Setz dich«, befahl er. »Und rede nicht so viel. Zur Abwechslung übernehme ich mal das Kommando.« Er beobachtete ihre erschöpften, unsicheren Bewegungen, als sie sich einen Stuhl heranzog. »Hör mal«, sagte er, um die gedrückte Stimmung aufzulockern. »Wo wir gerade von Kommando reden ... ich hab ein Hühnchen mit dir zu rupfen.«

»Was?« Sabrina sah ihn zweifelnd an, während sie auf dem Stuhl Platz nahm.

»Heute Abend hast du gedroht, mir zu kündigen, wenn ich nicht umgehend mit dir schlafe. Das ist sexuelle Nötigung. Aber von dir lass ich mich gern zum Sex nötigen. Deshalb habe ich beschlossen, keine Klage einzureichen. Stattdessen werde ich tun, was ich tun muss und so oft ich es muss und so schnell ich es muss, um meinen Job zu behalten.«

Sabrinas Lippen zuckten verräterisch. »Ich hab dir doch gesagt, du sollst mich nicht zum Lachen bringen.«

»Okay, ich bin brav.« Er nahm ihre Hand. »Es wird alles gut«, versprach er mit heiserer Stimme. »Wer immer das getan hat, hat jetzt die Hosen gestrichen voll. Und wer Angst hat, ist angreifbar. Whitman und Barton werden es herausbekommen.«

»Ich hoffe es«, sagte Sabrina.

Wie aufs Stichwort kamen Jeannie und Frank ins Zimmer.

»Wenn man mit Ihnen beiden zu tun hat, kommt nie Langeweile auf«, sagte Jeannie und schüttelte den Kopf. »Ich habe in den letzten zwei Wochen keine Nacht mehr durchgeschlafen.« Sie reichte Sabrina eine Einkaufstüte. »Das habe ich aus Ihrer Wohnung mitgenommen. Hab mir gedacht, Sie können's brauchen. In der Wohnung ist übrigens niemand gewesen. Wir haben keine Spuren gefunden, nicht einmal eine aufgebrochene Tür. Der Täter ist also direkt zu Mr Newports Haus gefahren. Er wusste offensichtlich, dass Sie bei ihm waren.«

Sabrina schaute in die Tüte, sah Kleider und Unterwäsche und warf Jeannie einen dankbaren Blick zu. »Vielen, vielen Dank«, krächzte sie. »Ich hätte keine Lust gehabt, in einem Krankenhausbademantel nach Hause zu gehen.« Wieder wurde sie von einem Hustenanfall gepackt.

»Das hört sich ja böse an«, sagte Frank mitleidig. Dann wandte er sich an Dylan. »Wie steht's mit Ihnen? Können Sie uns ein paar Fragen beantworten, oder ist die Gehirnerschütterung zu schlimm?«

»Nein, nein, schon okay«, versicherte Dylan. »Diesmal hab ich mich sogar regelrecht danach gesehnt, mit Ihnen zu sprechen.« Ruhig und sachlich berichtete er von den Ereignissen. »Ich vermute, dass es derselbe angeheuerte Ganove war, der auch Russ ermordet hat«, schloss er. »Jedes Straßenkind weiß, wie man einen Molotowcocktail anfertigt, das ist keine große Wissenschaft. Deshalb konnte der Auftraggeber eine weiße Weste behalten.«

»Ganz Ihrer Meinung«, sagte Jeannie. »Also, gehen wir Ihre Theorie Schritt für Schritt durch. Carson Brooks' Attentäter heuerte jemanden an, um Russ Clark zu beseitigen, nachdem Russ belastende Informationen ausgegraben hatte. Und nun, nachdem Miss Radcliffes Ernennung zur Geschäftsführerin bekannt gegeben wurde, fühlt unser großer Zampano sich bedroht und trägt sich schon wieder mit Mordabsichten. Es kann kein Zufall sein, dass dieser Anschlag ausgerechnet in der Nacht nach der Bekanntmachung verübt worden ist.«

»Stimmt«, pflichtete Dylan ihr bei. »Aber was mir überhaupt nicht klar ist – wo ist der gemeinsame Nenner? Was geht hinter den Kulissen von Ruisseau vor, dass jemand zu solchen Mitteln greift?« Seine Miene verdüsterte sich. »Und fangen Sie bloß nicht wieder mit dieser Erbschaftsgeschichte an. Selbst wenn Sie immer noch glauben, dass ich Carson umbringen wollte, müssen Sie doch einsehen, dass die Ereignisse der letzten Nacht meine Chance auf Reichtum sehr verringern. Tote können nicht erben.«

Jeannie wollte etwas erwidern, doch Sabrina kam ihr zuvor. »Hören Sie«, sagte sie heiser. »Sie sollten die fixe Idee, dass Dylan schuldig ist, lieber begraben und stattdessen …«

»Sie sollten Ihre Stimme schonen, Miss Radcliffe«, fiel Jeannie ihr ins Wort. »Mr Newport ist aus der engeren Wahl gestrichen.«

»Meine Güte, da bin ich aber beruhigt«, meinte Dylan trocken. »Und um nicht mehr der Hauptverdächtige zu sein, musste ich fast draufgehen.«

»Nein, wir haben Ihren Namen schon vor längerer Zeit gestrichen.« Jeannie zog belustigt einen Mundwinkel hoch. »Auch Kripobeamte haben manchmal den richtigen Riecher.«

»Und was sagt dieser Riecher?«

Jeannie räusperte sich. »Wir behalten mehrere Möglichkeiten im Auge. Was halten Sie von Etienne Pruet?«

Ein seltsamer Ausdruck erschien auf Dylans Gesicht. »Warum? Der war doch in Paris, als Carson angeschossen wurde.«

»Ja, er war in Paris, weil er sich Sorgen machte, wie *C'est Moi* in Frankreich einschlagen und sich auf sein Geschäft auswirken würde«, erklärte Frank. »Aber er hat auch einige Mitarbeiter in New York, die sich große Sorgen um ihre Karriere machen.«

»Das klingt ein bisschen weit hergeholt«, schaltete sich Sabrina ein. »Einen Konkurrenten umbringen, nur damit sein Produkt nicht so schnell den neuen Markt erobert?«

»Nein. Um die *Herstellung* des Produkts zu stoppen«, berichtigte Frank. »Bedenken Sie doch – wenn Ihr Vater stirbt, gibt es niemanden, der *C'est Moi* herstellen kann.«

Dylan und Sabrina wechselten einen Blick.

»Das war bis vor kurzem so«, teilte Dylan den Beamten mit. »Carson hat die Formel an Sabrina weitergegeben – vor einer Woche.«

Jeannie blickte wütend drein. »Wer weiß davon?«

»Nur wir.« Sabrina zögerte. »Falls Stan Hager nicht dahinter gekommen ist.«

»Wieso kommen Sie jetzt auf Stan Hager?«, hakte Jeannie sofort nach.

»Ich weiß es nicht.« Sabrina zuckte die Achseln. »Er verhält sich ... merkwürdig. Ist nervös und durcheinander. Vielleicht hat er mitbekommen, dass Carson mir die Formel verraten hat, und das hat ihn dann sehr überrascht.«

»Oder er hat etwas anderes zu verbergen.« Nachdenklich rieb Frank sich das Kinn.

Dylan kniff die Augen zusammen. »Und zwar?«

»Wir müssen noch etliche Dinge durcharbeiten. Stan Hager gehört dazu. Sobald wir klarer sehen, bringen wir Sie auf den neuesten Stand. Pruet und seinen gesamten New Yorker Mitarbeiterstab treffen wir heute übrigens auch noch. Auch darüber werden Sie dann hören.«

Dylan hatte gerade den Mund aufgemacht und wollte noch etwas dazu sagen, als die Tür aufging und der Arzt der Notaufnahme hereingerauscht kam. »Wie geht es Ihnen?«, fragte er Dylan.

»Besser.«

»Gut. Der Rollstuhl wird Ihnen gleich gebracht. Benutzen Sie ihn bitte. Keine Widerrede. Auch wenn Sie sich bereits kräftiger fühlen, möchte ich nicht, dass Sie selbst laufen.«

»Wohin denn laufen?«, fragte Dylan und zog verblüfft die Brauen zusammen.

»Sie und Miss Radcliffe werden gleich mit dem Aufzug fahren.«

»Aber warum?«

Der Arzt seufzte. »Vor ein paar Minuten wurde im Fernsehen über den Vorfall in Ihrer Wohnung berichtet. Es hieß, Sie hätten großes Glück gehabt.«

»Und?«

»Und Carson Brooks hat es gesehen. Er läuft fast Amok. Er wird keine Ruhe geben, bis er sich nicht persönlich davon überzeugt hat, dass es Ihnen gut geht. Ich habe Dr. Radison zugesagt, dass ich Sie beide hinaufschicke, sobald Sie sich kräftig genug fühlen, damit Mr Brooks sich endlich wieder beruhigt.«

»Der arme Carson«, sagte Sabrina. »Er muss ja außer sich sein.«

»Die armen Krankenschwestern«, fügte Dylan trocken hinzu. »Die müssen ja mit den Nerven am Ende sein.«

Jeannie sah aus, als könne sie nur mit Mühe ein Lachen zurückhalten. »Ja, sorgen Sie nur dafür, dass Ihr Freund sich wieder beruhigt. Ich habe erlebt, wenn er ausflippt, und das ist wirklich nicht angenehm.« Sie trat zur Seite, als der Rollstuhl gebracht wurde.

»Du meine Güte, so was brauche ich doch nicht!«, protestierte Dylan.

»Ich bestehe darauf«, widersprach der Arzt. »Entweder Sie setzen sich jetzt in den Rollstuhl, oder Sie müssen auf dem Zimmer bleiben. Dann werde ich Sie aber verpflichten, uns bei der Einstellung neuer Krankenschwestern zu helfen, nachdem die alten von der Intensivstation geflüchtet sind.«

»Tja, wenn das so ist …« Dylan stemmte sich vom Untersuchungstisch hoch und ließ sich vorsichtig in den Rollstuhl sinken. Eigentlich war es ihm ganz recht. Sein Kopf schmerzte immer noch heftig, und in der Brust spürte er heftige Stiche.

»Ich sage der Schwester, sie soll Ihnen einen Morgenmantel bringen.« Der Arzt wandte sich an Sabrina. »Möchten Sie auch etwas zum Überziehen? So herumzulaufen ist Ihnen bestimmt nicht angenehm.«

»Ich würde mich lieber richtig anziehen«, erwiderte Sabrina. »Detective Whitman war so freundlich, mir ein paar Sachen von zu Hause mitzubringen. Am besten, ich ziehe mich um. Es ist auch für Carson besser, wenn wenigstens einer von uns beiden nicht wie ein Patient aussieht.«

»Dagegen ist nichts einzuwenden.« Der Arzt hörte sich an, als wäre ihm jedes Mittel recht, wenn es nur dazu diente, Carson zu beruhigen. »Sie sind ja ohnehin aus der Behandlung entlassen. Es gibt also keinen Grund, warum Sie sich nicht anziehen sollten. Sie können das Nebenzimmer benutzen.«

»Danke sehr.«

Nachdem Sabrina aus dem Zimmer gegangen war und der Arzt sich zur Visite seiner anderen Patienten begeben hatte, nutzte Dylan die verbleibende Zeit, um ein paar Worte mit den beiden Ermittlern zu wechseln.

»Können Sie mir sagen, welchen Schaden das Feuer in meinem Haus angerichtet hat?«, wollte er wissen. »Die Feuerwehr war im Handumdrehen da, aber als wir weggebracht wurden, brannte es lichterloh.«

»Das Erdgeschoss sieht schlimm aus«, gestand Frank. »Die Diele ist völlig ausgebrannt, und Ihre Wohnzimmermöbel sind dermaßen angekokelt, dass sie nicht mehr zu gebrauchen sind. Aber das Gute ist, dass der erste Stock kaum etwas abgekriegt hat.«

Dylan nickte. »Das ist ein geringer Preis für das Privileg, noch am Leben zu sein.«

»Und für die Schäden kommt Ihre Versicherung auf«, tröstete Jeannie. Wieder musste sie sich ein Grinsen verkneifen. »In der Zwischenzeit wird Miss Radcliffe Sie wahrscheinlich gern bei sich aufnehmen. Sie scheint Sie zu mögen.«

»Oh ja, danke sehr.« Dylan bemühte sich um eine gleichgültige Miene. »Das haben Sie gut beobachtet. Ich werde es an sie weitergeben.«

»Haben Sie noch etwas auf dem Herzen?«

»Ja.« Dylan räusperte sich. »Ich bin durch das Anwaltsgeheimnis zum Schweigen verpflichtet, aber mir liegt sehr daran, dass der Fall so schnell wie möglich gelöst wird. Deshalb wage ich mich jetzt mal aus dem Fenster: Es könnte sein, dass Sie auf dem Holzweg sind, wenn Sie Stan Hager verdächtigen. Suchen Sie den Täter lieber woanders. Wenn Sie nichts finden, werde ich sehen, was ich für Sie tun kann. Aber verschwenden Sie Ihre Zeit nicht mit Stan Hager.«

»Obwohl er wusste, dass Miss Radcliffe sich letzte Nacht bei Ihnen aufgehalten hat?«

»Ja, obwohl er es wusste. Viele Leute haben gesehen, wie Sabrina mit mir zusammen die Konferenz verlassen hat. Alle hätten darauf kommen können, denn die Meisten wissen ohnehin schon über Sabrina und mich Bescheid.« Dylan sprach mit Nachdruck. »Wie gesagt – Stan ist nicht der, den Sie suchen.«

»Und was ist mit Roland Ferguson?«

»Was soll mit ihm sein?«

»Sollen wir ihn ebenfalls aus dem Kreis der Verdächtigen ausschließen?«, fragte Frank mit ironischem Unterton. »Er ist nämlich auch so ein nervöses Wrack. Hat das mit Hager zu tun oder mit unserem Fall?«

Dylan stieß die Luft aus. »Mit Stan. Aber vergessen Sie Roland Ferguson. Er ist harmlos.«

»Warum haben Sie uns das alles bis jetzt verschwiegen?«

»Weil ich das Anwaltsgeheimnis wahren muss, wie ich schon sagte. Außerdem habe ich jetzt zum ersten Mal gemerkt, dass Stan einer eurer Hauptverdächtigen ist. Bis vor kurzem habe ich nämlich noch geglaubt, ihr hättet *mich* auf dem Kieker. Außerdem habt ihr die Leute ganz schön in die Mangel genommen. Und es war kaum auseinander zu halten, wer wirklich verdächtig war und wen ihr nur provoziert habt.«

»Ja, wir sind ein fieses Duo«, erklärte Jeannie trocken. »Das finden alle. Aber so bleiben wir in Lohn und Brot.«

»Könnte aber auch sein, dass sie einfach Angst haben, uns rauszuschmeißen«, sagte Frank.

Dylan musste grinsen. »So leicht lässt die New Yorker Kriminalpolizei sich nicht einschüchtern. Ich schätze, die behalten euch, weil ihr gut seid, auch wenn es bedeutet, dass ihr manchmal unangenehm werden müsst. Ich kann mir nicht vorstellen, dass ihr im Privatleben viele Freunde habt, aber eure Jobs sind euch sicher.«

»Danke für die Stimme des Vertrauens.« Jeannie blickte Dylan fest in die Augen. »Miss Radcliffe ist nicht so gut über Stan Hager informiert, nicht wahr?«

»In diesem Punkt nicht, das stimmt.«

Jeannie nickte. »Na schön, Mr Newport. Wir machen es so, wie Sie wollen – vorerst. Aber wenn ein ganzer Tag vergeht und wir nichts in der Hand haben, komme ich wieder zu Ihnen, und dann will ich Antworten hören.« Sie blickte ihn eindringlich an. »Ich schlage vor, dass Sie mit Ihrem *Mandanten* sprechen und sich die Erlaubnis holen, Klartext zu reden. Verstanden?«

Dylan verzog keine Miene. Auch seiner Stimme war nichts anzuhören. »Ich hab's gehört.«

In diesem Augenblick kam eine Krankenschwester ins Zimmer und reichte Dylan einen Morgenmantel.

Er hatte ihn gerade übergestreift, als Sabrina von nebenan zurückkehrte.

Schweigen empfing sie.

Sie blickte von Dylan zu den Detectives und wieder zurück. »Habe ich etwas verpasst?«

»Nichts«, sagte Dylan rasch. »Unsere Verbündeten wollten gerade gehen. Halten Sie uns auf dem Laufenden, Detectives.«

»Machen wir.« Jeannie und Frank verschwanden.

»Sag schon, was war wirklich los?«, fragte Sabrina.

Dylan tat ihr nicht die Kränkung an, zu lügen oder Unwissenheit vorzutäuschen. »Wir reden später darüber. Ich möchte in die Intensivstation, bevor Carson womöglich jemanden umbringt.«

»Na schön. Wenn wir später *wirklich* darüber reden.«

»Das werden wir. Ich versprech's. Jetzt bitte ich dich nur darum, dass du mir fünf Minuten mit Carson allein gewährst.«

Sabrina musterte ihn prüfend. »Du bist sein Anwalt«, sagte sie dann nachdenklich. »Kein Problem. Sprich mit Carson. Aber danach sprichst du mit mir.«

»Werde ich sonst gefeuert?«, neckte Dylan.

»Nö. Dazu bist du ein viel zu guter Anwalt. Ich würde dich nur dann rauswerfen, wenn du dich mir im Bett verweigerst. Aber das wird nie passieren, hoffe ich. Also ist dein Job sicher.«

»Da bin ich froh.« Dylan grinste und setzte sich bequem im Rollstuhl zurecht. »Und du hast Recht. Wenn es um dich geht, gibt es in meinem Wortschatz kein Nein. Würdest du mir jetzt helfen, das Ding zu steuern?«

»Mit Vergnügen.«

28

6.50 Uhr
Intensivstation

Drei Krankenschwestern waren nötig, um Carson festzuhalten. Er wollte unbedingt aufstehen, als Sabrina den Rollstuhl mit Dylan ins Zimmer schob.

»Carson«, schimpfte Sabrina. »Hör auf, die armen Schwestern zu quälen. Dylan und mir geht's gut. Du kannst zur Abwechslung mal uns beschimpfen.«

Das Herz wurde ihr schwer, als sie Carsons bleiches, angespanntes Gesicht sah. »Und weshalb sitzt Dylan im Rollstuhl?«, fragte er besorgt.

»Reine Vorsicht«, versicherte Dylan. »Der Arzt hatte Angst, du würdest sonst auf mich losgehen, sodass meine Gehirnerschütterung noch schlimmer wird.«

»O Gott. Du hast eine Gehirnerschütterung?«

»Beruhig dich.« Sabrina warf einen Blick auf die drei Krankenschwestern, die sich die Augen rieben, völlig erschöpft und mit ihrem Latein am Ende. »Vielen Dank«, sagte sie mit freundlichem Lächeln. »Machen Sie eine Pause. Gönnen Sie sich einen Kaffee.«

»Ja, am besten mit Schuss«, sagte eine der Schwestern. »Ein Cocktail um sieben Uhr früh wäre zwar was ganz Neues, aber ich glaube, es wäre nicht unser Letzter, bevor Station Elf mit Mr Brooks beglückt wird.« Sie musterte Sabrina und Dylan und wurde milder gestimmt. »Wir haben die Nachrichten gesehen. Wie geht es Ihnen?«

»Wir sind so gut wie neu«, versicherte Sabrina. »Ruhen Sie sich aus. Wir übernehmen dieses Problemkind.«

Die Schwestern brauchten keine zweite Aufforderung. Wie flüchtende Banditen stoben sie aus der Tür.

Carson schien es nicht einmal zu merken. Argwöhnisch beäugte er erst Sabrina, dann Dylan, dann wieder seine Tochter. »Ihr habt mir eine Heidenangst eingejagt«, sagte er. »Was ist passiert? Wer hat das getan? Was sagen die Cops?«

Sabrina schob den Rollstuhl neben sein Bett und nahm seine Hand. »Carson, hör mir zu. Wir werden alle deine Fragen beantworten und so lange bleiben, wie du wünschst. Nur beruhige dich bitte. Dr. Radison hat uns draußen aufgehalten und gewarnt, jede Aufregung könnte deinen Blutdruck in die Höhe treiben und einen Rückfall auslösen. Also, entspann dich. Uns beiden geht es gut, weil Dylan so schnell gehandelt hat. Er hat uns das Leben gerettet.«

Carson musterte seinen Ziehsohn mit stolzem Blick. »Überrascht mich gar nicht. Er ist ein ganz besonderer Mensch. Das war er immer schon.« Carson schluckte und fasste sich wieder. »In den Nachrichten sagten sie was von einer Explosion und einem Brand. Ich nehme an, es war ein Molotowcocktail …?«

»Eigentlich waren es zwei«, stellte Dylan richtig. »Ich habe beide zerschellen hören. Der Täter muss gedacht haben, wir sind im oberen Stock und schaffen es nicht mehr bis zur Haustür. Aber zum Glück waren wir unten im Wohnzimmer. Wir konnten fliehen, bevor das Feuer sich ausgebreitet hatte.«

»Und wie hast du's geschafft, dir 'ne Gehirnerschütterung einzuhandeln? Wie viel Rauch habt ihr einatmen müssen? Gibt es sonst noch Verletzungen, von denen ich nichts weiß?«

»Mein Kehle ist rau, wie unschwer zu hören ist«, antwortete Sabrina bereitwillig. »Meine Augen brennen. Meine Nase ist gereizt. Ist ja auch kein Wunder, wo sie so empfindlich ist. Hinzu kommen ein paar kleine Verbrennungen, Schnittwunden und blaue Flecken. Dylan hat es ein bisschen schlimmer erwischt, allein schon wegen der Gehirnerschütterung, die er sich wahrscheinlich geholt hat, als wir durchs Feuer rannten und …« Sie brach ab, weil sie einen heftigen Hustenanfall bekam.

»Sabrina«, schaltete Dylan sich ein. »Du darfst deine Stimme nicht so anstrengen.«

Sie winkte ab. »Dylan hat Decken um uns gewickelt und ist auf die Tür zugestürmt. Als wir draußen waren, standen die Decken in Flammen. Da hat er mich gepackt und ist auf den Bürgersteig gehechtet. Dabei hat er sich den Kopf angeschlagen. Doch bevor er das Bewusstein verlor, konnte er die Flammen noch ersticken. Ich bin zu Tode erschrocken zu ihm rübergekrochen und konnte kaum noch seinen Puls fühlen. Als der Krankenwagen kam, war ich fast hysterisch.«

Dylan wandte sich ihr zu und schaute sie überrascht an. »Das wusste ich ja gar nicht.«

»Wie solltest du auch? Du warst ja bewusstlos.«

»Fast hysterisch, hm? Hast du mich deinen Helden genannt und mich angefleht, nicht zu sterben?«

Sabrina warf ihm einen mahnenden Blick zu. »Sehr witzig. Nein, soweit ich mich erinnere, hab ich dir gedroht, dich umzubringen, falls du stirbst.«

»Whow! Das ist ja noch heftiger als die Drohung, mich zu feuern.« Er wandte sich an Carson. »Das hat sie nämlich auch gesagt – ein bisschen früher am Abend. Natürlich auch unter anderen Umständen. Aber hysterisch oder außer sich war sie da auch. Ich sag dir, Carson, sie ist 'ne ganz schön anspruchsvolle Chefin. Ich habe Glück, dass ich noch für sie arbeiten darf.«

Sabrina spürte, wie Hitze in ihre Wangen stieg. »Können wir vielleicht beim Thema bleiben?«

Carsons Lippen zuckten vor Belustigung. »Ich hab allmählich das Gefühl, dass es hier mehr als ein Thema gibt.«

»Da hast du Recht«, versicherte Dylan.

»Dylan«, sagte Sabrina, und die Warnung in ihrer Stimme war unmissverständlich. »Hör auf damit.«

»Du warst doch diejenige, die der Meinung war, er müsse sich beruhigen«, erinnerte Dylan sie. »Ich glaube, wir können noch einen draufsetzen und ihn dazu bringen, dass er grinst wie ein Honigkuchenpferd.« Er zwinkerte Sabrina verschwörerisch zu. »Keine Angst. Was ich gleich sagen werde, treibt dir schon nicht die Schamesröte in die Wangen. Wir fangen einfach mit den guten Nachrichten an. Danach können wir uns ja über die unerfreulichen Einzelheiten des Einbruchs auslassen … und über das Gespräch, das wir mit Whitman und Barton geführt haben. Was meinst du?«

Sabrina erkannte, worauf er hinauswollte, und musste zugeben, dass es sinnvoll war. »Ich finde auch, dass jetzt der beste Zeitpunkt ist.«

»Was sind denn die guten Nachrichten?«, wollte Carson wissen.

Dylan blickte Sabrina fragend an. »Wer darf es ihm sagen? Du oder ich?«

»Du kennst ihn länger.« Sabrina lächelte und musste schon wieder husten. »Ich schone meine Stimme und schaue fasziniert zu.«

»He!«, rief Carson. »Ich bin auch noch da!«

»Okay, okay.« Dylan warf ihm sein schiefes Grinsen zu. »Ich mache es kurz und schmerzlos. Ich liebe deine Tochter. Zum Glück liebt sie mich auch. Ich habe sie gebeten, meine Frau zu werden, und sie hat Ja gesagt. Na, wie ist das als Anreiz, schnell wieder gesund zu werden? Schließlich brauchen wir dich, damit du sie zum Altar führst.«

Carson ignorierte das Gebot der Ruhe auf einer Intensivstation und vergaß seine Schmerzen, als er einen Triumphschrei ausstieß und vor Freude in die Luft boxte. »Ja! Ich wusste es! Und Gloria wusste es auch! Wir hatten beide

Recht. Verdammt, ich kann's gar nicht abwarten, meine Enkelkinder zu verwöhnen.«

»Was meinst du mit ›Gloria wusste es auch‹?«, fragte Sabrina.

Carson zuckte die Achseln. »Erklärt sich das nicht von selbst?«

»Nein, tut es nicht. Dylan und ich wussten, dass *du* den Ehestifter spielst. Du bist nicht gerade subtil vorgegangen. Aber meine Mutter? Sie kennt Dylan doch nicht einmal.«

Carson verdrehte die Augen. »Du vergisst, wie clever Gloria ist und wie gut sie dich kennt. Sie hat sich schon gedacht, wohin es führt, nachdem ich ihr erzählt hatte, dass ihr die Hände nicht voneinander lassen konntet. Wahrscheinlich ist sie schon dabei, eine Kollektion Babyschühchen zu entwerfen.«

Auf Sabrinas Wangen brannten zwei rote Flecken. »Du hast zu ihr gesagt, wir können die Hände nicht voneinander lassen?«

»Sinngemäß. Aber sie hat mich schon verstanden. Und du und Dylan, ihr seid fast so leicht zu durchschauen wie die Pärchen in den *C'est Moi*-Werbespots. Aber jetzt sagt mir endlich, welches Datum ihr festgelegt habt. Dann kann ich zusehen, dass ich so bald wie möglich hier rauskomme und einen Smoking kaufe.«

»Wir haben noch kein Datum ausgemacht«, erwiderte Sabrina. »Und das hatten wir auch nicht vor. Einen Monat müssen wir schon noch warten. Wir wollten erst dann Pläne machen, wenn wir wissen, wie es mit der Transplantation aussieht.«

Carson sah sie finster an und öffnete schon den Mund, um zu protestieren.

»Mach dir gar nicht erst die Mühe«, schnitt Sabrina ihm das Wort ab. »Dylan und ich sind uns in dieser Sache vollkommen einig. Wir beide wollen, dass Braut und Brautvater gesund und fit sind für den Tanz bis in den frühen Morgen. Ende der Diskussion.« Sie milderte ihre harten Worte mit einem freundlichen Zusatz. »Aber seit gestern Nacht sind wir offiziell verlobt. Dylan nimmt mich mit zu Tiffany …« Sie verstummte und krauste die Nase vor Enttäuschung. »Wir wollten eigentlich heute hin, aber jetzt müssen wir warten, bis es ihm besser geht.«

»Nein!«, widersprach Dylan. »Unser Plan steht. Sobald wir aus diesem Zimmer kommen, entlasse ich mich aus dem Krankenhaus, fahre nach Hause, nehme 'ne heiße Dusche, ziehe mich an und fahre zur Arbeit. Du hingegen solltest dich heute Morgen ausruhen, Sabrina. Danach können wir ja zu Tiffany …«

»Auf keinen Fall.« Sabrina ließ sich die Entscheidung nicht aus der Hand nehmen. »Heute ist mein erster Tag als Geschäftsführerin von Ruisseau. Ich gehe ins Büro. Und du wirst *nicht* nach Hause fahren und duschen. Wie ich im Rettungswagen gehört habe, ist dein Erdgeschoss völlig zerstört und das ganze Haus voller Rauch. Du wirst dir 'ne Zeit lang eine andere Bleibe suchen müssen …«

»Warte mal«, schaltete Carson sich ein. »Dylan kann bei mir am Central Park West wohnen, oder …« Er schnippte mit den Fingern. »Ich weiß! Du kannst bei Sabrina wohnen. Das ist doch praktisch. Nur ein paar Blocks von dir entfernt. Auf dem Weg kannst du deine Klamotten holen und gleich bei ihr einziehen.«

»Also, *das* ist mal eine spontane Idee«, sagte Dylan.

Sabrina schüttelte ungläubig den Kopf. »Schön, dass ihr mich auch mal fragt. Aber du hast mir die Worte aus dem Mund genommen, Carson. Dylan ist bei mir mehr als willkommen.«

»Das Angebot nehme ich an«, sagte Dylan. »Jetzt noch mal zurück zu Tiffany. Wir machen es wie geplant. Ich habe versprochen, dir heute den Antrag zu machen, entweder auf der Fifth oder im Central Park. Glaub ja nicht, dass ich das vergesse. Ich bin nicht so dumm zu warten, bis du dich vielleicht anders besinnst.«

»Das wird nicht passieren«, versicherte ihm Sabrina. »Wenn ich mich erst entschieden habe, bleibt es dabei.« Jäh kam ihr ein Gedanke, und sie schaute Dylan entsetzt an. »Da fällt mir ein, dass wir Mutter anrufen wollten, um ihr die Verlobung bekannt zu geben. Wir dürfen nicht länger warten. Wenn sie zufällig gerade die Nachrichten sieht, wird sie vor Angst durchdrehen.«

»Nehmt meinen Apparat«, drängte Carson und zeigte auf den Nachttisch. »Ruft sie sofort an. Ach ja, und von mir könnt ihr noch Folgendes bestellen: ›Hab ich's nicht vorher gesagt?‹«

»Mach ich.«

Dylan wartete, bis Sabrina ihre Mutter am Apparat hatte und ihr glücklich von ihren Plänen berichtete.

»Carson«, sagte er dann mit gesenkter Stimme. »Wir haben ein Problem, das nicht länger warten kann. Wir müssen darüber reden – jetzt gleich.«

Carson zuckte nicht einmal mit der Wimper. »Geht es um Stan?«

Dylan nickte.

»Weiß Sabrina schon Bescheid?«

»Noch nicht.«

»Dann warten wir, bis sie aufgelegt hat. Sie muss über die Gesamtsituation informiert werden. Das ist wichtig, besonders, wenn die Lage sich zuspitzt. Sie hat ein Recht, es zu wissen. Sie ist im Moment die Chefin. Und dazu eine Familienangehörige.«

»Das stimmt. Aber ich brauche zuerst deine Erlaubnis, dass du mich von der Schweigepflicht entbindest.«

»Die hast du. Sobald sie Gloria oft genug versichert hat,

dass es ihr gut geht, können wir ja darüber reden.« Carson sah Dylan prüfend an. »Bist du sicher, dass es *dir* gut geht?«

»Ja. Es ist aber ziemlich klar, dass der Täter es auf Sabrina abgesehen hatte. Ich weiß nicht, was ihn sonst antreibt. Wichtig ist ihm jedenfalls, dass sie aus dem Weg geräumt wird.«

»Ich weiß. Das macht mir schon den ganzen Tag zu schaffen. Ich habe mit Whitman und Barton gesprochen, und die sehen die Sache ganz ähnlich. Sie können Sabrina allerdings nicht rund um die Uhr beschützen, deshalb werde ich einen Leibwächter engagieren. Er wird sie auf Schritt und Tritt begleiten – so lange, bis wir den Irren erwischen, der es auf meine Tochter abgesehen hat.« Er verzog den Mund zu einer dünnen Linie. »Erzähl mir, was Whitman und Barton noch über Stan gesagt haben.«

Dylan stieß den angehaltenen Atem aus. »Sie konzentrieren sich immer noch auf Ruisseaus Mitarbeiterstamm. Offensichtlich hat das Motiv ja mit der Firma zu tun. Zuerst der Anschlag auf dich, dann auf Russ und jetzt auf Sabrina. Selbst ich werde allmählich misstrauisch gegenüber den Mitarbeitern. Ich frage mich, ob vielleicht einer von ihnen … du weißt schon, worauf ich hinauswill.«

»Ja, ich weiß.«

»Aber wir müssen sachlich bleiben und dürfen uns nicht von Gefühlen leiten lassen. Da draußen läuft ein Mörder herum. Er *muss* gefunden werden. Übrigens habe ich Whitman und Barton gesagt, dass Sabrina jetzt die Formel von *C'est Moi* kennt. Natürlich haben sie aufgehorcht, weil es ein Motiv für den Anschlag bietet. Außerdem kann es dann auch jemand außerhalb von Ruisseau sein. Jetzt ermitteln sie auch in dieser Richtung.«

»Schon wieder diese Sache mit der Konkurrenz«, murrte Carson. »Ich wünschte fast, ich hätte Sabrina diese verdammte Formel nie gegeben. Falls der Täter diese Information hatte, bin *ich* ja derjenige, der Sabrina in Gefahr gebracht hat. Verdammt, vielleicht habe ich das Risiko unterschätzt, als ich sie zu meiner Stellvertreterin ernannte.«

»So darfst du nicht denken«, sagte Dylan. »Das ist Unsinn. Du hast Sabrina ins Herz geschlossen. Und vergessen wir nicht, dass sie in der Sache auch ein Wörtchen mitzureden hat. Sie kann es ja gar nicht abwarten, an ihren Schreibtisch zu kommen. Sie ist voller Begeisterung für ihren neuen Job bei Ruisseau. Ihre Aufgabe ist maßgeschneidert für sie, das weißt du genau. Und Sabrina weiß es auch. Sie würde den Job unter gar keinen Umständen aufgeben, auch im Angesicht der Gefahr nicht. Der Leibwächter und ich werden schon dafür sorgen, dass ihr nichts geschieht. Also schlag dir diese Sorge aus dem Kopf. Und vergiss nicht, Sabrina ist nicht das einzige Opfer – auch du bist eins. Und Russ, der mit seinem Leben bezahlt hat.«

Carson spannte die Kiefermuskeln an. »Wer sind denn die Konkurrenten, mit denen Whitman und Barton reden wollen?«

»Pruet, zum Beispiel. Heute Morgen wollen sie zur New Yorker Filiale, um die Mitarbeiter zu verhören.«

»Verdammt!« Carson ließ seine Faust so fest niedersausen, dass sie einen Abdruck auf der Matratze hinterließ. »Sicher, mir würde eine Riesenlast von den Schultern genommen, wenn sich herausstellt, dass der Mistkerl von einem Schützen nicht bei Ruisseau arbeitet. Aber dass sie ausgerechnet zu Pruet gehen müssen … Weiß Stan davon?«

»Ich glaub schon. Whitman und Barton sind gestern eine Stunde vor der Bekanntmachung in die Firma gekommen und haben sich eine ganze Weile mit Stan eingeschlossen. Ich bin sicher, sie wollten von ihm wissen, wie er die Mitarbeiter von Pruet einschätzt. Wahrscheinlich haben sie gehofft, dadurch etwas über verschiedene Personen und deren beruflichen Ehrgeiz zu erfahren. Aber dann war Stan bestimmt klug genug, ihnen nicht zu viel zu verraten.«

»Was für ein Durcheinander!«

In diesem Augenblick legte Sabrina auf und drehte sich zu ihnen um.

»Wie geht es Gloria?«, erkundigte sich Carson.

»Sie ist erleichtert, dass uns nicht viel passiert ist, macht sich aber Sorgen, dass der Täter noch mal zuschlagen könnte. Aber sie freut sich riesig, dass Dylan und ich heiraten wollen und dass sie den Großeltern zur Abwechslung mal was Erfreuliches mitteilen kann. Sie hofft, in dieser Woche noch herfliegen zu können, um ihren künftigen Schwiegersohn endlich kennen zu lernen.« Sabrina verschränkte die Arme vor der Brust. »Und nun zu dem, worüber ihr beide da gerade getuschelt habt«, fuhr sie dann fort. »Ich habe Dylans Abriss der letzten Ereignisse mitgehört. Ich habe auch gehört, dass er Stan erwähnte. Offenbar habt ihr beschlossen, mir endlich zu verraten, was mit ihm los ist – was auch sehr hilfreich für mich wäre, da ich in Stans Fall nicht handeln kann, bevor mir nicht alle Fakten vorliegen. Offenbar hat es ja etwas mit Whitmans und Bartons bevorstehendem Besuch bei Pruet zu tun. Ich bin also ganz Ohr. Ach ja, und einen Leibwächter brauche ich nicht. Ich kann gut auf mich selber aufpassen. Und wenn ich noch einmal höre, Carson, dass du dir irgendeine Schuld gibst, weil du mich für Ruisseau angeheuert hast, lege ich dir ein totes Stinktier in den Schreibtisch. Dann kannst mit deiner Nase wochenlang nichts mehr anfangen.«

Carson lachte leise. »Ich dachte, du hättest nur den empfindlichen Geruchssinn von mir geerbt. Aber offenbar hast du auch ein sehr gutes Gehör. Du hast zwei gleichzeitige Gespräche verfolgt. Nicht schlecht.«

»Dazu braucht man kein besonders gutes Gehör, nur das Training einer Managementberaterin und die typisch weibliche Fähigkeit, mehrere Dinge gleichzeitig zu erledigen. Und jetzt erzählt mir von Stan.«

»Stan, ja.« Carson wurde schlagartig ernst, und zwischen seinen Brauen erschien eine Sorgenfalte. »Er hatte von Anfang an Probleme, den Anforderungen seines Jobs zu genügen. Er wollte stets der Beste sein. Die Gründe kennst du ja.«

»Ja. Sein Verlangen, es dir gleichzutun.«

»Du weißt allerdings nicht, wie weit er für dieses Ziel gehen würde.« Carson warf Dylan einen Blick zu. »Ich weiß, dass es seine eigene verdammte Schuld ist, aber ich glaube leider auch, dass ich ihn in diese Richtung gedrängt habe.«

»Wie denn? Indem du so ein Genie bist?«, gab Dylan trocken zurück. »Carson, wir alle müssen im Leben immer wieder Entscheidungen treffen. Wir akzeptieren unsere Stärken, aber auch unsere Grenzen, und wir sind uns bewusst, dass andere vielleicht besser oder klüger sind. Stan aber kann das nicht. Und was seine Entscheidungen angeht, taugen sie nichts!«

»Er hat aber nie die Regeln überschritten.«

»Das kommt darauf an, wo du die Regeln ansetzt.«

»Ich kann euch nicht ganz folgen«, warf Sabrina ein.

Dylan stützte einen Ellbogen auf die Armlehne des Rollstuhls und wandte sich ihr zu. »Stan bleibt am Ball, indem er Marketing, Verkauf und Forschungsvorhaben unserer Konkurrenz im Auge behält. Und nicht etwa, indem er deren Presseveröffentlichungen liest. Sondern er erfährt davon, *bevor* neue Vorhaben verwirklicht werden.«

Sabrina blickte ihn offenen Mundes an. »Du meinst, er bekommt Insiderinformationen? Von wem? Welcher unserer Konkurrenten verkauft vertrauliche Informationen?«

»Nur einer. Pruet. Und es geht nicht um ein ausgesprochenes Geschäft mit diesen Informationen. Nein, Stan hat einen internen Kontakt. Seit ungefähr zwanzig Jahren.«

»Ich glaub das einfach nicht!« Sabrina ließ sich auf einen Stuhl sinken. »Carson, wie kannst du behaupten, dass er keine Regeln überschreitet? Das ist Industriespionage!«

»*Wäre* es, wenn Geld im Spiel wäre und wenn Stan die Informationen tatsächlich verwendet hätte«, hielt Carson dagegen. »Doch es ist weder Geld im Spiel, noch hat Stan jemals irgendwelche Informationen benutzt. Ihm ging es nur darum, seine Unsicherheit zu vertuschen, indem er in der Parfümbranche immer einen Schritt voraus war.«

»So edel ist seine Handlungsweise auch wieder nicht«, sagte Dylan. »Erstens haben wir seine Möglichkeiten beschnitten, sodass er nichts von dem benutzen kann, was er in Erfahrung gebracht hat. Selbst wenn es ihm gelingen würde, sein Insiderwissen anzuwenden – du bist der Konkurrenz sowieso immer zwei Schritte voraus. Es gab also gar kein wertvolles Material, das Ruisseau genutzt hätte. Mich schaudert nur bei dem Gedanken, was passiert wäre, wenn Etienne Pruet auch nur halb so schlau wäre wie du.«

Carsons Wangenmuskeln zuckten. »Es wäre mir lieb, wenn Stan endlich damit aufhörte. Er ist immer ein Trottel gewesen, Dylan, aber er hängt an mir und an der Firma. Ich glaube nicht, dass er sie jemals einem Risiko aussetzen würde. Außerdem ist die Lage noch ein wenig komplizierter, weil er gefühlsmäßig involviert ist.«

»Ja.« Dylan wandte sich Sabrina zu. »Stans Kontakt bei Pruet ist Karen Shepard, musst du wissen«, erklärte er. »Sie ist die rechte Hand von Louis Malleville. Und Louis Malleville ist …«

»… Geschäftsführer von Pruets New Yorker Niederlassung«, ergänzte Sabrina. »Und da es nicht um Geld geht, wird mit Sex bezahlt, schätze ich. Meine Güte, das wird ja immer bunter!«

»Stan ist verrückt nach Karen«, stellte Carson nüchtern fest. »Wenn er bei ihr war, wirkt er am nächsten Morgen immer wie ein verliebter Teenager. Seine beiden Ehen sind wegen Karen in die Brüche gegangen, und ich weiß nicht, ob eine seiner Exfrauen jemals etwas davon wusste.«

»Und das alles hat er dir einfach so erzählt?«

»Nein. Irgendwann machte ich mir Gedanken darüber, warum Stan immer so gut informiert war. Ich fragte mich, was sein sprunghaftes Verhalten zu bedeuten hatte und weshalb er manchmal eine Zeit lang verschwand. Ich habe ihn im Auge behalten und mir ein paar Dinge zusammengereimt. Dann habe ich einen Privatdetektiv angeheuert. Und der berichtete mir über die Affäre mit Karen.«

»Ja«, fügte Dylan ironisch hinzu. »Und aus offensichtlichen Gründen hielt Stan die Beziehung geheim.«

»Zwanzig Jahre lang?«, fragte Sabrina verblüfft.

»Ja.«

»Tolles Geheimnis. Wer weiß sonst noch davon?«

»Wir drei, mein Privatdetektiv und seit kurzem Roland Ferguson«, antwortete Carson.

»Moment mal.« Sabrina hielt eine Hand hoch. »Wie kommt denn Roland Ferguson dazu?«

»Ich weiß nicht genau, wie er es herausgefunden hat.« Carson zuckte die Achseln. »Und mir widerstrebte es auch, in sein Büro zu marschieren und zu fragen. Die Erklärung kann aber ganz einfach sein. Immerhin ist er Chef der Personalabteilung. Die Buchhaltung wird ihm Kopien von Telefonrechnungen eingereicht haben, und ihm ist aufgefallen, wie oft Karens Nummer auftauchte. Es spielt ja auch keine Rolle, wie er es herausbekommen hat, er weiß es jedenfalls. Und seitdem – seit ungefähr einem Jahr – sorgt Stan dafür, dass Roland den Mund hält.«

»Wie denn? Soll das etwa bedeuten, er bezahlt ihn für sein Schweigen?«

Carson wandte den Blick ab. Es war offensichtlich, dass die Antwort ihm unangenehm war.

»Also lautet die Antwort Ja«, schloss Sabrina. »Carson, das ist eine sehr ernste Sache.«

»Nicht ernst. Aber zugegebenermaßen ziemlich wirr«, gestand Carson.

»Hat Stan Firmengelder benutzt, um Ferguson zu bestechen?«

»Nein.« Carson gefiel der Begriff »Bestechung« nicht, doch er verkniff sich einen Kommentar. »Wie gesagt, Stan hat keine Regeln übertreten. Er hat nichts gestohlen. Ferguson erhielt Geld von seinem Privatkonto.«

Mit grimmiger Miene wandte Sabrina sich an Dylan. »Und wann bist du in das Geheimnis eingeweiht worden?«

»Vor ungefähr zehn Jahren. Nicht lange nach meiner Zulassung als Anwalt.«

»Ich brauchte Dylans rechtlichen Beistand, um die Dinge zu regeln.« Carson machte ein finsteres Gesicht. »Ich saß in der Klemme. Ich wollte Stan nicht wehtun, konnte aber auch kein Verhalten decken, das der Firma hätte schaden können. Dylan und ich sorgten dafür, dass Stan keine Entscheidungen mehr treffen konnte, die auf Informationen über Pruet basierten. Auf diese Art versuchten wir das Risiko so gering wie möglich zu halten. Ruisseau war geschützt und Stan ebenfalls.«

»Whow!« Sabrina überkam eine Woge des Mitgefühls für Dylan. »Was für ein Dilemma für einen jungen Anwalt. Das kann man wohl einen juristischen Drahtseilakt nennen. Du musst dir vorgekommen sein wie in einer Zwickmühle.«

»Ja.« Dylan versuchte, sich ein wenig bequemer zu setzen, und zuckte zusammen.

»Tut dir der Kopf weh?«, fragte Sabrina.

»Nein, meinem Kopf geht's besser, dem Schmerzmittel sei Dank. Es ist der Brustverband. Er drückt. Ich hoffe, ich bin ihn bald los. Und was deine Frage betrifft: Es stimmt, ich war nicht besonders glücklich über diesen Drahtseilakt.

Meine erste Sorge galt Carson und Ruisseau, auch wenn ich wusste, dass Carson daran gelegen war, Stan kein Leid zuzufügen. Wäre der Informationsaustausch zwischen Stan und Karen auf formeller Ebene abgelaufen oder hätte Stan seine Informationen benutzt, um Ruisseau einen Gewinn zu verschaffen, hätte ich mich auf ihn gestürzt wie ein Falke. Aber es ist ja nichts Konkretes passiert. In diesem ganzen Wirrwarr gibt es kein Schwarz oder Weiß, nur Grau. Stan war und ist immer noch verrückt nach Karen. Manchmal verbringen sie drei Nächte in der Woche miteinander. Wie soll man Bettgeflüster von Industriespionage trennen, wenn kein Material benutzt wird, um Ruisseau Vorteile zu verschaffen?«

»Ich verstehe, was du meinst.« Sabrina spürte ein zunehmendes Brennen in der wunden Kehle und sah, dass auch Carson langsam müde wurde. Dieses Gespräch setzte ihnen allen mächtig zu. »Jetzt verstehe ich auch, warum sich die Lage zuspitzt. Whitman und Barton sehen in Stan einen der Hauptverdächtigen. Ihr könnt ihn aber von jedem Verdacht befreien, wenn ihr ihnen verratet, was wirklich mit ihm ist.«

»Wir können ihm sogar ein Alibi verschaffen«, sagte Dylan. »Ich wette mein Sparschwein, dass er am Abend des Anschlags bei Karen war. Es war ein verlängertes Wochenende, und seit seiner letzten Scheidung hat Stan so ein Wochenende stets bei ihr verbracht. Und noch eine kleine Berichtigung: Es ist nicht so, dass wir Stan von dem Verdacht reinigen *können*. Wir *müssen* es tun. Ich habe Whitman und Barton bereits gesagt, dass sie auf dem falschen Dampfer sind. Ich will nicht, dass sie Zeit mit dem Verhör eines Unschuldigen verschwenden, während der wahre Täter davonkommt. Whitman hat mich ganz gut verstanden. Sie hat mir einen Tag Zeit gegeben, um Carsons Einverständnis zu bekommen, dass ich das Anwaltsgeheimnis brechen kann.«

»Wenn du ihnen die Wahrheit sagst, haben sie dann etwas gegen Stan in der Hand?«, fragte Carson, der sichtlich gegen den Schlaf kämpfte.

»Nein – falls nicht mehr dahintersteckt, als wir wissen. Denk dran, Stan hat keine Ahnung, dass du von seiner zwanzigjährigen Affäre weißt. Wenn er weiß, dass wir es wissen, können wir uns eine Strategie für Whitman und Barton überlegen: Wir erzählen ihnen im Vertrauen, dass Stan eine heiße Liebesaffäre hat, die er aber geheim hält, weil er befürchtet, sie könnte seltsam wirken. Deine Aufgabe ist, den Detectives klarzumachen, dass Stan ein sehr unsicherer Mensch ist. Sag ihnen, dass du über die Affäre Bescheid wusstest und dass sie keinerlei Einfluss auf die Geschäftspolitik beider Firmen hatte. Da Stan nichts Ungesetzliches getan hat, wird diese Interpretation ganz gut wirken.« Dylan ließ ein freudloses Lachen hören. »Ab und zu kann ein Dreh auch zu unserem Vorteil sein.«

Er musterte Carson, sah dessen Erschöpfung und beeilte sich, zum Schluss zu kommen. »Falls du dich jetzt fragst, ob Whitman und Barton Stan wegen geringfügiger Vergehen ausquetschen können, zum Beispiel, ob er Roland Schweigegeld gezahlt hat … das können sie natürlich, obwohl es keine Beweise für die Bestechung gibt. Ebenso könnten sie Stan und mich aufs Korn nehmen, weil wir uns Gloria Radcliffes vertrauliche medizinische Berichte verschafft haben. Aber das werden sie kaum machen, weil es Wichtigeres zu tun gibt. Sie werden kein Interesse daran haben, Stan eine Anklage wegen Erpressung oder Industriespionage anzuhängen, wenn es um so ernste Dinge wie Mord und versuchten Mord geht.« Er zuckte die Achseln. »Selbst wenn ich mich irren sollte – das Risiko müssen wir eingehen. Wir haben keine andere Wahl. Wir müssen ihnen die Fakten geben.«

»Und *du* musst dich ausruhen«, schaltete Sabrina sich ein und legte ihrem Vater eine Hand auf die Schulter.

»Ich bin nicht müde.«

»Wir aber. Wir müssen jetzt dafür sorgen, dass Dylan entlassen wird und mit zu mir kommt. Und du musst Kraft für das Gespräch mit Stan sammeln.«

»Ja.« Carson nickte und streckte die Hand aus. »Bevor ihr geht, gebt mir das Telefon. Wähl bitte Stans Nummer.«

Dylan warf einen Blick auf die Uhr: Viertel vor acht. Stan würde bereits im Büro sein.

Er wählte die Nummer und reichte Carson den Hörer.

Der hielt ihn ans Ohr und wartete auf das Klicken, mit dem die Verbindung angezeigt wurde. Dann hörte er Stans besorgte Stimme.

»Stan Hager.« Im Hintergrund war ein Surren zu vernehmen.

»Ich bin's«, sagte Carson.

»Carson. Bin gerade reingekommen und hab die Nachrichten gehört. Sind …?«

»Sabrina und Dylan geht es gut. Sie werden in Kürze aus dem Krankenhaus entlassen. Hör mal, ich muss dich sprechen. Aber erst muss ich ein wenig schlafen. Ist ein heftiger Morgen gewesen. Kannst dir also noch ein paar Stunden Zeit lassen. Dann kann ich mich ausruhen, und du hast noch genug Muße, um den Rest in den Reißwolf zu stopfen.«

Eine angespannte Pause.

»Okay«, sagte Stan schließlich. »Ich komme. Was soll ich dir mitbringen?«

»Dich.« Carson legte auf. »Verdammter Trottel«, brummte er, schon halb im Schlaf. »Muss seine Briefe oder so was aufbewahrt haben … und jetzt schreddert er sie …« Noch einmal schlug er ein Auge auf. »Übrigens, du kriegst deinen Leibwächter, ob du willst oder nicht …«

»Also gut«, sagte Sabrina um des lieben Friedens willen.

Das Auge fiel zu. Carson schlief.

Sabrina und Dylan wechselten einen Blick.

»Papiere in den Reißwolf?«, murmelte sie. »Das wird allmählich heikel.«

»Ja«, pflichtete Dylan ihr bei. »Aber Stan ist paranoid genug, um Liebesbriefe zu schreddern. Außerdem ist er Carsons ältester Freund. Lass uns tun, was in unserer Macht steht – Carson zuliebe.«

Sabrina nickte, ging um den Rollstuhl herum und fasste die Stange. »Los jetzt. Ich schaue noch am Schwesternzimmer vorbei und sag ihnen, sie sollen dafür sorgen, dass keine Anrufe zu Carson durchgestellt werden. Er braucht jetzt Ruhe.«

Sabrina hatte den Satz kaum beendet, als das Telefon läutete. Sie beeilte sich, den Hörer abzunehmen, bevor Carson geweckt wurde.

»Hallo?«

Eine winziges Zögern. »Sabrina? Sind Sie das?«

»Ja. Wer spricht da?«

»Susan.« Sie hörte sich völlig verängstigt an. »Ich habe die Nachrichten gehört. Gott sei Dank, dass es Ihnen gut geht. Wie geht's Dylan?«

»Wir sind beide nur leicht verletzt«, versicherte Sabrina. »Wir sind sehr froh, sehr dankbar und sehr lebendig.«

»Warum hat mich niemand verständigt? Ich bin ganz krank vor Sorge.« Susans Stimme zitterte, und sie schluckte schwer. »Als ich die Nachrichten gesehen hatte, wusste ich nicht, wo mir der Kopf stand. Ich wollte sofort Carson anrufen, hatte aber Angst, dass ich ihn erschrecken könnte, falls er es noch nicht wusste. Dann aber konnte ich es nicht mehr aushalten. Ich musste einfach wissen, ob Ihnen nichts passiert ist.«

Sabrina überfiel Schuldbewusstsein. »Es tut mir Leid, Susan. Wir hätten anrufen sollen. Aber es ging alles so schnell. Vor kurzer Zeit waren wir noch in der Notaufnahme, und dann mussten wir zu Carson, um ihn zu beruhigen, denn natürlich hatte er die Nachrichten gesehen.«

»Der Arme.« Susan schniefte, und Sabrina merkte, dass sie weinte. »Das muss ihn schrecklich mitgenommen haben.«

»Das stimmt, aber er hat sich wieder beruhigt.« Sabrina warf einen Blick aufs Bett und vergewisserte sich, dass Carson tief und gleichmäßig atmete. »Er schläft friedlich.«

Wieder eine Pause, dann hörte Sabrina Wasser laufen und ein Schlucken. »Bin wieder da. Musste nur eben etwas einnehmen, zur Beruhigung. Ich hab's nicht besonders mit Tranquilizern, aber in so einem Fall …« Susan unterbrach sich und trank noch einen Schluck Wasser. »Dieser Albtraum macht mich allmählich fertig. Alles passiert Schlag auf Schlag. Ich bin mit den Nerven am Ende. Ich weiß nicht, wie viel ich noch vertrage, bevor ich durchdrehe.« Wieder brach sie ab, als wäre ihr plötzlich klar geworden, wie seltsam sie sich anhörte. »Entschuldigen Sie, Sabrina. Ihnen geht es auch nicht gut. Ich höre ja, wie sehr Ihre Stimme in Mitleidenschaft gezogen wurde. Sie sind gerade erst durch die Hölle gegangen, und nun falle ich Ihnen auch noch auf die Nerven. Eigentlich wollte ich Carson besuchen, aber unter diesen Umständen ist es wohl besser, wenn ich warte. Er ist erschöpft, und ich bin ein Nervenbündel. Ich wäre nicht gut für ihn. Also werde ich zu YouthOp fahren und ein wenig sinnvolle Arbeit leisten. Vielleicht hilft mir das. Ich schaue dann am späteren Nachmittag im Krankenhaus vorbei.«

»Tun Sie das.« Sabrina war es ernst mit der Ermutigung. Wenn Carson aufwachte, hatte er ein unangenehmes Gespräch vor sich. Die Konfrontation mit Stan würde ihm zu schaffen machen. Ein Höflichkeitsbesuch Susans würde deshalb eher schaden als nützen, denn in ihrem derzeitigen Zustand würde sie ihm keine Stütze sein. Doch am Spätnachmittag würde Carson wieder auf dem Damm sein.

»Uns geht es wirklich gut, Susan«, betonte Sabrina. »Und ich muss mich noch einmal entschuldigen, dass ich nicht angerufen habe.«

»Aber das müssen Sie nicht. Mir tut es Leid, dass ich so überreagiere. Wir reden noch miteinander. In der Zwischenzeit passen Sie gut auf sich auf.«

Susan unterbrach die Verbindung.

Stirnrunzelnd legte Sabrina auf.

»Was sollte denn das bedeuten?«, fragte Dylan.

»Susan wollte wissen, wie es uns geht. Sie war vor Sorge völlig durcheinander. Es kommt mir vor, als ob sie aus den Fugen geht.«

»Ja, die Angewohnheit hat sie. Ohne sich viel darum zu kümmern, was sie anderen damit antut.«

»Dylan.« Sabrina warf ihm einen mahnenden Blick zu. »Das ist jetzt schon das zweite Mal, dass du so allergisch auf Susan reagierst. Geht sie dir so sehr auf die Nerven?«

Er schaute zum Bett. »Wollen wir das nicht woanders besprechen?«

»Gute Idee.«

Sie begaben sich zum Fahrstuhl. Ihr Ziel war die Notaufnahme, wo sie Dylans Entlassung in die Wege leiten wollten.

Die Aufzugtüren glitten auf. Sabrina schob den Rollstuhl hinein und zwängte sich an dem Gefährt vorbei.

Die Türen schlossen sich.

Sie waren allein.

Dylan schaute zu ihr hoch. »Du hast mich gefragt, ob Susan mir auf die Nerven geht. Die Antwort lautet: Ja.«

29

Dylan erhielt seinen Entlassungsschein und die Mahnung der Ärzte, es nicht zu übertreiben. Mit diesem guten Ratschlag versehen, durften er und Sabrina sich auf den Heimweg machen.

Sie verließen das Krankenhaus – und sahen zu ihrer Verblüffung, dass Sabrinas Limousine vor der Einfahrt wartete, was ihnen sehr gelegen kam, da in der Ferne die Meute der Nachrichtenreporter auszumachen war, die es kaum abwarten konnte, sie über den Anschlag auszuquetschen.

Als der Fahrer anfuhr, teilte er ihnen mit, dass er Detective Whitmans Bitte nachgekommen und beim Revier vorbeigefahren sei, wo er Kleidung und persönliche Gegenstände mitgenommen habe, die die Polizei aus Dylans verräuchertem Haus gerettet und auf die Wache gebracht hatte. Daher könne er sie ohne Umweg zu Sabrinas Domizil bringen.

Sabrina war dankbar und erleichtert. Sie wollte unbedingt das Gespräch fortsetzen, das Dylan und sie im Aufzug begonnen hatten.

Während der Fahrer Dylans Koffer ins Haus trug, ging Sabrina in die Küche und kochte eine große Kanne Kaffee, brachte sie ins Wohnzimmer, stellte sie auf den Couchtisch und wartete, bis sie ungestört waren.

Dylan ließ sich aufs Sofa sinken und fuhr sich mit beiden Händen durchs Haar. »Den Kaffee kann ich jetzt gebrauchen«, sagte er. »Danke, dass du welchen gemacht hast.«

»Aber natürlich«, versicherte Sabrina und setzte sich Dylan gegenüber in den Sessel, sodass sie einander in die Augen sehen konnten. »Was machen deine Kopfschmerzen?«

»Ist schon viel besser. Ich bin in bester Stimmung für ein Gespräch.«

»Schön. Denn ich wollte wissen, warum Susan dir auf die Nerven geht.«

»Kam das denn so überraschend?«

»Natürlich nicht.« Behutsam nippte Sabrina am heißen Kaffee. »Aber ich habe das Gefühl, es geht nicht nur darum, dass sie so ichbezogen ist.«

»Das stimmt.«

»Dann lass uns mit meiner größten Sorge beginnen. Als wir das letzte Mal über Susan gesprochen haben, hast du zugegeben, dass sie Carson aufrichtig liebt. Das war doch ernst gemeint?«

»Auf jeden Fall.« Dylan stellte seine Tasse hin. »In solchen Dingen würde ich nie lügen. Wenn ich der Meinung wäre, Susans Gefühle für Carson wären nicht echt, würde ich es ihm sofort stecken. Trotzdem habe ich bei Susan ein seltsames, zwiespältiges Gefühl. Manchmal glaube ich, dass irgendwas nicht stimmt – und dann wieder denke ich, dass sie genau die Frau ist, die zu sein sie vorgibt, und dass ich mir bloß alles Mögliche eingebildet habe. Trotzdem sagt mir mein Instinkt, dass Susan meist aus Berechnung handelt.«

Bei Sabrina fiel der Groschen. »Du redest gar nicht von ihrer Beziehung zu Carson, sondern von ihrer Arbeit.« Sie beugte sich vor. »Du glaubst nicht, dass sie wirklich mit dem Herzen dabei ist, stimmt's?«

»Ich glaube, es geht ihr um die Vorteile, die sie daraus zieht, dass sie YouthOp leitet. Carson ist Hauptsponsor und zugleich ihr größter Fan. Das sichert ihr den Platz an seiner Seite. Und die Klatschkolumnisten reißen sich um solche rührenden Geschichten. Die Schulen, die an dem Projekt beteiligt sind, rühmen Susan über den grünen Klee. Wenn man von ihren guten Taten liest, könnte man glauben, sie wäre eine zweite Mutter Theresa.«

»Aber du glaubst, dass sie unaufrichtig ist? Dass ihr eigentlich gar nicht so viel an den Jugendlichen liegt?«

»So weit würde ich nicht gehen. Die Jugendlichen liegen ihr wirklich am Herzen. Die Frage ist nur, wer kommt zuerst – sie selbst oder die Kids? Ich tippe auf sie selbst. Ob im Beruflichen oder im Privaten. Ihr Verhalten seit dem Anschlag auf Carson ist ein gutes Beispiel dafür: Zuerst kommen ihre Bedürfnisse, dann seine.

Natürlich hilft sie den Jugendlichen. Wie bei Stan gibt es auch hier nicht Schwarz oder Weiß, sondern eher Grau. Was mir nicht gefällt, sind ihre Prioritäten – das zeigt sich in ihrem Verhalten auf diesen Benefizpartys oder daran, wie sie Interviews gibt. Immer muss sie sich ins Rampenlicht stellen. Sie macht es zwar unaufdringlich, kann aber der Gelegenheit zu einer Selbstdarstellung nicht widerstehen. Und dann die Art, wie sie die Gelder ausgibt …«

»Du meinst, sie macht sich der Untreue schuldig?«

»Wollen wir's mal so ausdrücken: Ich habe noch nie ein so piekfeines Büro bei einer Wohltätigkeitsorganisation gesehen. Ein Büro, das ich als Außenstehender nur deswegen zu sehen bekam, weil ich die Papiere bearbeitet habe, die den Wechsel eines Jugendlichen von YouthOp zu einem Praktikum bei Ruisseau ermöglicht haben. Denn in diesem Büro gibt Susan nie ihre berühmten Interviews. Wahrscheinlich fürchtet sie, dass es zu gewinnsüchtig aussieht.« Nachdenklich rieb er sein Kinn. »Ich kann natürlich auch total daneben liegen. Sie könnte die Einrichtung des Büros aus eigener Tasche bezahlt haben.«

»Sie hat mir erzählt, dass sie auf einer Farm im nördlichen New York aufgewachsen ist. Ich glaube nicht, dass ihre Leute so reich waren. Was hat sie denn gemacht, bevor sie YouthOp gründete?«

»Hat in mehreren Firmen gearbeitet, meistens in der Public-Relations-Abteilung. Offenbar konnte sie da sehr viel ansparen. Jedenfalls gibt sie eine Menge Geld für Kleider und Make-up aus. Ich habe die Frau noch nicht zweimal im selben Kostüm gesehen oder erlebt, dass auch nur ein Haar oder eine Wimper falsch gelegen hätte. Und ihr trautes Heim liegt auf der Upper West Side, gar nicht weit von hier. Schöne Gegend, aber nicht billig. Wahrscheinlich ist auch ihre Wohnung fürstlich eingerichtet.«

Sabrina musste ein Lächeln unterdrücken. »Du hältst wirklich nicht viel von ihr, wie?«

»Darum geht's gar nicht. Es ist nur so, dass bei mir die Alarmglocken schrillen, wenn Susan in der Nähe ist. Sie tut ja nichts Schlimmes, das weiß ich – sie tut immer das Passende zum richtigen Zeitpunkt. Vielleicht ist es das, was mir nicht gefällt. Sie ist *zu* glatt, *zu* untadelig. Ich weiß auch nicht. Ich weiß nur, dass ich meinen inneren Alarm einfach nicht abstellen kann. Weißt du, Sabrina, im Grunde meines Herzens bin ich immer noch ein Straßenkind. Ich musste mich stets auf meinen Instinkt verlassen, um zu überleben. Und mein Instinkt hat mich selten getrogen. Das ist auch heute noch so. Und wenn es um Susan geht, habe ich einfach ein mulmiges Gefühl.«

Sabrina wurde immer unbehaglicher zu Mute. Dylan war ein kluger Mensch, ein guter Beobachter. Wenn seine Gefühle in dieser Sache so stark waren, konnte man sie nicht einfach als Einbildung abtun. »Du wolltest doch mit Carson darüber reden. Warum hast du 's nie getan?«

»Weil wir immer so viel zu tun hatten. Weil wir niemals eine ruhige Minute für ein vertrauliches Gespräch erübrigen konnten. Weil ich gehofft habe, auf dem falschen Dampfer zu sein.« Er atmete entnervt aus. »Und weil ich wusste, dass Carson meinen Verdacht als Bockmist abtun würde. Ich hab wohl gehofft, dass ich irgendwann einen konkreten Beweis in Händen hätte, der zeigen würde, dass meine Sorge begründet war. Aber diesen Beweis habe ich nie gefunden. Dann wurde Carson angeschossen, und ich hab das Thema erst mal zurückgestellt. Jetzt, wo es ihm so schlecht geht, werde ich ihm das nicht auch noch aufbürden. Ob Susan nun Florence Nightingale ist oder ein gesellschaftlicher

Emporkömmling, der sich persönlich bereichern will – das alles kann warten, bis es Carson wieder besser geht.«

»Vielleicht ist das gar nicht nötig.«

Dylan zog eine Augenbraue hoch. »Was willst du damit sagen?«

Sabrina stellte ihre Tasse hin. »Ich will damit sagen, dass ich gelernt habe, deinem Instinkt zu vertrauen. Ich kenne Susan noch nicht sehr gut. Habe erst ein paar Mal mit ihr gesprochen, in der Lounge vor der Intensivstation. Wir haben über YouthOp geredet, und sie war den Tränen nahe. Andererseits macht sie vielleicht ein Drama aus allem und jedem. Vorhin am Telefon war sie ziemlich aufgelöst. Wollte Carson nicht mal sehen, weil sie so aufgeregt war. Sie wollte, dass er erst wieder zu Kräften kommt. Deshalb fährt sie zur Arbeit, um sich abzulenken.«

»Und?«

Sabrina reckte ihr Kinn in die Höhe, und ein kampflustiger Ausdruck erschien in ihren Augen. »Du hast Recht, dass diese Susan-Geschichte unwichtig ist im Vergleich zu dem, was Carson in den letzten Wochen durchmachen musste. Aber wenn er sich Sorgen macht, könnte es seine Genesung beeinträchtigen. Deshalb müssen wir etwas unternehmen. Carson liebt diese Frau. Und wenn sie nicht die ist, für die er sie hält, liegt es an uns, das herauszufinden.«

»Verstehe.« Dylans Lippen zuckten belustigt. »Wir befinden uns also auf einem Kreuzzug?«

»Ich will es mal so ausdrücken: Mich interessiert diese tolle Wohltätigkeitsorganisation, wo Carson Praktikanten wie Russ Clark findet. Außerdem könnte Susan vielleicht ein wenig Gesellschaft gebrauchen. Sie kam mir am Telefon reichlich zerstreut vor. Ich denke, wir können zwei Fliegen mit einer Klappe schlagen. Es ist immer noch früh am Tag. Wir können duschen, uns was Frisches anziehen und bei YouthOp vorbeischauen, bevor wir zur Firma müssen.«

9.45 Uhr
Mt. Sinai Hospital

Stan nahm noch ein Magentablette und spülte sie mit Wasser hinunter.

Er musste sich gedulden. Im Augenblick war Dr. Radison bei Carson. Stan warf den Pappbecher in den Mülleimer und kehrte in den Warteraum zurück. Dort nahm er seine unruhige Wanderung wieder auf. Er schaffte es nicht, still stehen zu bleiben oder sich gar hinzusetzen. Er war völlig erledigt, und sein Magen brachte ihn beinahe um. Den ganzen Morgen hatte er gegrübelt, weshalb Carson ihn sprechen wollte. Er hatte am Telefon sehr ernst geklungen. Hatten Whitman und Barton ihm etwa einen Morgenbesuch abgestattet? Hatten sie Stan beschuldigt, den Anschlag auf Sabrina verübt zu haben? Hatten sie Carson vielleicht sogar überzeugt, dass er schuldig war?

Und wenn es so war – was konnte er zu seiner Verteidigung vorbringen? Wieder war Stan bei Karen gewesen. Wie oft konnte er noch diesen Unsinn vorbringen, dass er zu Hause allein vor dem Fernseher gesessen hatte und eingeschlafen war? Warum war ausgerechnet er derjenige, der nicht zu seinem Alibi stehen konnte?

Er steckte tief im Dreck …

Der Gedanke an Karen bewirkte, dass Stan auf die Uhr sah. Whitman und Barton waren immer noch mit den Leuten von Pruet beschäftigt, drehten sie wahrscheinlich gründlich durch die Mangel. Karen war normalerweise kühl wie Eis. Aber wenn sie solchem Druck ausgesetzt wurde … Stan betete, dass sie dichthielt. Denn wenn die Detectives von ihrer Affäre Wind bekamen, wanderte er in den Knast, und sie würden den Schlüssel wegwerfen.

Stan hörte im Geiste schon die Anklagepunkte: geheime Absprachen. Industriespionage. Teure Geschenke im Austausch für sexuelle Gefälligkeiten und Firmengeheimnisse. Und das Motiv für den Mordversuch? Wie wär's mit Angst? Angst davor, dass sein ältester Freund und Boss herausfinden könnte, was er zwanzig Jahre lang getrieben hatte, und ihn dann achtkantig rauswarf? Ein besseres Motiv gab es gar nicht.

Und das Motiv für den zweiten Mordversuch? Ganz einfach: Die Tochter des Chefs war soeben zu dessen Stellvertreterin ernannt worden. Sie ist clever und hat ihn, Stan, bereits in Verdacht. Verdammt, er hatte ja sogar gewusst, dass sie die Nacht mit Dylan verbrachte – und deshalb hatte er auch gewusst, wo er das Feuer legen musste.

Ein sauber geschnürtes Paket. Sie würden ihm Handschellen anlegen und ihn abführen, bevor er wusste, wie ihm geschah.

Falls ihm nicht vorher etwas zu seiner Rettung einfiel.

Aber was?

Stan hatte Karen versichert, dass er die Dinge in die Hand nehmen und jeden Verdacht im Keim ersticken würde. Inzwischen hatte er ein paar Schritte zur Erreichung dieses Zieles eingeleitet, obwohl er dazu in eine ganz andere Richtung steuern musste als geplant. Wenn diese verdammten Detectives doch endlich die Fälle lösen würden! Doch während sie noch mit dem ersten Fall beschäftigt gewesen waren, hatte es einen zweiten Mordversuch gegeben. Nun würden die Ermittlungen strenger werden, und eine Anklage lag in der Luft. Eine Anklage gegen ihn, den Hauptverdächtigen.

Stan war verurteilt, wenn er die Wahrheit sagte – und er war ebenso verurteilt, wenn er es nicht tat. Und die Zeit lief ihm davon.

»Mr Hager?«

Stan zuckte vor Schreck zusammen, als Dr. Radison von hinten an ihn herantrat. Er fuhr zu dem Arzt herum. »Ja?«

Radison bedachte ihn mit einem merkwürdigen Blick. »Mr Brooks hat nach Ihnen gefragt. Es geht ihm besser. Der Schock von heute Morgen hat keine Nachwirkungen hinterlassen, falls Sie deswegen so nervös sind.«

»Das sind ja gute Neuigkeiten.« Stans Erleichterung war ehrlich. Carson *musste* sich erholen. Denn was auch kommen würde – Stan hatte ein schmerzliches und längst überfälliges Geständnis abzulegen.

»Sie können jetzt zu ihm«, sagte Dr. Radison.

»Vielen Dank.« Stan holte tief Luft, straffte die Schultern und schritt den Korridor hinunter. Vielleicht ging es ja gar nicht um die große Sache. Vielleicht steigerte er sich in seiner Angst ja in etwas hinein …

Stan betrat das Krankenzimmer.

Carson saß im Bett. Er sah jetzt kräftiger aus und war nur noch an wenige Schläuche und Geräte angeschlossen. Doch seine Miene war finster.

Stan kannte diesen Blick. Kein gutes Zeichen.

»Hey«, begrüßte er seinen Freund, holte sich einen Stuhl heran und zwang sich zum Stillsitzen. »Radison sagt, du machst dich prima.«

Carson durchbohrte Stan mit Blicken. »Ich werde nicht um den heißen Brei herumreden. Und ich habe ganz bestimmt nicht vor, die bittere Pille zu versüßen. Nicht für dich. Nicht nach dem, was du getan hast. Whitman und Barton kriegen von mir die abgemilderte Version zu hören; so können wir den Schlamassel vielleicht noch abwenden. Ich weiß eigentlich nicht, ob du meinen Schutz verdienst, aber du bist mein Freund, also bekommst du ihn. Aber jetzt, wo wir vertraulich miteinander sprechen, musst du dir anhören, was ich wirklich von dir halte. Danach können wir uns die Story für die Cops ausdenken, mit der wir deinen Hals retten.«

Der Knoten in Stans Magen zog sich zusammen. Er

wurde blass; seine schlimmsten Befürchtungen hatten sich bestätigt. »Du glaubst also wirklich, dass ich versucht habe, Sabrina zu töten?«, platzte er heraus. »Oder dass ich *dich* töten wollte?« Er suchte nach seinen Tabletten, warf eine weitere ein. Es war ihm gleichgültig, wie viele er bereits genommen hatte. Seine Eingeweide brannten wie Feuer. Er goss Wasser aus der Kanne in Carsons Glas auf dem Tablett, wobei seine Hand so stark zitterte, dass er einen Teil verschüttete. Dann schluckte er die Tablette und stellte das Glas wieder hin. Er schwitzte furchtbar. Er zog sein Taschentuch aus der Tasche und trocknete sich die Stirn. »Meine Güte, du hältst mich wirklich für einen Mörder. Und das Schlimmste ist, dass ich es dir nicht einmal verdenken kann. Aber ich würde niemals … niemals …« Er brach ab und ließ den Kopf in die Hände sinken, als ihm klar wurde, wie lahm seine Beteuerungen sich anhören mussten.

»Hey«, sagte Carson aufmunternd und ohne Vorwurf in der Stimme. Stan hob den Kopf und sah, dass im Gesicht seines alten Freundes ein seltsamer Ausdruck stand: eine Mischung aus Trauer, Mitleid und wehmütiger Erinnerung. »Du hast wirklich gelitten, nicht wahr?«, murmelte Carson. »Ich nehme an, in vieler Hinsicht ist das Strafe genug. Nein, Stan, ich glaube nicht, dass du versucht hast, jemanden zu ermorden. Besser noch, ich *weiß* es. Und die Cops sollten es so schnell wie möglich erfahren. Wir werden es ihnen heute noch sagen.«

»Das habe ich ihnen doch schon gesagt«, entgegnete Stan. »Mehrere Male.«

»Sie brauchen Beweise. Und die hast du. Enthülle dein Alibi.«

»Welches Alibi? Ich habe zu Hause vor der Glotze gesessen und …«

»Das stimmt nicht«, fiel ihm Carson ins Wort. »Du warst

in Tuckahoe und hast mit Karen im Bett gelegen. Genau wie gestern Nacht, als der Anschlag auf Sabrina und Dylan verübt wurde. Wenn die Cops das wissen, werden sie dich in Ruhe lassen.«

Schweigen.

»Und bevor du jetzt fragst, warum … Ich weiß über alles Bescheid. Über Karen, über die Informationen, über die zwanzig Jahre. Die ganze Chose.«

Stan sank auf seinen Stuhl. Er fühlte sich schwach und zittrig. »Ich glaub das einfach nicht. Warum hast du mir nie etwas gesagt? Und warum hast du mich nicht längst gefeuert?«

»Weil du in deinem Job viel tüchtiger bist, als du glaubst. Außerdem bist du mein ältester Freund. Und stell es nicht so hin, als wäre ich sentimental oder weich in der Birne. Ich *habe* etwas getan. Ich habe dich überwachen lassen, und du hast nichts gemerkt. Mein Privatschnüffler beobachtet dich auf Schritt und Tritt. Und ich habe dafür gesorgt, dass du nicht an Projekten beteiligt wurdest, die dich hätten verleiten können, das von Karen erlangte Wissen zu benutzen. Dafür kannst du dich bei Dylan bedanken. Er ist ein verdammt guter Anwalt. Er hat deinen guten Ruf geschützt. Und jetzt hat er sich einen Plan einfallen lassen, der uns helfen kann, dass du nicht verhaftet wirst. Aber bevor ich darauf zu sprechen komme, möchte ich gern zwei Dinge von dir erfahren. Erstens, wie es mit Ferguson steht. Und zweitens, was du heute in den Reißwolf gestopft hast, als ich heute angerufen habe.«

»Dylan ist auch eingeweiht?«, brachte Stan mit schwacher Stimme hervor.

»Aber sicher. Ich bin schließlich kein Anwalt. Ich musste die Firma schützen. Ich bezahle Dylan für seine juristischen Kenntnisse. Und jetzt beantworte meine Fragen über Ferguson und diese Reißwolfgeschichte.«

Ferguson. Die zerschredderten Briefe. Carson wusste wirklich alles. Und Dylan offensichtlich auch.

»Ich werde deine Fragen beantworten. Sag mir bitte nur, wer sonst noch Bescheid weiß.«

»Sabrina. Ich hab's ihr vor ein paar Stunden gesagt. Whitman und Barton kommen später dran. Erst wollte ich mit dir reden.«

Nickend erhob sich Stan, holte tief Luft und fuhr sich mit zitternder Hand durchs Haar. »Ferguson hat nichts zu befürchten, das habe ich ihm heute Morgen gesagt. Was ich in den Reißwolf gestopft habe, waren persönliche Notizen von Karen, Kopien von Geschäftsunterlagen von Pruet sowie Aufzeichnungen, die ich mir von Karens Infos gemacht hatte. Ich habe nie etwas davon verwendet … Ich weiß auch nicht, ob ich mich je dazu hätte überwinden können, selbst wenn es nötig gewesen wäre. Ich habe mich schrecklich gefühlt. Ich musste einfach wieder Klarheit erlangen.« Er schluckte schwer.

»Wie hat Ferguson rausbekommen, was da lief?«, fragte Carson.

»Er hat Karen und mich zweimal zusammen aus dem Hotel kommen sehen. Wir sind immer vorsichtig gewesen, aber wie es der Zufall wollte, hat Roland uns genau die beiden Male gesehen, als wir zusammen in der City waren. Er kannte Karen von einem offiziellen Anlass. Beim zweiten Mal hat er sogar mitgehört, wie wir uns verabschiedet und abgesprochen haben, uns das nächste Mal bei ihr zu treffen, wo niemand von Ruisseau oder Pruet uns entdecken konnte. Das klang natürlich mehr als verdächtig. Als Roland mich am nächsten Morgen darauf ansprach, habe ich Panik gekriegt. Ich hab ihm zwei Bonuszahlungen von zehntausend Dollar zukommen lassen. Seitdem ist er übernervös. Aber wie schon erwähnt – heute habe ich ihm gesagt, dass er nichts mehr zu befürchten hat. Ich habe ihm von meinen Plänen erzählt. Natürlich ist er jetzt sehr erleichtert.«

Carson machte schmale Augen. »Deine Pläne? Was für Pläne?«

Stan verschränkte die Arme vor der Brust. »Ich will dich nicht anlügen. Ursprünglich wollte ich alles schreddern, was mich in Verdacht bringen oder Ruisseau schaden könnte. Dann wollte ich Roland so viel zahlen, dass er kündigt und weit wegzieht. Ich redete mir ein, ich würde es schon wieder gutmachen. Ich würde die ganze Welt nach dem besten Personalchef durchkämmen, um Roland zu ersetzen. Ich würde niemals wieder mit Karen über geschäftliche Angelegenheiten sprechen. Ich würde mir den Hintern aufreißen, um Sabrina zu unterstützen und ihr den Einstieg zu erleichtern. Das alles wollte ich tun. Aber rate mal, was dann passiert ist? Ich musste entdecken, dass mein Gewissen sich nicht so einfach zum Schweigen bringen ließ. Außerdem ging es mir gesundheitlich immer schlechter. Mein Magengeschwür ist kurz vorm Durchbrechen. Die Schuld, die ich auf mich geladen habe, bringt mich um, und ich will noch nicht sterben. Der einzige Weg, dem zu entgehen, ist der, eine endgültige Entscheidung zu treffen, und zwar sofort.«

Müde und resigniert zuckte er die Achseln. »Ich kann nicht ewig so tun, als wäre ich ein toller Hecht, Carson. Also habe ich meine Strategie geändert und beschlossen, die Dinge anders zu ordnen. Statt Roland zu bestechen, habe ich ihm heute Morgen seine Integrität bescheinigt. Ich habe ihm gesagt, ich würde zurücktreten, denn sobald die Cops den Täter ergriffen hätten, könnte ich dir alles beichten und meiner Wege gehen. Allerdings verändert unser jetziges Gespräch das Timing. Da du ja schon alles weißt, können wir den Cops mein Alibi aufdecken, ihnen sagen, was du und Dylan beschlossen habt, und ich werde kündigen – besser früher als später.«

»Den Teufel wirst du tun!« Carsons Augen funkelten, und seine Kiefer mahlten. »Du hast geglaubt, wenn du reinen Tisch machst, müsste ich annehmen, dass du, weil du die Firma bescheißt, auch fähig bist, mir in den Rücken zu schießen? Sehe ich das richtig?«

»Das trifft es so ungefähr, ja.«

»Nun, da irrst du. Deine Logik ist mies. Ebenso mies wie die Tatsache, dass du niemals, nicht ein einziges Mal in diesen zwanzig Jahren, zum mir gekommen bist und gesagt hast, was wirklich zwischen dir und Karen läuft. Es ist mies, dass du geglaubt hast, ich würde dich den Wölfen vorwerfen. Es ist mies, dass du mich nicht für fähig hältst zu verstehen, wie sehr du diese Frau liebst. Es ist mies, dass du nicht kapierst, wie gut ich dich kenne, dass ich weiß, wie versessen du darauf bist, dich zu beweisen. Es ist mies, dass du nie gemerkt hast, wie schuldig ich mich fühle, dass du zu solchen Mitteln greifen musstest, um dich deiner Position gewachsen zu fühlen. Und weißt du, was am allermiesesten ist? Dass nach all den Jahren unserer Freundschaft ich mehr Vertrauen zu dir habe als du zu mir. Oder zu dir selber, wo wir gerade davon reden. Du bist wirklich ein Arschloch.«

»Deine Einschätzung ist korrekt. Und was den letzten Teil angeht, danke für das Kompliment.« Stan lächelte ein wenig gequält. »Auch wenn mein Leben in Stücke zerfällt, ist es gut zu wissen, dass manche Dinge sich nie ändern.«

»Ja. Dinge wie unsere Freundschaft. Und dein Job. Du wirst Ruisseau nicht verlassen. Du gehst nirgendwo hin. Versuch nur, mir deine Kündigung zu geben. Ich zerreiße sie vor deinen Augen. Und nun setz dich endlich wieder hin!«, befahl Carson und deutete auf den Stuhl. »Wir müssen die Erklärung durchgehen, die Dylan ausgearbeitet hat, die Story für die Detectives. Sie bleibt ja ziemlich nahe an der

Wahrheit. Wenn wir uns einig sind, verständigen wir Whitman und Barton und machen einen Termin. Ach ja, und ruf Karen an. Halte sie auf dem Laufenden. Sag ihr, sie behält ihren Job, und du behältst deinen. Ich rufe Pruet an und frage, ob Karen eine Vertraulichkeitserklärung unterschreiben soll. Obwohl ich bezweifle, dass er darauf bestehen wird. Er wird zufrieden sein mit ihrer mündlichen Zusicherung, dass sie keine Firmeninterna im Privatleben ausplaudern wird. In deinem Fall genügt ja bereits der Arbeitsvertrag, um dich daran zu binden.

Carson hielt inne und warf Stan einen Blick zu, der besagte, dass er reinen Wein eingeschenkt haben wollte. »Noch eins. Was das Private angeht – könntest du dich nicht überwinden und dieser Frau einen Antrag machen, um diesen Ehezirkus endlich mal auf die Reihe zu kriegen.«

»Mach ich.« Stan musste schlucken, als er sich setzte. Er starrte zu Boden, und als er endlich wieder seiner Stimme mächtig war, brachte er nur Dankbarkeit und Demut hervor. »Danke, Carson. Wie ich damals schon sagte, als wir noch in diesem kakerlakenverseuchten Loch hausten … du bist ein verdammt guter Freund.«

»Ja. Aber gestatte mir, dass ich das Kompliment zurückgebe. Wenn du mir nicht vor achtundzwanzig Jahren zugeredet hättest, meinen Samen zu geben, wäre Sabrina nie zur Welt gekommen. Und wenn du nicht nachgeforscht hättest, hätte ich sie niemals kennen gelernt. Also sind wir quitt. Hören wir mit den Rührseligkeiten auf und machen uns an die Arbeit.«

10.25 Uhr
YouthOp, 23. Straße Ost

Falls Susan ein Beruhigungsmittel genommen hatte, war von der Wirkung nicht viel zu merken.

Als sie Sabrina und Dylan in ihr Büro führte, war sie völlig verkrampft.

»Ich hoffe, unser unerwarteter Besuch kommt nicht ungelegen«, sagte Sabrina.

»Aber keineswegs. Es ist eine nette Geste, dass Sie gekommen sind.« Susan zog ein Taschentuch aus der Jackentasche und tupfte sich die Augen ab. Dann nahm sie hinter ihrem Schreibtisch Platz und faltete die sorgfältig manikürten Hände auf der Platte. »Ich freue mich, dass es Ihnen gut geht. Ich wünschte nur, Sie hätten Ihren Besuch angekündigt, dann hätte ich frischen Kaffee kochen und ein paar Muffins aus der kleinen Bäckerei unten besorgen lassen.«

»Vielen Dank. Aber wir haben gerade eine ganze Kanne getrunken. Noch mehr Koffein, und ich kriege Zuckungen.« Sabrina lächelte höflich, ließ sich in einem der Besuchersessel nieder und musterte die Umgebung.

Dylan hatte Recht. Susans Privatbüro erinnerte an die Ausstellungsräume renommierter Innenausstatter: cremefarbenes Leder, Regale und Schränke aus erlesenen Hölzern. Selbst die Gemälde an der Wand stammten vermutlich aus einer Nobelgalerie auf der Upper East Side.

Interessant. Besonders deswegen, weil der Rest der bescheidenen Büroräume von YouthOp anders aussah: spartanisch eingerichtete Räume mit Berberauslegeware und Schreibtischen und Aktenschränken aus Metall.

»Sie haben ja ein wunderschönes Büro, das …«, staunte Sabrina – und brach ab, weil der Rest ihrer Worte in einem Hustenanfall unterzugehen drohte. Im gleichen Augenblick nahm sie einen stechenden Geruch wahr, der ihr in der Nase brannte – ein Geruch, der sie ziemlich ablenkte.

»Wie bitte?«, fragte Susan mit fragend zusammengezogenen Brauen.

Sabrina nahm sich zusammen. Sie durfte sich nichts anmerken lassen. Sie musste es aufschieben, musste später versuchen, diesem seltsamen Geruch auf die Spur zu kommen.

»Ihr Büro«, wiederholte sie. »Es ist wunderschön. Haben Sie es selbst eingerichtet?«

»Ehrlich gesagt, nein. Ich habe mir einen Raumausstatter kommen lassen.« Susan sah trotz der Frage nach der kostbaren Einrichtung kein bisschen verlegen aus. Andererseits zitterten ihre Finger merklich. »War nicht ganz billig, aber der Mann hatte Talent. Monatelang habe ich überlegt, ob ich für meine Büroeinrichtung wirklich mehrere tausend Dollar ausgeben soll. Allerdings verbringe ich in diesem Zimmer mehr als fünfzig Stunden die Woche. Deshalb habe ich mich schließlich doch dazu entschlossen. Habe ein Aktienpaket verkauft und die Sache in Angriff genommen. Ich habe es nie bedauert. Ich bin motivierter, wenn die Umgebung stimmt.« Susan atmete tief ein, um sich zu beruhigen; dann schaute sie Dylan an. »Vielleicht sollte ich euch die Telefonnummer meines Raumausstatters geben. In den Nachrichten hörte es sich so an, als hätte das Feuer schlimm in deiner Wohnung gewütet. Es muss ja das reinste Schlachtfeld sein.«

»Im Erdgeschoss ja«, bestätigte Dylan. »Aber sonst hatte ich Glück. Die Feuerwehr hat den Brand gelöscht, bevor er das obere Stockwerk erfassen konnte. Aber es stimmt, ich müsste gründlich renovieren lassen. Der Flur ist völlig ausgebrannt.«

Traurig schüttelte Susan den Kopf. »Ich bin wohl kaum Expertin für Molotowcocktails, aber man kann sich kaum vorstellen, dass ein paar Flaschen einen solchen Schaden anrichten können.« Mitleidig sah sie die beiden an; dann richtete sie den Blick auf Dylan. »Wo wirst du denn jetzt wohnen? Bei Carson?«

Einen Herzschlag lang herrschte Schweigen.

»Nein. Dylan zieht so lange zu mir«, gestand Sabrina und nutzte die beiderseitige Verlegenheit, um Susan die große Neuigkeit zu eröffnen. »Das bringt mich auf die einzige frohe Nachricht, die wir Carson heute bringen konnten: Dylan und ich werden heiraten.«

»Das ist ja großartig!« Susan beugte sich über den Tisch, um beiden die Hand zu schütteln. Ihre Finger waren eiskalt. »Genau das, was Carson sich erhofft hatte, falls …« Ihre Stimme erstarb.

»Du musst dir für Carson keine Notlüge durch die Rippen schwitzen«, versicherte Dylan ironisch. »Wir wissen bereits, dass er den gar nicht so subtilen Ehestifter gespielt hat. Zum Glück haben wir seine Hilfe nicht gebraucht.«

»Offenbar nicht.« Susans Lächeln wirkte ein wenig verkrampft. »Wann ist denn der große Tag?«

»Das wissen wir noch nicht. Wir müssen die Prognose des Arztes über Carsons Heilungschancen abwarten. Wir können erst Pläne machen, wenn er wieder auf den Beinen ist und mich zum Altar führen kann. Erst dann setzen wir den Termin fest.« Sabrina begann wieder zu krächzen. Der Geruch wurde stärker.

Und plötzlich wurde ihr klar, was für ein Geruch es war. Sie bekam einen Hustenanfall.

»Soll ich Ihnen ein Glas Wasser holen?«, fragte Susan.

»Ja, bitte«, krächzte Sabrina.

Susan eilte ins äußere Büro zum Wasserspender und füllte einen Plastikbecher.

»Alles in Ordnung?« Argwöhnisch sah Dylan sie an.

»Nein.« Sabrina kniff die tränenden Augen zusammen.

»Sabrina?« Dylan packte ihren Arm. »Was ist?«

»Meine Nase …« Wieder bekam sie einen Hustenanfall. »Lass uns gehen … sobald ich das Wasser getrunken habe.«

»In Ordnung.«

Als Susan wieder ins Büro kam, atmete Sabrina in langsamen, tiefen Zügen durch den Mund.

»Du meine Güte«, sagte Susan besorgt. »Geht es Ihnen nicht gut?«

»Sie hat zu viel Rauch eingeatmet«, erklärte Dylan, nahm Susan den Becher ab und reichte ihn Sabrina. »Sobald sie getrunken hat, sollte ich mit ihr an die frische Luft.«

»Natürlich.« Susan zerknüllte ihr Taschentuch und sah nervös zu, wie Sabrina an dem Becher nippte.

Langsam verebbte der Hustenanfall, doch Sabrinas Augen tränten immer noch.

»Ich hoffe, Sie verstehen … dass wir los müssen, Susan«, brachte sie mit krächzender Stimme hervor. »Wir wollten nur … schauen, ob es Ihnen besser geht … und Ihnen die frohe Botschaft bringen.«

»Ich freue mich sehr darüber. Und ich wünsche euch Glück.« Susan geleitete sie zur Tür und beeilte sich mit dem Verabschieden. »Ich verstehe, dass Sie gehen müssen. Sie haben Schreckliches erlebt. Fahren Sie nach Hause, und ruhen Sie sich aus.«

Fünf Minuten später ließ Sabrina sich in die Polster der Limousine sinken und lehnte den Kopf gegen die Nackenstütze, während der Wagen Richtung Uptown fuhr.

»Besser?«, fragte Dylan und strich ihr das Haar aus dem Gesicht.

»Nein. Mir ist übel.«

Dylan wirkte alarmiert. »Ist es die Nachwirkung von der Nacht?«

»Nein … die Begegnung mit Susan.«

Ein hartes Glitzern trat in Dylans Augen. »Du hast es also auch gehört. Kein Wunder, dass dir schlecht ist. Ich zerbreche mir immer noch den Kopf nach einer logischen Erklärung.«

»Oh, die logische Erklärung liegt auf der Hand«, sagte Sabrina. »Genau die macht mich ja so krank!«

Die Heftigkeit ihres Tonfalls ließ Dylan stutzig werden. »Reden wir hier eigentlich über ein und dasselbe?«, wollte er wissen.

»Aber natürlich! Es geht darum, was Susan über den Schaden in deinem Haus gesagt hat. Dass man sich ›kaum vorstellen kann, wie ein paar Flaschen solch einen Schaden anrichten können‹. Woher wusste sie, dass es ein ›paar Flaschen‹ waren? In den Nachrichten wurde es nicht erwähnt. Niemand hat davon gesprochen – nur du. Die einzigen Leute, denen du es gesagt hast, waren die Detectives und Carson, und von denen hat seitdem keiner mit Susan gesprochen. Die Detectives sind bei Pruet, und Carson schläft.«

»Wer hat es Susan dann gesagt?«

»Sie wusste es bereits«, schloss Sabrina.

»Es sieht ganz danach aus. Aber wir wollen nicht voreilig urteilen. Wir können nicht sicher sein.«

»Wir können verdammt sicher sein.« Sabrina warf einen Blick auf die Uhr, klappte ihr Handy auf und wählte eine Nummer. »Detective Whitman? Hier Sabrina Radcliffe. Sind Sie bei Pruet fertig? Okay, gut. Fahren Sie nicht direkt zum Revier. Ich muss sofort mit Ihnen sprechen. Es ist dringend. Dylan und ich sind auf dem Rückweg zu Ruisseau. Könnten Sie so schnell wie möglich hinkommen? Danke.«

Sie beendete die Verbindung.

»Sabrina, was ist?«, drängte Dylan. »Ich weiß, Susans Worte waren verdächtig, aber wir können nicht davon ausgehen, dass sie mit dem Anschlag zu tun hat, bevor wir nicht mehr Beweise haben!«

»Wir haben mehr Beweise. Sie sitzen genau hier.« Sabrina tippte sich an die Nase.

»Du meinst deine allergische Reaktion in Susans Büro?«

»Genau. Das Jucken in der Nase ist wegen dem Geruch nämlich nicht weggegangen.«

»Welcher Geruch?«

Sabrina drehte den Kopf und blickte ihm fest in die Augen. »Der Geruch nach Benzin.«

30

11.35 Uhr
Ruisseau Fragrance Corporation

Die Atmosphäre in Sabrinas Büro war mit Spannung geladen.

Dylan kauerte auf der Tischkante, Sabrina saß hinter ihrem Schreibtisch. Frank und Jeannie, die sich alles schweigend angehört hatten, saßen ihnen gegenüber.

Jeannie tippte sich mit dem Kugelschreiber an den Oberschenkel, die Augen vor Konzentration zusammengekniffen. »Fangen wir mit dem Benzingeruch an. Falls Sie sich nicht irren, könnte das bedeuten, dass derjenige, der die Brandbomben hergestellt hat, in Miss Lanes Büro gewesen ist.«

Sabrina schlug mit der Hand auf die Tischplatte. »Ich irre mich nicht. Bei Gerüchen täusche ich mich nie, und in diesem Fall bin ich mir absolut sicher. Und wenn Susans einzige Beteiligung darin bestanden hätte, dass ihr Büro als

Labor benutzt wurde – ohne ihr Wissen oder ihre Zustimmung –, wie erklären Sie sich dann ihren Ausrutscher mit den ›paar Flaschen‹? Sie muss es gewusst haben!«

Jeannie runzelte die Stirn. »Das stört mich auch ziemlich. Mein erster Verdacht geht dahin, dass der Anschlag letzte Nacht und der Mord an Russ Clark von einem Mitglied von YouthOp begangen wurden. Nicht jedes Straßenkind lässt sich bekehren. Und die Unbelehrbaren lassen die Leute, die das Sagen haben, ziemlich alt aussehen. Im Fall von YouthOp wäre das Susan Lane. Vielleicht schützt sie den Täter – und damit sich selbst.«

»Unsinn.« Dylan sprang auf und ging unruhig im Zimmer auf und ab. »Susan würde manches anstellen, um ihre Hände in Unschuld zu waschen, aber sie würde keinen *Mörder* decken – erst recht nicht, wenn er uns zu Carsons Attentäter führen kann.«

»Sind Sie sicher, dass Susan genau diese Worte benutzt hat: ›ein paar Flaschen‹?«, fragte Frank nun schon zum dritten Mal.

»Ja.« Wütend funkelte Sabrina die Detectives an. »Ich habe zwar eine hypersensible Nase, aber mein Gehör ist ganz normal. Und Dylans auch. Wir haben beide dasselbe gehört. Laut und deutlich. Können wir diesen Punkt jetzt als abgehakt betrachten?«

»Das sollten wir wohl«, erwiderte Jeannie, sah aber immer noch skeptisch aus. »Irgendetwas passt da nicht zusammen. Offensichtlich besteht zwischen den beiden Anschlägen ein Zusammenhang. Es macht keinen Sinn, wenn es nicht so wäre. Aber wenn Susan Lane die treibende Kraft hinter allem ist, will mir kein Motiv für den Anschlag auf Carson Brooks einfallen.«

»Übrigens wusste Susan, dass Dylan und ich letzte Nacht zusammen waren«, fügte Sabrina zu. »Carson hatte ihr schon erzählt, welche Fortschritte unsere Beziehung gemacht hatte. Ach ja, und Russ Clark ist von YouthOp zu Ruisseau gekommen. Das ist eine weitere Verbindung.«

»Ich weiß, worauf Sie hinauswollen. Und ich will Ihre Logik auch gar nicht anfechten. Der gestrige Anschlag deutet natürlich auf eine Verbindung zu YouthOp hin. Gehen wir also mal nach Ihrer Theorie vor und nehmen das Schlimmste an: dass Susan Lane einem ihrer Jungs von YouthOp den Auftrag gegeben hat, Sie zu ermorden. Vielleicht wollte sie Sie aus dem Weg haben, damit niemand mehr zwischen ihr und ihrem ehrgeizigen Ziel steht, eines Tages Mrs Carson Brooks zu werden, was Susan den Anspruch auf das Vermögen Ihres Vaters verschaffen würde. Das ist ein gewichtiges Motiv. Aber wo ist die Verbindung zum Anschlag auf Mr Brooks?

Die Beschaffung der Waffe ist einfach: Es lief über den schäbigen kleinen Handlanger. Aber was ist mit Motiv und Gelegenheit? Solange Miss Lane noch Mr Brooks' Freundin ist und nicht seine Frau, hat sie weder Motiv noch Gelegenheit, da sie zum Zeitpunkt des Anschlags offenbar doch auf dem Weg zu den US Open war.«

Sabrina fuhr sich nervös mit der Hand durchs Haar. »Sie haben Recht, besonders mit dem Motiv. Durch Carsons Tod hätte Susan nichts zu gewinnen. Ich bin sicher, sie liebt ihn. Sie will seinen Tod nicht.«

»Vielleicht war es gar nicht ihre Absicht, ihn zu töten«, schaltete Dylan sich ein. »Vielleicht wollte sie ihn nur verletzen. Auf diese Weise konnte sie sich eine Menge Publicity verschaffen, indem sie wie ein mildtätiger Engel an seinem Krankenbett wacht und ihn gesund pflegt. Ich sehe schon die Schlagzeilen vor mir: ›Leiterin von YouthOp überschüttet Carson Brooks, millionenschweren Boss von Ruisseau, mit Liebe und Fürsorge, während er sich von seinen Verletzungen erholt.‹«

Frank schüttelte den Kopf. »Wenn das ihr Plan gewesen

wäre, hätte sie es anders angepackt. Eine Kugel in den Rücken? Das hätte leicht tödlich ausgehen können. Ein paar Zentimeter daneben, und das wär's gewesen. Viel zu riskant. Wenn sie wollte, dass er verletzt und auf sie angewiesen ist, hätte sie ihren Handlanger anweisen können, Brooks in einer dunklen Gasse anzugreifen, seine Brieftasche zu stehlen und ihm ein paar Rippen zu brechen. Nein, Mr Newport. Was in Mr Brooks' Firma geschehen ist, war ein Mordversuch.«

Jeannie studierte ihre Notizen. »Widmen wir uns der Sache und gehen die Möglichkeiten durch, bevor wir über das Motiv nachdenken. Miss Lane war bei den US Open. Das Spiel hat um fünf nach sieben angefangen. Sie hat ein Taxi genommen, weil Mr Brooks die Limousine hatte. Sie muss ihre Wohnung also gegen sechs verlassen haben.«

»Es war ein Feiertag«, erinnerte Frank seine Kollegin. »Also war kein Berufsverkehr zu befürchten.«

»Nun ja, auch am Feiertag fahren viele Leute in die Stadt. Außerdem war der Dienstag wieder ein normaler Werktag. Die ganze Stadt ist nach den Sommerferien zurückgekehrt. Wenn Susan Lane weniger als eine Stunde Fahrzeit einkalkuliert hätte, wäre sie womöglich zu spät gekommen.« Nachdenklich kaute Jeannie an ihrem Kugelschreiber. »Sie musste sich auch noch fertig machen, anziehen, schminken …«

»Dafür braucht sie allein eine Stunde«, brummte Dylan. »Bei dem vollen Kleiderschrank und den vielen Make-up-Schichten ist das harte Arbeit.«

Jeannie zog belustigt einen Mundwinkel hoch. »Ja, sie ist 'ne Hundertprozentige. Okay, legen wir also eine Stunde drauf, einschließlich Dusche, Make-up und so weiter. Das heißt, sie musste spätestens um fünf zu Hause sein, um rechtzeitig zu den Open zu kommen. Mr Brooks wurde gegen zwanzig vor sechs angeschossen.«

»Das passt einfach nicht«, murmelte Sabrina.

»Es sei denn ...« Jeannie blickte auf. »Wir gehen alle davon aus, dass Miss Lane pünktlich zu dem Spiel gekommen ist, aber vielleicht stimmt das ja gar nicht. Vielleicht hat sie sich verspätet. Sie könnte ja schon vorher fertig angezogen und geschminkt gewesen sein und ist dann zu Ruisseau gefahren. Sie musste nur einen dünnen Regenmantel überziehen, damit sie nicht an ihrer Kleidung erkannt werden konnte. Außerdem hätte sie die Waffe in der Manteltasche verbergen können. Sie hätte den Schuss abfeuern, das Gebäude verlassen und nach Hause fahren können. Dort wäre sie um achtzehn Uhr fünfzehn angekommen. Da sie hohe Absätze trug und nicht schnell ging, wäre sie niemandem verdächtig erschienen. Auf dem Nachhauseweg hätte sie sich des Mantels entledigen, die Waffe in den Hudson werfen und in aller Ruhe um halb sieben ein Taxi nehmen können. Dann hätte sie sich zu dem Spiel zwar ein wenig verspätet, aber nicht viel.«

Frank überdachte dieses Szenarium und nickte. »Das passt. Kommt auch von der Zeit hin. Die Frage ist nur, wie finden wir es heraus? Sollen wir jeden Taxifahrer in dieser Stadt befragen, bevor wir den finden, der sie nach Queens gefahren hat? So viel Zeit haben wir nicht.«

»Vielleicht müssen wir es gar nicht.« Jeannie wandte sich an Dylan. »Mr Brooks ist ein großer Tennisfan, stimmt's?«

»Stimmt.«

»Also geht er mit schöner Regelmäßigkeit zu den US Open. Schließlich ist es das wichtigste Tennisturnier der Welt, und es findet praktisch vor unserer Haustür statt.«

»Ja. Carson versucht, möglichst kein Match zu verpassen. Warum wollen Sie das wissen?«

Statt ihm zu antworten, stellte Jeannie eine weitere Frage: »Und wenn er zu den Spielen geht, wo sitzt er dann immer?«

Begreifen dämmerte in Dylans Augen. »In seiner Loge. Er reserviert die sechs Plätze für die gesamte Dauer der US Open und lädt wichtige Kunden und Mitarbeiter von Ruisseau in die Loge ein.«

»Bingo.« Jeannie nickte triumphierend. »Damit haben wir doch ein paar großartige Möglichkeiten. Wir müssen die Fernsehaufzeichnung von diesem Spiel am Montagabend auftreiben und nachschauen, ob wir Mr Brooks' Loge darauf sehen, denn bei diesem Match dürfte außer Susan Lane niemand darinsitzen. Damit haben wir eine gute Chance, ihre Ankunftszeit festzustellen. Außerdem müssen wir herausbekommen, wer in den Nachbarlogen gesessen hat. Miss Lane ist eine sehr attraktive Frau. Ich wette, dass jemand ihre Ankunft bemerkt hat und weiß, ob sie auch auf ihrem Platz gesessen hat, als das Match begann.«

»Das ist genial.« Sabrina fühlte, wie sie von Jagdfieber gepackt wurde.

»Zügeln Sie Ihre Ungeduld«, warnte Jeannie. »Zumindest vorerst. Im Übrigen – selbst wenn wir beweisen können, dass sie zu spät kam, fehlt uns noch das Motiv. Wir müssen Schritt für Schritt vorgehen und dürfen nichts überstürzen.«

»Sie haben Recht.«

Jeannie legte den Kopf zur Seite und warf Sabrina einen prüfenden Blick zu. »Wie sind Sie überhaupt darauf gekommen, Susan zu verdächtigen? Ich habe so eine Ahnung, dass Ihr Besuch bei YouthOp nicht rein freundschaftlich gemeint war. Stimmt das?«

»Ja.« Sabrina hielt es für das Beste, ebenso direkt zu sein wie die Kripobeamtin. »Ich kann allerdings nicht sagen, dass ich sie verdächtigte. Ich hatte ein seltsames Gefühl, besonders, nachdem ich mit Dylan darüber gesprochen hatte. Es ging mir vor allem darum, meinen Vater zu schützen, weil Susan nun mal ein wichtiger Teil seines Lebens ist.«

»Wie ist es mit Ihnen, Mr Newport? Wenn ich es recht verstanden habe, fällt Ihr Urteil über Susan Lane ein wenig härter aus.«

»Härter und genauer, ja.« Dylan sprach ebenso freimütig wie Sabrina. »Ich kenne Susan schon länger als Sabrina. Ich habe ziemlich viel Zeit in ihrer Gesellschaft verbracht – teils mit, teils ohne Carson –, und ich muss sagen, dass ich mich in ihrer Gegenwart nicht wohl fühle. Irgendetwas stört mich an ihr. Ich traue ihr nicht über den Weg.«

»Worauf gründen sich diese Gefühle?«, fragte Frank.

Dylan berichtete von Susans Ichbezogenheit, ihrem Ehrgeiz, stets im Rampenlicht zu stehen, und von seinen Zweifeln bezüglich ihrer Prioritäten bei YouthOp.

»Moment.« Jeannie hielt eine Hand hoch. »Kommen wir auf diese Sache mit YouthOp zurück. Reden wir hier über eine Frau, die lediglich Werbung in eigener Sache macht, oder über eine Person, der etwas Kriminelles vorzuwerfen ist?«

Dylan stieß einen Seufzer aus. »Ich weiß es einfach nicht. Ich kann Ihnen keine Fakten liefern. Ich hatte gehofft, heute ein paar Informationen zu bekommen, aber unser Besuch ist sehr kurz gewesen. Ich kann nur sagen, dass ihr Büro überaus luxuriös ist, dass ihre Benefizveranstaltungen so viel kosten wie ein Debütantinnenball und dass ihre Publicitykampagnen ein unglaubliches Budget verschlingen.«

»Nichts davon ist verboten«, betonte Jeannie. »Jedenfalls, wenn die Mittel dafür auf ehrliche Weise erworben worden sind.«

»Wir haben Susan gefragt, ob sie selber für die Einrichtung ihres Büros verantwortlich zeichnet«, meldete Sabrina sich zu Wort. »Sie sagte, sie habe einen Raumausstatter damit beauftragt und zu diesem Zweck eines ihrer Aktienpakete flüssig gemacht. Es könnte stimmen. Wie Dylan schon sagte – das Büro sticht einem wirklich ins Auge. Es ist viel zu auffällig, als dass Susan annehmen könnte, kein Mensch würde nach den Mitteln fragen, mit denen eine Wohltätigkeitsorganisation eine solch aufwändige Ausstattung finanziert. Außerdem kann man die Auflösung eines Aktienpakets leicht nachprüfen. Deshalb glaube ich nicht, dass sie gelogen hat. Aber dass sie alles andere aus eigener Tasche bezahlt, halte ich für ziemlich unwahrscheinlich. Ich stimme Dylan zu: Sie ist nicht der philanthropische Typ. Und auch kein Rockefeller. Und wir reden hier über sehr viel Geld. YouthOp wird nur auf kommunaler, nicht auf staatlicher oder gar Bundesebene gefördert. Das hat Susan mir selbst gesagt.«

»Gibt es denn keine Sponsoren?«

»Doch, sicher«, erwiderte Dylan. »Carson zum Beispiel schießt mächtig zu. Natürlich hat YouthOp auch noch andere Gönner – Privatleute und Firmen –, aber ich bezweifle, dass einer von denen auch nur annähernd so viel spendet wie Carson. Wie dem auch sei, mich stört es sehr, dass diese gewaltigen Mittel nicht dazu verwendet werden, den Jugendlichen direkt zu helfen. Auch ich war schließlich mal so ein Straßenkind. Ich weiß, was die Kinder brauchen. Besonders die Älteren. Denen kann man nicht mehr mit Baseballspielen und aufmunternden Reden kommen. Die brauchen knallharte Unterstützung.«

»Aber sie können doch Praktikantenstellen und Stipendien bekommen«, sagte Jeannie.

»Wohl wahr. Und das befürworte ich von ganzem Herzen. Schließlich hat das auch mir auf den richtigen Weg geholfen. Aber das ist ja schon der zweite Schritt. Der erste Schritt bedeutet, die Kids auf den richtigen Weg zu bringen, damit sie den größten Nutzen aus den gebotenen Chancen ziehen können. Wie ich Susan schon einige Male gesagt habe, sollte YouthOp Profis einstellen – Berater, die in die Highschools gehen und gezielt die Kids ansprechen, die von dem Programm profitieren können, Berater, die ihnen auf dem ganzen Weg zur Seite stehen. Benefizveranstaltungen sind natürlich eine dolle Sache, aber was geschieht mit den Spenden, wenn sie erst in den Schatullen von YouthOp gelandet sind? Wofür werden sie ausgegeben? Für protzige Events, die für riesigen Presserummel sorgen. Dabei sollten die Spenden dafür genutzt werden, eine Umgebung zu schaffen, die von den Kids als eine Art Heim betrachtet wird, wo es Menschen gibt, denen sie sich anvertrauen können. Russ Clark ist das beste Beispiel dafür. Wenn er jemandem von dem Geheimnis hätte erzählen können, das er da ausgegraben hatte, wäre er vielleicht noch am Leben.«

»Es sei denn, er hat bei YouthOp selbst eine Unregelmäßigkeit entdeckt. Dann hätte er nicht gewusst, an wen er sich wenden sollte. Und wenn er es gewusst hat, kam er vielleicht nicht rechtzeitig an die maßgebliche Person heran.« Jeannie beugte sich vor. In ihrem Gesicht war abzulesen, wie angestrengt sie nachdachte. »Wie Miss Radcliffe gesagt hat, kam Russ Clark von YouthOp zu Ruisseau. Wir haben angenommen, dass er bei Ruisseau etwas Verdächtiges ausgegraben hat. Aber vielleicht stimmt das ja gar nicht. Vielleicht geht es um YouthOp. Und vielleicht wurde er dabei von Mr Molotowcocktail beobachtet, der zufällig zu demselben Zeitpunkt bei YouthOp zu tun hatte und plötzlich vor die Notwendigkeit gestellt wurde, Russ für immer zum Schweigen zu bringen.«

Frank blickte Jeannie aufgeregt an. »Das könnte erklären, weshalb wir in Russ Clarks Büro bei Ruisseau nichts Schriftliches gefunden haben. Er hat gar nicht dort herumgeschnüffelt, sondern bei YouthOp. Und wenn er eine Art Berichtstagebuch geführt hat, warum sollte er es nicht dort verstecken, wo er herumstocherte? Das war doch praktisch. Obendrein hatte er wahrscheinlich keine Ahnung, dass einer ihm auf der Spur war.«

»Und das bedeutet, der Bericht könnte immer noch dort sein – es sei denn, der Molotowbastler hat ihn gefunden. Denn er hat bestimmt schon danach gesucht, weil er es sich nicht leisten kann, dass es publik wird. Was immer Russ Clark ausgegraben hat, war belastendes Material.«

»Und wenn es auch Susan belastete …« Sabrina schluckte den bitteren Geschmack hinunter, der ihr die Kehle hochstieg. »Dann hätte sie ein Motiv, Russ' Tod zu wünschen.«

»Genug der Theorie. Wir brauchen Antworten.« Mit einem Knall schlug Jeannie ihr Notizbuch zu. »Wir müssen eine Liste von sämtlichen Teenagern und jungen Twens in die Hand bekommen, die seit Gründung von YouthOp dort betreut worden sind. Ich schätze, das wird uns früher oder später zu Mr Molotow führen. Und die Zusammenstellung dieser Liste wird nicht lange dauern, da die Organisation ziemlich jung ist.«

»Das Problem ist nur, wer stellt diese Liste zusammen?«, sagte Frank. »Das kann doch nur Susan Lane. Sie leitet die Organisation. Es hinter ihrem Rücken zu versuchen wäre dämlich. Susan würde zwangsläufig merken, was da läuft, und misstrauisch werden.«

»Stimmt«, sagte Jeannie. »Wir müssen uns einen anderen Vorwand überlegen, um ihr Einverständnis zu erhalten.« Sie dachte nach. »Mr Newport, hat Russ Clark wöchentlich eine bestimmte Zeit bei YouthOp verbracht? Mir ist schon klar, dass er ab und zu vorbeigeschaut hat – das haben die Mitarbeiter von YouthOp bestätigt, als wir sie nach dem Mord vernommen haben –, aber es muss mehr gewesen sein als ein gelegentliches Vorbeischauen. Hatte er einen Grund, YouthOp regelmäßig zu besuchen?«

»Den hatte er tatsächlich«, sagte Dylan. »Samstags hat er eine Schreibwerkstatt für Zwölf- bis Vierzehnjährige geleitet. Ein paar Blocks von YouthOp entfernt befindet sich eine U-Bahnstation; er hatte also keine Probleme, dorthin zu kommen. Die Mitarbeiter wussten möglicherweise nichts von diesem Schreibkurs, denn die Meisten haben samstags frei …« Plötzlich kam ihm ein Gedanke, und seine Miene hellte sich auf. »Es wäre jedenfalls der perfekte Zeitpunkt für Russ gewesen, seine kleine Schnüffelei zu betreiben.«

»Das reicht für einen Tatverdacht«, sagte Frank. »Höchste Zeit also für einen Haussuchungsbefehl.«

»Einverstanden«, sagte Jeannie. »Wir tragen es dem Richter in allen Einzelheiten vor. Aber bei YouthOp sollten wir es behutsam angehen. Je unpersönlicher wir den Besuch gestalten, desto besser. Lassen wir Susan Lane in dem Glauben, dass sie nicht zu den Verdächtigen zählt.«

»Okay. Hat keinen Sinn, wenn wir die Pferde scheu machen. Soll sie ruhig glauben, dass wir nur die Möglichkeit überprüfen, dass sich ein krimineller Youngster in ihren Laden eingeschmuggelt hat.«

»Und um den Burschen zu finden, brauchen wir natürlich den Computer. Sie muss uns Zugang gewähren, ebenso zu den Personalakten und Bilanzen.« Jeannie zuckte die Achseln. »Schließlich weiß man ja nicht, ob das Früchtchen bei YouthOp Geld gestohlen hat oder ob er von irgendjemandem bezahlt wurde. Wir beide wissen natürlich, dass solche Informationen nicht fein säuberlich in den Firmenbilanzen verzeichnet stehen. Aber es wäre immerhin möglich. Und damit haben wir Gründe an der Hand, um die finanziellen Transaktionen dieses Wohltätigkeitsvereins zu durchleuchten. Das wiederum verschafft uns Gelegenheit zu überprüfen, wie die Fonds benutzt oder manipuliert worden sind. Miss Lane wird gar nicht darauf kommen, dass dies Teil unseres Plans ist. Es sei denn, wir stolpern über etwas sehr Verdächtiges – dann wird sie ’s natürlich im Handumdrehen erfahren.«

»Wenn Sie mit einem Haussuchungsbefehl zur Tür hereinspazieren, rastet Susan aus«, bemerkte Dylan.

»Nicht, wenn wir es auf unsere ganz besondere Weise tun. Wir werden freundlich um ihre Hilfe bitten und sie zu unserer Verbündeten machen. Glauben Sie mir, Mr Newport, sie wird nicht ausrasten«, betonte Frank. »Falls Susan unschuldig ist, wird sie uns dankbar sein. Ihre Organisation wird von einem Verbrecher befreit, und sie hat dabei geholfen, ihn festzunageln. Die Presse wird sie als Heldin feiern! Ist das nicht genau die Art von Publicity, auf die sie immer so scharf ist?«

»Da haben Sie Recht«, gab Dylan zu. »Dann wünsche ich Ihnen viel Glück. Irgendwie hoffe ich, dass Sie etwas finden, um Susan festzunageln. Andererseits hoffe ich, dass sie unschuldig ist wie ein neugeborenes Lamm – Carson zuliebe.«

»Sie sind gefühlsmäßig in die Sache verstrickt. Wir nicht. Deshalb geht alles glatter, wenn Detective Barton und ich das allein in die Hand nehmen«, beruhigte Jeannie ihn.

»Mit anderen Worten: Nun schwirrt endlich ab.« Dylan zog belustigt einen Mundwinkel hoch. »Keine Angst, Detective. Sabrina und ich haben für heute schon genug Aufregung gehabt. Diese Sache dürfen Sie ganz alleine durchziehen. Halten Sie uns nur auf dem Laufenden.«

»Machen wir.«

»Da fällt mir ein, wie ist es eigentlich bei Pruet gelaufen?«

»Das war 'ne Sackgasse«, meinte Frank trocken. »Zehn Leute, neun Alibis. Alle konnten nachweisen, wo sie zur fraglichen Zeit gewesen sind – außer Karen Shepard, der rechten Hand von Louis Malleville. Sie war angeblich allein im Kino. Wir prüfen das nach. Ich glaube aber nicht, dass wir fündig werden.«

Sabrina und Dylan wechselten einen Blick.

»Was ist?«, wollte Frank wissen. »Was wissen Sie?«

Dylan streckte die Hand nach dem Telefonhörer aus. »Lassen Sie mich eben Carson anrufen und hören, wie es ihm geht. Dann beantworte ich Ihre Frage.«

Er hatte gerade drei Ziffern gewählt, als es an der Tür klopfte.

Sabrina wirkte verärgert. »Ich habe Donna doch gesagt, dass wir unter keinen Umständen gestört werden dürfen. Ja?«, rief sie nach draußen.

Die Tür ging auf, und Stan erschien. Er sah so fertig aus, als hätte er die Hölle durchgemacht. Doch Sabrina fiel auf, dass sein Blick nicht mehr gehetzt war.

»Geben Sie nicht Donna die Schuld«, sagte er ruhig. »Ich habe sie angewiesen, mich zu Ihnen zu lassen. Ich wusste, dass die Detectives Whitman und Barton hier sind. Und ich muss sofort mit ihnen sprechen. Es duldet keinen Aufschub.«

Leise legte Dylan den Hörer auf.

»Schießen Sie los, Mr Hager«, ermunterte ihn Jeannie. »Wir sind ganz Ohr.«

31

17.35 Uhr
Mt. Sinai Hospital

Wenn Blicke töten könnten, wären Sabrina und Dylan auf der Stelle umgefallen.

Carson funkelte sie zornig an und schob sich im Bett höher. »Was soll das heißen – ihr habt keine Ringe ausgesucht? Ihr seht doch ganz gesund aus. Viel besser als heute Morgen. Und Marie sagt, ihr hättet den ganzen Tag wie die Wilden geschuftet. Also, was ist nun mit dem Heiratsantrag auf der Fifth Avenue?«

Dylan gab die Antwort, die sie geprobt hatten und die

auch der Wahrheit entsprach. Doch da die Ereignisse so schnell aufeinander folgten – und teils so unerfreulich waren –, hatten sie beschlossen, den Antrag nicht zwischen Stans Geständnis und Franks und Jeannies Ermittlungen bei YouthOp zu zwängen.

Vor allem, weil Susan nun im Zentrum der Ermittlungen stand.

»War ein harter Tag, Carson«, hob Dylan behutsam an. »Heute Mittag waren Whitman und Barton bei uns – genau zu der Zeit, wie du dich vielleicht erinnerst, als wir zu Tiffany gehen wollten. Und dann ist Stan dazugekommen. Er hatte eine schwere Hürde zu nehmen, und wir wollten dabeibleiben, um ihm zur Seite zu stehen. Außerdem litt Sabrina immer noch unter dem Brennen in Nase und Kehle, und ich hatte Kopfschmerzen. So einen Heiratsantrag kann man ja nicht durchpeitschen wie die Entscheidungen in einer Vorstandssitzung. Also haben wir beschlossen zu warten. Tiffany hat jeden Tag bis sieben Uhr abends geöffnet. Heute würde es also ein bisschen knapp, ist ja schon fast sechs. Wir möchten nämlich Zeit fürs Aussuchen der richtigen Ringe haben. Deshalb haben wir unser Rendezvous auf morgen Abend verlegt. Wir machen früher Feierabend, damit wir genug Zeit fürs Ringekaufen haben. Anschließend gehe ich mit Sabrina in den Central Park und mache ihr den Antrag.«

»Warum denn nicht morgen früh? Du kannst sie doch genauso gut im hellen Sonnenschein fragen.«

Sabrina lächelte. »Ich wusste gar nicht, dass du so romantisch bist.«

»Bin ich auch nicht. Ich gehöre nur zu denen, die nicht lange fackeln. Dylan ist auch so. Du und ich, wir wissen ganz genau, dass er's nicht abwarten kann, dir den Ring auf den Finger zu stecken. Was geht also wirklich vor? Warum könnt ihr nicht morgen Vormittag Punkt zehn vor den Pforten von Tiffany sein?«

Noch ein Thema, das man leider nicht umgehen konnte.

Na schön. Wenn es sich nicht vermeiden ließ, war es wohl besser, wenn sie direkt darauf zusteuerte.

»Erinnerst du dich, dass ich morgen Vormittag um zehn einen Termin bei der Nephrologin habe?«

»Ja, ich erinnere mich«, sagte Carson. »Ich hatte gehofft, *du* hättest es vergessen.«

»Da hast du vergebens gehofft. Aber Dylan kommt ja mit. Und Bernard bestimmt auch«, fügte Sabrina trocken hinzu. Die Rede war von dem muskelbepackten Leibwächter, der ihr seit dem frühen Nachmittag nicht mehr von den Fersen wich. »Da fällt mir ein – ist es okay, wenn er während der körperlichen Untersuchung draußen bleibt? Er ist ein netter Kerl, aber einen Striptease möchte ich doch nicht für ihn hinlegen.«

»Sehr witzig. Fürs Grinsen wird er auch nicht bezahlt, sondern für deinen Schutz. Und sicher wird er während der Untersuchung draußen warten.«

»Gut. Das war das. Und mach dir nicht so viele Sorgen wegen dem Antrag. Morgen Abend wird Dylan das Knie wehtun, und seine Hose wird voller Grasflecken sein, und an meiner Linken wird ein Brillant funkeln. Ich verspreche, dass wir vorbeikommen und ihn dir zeigen. Okay?«

Carsons Blick wurde milder, und er wirkte besänftigt. »Also schön, ich gedulde mich weitere vierundzwanzig Stunden. Aber danach kommt ihr zu mir, egal, wie spät es ist. Ich möchte zu gern sehen, wie du deinen Ring anhimmelst.«

»Wenn es dir nur darum geht, wirst du wohl länger warten müssen, als dir lieb ist«, gab Sabrina zurück. »Ich bin nicht der schwärmerische Typ.«

Carsons Lippen zuckten verräterisch. »Wahrscheinlich nicht. Na ja, ich gebe mich auch mit glühenden Wangen zufrieden.« Er lehnte sich bequem in die Kissen zurück. »Hast du wenigstens Dylan bei dir aufgenommen?«

»Dylan ist ganz von selber zu mir gezogen.«

Carson ließ ein missbilligendes Schnauben hören. »Meine Güte, bist du kompliziert. Zerrupfst einem die Worte in der Luft. Na schön, Dylan ist also von selber umgezogen. Aber das Wichtigste ist doch, dass er jetzt bei dir wohnt, oder?«

Nun war die Reihe an Sabrina, ein Grinsen zu unterdrücken. »Ja. Er wohnt bei mir. Aber wenn du dich weiterhin einmischst, verbanne ich ihn ins Gästezimmer.«

»Halt den Mund, Carson«, befahl Dylan.

»Klar doch.« Er kicherte. »Will doch nur wissen, ob ihr auf dem rechten Weg seid. Ich werde meine Nase schon nicht reinstecken, wo sie nicht hingehört.«

»Das sowieso. Sabrina und ich können ja noch von Glück sagen, dass du Bernard nicht auch noch beauftragt hast, in ihrem Schlafzimmer Wache zu schieben, damit er zählt, wie oft wir …«

»Es wird Zeit, das Thema zu wechseln«, fiel Sabrina ihm ins Wort.

»… schnarchen«, fuhr Dylan ungerührt fort. »Ich wollte ›schnarchen‹ sagen.«

Sabrina warf ihm einen giftigen Blick zu.

»Keine Sorge«, versicherte Carson den beiden. »Bernard kennt seine Grenzen. Wenn es nötig ist, kann er auch Distanz halten. Zum Beispiel, wenn ihr bei Tiffany und im Central Park seid. Er ist die Diskretion in Person. Und er bleibt auch außerhalb der Wohnung. Die Momente, in denen ihr einander nahe seid, gehören euch und niemandem sonst.«

»Siehst du? Du bist ja doch romantisch«, neckte ihn Sabrina. Dann wurde sie wieder ernst und stellte eine Frage, die ihr den ganzen Nachmittag auf der Seele gelegen hatte. »Hast du Stan noch einmal gesehen, nachdem er mit Whitman und Barton gesprochen hatte?«

»Ja. Er ist gegen drei vorbeigekommen.«

»Und was machte er für einen Eindruck?«

»Besser, als ich gedacht hätte. Wahrscheinlich liegt es daran, dass er und Karen auch bald Kunden bei Tiffany werden. Deren Brillantringe sind zurzeit sehr gefragt.« Carson wurde wieder ernst. »Stan sagte, die Unterredung mit den Detectives sei gut verlaufen. Stimmt das?«

»Sehr gut«, versicherte Dylan. »Stan hat sich genau an unsere Story gehalten. Er sagte, er komme gerade aus dem Krankenhaus, wo er dir mitgeteilt hatte, er werde der Polizei die Wahrheit über sich und Karen gestehen, selbst wenn er dadurch noch mehr in die Schusslinie geriete. Er hat aufrichtig und sachlich gesprochen und damit ziemlichen Eindruck gemacht. Whitman und Barton waren mit den Alibis und der Erklärung zufrieden. Das Kapitel ist abgeschlossen.«

»Tatsächlich?« Argwöhnisch beäugte Carson seinen Freund. »Klingt mir ein bisschen zu glatt. Haben sie Stan nicht in die Mangel genommen? Haben sie nicht versucht, ihm eine Falle zu stellen? Nichts dergleichen?«

»Gar nichts.«

»Seltsam, findet ihr nicht? Wenn man bedenkt, wie überzeugt sie waren, dass Stan in die Geschichte verwickelt ist. Es sei denn, die Dinge haben sich verändert. Vielleicht haben sie inzwischen einen anderen auf dem Kieker. Was meint ihr?«

Genau diesen Punkt hatten Sabrina und Dylan vermeiden wollen.

»Was verbergt ihr vor mir?«, rief Carson.

»Wenn wir es dir sagen, muss es unter uns bleiben – unter uns *dreien*«, betonte Sabrina.

»Einverstanden.« Carson wartete gespannt.

»Es ist möglich, dass der Molotowcocktail-Attentäter – der vermutlich auch Russ' Mörder ist – zu YouthOp gehört.«

Carsons Wangenmuskeln zuckten. »Warum glaubt ihr das?«

Sabrina wich keinen Zoll zurück. »Weil Dylan und ich heute bei YouthOp waren. Wir haben Susan besucht. Heute Morgen, kurz nachdem du eingeschlafen warst, hat sie angerufen. Sie war völlig aufgelöst. Wir sind zu YouthOp gefahren, um sie zu beruhigen. Haben uns eine Weile mit ihr unterhalten. In ihrem Büro hing ein schwacher, aber hartnäckiger Gestank nach Benzin. Das könnte ein Hinweis darauf sein, dass sich der Brandbomben-Bastler zumindest zeitweise in Susans Büro aufgehalten hat.«

Carson hörte zu, ohne mit der Wimper zu zucken. »Weiter.«

»Die Verbindung zu YouthOp könnte tatsächlich bestanden haben«, sagte Dylan. »Schließlich hat Russ dort gearbeitet. Vielleicht hat er innerhalb der Organisation irgendeinen Dreckskerl entdeckt, der sich ein paar Extrascheine verdiente, indem er sich als bezahlten Killer anheuern ließ. Du kennst diese Typen ja. Er hat wahrscheinlich Drogen verkauft, oder Waffen, und ist von daher vielleicht schon für weitere Morde verantwortlich. Ich könnte mir gut vorstellen, dass so ein Verbrecher noch einen Schritt weitergeht und für den richtigen Preis zum Auftragskiller wird.«

»Kann ich mir auch vorstellen. Und was die Waffen angeht … du glaubst, die Zweiundzwanziger, mit der man mich angeschossen hat, wurde von ihm besorgt?«

»Ja. Und als diesem Schweinehund klar wurde, dass Russ seine Identität kannte, hat er ihn erstochen.«

»Aber nicht aus eigenem Antrieb.« Carsons Miene und seine Stimme waren ausdruckslos. »Diese Typen heißen ja nicht umsonst *bezahlte* Killer. Wer also gibt ihm das Geld?«

»Das wissen wir nicht.«

Carson schwieg und schürzte nachdenklich die Lippen. »Weiß Susan schon etwas von dieser Theorie?«, fragte er dann.

»Nein. Die Detectives haben uns gebeten, nichts zu verraten. Sie haben ihre speziellen Methoden, das Problem anzugehen. Wir mussten versprechen, Susan nichts zu sagen.«

»Weil Susan vielleicht darin verstrickt sein könnte«, schloss Carson.

Sabrina stieß den angehaltenen Atem aus. Sie standen mit dem Rücken zur Wand, das wusste sie. »Es ist möglich«, gab sie schließlich zu.

»Wie weit verstrickt?«

Schweigen.

»Ich habe euch etwas gefragt!«, stieß Carson hervor. Wut blitzte in seinen Augen. »Hört auf, um den heißen Brei herumzureden. Ihr braucht mich nicht zu schonen wie ein kleines Kind. Wie sieht Susans angebliche Verstrickung in diese Machenschaften denn aus? Ich habe ein Recht, das zu erfahren.«

»Ja, das hast du.« Sabrina hätte wissen müssen, dass er sich nicht würde abspeisen lassen. »Aber es wird dir nicht gefallen.«

»Da bin ich sicher. Aber ich will es wissen.«

»Na schön.« Sabrina berichtete Carson alles – von den verräterischen Worten, die Susan entschlüpft waren; von Dylans Vermutung, dass Susan im Grunde nicht so viel an den Jugendlichen lag, sowie von den möglichen Szenarien, die sie mit Whitman und Barton durchgespielt hatten.

»Kein Wunder, dass ihr keine Zeit hattet, zu Tiffany zu gehen«, bemerkte Carson, als Sabrina ihren Bericht beendet hatte. Er rückte sein Kissen zurecht und schob mit einer gespielt lässigen Gebärde den Arm hinter den Kopf. Doch an seiner Schläfe pulsierte eine Ader, und in seinen Augen stand ein harter Glanz. »Ihr seid wirklich fleißig gewesen.«

»Jetzt bist du sauer auf uns«, stellte Sabrina fest.

»So weit bin ich noch gar nicht. Ich versuche mich noch mit der Vorstellung vertraut zu machen, dass Susan zu so etwas fähig sein soll – einen Handlanger zu verdingen, der

Russ ersticht und euch beide zu Asche verbrennen soll.« Er drehte den Kopf in Dylans Richtung. »Diese persönliche Sache, über die du am Abend des Anschlags mit mir sprechen wolltest – ging es dabei um Susan?«

»Ja, aber nicht um so etwas Ungeheuerliches wie Auftragsmord«, stellte Dylan klar. »Ich hatte mir Sorgen gemacht, was sie mit YouthOp vorhatte und wie sie die Fondsgelder verteilte. Ich wusste, dass ich deinen Zorn riskieren würde, wenn ich davon anfing. Ich hatte ja auch keine handfesten Beweise. Und ich habe schon damit gerechnet, dass du meine Befürchtungen als Gefühlsmüll abtust. Aber ich konnte nicht mehr schweigen. Ob Susan dich für dumm verkaufen wollte oder es einfach nur auf dein Geld abgesehen hatte – in beiden Fällen solltest du es erfahren.«

Carson starrte eine Zeit lang stumm ins Leere. Als er dann wieder den Mund auftat, sprach er mit der ausdruckslosen Stimme, die sie schon vorher vernommen hatten. »Weißt du, Dylan, ich habe dieselben guten Instinkte wie du. Vielleicht bin ich bei Susan nicht objektiv, aber ich kenne sie. Ich weiß, wie gern sie im Rampenlicht steht. Und sie genießt den Umgang mit den oberen Zehntausend. Mag sein, dass sie ihre Integrität aufs Spiel setzen und sogar die Bücher von YouthOp manipulieren würde, wenn sie Gefahr liefe, bald auf dem Trockenen zu sitzen. Aber jemanden töten, der ihr im Wege steht? Das kann ich mir in meinen wildesten Fantasien nicht vorstellen. Und warum sie wusste, dass es mehrere Brandbomben waren? Tja, diese Frage kann nur sie selbst beantworten.«

Er schluckte und fuhr fort. »Lasst uns dennoch den schlimmsten Fall durchspielen. Nehmen wir an, Susan hat YouthOp um Geld geschröpft, und als Russ es herausfand, heuerte Susan einen Killer an, um ihn loszuwerden. Dann bekam sie heraus, dass ich eine Tochter habe, die für sie ein Hindernis auf dem Weg zu mir und meinem Geld darstellt.

Also hat Susan ihren Handlanger auch mit dem Mord an Sabrina beauftragt. Klingt mir zwar ziemlich unwahrscheinlich, aber eine Anklage lässt sich bestimmt daraus konstruieren, indem man auf das Motiv verweist. Aber jetzt kommt der Stolperstein dieser netten Theorie: ich. Warum sollte Susan mich erschießen wollen? Wenn ich tot wäre, hätte sie doch nichts mehr zu erwarten. Außerdem liebt sie mich. Sicher, sie liebt auch mein Geld und den Ruf, den ich ihr verschaffe. Aber ihr könnt mir nicht weismachen, dass Susan mir die Kugel in den Rücken gejagt hat.«

»Das glaube ich ja auch nicht«, erwiderte Dylan. »Genau an diesem Punkt kommen wir alle nicht weiter, auch Whitman und Barton nicht.« Er räusperte sich. »Ich will diese Frau nicht ins Gefängnis bringen, Carson. Ich bin genauso verwirrt wie du. Ich bin nicht glücklich über ihren Versprecher mit den ›paar Flaschen‹ und den Theorien, die von da an gesponnen wurden. Aber lassen wir das mal beiseite. Ich glaube nicht, dass Susan auf dich geschossen hat. Sie ist verrückt nach dir. Das passt schon mal nicht. Darüber hinaus kann ich mir Susan nicht mit einer Waffe in der Hand vorstellen, und noch viel weniger, dass sie damit schießt – am allerwenigsten auf dich. Jemanden dafür zu bezahlen ist eine Sache. Aber selber töten? Nein, nein. Susan ist zart besaitet und gar nicht robust genug. Sie würde so etwas niemals fertig bringen.«

»Wenn das ein stichhaltiger Grund dafür sein soll, dass Susan nicht schuldig ist – vergiss es«, stellte Carson leidenschaftslos fest, obwohl ein seltsames Licht in seinen Augen leuchtete. »Susan ist eine Kämpferin. Glaub mir, sie ist kein bisschen zart besaitet, und sie hat Mumm. Und zum Thema Robustheit kann ich nur sagen, du hast sie noch nie beim Camping erlebt. Du würdest sie nicht wieder erkennen.«

»Stimmt. Über Camping habe ich mit Susan in der Wartezone der Intensivstation geredet«, erinnerte sich Sabrina. »Ich glaube, sie kann gut auf sich selbst aufpassen. Ist allerdings auch keine Überraschung, wenn man bedenkt, dass sie auf dem Lande aufgewachsen ist. Da gab es Kühe zu melken, Tomaten anzupflanzen und andere Landarbeiten zu erledigen. Ich schätze, durch das Leben auf einer Farm lernt man alles Mögliche …«

Abrupt brach sie ab, weil ihr plötzlich ein anderes Gespräch eingefallen war. Und nun wusste sie auch, was Carson durch den Kopf ging.

»Carson«, sagte sie leise, »als wir von Stans Schießkünsten gesprochen haben, hast du gesagt, er sei schon mal mit dir zu der Farm von Susans Eltern gefahren, um sich im Zielschießen zu üben. Hat Susan damals auch geschossen? *Kann* sie schießen?«

»Ja, Susan kann schießen.« Carson machte ein grimmiges Gesicht. »Verdammt gut sogar. Nicht so gut wie Stan, aber es fehlt nicht viel. Aber sie würde meinen Tod nicht wollen. Außerdem besitzt sie keine Zweiundzwanziger.«

»Was nicht weiter überraschend ist«, erklang Detective Whitmans Stimme von der Tür. »Wahrscheinlich hat Mr Molotow ihr die Waffe besorgt. Sie wäre ja dumm, die eigene Pistole zu benutzen. Und Susan ist alles andere als dumm.«

Weder Sabrina noch Dylan oder Carson hatten Jeannie und Frank kommen hören. Aber da standen sie. Sie hatten die Tür leise aufgedrückt und taten einen zögernden Schritt ins Zimmer.

»Wir haben nicht gelauscht«, sagte Frank. »Die Schwester meinte, wir sollten einfach reingehen.«

»Sieht so aus, als hätten Sie das längst getan«, bemerkte Carson.

»Da haben Sie Recht.« Die beiden kamen herein, schlossen die Tür und holten zwei Stühle heran.

»Wo ist Miss Lane?«, erkundigte sich Jeannie.

»Nicht hier im Krankenhaus, sonst hätten wir wohl kaum über sie geredet«, bemerkte Dylan. »Sie ist vor einer Stunde gegangen, um ein Bad zu nehmen und anschließend zu ruhen. Dieser Tag hat sie ausnahmsweise total geschafft.« Er warf Jeannie einen fragenden Blick zu. »Haben Sie schon den Haussuchungsbefehl?«

»Keine Sorge. Morgen schauen wir bei YouthOp vorbei. Außerdem haben wir noch andere Hausaufgaben erledigt.« Sie zögerte und warf einen unsicheren Blick auf Carson.

»Die beiden haben mir schon alles erzählt«, bestätigte er. »Sie können frei von der Leber weg reden.«

»Na schön. Die Leute vom Sender waren sehr kooperativ. Wir haben fast eine Stunde Videomaterial von den US Open angeschaut. Dreimal haben wir Ihre Loge ins Bild bekommen: einmal um neunzehn Uhr zehn, dann um neunzehn Uhr einunddreißig und schließlich um neunzehn Uhr sechsundfünfzig. Die ersten beiden Male war die Loge leer. Beim dritten Mal – kurz vor zwanzig Uhr – saß Miss Lane an ihrem Platz. Sie hatte bereits abgelegt, deshalb nehme ich an, dass sie ein paar Minuten vorher eingetroffen war. Aber die erste halbe Stunde des Matchs hat sie verpasst.«

Sabrina warf einen raschen Seitenblick zu Carson. Der saß ganz starr und lauschte.

»Wir haben uns mit dem Veranstalter des Turniers in Verbindung gesetzt und die Namen und Telefonnummern von einem guten Dutzend Zuschauern in Erfahrung gebracht, die in der Nähe von Miss Lane saßen. Wir haben sie alle angerufen. Und wissen Sie was? Zwei Frauen und sieben Männer erinnern sich an eine attraktive, elegante Blondine, die zu spät zum Match kam. Fünf dieser neun Personen konnten sich sogar an den Spielstand erinnern, da beim Eintreffen von Miss Lane gerade die Seiten gewechselt wurden. Alle fünf Aussagen stimmen überein. Folglich haben wir die Videoaufzeichnung bis zu diesem Punkt vorgespult und konnten somit Miss Lanes Eintreffen auf neunzehn Uhr dreiundvierzig festlegen.«

Das Schweigen lastete schwer im Raum, bis Sabrina schließlich fragte: »Als Sie Susan das erste Mal verhört hatten, sagte sie da nicht, dass sie über eine halbe Stunde zu spät gekommen sei, Detective Whitman?«

»Nö.« Jeannie warf einen Blick zu Carson. »Was hat Sie Ihnen erzählt, Mr Brooks? Hat sie gesagt, dass sie den ersten Teil des Spiels verpasst hat?«

Carson schüttelte den Kopf. »Verdammt! Ich kann das einfach nicht glauben.« Er fuhr sich mit der Hand durchs Haar. »Na schön, Detective. Susan hatte also alle Zeit der Welt, um eine Kugel auf mich abzufeuern. Aber warum sollte sie das tun? Glauben Sie mir, ich bin kein sentimentaler Schwachkopf. Ich glaube nicht, dass die Liebe alles Übel der Welt besiegt. Aber Susan ist doch nicht wahnsinnig. Welchen Grund sollte sie haben, mich zu ermorden? Wenn *Sie* mir den Grund nennen können – verraten Sie mir dann auch, warum sie sich diesen Ort und diesen Zeitpunkt ausgesucht hat. Gerade Susan wusste doch, dass Dylan und ich am Spätnachmittag Feierabend machen würden. Ich hätte mich um fünf auf den Weg machen müssen, um noch rechtzeitig zum Spiel zu kommen.«

Plötzlich richtete Jeannie sich kerzengerade auf, und ihre Augen leuchteten. »Stimmt. Sie haben ja ausgesagt, dass Sie vor fünf Uhr Feierabend machen wollten, folglich zum Zeitpunkt des Anschlags gar nicht mehr in der Firma sein sollten. Wusste Miss Lane davon?«

»Ja. Wir hatten am Morgen darüber geredet, und dann noch mal am Nachmittag, so gegen drei. Da hab ich's noch mal telefonisch bestätigt.«

»Was genau haben Sie da gesagt?«

»Dass Dylan und ich bald fertig wären. Dass ich mich pünktlich auf den Weg machen würde.«

»Aber das haben Sie nicht getan. Kam das öfter vor?«

»Nicht, wenn ich zum Tennis wollte. Die US Open sind für mich so aufregend wie meine Arbeit. Ich komme niemals zu spät zu einem Match.«

»Was hat Sie aufgehalten?«, schaltete Frank sich ein. »Mussten Sie noch Dokumente durchsehen?«

»Nein. Dylan hatte zwar noch eine Akte, die er mit mir durchgehen wollte, aber so wichtig war das nicht. Das hätte bis zum nächsten Morgen warten können. Ich bin geblieben, weil Dylan gesagt hat, er müsse noch etwas Privates mit mir besprechen. Und es kostete ihn Überwindung, das konnte ich ihm ansehen. Also habe ich auf ihn gewartet.«

»Und diese persönliche Sache betraf Susan Lane und Ihre Bedenken wegen dieser Frau«, wandte Frank sich an Dylan. Er erriet allmählich, worauf Jeannie hinauswollte.

»Ja.« Er nickte.

Frank beugte sich vor. »Mr Newport, bei unserem Gespräch heute Morgen sagten Sie, Sie hätten Miss Lane geraten, die Gelder von YouthOp anders zu verteilen: Sie solle lieber Berater anstellen statt rauschende Spendenbälle zu geben. Haben Sie ihr sonst noch einen Rat erteilt?«

Dylan zuckte die Achseln. »Den einen oder anderen. Sie wusste, wie ich über ihre Arbeit dachte. Ich habe ihr allerdings nie Unregelmäßigkeiten vorgeworfen, falls Sie darauf anspielen …«

»Aber sie wusste genau, was Sie an ihr kritisierten, Mr Newport. Sie sagen, was Sie denken. Und Susan Lane ist nicht dumm. Sie muss Ihren Unwillen gespürt haben, jedes Mal, wenn Sie in ihr Büro kamen und sich umschauten. Bei Ihren Andeutungen muss sie blass geworden sein. Und sie muss gewusst haben, dass Mr Brooks auf Sie hört.«

»Nicht nur, dass er auf ihn hört. Mr Newport ist außerdem Mr Brooks' Haupterbe«, steuerte Jeannie bei.

»*War*«, berichtigte Frank. »Ich schätze, dass Miss Radcliffe nun auch einen Anspruch hat – zumindest auf einen Teil. Und den kann sie zusammenwerfen mit dem Mann, dem sie in Liebe zugetan ist. Ein ganz schönes Doppelhindernis, was?«

»Ja. Ein sehr unangenehmes Doppelhindernis für eine Frau, die sich zum Ziel gesetzt hatte, Mrs Carson Brooks zu werden – nach der Hochzeit hätte ihr alles gehört, ihr und ihrer Organisation. Reichtum, ein guter Name, gesellschaftliche Stellung ... sie wäre bald eine zweite Jackie O. geworden. *Falls* sie es geschafft hätte, Carson Brooks' Ehefrau zu werden.«

Frank stand auf, stellte sich hinter seinen Stuhl und packte die Lehne. »Sie kann gut schießen. Ich bin sicher, sie kann bestens mit 'ner Zweiundzwanziger umgehen. Es wäre ein Kinderspiel für sie. Ein Schuss, und sie hätte für die Zukunft ausgesorgt. Keine Probleme mehr, weder privater, beruflicher noch finanzieller Art. Die Gelegenheit war zu günstig. Wie sie aus dem Anruf wusste, waren nur noch Mr Brooks und Mr Newport im Büro, und Mr Brooks würde um fünf gehen. Um zwanzig vor sechs konnte demnach nur noch eine Person im Büro sein: Dylan Newport. Und auf den hatte sie 's abgesehen. Sie zog also los, um ihre schmutzige Tat zu vollbringen. Dylan Newport war im Büro ihres Liebsten und stand passenderweise am Fenster, mit dem Rücken zu Susan. Sie duckte sich, zielte und schoss von der Tür aus. Doch da gibt es ein kleines Problem: Durch das Fenster fällt nicht viel Licht ein, weil es nach Osten liegt. Newport und Brooks sind ungefähr gleich groß und von ähnlicher Statur. Susan Lane hat unglücklicherweise den Falschen erwischt.«

Jeannie pfiff leise durch die Zähne. »Nachdem sie abgedrückt hatte, erkannte sie, dass es nicht Dylan war, sondern Carson.« Ironisches Kopfschütteln. »Stellt euch vor, wie ihr zu Mute gewesen sein muss, einer nervösen Frau wie ihr.

Für sie ist eine Welt zusammengebrochen. Sie hat sich mit der falschen Leiche belastet. Alle ihre Pläne waren zunichte, wenn der Mann, auf den ihre Hoffnungen sich gründeten, ins Gras biss. Sie muss ja völlig durcheinander gewesen sein! Kein Wunder, dass sie sich auf der Intensivstation die Augen ausgeweint hat. Was für ein Wirrwarr von Schuld, Versagen und Panik.«

»Ja. Aber trotzdem hat sie ihre Fassung wiedergewonnen und es noch einmal versucht, diesmal mithilfe ihres guten Kumpels Mr Molotow. Wir haben geglaubt, er wäre hinter Sabrina Radcliffe her. Ha! Er hatte zwei Opfer auf einmal im Visier! Sabrina *und* Dylan Newport, damit für Susan Lane der Weg zu Freiheit und Reichtum freigeräumt war. Und was passiert? Es geht wieder daneben! Kein Wunder, dass die Frau völlig durch den Wind ist. Sie hat wirklich jede Menge Sorgen.«

»Okay, es reicht allmählich.« Sabrina erhob sich. Carson sah von Minute zu Minute schlechter aus, und Sabrina machte sich allmählich Sorgen. »Carson?«

Er drehte den Kopf zu ihr. In seinen Augen stand erschrockene Erkenntnis, vermischt mit Unglauben und Schuldbewusstsein. »Mir ist schlecht«, brachte er heraus. »Ich könnte mich übergeben, aber das ist ja kein Wunder. Wenn das alles wahr ist …« Er verstummte und wandte sich an Jeannie. »Wie sollen wir es herausfinden? Und beweisen?«

»Wir melden uns morgen früh telefonisch bei Susan, gemäß unserem ursprünglichen Plan. Wir sagen ihr, dass wir einen Durchsuchungsbefehl haben und zu YouthOp kommen«, erklärte Jeannie. »Wenn wir erst mal dort sind, nehmen wir eine gründliche Suche vor. Daraus wird sich unser weiteres Vorgehen ergeben – je nachdem, welches Verbrechen wir zuerst ansprechen. Das Beste wäre, wir würden zunächst auf die Veruntreuung der Gelder zu sprechen kommen und Susan dann, wenn sie in ihrer Wachsamkeit nachgelassen hat, mit der anderen Sache konfrontieren. Wir müssen ein bisschen improvisieren. Überlassen Sie das ruhig uns.«

»In Ordnung.« Auch Dylan erhob sich; auch er ein wenig grün im Gesicht. »Detectives, für heute Abend ist es genug. Ich glaube, wir haben es jetzt alle begriffen. Lassen Sie 's für heute gut sein, ja?«

»Einverstanden.« Jeannie nickte, erhob sich und wartete auf Frank. »Wir rufen an, sobald es vorüber ist.«

»Warten Sie«, sagte Sabrina. »Wann fahren Sie morgen zu YouthOp?«

»Das hängt von Susan Lane ab. Warum fragen Sie?«

»Aus mehreren Gründen. Zunächst einmal wär's mir lieb, wenn Susan vor der Haussuchung nicht mehr zu Carson vorgelassen wird.«

»Jetzt hör aber auf, Sabrina«, stieß Carson hervor. »Ich bin doch kein Trottel.«

»Stimmt, aber ein Diplomat bist du auch nicht. Du bist ungefähr so einfühlsam wie ein Erschießungskommando. Sobald Susan dich sieht, wird sie wissen, dass etwas faul ist.« Sabrina übertrieb, das wusste sie genau. Unter den gegebenen Umständen würde Carson lügen, bis sich die Balken bogen. Die Wahrheit war eine andere: Sie wollte nicht, dass er diese Frau sah – zumindest nicht allein.

Und das brachte sie zu der möglichen Überlappung von Terminen, die sie zu vermeiden trachtete.

»Zweitens möchte ich das Ergebnis der Unterhaltung mit Susan aus erster Hand hören. Und das bedeutet, ich möchte hier sein, wenn Sie Carson anrufen. Leider habe ich um zehn einen Termin bei der Nephrologin. Die Zeit drängt, deshalb kommt eine Verlegung des Termins bei Dr. Mendham nicht infrage. Können wir uns einen Ausweg überlegen?«

Jeannies Blick traf den ihren, und eine wortlose Verständigung fand statt. Sabrinas Botschaft drang durch – laut und deutlich. Sie wollte bei Carson sein, wollte ihm in seiner emotionalen Krise zur Seite stehen. Aber das konnte und würde sie nicht tun, wenn es bedeutete, seine gesundheitliche Krise außer Acht zu lassen. Es war ein Drahtseilakt. Whitman und Barton mussten ihr helfen.

»Das sollte machbar sein.« Jeannie nickte. »Ich sag Ihnen was. Detective Barton und ich bitten Dr. Radison, morgen früh keine Besucher zuzulassen. Er wird den Schwestern Bescheid geben, dass Mr Brooks eine schlimme Nacht hinter sich hat, dass die Berührung seiner Tochter mit dem Tod ihn sehr mitgenommen hat und dass er ein Schlafmittel nehmen musste. Somit ist er bis zum Nachmittag nicht ansprechbar. Das sollte Susan Lane von einem spontanen Morgenbesuch abhalten. Danach werden wir ihr genug zu tun geben. Sie muss uns eine Liste der möglichen Mr Molotows zusammenstellen, während wir gezielt Beweise sammeln. Es wird einige Zeit dauern, bis wir bei YouthOp fertig sind. Sie würden staunen, wie lange es dauert, Buchhaltungsunterlagen durchzusehen. Außerdem haben wir ja noch ein paar Fragen zu stellen. Und dann brauchen wir Zeit, um nach Aufzeichnungen von Russ Clark zu suchen. Vertrauen Sie mir. Wir verschaffen Ihnen mehr als genug Zeit für Ihren Arzttermin.«

»Vielen Dank, Detective«, sagte Sabrina. »Sieht so aus, als hätte ich mich in Ihnen getäuscht. Sie sind doch ein anständiger Mensch.« Sie blickte Frank an. »Sie beide.«

»Sagen Sie es bloß keinem«, warnte Jeannie. »Das ruiniert noch unseren Ruf.«

»Keine Chance«, brummte Frank. »Ihr würde sowieso keiner glauben.« Er strebte bereits Richtung Tür, und Jeannie folgte ihm. »Ich wünsche Ihnen allen eine gute Nacht.«

»Gute Nacht. Und viel Glück.« Sabrina wartete, bis sie das Zimmer verlassen hatten, und machte die Tür hinter ihnen zu.

Dann drehte sie sich um und ging wieder zum Bett, wo Carson mit versteinerter Miene lag und an die Decke starrte. »Hey.« Sie legte ihre Hand auf seine. »Jetzt sei nicht sauer auf mich. Ich weiß, dass ich mich eingemischt habe. Aber ich hab's nicht als Übergriff gemeint. Ich will mich um dich kümmern. Gesteh mir dasselbe zu, was du von dir verlangst. Ich kann nicht anders, als mir Sorgen zu machen. Du bist mein Vater.«

Carson richtete den Blick auf Sabrinas Hände. »Ich bin nicht sauer. Und, ja, ich *bin* dein Vater. Ich bin derjenige, der *dich* beschützen sollte, nicht andersherum. Deshalb fällt es mir ja so schwer, damit fertig zu werden, dass die Frau, die jemanden angeheuert hat, um dich zu töten, dieselbe Frau ist, mit der ich seit über einem Jahr zusammen bin. Eine Frau, die mir einmal viel bedeutet hat.« Er sprach mit voller Absicht in der Vergangenheitsform. »Und die behauptet hat, mich zu lieben.«

»Das tut sie ja, was immer ihre Liebe wert sein mag.«

»Die ist *nichts* wert!«, fauchte Carson. »Und sie hatte es ja gar nicht auf mich abgesehen, sondern auf Dylan. Das ist schlimmer, als wenn sie mich dreimal erschossen hätte. Und als ob das nicht schon verachtenswert genug wäre, hat sie es ein zweites Mal versucht. Sie hat irgendeinen Abschaum angeheuert, um euch beide zu töten *und* den armen Russ zu erstechen, damit er nichts mehr ausplaudern kann …« Carson ballte die Fäuste und steigerte sich in seine Wut hinein. »Gott steh ihr bei, wenn Whitman und Barton Recht haben!«

»Carson, hör jetzt auf.« Dylan kam zum Bett und stellte sich ans Fußende. »Schau mal auf den Herzmonitor. Ich brauche keinen Arzt, um zu sehen, dass dein Herz viel zu schnell schlägt. Und dein Blutdruck ist auch in die Höhe geschnellt. Also beruhig dich. Was geschehen ist, kannst du nicht ändern. Falls Susan dieser Verbrechen schuldig ist, wird sie bestraft. Das macht Russ nicht wieder lebendig, ich weiß. Sein Tod kann ebenso wenig rückgängig gemacht werden wie der Anschlag auf dich. Deshalb müssen wir uns jetzt auf das Positive konzentrieren. Du wirst wieder gesund. Sabrina und ich haben den Anschlag überlebt. Uns geht es gut. Also, Carson, beruhig dich.«

Mit steifem Nicken atmete Carson aus, sichtlich bemüht, wieder zur Ruhe zu kommen. »Das ist leichter gesagt als getan. Ich versuche mich zu beruhigen. Aber ich muss eine Zeit lang allein sein, muss nachdenken, alles wieder in die Reihe bringen.«

»Den Teufel wirst du tun. Was du brauchst, ist ein Schlafmittel«, bestimmte Sabrina. »Ich rufe die Schwester und lass dir etwas bringen. Ist mir egal, ob du sie beschimpfst. Du nimmst die Tablette. Du musst dich ausruhen. Wenn du nicht tust, was ich sage, gibt's keine Ringe und keinen Heiratsantrag. Und wer weiß, wann Dylan und ich wieder in der Stimmung sind, vor den Traualtar zu treten? Unser Leben ist zurzeit dermaßen hektisch, dass es Monate dauern könnte, bis wir wieder Zeit dafür haben. Und damit wäre die Hochzeit auf ungewisse Zeit verschoben.«

»Du denkst doch an nichts anderes mehr.« Carson warf Sabrina einen wissenden Blick zu. »Ihr zwei seid drauf und dran, die Sache offiziell zu machen.«

Sabrina erwiderte seinen herausfordernden Blick. »Meinst du? Na schön. Dann sag mir ins Gesicht, dass ich bluffe. Aber wenn du dich irrst …« Sie zuckte die Achseln. »Eine Schlaftablette scheint mir ein geringer Preis zu sein, um sich eine romantische Hochzeit zu sichern. Aber es ist deine Entscheidung. Sollen Dylan und ich morgen bei Tiffany vorbeischauen – ja oder nein?«

Carson blickte sie finster an. »Ich würde dir am liebsten an die Kehle gehen. Das ist kein Handel, das ist Erpressung.«

»Ach was. Bloß ein geschäftlicher Deal, bei dem du zur Abwechslung mal nicht am längeren Hebel sitzt.« Fragend zog Sabrina eine Braue hoch. »Also, wie entscheidest du dich?«

»Na schön, ich nehme die Schlaftablette. Kannst ja bleiben und dabei zusehen, wenn es dich glücklich macht.«

»Das wird wohl nicht nötig sein. Ich baue auf die Krankenschwestern.« Sabrina lächelte leicht. »Und um dir zu zeigen, dass ich keine eiskalte Geschäftsfrau bin und sehr wohl weiß, dass bei einem guten Abschluss beide Seiten zufrieden sein sollen, mache ich dir jetzt ein Zugeständnis. Wenn Dylan und ich morgen Abend kommen, werde ich nur noch von meinem Ring schwärmen und ihn allen zeigen – erst dir, dann jeder Schwester und jedem Pfleger und wer sonst noch durch diese Tür kommt. Wäre das in Ordnung?«

Carsons Miene wurde milder. Sabrina sah auf dem Monitor, dass sein Herz wieder regelmäßig schlug.

»Ja, in Ordnung«, sagte er.

Sabrina beugte sich zu ihm hinunter und blickte ihm ernst und voller Verständnis in die Augen. »Carson, ich weiß, dass du dich für meine Sicherheit verantwortlich fühlst. Aber gib dir keine Schuld mehr. Und sieh das Positive. Aus diesen schrecklichen Ereignissen wachsen wundervolle Dinge. Ich habe jetzt einen Vater, einen Verlobten und die Karrierechance meines Lebens. Das ist es doch wert, dafür eine Feuerprobe zu bestehen.« Impulsiv beugte sie sich noch tiefer hinunter und küsste ihn auf die Wange. »Ich sage der Schwester, dass sie das Mittel bringen soll. Du wirst jetzt schlafen. Träum von den Enkeln, die du nach Strich und Faden verwöhnen willst.«

32

Mittwoch, 21. September, 13.25 Uhr
Mt. Sinai Hospital

Der Besuch bei der Nephrologin war erfolgreich verlaufen.

Dr. Mendham war eine Koryphäe auf ihrem Gebiet, wie Dr. Radison gesagt hatte. Sie untersuchte Sabrina von Kopf bis Fuß, stellte gezielte Fragen und führte verschiedene Untersuchungen durch, darunter Röntgenaufnahmen des Brustkorbs und ein EKG. Darüber hinaus erläuterte sie das Prozedere des Nierenangiogramms, nahm Sabrinas Sorgen ernst und beruhigte sie hinsichtlich der Laparoskopie*, die – im Unterschied zur herkömmlichen Chirurgie – einen sanfteren Eingriff darstellte und schnellere Genesung garantierte.

Alles in allem war der Termin positiv verlaufen. Mit ein wenig Glück sollte es mit der Operation ebenso sein. Falls Carson bereit war – Sabrina war es auch.

Doch heute Morgen hatte sie das Gefühl, vor Anspannung aus der Haut zu fahren.

Zusammen mit Dylan und ihrem getreuen Leibwächter Bernard war sie von Dr. Mendhams Praxis zum Mount Sinai Hospital gefahren. Dylan rief noch auf der Fahrt im Krankenhaus an und erfuhr, dass Carson alle paar Minuten aus seinem Halbschlaf erwachte und sich erkundigte, ob die Detectives sich schon gemeldet hätten.

Was noch nicht der Fall war.

Bis die Limousine das Krankenhaus erreichte, war es zwanzig vor eins geworden. Sabrina und Dylan begaben

---

* Laparoskopie: Bauchspiegelung mit einem Endoskop (Anm. d. Übers.)

sich unverzüglich zu Carsons Zimmer, vor dem ein stämmiger Polizist Wache hielt.

»Alles in Ordnung?«, fragte Sabrina, die Officer Garner erkannte.

»Alles bestens«, versicherte er. »Er hatte zweimal Besuch, Stan Hager und Susan Lane. Mr Hager war um acht Uhr fünfzehn da, Miss Lane um acht Uhr vierzig. Beide waren aber nur kurz da, weil Mr Brooks zu erschöpft ist. Ich habe gegen neun mit Stock und Stein gesprochen und Bericht erstattet. Seitdem ist alles ruhig.«

»Danke.« Dylan führte Sabrina ins Zimmer.

Sie gingen auf Zehenspitzen für den Fall, dass Carson schlief, doch in dem Moment, als sie hereinkamen, schlug er die Augen auf. Er sah müde aus. Sabrina hegte den Verdacht, dass Dr. Radisons Erfindung von der schlaflosen Nacht gar nicht nötig gewesen wäre.

Carson wollte alles über Sabrinas Untersuchung durch Dr. Mendham wissen und quittierte jedes Detail mit einem Nicken. Sabrinas Besorgnis wegen seiner nachlassenden Kräfte tat er mit einer Handbewegung ab und versicherte ihnen, ihm fehle nichts. Er verliere nur allmählich die Geduld, weil das Warten an seinen Nerven zehre.

Um halb zwei hatte das Warten ein Ende.

Als das Telefon klingelte, nahm Carson den Hörer ab. »Hallo?« Er lauschte. »Ja, sie sind beide hier. Was ist passiert? Hier? Ja, natürlich. Beeilen Sie sich.« Er legte auf. »Das war Whitman. Sie und Barton fahren gerade auf den Krankenhausparkplatz. Whitman kommt hoch.« Seine Miene war grimmig. »Sie hat sich unklar ausgedrückt, aber es scheint, als hätten wir nichts Gutes zu erwarten.«

»Damit haben wir ja auch gerechnet«, gab Sabrina leise zu bedenken.

Schließlich ging die Tür auf, und Detective Whitman kam ins Zimmer. Sie verlor keine Zeit. »Alles ist gelaufen wie geplant. Der Haussuchungsbefehl war eine reine Formalität. Susan Lane war sehr kooperativ. Natürlich wurde sie nervös, als sie hörte, dass wir den Unbekannten, der die Brandbomben geworfen hat, zu YouthOp zurückverfolgt hatten, aber sie hatte noch keine Ahnung, dass sie selber unter Verdacht stand. Also nahm sie sich zusammen. Bis wir dann manipulierte Buchhaltungsunterlagen gefunden haben. Wir sagten ihr, das Spiel sei aus. Da hat sie begriffen und die Nerven verloren. Sie hat geweint und ist händeringend auf und ab gelaufen, während wir ihr Büro durchsucht haben.«

Jeannie holte tief Luft. »Wir haben alles gefunden, was wir brauchen. Veruntreuung von Spendengeldern in großem Stil sowie Name und Hintergrund des Brandbombenwerfers – dank Russ Clark, der einige hilfreiche Notizen in seinem Lehrbuch für die Schreibwerkstatt versteckt hatte. Der Brandbombenwerfer wurde bereits festgenommen. Wir haben ihn in seiner Wohnung angetroffen – ein Arsenal gestohlener Waffen und illegaler Drogen, wie ich gerade vom Revier erfahren habe. Der Mann heißt Joseph Kenman. Er hatte schon als Jugendlicher eine Menge auf dem Kerbholz. Inzwischen ist er zwanzig und in die Profiliga gewechselt. Da er nun Anklagen wegen Mordes und Mordversuchs zu erwarten hat, singt er wie ein Vögelchen. Aber wir brauchen ihn gar nicht. Susan Lane hat ein umfassendes Geständnis abgelegt.«

Carson blickte die Beamtin fassungslos an. »Hat Susan wirklich gestanden, diesen Kenman angeheuert zu haben, damit er Russ umbringt und den Anschlag auf Sabrina und Dylan verübt?«, fragte er dann mit rauer Stimme. »Und hat sie gestanden, auf mich geschossen zu haben … oder vielmehr, dass sie Dylan erschießen wollte und uns verwechselt hat?«

»Ja, Mr Brooks.« Jeannie wirkte nicht glücklich über die Mitteilungen, die sie zu machen hatte. »Es tut mir Leid. Sie hat Ihren Ersatzschlüssel benutzt, um durch den Lieferanteneingang ins Gebäude zu gelangen, und hat die Treppe genommen, um die Überwachungskameras zu umgehen. Alles andere spielte sich im Wesentlichen so ab, wie wir vermutet hatten: die Verwechslung der Person, der Schuss und so weiter. Die Zweiundzwanziger liegt auf dem Grund des Hudson. Miss Lane hat sie am Jachthafen an der 79. Straße in den Fluss geworfen. Polizeitaucher versuchen, die Pistole zu finden. Die Waffe ist natürlich heiß. Kenman hat sie besorgt. Ist für die Anklageerhebung nicht mehr wichtig, aber die Pistole wäre das entscheidende Beweisstück.«

Jeannie hielt kurz inne, und räusperte sich. »Ich hätte Ihnen das alles auch am Telefon sagen können. Aber ich bin gekommen, weil Miss Lane unbedingt mit Ihnen sprechen möchte. Sie sitzt unten bei Frank im Streifenwagen. Ich wollte die Entscheidung Ihnen überlassen. Normalerweise würden wir sie sofort zum Erkennungsdienst bringen, wo ihr Anwalt bereits auf sie wartet. Was soll ich Miss Lane sagen?«

Dylan sagte: »Richten Sie ihr aus, sie soll zum Teufel ...«

»Holen Sie sie rauf«, fiel Carson ihm ins Wort.

Sabrina und Dylan warfen ihm einen besorgten Blick zu.

»Carson, ich halte das für keine gute Idee«, sagte Dylan. »Lass es gut sein. Du erreichst damit nur, dass dein Blutdruck wieder in die Höhe schießt und deine Genesung um Tage zurückgeworfen wird.«

»Ich bin nicht auf ein friedliches Ende aus, nur auf die Bestätigung eines Verdachts«, sagte Carson. »Und falls du dir Sorgen um meine Genesung machst, Dylan – die wird schon nicht darunter leiden. Susan hat mich nicht umbringen können, als ich mit dem Rücken zu ihr stand. Also kann sie mir jetzt, wo ich die Situation im Griff habe und ihr in die Augen sehen kann, auch nichts anhaben.«

»Willst du das wirklich?«, fragte Sabrina. »Bist du sicher?«

»Ja. Du und Dylan, ihr könnt bleiben. Was ich vorhabe, ist keineswegs intim.« Er nickte Jeannie zu. »Sagen Sie Ihrem Kollegen, er soll Susan raufbringen.«

Zehn Minuten später wurde Susan von Frank ins Zimmer geführt. Sie hatte in den letzten zwei Wochen stark abgenommen und wirkte ungepflegt, und in ihrem gehetzten Blick spiegelte sich das Wissen um ihre ausweglose Lage.

Officer Garner, der vor der Tür auf Posten stand, hatte Gesellschaft von Bernard bekommen, obwohl niemand Susan als Bedrohung betrachtete. Jetzt nicht mehr. Wie sie mit gesenktem Kopf dastand, die Hände mit Handschellen auf den Rücken gefesselt, glich sie eher einem gefangenen Vogel als einer eiskalten Verbrecherin.

Susans Blick streifte Sabrina und Dylan, und sie erschrak und wandte den Kopf ab, als könnte sie den Anblick der beiden nicht ertragen oder als würde sie dadurch an ihre schreckliche Tat erinnert. Dann konzentrierte Susan sich ganz auf den Mann, den sie liebte.

»Carson …« Sie befeuchtete ihre trockenen Lippen, suchte in seinem Gesicht nach einer Spur von Mitgefühl und fand keines. »Kann ich näher kommen? Ich möchte nicht von der anderen Seite des Zimmers aus mit dir reden müssen.«

»Gute Idee.« Carson erstaunte alle, indem er Detective Bartons Protest abwinkte und Susan bedeutete, näher zu treten. »Keine Sorge, Detective. Ich glaube kaum, dass sie mit gefesselten Händen etwas ausrichten kann. Sie darf ruhig zum Bett kommen.«

Erleichterung spiegelte sich auf Susans Gesicht, und ein Funken Hoffnung glomm in ihren Augen auf, als sie an Carsons Bett trat, wobei Detective Barton sich dicht hinter ihr hielt.

»Ich …« Sie suchte nach den richtigen Worten. »Du

weißt ja nicht, was ich durchgemacht habe, als ich merkte, dass ich mich geirrt hatte … Ich dachte, du wärest längst gegangen. Du wolltest doch um fünf Uhr fort sein. Es war nur eine Person in deinem Büro. Da habe ich natürlich angenommen, dass es Dylan sein musste … Er war am Labor Day außer dir der Einzige in der Firma, und er ist öfter in deinem Büro als in seinem eigenen. Ich hätte nie gedacht, dass …« Sie brach in Tränen aus. »Ich hätte dir nie etwas antun können! Das musst du mir glauben! Ich liebe dich! Ich hatte nur schreckliche Angst, dass Dylan dir etwas einreden würde … dass er dir Dinge erzählt, die dich gegen mich einnehmen …«

»Die Wahrheit, zum Beispiel?«

»Bitte, Carson, lass es dir erklären.« Susan drückte ihr Gesicht an seine Schulter, ihre Tränen tränkten seinen Morgenmantel. »Ich habe mich hochgearbeitet … habe es geschafft, aus dem Kaff wegzukommen, in dem ich aufgewachsen bin. Ich habe immer kämpfen müssen, und immer im Alleingang. Ich habe nicht deine Kraft. Ich kann es nicht allein schaffen. Ich brauche Sicherheit … brauche einen Menschen an meiner Seite. Ich brauche *dich* … deine Liebe, deinen Namen.«

»Mein Geld«, ergänzte Carson.

Susan verzog das Gesicht. »Na schön. Ja, das auch. Ich brauche finanzielle Sicherheit für mich und YouthOp. Die Kids liegen mir am Herzen, auch wenn Dylan das Gegenteil behauptet. Alles hätte so perfekt sein können. Aber er wollte ja nicht aufhören, in meinem Leben herumzustochern, genauso wie Russ. Und dann taucht Sabrina auf, eine Tochter, die du nie gekannt hast, um die du dich jetzt aber kümmern willst, obwohl sie bloß das Produkt einer anonymen Samenspende ist. Und als ob das nicht schlimm genug wäre, muss sie sich auch noch in Dylan verlieben. Es wäre nur eine Sache der Zeit gewesen, bis er ihr seine

Verdächtigungen mitgeteilt hätte. Dann hätte ich sie auch noch im Nacken gehabt. Das konnte ich mir nicht gefallen lassen. Du und ich, wir hatten eine Zukunft.« Sie blickte auf Sabrina. »Ich konnte diese Frau doch nicht zwischen uns treten lassen. Sie hätte alles verdorben! Das hätte ich nicht überlebt! Dazu liebe ich dich viel zu sehr ...«

Carson hatte während dieses hysterischen Ausbruchs nicht einmal mit der Wimper gezuckt. Doch in seinen Augen stand ein harter Glanz, und seine Wangenmuskeln zuckten – beides ein Ausdruck dafür, dass ihm Susans Worte nicht zu Herzen gingen. Dennoch drehte er ihr den Kopf zu und atmete dabei tief ein.

Ein seltsamer Ausdruck erschien auf seinem Gesicht, als hätte er eine lang ersehnte Bestätigung gefunden, und verschwand dann wieder.

»Steh auf«, sagte er dann so schroff, dass selbst Sabrina zusammenzuckte.

Susan riss den Kopf hoch. Als sie die eisige Verachtung in Carsons Augen sah, erschrak sie und richtete sich auf. »Carson, bitte ...«

»Wenn du glaubst, dass ich dich sehen wollte, damit du mir deine unsterbliche Liebe gestehen kannst und ich dir vergebe – vergiss es. Falls ich da noch ein Wörtchen mitzureden habe, landest du im Knast. Detective Barton, Sie können sie jetzt wieder mitnehmen.«

Fassungslosigkeit spiegelte sich in Susans Augen. »Ich verstehe dich nicht. Ich dachte ...«

»Dass ich ein Trottel bin?«, fiel Carson ihr ins Wort. »Dass ich dahinschmelze, wenn du mir von Liebe sprichst, und vergesse, dass du eine Mörderin bist? Wenn du das geglaubt hast, Susan, bist *du* die Närrin.« Er lehnte sich in die Kissen zurück. »Ich sehe dich in den Sechs-Uhr-Nachrichten.«

Barton nahm Susans Arm und zog sie zur Tür. Dort hielt

er kurz inne, um einen Blick mit seiner Kollegin zu wechseln, zuckte dann die Achseln und ging mit Susan davon.

Die Tür fiel hinter ihnen zu.

Detective Whitman verschränkte die Arme vor der Brust. »Okay, Mr Brooks. Was hatte diese Vorstellung zu bedeuten? Und sagen Sie nicht, Sie wollten Susan betteln hören. Das ist nicht Ihr Stil. Sie haben irgendetwas damit bezweckt. Das war auch der Grund dafür, dass Susan ans Bett kommen sollte, nicht wahr? Was war es?«

Carson hob einen Mundwinkel. »Sie sind tüchtig, Stock. Habe ich das schon mal gesagt? Sehr tüchtig. Erinnern Sie mich daran, dass ich den Polizeichef anrufe und ihm sage, was er an Ihnen und Ihrem Partner Stein hat.«

»Danke. Wie wär's jetzt mit einer Antwort? Wäre schön, wenn Sie uns einweihen.«

»Ich habe nach einem bestimmten Geruch gesucht«, erwiderte Carson. »Ich habe den Anschlag immer wieder durchlebt, wie einen Film in Zeitlupe, vom Anfang bis zum Ende. Die Bilder wollten einfach nicht weichen ... nicht, wenn ich schlief, und auch nicht, wenn ich wach war. Und das lag nicht am Schock, sondern daran, dass mich irgendetwas störte ... etwas, auf das ich einfach nicht den Finger legen konnte. Ein Geruch. Zuerst habe ich geglaubt, es wäre die Kombination von Teppichreiniger und meinem eigenen Blut. Aber da war noch etwas anderes, das ich einfach nicht einordnen konnte. Jedes Mal, wenn ich eingenickt bin, wachte ich schweißgebadet auf, und die Lösung entzog sich mir immer wieder. Und jedes Mal, wenn ich aufwachte ... wer saß da an meinem Bett und sagte mir, dass ich wieder einmal schlecht geträumt hätte? Susan. Jetzt endlich weiß ich, warum die Erinnerung so stark war. Sie war seit dem Anschlag jeden Tag vor meiner Nase. Buchstäblich.«

Er schüttelte den Kopf. »So viel zu meinem tollen IQ und meinem unglaublichen Geruchssinn. Wie dumm ich doch gewesen bin! Ich habe das Offensichtliche nicht erkannt … oder vielmehr, nicht gerochen. Aber nachdem ihr gestern Nacht alle gegangen wart, wurde es mir plötzlich klar. Es war der Geruch, dieser ekelhaft süßliche Geruch, den ich nicht loswerden konnte. Es war dieses klebrige Schaumzeug, mit dem Susan sich die Haare aufplustert.«

»Mousse?«, fragte Jeannie.

»Ja, Mousse.« Carson schnaubte. »Ich kann nicht verstehen, warum die Hersteller diesem Zeug auch noch eine Duftnote zusetzen müssen. Denn die beißt sich mit jedem handelsüblichen Parfüm, auch mit *C'est Moi*. Eine lausige Produktentwicklung. Jedenfalls ist es kein Wunder, dass diese Erinnerung mich nicht losgelassen hat. Susan hatte ja seit dem Anschlag ihre Zelte in diesem Zimmer aufgeschlagen. Vermutlich hat sie den Platz an meinem Bett als eine Art Beichtstuhl betrachtet … ein Ort, an dem sie sich von ihren Sünden reinwaschen konnte. Aber es hat nicht funktioniert. Und schließlich hab ich mich an dieses klebrige Schaumzeug erinnert.«

»Sie sind also letzte Nacht darauf gekommen? Auf die Verbindung zwischen dem Geruch in Ihrem Büro zum Zeitpunkt des Anschlags und Miss Lanes klebrigem Schaumzeug?« Jeannie grinste, als sie sich der Worte Carsons bediente. »Und vorhin haben Sie nach dem Beweis gesucht?«

»Nicht nach dem Beweis, nur nach der Bestätigung. Mein Geruchssinn ist der beste Beweis, den es gibt. Aber die verdammten Schläuche in der Nase behindern mich. Deshalb wollte ich, dass Susan an mein Bett kommt. Als ich es dann gerochen habe, war ich meiner Sache sicher.«

Jeannie schüttelte beeindruckt den Kopf. »Erinnern Sie mich daran, Mr Brooks, dass ich Ihre Firma anrufe und denen sage, was sie an Ihnen haben.«

Trotz seiner Erschöpfung lächelte Carson. »Danke. Dafür

weihe ich Sie jetzt in ein Geheimnis ein. Sehen Sie diese beiden da?« Er deutete auf Dylan und Sabrina. »Die werden sich gleich loseisen und zu Tiffany huschen, um ihre Verlobungsringe auszusuchen. Denn in naher Zukunft wird es eine Hochzeit geben.«

»Das ist ja großartig!« Jeannie schüttelte Dylan und Sabrina die Hand. »Meinen Glückwunsch.«

»Halten Sie es vorerst geheim«, fuhr Carson fort. »Ich will nämlich eine protzige Ankündigung machen. Könnte ja sein, dass die Publicity die Absatzzahlen von *C'est Moi* in ungeahnte Höhen schnellen lässt.«

»Na, hör mal«, sagte Sabrina mit gespieltem Protest. »Sind wir für dich nur Werbeträger?«

Carson zuckte die Achseln. »Macht euch drauf gefasst, dass ihr demnächst zur besten Sendezeit im Fernsehen zu sehen seid. Geben wir den vielen Sendern, Zeitungen und Boulevardblättern zur Abwechslung mal was Fröhliches zu futtern. Und jetzt raus mit euch. Bei eurem nächsten Besuch möchte ich die Ringe an euren Fingern sehen.«

Carson sah den beiden nach, als sie das Krankenzimmer verließen. Dann lehnte er sich zurück. Er fühlte sich überraschend ruhig und friedlich, trotz der Schmerzen, des Schocks des vergangenen Tages und der Aussicht auf den Eingriff, der vor ihm lag. Irgendwie würde alles wieder ins Lot kommen. »Bis bald, Detective«, sagte er zu Whitman, weil er spürte, dass der Schlaf nicht mehr fern war.

»Bis bald, Mr Brooks. Geben Sie auf sich Acht.«

Ein Auge klappte auf. »Sagen Sie mal, Stock – sind Sie verheiratet?«

Jeannie blieb an der Tür stehen. »Nein. Warum fragen Sie? Wollen Sie mir einen Antrag machen?«

»Nee. Sie würden mir ja doch nur einen Korb geben. Ich bin ein ziemlich harter Brocken für jeden, der sich mit mir einlässt. Was ist mit Ihrem Partner? Ist der auch Single?«

»Nein. Er hat eine nette Frau und zwei wundervolle Kinder. Warum fragen Sie?«

»Ich wollte nur wissen, was ich auf die Einladungen schreibe.«

»Einladungen?«

»Zur Hochzeit.« Die Andeutung eines Lächelns erschien auf Carsons Gesicht. »Ich habe es Ihnen zu verdanken, dass Sabrina, Dylan und ich nun in Sicherheit sind. Da ist es doch das Mindeste, dass ich Sie zur Hochzeit einlade. Ich verspreche Ihnen ein Spitzenmenü und jede Menge Spaß.«

»Angenommen.« Das Spitzenmenü hatte Jeannie aufhorchen lassen. Was den Spaß anging … nun, sie würde sich überraschen lassen. Carson Brooks' Bekanntschaft war eine bunte Mischung vom Topmanager bis zum erwachsenen Straßenkind. Dazu noch die Snobs von Beacon Hill und bekannte Modeschöpferinnen. Ob die Feier nun viel Spaß machte oder nicht, langweilig würde sie bestimmt nicht. »Ich kann Ihnen auch für Frank und Linda zusagen. Wir werden brav jeden Tag im Briefkasten nachsehen. Wann soll die Hochzeit denn stattfinden, damit wir den Termin schon mal vormerken können?«

»Das steht noch nicht fest. Diese Antwort könnten Ihnen nur meine Nieren geben.«

Epilog

2. April, 14.30 Uhr
73. Straße West

Carson brummte ein paar ausgesucht derbe Flüche in seinen Bart und knallte den Stapel mit Verträgen, Aufstellungen und Ausdrucken aus dem Internet auf den Couchtisch in Sabrinas Wohnzimmer. Dann ließ er sich entnervt in die Sofapolster zurücksinken.

»Ich glaub's einfach nicht.« Er verschränkte die Hände hinter dem Kopf. »Eine Firma zu leiten ist ja ein Kinderspiel dagegen. Das ist keine Hochzeitsfeier, sondern eine verdammte Verschwörung arroganter Halsabschneider. Und dann halten sie ihre Haarspaltereien auch noch für Visionen! Und was will diese so genannte Hochzeitsplanerin? Die Farben von Blumen und Bad-Accessoires aufeinander abstimmen? Was ist das überhaupt, ein Bad-Accessoire? Klopapier, oder? Wie wär's mit Weiß? Das passt zu deinem Kleid. Und das sind ja nur die *künstlerischen* Verbesserungen, die sie vorgeschlagen hat, darunter die Mitarbeit eines egozentrischen Fotografen und eines durchgeknallten Videofilmers, die wahrscheinlich wie zwei Hähne aufeinander losgehen werden, weil jeder im Mittelpunkt stehen will. Dann gibt's noch einen Tafelaufsatz-Designer, der sich für einen zweiten Michelangelo hält, sowie pubertäre Brautjungfern, die nichts Besseres zu tun haben, als sich ständig darüber zu streiten, welche Donna-Karan-

Strümpfe denn nun die passenden sind. Du lieber Himmel.«

Er griff nach der Wasserflasche und nahm einen tiefen Zug. »Ich habe eine Idee. Lassen wir diese Hochzeitsplanerin sausen. Ich geleite dich zum Altar und übergebe dich dem unglaublich toleranten jungen Mann dort, der diesen ganzen Wahnsinn ebenfalls durchstehen muss.« Carson zeigte auf Dylan, der am Sideboard stand und den Ausbruch seines Freundes sichtlich genoss. »Danach sagst du ein paar rührende Worte, ihr tauscht die Ringe und versprecht, euch zu lieben und ehren. Dann machst du einen Tanz mit deinem Bräutigam und einen mit mir, und dann könnt ihr euch für den wirklich wichtigen Teil der Geschichte nach oben verziehen.«

Sabrina, die umgeben von Papieren im Schneidersitz auf dem Teppich saß, musste lachen. »Du weißt, dass ich das genauso sehe wie du. Diese Frau treibt auch mich zum Wahnsinn. Aber wir haben sie um der Großeltern willen engagiert. Sie sind der Meinung, dass jeder, der in der Gesellschaft etwas darstellt, seine Hochzeit von Lilah Wellington ausrichten lassen muss. Sie ist die meistgefragte Hochzeitsplanerin überhaupt.«

»Gefragt vielleicht. Aber unzurechnungsfähig ist sie auch.«

»Exzentrisch trifft es besser«, berichtigte Sabrina und wischte sich die Lachtränen aus den Augen. »Außerdem hat sie ja wenigstens unseren Vorschlag angenommen, dass es der große Ballsaal im Waldorf Astoria sein muss. Wo sonst sollten wir den Empfang geben?«

»Stimmt. Wo sonst sollten wir die vielen Gäste unterbringen, die deine Großeltern wahrscheinlich einladen, plus der Gäste von unserer Seite? Ich bin mal gespannt, wie viele es insgesamt werden.«

»Rund achthundert«, verkündete Gloria, die soeben den

Hörer auflegte. »Meine Eltern haben es gerade geschafft, ihre Liste auf knapp sechshundert Personen zusammenzustreichen. Anderenfalls hätten wir mit fast tausend Leuten zu rechnen gehabt.« Stirnrunzelnd studierte sie die Liste, kam zum Sofa und ließ sich neben Carson in die Polster sinken. »Jedenfalls können wir jetzt die Einladungen drucken lassen. In vier Wochen werden sie verschickt.«

Carson starrte Gloria offenen Mundes an. »Hast du eben ›rund achthundert‹ gesagt?«

»Ja.« Glorias Lippen zuckten verdächtig. »Ich schieße etwas zu, falls du knapp bei Kasse sein solltest.«

»Bargeld ist nicht das Problem, sondern Platz. Ich brauche kein Geld, ich brauche ein Stadion.«

»Das Waldorf ist darauf eingerichtet, mehr als tausend Gäste zu versorgen.«

»Das ist das Javits Center auch. Aber das ist doch eine Hochzeit und keine Parteiversammlung.«

»Reg dich nicht auf.« Gloria tätschelte ihm den Arm. »Denk doch mal an die Vorteile.«

»Welche Vorteile?«

Gloria verkniff sich ein Grinsen. »Die Gewinne von Ruisseau, meiner Modekollektion und Sabrinas CCTL. Dank des Presserummels sind sie in die Höhe geschossen. Seit Dylans Heiratsantrag im Central Park haben unsere Familien und unsere Firmen die Schlagzeilen beherrscht, und mit welchem Ergebnis? Der *C'est Moi*-Herrenduft ist wie eine Bombe eingeschlagen und hat die Konkurrenz vom Markt gefegt. Meine Sommer- und Herbstkollektion hat sich unglaublich gut verkauft. Und die CCTL schließlich musste den Mitarbeiterstab verdoppeln, weil die Firma so viele neue Kunden gewonnen hat. Und was uns beide angeht: Wir können die Lorbeeren einheimsen, weil wir die Liebesheirat des Jahres gestiftet haben. Wir stehen im hellen Scheinwerferlicht da, und die Medien sind uns wohlgesonnen. Selbst meine Eltern mögen dich allmählich.«

Carson warf ihr einen skeptischen Blick zu. »Deine Eltern mögen mich *nicht*. Wir ertragen einander nur.«

»Das ist doch ein Fortschritt.«

»Ja. Als sie mich kennen lernten, haben sie mich angestarrt, als wäre ich ein Axtmörder. Nicht, dass ich es ihnen zum Vorwurf mache. Es war ja kurz nach der Transplantation. Ich war der Grund dafür, dass Sabrina das alles durchmachen musste.«

Carson verfiel in Schweigen und dachte an die stressige Zeit in den Wochen vor Weihnachten zurück. Damals war Susan wegen Mordes verurteilt worden, und er selbst hatte weiter um seine Genesung gekämpft. Und dann war die Operation vorgenommen worden. Zum Glück konnte man Sabrina die Spenderniere mittels Laparoskopie entnehmen – ein Eingriff, bei dem die Genesungszeit kürzer war. Außerdem hatte sie die Rippe behalten können, die man bei einem herkömmlichen chirurgischen Eingriff hätte entfernen müssen. Dennoch hatte seine Tochter eines ihrer Organe verloren. Sie hatte vier Stunden auf dem OP-Tisch gelegen; hinzu kam die Zeit für Operationsvorbereitung und Nachbehandlung. Sabrinas OP hatte doppelt so lange gedauert wie Carsons.

Carson verstand, dass Sabrinas Großeltern, Abigail und Charles Radcliffe, dies als himmelschreiende Ungerechtigkeit betrachteten.

Er selbst sah es genauso.

Und vielleicht war das der Grund dafür gewesen, der am Ende ihr Einlenken bewirkt hatte. Vielleicht hatte die Erkenntnis, wie sehr Carson sich um ihre Enkelin sorgte, die beiden milder gestimmt. Vielleicht hatten sie endlich begriffen, dass er kein anonymer Samenspender mehr war, sondern ein Vater.

»He.« Sabrina stupste Carsons Bein an. »Hör auf zu grübeln. Die Transplantation ist schon ewig lange her. Du hast meine Niere seit drei Monaten – eine verdammt gute Niere. Nicht das kleinste Anzeichen, dass dein Körper sie abstößt. Dir geht es gut, und mir geht es gut. Unsere Produkte verkaufen sich blendend. Und meine Großeltern machen sich keine Sorgen mehr um mich. Stattdessen sind sie jetzt so wild auf die Hochzeit – gar nicht zu reden von der Begeisterung ihrer prominenten Freunde –, dass sie die negative Berichterstattung vom letzten Herbst völlig vergessen haben. Sie platzen fast vor Stolz. Also, widmen wir uns doch wieder Lilah Wellington und dieser besonderen *Aura*, die sie am Hochzeitstag schaffen will.« Sabrina verdrehte die Augen und griff nach den Papieren, die Carson auf den Couchtisch geworfen hatte. »Also, die nächste Entscheidung steht an – die Torte. Lilah war nicht so begeistert von der weißen Schokoladenmousse, die wir ausgesucht haben. Sie meint, das stehe im Widerspruch zu unserer Aura. Sie plädiert für dunkle Schokolade.«

Carson stöhnte und legte den Arm vor die Augen. »Ich geb's auf.«

»Aber es gibt auch gute Neuigkeiten«, sagte Dylan, schlenderte heran und stellte sich hinter Sabrina. »Die Smokings, die du und ich uns ausgesucht haben, findet Lilah klasse.« Sein Mundwinkel zuckte. »Sie sagt, sie passen hervorragend zum Ambiente des Waldorf.«

Carson nahm den Arm von den Augen und musterte Dylan argwöhnisch. »Wieso kommst du so gut mit ihr klar? Als wir diese Spinnerin kennen lernten, hast du fast einen Anfall gekriegt. Und jetzt auf einmal bist du die Liebenswürdigkeit in Person. Warum?«

Dylan zog Sabrina auf die Füße und legte einen Arm um ihre Taille. »Als wir Lilah Wellington kennen lernten, war es Januar. Jetzt haben wir April. Ich heirate deine Tochter am dreißigsten Juni, und das ist gar nicht mehr so lange hin. Danach fahren wir in eine wunderschöne Villa in der Toskana, wo wir zwei Wochen lang ungestört sein werden und wo es eine bessere ›Aura‹ gibt als alles, was Lilah Wellington im Waldorf oder wo auch immer schaffen kann. Also kann ich es mir leisten, liebenswürdig zu sein.« Er hielt inne und zwinkerte Sabrina zu, bevor er fortfuhr: »Und weißt du was, Carson? Du kannst es dir ebenfalls leisten.«

Carson zog fragend eine Braue hoch. »Und wieso?«

»Weil die Toskana wunderschön und sehr romantisch ist. Und weil Sabrina und ich genau zur richtigen Zeit dort sein werden.«

»Jetzt kapier ich gar nichts mehr.« Carson warf einen Blick zu Gloria, die wissend lächelte, als sie einen Blick mit Sabrina tauschte.

»Du weißt offenbar, was Dylan meint«, bemerkte Carson anklagend.

»Ich hab's erraten. Und ich freue mich riesig. Du wirst dich auch freuen – so sehr, dass du für Lilah Wellington durch den Feuerreifen springst, wenn es sein muss.«

Carson schnaubte. »Für diese Hochzeitsplanerin? Nichts könnte mich dazu bringen!«

Sabrina kicherte. »Das habe ich mir fast gedacht.«

»Okay, jetzt mal Klartext.« Carson wandte sich an Dylan. »Was soll das heißen – ihr seid genau zur richtigen Zeit in der Toskana?«

»Wenn wir am zweiten Juli in Italien ankommen«, erklärte Dylan, »ist die Transplantation bereits sechseinhalb Monate her. Und zwei Wochen vor Julianfang werden wir von Sabrinas Nephrologin, dem Chirurgen und ihrem Frauenarzt grünes Licht bekommen.«

»Das stimmt, Carson«, pflichtete Sabrina ihrem Verlobten bei. »Wenn die Hochzeitsfeier vorbei ist und mein frisch gebackener Ehemann und ich in den Flitterwochen sind, entspannt und abenteuerlustig … wer weiß? Vielleicht könnte meine Mutter sofort mit ihrer neuen Kollektion Babyschühchen anfangen. Wir wären dann ihre ersten Kunden.«

Carson sog scharf die Luft ein und setzte sich kerzengerade auf. »Welcher Knallkopf ist überhaupt auf die weiße Schokolade gekommen?«, rief er, schnappte Sabrina die Papiere aus der Hand und starrte darauf. »Dunkle Schokolade ist doch viel gehaltvoller. Hat auf jeden Fall eine gute Aura. Diese Lilah Wellington weiß, wovon sie redet.« Er sah auf und blickte finster vom einen zum anderen – in die lächelnden Gesichter von Sabrina, Dylan und Gloria. »Was ist los mit euch? Grinst nicht so dumm, wir müssen eine Hochzeit planen!«

Danksagungen

Ich danke allen, die zum Entstehen dieses Romans beigetragen haben.

Mein besonderer Dank geht an:

Dr. Hillel Ben-Asher für sein medizinisches Wissen, seine ärztliche Erfahrung und die unermüdliche Geduld, mit der er meine Fragen beantwortet hat.

Desiree Laz, Krankenschwester, Koordinatorin der Transplantationschirurgie am *Albany Medical Center Hospital*, für ihre Beschreibung der Nierentransplantation von der Untersuchung bis zur Operation. Ich bewundere ihre Hingabe an die Arbeit, die Patienten und die Zukunft der Transplantationschirurgie.

Randy Slaughter, der mich an seinen Erfahrungen als Nierenspender teilhaben ließ, danke ich für Informationen über Medizintechnik und Literatur zum Thema sowie für seine ganz persönliche Sichtweise. Mit seiner Hilfe konnte ich die nötige Einsicht gewinnen, um die medizinischen, persönlichen und emotionalen Aspekte eines solchen Eingriffs in meinem Roman zu verarbeiten.

Ich danke dem Rettungssanitäter Alex Senchak, dass er mir die Welt des Rettungsdienstes nahe brachte. Außerdem half er mir, das Porträt eines Angeschossenen zu zeichnen. Alex und seine Kollegen retten Tag für Tag Menschenleben. Die Klugheit, Entschlossenheit und Umsicht der Rettungssanitäter verdienen alle Bewunderung.

Scott Mayer danke ich, dass er mich an seinem meteorologischen Wissen teilhaben ließ, das mir geholfen hat, jene Bedingungen zu schildern, die Sabrinas empfindlichen Geruchssinn beeinflussen.

Den Studenten der *School of Hotel Administration* an der *Cornell University*, die mir von den mannigfaltigen beruflichen Möglichkeiten erzählten, die ihnen – und damit auch Sabrina – nach dem Examen offen stehen.

Peggy Gordjin für den Blick aus der Vogelperspektive auf das *Mount Sinai Hospital*, besonders auf die Station 11 West. Wenn sie wieder dort weilt, dann hoffentlich als Besucher.

Andrea Cirillo, die mich durch ein Jahr voller emotionaler und beruflicher Herausforderungen begleitete; stets wusste sie, wann sie mich anspornen und wann sie mir Freiheiten lassen musste.

Caroline Tolley danke ich für eine zwölfjährige Partnerschaft, eine lange Freundschaft und mehr Erinnerungen, als ich auf einer Seite unterbringen kann. Danke, dass du seit dem ersten Tag an mich geglaubt hast. Die Dinnerszene bei *Smith & Wollensky* ist dir gewidmet, von der Vorspeise bis zum Dessert.

Brad Kane, Unternehmensberater *par excellence*, unbezahlbarer Brainstorming-Partner und ein Mensch, der mich mehr unterstützt, als ich mit Worten ausdrücken kann. Wie viele Jahre auch vergehen – Brad, du bist und bleibst der Beste.

Wendi Kane danke ich für ihr Lob und ihre Kritik. Wendi, du besitzt Mut, Weisheit und Reife und verstehst, dass zwar Veränderungen kommen müssen, das Wertvollste jedoch bewahrt wird.

Zum Schluss möchte ich darauf hinweisen, dass zurzeit ein gravierender Mangel an Organspendern besteht. Tausende von Menschen stehen auf Wartelisten, die jeden Tag länger werden. Deshalb bitte ich Sie, sich zu informieren, indem Sie die Websites von Organisationen wie beispielsweise der *National Kidney Foundation* unter *www.kidney.org* besuchen. Im Internet können Sie erfahren, was die *Kidney Foundation* und ähnliche Organisationen in vielen Ländern der Welt unternehmen, um den Erkrankten zu helfen, und wie Sie selbst helfen können.